宫本武藏(1954 年版剧照)

宫本武藏(2014年剧照)

奥斯卡经典文库

[038]

Miyamoto Musashi

宫本武藏:剑与禅(上)

(日)吉川英治●著　孟瑶●译　何亮●丛书编辑

首都师范大学出版社
CAPITAL NORMAL UNIVERSITY PRESS

图书在版编目(CIP)数据

宫本武藏：剑与禅（全 3 册）/（日）吉川英治著；孟瑶译. —北京：首都师范大学出版社，2017.8

（奥斯卡经典文库）

ISBN 978-7-5656-3778-0

Ⅰ.①宫…　Ⅱ.①吉…　②孟…　Ⅲ.①长篇小说—日本—现代　Ⅳ.①I313.45

中国版本图书馆 CIP 数据核字(2017)第 176756 号

GONGBEN WUZANG：JIAN YU CHAN

宫本武藏：剑与禅

（日）吉川英治　著　孟瑶　译

责任编辑　林　勇

首都师范大学出版社出版发行

地　址　北京西三环北路 105 号

邮　编　100048

电　话　68418523(总编室)　68982468(发行部)

网　址　www.cnupn.com.cn

印　刷　三河市博文印刷有限公司

经　销　全国新华书店

版　次　2017 年 8 月第 1 版

印　次　2017 年 8 月第 1 次印刷

开　本　880mm×1230mm　1/32

印　张　33.5　插页　2

字　数　768 千

定　价　168.00 元(全三册)

总序：电影的文学性决定其艺术性

不是每个人都拥有将文字转换成影像的能力，曾有人将剧作者分成两类：一种是“通过他的文字，读剧本的人看到戏在演。”还有一种是“自己写时头脑里不演，别人读时也看不到戏——那样的剧本实是字冢。”为什么会这样，有一类人在忙于经营文字的表面，而另一类人深谙禅宗里的一句偈“指月亮的手不是月亮”。他们尽量在通过文字（指月亮的手），让你看到戏（月亮）。

小说对文字的经营，更多的是让你在阅读时，内视里不断地上演着你想象中的那故事的场景和人物，并不断地唤起你对故事情节进程的判断，这种想象着的判断被印证或被否定是小说吸引你的一个重要原因，也是作者能够邀你进入到他的文字中与你博弈的门径。当读者的判断踩空了时，他会期待着你有什么高明的华彩乐段来说服他，打动他，让他兴奋，赞美。现实主义的小说是这样，先锋的小说也是这样，准确的新鲜感，什么时候都是迷人的。

有一种说法是天下的故事已经讲完了，现代人要做的是改变讲故事的方式，而方式是常换常新的。我曾经在北欧的某个剧场看过一版把国家变成公司，穿着现代西服演的《哈姆莱特》，也看过骑摩托车版的电影《罗密欧与朱丽叶》，当然还有变成《狮子王》的动画片。总之，除了不断地改变方式外，文学经典的另一个特征，是它像一个肥沃的营养基地一样，永远在滋养着戏剧，影视，舞蹈，甚至是音乐。

我没有做过统计，是不是20世纪以传世的文学作品改编成电影的比例比当下要多，如果这样的比较不好得出有意义的结论的话，我想换一种说法——是不是更具文学性的影片会穿越时间，走得更远，占领的时间更长。你可能会反问，真是电影的文学性决定了它的经典性吗？我认为是这样。当商业片越来越与这个炫彩的时代相契合时，“剧场效果”这个词对电影来说，变得至关重要。曾有一段时期认为所谓的剧场效果就是“声光电”的科技组合，其实你看看更多的卖座影片，就会发现没那么简单。我们发现了如果两百个人在剧场同时大笑时，也是剧场效果（他一个人在家看时可能不会那么被感染）：精彩的表演和台词也是剧场效果；最终“剧场效果”一定会归到“文学性”上来，因为最终你会发现最大的剧场效果是人心，是那种心心相印，然而这却是那些失去“文学性”的电影无法达到的境界。

《奥斯卡经典文库》将改编成电影的原著，如此大量地集中展示给读者，同时请一些业内人士做有效的解读，这不仅是一个大工程，也是一件有意义的事。从文字到影像；从借助个人想象的阅读，到具体化的明确的立体呈现；从繁复的枝蔓的叙说，到“滴水映太阳”的以小见大；各种各样的改编方式，在进行一些细致的分析后，不仅会得到改编写作的收益，对剧本原创也是极有帮助的，是件好事。

——资深编剧　邹静之

主编的话：跟随文学人物走进各种各样的命运险境

能参与《奥斯卡经典文库》丛书的编辑工作，我感到特别的荣幸和高兴。说实话，这套丛书的编辑过程不仅给我，也给我们整个编辑团队带来了莫大的兴奋感。

兴奋之一：这是国内首次以大型丛书的形式出版经典电影的文学原著，这无疑是奉献给广大读者的一场阅读盛宴，我们相信无论何种口味的读者，都会从这套丛书里找到自己的最爱，甚至找到陪伴自己一生的精神伴侣。

兴奋之二：我们选择的书目全部是奥斯卡奖得奖或者提名的电影原著。奥斯卡本身就是全球最值得大众信赖的品牌之一，在奥斯卡异常严格的选拔标准下，这一批电影原著小说的艺术质量，还有部分原著是第一次出中文版本，我们之前也并未读过，但读过之后，深为震撼——世界一流的小说确实能带给人直击心灵而又妙不可言的独特感受。

兴奋之三：这套丛书让我们重新认识了文学原著和电影作品之间的互动关系。有的作品我们只看过小说，没有看过电影；而有的作品我们只看过电影，没有看过小说（后一种情况更多一些）。于是在编辑的过程中，我们重新补课，将同一故事的两种艺术形式尽量都补看完整。补完课才发现，文学与电影之间的关系真是太有趣了——电影或者因为时长所限、或者因为视听特性的发扬、或者因为求新求变，通常都要对原来的文学作品做出取舍和改动，电影编剧和导演如何取舍如何改动，背后其实都隐藏着电影创作者的深入思考。而很多文学名著又被不同的电影创作者多次改编，这些不同的电影版本所体现出来的电影创作者的不同趣味、不同表达以及独特个性，每每让我们生发出一种“又发现了一片新大陆”的感觉。我们作为读者和观众，往往会为哪一个电影版本改得更好而争论得面红耳赤——而对于那些两种艺术形式都没看过的朋友来说，我个人的建议，最好先读小说，充分展开自己的想象世界之后，再去看电影，收获绝对不一样。

兴奋之四：比起编剧和导演对文学作品的改编，演员、明星们对文学人物的演绎无疑更能引起大家的好奇和关注，在看完小说之后，带着悠闲而挑剔的眼光，再去评论、比较电影里的明星的表现，甚至去评论、比较不同版本的明星的表现，这给我们带来了数不清的快乐时光。

因为部分原著小说和电影也是我们第一次接触，以上所呈现的，都是我们在编辑过程中非常真实的感受。我们也非常期望我们的工作能带给广大读者同样的兴奋和快乐。《奥斯卡经典文库》为您精心挑选的这些非常优秀的原著小说，完全值得您腾出一点业余时间，全身心投入其中，跟随着那些精彩的文学人物走进各种各样的命运险境，去迎接那些意想不到的感动和震撼。

——北影老师　何亮

导读：神奇之书

吉川英治，1982 年生于日本神奈川县，幼年的吉川，因家道中落而必须辍学帮佣，在这段颠沛的生涯中，他始终自学不怠。体验过人生百味的吉川，逐渐从贫苦的绝境中坚毅地站起来，且以“生涯一书生”为志向，22 岁始正式步入文坛。“文章自得方为贵”，吉川的作品中涵藏了社会现实面的洞悉、观察、体验，如：亲近庶民活动的点滴形态，倾听来自底层生活的声音，以及身处动荡不安的世代，饱尝人与人之间各式各样的情感。秉着“我以外皆我”的理念，吉川终于缔造出“自出机杼”的文采佳构，成为日本大众文学泰斗，他曾荣获日本“国民作家”的头衔，晚年荣获日本文化勋章。吉川英治的作品多具传奇色彩，其历史小说读来清新隽永，如行云流水，兼具古典与现代的风味，特别是《宫本武藏》所具有的独特风格，使他一跃成了历史小说大师。在日本，他的地位与风靡华人世界的金庸一样：令人尊敬且深爱喜爱。

自 20 世纪 30 年代起，吉川创作了《宫本武藏》《新书太阁记》《三国英雄传》《新・平家物语》《私本太平记》等多部巨著，直到今天仍畅销民间且脍炙人口。他的英雄人物、传奇轶事、生命造化……皆成为家喻户晓、口耳相传的“世说新语”，有“百万人的文学”之美誉。

吉川还写有《新・水浒传》，1958 年 1 月开始在讲谈社月刊《日本》上连载，惜其未竟，终成绝笔。在随笔《小说的题材》中他说过："写完《新·平家物语》，有了空闲，于是这个夏天在轻井泽重读自少年时代就耽读的《西游记》，得以展开幻想的翅膀，其乐陶陶。"他也曾打算写一部《现代版·西游记》。

吉川自《和汉万卷》中撷取知性、感性与性灵等各种力量，并将这股力量汇聚于"人性"的刻划中，在战争期间深深震撼了无数青年人的生命及价值观。吉川深深掌握不同时代的纯厚民情风俗，对日月星辰、宇宙大地的孺慕，充分表现于乡野景观的描绘上，自能开时代之盛，创文艺先声。

《宫本武藏》是吉川近20年以笔修练的小说之道，加上广阔的人文角度，罗织历史人物的全真面貌，写就武藏"剑禅一如"、至真至性的内心世界，使这位谜一样的历史人物跃然纸上。在《宫本武藏》这部小说之中，吉川将这位一生亲历大小决斗六十余回的传奇人物，从以往说书和武侠小说中"冷酷无情"的形象，做了一百八十度的大转变。将他刻划成一名终身以剑磨练灵魂，追寻"剑禅一如"的求道者，每一次的生死决斗都让他的人生境界更上一层楼。同时还创造出"阿通""朱实""又八""阿杉婆"等这些虚构人物，将爱情与亲情杂糅于刀剑杀阵之中。故事更通俗，场面更波涛壮阔。这部小说配上石井鹤三的水墨插画，开始连载之后，果然好评如潮。不但《朝日新闻》的销量直线上升。一名企图全家同归于尽的绝望画师，也因看到了"宫本武藏攀登朝熊山"那段情节后，打消自杀念头，重燃斗志，面对人生！

《宫本武藏》的成功，无疑确立了吉川英治的"国民作家"地位。作品问世后，陆续有人将之改编成电影，从1936年到1973年的37年间，总共拍出了30部以上的电影，几乎一年多就有一部。这大概也是日本文坛的一项纪录。几位著名的男演员如三船敏郎、鹤田浩二、仲代达矢、高仓健等也都因为曾担纲演出过宫本武藏或佐佐木小次郎的角色而深深引以为荣。此外，《宫本武藏》还被翻译成中、英、德、法、意等各国文字。光是在中国台湾，前后就出现过 5 种不同的译本，始终畅销不歇。在国外，就算到了今天，亚马逊网络书店读者依然给了这本书五颗星的评价；哈佛大学的日本通赖世和（Edwin O. Reischauer）教授则干脆介绍说，这是一本日本版的《飘》。

当然，透过宫本武藏这个历史人物，这本书将大和民族的道德价值、处世哲学乃至美学观点展露无遗，这固然是吸引外国读者的最重要因素。如果仔细推敲全书的结构布局，还会发现其隐隐暗合讲述西方中世纪骑士故事的罗曼史表现手法：男女主角虽然坚贞相爱，却始终缘悭一面。双方只得冲破一个又一个的艰难关卡，方得圆满团聚——这或许也是西方读者容易进入小说情境的一个原因吧。

目　录

地之卷

风之卷

空之卷（一）

空之卷（二）

天之卷（一）

天之卷（二）

元明卷

地之卷

脆铃

一

天崩地裂，无所皈依。

芸芸众生，不过是秋日里飘零的一片落叶，终归敌不过生死的轮回，索性随它去吧！凛冽秋风滑过脸颊，武藏渐渐有了些知觉，不禁动生此念。

直挺挺地横在死人堆里的武藏，仿佛已经成为尸体中的一员，想要挪动一下身体，却使不上劲儿。可能连他自己都没意识到，在这场血战中，他已多处中弹，实在体力难支。

昨晚，确切地说是长庆五年九月十四日的夜半时分到黎明，关原一带骤降倾盆大雨。直到今天中午，依然乌云密布、水雾迷城。从伊吹山麓到美浓山脉，时不时地有白亮亮的雨珠从乌云中洒落下来，冲刷着激战过后硝烟弥漫的战场。

雨滴不时地打落在成堆的尸体上，武藏像一条搁浅的鲤鱼，双唇一开一合地吮吸着从鼻梁上滑落的雨水。

难道这就是我的临终之水①吗？武藏混沌的大脑中，不经意间闪过垂死的念头。

敌胜我败已成定局。不曾想到我军太政次官秀秋竟然叛变，串通东军一起倒戈，里应外合横扫我石田三成以及浮田、岛津、小西等阵仗，不出半日便扭转了战局，成王败寇已成

① 临终之水：日本习俗，在人临死前给水喝。

定论。与此同时，与这场战争相关的数十万同胞的命运也将因此而改写，他们子孙万代的命运也就此被决定了。

村里老人的面孔像放电影般从武藏的脑海中闪过。他在老家只有一个姐姐了，除此也别无牵挂。想到这里，不知为什么，武藏并没有感觉到悲伤。或许，死也不过如此吧。生死轮回，终是浮生梦一场。

正在这时，十米开外的死人堆里忽然仰起了一张脸，滴溜溜的眼珠谨慎地探视着四周的情况，一看就是个装死的家伙。突然，又八眼睛一亮："小武君！"

武藏的意识突然间清醒了，循着声音张开眼睛看过去，原来是又八！

不久之前，武藏和又八一人扛着一支枪从村子里跑出来，两人都年轻气盛，抱着功成名就的万丈豪情参加了同一支军队，又在这同一场战役中成为战友。

又八今年也是十七岁，和武藏同龄。

"喂，是小又八吗？"武藏惊喜地叫喊着，突然感到这世界又真实起来。

"是我！小武君还活着吗？"

两个人朝向彼此的方位互相询问着。

"那当然！我们怎么能就这么枉死呢！"武藏憋足了气说道。

"屁话，那是必须的。咱俩都得活着出去！"

又八奋力地向武藏的方向挪动，等到爬到近前，他拉着武藏的手冷不防地说："快点，咱们一起逃命吧！"

与此同时，武藏反握住又八的手，压低声音说："你找死啊？小声点，现在还不安全，看看情况再说。"

话音未落，两人头枕着的大地传来了万马奔腾的轰鸣声。

黑压压的人马列队横陈，喊杀声喧，向关原一带奔涌而来。

看见对方的大旗，又八惊叫：“啊，原来是福岛的军队。”

慌乱之中，武藏匆忙扯倒又八，眼睁睁地看着金戈铁马横跨两人的身体，挥舞着刀枪飞奔而去。

又八一直趴着没敢抬头，武藏却眼都不眨一下地瞪着那些精悍动物的肚皮，任凭马腿溅起的泥水落在脸庞。

二

九月十七日，秋高气爽，万里无云。经过前日风雨的洗礼，尘埃落定后的夜晚也似乎清寂了不少。只有一勾清冷的弯月悬在天边，惊魂甫定地注视着人间。

武藏环绕着又八的手，拉扯着他的胳膊搭在自己肩头，两人缓缓地挪动着，身影交叠在一起，活像一个不堪重负的包袱晃晃悠悠地艰难前行。他的耳边断断续续地传来又八微弱的气息。

“又八，你还能走得动吗？再加把劲儿，很快就会好的！”武藏时不时地说些鼓励的话，为又八，也为自己。

又八虚弱的脸上早无血色，比月光还暗淡。

昨天晚上，他们两个好不容易从死人堆里逃出来，才发现饿过劲儿的肚子又开始咕咕叫了。途经伊吹山谷的湿地时，两人随便生吃了些甘栗和杂草，武藏的肚子还好，又八却患上了痢疾。

不用想，刚刚打了胜仗的德川一部必定会乘胜追击，围剿落败关原一带的浮田、小西余军，这时候要是被困在山里走不出去的话，只怕凶多吉少。

“还不如被抓呢，至少来得痛快！”又八痛苦地抱怨着，似乎已经认命了。他一只手拄着枪支当拐杖，另一只手死命抓着武藏的肩头，好像是抓着最后一根救命稻草。

“武藏，你也受了伤，我这么拖累你，真是太过意不去了。”

“说什么呢!”武藏咬紧嘴唇，继续拖着又八往前挪动。“说起来都怪我，”武藏说，“当初要不是看见浮田军队的征兵令上写着太政次官石田三成的名字，我也不会头脑一热非得去参军。那个新免伊贺守是我家亲戚，在浮田家当差，我原本还想着凭他引荐怎么也能混上个近侍当当吧，万一哪天心情一好，手起刀落提了个敌军大将的人头回来，那可不就功成名就衣锦还乡了？到时候给老家那些瞧不起我的势利鬼看看，给我那死去的老爹看看，他们还不得吓一跳……可惜了，跟做梦似的。”

“我和你想的一样呢!”又八连连点头。

武藏接着说：“我当时和你玩得好，心想有这么好的机会，咱肥水不能流外人田吧？于是就屁颠屁颠地撺掇你跟我一起去，当时你老娘还把我训了一顿，说你和七宝寺的小通都订婚了，我还来瞎撺掇什么？我姐也不愿意让我走，说什么庄里的孩子就应该安安分分在庄里老实待着，说着说着就哭成了个泪人儿……现在想来，她们说的也不是一点儿道理都没有，不管是你还是我，都是家里的独苗儿啊。

“想到妇孺老人不通大事，当时咱俩就这么私自跑出来了。这下可好，到了新免军的战场上一看，哪有自己想的这么风光。派咱去当小步兵干杂活，端着枪去战斗的机会，还没扛着镰刀去割草的次数多。不用说敌军大将的首级了，连小兵的脑袋都没砍下来一个。虽说现在咱们已经沦落到这个地步，但如果把你像死狗似的扔在这里客死他乡，你让我怎么有脸回去面对你娘和小通?”武藏歉疚地垂着头，说不清是因为劳累还是懊悔。

“其实这件事情也不能怪小武君，胜败都是命啊。你又没做什么过分的事，错的人是太政次官秀秋，要怪只能怪那个吃里扒外的家伙。”一想到那个叛徒，又八就愤愤不平。

三

说话的工夫，两人不知不觉地走到了旷野一角。放眼望去，等在寒风尽头的是一望无际的茅草，没有灯光，杳无人迹。

不会吧？难道这就是要找的目的地？

重新检查了一下来时的路径，两人才发现刚才只顾着说话，都没留意到走岔了路。

“这不是杭濑川吗?”倚在武藏肩头的又八，探头说道。

“也就是说，这一带是前天的浮田部队、东军的福岛部队、小早川部队和敌军的井伊部队、本多势部队，乱军混战的地方?”

“可能是吧，我们也是在这一带被追杀的，但当时情况太乱了，具体的我也记不起来了。”

“快看那边!”武藏指向寒风拂过的草丛，放眼望去，白色河流边上尽是那天鏖战双方将士的尸体。有死后一头栽进草丛中的，有仰面朝天血染小河的，也有人仰马翻倒在一处的，经过两日雨水的冲刷，月光下所有死人的皮肤早已变得跟死鱼皮一般的暗淡，定格在鏖战结束的那一刻。

又八病恹恹地趴在武藏肩头，大口喘着粗气。

“是小虫子在叫吗?”武藏仔细听来，原来哭泣的不仅仅是铃虫和松虫，还有又八。晶莹的泪珠从又八眼里汩汩地滚落下来，“小武君，要是我死了，你能帮我照顾好七宝寺的小通吗?”

“说什么呢！你不会死的，别多想。”

“我也不知道，我只是担心我会死掉。”

“别再说丧气的话了，这样的心态怎么能行?”

“我老娘自然有家里的亲戚照顾。可是小通，刚一出生就被过路的武士扔在寺庙里，孤苦无依，真是个可怜的姑娘。小武君，说真的，如果我死了，拜托你帮我好好照顾她吧!”

“不就是拉肚子吗，死不了人的。打起精神来!”武藏鼓励道，“你再忍一小会儿，等会儿见到农家，给你讨点药，你好好地睡一觉睁开眼就好了。别瞎想!”

从关原一带走来的街道上，有旅馆也有村落。武藏小心翼翼地搀着又八，沿路走去。

没走多久，就遇上了遍地的尸骸，像是某个部队全军覆没的样子。然而，不管见到多么恐怖的死态、多么凄惨的尸体，两人仍然平静地走过，没有惨不忍睹的心悸，也没有撕心裂肺的哀号。经历了这么多，神经早就麻木了。

突然，又八惊叫了一声。在累累尸体中，一个身影像兔子似的迅速闪过，一定是有人藏身在此。月光皎皎，亮如白昼。仔细一看，果然有人弓背而匿。

——难道是山贼?

意外的是，躲藏的竟是个十三四岁的小姑娘。那姑娘虽然衣衫褴褛，腰带上却镶着金线，拖着浑圆宽大的衣袖目不转睛地盯着他们，像只机敏的猫。

四

战争虽然已经结束，但对附近残兵余党的搜捕还在继续。满眼望去都是死尸，一片肃杀。在这月黑风高之夜，那小姑娘只身一人藏身于死人堆里，两人都觉得不可思议，便走上前问道："谁在那里?"

小姑娘显然被这两个不速之客惊到了，目光一闪，刺溜一下就想跑。

"唉，你别跑啊！问你个事儿——"

可惜已经晚了，小姑娘早就跟兔子似的没了影儿，就连腰带上铃铛来回摇摆发出的叮叮当当的声音也渐渐消失在远方。

"什么情况?"武藏满头雾水。

又八在身边自言自语道："不会是遇见妖怪了吧?"

两人忍不住相视一笑。

"那姑娘跑过那边的山丘就没了影儿，该不是附近就有村落吧？早知道还不如别吓着她，向她打听一下就好了！"

两人登上那边山丘，果不其然，远处有人家灯火。那灯光靠近往南伸展的一大片沼泽地，两人又循着灯光的方向走了二里路，才走到一户古色古香大门的人家门前。这是个独门独户的院子，可能是因为比较古老的缘故，柱子都开始腐朽了，连个像样的门都没有。

"打扰一下，有人在吗?"武藏轻叩门扉，"大半夜的前来打扰，实在不好意思。不到……添麻烦。我朋友生病了，能行行好救救他吗?"

还是没有回应。过了一会儿，听到有人在小声嘀咕。

"你们是关原战场上战败的士兵吗?"一个小姑娘清脆地问道。

"对啊，我们是浮田军的人，伊贺领主新免手下的步兵。"

"那就对不住了，收留败兵有罪。你们不是不想给我们添麻烦吗？那就请回吧！"

“这个……别这样行吗？”

“你们还是走吧。”

“我们也不想在此停留，可是我朋友生了痢疾，快要不行了。要不你们行行好，给我一剂治痢疾的药吧？”

“想要药啊……”

小姑娘略作思考，铃铛随着脚步声走向里屋，大概是询问家人去了。

不一会儿，从窗户里伸出一张白净的脸蛋儿，像是这家的女主人，开口吩咐道：“朱实，去开开门吧。不过是些残兵败将的，进来待一会儿应该也没什么事。”

五

又八慢慢服了一大口朴炭粉，又喝了不少韭菜粥，倒头就睡下了。武藏抠出伤口弹丸，用烧酒冲洗干净腿上的伤口，也倒下了。这个柴火小屋就成了他们的临时避难所。

“这家人家靠什么生活呢？”

“管它什么地方，能够躲在这里，已经是不幸中的万幸了。”

当家的看上去年岁也不大，和那个小姑娘一起，就她俩也能在这山里住下去，真够能耐的。”

“你不觉得那小姑娘，和七宝寺的小通有点像吗？”

“那当然，都是可爱型的……不过，那么个洋娃娃，干吗大半夜的在战场的死人堆里乱晃？真想不通。”

“听，有铃声。”

好像是那个叫朱实的小姑娘往这边来了。

小屋外边，脚步声停了下来，小手轻叩门扉：“又八君，武藏君。”

“在呢，是谁?”

“是我啊，我给你们送粥来了。”

只见朱实端着盘子进来了，上面放着药和食物。

“身体好些了吗?”

“承蒙关照，我俩都恢复得不错。”

“我娘说了，就算好一些了也别大声说话，更别抛头露面。”

“多谢二位关心。”

“听说从关原逃出来的石田三成大将和浮田秀家大将还没有被捉到，这一带还是挺不安全的。”

“原来如此。”

“要是你们在我家被官兵搜到了，我们的日子也就不好过了。”

“哦，那我们尽量小心。”

“那么早点睡吧，明天见。”说着，朱实转身要走。

“喂，朱实姑娘，能过来陪我说说话吗?”又八说。

“讨厌!”

“为什么啊?”

“我娘会骂我的。”

“那么，你就告诉我你多大了，这总可以了吧?”

“我今年十五呢。”

“才十五岁? 好小呀!”

“要你管!”

“怎么没看见你爸爸? 他去哪儿了?”

“死了。”

“那你们怎么过活呢?”

“你是问我们是干什么工作的吗?”

“聪明!”

“我娘是卖艾蒿的。”

“原来如此，听说这一带的灸艾挺出名的。”

“伊吹山的艾蒿，春割夏晒，秋冬做成艾蒿到集上去卖，我们就指着它过活呢。”

“确实，女人做艾蒿也没什么难的。”

“这下你满意了吧？还有什么问题吗?”

“可是朱实啊，我们刚来的那天晚上，你为什么在战场的死人堆里乱晃呢？你在干什么?”

“没干什么。”朱实“啪”地一声把小门关上了，清脆的铃声渐渐飘向正房。

毒 蘑

一

武藏身高五尺六寸，人高马大的，像匹善于奔跑的骏马。他腿臂壮硕，朱唇皓齿，浓眉比一般人都要长，几乎要斜过眼角。难怪村里的人都说他是“丰年童子”呢。

按这么说，又八也算得上是“丰年童子”了，只不过有点儿虚胖，胖嘟嘟的脸上生着一双善于察言观色的眼睛。

不知什么时候，又八又像发现了新大陆似的凑过来对武藏说：“唉，这个女当家的，每天晚上都涂脂抹粉呢。”

毕竟是年轻人，身体也恢复得快，两人的伤病很快就痊愈了。又八早就在这柴火屋里待够了，时不时地跑到正房去，和女当家阿甲、小姑娘朱实坐在炉边说说笑笑，时不时地唱个小曲儿说个笑话，逗得她们哈哈大笑。渐渐地，小屋里就不太见着又八的身影了，有时直到晚上才见他醉醺醺地回来。

“武藏君也一起来玩儿吧！”有一天，又八这么劝道。

“蠢货，你忘了我们的身份了吗？我们是藏在这里的伤兵败卒！我不喜欢喝酒！”

后来，武藏也在这小柴火屋里待烦了，便试探着走了出来。二十天不见天日，他不禁仰望蓝天，好好抻了抻身子，然后对又八说：“咱们别老麻烦人家了，是时候回家了。”

“我也是这么想的，但是现在伊势的路上查得很严，不如等下雪之后我们再动身？女当家的和朱实也是这么建议的。”

“你这个怂货，我看你是围在炉边喝酒喝上瘾了吧？”

“瞎说什么呀！实话告诉你吧，浮田现在还没被抓到，前几天德川那边就派人到这里来盘问过，是我把他们忽悠走的。我觉得，与其躲躲藏藏的，还不如大大方方地站在明处，也许还安全些。”

武藏一想，觉得也有道理，于是当天就搬到了正房。

女当家阿甲看见家里更热闹了，便走出来，笑盈盈地说：“又八、小武，你们要不留下来一个给朱实当压寨夫君吧？一辈子住在这里多好。”

两个大小伙子羞答答地低下了头。

二

后山上长满了松树，朱实挎着个小篮子兴高采烈地在松树林里转来转去，不时地喊着：“这里有好多！快来啊大哥！”

不远处的松树底下，武藏也挎着个篮子，好脾气地说：“这儿也有不少呢！”

明媚的阳光穿过针叶树的缝隙洒落在两人身上，斑驳地跳动着。

“看谁捡得多？”

“还是我捡得多！”

朱实把手伸向武藏篮子里的蘑菇，一边扒拉扒拉地往外扔，一边说：“这个不要！这个也不能要！这是红蘑菇，这是天狗蘑，都是毒蘑菇！看吧，还是我捡得多！”

暮色四合，是该回家的时候了。朱实跟个小鸡似的蹦跶在前边，突然脸色一变，停住了。

林子深处横出来一个彪形大汉，粗眉肥唇，怒目圆瞪，一看就不是什么善茬儿。只见他提着一把大刀，毛皮大衣里面的铠甲若隐若现。

“小丫头!”那大汉似笑非笑地向朱实走过来，露出满口黄牙。

“你妈在家吗?”

“在。”

“每晚都背着老子去关原，别以为老子不知道你们打的什么主意!”

“我们没有……”

“回去告诉你妈，敢在老子眼皮底下耍花招，是不是不想混了?”说着狠狠地剜了她一眼，大摇大摆地往草丛那边走去。

“那家伙是谁?”

武藏注视着大汉的背影，关切地问道。

“不破村的十风典马，是个野武士。”

“你们怎么得罪他了?”

见朱实仍不说话，武藏继续问道:“对别人不说也就罢了，对我还需要保密吗?”

朱实面露难色，迟疑地咬着嘴唇，突然扑到武藏的怀里抽泣地说:“那你可千万不能对别人说啊!那天晚上，在关原……难道你还没猜到我在干什么吗?我就是个小偷!从死人堆里偷钱偷物的小偷!我好害怕，可是我们需要食物，如果我不去偷，我娘会骂死我的!”

三

武藏和朱实坐在草丛里，透过松林的缝隙，望向伊吹沼泽的对面。

“这么说来，那天你说你们靠卖艾蒿为生，也是骗人的吗?”

“嗯。我娘这个人，好奢华享受，指着平日里割艾蒿过活，怎么可能?”

“是呀。”

“在我爹还活着的时候，我们家在这十里八街也算是大户人家，家里也有不少佣人。”

“你爹是做买卖的商人吗?”

“不是，我爹是野武士的头目。”说着说着，朱实眼圈就红了起来，“可惜不久之前被刚才那个十风典马给杀死了，大家都这么说。”

“是他杀死了你爹?”武藏很吃惊。

朱实点点头，不禁眼泪汪汪。这个十五岁的小姑娘，穿衣打扮都还是小孩样儿，言谈举止却难得的早熟。眼看着大颗眼泪从幽深的眸子里吧嗒吧嗒滚下来，武藏于心不忍，恨不得抱住她，安慰她。但是武藏也知道，这么个小姑娘所受的教养肯定不简单，直到现在还对那个地头蛇老爹引以为豪，干着比小偷还冷血的工作。更重要的是，还有个这样的亲娘教育她。

自古以来野武士就是拿命拼地盘，他们有自己的组织和纪律，一旦受到侵犯，那就短兵相见。当然，他们也绝对不会允许在自己的地盘上发生越轨的行径，他们就是各自地盘上的土霸王。

朱实还是感到后怕：“万一十风的人来找麻烦可怎么办?”

“放心吧，有我在，不会出事的。”武藏淡淡地说道。

翻过山头越过沼泽，炊烟袅袅。浓妆艳抹的阿甲倚门而立，似笑非笑地看着两个归人道：“朱实，干什么去了？这么晚才回来!”

武藏没多想，只见朱实红着脸溜了，似乎感觉到了哪里不对劲儿。

四

听说朱实路遇十风典马的事，阿甲立马坐不住了：“又八、武藏，快过来搭把手，把这些东西抬到房梁上去!”阿甲一边招呼着，一边把橱柜里抽屉里的东西哗啦啦地倒成一堆。

又八倒是反应快，“噌”地一下就蹿上了房梁大干起来。

不看不知道，一看吓一跳。这堆东西件件都是宝贝，短刀、枪头、头盔座、镶金镀银的马鞍、金银钱币……

最后递过来的是一把四尺长的黑樫①木剑。武藏接过这把剑挥舞着，重量也好手感也罢，好像是为他量身定做的，顿时爱不释手了。

“大婶，这个，送给我行吗?”武藏下定决心才开了口。

“你想要?”看阿甲笑靥如花，显然是默许了。

东西都搬完了，又八从房梁上跳下来，满眼羡慕地看着武藏。

“来，小伙子，这个送给你了!”阿甲看在眼里，随即把一个镶着玛瑙珠的抽口皮袋递给又八。

东西都拾掇妥当，阿甲才放下心来。

这是个任何时候都不忘讲排场显风度的女人，都半老徐娘了，还自认为风华正茂呢。按照丈夫在世前的习惯，阿甲要求朱实和自己一起梳妆打扮后，招呼又八和武藏一起围着炉子坐下来小酌几杯。

“男人嘛，哪能不喝酒？让小女子来伺候哥哥喝几杯吧!”见武藏推辞，阿甲佯装生气，拉着他的手硬要往他嘴里灌。

---

① 樫，栎木的一种，质坚硬。

又八脸色一阴，注视着阿甲。阿甲故意把手放在武藏膝上，一面拍着，一面唱起流行小调来了。

阿甲不顾武藏局促不安，继续说道："我刚才唱的小调，名叫《我的心》。武藏君，你可明白小女子的心意？"

朱实羞红了脸，望向外面，又八又羞又恼，阿甲醉眼蒙眬装作浑然不知。

又八顿时觉得太无趣，说："我说武藏啊，咱们也该回去了吧？"

"回哪儿去啊，小又君？"

"当然回老家宫本村咯。我还有老娘和没过门的媳妇在家等着呢。"

"哎哟，那就太对不起了。你们一直要求在这里避难，我才好心收留你们的。谁知道你家里还有那些人啊。要走你就先走吧，我可不拦！"阿甲眼睛一翻，酸溜溜地说道。

五

手持宝剑抽插劈刺了一番，武藏顿时感到无比痛快！他舍不得放下这把宝剑，抱着它进入了梦乡。冰冷的剑身贴在脸庞，武藏不禁回忆起儿时寒冬舞剑、接受亡父无二斋严酷教导的情景。打小耳濡目染、不屈不挠的气魄，似乎又随着这把剑魂兮归来，在周身血液中复活了。

武藏的父亲是个冷若冰霜的硬汉，怎奈父子缘浅。武藏自幼就对这个严厉的父亲心存敬畏，他所思慕的是从小就分离了的母亲。

九岁那年，他突然离家，跑到远在播州的母亲那里去，只为听母亲慈爱地说一句："哎呀呀，我的儿子又长高了！"那武藏就非常满足了。

直到有一天，武藏才知道，原来父母已经离异。母亲在播州已改做他人妇，还给那人生了个孩子。

妈妈把他领到神庙旁一个无人的树林里，紧紧地抱着他哭泣道："回去吧！回你爹那里去吧！"

随后，父亲派来的人便把武藏绑在马上拖回了宫本村的家。父亲无二斋勃然大怒，给了武藏一顿狂揍："你再敢去播州找你娘，我就当没生过你这个儿子！"

一想起离别那天母亲的泪光，武藏就心里泛酸。父亲的暴打，更是深深烙在了九岁少年的心里，隐隐作痛。

后来没过多久，武藏听说母亲生病去世了，心中隐秘的悲痛无处释放，他突然像变了一个人似的狂躁起来，就连调皮捣蛋的孩子见了他都得躲着走，只有又八还能稍稍对付他的脾气。有一次父亲抄起戒尺教训他，谁知武藏一把夺过来就跳出门去追打看不顺眼的小朋友。无二斋摇了摇头长长叹了一口气，实在拿他没办法。

武藏才十二三岁的时候，就已经出落得像个大人了。有一年，有个叫马喜兵卫的武士来村里打擂台比武，幸亏武藏初生牛犊不怕虎，敢上来踢馆就已经实属不易，更要命的是居然还踢赢了，把那不知天高地厚的武士打了个落花流水。村里人高奏凯歌夸赞这个孩子年少有为，然而，一种阴冷的畏惧感也在不知不觉间渐渐笼罩了整个村子。大家的惧怕和孤立，也更加助长了他狂暴的性格。

要不是姐姐阿吟，说不定他早就被村人赶出了村子。也就只有姐姐的泪水和劝导，还能在武藏心中留有分量吧。

这次，他撺掇又八一起从军，本以为生活会因此出现转机，谁知登天不成反成溃卒，希望之光又一次暗淡了。现实果然是残酷的。

毕竟身处乱世，大伙儿都是朝不保夕，一朝天子一朝臣的事情也不是没有可能，更何况是一无所有的武藏。光脚的不怕穿鞋的，谁知道明天会怎样？睡梦中的武藏紧握木剑，一如既往地平静。故乡旧事悄悄爬上他的嘴角，流露出不经意的柔情。

光影斑驳中，武藏的身边悄悄俯下一个风韵犹存的妇人，像只寂寞难耐的野猫。

“多美的一张睡脸。”她自言自语。闪着蔻丹的指尖轻轻划过武藏俊朗的双唇，脂香粉雾在夜色中弥散开来。

六

“噗！”吹灯的气息干净利落。欲火焚身的阿甲早就按捺不住了，娇喘兮兮地抽开不解风情的宝剑贴向武藏怀里。夜色撩人，情难自禁。

“谁？”武藏本能地惊醒，一跃而起。人起灯落中，阿甲的手已经被反拧在背后，她忍不住叫了声：“好疼！”

“原来是你啊，我还当是贼人呢，实在失礼了。”

“武藏君，人家不要你说对不起……”看见武藏满头雾水的样子，阿甲更觉得心动：“这么晚了，不要那么大声，奴家的心意，难道你还不懂吗？”眼波流转，尽是小女人的妩媚。

“大婶的救命之恩，武藏感怀在心。”

“人家说的才不是这个，人家想要你……”

“啊，不！大婶，我先把灯点上再说吧！”武藏还从没见过这等世面，他牙齿打战，本能地想往后退，不觉间已退到墙角：“大婶，你快回去吧，当什么也没有发生过。”

阿甲的鼻息越来越近：“武藏君真的不明白奴家的心意吗？你不会是害臊了吧？……不要怕，这个夜晚只属于我们两个人。”

一股血柱冲上头顶，武藏欲去无路，阿甲欲罢不能。这时，一阵紧促的砸门声打破了宁静，一个声音大声喊着：“快给老子开门!”

烛光穿过门缝，打在朱实的蒙眬睡眼上。又八也警醒了，问道：“怎么个情况?”

朱实一看情势不好，叫了一声：“娘!”

不知什么时候，阿甲已经回到自己的屋里去了。砸门的是六七个彪形大汉，为首的那一个怒呵道：“十风来了！快给老子把灯点上!”

凤去楼空

一

这些没规矩的家伙，连鞋都没脱就闯了进来，柜子床下的到处乱翻。十风典马大大方方地坐在炉边，没事人似的看着底下人抄家。

“都搜这么长时间了，找到什么宝贝没？”

“没有，什么都没搜到。”

十风典马眼珠一转，狡黠地笑道：“没有就对了。好了，你们不用翻了，下去吧！”接着，他对在里屋背他而坐的阿甲说：“阿甲，来，给爷儿烫点酒喝。”

“酒就在那儿搁着，想喝自己倒。”阿甲显然不吃十风这一套。

“哟，够火辣！爷儿喜欢！大爷我可是专程过来看你的，你就这么不赏脸？”

“哟，还有你们这样来串门的，老娘我还是头一次听说哩！”

“你别敬酒不吃吃罚酒！别以为你们孤儿寡母背地里干的事老子不知道。你以为小兔崽子从战场的死人堆里偷东西，能瞒得过老子的眼？”

“口说无凭，你们有证据吗？”阿甲仍旧不依不饶。

语声未落，十风给手下使了个眼色，只见爪牙瞬间就捅开了天棚，“哗啦”一声，房梁上的宝贝掉得那叫一个欢实。

十风怒道："真是个不知好歹的娘儿们！你要是识趣的话就该好好伺候大爷我，这样你们的日子还能好过些。"

"谢谢！只是您的关怀，我们孤儿寡母的还真受不起！我倒要问问你，我男人是怎么死的？"

"怎么，你想报仇？好啊，老子助你一臂之力！"

"别装了！十里八街的谁不知道这是你干的好事，你还有脸在这儿装大尾巴狼？想让老娘委身于杀夫仇人，老娘可没这么下贱！"

"啊哈？你他妈的还真能说出口来啊，阿甲！"说着十风把碗中的酒一饮而尽，"但凡你能放聪明点儿，老子还是怜香惜玉的……"

"十风你别忘了，朱实也会长大的，她一定会给她的死鬼老爹报仇雪恨！"

"啊哈哈，我好害怕呀！"十风狂笑着，以为刚才听了个笑话，随即脸色一阴，吩咐道，"抄起家伙来！把那娘儿们揪出来上刑！"

二

不过是个手无缚鸡之力的女人，野武士们也没多想，大摇大摆地向里屋走去。刚到门口，却都停住了。

"磨蹭什么？快给老子把她揪出来！"十风扬声喊道，突然感觉气氛有点儿不对，拨开人群自己走上前去，才发现阿甲近旁挺着两个气势凌然的壮小伙儿。武藏一夫当关万夫莫开，手持木剑剑锋指地，似是不管是谁，只要胆敢近前一步，立即就要打折他腿的架势。

又八提刀挺在墙壁的阴影处，做好了来一个劈一个、来两个劈一双的准备。

原来趁十风在外间喝酒的工夫，里屋早就做好了战斗部署。为避免伤害，已经事先把朱实藏了起来。有了这两个后盾，阿甲才敢爱搭不理地在里屋挑衅。

“原来如此，”十风若有所思地从鼻孔里哼了一声，“那天看见朱实和一个黄毛小子在山里卿卿我我，原来就是这小子！那么，另一个呢？报上名来！”

又八和武藏理都不理，一副少说废话、刀兵相见的架势。

十风典马有些打怵，便大声喊道：“这家里没有男人，这两个人定是附近战败的逃兵！要是被官府知道你们私藏逃兵，这下场你是知道的吧?!”

两个门神一动不动。

“我，不破村的十风典马，见了大爷我还不放规矩点！”

依然死一般的沉寂。

“他娘的……”十风有些恼羞成怒，大手一挥退下碍事的爪牙，自己挺上前去。一个爪牙笨手笨脚地碰到火炉，发出一声怪叫。十风乘势向前攻去。

“好家伙！”又八眼疾手快挥刀劈去，不想十风身手更快，手起刀落只砍到了十风身后的刀鞘上。这时，阿甲早已躲到屋角，武藏移步到她原来的位置握剑以待，见十风熊扑而来，对着他的胸口就是一顿猛打。

幽暗的空间里，粗重的喘息迎面压来，十风活像一只笨熊迎面冲了过来。武藏无处躲闪，雨点般的铁锤落了下来，震得武藏头盖骨都快碎裂了。但是，生而为人，岂能做敌人鱼肉?！他积蓄在全身的力气和怒火一起迸发出来，把这坨肉球“嘭”的一声摔在墙上，震得屋子咣当一颤。

三

既然开打了，那就没有收手的余地了。撕咬也好抓挠也罢，是生是死只求快意恩仇。武藏血液里流淌着最原始的野性——那种没有经过知识熏陶，也没受过近代文化洗礼的野性，应该归功于父亲无二斋的铁血教育。越是严酷的打击，越是要咬牙挺住；越是暴戾的屈打，反而越不折服。村里人对这个顽劣的孩子真是又怕又厌，对武藏来说，反而让自己更加坚强更加我行我素。

家乡终究还是太小了，容不下少年的壮志豪情。对于武藏来说，关原一战是他走向外面世界的第一步。虽然出师不利，但对一无所有的少年而言，什么青春挫折，什么前途黯淡，只不过是生命长河中的一片涟漪，不足挂齿。在这朝不保夕的乱世，谁知道明天会发生什么呢。

原始的野性再次冲上脑门，武藏目透杀气满血复活。事已至此，不是你死，就是我活。

十风见势不妙，顷刻抱头鼠窜。

“有种别跑!”武藏怒发冲冠一路狂追，疾风闪过耳鬓，似是发出愉快的笑声。

“扑通”一声，两个身影终于重叠到了一起。手起剑落，血流如注，一声凄厉的悲鸣响彻长夜。

做罢，武藏像个没事人似的扭头就走。也是，如果被杀的是自己，恐怕也会暴尸原野吧。

“武藏!”听到又八的声音，武藏转过身去，“怎么了?”

“你……你把那家伙干掉了?”

眼见贼人的血液沿着武藏的剑锋滴落下来，又八会意，随即说道：“那帮家伙也真够怂的，一溜烟地全跑没了。”又八举着带血的刀嘲笑道。

灯火阑珊处，两个夜归人。

四

一匹从战场上跑散的野马把头伸进窗户，喘着粗气四处乱动，吹得两人不得不睁开眼睛。

“畜生！”武藏抬手就给了马脸一巴掌。

又八大大地伸了个懒腰：“这一觉睡得真舒坦！”

太阳都晒到屁股了，两人平静地从床上坐起来，仿佛昨夜里什么都没发生过。武藏麻利地穿好衣服，洗了把脸仰面迎着阳光，深深地吸了口新鲜空气，顿时神清气爽起来。

又八有自己的一套。脸不洗牙没刷，刚一起床就蹿到正房去跟阿甲和朱实打招呼。兴冲冲地进门，却发现阿甲愁眉苦脸地没精神。又八十分不解：“我说大婶，杀你男人的十风典马已经死了，他底下的人也作鸟兽散了，你应该高兴才是，怎么还犯愁呢？”

看着又八毫无心机的脸，到底还是太年轻啊，阿甲心里嘀咕着，竟隐隐有些羡慕。“十风是死了，但他手下有多少小弟，你们知道吗？”阿甲无奈地一笑。

“哦，原来大婶是怕那些狗奴才来找麻烦啊？放心好了，有我和武藏在，让他们放马过来好了！”一听原来是在愁这事儿，又八松了一口气。

“不是你想的那么简单。十风典马还有个叫十风黄平的弟弟，在木曾的野洲川有很强的势力。那伙人不仅武艺高强，而且诡计多端、心狠手辣，凡是和他们作对的人，没一个能有好下场。你们毕竟还是孩子，根本不可能是他的对手。”

阿甲已经想好了，事已至此，只好带着朱实远走他乡过活了。至于又八他们怎么办，实在难舍其力。

又八托着腮帮子，也不知道怎么办好，便跑出去找武藏商量。门口没见人影，循着小路看向远方，只见武藏正骑在刚才那匹野马背上，沿着伊吹山麓纵情驰骋。

“喂!”又八清了清嗓子，捧着腮大声喊道：“你个没心没肺的家伙，快回来啦!”

五

枯草地上，仰身而卧。少年心事当拿云，风轻云淡，相依而谈才衬得上这两兄弟的情谊。

“我们也是时候该回家了。”

“是啊，是该回去了。你家里有老娘，还有没过门的媳妇。”武藏仰望天空，叹道，“女人就是麻烦。要不是因为我姐，我是真不想回去。人生苦短，好男儿志在四方。有时候想想，自己还不如这匹野马，无拘无束，想去哪儿就去哪儿，这样活着才够味儿!”

一阵清风从耳边吹过，朱实清脆的声音随风而至：“喂!快回来吃饭啦!”

一听开饭了，俩人一咕噜爬起来，武藏坏笑道：“看谁先跑回去!”不等又八反应过来，武藏就一阵风似的没了影儿。“妈的！玩儿我呢!”不用说，又八毫无悬念地输在了起跑线上。

似乎预感到分别在即，朱实从中午开始就蔫儿了起来。想想这几天来融洽相处的日子，心中十分不舍。

“别犯傻了！哭丧着个臭脸给谁看?”里屋里，阿甲像往常一样梳妆打扮着，一边呵斥着，一边眼波流转地看向武藏。

武藏围在炉边，冷冷地瞥了一眼镜中的阿甲，急忙把脸扭开。一阵甜腻的脂粉香气袭来，那夜的情景直让他作呕。

又八好像在自己家里似的，熟门熟路地从搁架拿了瓶酒烫上："来，吃了这顿散伙饭大家就各奔东西了，咱们不醉不归!"说着满上了三杯酒。

阿甲一饮而尽，才一会儿工夫便媚眼微醺，见武藏厌恶地皱了下眉头，便转向又八娇喘道："哎哟哟，人家起不来了。来，又八君，把人家搀回里屋去吧?"

又八顿时心跳加速，扶起阿甲就要起身，途经武藏，阿甲讪笑道："既然你那么喜欢一个人睡，就自己睡在这里吧!"

果然，整整一晚，武藏就醉倒在桌子上凑合睡过去了。第二天一睁眼，不想屋里却大变样：衣服等细软连同那娘儿俩全都不见了，又八也没了影儿。

"喂！又八!"武藏的心咯噔一下，急忙去搜寻。谁知里屋、院里，哪有又八的踪影？只有一只红色木梳遗落在后院，明晃晃的像是在嘲笑他。隐隐约约中一阵香气袭来，这危险的诱惑直令人窒息。

"又八！你个笨蛋！你真他妈的不是东西!"武藏把梳子摔在一旁，心灰意冷地瘫倒在台阶上，满心的凄凉和落寞。要不是还得回家一趟给又八的家人和姐姐报平安，他便真是了无牵挂了。仗剑走天涯，这便是他的宿命吧。

野马靠了过来，见武藏没有搭理它的意思，便兀自踱到食槽边，舔了舔泡胀的饭粒。

花御堂

一

山连着山，对于这个国度而言，这样的形容毫不夸张。从播州的龙野口到作州一路走来，山道蜿蜒，就连国境界碑都立在山脊上。从这里往下一看，不由令人惊讶：居然有这样一片世外桃源！

不仅有人，而且是很多人家。只见房屋错落有致，地处深山却热闹非凡。这里有旅店，有裁缝铺，到了晚上还有白脸的女人凭栏浅笑。

这，就是宫本村。

“唉，都已经出去一年了。”七宝寺的台阶上，一个女孩眺望着远方，若有所思道。小通是个孤儿，自幼便在七宝寺长大，等待的日子真是磨人啊，有哪个妙龄少女能受得了这日复一日的青灯古佛。

去年定亲时，小通才十六，比又八小一岁。说起又八，自从去年夏天和武藏一起跑出去打仗，就再也没有消息。为什么男人总爱去打仗呢？小通百思不得其解。冬去春来，无尽的忧虑像一条蛇，缠得她快要透不过气来了。难道真像别人说的，领主新免的部下无一生还？

“小通！小通！”有人在叫她。

从井边走过来一个“黑罗汉”。这是年约三十的云游和尚泽庵，来到寺里也有三四年的光景。

他乐呵呵地走来，自言自语道："哈哈！春天来了，真好呀！"见小通无精打采地坐在台阶上，便故意走过来逗她："好归好，就是虱子咬得厉害。怎么办呢？我灵机一动，就把法衣给洗了。洗完了总得晾吧？晾到哪里呢？晾到茶树上不好干，晾到桃树上倒是可以。可现在的桃花开得多美啊，像我这种爱花护草的风流男子，怎么舍得辣手摧花呢？啊哈哈?!"

"你就这样光着身子等它干吗?"小通一下子涨红了脸。

花和尚装作浑然不知，继续打趣道："要不你借我根晾衣竿呗？我睡一觉的工夫就能干了。明天四月初八灌佛会，沐茶的好日子，到时候我就一手指天一手指地……说着双脚一并，手指上天一本正经地比划着："天上地下，唯我独尊!"

二

"别说，你装起蒜来还真像那么回事!"小通实在端不住了，哈哈大笑差点儿背过气去："到时候我往你头上浇茶吧。"

"别价，那我可怎么敢当。"泽庵挥挥手，装作受不起的样子："对了小通，你明天干啥去?"

"方丈说了，要我去花御堂采花布置花堂，晚上还要煮甘茶。每年的四月初八都得做这些。"

"那得用不少花呢，我帮你采去。"泽庵倒是善解人意。

"光着膀子往外跑，你不怕丢人我还嫌害臊呢!"小通背起背筐，抄起镰刀逃也似的跑了。

"这有什么大惊小怪的？人本来就是赤条条的来，赤条条的去嘛!"眼见着自己要被落下了，泽庵不知从哪儿扯了个大包袱皮，随便往身上一裹就追了上去。

山风吹来，那包袱皮呼啦呼啦地在泽庵后背上乱晃，衬得泽庵活像个从雪山上下凡的活佛。

“喂，等等我嘛！”

“哎呀呀，和你走在一起，让人看见会笑话的！”

“别说违心的话了，你明明喜欢和男人一起走路的……哈哈哈！”

“闪开！”

“哎哟哟，还生气啦？都是快要出嫁的人了，咱能喜庆点儿不？黑着张脸跟个什么似的，怎么讨人喜欢嘛！”

小通索性不再搭理他，背着背筐跳跃在英田川的河边，像只翩然起舞的蝴蝶。春菊、野蔷薇、紫地丁……不一会儿就装满了小筐。

“真是美好啊！”毕竟是年轻的佛家弟子，容易触景生情，“我说小通，你不知道你现在的样子，真是美极了。万华净土，众生皆苦。凡人躲不过喜怒哀乐、悲相随、爱别离之苦，禁闭在八寒十热的伤痛中不可自拔。善哉善哉！小通姑娘，看你现在的状态多好，我实在不忍看你再自寻烦恼。”

三

“泽庵师父，我好心奉劝你啊，与其有这个闲空说教别人，倒不如小心别让蜜蜂蜇了自己的大光头，哈！”

“瞎扯，我佛派我来渡你，你别顽固不化。”

“佛让你跟我说什么啊？”

“佛说，和尚和女人三千年前就开始不和，女人就是夜叉、魔王、地狱使者。小通姑娘老和我过不去，就是这个渊源宿命。”

“女人是夜叉？凭什么这么说！”

“因为女人都是骗子，骗得男人团团转！”

“宁愿相信世上有鬼，也不相信男人那张破嘴——骗人的都是你们男人吧?”

“得，不跟你争了，信不信随你。不过嫁人准没错，以后你就明白了。”

“哎对了，泽庵师父，你不是说来帮我采花吗?大半天连一根指头都没动弹。喏，给你镰刀，别啰唆啦!”

“不过是采花，有何难哉?”

“别光嘴皮子溜，采完了再吹也不晚。现在我要去阿吟姐姐家一趟，说不定她已经把明天要用的带子缝好了。”

“啊，那天来寺里的阿吟啊?好吧，我正好口渴了，先到她家里讨杯茶喝。”泽庵连一枝花都没采，就跟着小通走了。

四

阿吟今年已经二十五岁了，家门不错，人长的也不丑，按理说早就该应门好亲事了。只是弟弟武藏年纪小，调皮捣蛋地在街坊邻里名声不好，于是每次有人来提亲，阿吟便说“父母早逝，长姐如母，还是等到把弟弟抚养成人再做打算吧!”把提亲的人全回绝了，一拖就拖到现在。

父亲无二斋[①]，原本过着浪人的生活，在新免家当武师，赐姓新免，家里面雇了不少佣人，一时也是风光无限。后来家道中落，母亲改嫁，不久父亲便在贫困中去世了。家里原来的佣人感怀旧主，见阿吟一个人拉扯弟弟也挺不容易的，便时不时地来扫个地啦，打桶水啦，送个菜啦……悄无声息，默默地守护着这个家。

“吱呀”一声，有人推门进来。大概又是好心人过来帮忙

---

① 无二斋，是武人的称号，相当于我国武术家的绰号，很多日本武人都缀以斋名。

了，阿吟习以为常，没有停下针线。

“阿吟姐，我来了。”说话的工夫，小通悄无声息地在阿吟身后坐了下来。

“啊，我寻思是谁来了呢，原来是小通啊！我正给你缝带子呢，明天的灌佛会上要用，我没记错吧?”阿吟手里忙活着，没顾上抬头。

“是啊，明天要用。你这么忙还给你添麻烦，真不好意思。要不是寺里的活计多，本来我自己就能缝了的。”

“反正我一个人待着也无聊，倒不如找点儿活干，也省得瞎想。”

小通低头表示感谢。抬头间，无意中发现阿吟身后的佛坛上竟供着两个纸做的灵牌，分别写着：

新免武藏之灵行年十七岁
本位田又八之灵同年

“阿吟姐，来报了吗？他俩……真的都死了吗?”小通眼圈通红，瞬间噙满泪水。

“倒是没有来报，但是这么久了都没有消息，八成是人没了吧。九月十五是关原之战的公祭，也算是他们的忌日了。”

“我不相信，他们一定会回来的，他们一定没有死!”小通不停地摇头。

“怎么，你梦见又八了吗?”

“嗯，梦见过好多次了。”

“那就是死了吧，我也梦见过武藏。”

“别弄这些不吉利的，我给扔了。”盈盈泪珠滚落下来，小通吹灭佛坛的蜡烛，抄起牌位前的花瓶向窗外泼去。

“啊！好凉！”泽庵本来在走廊上坐得好好的，被这突然的一出水泼得蹦了起来，“我说来讨杯茶喝，可没说来淋水啊！”

五

小通伸出脑袋，只见泽庵脸上头上都是水，水滴沿着破包袱皮滴答下来。

“哎呀呀，泽庵大师，对、不、起、啦！”看着他那滑稽样儿，小通顿时哭笑不得。

“外边是谁啊？”阿吟问道。

“他呀，是来我们寺里的云游和尚。那天你来寺里，不是有个和尚躺在地上晒太阳吗？当时你问他，他还说晒太阳治虱子哩！”

“哦，我记起来了，原来是他呀。”

“对对对，就是他。他叫宗彭泽庵。”

“是个奇人。”

“那可不，不是一般的奇人啊！方丈说了，他十岁出家十四岁受戒，随后云游了大德寺、妙心寺等寺庙，师从愚堂和尚、一冻禅师等多位得道高僧，佛法可高了！”

“这么厉害啊？还真没看出来。”

“更厉害的还在后边呢。后来他当了和泉南宗寺的住持，后来成了大德寺的座主。谁知他在大德寺只待了三天就跑了，就连丰臣秀赖、浅野幸长、细川忠兴等王公大臣都替他可惜，要另建个寺庙请他过去。谁知他根本不为所动，一门心思地想要当街要饭晒太阳抓虱子，你说他是不是个怪胎？”

“难说，指不定他还觉得咱们奇怪呢。”

“也许吧。有时候想起又八，我正难受地哭呢，他却哈哈大笑起来。”

“这个人确实有点意思。”

“那是相当有意思啊！”

“那他在寺里待到什么时候呢?”

“谁知道，反正他四海为家。看他心情吧，指不定什么时候他一高兴就飘然而去了。”

“你们说话我可都听见了哟！”泽庵实在憋不住了，往里屋喊道。

“又没说你坏话，你激动个啥?”

“就算说我坏话也无所谓。我说小通啊，我是跟你来讨杯茶喝的，你怎么哭丧个脸说个没完啊？当心嫁不出去哟！”泽庵打趣儿道。

六

大圣寺的钟声响了，七宝寺的钟声也响了。

从黎明到清晨，从清晨到午后，浑厚的钟声响个不停。扎着红腰带的姑娘，商贾人家的老板娘，领着孙儿的老婆婆，络绎不绝地向山顶的寺庙赶来。

“快看快看，她在那里！比以前更漂亮了！”年轻男子在人群中循着小通的身影看去，小声议论着。

今天是四月初八灌佛会，大殿上铺满了菩提树叶，野花装饰着的花坛，众星拱月般地环绕着甘茶大缸。大缸一侧，立着个身高两尺的黑活佛，一面指天指地的比划着，一面往拜佛人伸过来的竹筒中一个一个地倒茶，嘴里还招呼着：“我们小寺缺钱，手头不紧的施主请手下留钱。一勺甘茶一百贯，百贯香油钱，包治天下愁！来来来，大家不要挤，每人都有份儿！”

花坛左侧的小通，正装端坐。看见有人进了香油钱，便递上写有祛病消灾诗句的五色纸，分送给求讨的拜佛者。那上面写着：

四月初八 乃为良辰 驱虫避恶 永庇善人

这地方的人深信，把这符咒贴在家中，可以驱虫祛病。这风俗世代相传，每到灌佛会都要拜取一张。同样的诗歌，阿通已经写了几百张，手都写疼了！

“泽庵师父！”她偷空叫他。

“啥事？”

“您别逼人捐钱嘛！”

“我是跟有钱人说的。我帮他们减轻金钱的重量，是为善之大善呀！”

“可别这么说，万一今夜有小偷到村里有钱人家偷东西，你还让人家过活不？”

“……哎呀哎呀！我以为可以稍微清闲了，没想到参拜的人越来越多了！哎，别推！别推！喂！那个年轻人要排队呀！”

“喂！和尚！”

“叫我吗？”

“你说要排队，可是你都先舀给女人！”

“我也喜欢女人呀！”

“你这和尚真不正经！”

“你也别假清高！我知道你们不是真的要来拿甘茶或驱虫符的。这里的人一半是来参佛的，一半是来看小通姑娘的。你们也是后一半的吧——喂！喂！你为什么不捐香油钱呢？这么小气，交不到女朋友！”

小通满脸通红：“我说泽庵师父！您能别扯上我吗？再说

我就要生气了!”

说毕，她便呆坐在那儿，好让眼睛休息一下。突然，她在参拜的人群中，看见一张熟悉的脸。

“啊——”她惊叫一声，笔从指间滑落到地上。

不等她起身，那人像鱼一样快速潜入人群。阿通忘我地大喊着：“武藏！武藏!”朝走廊的方向追了过去。

乡士人家

一

本位田家不是一般百姓，他们具有半农半武士的身份，也就是所谓的乡士。

又八的母亲虽已年近六十，但身体硬朗，每天坚持到田里劳作，耕作起来一点儿都不比年轻人或佃农差。耕田，打麦子，做到天黑要回家的时候，她也绝不空手回去，总是背着春蚕要吃的桑叶，沉重的桑叶压得她腰也弯了，背也驼了！晚上在家以养蚕当副业，这便是阿杉婆。

“外婆！”流着鼻涕的外孙，光着脚丫从田的另一端跑了过来。

“哦！是丙太呀？你到庙里去了吗？”她从桑田里直起身子。

丙太飞跑过来：“我去了呢，刚回来！”

“小通姑娘在吗？”

“在呢，外婆，今天小通姐姐还系了一条漂亮的腰带呢！”

“拿到甘茶和驱虫符了吗？”

“没有。”

“为什么没拿到呀？”

“小通姐姐说别拿这些东西了，快点儿回去通知外婆！”

“怎么回事？”

“小通姐姐说她看到武藏了。”

“真的?”

“那能有假?”

阿杉婆两眼含着泪水，仿佛儿子又八就在眼前。

“丙太，你替外婆在这儿摘桑叶。”

“外婆，你要去哪儿?”

“我要回家看看。新免家的武藏既然回来了，又八一定也回来了!”

“我也要去!”

阿杉婆家四周围着高大的树，一看就是显赫人家。阿杉婆跑到仓库前，对着正在忙碌的女儿，还有工人们，大声问道:“看见又八了吗? 又八回来了没有?”

大家面面相觑:“没见他回来啊!”

但是，这个老母亲太过兴奋，看到大家还呆若木鸡地杵在那里便气不打一处来，疯了似的骂骂咧咧:“武藏都回来了，又八肯定一起回来了! 还不快点儿帮忙去找!”

又八可是老太太的心头肉。阿杉婆本以为又八回不来了，正伤心欲绝。闺女已经嫁为人妇了，还等着这个儿子给本位田家传香火。

“人找到了没有呀?”阿杉婆进进出出问个不停。天黑了，她在祖先牌位前点了灯，跪坐着祈求祖先保佑。

家里的人没吃晚饭就被赶出去找，到了晚上，仍不见这些人回报好消息。阿杉婆走到黑暗的门口，站在那儿。

薄淡的月亮挂在树梢，屋前屋后的山峰，白雾缭绕，空气中飘着梨花香。

阿杉婆看见有人从梨树田畴中走过来，知道是儿子的未婚妻，便举起手来。

“……是小通吗?”

“伯母!”阿通踩着湿答答的草鞋，走了过来。

二

“小通，听说你看到武藏了，是真的吗?”

“是的。我的确在七宝寺的花御堂上看到了武藏。”

“没看见又八吗?”

“我刚想叫住武藏打听这事，可是他不知为什么逃跑了。虽然他这人本来就有点儿怪怪的，但他为什么要逃跑呢?”

“逃跑?”阿杉婆歪着头，也挺纳闷儿。

“就是这小子撺掇我们又八去打仗的。”阿杉婆本来就对武藏没好感，这会儿又不知道在猜疑什么了。

“那个混小子……搞不好他让又八一个人去送死了，自个儿胆小，厚着脸皮逃回来了。”

“不会吧！即使是这样，也会带遗物回来呀!”

“难说。”阿杉婆用力摇着头，“那小子调皮捣蛋没个正经，我们又八交友不慎啊!”

“伯母!”

“什么?”

“要不咱们到阿吟姐家去看看，毕竟他们是姐弟，今夜武藏哥一定会回家的。”

“那个当姐的也真是，明明知道自己的弟弟带着我儿去打仗，却从来没探望过我。现在武藏回来了也不来知会一声，这事怎么能让我先出面呢？新免家应该先过来才是!”

“事到如今，我只想快点儿见到武藏哥问个清楚。伯母您也一起去吧，到了那儿我来打招呼!”

阿杉婆虽然觉得面子上挂不住，但还是妥协了。毕竟她更关心儿子的下落。

新免家在河的对岸，离本位田家三里地。本位田家是乡士世家，新免家也有赤松血统。隔着这条河，两家早就暗中较上了劲。

阿吟家大门紧闭，周围树木又多，几乎看不到屋里的灯光。阿通正准备绕到后门，阿杉婆发话了："本位田家的老母亲来拜访新免家，哪有从后门进去的道理?"

小通没办法，只好自己先从后门进去。过了一会儿，大门口点了灯，阿吟出来迎接。只见阿杉婆跟平日在田里劳作时的样子，判若两人。

"大半夜的没法把我们打发走，你才会出来开门的吧？真是劳驾您啦!"她嘴上一点儿亏都不肯吃，说完便趾高气扬地进了屋。

三

阿杉婆跟个灶神爷似的，二话不说一屁股往椅子上坐了下去。阿吟向她打招呼，她敷衍了一下，随即问道："听说你家那混小子回来了，把他给我叫出来!"

阿吟一头雾水："哪个混小子?"

"哎呀呀，一不小心说溜了嘴！村里人都这么叫他，我这老太婆也被传染了！还能是谁？武藏呗！听说他回来了，一定藏在家里。"

"我没见到他呢……"听到自己的亲弟弟被人这么说，阿吟咬着嘴唇，面色苍白。

小通很内疚，便把今天在灌佛会上看到武藏的事说了出来。"这就奇怪了，他也没回这里呀!"她尽量替双方打圆场。

"……他没回来，如果回来了，我一定会带他去您那儿的。"阿吟苦着脸说道。

话音未落，阿杉婆用手猛拍着榻榻米，像个凶恶的婆婆，骂道："你这是什么话？只是带他来拜访一下这么简单吗？当初撺掇我儿子去打仗的还不是你们家的恶藏！又八可是我们本位田家的独苗！现在他一个人回来能交代得了吗？既然回来了为什么连个招呼都不打？本来你们新免家姐弟就很令人讨厌，你们究竟有没有把我这老太婆放在眼里！既然你家的武藏回来了，也要把又八给原封不动地还回来。如果还不回来，就让那个混小子跪在我跟前，我倒要听听他能作何解释！"

"可是，武藏并没有回来呀！"

"别装了！你不可能不知道！"

"您这是在为难我啊！"阿吟伏在地上哭泣，内心突然想到，要是父亲无二斋还在世的话，就不会平白受这种委屈！

正在时候，走廊的门突然响了一声。不是风，很明显是人的脚步声。

"谁？"

阿杉婆眼睛一亮，小通正要起身，就在这时门外传来一声惨叫——这是人类所能发出的最接近野兽的呻吟声。

接着有人大叫："啊！快把他抓起来！"

房子四周响起又急又重的脚步声，接着是树枝折断的声音、践踏草丛的声音，听起来绝不止一两个人。

"是武藏?!"

阿杉婆立刻站了起来。瞪着伏在地上哭泣的阿吟，说道："我就知道他在！你这女人竟敢骗我这个老太婆！真是岂有此理，你给我记住！"说完，打开走廊的门往外一看，脸色突然凝固了。

原来是个穿着甲胄的年轻人，四脚朝天躺在了地上。鲜血不断地从他的嘴巴和鼻子里冒出来，简直惨不忍睹。看样子好像是被人用木剑劈死的。

四

“是……是谁……谁被杀死在这里呀?”阿杉婆颤抖的声音，非比寻常。

“发生什么事了?”小通提着灯笼来到走廊，阿吟战战兢兢地站在一旁，大气不敢出。

那具尸体既不是武藏也不是又八，是个陌生的武士。阿杉婆虽然吓了一跳，但也松了一口气。

“是谁下的毒手?”阿杉婆自言自语道。紧接着阿杉婆让小通跟她一起赶紧回去，说什么此地不宜久留。小通心想，这个老母亲真是太溺爱儿子了，不分青红皂白说了那么多难听的话，拍拍屁股就要走人。阿吟已经够可怜的了，万一真出了什么事，都没有人帮忙。所以，她说自己晚一点儿再回去。

“这样啊? 随你的便。”阿杉婆非常干脆，一个人走了!

“带着灯笼吧!”阿吟亲切地提醒。

阿杉婆说:“本位田家的老母亲，还没老到走路要提灯笼!”真是个不服老的老太婆。出了门，她便提着裙摆，兀自走在满是露水的夜色中。

“老人家! 请等一下!”

才一出新免家就被人叫住。她最怕受到牵扯，但好像已经扯上了! 那武士威武地横握着大刀，手脚穿着短胄，一看就不是本地人。

“您刚才是从新免家出来的吧?”

“是啊，没错。”

“你是新免家的人吗?”

“不是不是！”她急忙摆手道，“我是河对岸的庄户老人。”

“那么，你是那个跟新免武藏去关原作战的又八的母亲喽？”

“是的……但不是我儿子想去，他是被那个恶藏骗去的！”

“恶藏是谁？”

“就是武藏那家伙。”

“看来他在村里名声也不咋地啊。”

“您也知道，他已经变成可怕的暴乱分子了。可惜了我那个傻儿子，竟然跟那种人交往。我为此不知道掉了多少眼泪！”

“你的儿子好像在关原战死了。不过，你别难过，我会替你报仇的！”

“您是谁？”

“我是战后参加姬路城围捕行动的德川军。奉命在播州边境设关卡，检查来往的人。”他手指着后面的土墙，“刚才有个叫作武藏的家伙闯关逃跑了！我们知道他以前是新免伊贺守的人，曾效力于浮田，所以才会追到宫本村来——但是，那男人非常顽强，我们追了好几天了，现在只好等他累了再抓他。”

“啊……原来如此！”阿杉婆明白了！她终于知道武藏为何不留在七宝寺，也不回到他姐姐身边。同时，一想到自己的儿子又八没能回来，只他一人活命回来，心中就充满怨愤。

“这位大爷……武藏再怎么强，要抓他还不简单哪？”

“奈何我们人数太少。就在刚才，有一个人还被打死了呢……”

“我这老太婆有一个妙计……”

五

阿杉婆到底跟他出了什么主意呢?

“嗯!果然是妙计!”这个从姬路城来到边境的武士听了，不禁大声叫好。

“您可要好好干哦!”阿杉婆煽风点火，加了一句才走。

没多久，那个武士就带了十四五个人手聚集在新免家后面，暗中交代他们一些事情之后，这批人就爬过围墙，潜入屋里。

屋里两个年轻女子——小通和阿吟，正惺惺相惜互诉薄命，昏暗的烛光中，两人时不时地帮对方拭干眼泪。这些人光着脚，忽然从两边的侧门冲进来，房里一下子站满了人。

“……啊?”

小通吓得脸色发白，浑身打战。而阿吟不愧是无二斋的女儿，反而用犀利的眼光，直勾勾地瞪着这些人。

“你们谁是武藏的姐姐?”一个人问道。

“我就是。”阿吟接着问道，“你们私闯民宅有何贵干?别以为女人家就好欺侮，谁敢放肆我断断不会饶他的!”

话正说着，先前跟阿杉婆谈过话的武士队长，便指着她说:“这个是阿吟!”

紧接着房里一阵骚动，烛火也随之熄灭。小通尖叫一声跌到院子里。只见十几个大男人拿着绳子，向阿吟逼近。阿吟虽然强烈反抗，然而不到一瞬间，她已被反扭在地，饱受了一顿拳脚。

糟了!

小通不知自己身在何处，只知道顺着夜路，拼命往七宝寺的方向跑。她光着脚，脑子里也空荡荡的。这个世界的动乱，正冲击着这个过惯平静生活的少女。

她来到七宝寺的山下。

“嘿！这不是小通吗?”树下有个人坐在石头上，那人看到小通，立刻站了起来。原来是宗彭泽庵。

“还从没见你这么晚回来过，我正担心你呢，到处都找不到！咦？你怎么光着脚丫?”

他看着她白皙的双脚，而小通则哭着扑向他的怀里。

“泽庵师父，出大事了！怎么办?”

泽庵仍然不动声色，说道：“出大事了？世上能有什么大事呢？来，你先冷静下来，告诉我到底发生了什么。”

“新免家的阿吟姐被人抓走了……又八还没回来，那么亲切的阿吟姐又被抓走……我，我以后要怎么办才好呢?”她哭个不停，一直靠在泽庵的胸膛，不停地颤抖。

野蔷薇

一

大地像个少女，泥土和青草都吐着炙热的气息。闷热的天气让脸上的汗都蒸发成了雾气，春天的午时寂静无声。

武藏一个人在山里焦躁地走着，还是没找到任何猎物啊。只见他拿着黑木剑当拐杖，看起来非常疲倦。如果有飞禽飞过，他锐利的眼神必定跟着移动。他沾满泥土和露水的身体，充满动物的感官本能和野性。

“畜生!”他用力挥舞着木剑。倒不是在骂谁，只是心中的焦躁和愤怒无处发泄。

“啪”的一声，一棵粗树干被劈成了两半。白色的树汁从树干裂缝里流了出来。他不由得想起了母亲的乳汁。没有母亲的故乡，山河徒增寂寞。

“为什么村里的人都把我当仇人呢?他们一看到我，就马上去报案。有的才看到我的影子，就像看到大野狼一样，逃之夭夭……”

他在这赞甘山，已经躲了四天了!

白天透过薄雾，可以望见祖先留下来的——姐姐孤零零一个人居住的老房子，也可以望见七宝寺的屋顶，静静地坐落在山脚的树丛中。

然而这两个地方他都无法靠近。灌佛会那天，他混在人群中去看小通，没想到小通在大家面前大声地叫他的名字。

他想，要是被人发现，不但她会被牵连进去，自己也会被抓住，所以急忙逃跑了！

当天晚上，他也偷偷地回家看姐姐，不巧又八的老母亲刚好过来。要是她问起又八的事，自己该如何回答？自己一个人跑回来，要怎么向这老母亲解释？他犹豫不决，只好从门缝里悄悄看一眼姐姐。谁知竟被姬路城的武士发现，害得自己连句话也来不及说就被迫逃到这里来。

从那时开始，他就在赞甘山观察，发现姬路城的武士正在对他可能出没的道路，进行地毯式的搜索。村里的人也联合起来，每天这座山那座山的，打算合力逮捕自己。

“小通不知会对我作何感想？”确实，现在的他已经四面楚歌，家乡的所有人都把他当敌人。对小通，武藏也无法太在意了。

“如果把又八没回来的前因后果告诉小通，小通该难过了吧。还是先知会一下又八的老母亲吧！”武藏就这样打定主意。

武藏不敢轻易下山，这几天便练就了以石击鸟的本领，靠吃鸟肉果腹。正忙活着，突然听见“啊”的一声叫唤，一个人影从树缝里逃走了。

“我有那么可怕吗？”想起那些莫名奇妙就给自己打上恶人标签的人，武藏就气不打一处来。说时迟那时快，武藏大喝一声“站住！”像一只敏捷的豹子，追了上去。

二

这个男人是个烧炭的，武藏认识他。

“喂！你别跑啊，我又不吃了你！我是宫本村的新免武藏，难道你忘了吗？”武藏捉住他的衣领，说道。

“好汉饶命啊！”那人弯腰抱头，吓得蜷成了一团。

“我问你几句话，你如实回答我，行不行?”武藏直到现在也没搞明白，为什么村里人见了自己都那么害怕。

“我说实话我说实话，只要你不杀我!”

“我原本也没说要杀你啊！我问你，山下是不是聚集了一帮打手?”

“是啊。”

“七宝寺也被人监视了?”

“那是肯定的。”

“村里人也在找我吧？都找到这山上来了?”

“……”沉默就代表承认了。

“你也是搜山的其中一员吧?”

“不敢不敢!”那人吓得面如死灰。

“我姐怎么样了?”

“哪个姐姐?”

“我亲姐——新免家的阿吟，为了我她是不是也受了连累?”

“哎呀，这个我可不晓得。”

“敢糊弄老子!”说着就举起了木剑，“再不放老实点，老子一剑把你劈成两半!”

“哎呀哎呀，剑下留命，我说，我说实话还不行嘛!”那烧炭的双手合掌求饶，把阿吟被捉，村里通报窝藏武藏者视为同罪，每户隔天派一个年轻人随同姬路城来的武士进山搜捕的事情一五一十的全招了。

“真他妈混账!”武藏气得浑身颤抖，眼睛都要喷出血来，“关我姐什么事!”

“哎呀呀，我只是奉命行事，领主也不是好惹的呀。”

“我姐被关在哪里?”

“我听他们说是被关在一个叫日名仓的地方，其他的可什么都不知道了。”

“好啊，姐姐！等我来救你！”说着，武藏提起木剑，奔下山去。

三

最后一声钟声鸣罢，烛光初上，来回奔忙的人影在烛火中影影绰绰。

“要是小通能出来下就好了。”武藏趴在七宝寺走廊的桥下，等待着一个契机。晚饭的味道可真香啊！想到自己几天以来一直都是嚼树叶啃野草过活，运气好的话也就是打只鸟儿下来生吃，不禁胸口一痛，一阵干呕。

“什么东西在那里？”方丈问道。

“大概是猫咪吧。”是小通的声音！

“小通……”武藏悄声叫道，可能是喉咙干涩的缘故，不想却没发出声。

幸好刚才没叫出声。

“小妞，澡堂子怎么走？”原来是姬路城那长着一撮泥鳅胡子的武士头子。他跟在小通身后，嬉皮笑脸地问道：“走，带本大爷一起去洗鸳鸯浴吧？”说着便动手动脚起来。

“不要啊！”小通拼命地把那脏蹄子往外推，却奈何无法抽身。

眼看着那武士对小通又亲又抱的，情急之下武藏顾不得那么多，愤然跳了出来：“你干吗呢！”说着，从背后一拳把那混球击落到了桥底下。

那武士又羞又恼，抬头一看，奶奶的！来人竟是武藏！便敞开嗓子呼叫起来：“武藏来这边了！快来人呀！”

一时间，寺里脚步声吆喝声连成一片，钟楼上的钟也“咣咣”地撞了起来，四面八方的追捕者手抄家伙疾步赶来。

“妈的！看来七宝寺也不能待了，我还能去哪里呢？”

一道灵光闪过，武藏快步离去。

四

“大娘，快开门啊！”

阿杉婆被“咚咚”地敲门声惊醒，端着根蜡烛从里屋走出来，昏黄的烛光下，那满是皱纹的脸顿时一怔、吓得面如土色：“原来是你这个臭小子！”

“大娘，我就来递一句话：又八没有死，跟个女的私奔了。这件事，还是您去跟小通说吧。”说完，拄着木剑就要离开。

“武藏！”阿杉婆关切地招了招手，“这几天你都是怎么过的？肚子早该饿了吧？好端端的却落得有家不能回，真是怪心疼人的。来，好孩子，大娘给你弄点吃的，你洗个热水澡再走也不迟。”说着，阿杉婆手脚麻利地把洗浴用品收拾妥当，“饭还得等一等，你先舒舒服服地洗吧！”关上门，阿杉婆笑盈盈地退了下去。

不知为什么，一股久违的暖流涌上武藏虽小却坚硬的心。“原以为大娘会怨我……看来是我多想了。”武藏稍稍收起了戒备，脱光衣服走进浴室①。

五

不大一会儿工夫，“咚咚咚”地奔跑声由远及近，顺着地

① 洗澡、饮茶是日本普通的生活习惯，家家有浴室。

面传来，澡盆下的火苗在幽暗中忽闪摇曳，似乎在嘲笑他的天真。

“不好！”武藏汗毛竖起，第六感告诉他已经落入了圈套。果不其然，窗外聚集了十四五个人影，手持武器，守株待兔地等在那里。

武藏看着自己赤裸裸的身体，怕是想逃都没法逃。在一触即发的阵仗下，武藏反倒不再恐惧，对两面三刀阿杉婆的愤恨，“噌”地点燃了他野性的小宇宙！

外面的追捕者信心满满，他们觉得活捉武藏简直易如反掌。谁知武藏瞅准机会，趁着屋外的人推搡拥挤之际，一脚踹开窗户，大叫一声：“看招！”武藏腾空而落，头发上的水珠沿着白晃晃的身体滴答下来。世间万物，有无只是一念间。

只见武藏铁牙紧咬，一把握住向胸前刺过来的长枪反手把那人打翻在地，压倒爪牙一片。经历了关原之战，他算是明白了，眼下自己寡不敌众，一个一个的刺杀肯定是不行的。

混乱之中，武藏挥舞着长枪向敌人横扫一气，打得这帮人无法近身。没打多久，枪杆就断成了两截。武藏扔了半截枪，跳到咸菜桶边，举起咸菜桶上的大石头往人群中砸去。

“哎呀呀！那小子跳进正房了！”听见这般吆喝，躲在正房里的阿杉婆和小媳妇吓得撒丫子就往院子里人多的地方跑，连鞋都没顾上穿。

“我的衣服呢？快点还我衣服！”武藏已经窜进正房，疯了似的搜寻着自己的衣服，终于在厨房的角落里找到了。只见他抱起衣服跳上灶台，扒开窗户“噌”地一下就跳上了屋顶，像只身手矫健的野猫。

合衣站在屋顶，风吹发带随心飘摇。俯首所见尽是蝇营狗苟的纷扰，抬望眼，只见那朗朗繁星闪耀天边。

《孙子》

一

自从接到轮值搜山的任务，村里人顿时忙了起来，甚至连养蚕和农事都顾不上了。追缉令贴满了村子各处的告示牌，上书：

本村新免无二斋之子新免武藏，畏罪拒捕，近日藏身山野，滥杀无辜，故悬赏捉拿。立功者重重有赏：

1. 活捉者赏银十贯
2. 击毙献首者水田十块①
3. 报告行踪者水田两块

以上。

庆长②六年

池田胜入斋辉政家臣

本位田家虽说人丁兴旺，但也担心武藏回来报仇，在阿杉婆的吩咐下，一家人大门紧闭，出入都十分小心。姬路城池田家也增派了援兵。大家商定：一旦有人发现武藏，吹号

---

① 块，泛指量词，可以理解成一大片。

② 庆长(けいちょう)是日本的年号之一，接在文禄之后，元和之前。指 1596 年到 1615 年。本书写的是公元 1600 年关原大战前后的事。

也好敲钟也罢，务必发出声响知会援军。

不等作战，一早就出事了。

“天哪！又被打死了一个！”村口的草丛边上，一个武士倒立着死在那儿，头盖骨被打得粉碎。大家面如土色地站在那里，又害怕又好奇，围成一圈指指点点。

七宝寺的小通从人群中挤了进去，见状不禁大惊失色。好骇人的死态！小通的心脏咚咚乱跳，踉踉跄跄地跑回寺里。也许，只有从小长大的七宝寺，才能给她想要的净土。

二

“喂，小通，这儿有你一封信！”泽庵正在寺里逗狗玩，见小通慌慌张张面色苍白，不知发生了什么事，“你怎么了啊？”

“我……我在路边看见了死人。你不知道，那张脸……好恐怖！”小通心有余悸。

“这种事情眼不见为好。唉，这世道已经乱成这样了吗？我一直以为这村子是片净土……”泽庵收起玩世不恭的笑容，目光深沉地望向远方。

究竟是谁会给自己写信呢？好奇心把小通从惊魂甫定中拉了回来。捏着这显然几经转手而显得软塌塌的信封，小通咬了咬嘴唇，一个不认识的年长女人的笔迹舒展开来。

见另一封信，即知本书，无须赘言。男儿又八，因缘所系，收为义子。念汝思郎心切，故去此书，以了双方恩怨，断绝瓜葛，自此相忘于江湖。特此提笔小通女士。

阿甲

另外一张纸果然是又八的笔迹。上面写了一堆无关痛痒的话解释未能回国的理由，接下来的重点才真真儿的触目惊心：

我心意已绝，尔且作他嫁，望兀自珍重。儿郎健在，身居他国，不能尽孝，请告吾母。

且作他嫁！

小通只觉得脑袋“嗡”地一声炸开了，倒在桌角，欲哭无泪地战栗着。那捏着信角的指尖瞬间变得苍白，像极了先前看见的死人。

三

那泥鳅胡子大将的手下，为了搜寻武藏，风餐露宿疲于奔命。可他倒好，居然自个儿在七宝寺安营扎寨了，每天喝酒吃肉的，傍晚还得洗个热水澡，活得那叫一个滋润！

晚饭时分，大概是寺里最忙的时候吧。可今天奇了怪了，都过了晚饭时间了，厨房里却没有小通忙碌的身影。

“小通去哪儿了？客人等着吃饭喝酒呢，难不成还让我这糟老头子去斟酒吗？”寺里的和尚们提着灯笼四处寻找，还是没看到小通的身影。住持也开始坐不住了。

泽庵在织房外找过几次，见门窗紧闭，里面又没有织布的声音就没进去。这次，不由得推开织房的门，一个憔悴的身影背对着他呆立着，两页信纸被揉成一团散落在地上。

泽庵轻轻拾起信纸：“这不是今天的来信吗？”

小通抖得厉害，连冷冰冰的空气都跟着颤抖起来。

“大家都在找你，住持还等着你去给客人斟酒呢。可是，你看起来好像心情不太好……”

“泽庵师父，我头疼得厉害，今天，只是今天，让我自己静静地待着，好吗?”

“我倒是无所谓，只是住持恐怕要为难了。如果你不去的话，在领主眼里，七宝寺的尊严恐怕会受损呢。”泽庵轻拍着小通的肩膀，叹息道。

小通噙着泪水说：“泽庵师父别说了，我去就是了。只是那泥鳅胡子人品不好，上次差点儿……您能跟我一起去吗?拜托了。”

“太好了。那个泥鳅胡子我也不喜欢，正想着找机会逗弄逗弄他呢。哈哈哈!”泽庵笑道。

四

小通一露面，住持禅堂里的这位“贵客”立即正襟危坐，原本僵硬的怒颜也变得柔和起来。可是，他突然看到一个和尚居然坐在烛台边读起书来，顿时感到大煞风景。

“喂！管账的，你起来!”很明显，这泥鳅胡子大将以为泽庵是个账房和尚，想要赶他走。

“咦？你是在说我吗?”泽庵佯装不知。

“在酒桌边当电灯泡，还让不让人喝酒了?”

“好吧，那我合上书。”

“真他娘的碍眼！你，给我到外边去!”

“遵命。”泽庵毕恭毕敬地拉着小通的手就要往外走，“这位将军喜好安静，君子慎独。我等且先行告退。”

“混账东西！你是铁了心来捣乱是吗？我是让你自己走，谁让你带小通出去的?”

“‘混账东西’？和尚也好武士也罢，都是可爱之人，难不成都可以这样称呼吗？我也可以叫您‘混账东西’吗？”

泥鳅胡子吃了哑巴亏，顿时气不打一处来，抄起大刀就要砍向泽庵，小通赶忙护在泽庵身前：“师父，您糊涂了吗？还不快点向大人道歉！”

“二十多天了，一大伙人连个武藏都抓不到，也就有本事来砍我一个和尚的脑袋了，让他砍！能砍下来算他本事！”泽庵不紧不慢地说道。

五

“有种你别动！”

泥鳅胡子气得满脸通红：“小通你走开！这和尚嘴太欠，别怪我刀下无情！”

小通身护泽庵，伏在大将脚下苦苦哀求：“大人您别生气，他只是开玩笑，没有忤逆您的意思，您可千万别误会了。”

泽庵丝毫没有让步的意思：“小通不用求情，无能就是无能，敢做还不敢当了？”

小通急得眼泪都快掉下来了，泽庵依旧面无惧色，一脸严肃道：“你们为了抓个武藏，把村民的正事都给耽搁了，害得他们每天不种田不养蚕，净忙着帮你们搜山了。你们有没有考虑过老百姓的生计？你们做的对吗？！”

“你个臭管账的，竟然仗着自己是出家人就敢诽谤本大人！”

“别说得那么冠冕堂皇！事情坏就坏在你们这些官吏身上！拿着俸禄却干些鸡鸣狗盗的事。对主应忠，对民以任，此乃为官之道。且问，今天晚上你穿得人模狗样的，温泉美酒还要美女作陪，是谁给你们这样的特权？！”

泥鳅胡子一时语塞。

“来吧！把我脑袋砍下来献给你主子去吧！辉正会说：‘哎呀呀，泽庵呀，妙心寺茶会后大德寺一别，想不到今天竟以这样的方式又见面了。’”泽庵冷嘲热讽道。

和尚说的是真是假，凭泥鳅胡子的智商，恐怕想破头都想不明白。犹豫之中，脸色不禁难看起来。

“事分轻重缓急，武士做事本该深明大义。你们身为朝廷命官却本末倒置，还有什么脸面在我等百姓面前舞刀耍横？把你那刀收起来吧！你读过《孙子》吗？身为武士，《孙子》《吴子》实乃必读之兵书。怎样才能不损兵折将就活捉武藏，这才是你作为大将的职责所在。喂！小通，给他来一杯酒！”

六

单从年岁来看，泽庵三十有余，大将四十又加。然而，人与人的差距并不是由年龄决定的。资质修为不同，圣贤愚氓已分。

“不，这酒不能再加了……”经过此前一番，泥鳅胡子的态度也变得毕恭毕敬起来。

泽庵若无其事，丝毫没有倨傲之态：“这样大张旗鼓地搜山，势必会人心惶惶，民不聊生。”

“是啊，在下也一直为这事头疼不已。”泥鳅胡子叹了口气，“我们从姬路城来了几十名士兵，再加上当地的老百姓总共有二百多人，每天搜山实在是太辛苦了。现在春暖花开，武藏不愁吃的，想要抓他可真不容易啊！看来只好等到下雪的时候再说了。”

“只能怪你们无能吧。等到下雪，未免为时晚矣。在下略懂兵法，可在三天内活捉武藏，只我和小通两人足够。事成之后我有个条件，不知将军意下如何？”

“请问大师什么条件？”

“抓住武藏之后，如何处置由我决定。”

大将捋了捋他的泥鳅胡子，觉得这和尚未免有些太过自信，但自己一时也没更好的主意，便不假思索地说：“好，一言为定。但如果三天之内抓不来呢？”

“如果抓不来……”泽庵做了个自挂千年杉的姿势，舌头吐得老长。

七

真是“祸从口出”啊！一大清早，“泽庵三日活捉武藏”的消息就不胫而走，人们都替泽庵捏了一把汗，其中最担心的就是小通。

就在昨天，她万万没能想到自己死心塌地追随的又八居然会退婚，这简直比他死在战场上还让人伤心。一切归零，自己又成了孤家寡人，活着还能有什么意思？在织房里，她拿着刀，机械地将原本为又八织的布一条条地划碎，想要和这些布匹同归于尽。

泽庵的适时出现，救了她一条命。想到昨天泽庵冒死为自己挡酒，心中不禁升起一种久违的温情。

只是这个泽庵，又给自己找了个麻烦。那么多人找了二十多天，废了九牛二虎之力都没能捉住武藏，就凭他们两人想要三天之内活捉武藏，简直就是天方夜谭。真不知道这和尚是怎么想的。小通不免责怨起泽庵来，可是泽庵依然跟个没事人似的哈哈大笑道：“实在不必为他人的闲言碎语而忧心，我走过因幡、旦马、播磨、备前四州各地，目睹百姓饱尝颠沛流离之苦，我曾想：战乱之年，生灵涂炭，悲哉！悲哉！如果能救他人，舍我一命又何妨？你不必难过，我自有办法。你先好好休息，到时候听我指挥就好。”

小通点了点头，之后再听到有人劝她逃走之类的话，便不做理会。

暮色四合，山脉底部的英田川和宫本村笼罩在薄薄的暮霭之下。

泽庵睡醒后，来到走廊大大地伸了个懒腰：“小通，咱们该出发了！”小通收拾好行李，紧随着泽庵消失在这薄薄暮霭之中。

魔　笛

一

暮春时节，惠风和畅。山脉由近及远，颜色也深深浅浅。放眼望去，却是淡如云母的另一番景象了。

“真是神清气爽啊！”泽庵永远都是这么乐观。两人用竹竿抬着行李，泽庵在前边引路，小通紧跟在后面，“咱们到底要往哪里去呀？”

“过会儿你就知道了。今天搜山的人都撤回去了，就是要冷眼看咱俩的能耐呢。小心脚下！”路上摆满了围捕武藏用的藤条、刺柴，泽庵提醒道。

溪流越走越窄，他们走进赞甘山里，又过了一片荒原。泽庵把行李放下，登上高处四处张望，英田川的上游奔腾湍急，天空繁星点点，他高兴地仰天长啸：“天地合一，我为天地！啊！哈哈！”扭头对小通说道：“我刚才通灵占了一卦，综合天相地相水相来看，咱们应该往那座山走。你看，就是那个中间有树丛的地方。”泽庵边说边指给她看。

“啊，那是放牧的地方。村里人都在那里放牛放马呢。”小通脱口而出。

“牧场？好啊，好兆头！咱们就去那里‘狩猎’吧！”泽庵哈哈笑道。

二

这里是高照山腰的一个斜坡，面向东南，按理说应该马肥牛壮牲口遍地，谁知却连个牲口的影儿都没见着。

风吹林愈静，夜深更落寞。

“来，我们就在这里布阵了。武藏是曹操，我是诸葛孔明。”泽庵一板一眼的，还真像那么回事。

他们把抬着的行李放下来，又找了些干树枝生起火来。

“我一直想不明白，村子里的人为什么要把武藏赶尽杀绝？”等待的间隙，小通忍不住问。

“是官威作祟吧。村民是淳朴的，但他们也害怕当官的，被当官的一指挥，便不得不把自己的兄弟驱逐出境。”

“也就是说，为了明哲保身就可以置他人而不顾吗？”

“那也是没有办法的事情呀。”

“我还是想不明白，那些姬路城的武士，为了区区一个武藏倾巢出动，至于吗？”

“为了安定，他们也有他们的无奈。关原大战以来，武藏疲于逃命，返乡沿途杀人闯关，是他自己招致了祸患。”

“泽庵师父也痛恨武藏吗？”

“我不恨他，但是假如我是领主，也断然不会放过他。特别是在这乱世，不严惩他不足以警诫四方。”

“泽庵师父，你对我倒是挺亲切的，对别人却也能这样心狠。”

“哎呀呀，你这话说的，我这是奖惩分明好吧？”

突然，小通“噌”地站起身来：“听！那树林里是不是有脚步声？”

三

泽庵竖起耳朵听了一会儿，突然笑了起来：“哈哈！那不是猴子吗？你看！一只母猴背着个小猴从树枝上跳过去了。”

“差点没吓死我。”小通舒了一口气。

说不清过了多久，两人就这么静静地坐着，时间好像静止了。隔着火光，小通托着腮帮子，若有所思。

“你在想什么呢？”

“说我吗？”小通抬起被火光映得红彤彤的脸，仰望星空，“我在想，这个世界，真是充满了意想不到的事情。你看这漫天的繁星，在某种神秘力量的支配下熠熠生辉。而我，冥冥中也受着某种力量的指引。也许这就是所谓的命运吧，让人有心无力的命运。”

“你撒谎。”泽庵深深地看了小通一眼，“你明明在想寻死的事情。我也不是故意要看，只是那天见你哭得伤心，我拾起散落在地上的信给你时，一不小心就明白了你的心意。其实，这对你不是好事吗？我说过，不要嫁个心不诚的男人，又八就是心不诚。换作我是你，我反而感到高兴呢。”

“可我是个女孩子啊，怎么能做到你们男人这么洒脱。很多时候我都想找到又八，亲口问问他究竟是怎么想的，还有那个女人……”

看着小通单纯而幼稚的脸，泽庵一时也无语了：“人生不如意之事十之八九，小通姑娘啊，对世间的曲折恶意真是没有一点儿心理准备。再这样一根筋地走下去，恐怕真要受命运的摆布啊。”

四

白天躲在山洞里酣然大睡，晚上出来生火聊天。泽庵倒是不紧不慢，好像压根儿就没有捉拿武藏这件事，优哉游哉好不逍遥。到第三天晚上了，小通终于坐不住了："今晚可是最后的期限了啊。"

"嗯，没错。"泽庵回答得倒很干脆。

"都已经几天了，就这么干坐着能行吗？如果抓不住武藏，你准备怎么办呢？"

"还能怎么办？自挂千年杉呗，哈哈！反正急也没用，放心吧，我呀，一时半会儿还死不了。"泽庵不知哪来的自信，胸有成竹地坐在那里，偶尔往火堆里添几把树枝。

有时候小通觉得泽庵真是不可理喻，但事实上，狂人还真能干出点什么大事来，或许泽庵就是这种人吧。小通迟疑地摇了摇头。

"已经半夜了。"

"是啊，马上就要天亮了。"泽庵突然想起了什么，转头问道，"小通，你随身带的笛子呢？借我一用吧！"

"啊？"小通搞不懂他葫芦里卖的什么药。

"武藏该来了。"

"谁会傻到自投罗网？"一听泽庵这话，小通顿时有些泄气。

"不，你还不懂。人心脆弱，人性也是惧怕孤独的。这些时日，武藏被周围所有人敌视、围追堵截，饱受饥渴之痛，亲尝背叛之苦，想必早就对这冷漠无情的人世间感到绝望了吧。看见这黑暗中的温暖火光，他能不来吗？"说着，泽庵站起身来，"如果我没猜错，新免武藏已经来了。只是我们在明处他在暗处，在没搞清我们是敌是友之前，他是不敢贸然造访的。小通，现在就差你这支笛子了。来，借我吹一曲吧。”

泽庵伸出手去，久久没有得到回应。

五

“怎么了?”泽庵诧异地看着她，“借我吹一曲，武藏就过来了。”

“不行，我不能借给你。”小通拼命地摇头。自打婴幼时被抛弃在七宝寺，这支笛子就跟在她身边，她一直随身携带，外人连碰都不让碰。泽庵很明白她的这种情绪，妥协了，“那你来吹一曲吧，随便吹一曲就行。”

“不要！一吹这笛子，我就会想到自己的身世，就会掉眼泪。”

孤儿都是敏感而顽固的，他们渴望骨肉亲情，可这种爱是求而不得的。因为脆弱，所以佯装坚强；因为怕受伤害，所以拒绝。这笛子就是她的血她的脆弱她的坚强，是亲人遗留给她的唯一的记忆，一吹起来……就要落泪。

她不借也不吹，这是多么可怜的情感。泽庵默默地站在一边。

在这第三天的夜晚，薄雾轻绕，月似珍珠。秋去春归的大雁在云中穿梭而过，落下匆忙的啼叫。

“再添点柴火吧，小通，火苗都快灭了。唉，你怎么哭了啊？又在想又八吗?”

“没有，泽庵师父。笛子给你，你吹吧。”说着小通从腰上解下笛子递了过去。

这是把古色古香的笛子，上面刻有小小的“吟龙”两个字。虽然颜色不再光鲜如新，但雅致的笛身让人不禁揣度它主人不凡的来历。想不到在这征战杀伐的乱世，竟能有这样的名器！

“这样好吗?”泽庵深感笛子的情重，反倒犹豫起来。

“没什么。”

“那不如这样吧，小通你来吹，我洗耳恭听。”泽庵抱膝而坐，微微侧过头去，“我知道你跟清原大师学过吹笛子，吹吧，把这几天心里的不痛快都吹出来。”

六

黑夜中，泽庵端坐的身影，像极了这山上历尽沧桑的岩石。

小通朱唇轻触笛孔，玉指纷飞，如泣如诉的笛声伴随着不可言传的魔力，幽幽浸入黑夜的边缘。

七

低沉，宛如溪水蜿蜒，让人仿佛置身山涧泉下，游弋于流水之中；高昂，犹如白日飞升，让人浑然冲上九重云霄，飘逸于行云之畔。高低跌宕，天地合一，身体和灵魂浑然一体，说不清是美人在吹笛，还是魔笛生美人。

人生如梦，世事无常。孤苦少女，无爹无娘。郎心似铁，命系何方?

泽庵合眼静听，眼眶微热，恍惚中想起名笛雅事：据说从前在朱雀门外，有雅士月夜鸣笛。笛声呜咽，情之所至竟引来鬼怪同吟。

鬼犹如此，人何以堪? 武藏，你一定在这里，你一定已经来了!

就在这时，篝火所照之处，变得忽明忽暗，有个疑似野兽的黑影悄悄地爬了过来。泽庵突然睁开双眼，转过头去："夜里雾凉，不如到这边篝火堆旁来听可好？"

小通如梦初醒："泽庵师父，你在自言自语什么？"

"你不知道，刚才武藏已经过来了，被你的笛声引来了。"

"什么？"小通惊了，慌乱中抬手就把笛子向那团黑影丢去。

八

显然，那团黑影比小通更惊慌失措，跳起来便向远处窜去。

没想到小通突然会来这一出，差点儿坏了大事。情急之下泽庵使尽全力吼了出来："武藏！你等等！"

这声音有种莫名的压力，武藏不由自主地停下脚步，怔怔地定在那里。

不一会儿，小通和泽庵追了上来。武藏目光炯炯地盯着他们，眼睛里有猜疑，有杀气，有熊熊烈焰在燃烧。

武藏瞥了一眼过去，只见泽庵双手合十，目光亲切："你终于来了。走，跟我们一起回去。"

武藏不知来者何意，纹丝不动地站在那里，漆黑的脸上看不出是什么表情。

"还愣着干吗？我这里有酒有火有食物，一起来吃点儿喝点儿唠唠吧。"

武藏警觉地盯着他，同样的欺骗，决不允许再有第二次！

"武藏，其实大家没有要伤害你的意思，是你自己走错了路，看待世界太偏激。一起来吧，烤烤火，顺带我跟你分析分析，你为什么会走到今天这个死胡同里来。小通，把咱们先前带来的地瓜切了做个地瓜饭吧，我肚子也饿了。"说完，泽庵在火上烧上一壶酒，小通架起锅准备了起来。

武藏见两人似乎并无恶意，稍稍安心了一点。一路走到如今，混得人不人鬼不鬼的，竟突然觉得有点儿羞耻。

“来，坐下吧。”泽庵搬了块石头过来，拍拍武藏的肩膀说道。

武藏回过神来，倒是爽快，一屁股就坐了下来。小通红着脸，面对跟前这个活兽连头都不敢抬。

“嗯，煮得还挺烂乎。”泽庵拿着筷子往地瓜上一插，尝了尝说道，“来，你也来一块吧！”

武藏嘴角一咧，露出两排白牙，笑得像个孩子。

九

小通盛了饭，武藏接过来，边吹热气边往嘴里倒，不一会儿好几碗已下肚。看这狼吞虎咽的架势，就知道这几天他过的是什么日子了。在食物面前求生的本能，看得人百感交集。

“真是太好吃了！”武藏心满意足地说。

“来点酒吧？”泽庵放下筷子，劝道。

“我不喝了。”经过这几十天的饥馑，武藏的胃受不了酒的刺激了。“我已经暖和过来了，谢谢你们。对了小通，你们怎么来这里了？昨天晚上我就看见这团火了。”

面对武藏的质问，小通手一抖，不知该怎么回答。

“实话实说，我们是来抓你的。”泽庵倒是直白。

武藏默默地低下了头，一点儿也不吃惊，一副悉听尊便的样子。

“怎么样？我来抓你是为佛法，朝廷抓你是为国法。国法无情佛法有情，你想选哪样？”

“我一样都不受！”武藏愤然抬头，眼冒凶光。

对于武藏的不驯，泽庵并不吃惊，只循循善诱道：“我问你，你忤逆作乱，胜算几何？”

“什么胜算？”

“就是你和憎恶你的人拼命，与要制裁你的国法为敌，能有几成胜算？”

“我已经输了……”武藏悲戚的脸上，闪过视死如归的倔强。“就算是死，我也要找本位田家的死老太婆报仇！我要杀死姬路城来的武士！我要杀死那些讨厌的人！”

“杀？你杀得完吗？你有没有考虑过你姐姐阿吟？直到现在她还被关在日名仓的山牢里，难道你就一点儿也不关心她？”

武藏无言以对。

“不光是你姐姐，还有赤松家平田将监后代的清誉，以及新免无二斋的家名，难道你都不要了吗？”

“我也不知道……别问我，我怎么知道怎么办！”武藏双肩抽动着，眼泪懊恼地流下来。伸出黑黢黢的手，痛苦地捂住伤口。

“混账东西！”泽庵朝着武藏的脸一拳挥过去，“你这不肖子孙！让我替你的爹娘祖先好好教育教育你！”紧接着又是一记铁拳，“感觉到疼了吗？”

“疼……”

“知道疼，还算是良心未泯。小通，把绳子拿过来！你怕什么？这不是国法权力的绳子，这是佛法慈悲的绳子。快拿来，就这样捆！”

武藏任凭绳子一圈一圈地缠绕过来，安静地趴在草地上。闭着眼睛，眼角涌出两行清泪。

千年杉

一

一大清早，七宝寺的钟声就响了起来。

三日之约到了，是吉是凶都得给村里人一个交代。

“什么？已经抓住了？”

“武藏已被抓住了！”

“哪个能人能收了那个恭孽障？”

“还能有谁？寺里的泽庵大师呗！”

一时间，村里人奔走相告，寺里人声鼎沸。

武藏被绑在大殿前的栏杆上，人们像看洪水猛兽一样惊奇地看着他。

泽庵坐在栏杆旁的台阶上，笑呵呵地低头看着大家：“这下好了，大伙儿可以安心种地了。”

众人向泽庵投去崇拜的目光：“不愧是泽庵大师，果然厉害！”

“捉住武藏，不是我的本事，而是佛法的功劳。真正厉害的，是普世佛法啊。今天是第三天，按照我和池田侯的约定，如果没能捉住武藏，我自挂千年杉。如果捉住了，那么武藏听凭我处置。我召集大家过来，就是想听听大家的意见，对这个武藏，是杀还是放？”

“放了他？岂有此理！”众人异口同声道，“这么个社会公害，放了他指不定又要惹出什么事。”

泽庵歪着头，陷入了沉思。

“杀！必须杀！”只见阿杉婆颤颤巍巍地从人群中走上前来，恶狠狠地盯着武藏的脸，用手里的桑树枝噼噼啪啪地抽打着，“这个恶藏，不杀他实在难消我老太婆心中之恨！泽庵大师，你不知道我们家又八，好端端的一个孩子就被这恶藏给教唆毁了。”

“你那孩子被个女人给勾搭走了，也太不成器了。这样也好，那女人收了他做干儿子，你也可以省省心了。”泽庵不紧不慢道。

“你这说的是什么话！不管怎么说，又八都是我身上掉下来的肉。这个教唆犯，还是交给老太婆我来处置吧！”阿杉婆气得直哆嗦。

二

“官府办案，闲人莫管！”不等阿杉婆争出个究竟来，一队军马踏尘而来。泥鳅胡子大将位列最中，威风凛凛地喊道：“武藏乃朝廷要犯，岂是老百姓能管得的？散了吧！”

泽庵一听这话，不乐意了：“按照约定，现在武藏归我处置。我找大家来商量，怎么能说散就散？”

泥鳅胡子上火了：“武藏可是关原大战的残党，罪大恶极，我得请示上边来处置他！”

泽庵也恼了：“你个泥鳅胡子竟然说话不算话！你有种！反悔也行，我现在就把武藏放了你们单挑，好吧？抓住了算你本事！”

“且慢！好不容易捉住了，你却要放虎归山？再引起骚乱你能负责吗？干脆把他的头砍下来交给我，我也好向上面交差。”

“你开玩笑吧？人头给你，难不成让寺里收尸啊？即便把全尸给你，这种倒买倒卖的事我们出家人也做不得！”泽庵揶揄道，“来了这么长时间，我看大伙儿也商量不出个所以然来了。要不这样吧，我把武藏手脚捆绑地吊在这千年杉上，让他尝尝风吹雨打之苦乌鸦啄目之痛，来上个四五天……”

“这自然是最好不过了。”一个冷酷的声音阴阴地传来，“别说四五天了，就是个十天二十天也不成问题。只要让我这老太婆到最后往他喉咙上刺最后一刀，就算大快人心了。”

“好吧，就听大伙儿的。”泽庵紧了紧武藏身上的绳子，武藏低着头默默跟到了千年杉下。

村人虽然觉得有些过分，但仍然余怒未消。不一会儿，一个捆绑扎实的人形靶子就被吊在了两米多高的树上，在风里晃晃悠悠地摆动着。

三

自打从山上回到寺里，小通便陷入了一种不可自拔的落寞。

熟悉的寝屋，不同的心境。俯身坐在窗前的织机旁，曾经的过往历历在目。她想要回避，又八却总是不争气地出现在脑海，越是想要忘记，回忆却越清晰。头痛欲裂。

寺里虽然热闹，自己反而更加寂寞。是因为泽庵不在身边吗？

在山上的那三天，虽然黑夜无声、草木无言，但泽庵那通透的眼睛，却能洞悉自己内心深处的隐秘心思，无声胜有声。人生得一知己足矣！此时此刻，泽庵在做什么呢？

泽庵现在可有的忙活了。在处置了武藏之后，他和姬路城来的武士就杠上了，晓之以理动之以情十八般武艺都使上了，就是不妥协，整得那帮武士也很无奈。

“哎呀呀，原来你躲在这里发呆呀!”“吱呀”一下开门声打破了她的思绪。

“伯母，您来了。”小通尴尬地起身。

“嗯，我的好媳妇，”阿杉婆像一支木鱼似的一屁股坐在椅子上，拉着小通的手说，“泽庵和姬路城来的武士吵个没完，连杯茶都没人给我倒，你快给我倒杯茶来，要渴死了。”

四

小通赶忙给阿杉婆沏了杯茶递上去。

“武藏跟你说了吗？我们家又八没死，在别国生活呢。”

“这我知道。”小通淡淡回道。

“别说是没死，就算他死了，你也还是我们本位田家的媳妇，这可是住持做的媒。你可不能有二心哪!”

“是……”

“现在家里有一堆活要干，也没个能让我省心的，这几天你就从寺里搬回家住吧，也能给我搭把手。”

“啊？这……还是等又八回来再说吧!”

“等什么等？你是不是有其他想法？做媳妇就该有做媳妇的样子，我这做婆婆的可不能袖手旁观。从现在起，种田养蚕礼仪女红，我得好好调教调教你。”

“这……好吧。”小通只好答应，连自己都听出自己话里的哭腔了。

“还有武藏，你可得好好给我看好了，直到他咽气为止。特别是晚上，那个花花和尚，指不定能玩儿出什么花样。”阿杉婆恨恨地说。

“那我现在就不能离开寺里跟您回家了呀。”

“现在得两手抓。这样吧，等到武藏一死，你就立马收拾东西回本位田家，听明白了吗?”

“嗯。”

叮嘱完，阿杉婆才心满意足地走了。

前脚刚走，一个等待多时的黑影在窗外小声叫道：“小通，小通。”

小通打开窗户，那泥鳅胡子大将突然隔着窗子捉住小通的手，“朝廷刚刚来报，我得连夜赶回姬路城。我有好多心里话想说给小通姑娘听……”

小通本能地把手抽回来，不料被那虎钳扣得紧紧的。“上边向我讨要武藏首级，可泽庵那秃驴说什么都不答应，我看也就是你能帮我一把了。这儿有封信，你私底下看看就知道了。”

说完，转身就消失在夜色里。

五

泥鳅胡子的野心，小通早就领略过，一阵可怕的气息沿着信笺传过身体。这信也不是普通的信，里面不知包了什么东西，沉得压手。打开一看，一枚金币掉了出来，信文如下：

> 我乃池田侯家臣青木丹左卫门，俸禄千石，实预娶汝为妻，携卿共享荣华富贵。我意已表，有信为证，神佛共鉴。为汝夫故，请务必携武藏首级来见。
>
> 丹左

“小通，快来吃饭啦!”泽庵在外边喊道。

“我今晚没胃口。”小通病恹恹地说。

“怎么了?”泽庵看到了小通手里的信，“又八又来信了?”

“你看看就知道了。”小通生气地递了过去。

“哈哈哈，出卖‘色’相想收买我们小通啊？哈哈哈！原来还不知道，他叫青木丹左卫门啊？这人世间还有这样奇怪的武士，真是开眼界了。”

“信里还包着钱呢，怎么办?”

“这好办!”泽庵拿过金币走到大殿前，在功德箱前抛了一下往额前一拜，“现在没问题了。这钱是如来佛的香钱，我把它转交给你当护身符了。”

小通这才放心地把它系在腰带上。

“啊，起风了。”小通仰头看天，“看样子快要下雨了。”

“春天就要结束了，落花也好逝情也罢，也该来场大雨冲洗干净了，多好。”

“可是武藏还吊在外面呢……”

说得也是，泽庵差点儿忘了这茬儿。两人不约而同朝着千年杉的方向看过去。武藏正在树上剧烈地挣扎，叶子都抖落了一地了，“泽庵！你个臭和尚！你放我下来，我有话要说——”

六

“哈哈哈，我说武藏啊，你倒是精神得很哟!”泽庵不紧不慢地踱到树下仰头看着，“原来以为你会怕死，想不到你还挺硬气的。”

“少说废话!”武藏怒道，“要是怕死，也不会任你绑了来!”

“说得也是，不过终归是被绑的窝囊。”

“臭和尚，你说什么？当初若不是看你有点儿得道高僧的架势，怎会被你花言巧语骗来！这样被你玩弄，真他娘的丢人！”

“不丢人还能怎样?”泽庵佯装不知。

“反正死命一条，我当时想与其死在村里那堆烂货手里，或者朝廷那帮蠢猪手里，还不如死在佛家弟子手下。现在看来，我当初真他娘的瞎了眼！”

“看来你还不知道自己真正错在哪里，你该好好回想回想过去的所作所为了。”

“我有什么错？我一路辛苦，还不是为了到阿杉婆跟前告诉她一声又八没死？出于对朋友的信义和做人的责任，我哪儿做错了？这不就是武士之道吗！”

“你这是断章取义的理解，只有那么一两点有点儿武士道的意思。可是为了这些小事，你给周围的人带来了多大的困扰和麻烦？你劣性不改、作茧自缚才落得如此下场！这几天你身居高处，你好好看看这大千世界，看看这芸芸众生，你脑子还是没转过弯来，再好好反省吧！要是你一不小心到了那个世界见到列祖列宗，就告诉他们我是怎么教导你的，你祖先应该替你感到庆幸！”

一直在旁边呆立着的小通，终于忍不住哭出了声：“泽庵师父，你太残忍了！要不是信任你，武藏哥怎么会心甘情愿地被你绑了来？身为出家人，你怎么能这么欺负一个丧失抵抗能力的人呢？你真是个没良心的和尚，我讨厌你！要杀要剐，倒不如给武藏哥来个痛快！何必这样戏弄他?”小通毕竟年轻，头脑一热竟口不择言起来。

七

“闭嘴！你一个小丫头家家的懂个啥！”看着小通愤怒到铁

青的泪脸，泽庵气得要命。

“我也有说话的权利，我也在那山上守了三天三夜!”小通一反常态，气势汹汹地争辩道。

“够了！武藏如何处置，我一个人说了算。”他用力甩开小通。

小通扶着树干，掩面而泣。泽庵怎么会是这样一个冷酷无情的人？当着村里人的面把武藏悬在树上，原以为他会给武藏一个痛快，谁知竟戏弄他取乐。连泽庵都不值得信任了，这世界真让人感到绝望!

她隐隐感到有一种温热的情愫，从她扶靠着的大树的手臂传到心底。这是武藏铁血丹心的温热。树那边吊着的，不是恶魔猛兽，而是诚挚勇猛的真英雄、忠信良义的铁武士!是大家把他看错了！脸上爬满了既心疼又失望的热泪，顺着树干滋养到树根。

“哗——”的一声，伴着一声响彻天地的雷声，大雨随风浇了小通和泽庵一身。

“啊哈哈，说下就下啊！哭泣鬼，快跟我一起回屋吧!”说完，泽庵转身拂袖而去。

任凭大雨“啪嗒啪嗒”砸下来，小通在树干下一动不动。吊在树上的武藏，也停止了挣扎。

八

不一会儿工夫，倾盆大雨将小通浇成了落汤鸡。自己为什么不离开呢？唯一的念头就是武藏，她不能眼睁睁地看着他被雨淋死。眼前的雾气越来越厚，小通仰头看着那个停止动弹的人形，悲戚地喊道：“武藏！你还活着吗?”

没有回声。

武藏肯定把自己看成了阿杉婆的同党、朝廷的走狗。自己在他眼中，想必已成了这冷酷众生中的一分子吧。

这么大的雨，若真要淋一晚上肯定凶多吉少。偌大的人世间，谁能来救救他呢?

小通突然冒雨迎风飞奔而去，香积厨和禅堂都房门紧闭，雨水像瀑布似的，由庙堂向外边涌去。

“泽庵师父，泽庵师父!”小通跑到泽庵屋外，大声敲着窗户。

“是小通吗？你怎么还没回去?”泽庵打开窗户，惊诧地问道。

“求你了！你就行行好救救他吧!”小通满脸是水，分不清是雨是泪。

“快点儿回屋睡去吧，你本来身体就不好，可别淋生病了。”说完，泽庵“啪”地关上了窗户。

“喂！我跟你说话你没听见吗？你这个冷血动物，你不是人!”

“喂，快来人哪！我床底下有小偷，快来人抓小偷啊!”泽庵刚开始还默不作声，见小通越闹越凶了，无奈之下只好出此下策。

树石问答

一

昨夜风雨洗残花，今朝艳阳照大地。

天刚蒙蒙亮，阿杉婆就迫不及待地赶到寺里来看好戏。“泽庵大师，那小子死了吗？昨天那雨下得真叫一个畅快！”

“是啊，好久没下那么大的雨了。不过那小子命大，一天两天的还淋不死他。”

“怎吗？他还活着呀？”阿杉婆眯起眼睛朝向千年杉的方向看去，“那小子可像破抹布似的瘫软了呢！”

“既然乌鸦还没过来啄肉饮血，看来是活着。”

“算那臭小子走运！”阿杉婆说着便向里屋看去，“看见我家儿媳妇了吗？把她叫出来呀。”

“什么儿媳妇？”

“我们家小通啊。”

“她早就不是本位田家的媳妇了，儿子都不在了，谁还去你家独守空房？”

“你个没正经的和尚，真是多管闲事。小通到底在哪里？”

“可能还在睡吧。”

“哦哦，说的也是。我嘱咐她晚上好好看着武藏的，难怪白天得补觉。泽庵大师啊，那你好好值白班吧。”阿杉婆在千年杉下转了一圈，抬头看了看才拄着桑木拐杖走开了。

除非看见村里的孩子过来往树梢扔石头，泽庵才从屋里出来呵斥一通把他们驱散，然后回了屋就整天闭门不出。

昨天大雨，小通在泽庵门外大闹一场，后来泽庵借着抓小偷之名让众和尚们把小通拖回了屋，住持还将她好一顿训。现在小通染了风寒卧床不起了，想折腾都折腾不动了。

今夜月朗星稀，和昨夜的暴风骤雨形成了鲜明的对比。待寺里的和尚们都睡了，泽庵合上经书向院中走去。

“武藏——”泽庵仰头叫道。

千年杉的树枝晃动了几下，晶莹剔透的露珠从树梢吧嗒吧嗒地落了下来。

“可怜啊，你连话都说不出来了吗?”

“谁说我说不出话的？你个臭和尚!”武藏声音宛若洪钟。

“哎呀，原来还能说出话来。看样子再吊个五六天也不成问题啊！只是你肚子不饿吗?”

“别说些没用的，抓紧把我的头砍下来吧!”

“不行不行，像你这样的愣头儿青，就算砍了头也照样会闹事的。来，咱们还是一起赏月吧?”说话间，泽庵弯腰在旁边的石头上坐了下来。

二

“你还是赏赏我吧，看招!”武藏使出全身的力气晃动着，杉树皮杉树叶“哗啦哗啦”地往泽庵头上落去。

“晃吧，晃吧！你要不发怒怎么显现出你那生命力和能耐！是吧？现在的人都注重提高人格魅力和知识修养了，跟你这无知小子说这些真是对牛弹琴了。你再生气，再使劲晃啊!”

“你等着！等我把绳子揉晃断，掉到地上非踢死你不可!”

“太好了，我拭目以待呢！只是就算你把这绳子给揉晃断了掉下来，恐怕不是你踢死我而是自个儿先摔死了吧。”

“你说什么?!”

“我是说，就算你力气大能晃动树干，但能晃动天地吗?说起来，你的怒气都是没有根基的私愤，是妇人之怒，不足以成大事。算了吧，武藏，不用说把天地，就连那树干你都晃不动。就你那点儿力气，不用说什么惊天地泣鬼神了，就连你自己都救不了。”

“真烦人!”武藏气得向那光头上唾了口唾沫，可惜连个唾沫星子都没掉下去。

“听着，武藏。你觉得你本事大，世上没人能强过你是吗?可是你的下场如何呢?”

“我不觉得丢人，正儿八经的打架我肯定不会输!”

“可惜你有勇无谋!不管你承不承认，败就是败了。我作为胜者凭石而坐，你作为败者挂身树枝。这差别在哪里，你知道吗?无视生命只会蛮干，这是匹夫之勇。真正的武士不惧死亡，但也懂得惜命如珠，这才是做人的真勇。你生性刚毅又有本领，只是缺少学问，只学了武士道中最坏的东西，德智欠缺。所谓文武两条路，其实相辅相成，文武双修方能行至大善。你明白吗?武藏。”

三

石无言，树亦无声，黑暗中的两人陷入了沉默。

“那么武藏，你再想一晚吧，过后我再砍你。”说完，泽庵起身而去。

武藏看着他离去的背影，十步，二十步。

“等等!”

“嗯?”远处的泽庵回过头来。

“你再到树下来一次吧。”

待泽庵走近，树上的身影突然带着哭腔说道：“泽庵师父，救救我吧！我想重新来过……我想过有意义的人生。可是，我在这树上吊着，后悔也晚了！”

“嗯，这想法不错，听上去有点儿人味了。”

“所以我不想死，让我重新来过吧，泽庵师父帮帮我吧！”

“现在不行，”泽庵断然摇头，“世间万事都有解。你这绳子我解不开，也无须由我来解。为了有尊严地活下去，你还是静静地唱经念佛吧，等你参透了生死之境，绳索自然就解开了。”说完就头也不回地离开了。

“是谁？”树下一个人影仰头望着树梢，抱着树干拼命往上爬去，晃得树皮树干“哗哗”落地：“武藏……武藏……”

武藏睁着的双眼，在皮包骨头的脸上显得格外大，“是小通？”

“快逃吧！你刚才不还在说想活命吗？”

“逃？”武藏的声音里传出了生的希望。

“对，逃。我在这村子也活不下去了。我帮你割开绳子，你带我一起走，行吗？”

“行！你先给我割开它！”

小通早已收拾好行囊，拔出短刀一下就把绳子割断了。武藏手脚早就麻木不听使唤了，一时间没能抱紧小通，两人“扑通”一声同时跌到地上。

四

为了在被人看见之前逃命，得知对方还能活动，两人便牙一咬，一瘸一拐地向前走去。

“看，前边就是国境了。”天蒙蒙亮，但还不能大意。

一听到国境，武藏便两眼放光，据说日名仓就在这里。

“小通，我们就此别过吧，我得去救姐姐。”

“武藏君！不要抛下我！”小通两眼含泪抱着武藏，俯面贴在他后背，脸上身上都是热的。“我的心意，本该细细说与君听。逃都逃出来了，就此别过，你让我该去哪儿呢？不管去哪儿，让我陪在你身边，好吗？”

“可是我得去救姐姐，带着你也不方便啊。”

“如果是这样，那我暂且离开去姬路城等你，等你救出阿吟姐，我们在姬路城的花田桥会合，你看行吗？”

“这倒是个办法。”

“一日也好千日也罢，你若不来，我便一直在那里等你。”小通含情脉脉。

武藏点了点头，头也不回地向山后跑去。

三日月茶屋

一

“外婆！外婆！不好了，出大事了！”是外孙丙太。那小家伙光着脚飞奔过来，脸上还横着一抹鼻涕，“武藏跑了，小通姐姐不见了，泽庵大师也没了影儿，今天一早村里人都炸开锅了，您怎么还有心情做饭啊？”

“什么？跑了？！”丙太从没见过外婆这么恐怖的表情，“丙太，快去把各家的哥哥都叫来，还有河原的权叔父！”

不等丙太出门递话，亲戚们已经纷纷涌到了院子里，大多数还带着家传之宝。大家面露悲戚，齐刷刷一片显得格外悲壮。

“不要吵不要吵，这明显是那三个人合伙糊弄我们！我老太婆要亲自把那贱人抓回来以正家风！”说完，阿杉婆一扭一扭地往外走。

一看老太太亲自出马了，众人也不能吃闲饭，抄起家伙跟上了上去。可惜已经太晚了，赶到中山岭已经快中午了。

难不成他们已经逃出国境了吗？众人不禁跺脚嗟叹。看见一大群守关人过来发话：“此乃边境重地，不准结众通关。”

这时权叔父站了出来：“若是现在不追，那可是愧对列祖列宗、无颜面对村人啊！我们一定得把武藏、小通、泽庵追回来，您就行个方便让我们通关吧！”

国法如山，法外有情。守关人略作思量，让他们拉开一定距离，五人一组，按律例分开通了关。

二

关卡外面的空地上，本位田家的老老少少严肃地站着。最终讨论后，决定由阿杉婆和权叔父出马捉拿三人回来。阿杉婆心情悲壮地向大家告别。

“各位!”她向大家招呼，“我阿杉婆出门之前，已在列祖列宗牌位前发了两个毒誓，一是要严惩那败坏门风的贱人；二是只要确认又八还活在这世上，我就是绑也要用绳子把他绑回来，给他再找个比小通好十倍百倍的媳妇光宗耀祖。他可是我们本位田家的香火，今日之耻必雪!”

“……不愧是阿杉婆!”一大群亲戚中，不知是谁喊了一嗓子。

“另外，我和权叔父都已年老，为了完成这两个誓愿，我们可能花上一年，甚至三年的时间再走他乡。不在家的时候，由女婿当家，养蚕、耕田不得怠慢。听明白了吗?”

河原的权叔父年近五十，阿杉婆也已年近六十。万一真的碰上武藏，三人拼命，他们力不占优势，所以有人提议最好再找三个年轻人一起去。

“不用了!”阿杉婆摇摇头，“说什么武藏武藏的，不过是个乳臭未干的臭小子，有什么好害怕的?我阿杉婆靠的可是智谋!”见她稳操胜券，大家便不再言语。

“再见了!”说完，阿杉婆跟权叔父并肩越过中山岭，向东边走去。

“阿杉婆！多保重!”亲戚们在山顶处挥着手。

“要是生了病，一定要马上派人回来通知啊!”

“再会了，一定要平安回来啊!”

大家声声相送。

等这些声音渐渐远了，阿杉婆才说道："嘿！权叔啊！反正我们这把老骨头会比年轻人死得早，就放松心情吧！"

权叔父点头同意："这倒是实话！"

这个叔父，别看现在以打猎为生，但年轻时也是一名出生入死的武士，现在依然风采不减当年，皮肤还像当年驰骋沙场时一般黝黑，头发也没阿杉婆那么白。他姓渊川，名权六。

毕竟是自己的亲侄子，面对这样的事，做叔叔的当然不能置之不理。

"阿杉婆！"

"嗯？"

"您已准备妥当，行李都打点好了，但是我只穿着平常的衣物，得找个地方打点一下才行呀！"

"下了三日月山，那儿有个茶屋。"

"对、对！到了三日月茶屋，就可以买到草鞋和斗笠了。"

三

从这里下山，到了播州的龙野，斑鸠就近了。

虽然夏天日落较迟，但他们赶到三日月茶屋时也已经是傍晚了。

"看来今天是赶不到龙野了，晚上只好到新宫附近的客栈，盖那些臭棉被了！"

阿杉婆付了茶钱，"走吧！"

权六也拿起新买的斗笠，正要起身，突然说道："阿杉婆！稍等一会儿。"

"干什么？"

“我到后面去装些清水。”权六绕到茶屋的后面，在竹筒里装了些清水。正要回去时，忽然停下来从窗口窥视微暗的屋内。

“是病人吗?”权叔心里疑问。

有个人盖着草席躺在屋里，空气中充满了药味。那人的脸埋在草席里，只看到黑发散乱在枕头上。

“权叔啊！你可真够磨蹭的。”阿杉婆喊着。

“来喽!”

“你在干什么呀?”阿杉婆很不高兴。

“那里好像有个病人……”权六边走边解释。

“病人有这么稀奇吗？这么大个人了还像个贪玩的小孩!”阿杉婆斥责道。

权六在这本家的老人面前，觉得抬不起头。“是、是、是!”连连点头赔不是。

茶屋前通往播州方向的道路，是个大坡道。由于往来银山的人马不断践踏，雨天留下大大小小的坑洼，干涸之后便凹凸不平。

“小心别摔着！阿杉婆!”

“你在说什么呀？我这老太婆还硬朗着呢!”

话刚说完，上头传来声音：“老人家，你们精神可真好啊!”抬头一看，原来是茶屋老板。

“噢！刚才劳你照顾了！你这是要去哪儿呀?”

“去龙野。”

“现在去?”

“不到龙野，就找不到大夫。即使现在骑马去，赶回来也得半夜了!”

“是你媳妇病了吗?”

“不是。”老板皱着眉头说道，“要是自己的老婆或孩子也就罢了。那客人只不过路过小店歇歇脚，没想到给我惹来这么多麻烦。”

“刚才我不小心瞄了一眼……在那儿的是个过路人吧？”

“是个年轻姑娘。在店前休息的时候突然说身子发冷，我总不能丢下不管吧？就把后面的小屋借给她休息，没想到越烧越厉害，好像很难受的样子。”

阿杉婆灵光一闪，问道：“那姑娘大概十七左右，而且身材苗条？”

“没错……她说是宫本村的人。”

“权叔父！”阿杉婆对他使个眼色，急忙用手探进腰带，说道，“糟了！”

“怎么了？”

“念珠啊！我把它落在茶屋的桌子上忘了拿了。”

“哎呀！那我这就回去帮您拿。”老板正要掉头回去。

“救人要紧，你还得去找大夫，怎能劳你大驾？”

权叔父早就大步跑回去了。阿杉婆把茶屋老板打发走后，也赶紧追上权叔父。

——那姑娘准是小通！

两人连呼吸都急促起来。

四

自从那晚被大雨淋得全身发冷之后，小通就一直高烧不退。

在山上和武藏告别之前忙着逃命，她没顾上这事，分手之后没走多久，小通便觉得全身开始酸痛，无奈在这三日月茶屋借宿休息。

“大叔……大叔……我好渴呀。”恍惚中小通觉得喉咙一阵干痒。

没有回应。

店门紧闭。小通这才隐约记起，老板应该是出门找大夫去了。要想喝水，看来只能指望自己了。小通挣扎着起身向水池方向走过去。

“咔嚓”一声窗户推开了，是阿杉婆和权叔父半道赶回来了。两个老家伙因为兴奋显得激动，“这里太暗了，她权叔。”

“你稍等会儿。”权叔在炉边捡了根柴火棍，伸进炉子里引了团火，往屋里照了照，“怎么没人？”

突然，阿杉婆大叫一声，穿过洗手台的窗户有一张熟悉的脸，正在水台上用勺子舀水喝。

小通吓了一跳，连水带勺扔了出去，惊弓之鸟似的从后门逃跑了。

“畜生！”被泼了一脸水的阿杉婆破口大骂，“她权叔，你还愣着干什么？那不要脸的从后门逃跑了！蠢货！还不快去追！”

权六追上去一看，果然，一个小鹿似的黑影从屋后下了山，消失在昏暗的暮色中。他在山顶傻呵呵地赔着笑，道：“别着急，她一个生病的女孩子还能跑多远？把她捉回来那是分分钟的事！”

“哼！等捉到她，我老太婆一定亲自往她脖子上‘咔嚓’来一刀，要不实在不解恨！”

“这小竹林子虽然不大，只是天太黑了不好追啊，要不先回去点个松明再说？”

“少他妈废话！”没等权六反应过来，阿杉婆在背后冷不防地推了他一把，权六一脚踩空咕噜噜地滚下了山。

“你个死老太婆！玩我呢？你也快点下来!”声音随人越飘越远。

再次脱险

一

好几天了。在日名仓高处的十国岩旁边，一个黑色的身影坐在那里一动不动。

守关的士兵们发现了，好奇地撑手遮眼看过去。可惜阳光太强烈，晃得根本看不清楚。那是个什么玩意儿？是兔子吗？那东西明显比兔子大。是小鹿？小鹿怎么会整天一动不动。也可能是岩石吧，有人说。但怎么可能一夜之间就冒出来块岩石？

大家众说纷纭，莫衷一是，讨论得好不热闹。

“干什么呢？干什么呢！我们可是拿着俸禄来守日名仓的关卡，在这聚众聊天像个什么话！管他是兔子也好石头也罢，就算那是个人，又能怎么样？”开腔训话的是个守关的小头头儿。

“可别说，坐在那里的可能还就是个人！”毕竟这里是旦马、因州、作州、播磨四国的边界重地，一听是人，一时间风声鹤唳。

“要不先给他一箭，看看什么情况？”说着，有人从哨所拿出来一支弓拔箭射了过去。不想射程太远箭力不够，只听“嗖”地一声，半路上便沉到了谷底。

“看我的！”这次的开弓者一看就武功高强。只见他满弓开箭，箭身一溜烟地呼啸过谷。“唉，我说，不用射了，那肯定是个人。不是仙人就是隐士，咱们过谷抓他回来才是正道。”

“且慢！抓他容易，可是山涧险要，该怎么过谷呢？”

“没别的路，只能从中山岭绕到对面山峰抓他去！”于是大队士兵蜂拥启程了。

武藏抱着膀子，一动不动地盯着对面日名仓哨所的屋顶，姐姐阿吟一定被关在那一排屋子中的不知哪一间里。

只是，武藏坐在那里观察了一整天，却没有勇气起身行事。

二

这哨所里有多少士兵呢？五十人？一百人？武藏一直在思考这个问题。

居高临下，哨所的地理格局一目了然：哨所背面临谷，峭壁凌厉；两翼设栅，重兵把守。而自己的正面却完全暴露在敌人的视野里，连藏身的草木都没有。还未入夜，两翼的卫兵就开始轮换值班了，看来从正面是进不去了。武藏心想。

这两天，他在十国岩下苦思冥想，还是没有找到合适的作战方法，这也不行那也不好，迟迟不敢行动。怎么回事？我怎么变得如此窝囊？我可不是怕死的人呐！要不干脆硬闯进去救人？可是这也太莽撞了吧？

或许，这就是泽庵师父所说的智慧吧？无视生命蛮干，这是匹夫之勇。真正的武士不惧死亡，但也懂得惜命如珠，这才是做人的真勇。不再盲目，告别鲁莽，自己也开始能看见东西——以前所看不见的东西了。

泽庵师父是对的。

极目远眺，眼界也好心气也罢，武藏感到前所未有的敞亮！

不管怎么说，姐姐还是要救，这就是我该冒着生命危险去做的事情吧。后山虽然地势险要，但相比之下还是最有可能突围的。武藏下定决心准备出发。

这时，一支箭射过来插在脚下。不好！被人发现了！只见二三十个卫兵喊杀着近身而来。

三

“是武藏！宫本村的武藏！”追杀到近处，有卫兵认出了武藏，“大家都小心点，这小子不好对付。”

面对哇哇喊杀的敌人，武藏的杀气也“噌”地点燃了，“看招！”只见他双手抱起一块大岩石，朝着山下的追兵砸去。岩石咕噜噜地滚动，砸倒了一大片卫兵。随后，武藏像一头身手敏捷的狮子，向山后的断崖奔去。

“不好！那小子想跳崖自杀？”卫兵不禁惊呆了。

等他们第三次齐声叫喊着追杀过去，只见武藏纵身一跃，翻进了哨所。

听见异动，黑压压的卫兵闻声涌动。武藏目光凌厉，寒气逼人。他顺手拔起一根栏杆，挥棍舞去，杀得来兵落花流水屁滚尿流。见势不好，剩下的人迅速作鸟兽散。

“姐姐！”武藏四处寻找着，可是途经的小屋里没一个有姐姐的身影。武藏不禁着急了，嘶哑的喉咙透着说不清道不明的绝望。

这时，在一间有点像牢房的肮脏小间里，有一个人缩头缩脑像鼬鼠一样匍匐逃去。

“站住！”武藏跳起来把那家伙踩在脚下，“说！你们把我姐姐关在哪里？”

“你姐姐不在这里，昨天刚被送往姬路城了。”那人哭丧着脸说。

“姬路城……”武藏若有所思，“此话当真？”

“不敢有假。”

说话间，又有五六个不怕死的从走廊上冲了上来。武藏不假思索，抄起这人丢了过去，回身躲到小屋的暗角。

“嗖！”“嗖！”五六支利箭射到脚下。此地不宜久留，武藏飞身跳窗而下，瞅准机会越栅而去。

“咚！”火枪弹丸追着武藏跳动的身影，枪声在谷间回响轰鸣。

武藏飞身跃进山涧，像滚落的岩石一般反向而逃。

“应知危险为何物。”

“蛮勇是无知的表现，是野兽的行径。”

“惜命如珠。”

“……”

踏步飞奔而去，疾风呼啸而过，泽庵的告诫回响在耳畔。

重获新生

一

这就是姬路城了。

花田桥边，武藏找了好几圈都没见到小通的身影。难道小通出了什么意外吗?

自约定之日起一别已有七日。可小通曾约定即使百日千日也会在花田桥下等着自己。既然是约定，那么说到做到就是武藏的原则，何况还要在此打听姐姐的下落。

武藏破帽遮颜在花田桥下来回走动着，活脱脱地像个乞丐。

“武藏！武藏！哎呀，你终于来了！”突然，一个和尚兴奋地边招手边朝他跑了过来。武藏大惊失色，原以为没人会认得出乔装打扮后的自己，没想到刚一进城就现了形。

原来是泽庵。

“客套话就不说了，快跟我走！”泽庵抓住武藏就拉着他往前走，武藏出乎意料地没做反抗。这和尚是想把我吊回树上?还是把我关进大牢?无所谓了，说不定还能见到姐姐。姐弟俩能死在一起也好，来生再会吧！

姬路城中心是藩主居住的白鹭城。那白刷刷的巨大石墙映入眼帘，泽庵在正门的唐桥上走过。城门守卫森严，将士刀枪剑戟，武藏不禁感到有些紧张。泽庵却招手喊他快点过去。

穿过几道城门，两人在内殿的第二重门外停住了。

“我可把人带来了哟。”泽庵对守门的士兵说，“这可是个还没拔掉牙的狮子，把他惹毛了他可是会咬人的。”说完，不等那守卫引领，自己径直走到内殿去了。

泽庵那番话显然引起了守卫的重视，仆人们轻声请武藏入汤沐浴，对武藏是连碰都不敢碰。

武藏大方入浴，触景生情想起那天阿杉婆的阴谋，心里咯噔一下。

“浴后请更衣。”这时一个侍者呈上一叠衣物，说罢把黑木棉的衫裤、手帕、扇子等物放在旁边的茶几上，恭谨退去。

二

白鹭城是姬路城的中心，这小城里有座高高的天宇阁(城中望楼)，里面威严的殿宇，是藩镇诸侯居住和议事的地方。

大殿正中，一个身材短小而精悍的男人端坐在宝座上，他脑门剃得溜光，仔细看去，脸上还长着麻子。他，就是姬路城的藩主——池田辉政。

“就是这个人吗?”池田辉政向院子里望去。

“正是此人。”泽庵回道。

“看上去小伙子挺不错的，你对他有大恩呐!”

“这我可不敢当，就算他得到救助，那也是您的恩泽浩荡。”

“唉，要是我的手下都能有泽庵大师的心肠，与人为善，何愁天下不治啊!”辉政感慨万千，“来，让他进殿来，方便说话。”

侍者上前设座，武藏立身下坐。

“你叫新免武藏?”辉政和颜问道。

“正是在下。”回答干脆利落。

“新免家原来也是赤松族的一支，昔日也曾作为藩主驻守白鹭城。世事沧桑变幻无常，今天咱们能在此见面，也算是缘分。”

武藏一声不吭，他知道自己的所作所为给列祖列宗抹了黑。因此，一听别人提起赤松族，便抬不起头来。

“但是，”辉政话锋一转，“你的所作所为可恶至极，真是有辱赤松一族清誉！”

“是。”

“应当给予严惩！”

“……”

辉政看向泽庵，“泽庵大师，听说家臣青木丹左卫门和你约定，只要你在三天之内抓住武藏，此人就凭你处置，是有这么回事吗？”

“出家人不打诳语，您亲自问一下青木自然就知道是真是假了。”

“我已经问过了，你们口径一致，想必是确有此事了。他是我身边的人，他的承诺就是我的承诺。只是，辉政作为一方诸侯，虽不能处置武藏，但也绝不能赦免姑息。如何处置，就看大师了。”

“那愚僧只好勉为其难了。”

“那大师准备如何处置他呢？”

“我想把他软禁起来。听说白鹭城的天守阁，时常有鬼怪出没，有个房屋至今不敢开启。这种事情要是传到民间，朝廷颜面何在？我看还是打开为好。”

“有道理。”

“我就是想借用天守阁那间长年闭门的房间一用，把武藏关在里面闭门思过，只让监守人照应他饮食起居即可。”泽庵转头一脸殷切地对武藏说，“你一定得听我的话！”

“哈哈哈，这个处罚方式有点儿意思！”辉政笑道，“来，泽庵，随我来茶室喝杯茶吧！”说罢，起身先行离去。

这个小个子男人，强大的气场撑起了整座白鹭城。

三

这间房门紧闭的阴暗小屋，是天守阁最高处的一室。

在这与世隔绝的角落，没有时间，没有节气，一切都好像静止了。只有一盏孤灯作伴，形影相吊。

时值三九严寒，连黑色的天花板和梁柱都变得冷冰冰的。灯光下，武藏的呼吸像一团白雾。

屋子里的藏书堆积如山，日本书、中国书、禅书、国史……一应俱全。这些都由泽庵亲自从藩镇书院悉心搜罗而来，桌子最上面一本是《孙子地形篇》，上书地形及用兵之道。

原来军队作战和个人单挑是一个道理，这不仅是战场用兵之道，也是为人处世之理。武藏边读边想：想打胜仗是必然的，如何才能打胜仗呢？那就要知己知彼知天知地。想想自己过去不动脑子的蛮干，真是匹夫之勇啊！

武藏被藏书深深吸引，对知识的渴求使他投身书海，废寝忘食。眼睛累了就从水盆打水洗眼，灯芯垂落他便剪芯催明。

“你在这儿好好读书吧！你先天资质不错，就是书读得少了。古来名僧进入大藏，通读万书才得通明万理。你在这小黑屋里就像胎在母腹，只要用功读书，有朝一日终会功成名就。加油吧，武藏！”说罢，泽庵便云游他处。

春去秋来，几经风霜，不知不觉已是第三年春天。

“我已经二十一岁了，之前浪费了那么多时间，真是可惜!”沉湎于书海，武藏时常反思自己不堪的过去，惭愧不已。

有一天，突然有人推门而入。“武藏，你还好吗?”一角法衣拂来，泽庵说道，“我在外云游三年，今日刚刚回来。怎么样，你在母胎里发育好了吗?”

“幸得大师高恩，武藏无以为报!”

“哈哈哈！你还会说人话了呢！今天我就放你出去重见天日，去吧！去看看这世间百态！去看看这大千世界!”

四

时隔三年再次坐在辉政面前，辉政也感觉到了武藏的变化：“听说你三年来刻苦读书，这是极好的。怎么样？跟着我做事可好?”

武藏起身致礼：“此次重见天日已是劫后余生，实在不敢再兴波澜。”

“此话怎讲？跟我做事怎么是再兴波澜?”辉政疑惑道。

“都说天守阁有鬼怪作乱，我曾仔细观察过，那梁木门户处处黑血斑斑，着实恐怖，恐怕是早年赤松一族灭亡时染上去的。”

“嗯，确实有这个可能。”

“想到这里，我不禁头脑发麻心寒不已。一朝天子一朝臣，成王败寇不过如此。我新免一族此前如此风光，竟也沦落到今天这家破人亡的地步。若是我留在此城，恐怕会惊扰亡灵引发新一场风波。冤冤相报何时了，战乱再起非民之福、国之本。”

“这话虽然有些过分，但也不是没有道理。那么，你准备回宫本村终老吗?”

“不，我方得重生，想仗剑走天涯，看看这世间万象。”武藏默然微笑。

“也好，为纪念你得以重生，我赐你姓氏宫本①，从此之后你就是宫本武藏了。”说着，辉政吩咐侍者给武藏准备好盘缠。

“藩主高恩，泽庵感激不尽！”泽庵急忙躬身道。

“哟！跟我来这套，你还是头一回哩！”辉政打趣道，“来人，摆酒设宴！”

---

① 日本姓氏与我国代代固定不同，随地理、政治等情况更易的情况比较普遍。武藏，原按村名取姓“新免”。

花田桥

一

从泽庵口中得知，三年前武藏突袭日名仓时，姐姐阿吟确实已被转移，但也没受什么难为。后来辗转到佐用乡的亲戚家住着，直到现在依然安好。

“你想见她吗?”泽庵问道。

“当然想!”说到姐姐阿吟，武藏的眼睛湿润了，“带我去见姐姐吧，师父!”

“其实她也想见你。不过在她等待的日子里，我已经劝导过她，让她当你死了。三年之后武藏必然会重生，不过到那时，武藏将不再是从前的武藏了。”

“原来姐姐也多亏师父关照，武藏真是无以为报。”武藏双手胸前合十，“请带我去见见姐姐吧!”

“不用去了，见我如见她。你方才重得新生，修业的第一步当是心无杂念，尘世余情应了无牵挂才是。”

“弟子明白。”

“我云游四海行踪不定，有缘会面自然相见。你暂时也不要回宫本村了，阿杉婆和权六正四处找你算账，虽然不成大碍，但也少不得麻烦。还有那叫青木丹左的泥鳅胡子大将，现在也被辉政逐出家门四处流浪了，估计日子也不好过，你也要当心他。人生路漫漫，一切珍重!”说完，泽庵西行而去。

武藏在路口相送，直到泽庵背影消失在天边，才独步东去。

孤身一剑，能依仗的只此一躯。

从今往后，我要时常磨砺自己的秉性，要摆脱兽性，像人一样修行。泽庵师父潜心修禅，而我要在剑道上超他之上。武藏心想。

二十一岁，为时不晚。

武藏大步流星地向前走去，走向未知的人生旅途。

“啊！真的是你?!”刚走上花田桥，一个女人迎面跑来抓住他的衣袖，惊喜的眼神稍带着恨意。“武藏君，原来你没有忘记，还记得要来这花田桥会合！我曾说过哪怕百日千日也会在这儿一直等到你，你还真是守约!”

原来是小通。

“怎么，这三年你一直在这里等着我?”武藏当然不会忘记约定，只是此时此刻说不出是什么心情。

“当然，今天是第九百七十天！本位田家的老太婆穷追不舍，我差点儿就被她杀了。多亏泽庵师父相助，我才能一边在这竹工铺打杂一边等你。”说完，小通向桥头的铺子指去。

二

坦白说，武藏打心底里还是希望见到小通的，就像希望见到姐姐那样迫切。一别三年，小通一直住在自己心里。可是修业路漫漫，带个女人在身边成何体统？何况这女人还是又八的未婚妻，就像阿杉婆说的，即使她没过门也还是本位田家的媳妇。想到这里，武藏不禁犯难了。

“你准备去哪儿？我跟你一起去。”

“我也不知道要去哪里，不过此行必然困难重重，你恐怕会受不了。何况我一个武士修行，身边带着个女人成何体统?”

“我不会妨碍你修行的，不要丢下我，行吗？我不怕吃苦，我什么都能干!”小通急了，死死抓住武藏的袖口分辩道：“你不能骗我！你忘了咱们在中山岭的约定了吗？在千年杉上我给你割绳子的时候，你也答应过带我走，这些你都忘了吗?”

“松开手，小通，快松开手，光天化日的大家都在看咱们呢。”花田桥上，武藏左右为难。他不是不知道小通的心思，只是这于情于理，自己实在难以两全。

小通真的松开了手，她趴在栏杆上伤心地哭了起来。“对不起，我不是故意那么说的，你别往心里去。”

“小通，你知道吗？在这九百多天——就在你等我的九百多天里，我被关在白鹭城那不见天日的天守阁里待到现在。”

“这我知道，泽庵大师都告诉我了。”

“泽庵大师还说什么了?”一听泽庵的名字，武藏竖起耳朵。

“泽庵大师还说，‘男女之缘像谜一样不可预知。’昨天我们在一起喝茶时他说的。”

武藏遥望西方，今日一别，他日还会再见的吧，直到今天，他才突然体会了泽庵师父的无言大爱。姐姐也好，小通也好，其他任何人也好，从来没有人能如此平等地为他指点迷津。

三

“男女之缘像谜一样不可预知。”

泽庵的话在武藏的脑海里久久挥之不去，武藏突然感到肩上的包袱很沉重。

在这九百多天里，自己废寝忘食饱览群书，却没有一本书上写着“男女之缘不可预知”，连泽庵师父也不曾有此领悟。

“就这样定了啊，我回去收拾收拾行李咱们一起走，你在这里等着我，拜托啦!”小通心意已决，生怕武藏反悔似的，不等武藏回过神来就奔向桥头竹工铺。回头看见武藏倚着栏杆不动，就更放心了，微笑着进了屋。

看着小通雀跃的背影，武藏又陷入了挣扎：如果我走了，小通该怎么办？毕竟这世上除了姐姐之外，还有哪个女人能像她这样一心一意地对我好呢？这可是自己不讨厌的小通啊!

仰望天空，俯看流水，武藏扶着栏杆迷惘不已。就在这时，栏杆上有白色木屑掉入水中，顺流而下。

没过多久，收拾妥当的小通气喘吁吁地跑来，桥上已没有武藏的身影。只见方才武藏站立的地方，栏杆上新刻了两行小字：

请原谅我
请原谅我

水之卷

吉冈一派

一

人生不过五十载，浮生若梦醉今宵。

这个歌谣之所以流行，因为它唱出了社会各阶层的心声。

战后的京都大阪又迎来了久违的繁华，灯火通明夜夜笙歌，比起战前有过之而无不及，简直成了不夜城。

吃了上顿不想下顿，过了今天还不一定能有明天，今夜点亮的灯火说不定明天就会灰飞烟灭，烽烟再起只是时间问题。

人们都认为战争随时会再起，在这短暂的浮华里只争朝夕，成了很多人的座右铭。比如说，现在从京都西洞院四条的十字街口的大门里走出来的那群武士，就是持有这种观念的代表。

抬头看去，那大门甚是宏伟，旁边门牌上的小字虽然年代久远字迹黯淡，但仍不失威严：

室町将军府武术教师

平安　吉冈拳派

刚从这门里走出来的这群武士，这一天在武馆里乒乒乓乓地舞拳弄剑，玩的还都是真刀实枪，想必累了一天了，也该找个地方消遣了。他们个个脸上都带着浮躁的戾气，一旦走上战场，肯定都是杀人不眨眼的魔王。

随后，又有八九个人从这门里走出来，大家纷纷向当中那人叫着：“少当家的！少当家的！”

这位高个子少当家的年届三十，身穿茶黑色衣服，上面有吉冈家三个圆环扣在一起的家徽。他就是吉冈拳派的嫡传二代掌门人——吉冈清十郎。

“咱们还去昨晚那家怎么样？”有人已经迫不及待了。

“那多没意思，那家的姑娘只围着少当家的一个人转，咱们这些当空气的也太没趣了。”大家七嘴八舌，沿着加茂河来到灯红酒绿的花街柳巷。

这片花街柳巷早年本是荒草丛生，战争一结束，成片红砖黄瓦的房子犹如雨后春笋，几乎一夜间全冒了出来。据说房子里面那些妖娆的白脸女人，都是从丹波、阿波①贩卖来的，弹着时兴的三味线，哼着你侬我侬的靡靡之音。

“藤次，去买个斗笠来。”清十郎吩咐道，“我把脸遮起来，这回看谁还能认出我来，哈哈！”

“哎呀呀，像少当家的这样的青年才俊，气宇轩昂，斗笠也盖不住您那四射的光芒啊！”藤次呈上刚刚买回的斗笠，不忘奉承。

二

正在这时，一个妓女从灯火通明的屋里探出头来，娇滴滴地招呼道：“哎哟，这不是四条的少当家的嘛，快来呀！”

清十郎略微吃惊了一下，继而难掩得意之色，故意回头问道：“藤次，这姑娘怎么认得出我就是吉冈家的掌门来？”

---

① 地名，今日的德岛县。

“咦，我也觉得奇怪呢，不会是您的老相好吧?”藤次为了活跃气氛，开玩笑说。

“苍天有眼啊，我可是头一次来呀!”清十郎辩解道。

“那为什么您挡着脸，她还能认出来？解释就是掩饰，掩饰的就是事实啊!”大家就势起哄。

“这大名鼎鼎的吉冈家徽，谁不认识?”一双雪白的胳膊挽了过来，“哎呀呀，挡起脸来却让家徽坏了事，没办法咯。快过来玩玩儿吧!”

那麻酥酥的声音听得人心猿意马，以清十郎为首的这群人麻溜溜地钻了进去。

三

来了这群人，屋里顿时热闹了起来。调笑的妓女花枝乱颤，装醉的男人跳上桌子疯叫谩骂，麻木的人们要着酒疯连唱带跳，就在这觥筹交错中末日狂欢。谁知道明天会发生什么呢，今朝有酒今朝醉吧。

这时有个叫植田的家伙突然拍着桌子吹起牛来，“要论天下剑道，若我吉冈家屈尊第二，就没有敢说自己第一的。不信有谁敢来试试，不用我师父出马，我一个人就能让他有来无回。来，喝!”

……

不料旁边有个喝醉了的家伙根本没把他放在眼里：“天下剑道可不只有吉冈一派，高人到处有。就近的来说，就有京都……”

“你他妈的放屁！敢在老子地盘上撒野，也不撒泡尿自己照照!”

“哪儿来的熊毛病？你再出言不逊别怪老子不客气!”说

着，来人一巴掌把植田的脑袋拍在桌上，疼得植田哇哇大叫。“我真是替吉冈一门不值啊，出了你这么个一无是处的蠢货，学艺不精还敢闹事，先师吉冈老先生的招牌算是废在你手里了！”

看见有人动真格的，妓女们吓得乌泱泱满屋子瞎跑，把鼓和酒瓶子都踢倒了。喝酒的男人们看了也心烦：“这帮臭娘们儿，折腾个没完没了！”

清十郎的心并不在这里，他并没有喝醉，只心不在焉地坐在那里。藤次这个机灵鬼看透了他的心思，凑到耳边悄声说：“少当家的，这边没意思，咱们还是去昨晚的蓬之寮吧？”

正中下怀！清十郎抛开那些醉鬼，悄悄溜走了。

温柔背后

一

“阿甲，要我帮忙挂上去吗?”身后一个温柔的声音。

“哎呀，清师傅来了?”阿甲正踮着雪白的脚尖吃力地挂灯，回头一看，说话人原来是清十郎的弟子——祇园藤次。他一抬手就把灯挂了上去，灯上明晃晃地闪着三个大字：蓬之寮。

平时在家里懒得动弹的大爷，来了这蓬之寮却异常地勤快起来。藤次亲自打开窗户摆正座垫坐下来，总想找点活干。

“怎么连个女人影儿都没有？怎么搞的。今晚阿甲这边又没有客人，怎么连个上茶的姑娘都没有?”藤次伺候清十郎入坐，摸准了师父的心思急不可待地往后屋探去，一不小心和敬茶的姑娘撞了个满怀：“哟！你终于露面了。你的清师傅都来了，你怎么才出来？对了，才说话的工夫阿甲哪儿去了?”

“后屋化妆呢。今天挺忙的，才抽出工夫来。”

“白天谁来了?”

“关你什么事?”说完，朱实扭头掀起帘子进了屋，“清先生，我给您敬茶来了。”

清十郎按捺住心中的欢喜，故作平静地说：“哎呀，你来了？来来来，坐到我旁边来。”

“嗯，我先给您点支烟解解乏。”朱实熟练地从身旁精致的小箱子里抽出一些烟叶，全然没把官府的禁烟令放在眼里。

“哈哈哈，还是这烟劲头足啊！”清十郎一高兴，忍不住动手动脚起来，“对了，藤次上哪儿去了？”

“他呀？又去我娘的房间了呗。”

“那小子八成是看上阿甲了，背着我肯定没少来。”清十郎一边说着，一边握住朱实的手，“得，他和阿甲双宿双飞，咱们俩是不是也……”

二

“不要！”朱实像有洁癖似的弹了起来想闪到一边，谁知清十郎反手轻轻一揽便把朱实拉回了怀里，“小美人，你这是要去哪儿？”

“不要，不要……快放手。”腰上的脆铃“叮叮当当”的，仿佛在向谁求救。

“待在我怀里不好吗？”

“酒，我去拿酒！”朱实拼命往外挣，清十郎却把脸贴了上来，臊的朱实快哭出来了，“快来人啊！妈妈！”

里屋只有女人娇喘吁吁的调笑声。

清十郎这些日子一直不如意，此情此景刺激得他亢奋了，“你妈正和藤次热乎着呢，哪有工夫管你？来，把这酒干了！”

朱实见实在躲不过去，索性借酒壮胆一饮而尽。

看不出来，这个如小鹿般羞怯的小姑娘，喝起酒来竟如此爽快，清十郎越发喜欢了。几杯酒下来，清十郎有了些醉意，“不能再喝了，再喝今晚就醉得回不去了……”虽然这么说着，推杯换盏还是不停歇。

“醉了就住下，几天都行，是不是，朱实？”藤次他们从里屋出来了，阿甲理了理蓬松的发髻，拿腔拿调地说。

三

一听阿甲这么讲，藤次面露难色，悄悄拉着阿甲溜进小屋咬着耳朵说："你说这事吧，朱实要是也有这个意思当然是最好，反正清十郎尚未娶妻，还不知朱实什么意思就让他住下了，这合适吗？"

"放心吧，小心肝，我说没事就没事。"幽暗的小屋里，阿甲目光迷离，咸湿的娇唇贴上藤次的耳根，"现在我们……"

突然，隔壁房间里传来一声响动。

"怎吗？隔壁还有其他客人？"藤次问道。

"小声点。"阿甲目光闪烁。

等藤次睁开眼睛的时候，天已经大亮。清十郎早就醒了，现在正在沿河的屋里喝酒。

"太好了，现在就带我们去吗？"阿甲娘儿俩难得一大清早就起了床，欢呼雀跃地去梳妆打扮。

原来，清十郎答应带她们去看阿国歌舞伎的表演。据说表演的女人衣着华丽花样百出，最近甚是流行，难怪阿甲她们这么期待。

四

"哎呀，昨天我喝醉了随口一说。带着俩女人去看表演，要是被我那'大喇叭'弟弟传七郎知道了，肯定又得闹得满城风雨。"很明显，清十郎后悔了。

"那可不行，都答应她们了，你说话可得算话。我这就去催催她们。"藤次不容分说就钻进了内堂。

里屋里没见人影儿，只有一些衣服镜子零乱地散在那里。路过隔壁的小黑屋，藤次突然想到昨晚传来的那声响动，鬼使神差地轻轻推了推门。

“吱呀——”一声门开了。

“谁?!”一声暴呵。藤次本能地往后退了两步，定睛一看，躺在那里的是一张愤怒的脸。这是个二十二三岁的年轻人，衣着褴褛又脏又臭，一双脏脚丫正冲着门口的藤次。

“啊……你也是这里的客人吗?”

“客人……哈哈哈，客人!”年轻人露出了讽刺的笑容。

“对不起，失礼了。”藤次见那人比叫花子也好不了多少，急忙关门退了出来，在浴室旁边的小间里，终于找到了正盛装打扮的阿甲母女。藤次催促了一下便先走了。

母女俩梳妆完毕，路过小黑屋时，朱实犹豫了一下，“又八也一起去吗?”

五

“呸!”本位田又八朝着阿甲唾了口唾沫，“内人后面跟着客，客后面跟着当家的，说出去不怕人笑话!”

“我和藤次有什么见不得人的吗?”阿甲气得眼珠子都快出来了。

“见得人见不得人的，你自己清楚!”

“当丈夫总得有个当丈夫的样子，你这个吃软饭的还有脸管闲事?!”阿甲狠狠地盯着那个邋遢的废人，一点儿都不留情面，“自打从江州逃出来，你往家里拿过一分钱没有？每天就知道喝得醉醺醺地混天熬日，要不是靠着我和朱实养，你早饿死在大街上了吧!”

“你……你说什么!”又八气得直哆嗦，“我都说了好多次了，人要脸树要皮，只要你们别再干这种勾当，我明天就去搬石头挣钱！只要是正当营生，再苦再累我都不怕!”

“呿！搬石头才能挣几个子儿？能养得活我们娘儿俩吗？庄户人就是庄户人，狗改不了吃屎啊！你愿意去就去，我们也不强留，随你的便！”说完，阿甲便带着朱实扬长而去。

“畜生！”又八又羞又恼，委屈的泪水夺眶而出，悔恨渗透骨髓。

为什么？为什么！为什么我当初不回宫本村？那里才有真正疼爱我的亲人！为什么我当时会抛弃小通？只有她才能给我纯洁的爱啊！

此时此刻，小通是否还在七宝寺的暮鼓晨钟里等待？英田川的河水应该还是在静静流淌吧。河原也到了花开的时节，百鸟啼春该是多么美丽啊！

“我他妈真是脑子进水了！”又八狠狠地捶打着脑袋，痛苦不堪。

六

两男两女四个人的脚步声依次从门前经过——他们都出去看戏去了。又八趴在窗户上恶狠狠地盯着远去的背影，面色铁青。

“我必须得走，反正那女人也是这么说的，这哪里是人待的地方！反正我才二十二岁——还算年轻！”待屋里只剩下自己，又八暗暗地想。

他自己也知道，这一两年来头脑确实越来越麻木了。自己的女人在外边和别的男人寻欢作乐搔首弄姿，搞得自己晚上夜不能眠白天无心做事，只能躲在这个幽暗的小屋里借酒消愁。什么少年之志，什么关原之战，遥远得都快记不起来了。

那个死女人！

又八自己也搞不明白，那个年近四十的女人怎么好意思把口红涂得比朱实还厚。尽管白天对又八恶语相向，到了晚上却极尽媚态地挑逗他。这样想来，又八出走的心又有些犹豫了。自己醉生梦死了五年，体力也好意志也罢，哪里还有从前那质朴和刚毅的影子？自己真的还能靠出大力养活自己吗？

“混蛋！想什么呢!”又八猛地拍打了下自己的脑袋，愤然起身。

宫本村，小通，我要回来了！

七

正要出门，一个人卷帘而入。“请问——四条吉冈家的少当家的和藤次还在这里吗？”

“不知道。”又八恹恹地说。

“不会吧？我听说他们来这里了。吉冈家出大事了，一个从旦马来的叫宫本武藏的武士来踢馆了，麻烦你告诉少当家的一声，他得马上回武馆应付啊。”来人着急地说。

“什……什么？宫本——武藏？”

昙花一现

一

对于吉冈家来说，今天真是个大凶的日子。

谁都没有想到，这声名远扬的西洞院条武场，终归也躲不过昙花一现的命运。武馆那曾经趾高气扬的门人们想必永远都不会忘记这耻辱的一天吧，痛心疾首又无力应对，神色黯淡却无言以对，这是怎样的煎熬！忍气吞声地坐在武场上，等那唯一的未归人来收场。

“是少当家的回来了吗?”只要一听见门口有进来人的响动，大家就齐刷刷地投去殷切的目光，可惜每次都事与愿违。派出去找寻的门人至今也没有消息。

死一般的沉寂。

这几十年来，吉冈一门确实过得太顺风顺水了，估计上一辈的老人看了，也不得不闭门反省吧。想当年，这四条武场的开山鼻祖——也就是吉冈拳法的创始人，年轻时候的作风和今天的清十郎、传七郎的纨绔邋遢截然不同，那才是个响当当的人物。据说老掌门少年时只不过是个染布工，却把染布工具的使用方法与实战相结合，融会贯通自创了显赫一时的吉冈刀法。后来得到室町将军足利氏的赏识，成了将军府的武术教头，那是多么辉煌的时代啊！

现如今，门人们之所以慕名加入吉冈武馆也并不是为了修习武术，他们看中的只不过是老掌门的威望和吉冈一派的名声吧。毕竟打着吉冈拳法的幌子，在社会上确实混得开。然而二代掌门清十郎和他的弟弟传七郎却是不折不扣的败家子，只会贪图享乐不说，拳法刀术也狗屁不通，白白继承了吉冈家的家产和名声。

也许，这正是吉冈家破落的祸端吧。

二

谁有这么大能耐，给吉冈一派这么一记打击呢？不问不知，原来是一个叫宫本武藏的乡下土包子。

事情是这样的：

今天武馆的大门外来了个乡下人，自称是作州吉野乡宫本村的浪人[①]，名叫宫本武藏，想要和吉冈家的掌门人切磋武艺，请求看门人进去通报一下。那看门的微微打量过去，只见这个浪人虽然身高近六尺但也就二十一二岁的样子，背着个武士修行袋，头发脏乱得跟一年没梳了似的，身上的衣服被泥水黏得黑乎乎的也看不出原来的颜色，远远闻到一股子臭味。

“真他妈的点儿背！又是一个不知天高地厚的臭要饭的！就这德行还想跟少当家的切磋武艺？干脆给他点儿吃的打发他走算了。”一个门客说道。

“你缺心眼儿啊？咱们吉冈家又不是搞慈善的，是个要饭的都往咱门上拱，你养着他们啊？”有个门客直接不耐烦了。

“要不这样吧，你再去问问他什么来历。”大家七嘴八舌的也没个定论，谁都没把他放在眼里是真的。

---

① 浪人，通常指到处流浪居无定所的日本穷困武士，一般为无业游民。

看门人饶有兴趣地跑了趟腿，气喘吁吁地跑回来说道：“那人说，他小时候跟他爹学过一阵子铁尺拐，十七岁才头一次从山旮旯子跑出去从军打仗，然后不知上哪儿学了三年学问，去年又一个人跑到深山老林里钻研了一年武术，也没个啥流派。他这次过来就是想领教领教京八流吉冈一派的真髓，最好能像老掌门一样自学成才创立个宫本流派，那这一辈子才算没白活。”

听看门人说得有鼻子有眼的，众人不禁哄堂大笑。就凭这土鳖，也还敢在天下第一的吉冈武场口出狂言？也不撒泡尿照照自己的影子，真是天大的笑话！

“你去问问他有没有带个收尸的过来，省得到时候没着没落的。”众人又把看门的打发去传话，谁知看门人很快就回来了，“他说了，万一死了就让我把他扔到鸟遍山或者加茂川就行。”

“哟！这乡巴佬还挺干脆，那就带上来比试比试吧！”一个带头的摩拳擦掌率先上了擂台，不曾想刚打了个照面就被来人抡着木剑砍成了重伤，胳膊“咔嚓”一声就折了，连着皮肉耷拉在那里不敢动弹。

“他奶奶的！”吉冈家的咽不下这口窝囊气，连派六个武功高强的家伙上了场。也没好到那里，几个回合下来，一个个都被木剑砍成了重伤。

原本打算看笑话的一群人，这下可算是彻底清醒了。能拿得出手的武功高手都被打残了，只要不是头脑有毛病的，谁还敢上去找揍？有个脑子灵光的赶忙把武藏请进了内室等待少当家的归来。其他的人，请医生的请医生，找掌门的找掌门，一个个面色凝重跟死了亲爹似的。

三

“……真的没的救了吗?”

又一个伤者归西了，大家的心情更沉重了。

缓慢而疲惫的脚步声打破了这耻辱的寂静。这脚步声从大门穿过武场，从武场来到内房。是祇园藤次带着吉冈清十郎回来了。

“这是怎么回事?”看着大家像斗败的公鸡似的窝着，藤次不由得感到纳闷儿。

“还不是你这个没出息的东西，拐带的少师傅也天天泡在窑子里不回家！现在连个乡巴佬都敢打上门了，折了好几个弟兄！咱们吉冈家什么时候受过这等屈辱？要是老掌门还健在，那不得被活活气死!”作为武士，最重要的是尊严，最无法忍受的就是耻辱。事到如今，师门不幸，众人也顾不得平日的情谊，团团围上来怒喊道。

“放你妈的屁！我们只不过去看了个歌舞伎表演而已，当着少师父的面竟敢瞎说，你不想混了还是怎么的?”说着两人就扭打到了一起。

“别……别吵了……还让不让人活……”里屋几个需要安静养伤的门客受不了了，痛苦地呻吟着。

今天的清十郎，却显得满脸疲惫比以往更没有斗志，他随便选了把木剑向武场挪去。

四

“把他带上来吧。”清十郎张了张干裂的嘴唇，拄着木剑撑在那里。

“且慢且慢!”祇园藤次不愧是个人精，看透了大家的心思。清十郎的实力大家都知道，真要让他和那名不见经传的浪人单挑，恐怕占不着便宜。在这种紧要关头，最重要的还是要保住吉冈家的名声，方式方法倒是次要的。

藤次咬住清十郎的耳朵悄悄说了自己的意思，清十郎的脸色刷地难看起来："什么？打群架？亏你想得出！"

即便是挨骂，这个黑锅藤次也得背着，只见他眼珠狡黠地一转，故作决绝地说道："都是我的主意，交给我处理吧！"

说话的工夫，门客走了一大半，大家都悄无声息地准备行动了。

清十郎面无表情地向庭院对侧的小屋走去。檐下、走廊、隔壁的书院，到处都是漆黑一片，安静的背后躲着无数只等待复仇的眼睛，只有这间屋子的灯光深不可测地晃动着。

五

贴门而听，屋子里安静得一点儿声音都没有，众人面面相觑。

这个宫本武藏，虽然在京城里没听说过他，但看他今天的表现也确实有两把刷子。可现在这种情况他怎么还能沉得住气？大敌当前还一点儿都没有察觉，这未免太轻敌了吧？作为游练武士，要是这样下去，管他长着几个脑袋都不够砍。

难不成……是睡着了？那也不对啊。等了那么长时间，马上就该决斗了还能有心睡觉？该不是这小子早就觉察到了外面的环境，故弄玄虚，就等这些门客破门而入引君入瓮吧？嗯，这个可能性比较大。

那么，谁先进去呢？冲在前头的八成就是炮灰了，谁都不想当这冤大头。黑暗中，人人各怀鬼胎，只听见干咽唾沫的声音。

“请问宫本君在吗?”藤次这一招还真不错，他首先开口说道，“劳您久等，借一步说话可好?”

里面还是没有动静。

妈的，这小子拽得不行啊！上！藤次朝左右略施眼色，一脚把门踹开，后面的人“噌噌噌”地冲向里屋，可才冲了一半就又都停住了。这屋子不过二尺见方，站在门口，里面的情形一目了然。

“没人?”定睛一看，里屋的东西根本就没有被动过的痕迹，连茶都还是满满的样子。

“他娘的，这小子吓跑了，还不快追!”一个反应快的脱口而出，大家方才如梦初醒。“看！床下有个洞！他肯定是从这里逃跑的！灯还亮着，应该还没跑远!”自以为敌人畏惧而逃的门客们，瞬时满血复活，乌泱泱地从大门、小门、后门倾巢而出。

接着大门外一个声音喊道：“贼人在这里!”果然一个人影像兔子似的一闪而过，横向小路落荒而逃。

六

“孬种，不战而逃不嫌丢人!”众人亢奋地跟打了鸡血似的，不一会儿工夫就将那人给捉住了。不分青红皂白一顿暴打，打着打着才发现……抓错人了！

“怎么，抓住的不是武藏?”祇园藤次凑过去一看，顿时大失所望。

“这不是蓬之寮的当家的吗?”藤次惊讶地说。

“什么当家的啊，人家阿甲都说了，他就是个吃闲饭的。”

“喂！臭小子！大半夜的你来这里捣什么乱？害得真武藏给逃跑了!”一个人气得直跳脚。大家来不及多想，立马又四散开来去抓人了。

又八好不容易捡了一条命，面朝本能寺方向颓废地坐着，突然若有所思地扬起了头，“哎，请等一下！”

跑在最后的那人回了下头：“什么事？”

“你们要找的那个武藏，是不是自称作州宫本村人，和我一般年纪？”

“没错。怎么，你们认识？”

“没，我就是随便问问。”

又八趿着草鞋，一个人沿着阴暗的沟槽向前方走去。仰望星空，何去何从竟如此迷茫。

果然是他。

一别四年有余，现在的武藏浮浪四海，若和从前相比，想必也会大有变化吧。又八说不清自己此时此刻是悲是喜。所谓近乡情怯，昔日的故人近在咫尺，原来竟也如此矛盾。

他乡遇故知

一

这个山坡上石头格外多，鳞次栉比的板檐房静静地伫立在山间，屋顶长满了苔藓。

好长时间了，武藏入神地看着手工坊的两个陶艺师专心地捏陶，像个单纯的孩子。

这个手工坊就设在清水寺下一个斜坡的山道旁边，主要向往来的香客出售一些便宜的瓶瓶罐罐。其中有个六十岁左右的老师傅，巧手刮刀轻轻一转，一个漂亮的茶碗便完成了。

这真是门了不起的技艺啊，武藏的敬佩之情油然而生。人的技巧，人的艺能，这是比什么都值得尊敬的，即使像这样不起眼的陶器，要想达到完美也绝非一朝一夕之功。虽然武藏一心修习剑术，但要想达到如此精湛的境界也还有很长的路要走。

事实上，这二十几天来，但凡京城有点名头的武馆武藏全都走了个遍，原以为京城是个卧虎藏龙的地方，谁知他总能不费吹灰之力就获胜。哪怕是与吉冈一派的切磋，也没有点燃武藏的敬佩之情。究竟是他们太弱还是自己太强？也许不该妄自菲薄吧。

然而今天，面对这个潜心制陶的老者，武藏打心底里敬佩。虽然这些小玩意也就值个几十文钱，但他还是心无旁骛地制作着，这种精益求精的忘我境界，不因现实生活的优越或凄苦而影响。虽然这些手工艺者对于未来没有奢望，但是对于自己从事的技艺，仍然低调而专注。

这是多么可贵的精神啊！审视自己刚刚有些得意而飘飘然的心态，武藏由衷地折服了。抬眼望天，山顶的清水寺若隐若现。

二

“浮浪人——浮浪人——”武藏刚登上山顶的清水寺，回头一看，一个手拄竹杖满脸胡须的老头儿追上来问道，“请问你是宫本武藏吗?”

“正是在下。”武藏不明就里。

“太好了，谢谢!”那人目露喜色，掉头就往山下跑去。

奇了怪了，我认识这个人吗？武藏摇了摇脑袋。算了，还是去寺里给我那孤零零的阿吟姐祈个福吧。一愿阿吟姐无灾无难，幸福安康了此一生；二愿武藏大难不死，精通剑术天下第一。

拜完神佛，心里也敞亮了。武藏坐在山顶的悬崖边上，斗笠放在一边，一望无际的大千世界尽收眼底。我一定会有所建树的。武藏的内心膨胀开来，有生命就有希望，活着真好。上山拜佛的善男信女络绎不绝，芸芸众生的浮世绘，不由引得武藏怀古忆史。

据史料记载，当年平氏将门和藤原纯友也曾约定事成之后平分天下。当时读到这一段的时候，武藏还心想这只不过是两个野心家在吹牛皮，一笑而过。现在他却不这么想了。每个人都应该有梦想的权利，织田信长、丰田秀吉、德川家康，这些个伟人就是怀揣着梦想铸造了伟业。而自己的梦想在于剑术，也一定会沿着这条路一直走下去。

剑是社会，剑即人生。

武藏徜徉在这梦想的意境中，不舍得走出来。

三

“看！他在那里！”不知什么时候山下冒出了一顶破轿子，远处一根竹杖狠狠地指着自己的脸。

武藏一动不动地站在那里，满腹狐疑地看着一帮轿夫摇摇晃晃地抬着轿子落到自己跟前，后边跟着一群疑似打手的人，旁边还站着刚才打听自己的那个老头儿。

看到这种阵仗，附近的香客啦，和尚啦，做小买卖的商贩啦，里三圈外三圈地把这两伙人围了个水泄不通。

“哼！你这小兔崽子终于露面了！”一个六十多岁的老太婆一扭一扭地从轿子里跳了出来，后面紧跟着的那个五十多岁的老武士明显已经丧失了战斗力，却以为风采不减当年。

没错，来人正是阿杉婆和权六！

阿杉婆激动地拜天拜地恨不得再拜完祖宗十八代，对后面的老武士说道：“他权六叔，准备好一起上去收拾那没教养的小兔崽子！”说着，两人仿佛做出了决一死战的架势。

“那可是个年轻力壮的小伙子，这老胳膊老腿儿的能行吗？”

“我看悬。”

大家议论纷纷，看热闹的兴致却更高了。

轿夫不知从哪里舀了一勺水递上来，阿杉婆一饮而尽，完了递给权叔父说：“这就是个不知天高地厚的小毛孩儿，不知从哪儿学了几天野剑就没轻没重了，看我过会儿怎么教训他！”

说完从怀中取出念珠，众目睽睽之下坐在武藏面前，闭上眼睛口中念念有词。

四

阿杉婆念经祈祷，权叔父也合掌许愿。大概这叔嫂悲壮过了头，神神叨叨的反而显得滑稽了起来。人群中有个人实在绷不住了，不禁笑出声来。

“谁在笑?”其中一个轿夫怒目而吼，“这个老太太千里迢迢从作州赶来，为了找到这个拐走自己儿媳妇的畜生，一连五十多天进寺祈愿，有什么好笑的?”

另一个接着说：“像她这个岁数的人，本应儿孙满堂在家里安度晚年了，为了家门声誉四处奔波，难道不值得敬佩吗?”

“就是就是！这些天来，老太太也没少请咱们喝酒饮茶，今天怎么能袖手旁观？实在不行咱们一起上，不能让老太太吃亏!”有人高声叫喊着。一时间连路人都被鼓动得义愤填膺，摩拳擦掌就等动手了。

“武藏!”有了众人撑腰，阿杉婆手提短刀尖声喝叫。

武藏还是杵在那里一动不动，不知该说些什么。

记得当时在姬路城下分别的时候，泽庵师父提醒自己要注意的话，他没有忘记。在他乡遇见故人，自己本应该感到亲切而幸福，可是本位田一家对自己恨之入骨。要是又八在身边能解释清楚就好了。

面对这样的挑战，他实在不知如何是好，一脸无奈。

五

“瞧，他吓得不敢动弹了!”

“小屁孩，还不快吃老太太一刀!”

看客们不忘声援道。

阿杉婆眨巴着双眼，狠劲儿地摆着头向轿夫们嚷嚷道："都别叨叨了，这是我们的家事，用不着外人帮忙。你们当个见证人就成了！要是我们这两把老骨头客死他乡了，别忘了把我们的尸体抬回宫本村埋了！"说罢向武藏近前一步。

权叔父也扯着嘶哑的嗓子喊："自打从宫本村出征以来，屈指也近五年了，总算让我逮着你小子了，还不快来受死！"说着拔出佩刀对阿杉婆说道："老嫂子，你到我身后去！"

谁知阿杉婆并不领情，呵斥道："快得了吧！就你那中风病腿的还逞什么英雄？有清水寺菩萨庇佑，还是看我老太太的吧！"

"武藏小儿，看招！"两人一起杀了上去，武藏还是默然而立，一动不动。

"臭小子，别以为你害怕了我就会饶过你！"阿杉婆绕到武藏一侧刚要进攻，谁知脚下被石头一滑，直接狗吃屎似的一个大马趴摔到武藏脚下，刀也甩到了一边。

"不好，要砍她了！快去帮她！"众人大惊失色，权叔父却愣在一旁没敢动弹。

"你是个死人吗？你那刀是个摆设吗？为什么不还手？！"阿杉婆逞强地拾起刀站起来冲着武藏大叫。

"不能打。"武藏终于说话了，掉头离去。

"你这恶藏要上哪儿去？"阿杉婆急了眼。

"不能打。"

"等等！你个畜生给我站住！"

"不能打。"

这句话武藏连说了三遍，径直走向人群，众人都被他的气度折服，不自觉地让出了一条去路。

阿杉婆、权六、连同抬轿的轿夫一路追去，可惜脚力不胜还是没能追上。

据说武藏跳上西门六尺高的土堆上就没了踪影，阿杉婆他们怎么也不肯相信，在附近一直找到傍晚。

天涯若比邻

一

“老爷爷！这么写行吗?”一个十岁左右的小男孩提笔歪着脑袋问道。他是这个酒馆的小伙计，名叫城太郎。他一五一十地拿笔把老掌柜交代的事情记了下来，又确认了一遍。

“哎呀呀，这雨下的，把红梅都打落啦!”正在这时，一个没带雨具的武士头顶了个装过炭的袋子踏泥而来。

“我当是谁呢，原来是对面旅馆的伙计啊，你早上出门没带伞吗?”老掌柜赶忙腾了个地儿把他让进屋来。

京郊的环境就是好。这个叫武藏的浪人在对面小旅馆里住了有二十来天了，把这儿当自己家似的，平日里最喜欢清晨出门看附近的红梅。见这小男孩认真地趴在桌上写信，便饶有兴致地走到背后看。

“哎呀！你个大坏蛋!”城太郎发现有人靠近，慌慌张张地把纸笔藏到了身后。

二

“给我看看嘛!”看见小男孩生闷气的样子，武藏忍俊不禁。

“才不呢!”城太郎把头一偏，倔强地说。

待武藏换上老掌柜借给他的换洗衣服过来坐下，小男孩却突然想起什么事似的笑脸相迎了，“大叔来壶酒驱驱寒吧?”

“哎哟喂，你这娃娃倒是挺会招揽生意啊？这么快就变了脸哪？”

“先上五壶？”

“五壶我可喝不了。”

“那来上三壶吧！”

“三壶也喝不完。”

“哎呀，宫本大叔真小气！”

“不是小气不小气的事儿，你宫本大叔就是个穷武士，连小费都快给不起咯，你就别为难我啦。”

“那……好吧！我给你多满上点儿，作为交换，你给我讲故事听总可以了吧？”怕武藏不答应，小伙计先下手为强，转头就去取酒了。

雨一直下。武藏捡起城太郎落在一边的信纸，向旁边的老掌柜询问道：“这信是那孩子写的？”

“没想到吧？那小子挺聪明的！”老掌柜呵呵笑着。

嗯，是个早熟的孩子。武藏心里默默地想。

“老爷爷，我把酒拿过来了哦！”城太郎扛着个大酒壶回来，小脸累得红扑扑的。

“怎么去了这么长时间？也不怕大叔等急了。”老掌柜轻嗔道。

“不能怪我啦！我去拿酒，外间有个醉鬼抓住我不放，问那天清水寺的事呢！”

“向你打听宫本先生的事？哈哈！你准是打开话匣子又现场直播了一遍！”

“我没那么话痨吧？那天的事谁不知道啊！不信去问问隔壁的内掌柜，前屋的姑娘，谁不知道宫本大叔被一群抬轿的人围住，让那老太太整得够呛！”

“好了好了，这事就此打住吧。”武藏抱膝坐在炉边，求饶似的说道。

三

城太郎看武藏脸色不太好，善解人意地转移了话题。

“大叔，今晚要出去走走吗?”他边说边给武藏洗脚。

“嗯，在家里待着也不错。”

“这倒也是。那咱们晚上一起吃饭吧？对了大叔，你喜欢喝酒吗?”

“喜欢。”

“就是没太多钱喝不畅快是吧?”

“嗯。”

……

这一大一小就这么有一搭没一搭地聊着。不知为什么，武藏是越来越喜欢这个小男孩了。是这个早熟的少年和自己太相像，触景生情想到了自己的少年时代吗？还是这个男孩无亲无故两人同病相怜？不管怎么说，这男孩治愈了自己由来已久的孤独和落寞，在这个男孩身上，武藏找回了遗失已久的人间温情。

“对了，城太郎，你老家是哪儿的？我好像还没问过你呢。”

“我老家在姬路城，听你的口音像是作州人?”

“哎呀，这么近！想不到咱们还是老乡！你爹是做什么的?”

“我爹叫青木丹左卫门，是个武士，以前的俸禄至少有五百石呢!”小男孩自豪地说，继而目光由明转暗，“只可惜在我六岁的时候突然家门败落揭不开锅了，他就成了浪人。后来来到京都，生活得更苦了，他把我送到这个小酒馆拜托掌柜的照看，然后自己就到虚无僧庙[1]出家了。”

“不过大叔，”少年鼓足勇气说，“虽说如此，但我还是很崇拜武士的，我也想学习剑道，要不大叔你收我当徒弟吧？我什么苦都能吃，不骗你！拜托你收我当徒弟吧！”

原来这竟然是青木丹左卫门的孩子！武藏长嘘一口气。都说世事无常，想不到那泥鳅胡子竟没落至此，真是可悲可叹！兵书上说，生死有命富贵在天。这漫漫人生路，曲折轮回几多坎坷，今天也扎扎实实地领教了一回。

寂寥散去，武藏的酒也醒了。

四

小男孩见武藏杵在那里不置可否，倔强劲儿又上了头，抱着武藏非得求他答应不可。

“好啦好啦，别闹了，我答应你还不成吗？不过有话在前，今天你回去问问你们掌柜的，他同意了这话才作数！”武藏没有办法，只好应道。

城太郎这才心满意足地走了。

第二天一早，武藏便来到小酒馆和老掌柜道别：“老掌柜，这些日子多谢你照顾，我要到奈良去啦！”

老掌柜觉得挺突然：“是不是我家那小伙计缠得你没办法，你才想走的？”

“哎呀呀，这你就想多了！都说大和宝藏院的枪法天下一

---

① 虚无僧，指日本禅宗支派普化宗之徒。不着僧衣，头戴蔺笠，口吹尺八（古代乐器，长一尺八寸，即箫管），颈挂袈裟及方便囊，行乞诸方。

绝，我一直想去见识一下。你也知道，要是身边带着个孩子，那多不方便!”

告完别，武藏便上了路。小雨淅淅沥沥地下着，红梅花瓣随风飘落，化作路上的春泥。一阵暖风拂面而来，武藏微微一笑，看来这连日的阴雨就要过去了!

因着连日的大雨，河水猛涨泥沙浑浊。踏着泥泞的路，武藏和一批骑马的武士一起在城门外等待边检。听说最近江户的船将军要进京面上，上头要求决不能让那些好闹事的浪人混进城捣乱，所以把门的官兵检查起来一点都不敢马虎。

官兵问什么，武藏如实回答，很快通过了边检进了城。只是，有一点让武藏挺没着落的，那就是现在的他既不属于大阪丰田秀吉一拨，也不属于江户德川家康一拨，真正成了个没组织的边缘浪人了。

遥想当年关原大战时，自己扛枪从军的少年意气，真的有些可笑。当时坊间流传的都是本帮英雄太阁丰臣秀吉的丰功伟绩，听得自己竟萌生了英雄主义情结，想着能凭一己之力气吞山河。殊不知，自己只不过是个微不足道的小兵，再怎么卖命也改变不了战局，历史的车轮还是沿着既定的轨迹滚滚前进。

与其说改变历史，武藏和又八当时想的却不是这个，而是不费一枪一弹唾手可得的功名利禄。现在想来真是幼稚，哪有天上掉馅饼的好事啊，想要得到总是要付出代价的。

“惜命当如珠”，这是泽庵师父的告诫。仔细想来，如果用生命这个最大的资本去换取功名利禄，那简直太不值了。

五

雨后的泥路走起来很吃力，武藏一身汗，在山道上停下来歇歇脚。

“大叔！”一个声音远远传来，武藏循声看去，叹了口气。

“大叔！你这个骗子！”大老远的，只见一个小男孩边跑边骂，深一脚浅一脚地“呼哧呼哧”追了过来，跑到跟前竟哇地一声哭了起来。

该来的还是来了。武藏有些心疼地抱起城太郎，“小小男子汉，怎么还哭了呢？”

城太郎哭得越发厉害了，“你们大人怎么可以骗小孩子呢?！呜呜……你昨天晚上才答应收我当徒弟，怎么今天一早就变卦丢下人家跑了？你们大人就可以说话不算话吗？呜……呜……”

“对不起啊，”武藏挠着脑袋诚心地道歉，“我不是让你问问掌柜的，他同意了才收你为徒吗？”

城太郎这才放心，哭声转为撒娇声，嘤嘤地抽搭着鼻涕，“那你怎么不等我就自个儿走了？”

“我还没说完呢，”武藏耐心地解释，“我可没骗你啊，我临走前跟掌柜的可交代过了，等我办完事情回去再说。对了，那掌柜的同意你跟我了？”

“那可不！我们掌柜的说了，像我这样的野孩子就甭想跟什么名人高师学武了，人家肯定不乐意收。能跟住对面小旅馆的那个野路子的浮浪武士学些皮毛就不错了。他还说，咱们倒还挺像一路货色的。他还给了我这把木剑，让咱在路上挑东西用。”城太郎鼓着腮帮子夸张地学着掌柜的动作。

“哈哈哈！你们家掌柜的倒是有点儿意思！”武藏乐得眉头舒展开来。这孩子和青木丹左卫门缘薄，也有自己的一些原因吧。若是自己能够撑起一片天，给这孩子指一条明路，那也是善莫大焉。

“对了大叔,”城太郎突然想起一件事，从怀中掏出来一团皱巴巴的纸，捋平了递过去，“昨晚在酒馆喝得醉醺醺的那个浪人——就是向我打听大叔的那个，他给了我一封信，让我见到你了帮忙转交一下。”

武藏疑惑地拆开信封，熟悉的字迹映入眼帘。

六

无疑，这信出自又八之手。看着歪歪扭扭的潦草字迹，武藏不难想象出昔日旧友现在的际遇，不禁悲从中来。这信写得前言不搭后语，要读明白得费上些工夫：

自伊吹山下一别，背井离乡疏离旧友已多年。前些日子听闻兄台踢馆吉冈武馆一事，不禁心潮澎湃百感交集。见或不见，着实矛盾，只得彻夜买醉聊以自慰。

与兄一别五年，日日耽于女色，空养懒惰之躯，大好光阴一去不复返，实乃悔之莫及！

兄台剑道高超初露头角，久负贤明，愚弟自愧不如，然却甚是欣喜！

来日方长，世事难料。今日不得相见，日后定能重逢。

大概方才写完信，又八又想到了什么，便在后面又附上了一段十万火急的警告：

据说吉冈武馆上千门客不甘师门受辱，正四处搜抓兄台意欲雪耻。兄台近日可得万分小心，万万不可中计赴死。我亦当立身成人，他日与尔共话旧情。

这封信啊！前半部分追忆友情，后半部分苦心忠告。武藏脸色黯淡下来，自己也在怀念的生死之交，为什么近在眼前却不愿相见呢？

“城太郎，你知道写信的这人住在哪里吗？”

“不知道。”

“小酒馆里也没人知道？”

“大概没人知道吧。”

“怎么，他不是酒馆的常客？”

“那天他头一次来。”

可惜啊可惜，就连住处也没留下。要是能见到又八，自己一定要把他从自暴自弃的深渊中拉出来洗心革面。到时候真相大白了，阿杉婆对自己的误解也会烟消云散吧。

两人一前一后默然往前走去，走过泥泞的下坡，眼前就是十字路口——六地藏。武藏边走边说：“城太郎，你过来，我求你帮我办件事行吗？”

“什么事情啊，大叔？”

“你帮我去京都跑个腿儿，给四条的吉冈武馆带封信去行吗？”

城太郎犹豫了，低头踢着路边的小石子，故意不看他。“你是不是不想收我当徒弟了？你故意找个差事撵我走？”

屁大点儿的小孩怎么如此多疑？

武藏蹲下身来认真地对城太郎说：“武士是不会说谎的，我向你保证！”

“真的吗？那我去！”城太郎心里的一块石头落了地。

他们走进路边的一间茶屋，吃了点东西过后，武藏便开始写信。信是写给吉冈清十郎的：

吾已启程游历他处，听闻贵馆上下大举搜捕敝人，特此告知。此前拜访未能有幸亲谋尊面，与足下同感遗憾。此去一年吾将浮浪伊贺、伊势等地修养剑术，来年开春一、二月自会重访，先此约定。在此期间吾必定苦心磨砺修习武艺，来日恳请足下赐教，望兀自珍重！

——并向贵徒致意！

新免宫本武藏敬上

写完，武藏把信交给了城太郎。

“大叔，我把这信扔到四条武馆的院子里就行了是吧？”

“那可不行，你得正儿八经地把他交给看门人才算完成任务。”

“好吧，我知道啦。”

“对了，还有一件事……”武藏突然想起来。

“什么？”

“就是那天晚上在酒馆给我写信的醉鬼，他叫本位田又八，是我的朋友，我很想见他。”

“找他？让我一个人去找他？那不是大海捞针嘛！”城太郎一听要找那来历不明的醉鬼，顿时蔫了。

“你就不能动动脑子多打听打听啊？你去吉冈家送信的时候也可以顺道问问，说不定会有意外的发现。”

“那我试试看吧！”

“如果你见到那个本位田又八，就转告他，我会在来年正月，从初一到初七的每天清晨在五条大桥那儿等他，你跟他说我一定要见他。”

“嗯，明白！不过我办完这两件事，到哪儿去找大叔啊？”

“我现在要去奈良。住所嘛，到时候你去宝藏院打听一下就知道了。”

交代利索了，两人才有说有笑地从茶屋走了出来。武藏去奈良，城太郎去京都，各怀希望地分头上路了。

春风来信

一

衣袂起，袖飞扬，恋恋春风轻拂面。
问尔为何衣儿重？万水千山总是情。

这首情歌，经过阿国歌舞伎的演绎更是风靡一时。高濑川边，朱实一边轻声哼唱着，一边将待洗的衣服投到河里揉搓着，时而有落花飘落水中，随着潺潺的水流一起漂浮而去。

抽刀断水水更流，无心思郎情愈浓。

正在这时，河沿上一个声音喊道："大婶！你这歌唱得可真好听！"

"谁?"朱实回过头仔细看去，原来是个头戴斗笠身负长刀的小男孩。他眼睛滴溜溜儿地转着，小嘴跟抹了蜜似的。

"哎呀！你是哪家的孩子？人家可还是个姑娘呢，怎么也不看仔细？上来就大婶大婶的叫!"朱实有些不高兴了。

"那好吧，刚才的话我收回——小姑娘!"

"哟，看不出来呀！这么屁大点儿的小孩子，居然会跟女孩子说俏皮话了，这是跟谁学的啊?"

"嘿，嘿嘿……小姐姐，我跟你打听个事儿啊，这附近是不是有个叫蓬之寮的地方?"

"当然有啦，我家就在那里。"这小男孩打听自己家干吗?朱实有些好奇起来。

“太好了，终于找到了！有个叫本位田又八的人，是不是住在你家？”

“他不在这儿了。”

“骗人！怎么可能？”

“骗你干吗？他以前是住这里，可是现在不在这儿住了。”

“那他现在去哪里了，你知道吗？”

“你问我，我问谁去？”

“其他人有知道的吗？”

“够呛，就连我妈都不知道呢……对了，是谁让你来打听这些的？”

“我师父。”

“你师父是谁？”

“我师父是宫本武藏。”说到这里，小男孩自豪地扬起了头。

宫本……武藏？！好熟悉的名字。

“那他有没有写信让你捎过来？”

“他只让我带个口信。”城太郎摇了摇头，回答说，“我师父会在来年正月从初一到初七的每天清晨在五条大桥那儿等他。如果你再见到那个本位田又八，麻烦转告他一下就说我师父一定要见他。”

“哈哈哈，好长的话啊！你师父让你捎的话可真逗……哎呀哎呀不行了，肚子都要笑抽筋了！”

二

“笑笑笑！有什么好笑的？”见阿实笑得花枝乱颤，城太郎有些不服气。

“哎哟，生气了？不好意思不好意思。”朱实连忙忍住笑，

“放心吧，如果我还能见到他，一定把话给你带到了……对了，那个让你带话的叫什么名字来着?”

“你记性可真差！我师父叫宫本武藏。”

宫本武藏，武藏，要找又八。朱实突然感觉身上有股被封存的记忆又开启了，激动地抓着小男孩的胳膊问道：“这个武藏，老家是不是在作州吉野乡?”

“是呀，就是邻国播州的宫本村，我们是老乡。”

“是不是个大高个子，前边还不剃脑门?”

“哟，听上去你跟我师父还挺熟啊？怎么，你们认识?”

朱实没有回答，完全陷入回忆的沉思之中，双目迷离地看向远方。

果然是他。久违的武藏君！如果可以，此时此刻真想抱住他大哭一场发泄一下这些年来心中所有的委屈，一如云淡风轻一起采蘑菇的那个下午。

这五年来，目睹了母亲那些不齿勾当，也眼睁睁地看着又八一天天地堕落，自己内心深处，已然选择了追随武藏吧。这种信赖和情思越来越重，那人，果然和又八不一样。

看厌了酒场寻欢逢场作戏，受够了那些不成器的肮脏男人，五年前武藏那纯净而坚毅的面孔，时不时地潜入朱实的内心，化作那一曲曲动人的情歌哀叹而出。

“那么小姐姐，如果见到又八，今天的话你一定得帮我带到哦!”说完，城太郎转身就向河上游跑去。

“等……等等!”朱实如梦初醒，反身抓住城太郎的手，“你叫什么名字?”

朱实眼里饱含深情，美得像天边的火烧云。

“我叫城太郎。”

“好，城太郎，姐姐问你，你一直都和武藏在一起吗？我想见见他。”

城太郎摇了摇头，“你要想见他，去奈良的宝藏院打听一下就知道了。他各处游历修习剑术，四海为家。”说完，城太郎抽出手来急匆匆地跑了。

天下第一枪

一

若说当今武林，宝藏院可谓无人不知无人不晓。提起宝藏院，若有学武之人以为这是个普通寺庙，那么一定会被武林中人看成滥竽充数的冒牌货。

初到奈良，若是向当地人打听正仓院的位置，可能还有人不知道，但要是打听天下第一枪的宝藏院，人们马上就能告诉你它在油坡。

前面的兴福寺坐落在山林西侧，据说是昔日里悲田院、施药院的旧址，前朝的光明皇后就曾在此沐浴洗尘。如今山上森林茂密连天，也就只有石头上的苔藓和茂密的野草，还依稀闻到些前朝的气息。

武藏听闻油坡就在这附近，看到像是寺院的庙宇便仰头看看，说不定就是宝藏院。

冬去春来，这是一年中杉树长得最茂盛的时候。远远望去，山边起伏的曲线如少女般玲珑有致。暮色四合，落日的光辉给对面幽黑的轮廓镶上了一道金边。

咦？这个寺庙上面写着“奥藏院”，和宝藏院只差了一个字，要不要进去打听打听呢？走到这个叫“奥藏院”的山门跟前，武藏停下了脚步。从院门口的缝隙里往里瞄了一眼，像是侍奉日莲宗的，恐怕又是和宝藏院无关的寺庙。武藏心想。

也难怪，先前武藏可从没听说过宝藏院侍奉日莲宗。

武藏正在门外犹豫着是否有必要进去打听，一个从外面归来的和尚瞥了他一眼，看他又脏又臭的也不像什么贵客，连搭理都没搭理他便要进门。

“请问……”武藏脱下斗笠，“贵寺可是奥藏院？”

“门上不是写着吗？”和尚停了下来，有些不耐烦地说。

“是，我听闻宝藏院也在这油坡上，不知怎么走？”

“宝藏院在本寺后面。怎么，施主也是去宝藏院比武的？”

“正是。”

“贫僧奉劝施主还是趁早打道回府，兴许还能保住爹娘给的好身体。”那和尚苦口婆心地向武藏唠叨了起来，说起宝藏院枪法的流派渊源和比武者败战而归的凄惨下场，成心要让武藏知难而退。

二

“久闻二代当家的盛名，胤舜大师深得宝藏院枪法的奥秘，枪术精炼佛法高深，弟子也个个技艺高超，而且不拒来者。我就是为此前来拜访的，若是能见识见识这天下第一枪，便也不虚此行。”既然远道而来，就不能不战而归，临阵逃脱可不是武藏的风格。

“施主可想好了？”见说不动武藏，那和尚也不打算多费口舌。

“请问师父，要去后面的宝藏院，是从山门外向左拐还是向右拐呢？”武藏微微一笑。

“不必大费周折，要去的话从本院穿过去就行，近得多。”

武藏向这位和尚致谢，按照他的指点穿过殿堂、香积库，沿着庙后的田地径直走去。

“啊，就是那里吧！”田地尽头，一座古寺若隐若现。武藏加快了脚步，踏着长满肥美蔬菜的松软土壤箭步飞去。

半路上，武藏看见田地里一个背着木鱼的老和尚，穿着寻常百姓的衣服猫在田里默默地低头锄地，白色的眉毛若隐若现。铁锹落地铲到石头，清脆的声响打破这悠远的沉寂。

这老者大概也是奥藏院的和尚吧，武藏心想。见老者一心锄地心无旁骛，武藏不便叨扰，索性腾身而起越过老僧锄边的菜畦径直飞去。

忽然，武藏看见老僧扫过来一眼，虽然平静无声，却让人瞬时血液倒流不寒而栗！

这老者是何方神圣？武藏心存疑虑，唯一确定的是，这老者一定不像看上去的那样简单！

三

“宫本武藏到此求教！”宝藏院大门外，武藏第二次击锣求见。

终于有人应声前来，来开门的是个身材魁梧的大和尚。那和尚瞥了武藏一眼，一副司空见惯的样子，“施主是个学武之人？前来蔽寺有何贵干？”

“久闻贵寺枪法一绝，特意前来求教。”

“行，那进来吧。”那和尚往右一指，武藏顺势脱鞋坐到右边的洗脚池边洗了个脚。

“喏，洗完了别忘了在这登记，写下自己的姓名和流派。”

武藏接过来一个小本子，只见封面上写着：

来访人员授教花名册

宝藏院执事

打开本子一看，上面有无数的修行武士前来授教的记录。武藏照着前面人的样子登记，只是没有写上自己的流派。

“施主学的是哪一派的武艺呢?”

“我没有流派。若一定要说，那就是小时候跟父亲学过一阵子铁尺拐，之后立志寄身天地，取万物之精华，学天下之武艺，所以没有流派。”

“原来如此……那施主之前了解过宝藏院的枪法吗?蔽寺枪法可是真刀实枪。都说刀枪无眼，如果你真的想好了，就请在这生死书上画押吧！万一五体不全生命不复，也算有个约定。”

“我明白。”武藏微微一笑。生死有命，这是武者游历修行的常识。

“那好，施主请跟我来吧!”

一进偌大的武场，便看见一根造型奇异的粗圆柱，上面的佛像都是用金箔胡粉画成的，这种柱子也只有寺庙里才会有吧!

武场上已经有十几名修行武士在等了，武藏悄悄往角落里一坐，没人发现他和其他来访武士有什么不同。

愿使真枪者，蔽寺当全力奉陪。

武藏四下观察了一周，发现武场的墙壁上写着这么一句话。虽说如此，截至目前上场的讨教者却都只是拿根木枪比划。即便如此，现在场上的这个，没出几个回合便被打翻下场，大腿受了重伤似的肿得老高，连坐都坐不住了，因着这痛苦面孔都扭曲了。

“下一个谁上场?”一个浑身长满肉瘤的和尚手持长枪，傲慢地俯视着场下一众武士喊道。

四

“我来讨教一番!”一人腾空上场。只见那人用革带束着双袖，看样子也是潜心前来宝藏院讨教的修行武士。

那和尚一动不动地定在武场上，像一块岩石。来人从墙边的兵器架上选了一把长柄木刀走过来，双方点头以示开始。突然那和尚像山犬一样扑跳而来，随着“哇”地一声怪叫，手起枪落劈头而下。

那位被枪劈中的武士虽然没有死，却也伤得头破血流，耷拉着脑袋话都说不出来了。旁边的几个小和尚见状赶忙扯了块席子，把他抬了下去。

“下一个!”肉瘤和尚平静地看了一眼倒下的人，又露出目中无人的表情。

武藏原以为他就是二代当家的胤舜大师，方才听身边的人说起来才知道，原来这和尚名叫阿严，是胤舜大师众多高徒中的一个。宝藏院的会武之事，几乎都是由胤舜大师这七个高徒来应对的，胤舜大师自己倒是从来不露面交手。

“怎么，没人上来了吗?”门口登记处的和尚拿着受武者的花名册，边看边打量在座的武士们，貌似今天来的这波人有些怯阵了。他扫过来扫过去，最后目光定在了武藏身上，“刚来的这位，要不你上来试试?”

“请吧。”武藏低着头，淡淡地说道。

“这个‘请’字是什么意思?”

“我是说，那就讨教讨教吧!”武藏腾身一跃，稳稳地落在场上。

一时间众人的目光都落到了武藏身上。虽然宝藏寺从来没见过这么不逊的家伙，但看穿衣打扮也不过尔尔。阿严已经回到了和尚堆里，说说笑笑的好不自在。眼看着又有一个家伙上了场，顿时没了兴致，“喂，你们谁去应付一下？”

“哎呀呀，也就他这一个了，你一块儿打发了得了。”众僧也懒得动手了。

阿严只好不情愿地回到场上，背对着武藏摆弄摆弄了枪的把式，显然没把他放在眼里。立好步式，啊呀呀地发出一串怪叫腾身而出，对着武场一块悬在半空的木板横劈下去。

那块木板是平时练枪用的，虽然阿严出手并不重，可这一枪过去也快刺穿了，阿严抖了一下才把枪头拔出来。随后阿严持枪掉头刺向武藏：“看招！”

面对这突如其来的戾气，武藏却岿然不动呆立在原地，手提木剑凝视对手。

风不止，树依然静。

“愚僧阿严，你可得看仔细喽，你面前的对手可不是那练功板！”在这剑拔弩张的时刻，窗外竟飘来这样一句风凉话。

五

“谁在那里多嘴？！”阿严停了下来，恼怒道。

只见一个光头白眉的老者从窗外经过，停下来似笑非笑地说：“阿严，不要白费力气了。还是等明后天你师父胤舜回来了，再让这人过来比试吧。”

啊？这不是先前菜地里种菜的老者吗？不等武藏寒暄，老者已消失不见了。

“这老头儿说的像什么话！是说我打不过他吗？”阿严不由得不服气，回过头去气呼呼地打量着武藏，紧了紧握枪的手。

“准备好了吗？”武藏不带任何情绪地问道。

什么？这简直就是赤裸裸的挑衅！阿严顿时气冲脑门，左拳握枪腾空而起，浑身的肌肉像生铁一样紧致结实。阿严像浮在水面上的月影，飘忽不定地踏波而来。

武藏双手握剑指向前方，并没有使出什么特别的招式，浑身肌肉也不像阿严那样紧致坚硬，只是紧盯对手变换的招式，以不变应万变。这时武藏的双眼，已不再漆黑幽深，而是渗入了血液，透着一股清澈的琥珀色。

好一个以静制动！阿严绕敌三周也没找到可乘虚而入的破绽，反而是自己漏洞百出。淋漓大汗顺着额头不断地滚落下来，老僧的告诫萦绕在阿严耳畔，让这焦躁的高徒实在集中不起精神。

似乎时机到了，阿严突然飞身扑刺而来，只见武藏近步高扬木剑，瞬间便把阿严弹了回去。

“什么情况?”场上众人惊叫道。

阿严的同门师兄弟见状连忙跑过来，慌乱中有人竟不小心踩到了阿严那被击落的长枪，踉踉跄跄地差点儿跌倒。

“汤药！快去拿汤药!”见阿严血流如注，有个近身的和尚惊慌失措地喊道。

六

武藏默默地穿鞋走出宝藏院，恍然若失。

“这位施主请留步!”一个苍老的声音从背后追来，武藏回头一看，竟是那田地里锄地的老者：“贫僧有事想与施主谈谈，还请回寺略坐。”

寺里的禅室，两人相向而坐。

“方才目睹施主武艺高超，敝寺小僧阿严也惨遭败阵，且问施主作何感想?”

“阿严伤得很重吗?”

“当场毙命。”老者的话像一阵冷风吹过武藏的面庞。

“当场毙命……”武藏喃喃念道。

今天，又有一条生命丧生在自己的木剑之下。若在从前，武藏肯定会心中默念佛语以期对方瞑目。可如今，武藏却恍然若失起来。

“请问施主，俗名可叫宫本武藏?”

“正是在下。”

“敢问施主师从何人?”

“在下没有师父，只是幼时和父亲无二斋学过铁尺拐，此后寄身天下，以山川为师，游历各国向武界名门讨教。”

“施主心存大志，果然是棵好苗子。只是施主可曾听说过强极则辱、刚极易折?”

“此话怎讲?”

“施主可否记得早些时候，贫僧在田间锄地种菜，施主从老朽侧身急跃而过?”

“当然记得，大师不经意的一眼可是杀气腾腾啊，在下怎能忘记!”

“哈哈哈哈，正可谓以彼之道还施彼身啊! 先前施主一步十丈健步如飞，每一步都走得杀气腾腾透着股争强好胜的霸气，贫僧当然不由自主地还以颜色喽。己所不欲勿施于人，得饶人处还得且饶人呐!”

七

果然，这驼背的老者不是平凡之辈。武藏对他所料不差，敬仰之情溢于言表，“大师教训的是，晚辈牢记于心。恕晚辈冒昧，大师可是宝藏院的僧人?”

“贫僧不是宝藏院的僧人，是前面奥藏院的住持，法号日观。”

“啊，原来是住持大师，晚辈有眼无珠!”

“哈哈哈，施主客气了！实不相瞒，贫僧与宝藏院的前代住持胤荣私交甚笃。胤荣精通枪法，贫僧也略有修习。”

“啊，听说胤舜大师的枪术就是拜大师所授？可否再留在下几日，待胤舜大师归来再行讨教?”

“是讨教，还是要赢?”日观耸起肩，把脸凑向武藏，从他凹陷的眼眶中射出一道寒光，如同利刃出鞘。武藏直视回去，四目相对，只见老和尚的眼球一下子变成琥珀色，一下子转为暗蓝色，变幻莫测。武藏招架不住，头脑一阵晕眩，只好先把眼珠子转开。

“大师?!”武藏难解此惑。

“若是讨教，那就不必了。”日观撇过头去责备道，“宝藏院的枪法，施主今日与阿严交手想必已知晓大概。施主天资聪颖佛缘深厚，将来定会大有成就。只是凡事应进退适度，无欲则刚亦是剑道之上乘，刚柔并济方能与天地相通啊。强极则辱、刚极易折，施主可兀自领略。”

武藏洗耳恭听，再抬头时，日观已飘然离去，只有这谆谆告诫在耳畔回荡。

奈良几日

一

“输了，我果然是输了。”武藏一个人走在幽暗的山林小道，喃喃自语道，“表面上我是赢了这场比武，可是为什么现在却满是失败的落寞呢?”

都怪自己境界不够，武藏心有不甘，边走边懊恼地想。

突然，他好像想起什么事似的回头看去，见宝藏院大门口仍然亮着灯，便折了回去：“我是刚才的宫本武藏，尚有一事相求。”

“哦?”看门的和尚探出头来。

“大概明后天会有个小男孩过来打听我的消息，到时候还麻烦师傅转告一下，就说我在猿泽池附近歇脚，叫他到附近的客栈找我就行。”

“哦，这样呀。”

武藏看对方心不在焉，又补上一句：“那小男孩叫城太郎，请师傅务必把话带到。”说完，大步流星地转身而去。

“我果然是输了——连交代城太郎的事都忘了，这就意味着我彻底输给那位叫日观的老和尚了。”

究竟要怎样，才能成为天下第一剑呢？武藏左思右想，寝食难安。

他心情沉重地来到猿泽池畔，虽然已入深夜，这一带还是灯火通明，正是大大小小的店家招徕生意的好时候。

旅馆多得是，住哪家倒成了个问题。武藏看了看身上所剩无几的盘缠，心想若是住在不起眼的小店，城太郎可能不好找他。

这时，一阵馒头的香味冲进鼻孔，肚子也“咕噜咕噜”叫了起来。累了一天了，还是先填饱肚子吧！“店家，来一盆馒头！”

“这位客官，今晚你可找好住处了？”见武藏狼吞虎咽地塞饱了肚子，歪在那里琢磨什么事儿似的，上馒头的小姑娘笑吟吟地过来打听道。

“还没呢，”武藏实实在在地说出了自己的苦衷，“盘缠不多，还得住个显眼的店家等人，难呀！”

“哎呀，太好了！正好我亲戚家也在这附近开店，她们也兼做旅馆生意，地方好找而且不贵，正合适你住呢！”不等武藏回答，小姑娘已经热情地在前面引路了。

穿过一个幽静的小巷子，一个黛眉少妇应声开了门。

二

“喏，就是这儿！这掌柜的就是我姐姐。”小姑娘指了指黛眉少妇，接着说，“你不用担心，跟在自己家一样就行。”

武藏顺着小姑娘的手指打量过去，这黛眉少妇约摸三十岁的样子，肤白胜雪玉面含笑，是个风情万种的美人坯子。她静静地站在一边，朝自己微微点头示意。

小姑娘跑到姐姐跟前嘀咕了几句，然后把武藏领上了二楼的房间，“客官请自便吧！”说完关上门，含笑退了出去。

武藏泡在洗澡盆里，越想越觉得不对劲：看这房间的摆设说是上等房也不为过，再看这家人的穿衣打扮，至少也是小康之家了，干吗要收旅客呢？何况自己穷得叮当响，按理说不应该啊。刚才问那小姑娘，她却只是笑而不语。此事必有蹊跷！这一整夜，武藏都没睡踏实。

第二天一早，武藏实在憋不住了，直接找掌柜的说出了自己的疑虑。掌柜的轻轻叹了口气，“实不相瞒，我是观世家的遗孀，夫君原是个乐师。可惜自打关原大战以来，战乱似乎停止了，但年年会战使得浪人数目激增，大批浪人集聚在本地，他们吃喝嫖赌无醉不欢，把奈良的风纪都带坏了。虽说这小街上有很多店家都应景做起了皮条生意，但这些不知好歹的浪人还是不满足，最近竟打起孤女寡妇的主意，几乎每天晚上都去骚扰没有男主人的家庭，就连官兵也管不过来了。”

“哈哈哈！所以你们就收留像我这样的男客来对付那些个流氓?”武藏苦笑道。

“唉！谁让家里没有男人呢，也只能出此下策咯。”那美人儿也无奈地笑着说。

“行吧，这几天有我在，你们可以暂时放心了。对了，我来这里是为了等人的，你能不能帮我在门口挂个牌子，方便人家找我?”

“没问题。”女掌柜的当下就做了张纸牌挂到门口去了，跟个护身符似的。只见上面写着：宫本先生留宿此地。

第二天，城太郎还没找来。到了第三天，终于有人在外面叫门了。“我们想来拜见宫本先生。”那仨浪人一副见不着人誓不罢休的样子，武藏没办法，只好出来见客。

不见不知道，一见吓一跳。几天前武藏和阿严在宝藏院对决，这三人就坐在台下，也算得上是旧相识了。

三

“哎呀呀，真让人大开眼界啊!”还没坐稳，这三个不速之客便用夸张的语调七嘴八舌地说上了奉承话："在宝藏院踢馆成功的，您可是第一个呢！特别是那七大高徒之一的阿严，还没哼哼几声就吐血身亡了，活该他一向狗眼看人低！真是大快人心呐！"

"就是就是，外边都在打听呢，不知宫本武藏是何方神圣？可是给我们这些个浪人长脸了！据说现在的宝藏院，经过这一战声名也大不如前啦！"

"那可不？现在只要一说起宫本先生，您要是说自己剑术第二，绝对没人敢称第一！"

"那还用说？你看咱们宫本先生年少有为，将来一定是个大人物！"

"唉，话虽如此，我觉得就凭先生的本事，当个浪人也实在太可惜了。"

没看出来，这些个粗人溜须拍马的本事可不是盖的，说得嘴巴都干了，时不时地喝口茶润润喉咙，还不忘往嘴里塞点心，跟不要钱似的，糕点屑子还落了一地。

武藏一开始默默听着，后来越听越哭笑不得。实在忍无可忍了，只好打断他们，"聊了这么长时间了，还没请教各位……"

"啊呀，实在不好意思，刚才那位说话的是蒲生大人的家臣山添团八，这位是大友伴立，专攻卜团流，相信时势造英雄。至于我嘛……大名野洲川安兵卫，是个浪人，也算是子承父业了。"

扯了这一些没用的，还是不知道来人的目的，武藏单刀直入了，"你们这次来，不会只是想跟我聊天吧？"

"还是先生火眼金睛啊！"这三人眼波交汇，其中一人说道："现在我们三人合伙在奈良做了些流行的行当。当然，这和大街上演戏的还是有些区别的。通过街头比武不但能赚不少钱，还能让老百姓更了解武术。这不，现在生意实在是太好了，我们仨忙得实在抽不出手来了，所以想请先生入伙，食宿全包。到时候咱们好处平分，先生也能存点盘缠，不知意下如何?”

“好了！多说无益，这行当我是不会干的!”这话听得让武藏直倒胃口，他愤然起身，昂首拒绝道。

“什……什么?”那三人面面相觑，以为听错了。

“本人从不赌博。还有，我吃饭用筷子，不用木剑!”

“你再说一遍?”

“听不懂吗?我宫本武藏就算饿死，也要当个顶天立地的剑客！混蛋，从哪儿来的滚回哪儿去吧!”年轻人的倔强上了头，武藏毫不留情地说道。

“行，你小子有种!”来人气得七窍生烟，狠狠地剜了武藏一眼，“今天的事你给老子记住，走着瞧！兄弟们，咱们走!”说完扬长而去。

四

这几天傍晚，夜风徐徐透着丝丝凉意。楼下的少妇为了留住这“看门神”，每天都好吃好喝地伺候着。今晚，武藏又喝了个痛快，酒足饭饱之后才回房倒下，恣意伸展着年轻的身体。暗夜无灯，头脑却越发清醒。

“真是可惜啊!”日观的身影又浮现在武藏的脑海。这一路走来，武藏交手无数所向披靡，对于那些手下败将，不管他是死是伤，都早已像泡沫一般消散在脑海深处。唯独日观——这个没动一根手指头就已然获胜的老者，他那时而杀气侧漏，时而风平浪静让人捉摸不透的眼波，犹如巫蛊般潜入无眠的长夜，不经意间扰乱他的内心。

“可惜啊！”一股压迫感随着血液涌遍全身，日观好像就在眼前，“是我自己太弱了吗？”武藏不禁对自己的能力产生了怀疑。自己从来没有正儿八经的拜师学艺，全凭自学成才，对于自己真正的实力，其实武藏自己也不好评判。

“强极则辱、刚极易折，还是稍稍弱一点的好。”日观的话仿佛响在耳畔。

对于日观的这些话，武藏并不能完全理解。驰骋战场，为的不就是求胜吗？争强好胜明明是优点，怎么到了日观嘴里反而成了弱势了？等等！那驼背老头儿不会是故意编了个歪理，好把我吓走吧？

读书，究竟是好还是坏呢？这些日子，武藏常常扪心自问。经过在姬路城的三年苦读，武藏已经和以前不一样了，现在的他已经习惯用脑思考。不仅仅是对剑，哪怕对万千世相人际关系的解读，都已大不相同。

五

馒头店小姑娘的脸从楼下冒了出来，她后面还跟着个河童似的小黑脸，两人一起上了楼。

“哦，是城太郎来了吧？”武藏的预感果然没错，才一见面，城太郎便飞进他怀里激动地说道：“可是找到你了！”

“怎么，你去宝藏院打听我了？”经过这几日的旅途，城太郎浑身脏兮兮的，显得越发黑了。

“去是去了，可人家宝藏院的人都说不知道，大叔，你是不是忘了告诉人家了啊？”城太郎有点儿委屈。

“好啦好啦，找到了就好，辛苦你啦！”

“对了，这是吉冈武馆的回信。”城太郎从胸前的竹筒里掏了一个信封出来交给武藏，“还有啊，我没见到你那个叫本位田又八的朋友，不过已经跟他的家人打过招呼了，等又八回来给带个口信。”

“不错不错——你饿不饿？先去洗个澡，然后下楼吃个饭吧？”

“这是个旅馆吗？”

“差不多吧。”

趁城太郎洗澡的工夫，武藏展开了吉冈清十郎的回信：

我们也盼着和你再次比试一番。要是今年冬天你毁约不来，我们就当你是胆小鬼，不敢露面了，到时候就等着被天下人耻笑吧！你最好考虑清楚！

这封信文辞拙劣不说，简直可以称得上大言不惭，一看就像是找人代写的。武藏直接把信撕了，放蜡烛上烧成灰。

浪人的性命向来朝不保夕，说是比试，实际上还是搏命吧。这点觉悟，干这行的都懂。看来，这个冬天，不是你死就是我活，不知是谁会变成这飞扬的灰烬？

游荡乱世已久，有时候武藏也会想，自己也有许多心愿尚未完成。除了修习剑道，武藏也想体验一下寻常百姓的生活，过过恬淡安然的小日子。他也羡慕卜传和上泉伊势守那样手托雄鹰视察大军的日子，用轻快的马蹄丈量无限的江山。如果能讨个漂亮老婆，再生个大胖儿子，这家庭的温暖该是多么美好啊！

不，不行！在进入这种固定的人生模式之前，武藏也有自己的小心思，想要私交一下其他的女子。云游浮浪的这些日子，武藏有幸见识了不少京都、奈良的女子，她们的美貌给了自己生理上的刺激。每当这时，武藏总是不经意间想到小通——远在天边，近在脑海的小通！可能连武藏自己都没能意识到，在他孤独的旅途中，这个女子已默默地抚慰了他那颗寂寞的心！

不知什么时候，城太郎已经吃完饭回到房里。任务完成了，也吃饱喝足洗干净了，心情一放松，城太郎不自觉地就躺在床上睡着了，嘴里还流着哈喇子。

终归还是个孩子，武藏嘴角微微上扬。

六

第二天一早，城太郎就像小雀儿似的撒开了欢儿。武藏头一天就已经和楼下女当家的打了招呼，准备今天一早就离开奈良。

“哎呀，怎么走得那么急？再多留几天不好吗？”见武藏去意已决，乐师家那年轻漂亮的寡妇恋恋不舍地说，“恕我冒昧，这几天我亲手为先生缝了几件新衣服，如果您不嫌弃就带上吧。”边说边拿衣服在武藏身上比划。

这些衣服单看布料就很贵，特别是那无袖的小衫，用的像是进口的布料，滚着金边，里面缝了两层棉心，连系带都很讲究，是染成紫红色的皮革。

太华贵了！武藏惊得睁大了眼睛。

正在这时，一边的城太郎满脸羡慕，没心没肺地问：“哎呀，大婶都给师父准备了这么好的礼物，是不是也得给我表示一下啊？”

“哈哈哈！你这个小跟班的用不着穿那么好吧？差不多就行了！”

“我又不要衣服，不用这么着急堵我的嘴吧？”城太郎眼睛滴溜溜地转着。

“哦？那你想要大婶送你什么？”

“我就要这个吧！”城太郎像是早有预谋，一把将墙上的鬼女面具拽了下来。

这个鬼女的脸，雕凿的非常精细，看样子像是戏剧中的道具。虽然不知道作者是谁，但也能大概推算出，这个作品创作于室町时代①或者镰仓时代②。昨晚第一次见这张面具，城太郎就喜欢得不得了。

光是这些，并不会令人倾心不已。这面具跟其他普通的戏剧面具不同，奇幻无比。普通的鬼女面具，大都涂上诡异的青蓝色。这个鬼女面具却美丽端庄，白色的脸显得非常高贵，怎么看都是个美女。

唯一露出鬼女特色的地方是这美女微笑的嘴角。月牙形的嘴唇，往左脸锐利地猛翘上去，雕法利落，不知是出自哪位名匠之手，表情带着股说不出的凄美韵味。显然，它一定是模拟现实中狂女的笑容雕凿而成，正合武藏这阵子的口味。

“哎呀！这可使不得！”女掌柜的显然没想到城太郎会挑中这个面具，伸手就想夺回来。“啊呀呀，不就是个面具嘛，就这么定了，把它给我咯！”城太郎带着面具在房子里乱窜，就是不肯还。

七

虽说小孩子不懂事，武藏可看出主人不乐意了，厉声训

---

① 室町时代(むろまちじだい，1338—1573)，是日本史中世时代的一个划分，名称源自于幕府设在京都的室町。大约相当于中国的明朝。

② 镰仓时代(镰仓时代、かまくらじだい，1185—1333)，是日本历史中以镰仓为全国政治中心的武家政权时代。

斥道："这怎么行？还不赶快还给大婶！"

"你都给我了，是吧大婶？"城太郎直接跑下楼，继续耍赖。

"不给，就是不给！"女当家佯装不同意，追了下来，脸上若隐若现的笑容却出卖了她。

等这小子回来，看我不好好收拾他！武藏心里想着，突然被一张鬼脸吓了一跳。

只见武藏肌肉紧绷，连膝盖都颤了一下。为何会受到这么大的冲击呢？他也不知道。直到他在楼梯口仔细端详手上的面具时，方才恍然大悟。原来让他感到震撼的，是名匠留在面具上的气魄。从白皙的下巴，到往左耳猛翘的月牙形嘴唇，都隐藏了一分妖魅之气。

"喂！师父，我们该走了！"城太郎催促道。

"要是先生哪天再来奈良，一定别忘了再来啊！"

武藏坐着不动。正可谓无功不受禄，衣服也好面具也罢，自己实在找不到名正言顺的理由来接受这份大礼。

"多亏了先生，这几天小店才得安宁。先生不用客气，这些东西就当是我的心意了。"女当家的似是看出了武藏的心意，主动解围道。

正在这时，前面馒头店的小姑娘"咚咚咚"地跑上了楼，气喘吁吁地说："客官万万不可走！出大事了！"

八

武藏正低头穿鞋，闻声静静地抬头问道："出什么事了？"

"怎么，你们都不知道吗？"那小姑娘见大家一无所知，顿时急了眼，"今天一大早我就听人说，宝藏院的二代住持带着十几个高僧往般若野方向去了，同行的还有一群浪人。我特意打听了一下，原来他们要干掉的就是先生您啊！听说先生今天启程，现在约莫已经在半路上埋伏好了吧！”

见武藏不动声色，女当家的也着急了，“留得青山在不愁没柴烧，要是连小命儿都没了那可就什么都没有了啊！我劝先生还是先回房避一避风头，等到晚上再逃吧！”

“哈哈哈！”武藏站起身，既没出门，也没回屋。“你可听说他们为何针对我？”

“据说是先生您打死了他们一个高徒不算，还跑到奈良聚集了一帮浪人说宝藏院的坏话，损害人家佛门清誉。他们说了，要把您斩首示众……先生，他们说的不是真的，对吧？”

武藏忘了回答，脑子里一片空白。突然，三张不甘心的愤怒的嘴脸闪过，武藏顿时明白了。哼！动动脚指头都想得出来，肯定是那天的三个浪人，眼瞅着说不动自己去卖艺就使出这种下三滥的手段！

“清者自清，我们走吧！”武藏谢绝了她们的好意，把行李包系在胸前，拿起斗笠指着城太郎说，“跟大婶说再见。”

城太郎低下头乖乖照做，但也不像先前那样兴高采烈了。虽然自己的师父很厉害，但毕竟来了那么多高手，以多敌一的力量对比也太悬殊了。一抹不安涌上心头，竟让人有种风萧萧兮易水寒的悲壮。

血战般若野

一

“城太郎！”武藏突然停下脚步回头说。

“怎么了，师父？”一种不祥的预感袭来，城太郎好怕武藏再说出些什么。

自打离开奈良开始，城太郎一直默默地跟在武藏身后，不知不觉已是离镇子七八里的荒郊野岭了。般若野——这个阴森之地，在连天杉叶的遮蔽下若隐若现，透着死亡的气息。

“师父，”城太郎赶在武藏开口之前抢先说道，“要不我和你一起去跟那些人道歉好不好？”城太郎咬着苍白的嘴唇。

“听，黄莺在漫山遍野的歌唱呢。”武藏故作轻松。

“哦，你是说黄莺啊？”见武藏似乎和往常没什么变化，城太郎开始怀疑自己是不是多想了。

“怎么，你以为我要说什么？”此时此刻，看着城太郎早已面无血色的脸，武藏倒是非常理解这孩子的心情。不是不说，而是除了故作轻松，他别无选择。

“般若野就要到了，”武藏定定地看着城太郎，“你从那条路走吧！——离开我，要不你会吃棍子的哦。为了我而受伤，对你来说太不值得。”

“不好不好不好！”城太郎终于忍不住了，眼泪吧嗒吧嗒地往下落，双肩一颤一颤地抽动着。

“哭什么哭！浪人的儿子哪有这样的孬种？”武藏本能地厉

声斥道。

“师父，我们逃命吧！”城太郎一把鼻涕一把泪地扯着武藏的衣角，“山里也好庙里也罢，随便找个地方，要逃命的话总是可以逃掉的吧？”见武藏抬头看天一动不动，城太郎接着说：“我自幼父母缘薄，大叔也和我同病相怜，总之我们两个一起逃命吧！”

二

“哈哈哈！你忘了吗？师父跟人比武什么时候打输过？放心吧，师父是不会让你失望的。”武藏虽然嘴上这么安慰城太郎，实际上就连自己心里也没底。前面可有十几个宝藏院的高手埋伏着，即使一对一地单挑自己都不一定能赢，何况是遭他们围攻了。虽说自己做好了必死的准备，但是对于这个孩子……唉！今日不知明日事。当初自己为什么要带他出来？就凭半吊子剑术连自己都保护不了，当初真是脑袋被驴踢了。

“师父……”城太郎狐疑地抬起头，似乎也明白武藏的话中安慰的成分比较多。

“听话，”武藏叹了口气，尽量温和地说，“临阵脱逃是浪人的耻辱。如果运气好的话，我说不定能杀出一条血路，到时候自然会和你会合。要是命里注定咱们缘分已尽，那你就回京都的小酒馆继续做你的伙计……我会在天上默默地守护你。”说罢，他大踏步地往般若野方向前去。

“师父——”城太郎站起身来，在背后喊着。

武藏没有回头，只有城太郎的哭声回荡在耳边。唉，又一个薄命的少年啊！

“喂，是宫本先生吗？”快要走出杉林的时候，一个声音从远处飘来。

天色将晚，武藏依稀看见一个黑影从远处三笠山的山路上往自己跟前跳动，几秒钟之后他才终于看清了，全身血液警觉地循环起来。

“你这是要去哪里呀?”来人倒是自来熟，边说边假惺惺地把胳膊搭在武藏肩头。没错，这就是前些天到观世遗孀家来找自己去卖艺的三个浪人中的一个——山添团八。

终于来了!

武藏瞬间看破了他的把戏，不动声色地看着他。

“前些日子真是太失礼了，我先给你赔不是了，你也别往心里去。”那山添团八装作很恭谨的样子赔礼，一边还不忘偷偷观察武藏的表情变化。

三

毕竟之前在宝藏院见识过武藏的实力，山添团八知道自己不是他的对手，只好先夹着尾巴做人。虽说如此，但一想到武藏才二十一二岁，也不过是个初出茅庐的乡下浪人，便也没真正打心眼儿里尊敬他。

“武藏先生啊，你这是要去哪里呀?”好戏就要开演了，山添团八心怀鬼胎地问道。

“我准备去伊贺、伊势一带转转，你呢?”既然逢场作戏，武藏自然奉陪到底。

“我要到月濑去有点事。”

“那附近是不是有个柳生谷?”

“是啊，还有四里地就到大柳生，再走个一里路就是小柳生。”

“那柳生大人的城池在哪里呢?就是特别有名的那个。”

“哦，那个地方离笠置寺很近，你要是去柳生谷的话，我倒是建议你也去那里看一看。只是据说老城主宗严公已经退居幕后，跑到郊外的别墅去赏花饮茶颐养天年了。现在他儿子旦马宗矩当家，不过也响应德川家的诏令前往江户了。”

“既然这样，那像我这一介匹夫前去讨教，他们会教我吗？”

“那得需要人引荐吧？要不这样，我这次要到月濑拜访的铠甲老师就是经常出入柳生家的老人，要不我和你一起去找他帮这个忙？”鱼儿终于上钩了！山添团八极力想要掩饰上扬的音调，不想发出的声音竟然怪怪的。

“奇了怪了。”武藏停住了脚步。

“怎么回事？”山添团八只顾着高兴，一时间没刹住脚步，像根弹簧似的又弹了回来。

“你看那烟——”

“那烟怎么了？”他看了看武藏，那貌似平静的面孔下不知隐藏了怎么个想法。

“难道你不觉得——那长烟有股子邪气？”武藏直逼他的双眼，“就像你眼睛里隐藏的东西？”

“啊……”一阵寒气逼来，山添团八来不及反应，冥冥中的预感足以让他战栗！

突然，一声极度惨烈的悲鸣打破了荒野的宁静，混乱中只见山添团八的身体像流炮般飞出老远，而武藏早已抽身回到原位。

“啊！”远处的山坡传来惊叫声，山添团八的那两个同伙哪见过这等招式，本来还扬眉吐气一番，现在只得准备抱头鼠窜。“快来人呀！团八被干掉了！”说完，屁滚尿流地边挥手打手势边往远处逃去。

残阳如血，散发着热气的液体沿利刃滴答而下，荒芜的土地上绽开朵朵红花。武藏踏着野草沿路走向前面有烟的山坡，脸上依然是风平浪静的淡然。

四

和煦的春风像女人温柔的双手游走在耳边发际。然而此时此刻，武藏却汗毛倒立，一步、一步地走向未知的战役。每走一步，肌肉便如生铁般又坚硬了一些。

站在般若荒野的山坡上俯身望去，迎风簌簌抖动的草丛里生出了无数只隐秘的眼睛。那烟，就是从这宽阔的沼泽上升上来的。

“他来了!”沼泽边的草丛中冒出了两个人，正是被武藏一刀毙命的山添团八的同伙——野洲川安兵卫和大友伴立，呼哧呼哧地向远处跑去。

“来了?”火堆旁的一众人站起身来，半数僧侣半数浪人，加起来有将近三十人。无声的杀气蔓延开来。

特别是当他们看到武藏手上提着仍在滴血的剑，顿时无明业火三千丈！箭在弦上，一触即发。

好吧！既然你都先动手了，那么别怪我们不客气！

野洲川安兵卫和大友伴立两个人，眼看众人绷着的神经就快被怒火烧断了，哪能放弃这添油加醋的好机会：“你们刚才都没看见——山添、山添他死得好惨呐！呜呜呜……”边哭边夸张地捶胸顿足。

“简直是伤天害理!”浪人牙齿作响，僧人满面厉色，一众僧人持枪摆好阵仗，黑压压的法衣连成一片，像是亟待吞噬一切的黑洞。

今天，就在今天，宝藏院的名誉，高徒阿严的惨死，旧怨新仇一并给报了吧!

眼瞅着好戏就要开演，那群浪人生怕猎物会临阵逃脱，非常有默契地堵住了后路，面带奸笑地等着看武藏血肉横飞的下场。

可惜啊可惜，卑鄙之人永远都是以小人之心度君子之腹。此时此刻，武藏压根儿就没有想要逃跑，甚至没露出一丝狼狈丧气的表情，他一步一个脚印地走到敌人面前，每一步都似有千斤重。

风吹野草寒意起。辽阔的沼泽上，不知何时聚过来了一群秃鹫，直勾勾地盯着对战的人群，像是说不定什么时候就会突然扑过来的样子。

五

终于来了！

武藏单手持剑，缓缓地摆好姿势，像一朵积雨的黑云，爆发后势必一发不可收拾。

虽然一言未发，但武藏和僧人们都明白，这只是暴风雨前的短暂平静，对于双方而言，至少目前看来，不是你死就是我亡。武藏脸色煞白，显然是明白自己离死亡更近一些。

有宝藏院僧人的“撑腰”，那群浪人倒是淡定多了。那么多人群殴一个还不知什么来历的臭武士，简直小菜一碟嘛。

“武藏！”僵持了这么久，终于有个和尚开口了，“听说你趁着胤舜师父不在家打得阿严含屈而死，完了还大言不惭地四处嘲笑我们宝藏院，你且说说这是不是你干的事？”

“我没有。”武藏的回答直截了当，“要知道事情的真相不能只是道听途说，得动脑子，你们出家人更应如此啊。”

“你说什么？！”武藏最后这句话无疑是火上浇油。除了胤舜岿然不动，其他僧人看上去已经火冒三丈了，异口同声地说："废话少说！上！"转瞬间队形一变，抄到了那群浪人后面。

武藏早就看明白了，这群浪人也就会兴风作浪干些栽刺挑事的勾当，真要打起来也就是花拳绣腿外强中干的草包，只要和尚暂时不动手，自己也能稍稍松一口气。

"你们谁先上？"看着这群乌合之众，武藏问道。

"老子先……"话还没说完，这两三个想出风头的浪人就已经掉胳膊断腿了。其他浪人见势不妙群起而攻之，谁知武藏一剑一个砍得他们血肉横飞脑浆四溅，一时间整片沼泽飘满了血腥的气息，生命随着近似野兽般的哀鸣随风飘逝。

六

"他大爷的！怎么个情况？"浪人们本来优哉游哉地准备看好戏，谁知那帮和尚还真不是省油的灯，说好的杀敌中坚力量居然躲到一边看戏去了。现在敌人就杀气腾腾地站在对面，弟兄们都死得差不多了也没见那帮秃驴给出个头，你说憋屈不憋屈！

"你娘个腿儿奶奶个脚的！"

"秃驴！快来搭把手啊！"

"啊！啊……要死人啦！"

武藏屏气拔刃指向对面的敌人，所剩无几的几个浪人只剩下喊救命的本事了，奇怪的是宝藏院似乎一点儿都没有帮忙的意思，只是一动不动地摆好招式站在那里，气定神闲地隔岸观火。

有没有搞错？不是事先说好的吗，我们只是引路凑数的第三者，武藏才是你们的仇人好吧？怎么刚开打就主次不分本末倒置了？

浪人们算是吃了哑巴亏，手忙脚乱的一肚子牢骚也没工夫质问。稀里糊涂地见人就砍，甚至还有砍了自己人的蠢货。

武藏的小宇宙算是被开头那三人的鲜血点燃了，这二十多年的磨砺修行厚积薄发，都在无意识中变成从身体中爆发出来的能量。万物生我，我有万物。正可谓死生如一。

“再打就玩儿完了!”

“我可不想送死。”

“我还没傻到去给别人当炮灰!”

武藏全身是血，剩下的几个浪人也是鲜血淋漓。沼泽已成一片朱泥，空气中弥漫的血腥味令人作呕。

识时务者为俊杰。见武藏杀红了眼，那些浪人终于默契了一次，以迅雷不及掩耳之势抱头鼠窜。此时此刻，宝藏院的白穗枪阵，就像拉满的弓，一触即发。

七

“神呐!”城太郎双手合掌，对天叩拜，“……你若有眼，就保佑我师父吧！他在山下的沼泽里孤身迎敌，真是太可怜了！我师父他不是坏人，求求你给他条活路吧!”

被武藏赶走之后，城太郎其实并没有真正离开，远远地跟到了沼泽对面的山上席地而坐，摘下斗笠面具放在一边。

“八幡大神！金毗罗大神！春日宫大神！各方大神显显灵吧！我师父现在羊入虎口真是太可怜了！我师父平时还挺怕事的，今儿脑袋被门挤了才敢孤身入敌阵的，你们一定要助他一臂之力啊!”

城太郎边说边拜不知拜了几百上千下，突然哽咽起来，随后仰天高声呵道：“各路神仙你们都是睁眼瞎吗？要是连你们都不分是非黑白让我师父送了命，我以后不仅不会再信你们，我还要向你们唾唾沫！”

这孩子气的话虽说有些幼稚，但他目光如血满面愤然的气势却不比大人逊色，连老天都会动容的吧。

特别是隔着远远的一片天地，城太郎看见武藏一人被众人围杀，就像旋风吹扫一片落叶似的情形，更是情不自禁对着沼泽地的方向又是挥拳又是大骂的，仿佛自己也在武藏身边一起杀敌。师父，你不是一个人在战斗！

“畜生！太卑鄙了！”城太郎飞起两拳连扇过去。

“孬种，你也配当大人！你敢动我师父一根头发，老子跟你没完！”

远远看过去，沼泽地上像是刮过一阵黑旋风，灰飞烟灭后才发现早已横尸遍野。

“啊！师父，砍得漂亮！”出生以来头一次见这么多血咻咻地喷来射去，城太郎身体里原始的嗜血兽性也被唤醒了，他陶醉在异样的兴奋之中，小心脏激动地怦怦乱撞。

“哼！这下知道我师父的厉害了吧？宝藏院的大乌鸦们杵在那里不敢动弹了吧？害怕还来凑什么热闹？哇咔咔！”

突然，只见对方队形一变，“不好！师父危险了！”

所剩无几的几个浪人这下真感觉不妙了，简直快吓尿了。此时此刻，武藏又何尝没有一丝恐惧呢。自己体力已经消耗得差不多了，显然不是对面列队举枪的僧侣们的对手，心有余而力不足，真是让人又急又恼！算了，人各有命，尽人事听天命吧！

八

宝藏院一代枪法的真传，无人能出其右的二代胤舜一直握枪以待。

“动手！”随着胤舜一声令下，一众僧人如悍蜂倾巢出动，刀光剑影也带着种别样的野蛮和刚毅，雪白的枪头迎面“噌噌”射杀而来。

“到了该上路的时候了吧……”武藏无奈地苦笑着。他已经做好了赴死的准备。他实在太累了，眼前的视线渐渐模糊起来。

“哎？”没等武藏反应过来，不可思议的事情发生了！这齐刷刷的箭头竟然冲着武藏身后的浪人发了过去，就像猎犬看见猎物一样穷追不舍。昔日同伙居然反目倒戈了！

“别跑！你们这些恶心的蛆虫！”

“妈的！你们这些秃驴得失心疯了吗？看清楚了，爷爷是友军，友军！”

不一会儿工夫，僧人们毫不犹豫地把武藏杀剩下的浪人全给杀光了，不留一个活口。乌云聚集而来，整个荒野笼罩着诡异的气氛。

武藏横挎着大刀茫然地愣在原地，怎么也不敢相信眼前发生的一切。怎么个情况？他们不是一伙的吗？武藏一点儿头绪都没有，脑袋里炸开了锅。但眼前临场倒戈赶尽杀绝的情景，却又令他汗毛倒立，重新清醒了起来。

这时，他感觉到自己的大腿被一双小手紧紧地抱着——城太郎正跪在地上一把鼻涕一把泪地号啕大哭。

这孩子居然没走！武藏心里一暖，像打翻了五味瓶，百感交集！

九

“是宫本先生吗？久仰大名。”一个身材修长肤色白皙的和尚缓缓走来，彬彬有礼地问道。

“您是……”武藏松了兵器。

“我是宝藏院的胤顺，前些日子未能得见先生，深感遗憾。听闻弟子阿严自取其辱，为师无地自容。”

这又是怎么个情况？武藏洗耳恭听，这和尚现在居然礼数周全言语得当地和自己说话，实在不像是得了失心疯啊。

既然一切正常，那么这些宝藏院的和尚刚才为什么把本该对着自己的枪刺向那些浪人呢？那可是他们的同伙啊！自己居然能活到现在，简直是太意外了。

“来，你先过来洗洗衣服休息一下吧。”胤顺先行一步，招呼武藏一起到火堆旁坐下。城太郎跟在武藏身边寸步不离。

武藏满腹狐疑，虽然并没有完全放下戒备，却还是在胤舜对面席地而坐，和众人闲聊起来。

“看吧！”一个僧人指向天空，“那群乌鸦闻到血腥味了，等咱们一走，就会争先恐后地扑向这些尸体吧！”把自己的同伙杀了个片甲不留，居然还能跟没事人似的说这等没心没肺的话？看来自己不问，是没人主动告诉他个中原委了。

武藏转头看向胤舜，“实际上，武藏尚有一事不明……我原以为今天就是我的末日了，你们怎么突然就变卦和我一伙了呢？那些浪人才是和你们一起的啊，实在是猜不透啊。”

听完武藏一席话，胤舜笑了：“您说错了，我们不是为了你才对付那些浪人的，而是在替奈良大扫除。”

“大扫除？”武藏越听越糊涂。

“虽然贫僧与先生之前未曾打过交道，但贫僧的前辈日观大师对先生的人品修为还算是比较了解的。你看……”胤舜挥手指向远方，“那边小黑点似的一队人马正往这边赶来，日观大师也在其中呢。”

十

“师父，您动作倒是挺快的，说曹操、曹操到啊！”

“哪里哪里，比起你们已经算是迟了。”

“您比马可快多了！”

“那还用说？哈哈哈！”

驼背老僧日观倒是不屑骑马，直接自己徒步走来的。日观背后还跟着五个骑马的官兵，“咯噔咯噔”比日观徒步走的还慢。

“老师父来了！”见日观大师来了，众僧连忙起身列队迎接，和在寺院里举行仪式的时候一样。

“都清理干净了吗？”日观开门见山地问。

“嗯，如您吩咐，已经解决利索了。”胤舜接着转向官兵，“请你们来验尸，有劳各位了。”

“哪里，应该是我们感谢你们帮忙才对。”那几个官兵下马一一核对了那十几具尸体，登记在案后不忘道谢，“接下来就交给我们例行公事了，你们可以回去了，辛苦各位了！”

“我们也该走了。”见官兵远去了，日观说道。胤舜带着众僧向日观和武藏简单打了个招呼，绝尘而去。

“嘎——嘎——”荒野上的人一走，成片的乌鸦果然迫不及待地飞到沼泽的尸体上，以鲜血为琼浆，把皮肉当糕点，兴奋地叫个不停。

“这些乌鸦，吵得人要烦死了！”日观神态轻松地走到武藏近前，嘀咕道：“上次老衲失礼了。”

“啊！哪里哪里！”武藏没想到日观会突然间这么说，顿时紧张得双手伏地。

“哈哈哈！荒郊野岭的行此大礼，你不觉得奇怪吗？”日观眯起眼睛笑道，“怎么样，今天算是长见识了吧？”

“还请大师明示。”

“事情的来龙去脉是这样的。刚才回去的那些官兵是奈良奉行大人大久保长安的手下，因为大人刚上任，还不熟悉当地的情况。有那么十四五个浪人真是吃喝嫖赌抽五毒俱全，放高利贷的勾当也没少干，搞得大人也很头疼。这不，就是以山添团八、野洲川安兵卫这几个人为首的这些人。”

“啊，原来如此。”

“那山添和野洲川好像对你很不待见，急吼吼地想借宝藏院之手除掉你呢。他们到处挑拨离间，说你散布谣言说宝藏院的坏话什么的，居然还跑上门来告状，说得跟真的似的，当老衲是瞎子呢！”

武藏听得拍手叫绝，“好一个奈良城大扫除，亏您想得出来！所以您就让胤舜大师将计就计，带着众位师父替天行道了？哎呀，真是大快人心呐！这下可好了，不只众僧功德无量，奈良的老百姓也该乐翻天了！对了，还有荒野的乌鸦！哈哈哈哈哈！”

不对，不只是乌鸦，最高兴的应该是城太郎。听了日观的这番话，这小子对他的疑虑算是彻底打消了，只见他戴着面具像羽毛一样围在两人身边雀跃，嘴里还哼着不知名的歌谣。

十一

“嗨，小家伙！”听到日观叫他，城太郎转身问道：“什么事呀？老爷爷。”

“别光顾着唱歌跳舞了，去帮我捡些石头过来吧。”

“好呀！”不一会儿，一堆石头便出现在眼前。日观在每块石头上写了“南无阿弥陀佛”几个字撒向尸体，口中不忘念诵经书。

“好了，老衲先行一步要回奈良了。”超度完毕，日观像风一样起身，大步向原野的另一端走去。

武藏还没来得及道谢，连约定下次见面的工夫都没有，眼看着日观就要走远，情急之下喊道：“大师，你忘了一件事！”

“什么事？”日观停下脚步。

“今日再见也是我们有缘，还请大师再指点我一下。”武藏虔诚地说。

“哈哈哈！难道你现在还不明白吗？武藏啊，你还是太逞强了。试着柔和一些，示弱有那么难吗？如果你继续这样仗着身强力壮武功高强而自负下去，你活不过三十岁，就像今天你就差点儿送了命。今后的路怎么走，全凭你自己决定。”

武藏俯首聆听，等听不见日观声音时抬头一看，高人已飞也似的杳无踪迹。

一座城池

一

虽然坐落在笠置山中，却不叫“笠置村”——这就是声名在外的神户庄柳生谷。

这个柳生谷虽然人口不多，但是民风淳朴，少有浮华之色，正如中国的巴蜀宝地，世外桃源般的山城却也称得上钟灵毓秀人杰地灵。

放眼望去，看到的都是一派祥和：城镇错落有致，人们日出而作日落而息，衣着简朴而神态自如。偶有城里有钱人郊游的马车经过，这里的居民却丝毫没有艳羡之色。

关原大战之后，不少浪人占领了不远处的奈良城，吃喝嫖赌抽五毒俱全，搞得奈良城里乌烟瘴气的，而在这柳生谷却从来没有看见一个为非作歹的浪人。这就是他们世代以来爱惜着、守护着的家园。不管有任何战祸，领主和百姓都未曾迷失方向。

自打般若野之战过后已有十来天，武藏散心似的一路溜达过来，东瞅瞅农家生活的场景，西看看田里庄稼的长势，连小跟班城太郎都换了草履来穿，好奇地打量着这片沃土上的一草一木。是啊，这样宁静美丽的桃花源确实让人流连忘返呢。

“太不可思议了！”这一路上武藏总是情不自禁地感叹。城太郎在一边摸不清头脑，闲适就是闲适，美丽就是美丽，怎么就和“不可思议”搭上边了？

二

“我从中国出发，走过摄津、河内、和泉诸国，还从来没见过这样的城池。简直太不可思议了！”武藏啧啧地称赞。

“哪儿不一样啊，大叔？”

“这里的山上可是树木连荫呢！”

“不是吧——”城太郎差点儿没被武藏雷死，“树木连荫的地方那可多得是，至于这么大惊小怪吗？”

“你仔细看，这个地方的树都是又粗又壮，想必树龄都不小了，这就证明这一带近年来有相当长的时间没有受到战乱纷扰，民众也没有饥馑之苦。”

“原来如此……”城太郎恍然大悟。

“你看看这田里，禾苗青绿麦根深扎，看来已是连年丰收了。你再看这里的百姓，看见别国往来的百姓穿金戴银衣衫亮丽的，居然完全不羡慕，精力都专注在手头做的工作上。”

“就这些？”

“还有啊，田里耕作的小姑娘大多都腰上系着红腰带，大概都是本地人。这就说明了这里的人口外流的少，也间接说明了这个国家经济繁荣，文化向上，社会安定，百姓安居乐业。再往远了想，这就归功于这里的领主治国有方，才能福泽万民。”

“唉，原来你关心的就是这些无关紧要的事啊？”城太郎被他说得有些烦了。

“怎么，你觉得我跟你说的没意思吗？”

“唉，不是我说你啊师父，你来这里不就是为了跟柳生家的人比武吗？关心这些个家长里短的有什么用？”

“所谓的武士修行，可不仅限于比武求教。要是扛着大刀四处比武想要混口饭吃，这就是流氓行径，根本算不上武士。对于修行武士来说，比起武艺的修习，对各国水利地理的观测、风土民情的体验、治国之道的体悟显得更为重要。所谓读万卷书不如行万里路，行万里路不如阅事无数，说的就是这个道理。”

这孩子毕竟年纪还小，虽然明知道多说无益，但武藏还是愿意在潜移默化中告诉他一些做人做事的道理和方法。面对城太郎的追问，武藏总是耐心而恰当地给予回答。

“让开！让开！”正在这时，一阵急促的马蹄声从两人背后奔腾而来。

“咦，庄田大叔？你怎么在这里？”城太郎抬头一看，迎面骑在马上的是一个四十岁左右的使者，顿时露出了惊讶的笑容。

“哎呀，原来是你啊小毛头！”庄田也没想到会这么巧在这里遇见城太郎，虽然露了一下笑容，但并没有停留，很快消失在柳生家的石墙里了。

三

“城太郎，你这是跟谁打招呼呢？”武藏没想到城太郎居然会认识这号人物，有点诧异。

“他是庄田大叔——柳生家的家臣，我去奈良的路上认识的。”前些日子武藏让城太郎回去给清十郎和又八带信，回来去宝藏院的路上恰巧遇上了庄田一行和一个小姐姐，他们便结伴同行，度过了一段愉快的旅程。

“哦。”武藏暗自思量，在小柳生城外转了一圈勘测了一下地形，方才回头说道，“好了，咱们回吧！”

伊贺街道上只有一家大客栈，住满了前往净琉璃寺和笠置寺的行人。暮色降临，武藏他们也投宿到了这家店。

“客官，你们这是准备去哪里呀?”刚一进店，不知从哪儿冒出来一个穿着蓝色衣衫的伙计，要不是她腰上系着红腰带，还真看不出这是个女孩子。不等武藏回答，便又愣头愣脑地兀自催促道：“快进去洗个澡吧!”

城太郎好不容易见到个和自己差不多大的小孩，心想交个朋友也好，省得无聊，便兴奋地问道：“嘿，你叫什么名字呀?”

“不知道。”那女孩子的回答倒是干脆。

“你连自己的名字都不知道？傻啊你?”城太郎不知说什么好了。

“那就叫我小茶吧。”

“好奇怪的名字。”

“你管不着。”小茶说着扬起了手，“再啰嗦信不信我揍你?”

城太郎笑了笑。

澡堂子里已经有三个人在洗了，武藏若无其事地褪去衣衫沉进水池，水位突然高涨溢出，另外三个客人差点漂了起来。澡堂子突然静了下来，原本有说有笑的三个人盯着武藏六尺高的裸体默不作声了有好几分钟，像是看见了什么异类一样，直到武藏靠向水池子一边不再动弹，方才松了口气继续刚才的话题。

“刚才离开的柳生家的使者，叫什么名字来着?”

“好像叫什么庄田喜左卫门吧?”

“是吗？柳生家居然派人来带话说不准备参加比赛，看来他家的功夫也是徒有虚名啊!”

“好像近来他们对前来要求比试的人都是这样说的，说什么石舟斋老先生早就隐居了，旦马守仪在江户做官不便比武。”

武藏无意中听到他们的对话，顿时感到哭笑不得，这些个井底之蛙浅薄得真是没的救了。来到柳生谷的这几天，武藏通过沿途的风土人情领略了这里领主的治国之道，心中对石舟斋父子的为人处世也有了更深的了解。低调并不代表无能，承让亦是高人特有的大气。

“这也太没规矩了，怎么说我也是大名鼎鼎吉冈家的二当家，哪能说回绝就回绝了，这事不能就这么算了。”

……

本在闭目养神的武藏后背一阵发凉，全身肌肉本能地紧张变硬。微微睁开眼睛，对面这个城里人打扮的汉子言语精练，时而理智时而戏谑，可见其心思细腻反应敏捷。

“吉冈家的二当家？传七郎？”武藏不动声色地竖起耳朵。真是不是冤家不聚头啊，想不到在这里居然都能遇到吉冈家的人。武藏想起当年冒死回村给本位田又八的老母亲报信时，就是在浴室里差点被那阿杉婆玩死。现在好了，居然又是在澡堂子里遇见对头，心想不会是自己的八字和浴室犯冲吧？要是让对面那三人知道了自己就是打败吉冈枪法的宫本武藏，肯定少不了一场裸斗。

想到这里，武藏擦净身子，用毛巾绑好洗过的头发回到房间。

四

“咦，小茶？你怎么了？”武藏刚一进屋，就看见那个假小子似的小茶蹲在墙角哭得厉害。

“呜呜……客官……那个臭小子打我……哇……”看见城太郎的师父来了，小茶越发委屈，哭声大了起来。

“是吗？城太郎！你怎么可以欺负女孩子?!”武藏训斥道。

“谁让她乱说话的?”城太郎叉腰站在小茶对面，腮帮子气得鼓鼓的，“这个假小子说师父是窝囊废!”

“他胡说!”小茶急了，“明明是你自己说你师父功夫了得日本第一，我说这里的领主才是日本第一剑客，你就扇我耳光。你敢说我说的是假话?”

“哈哈哈，是城太郎的错，等会儿我教训他。”不过是小孩子的虚荣心逞强，武藏笑呵呵地算是给小茶道歉了。

“城太郎，你去洗个澡吧?”

“我不喜欢澡堂子。”城太郎有些不服气，话里话外还带着情绪。

“你这小子和我一样，爱出汗。得，不洗就不洗吧，明天你下河洗澡去。”不知为什么，日子日复一日地过，武藏越来越喜欢这倔强少年的性格了。

到了吃饭的点儿，小茶过来上菜，城太郎又努起了嘴，小茶也怒目而向。

这几天，武藏一直在思考一个问题，就是怎样才能在这短暂的逗留期间见上石舟斋宗严一面。那老领主连名家子弟都拒绝了，恐怕根本不会接待像自己这样的游历武士吧。然而，年轻人特有的勃勃野心告诉他，不管怎样都不能放弃这个千载难逢的机会——就算被打败了，能死在石舟斋老先生的手下也值了。若是自己战胜了柳生一派，那这名出得就太容易了。

要是当地人知道武藏这么想，肯定不是说他活腻歪了，就是觉得他想出名想疯了。总之在第三者看来，他的想法不仅幼稚，而且脱离实际。武藏自己不会连这点儿常识都没有，就连吃饭时都在琢磨对战的方法。

芍药使者

一

这个仙风道骨的老者虽然已是耄耋之年，但依然眼明齿健。随着年岁的增长，品德与皓月齐飞，高洁随清风共长。

柳生家的人世代长寿，当然也有只活到二三十岁的——那都是战死沙场的英雄。这家基因好，自祖上以来还没有五六十岁就老死在床上的。当地人都说，石舟斋这老爷子就是活过百岁也不稀奇。

不，就算没有这样的基因优势，就凭石舟斋老人家的处世态度和恬淡心态，活到百岁也是理所当然的。

石舟斋历经享禄、天文、弘治、永禄、元亀、天正、文禄、庆长这漫长的乱世，特别是四十七岁时遭遇了三好党之乱、足利氏没落、松永氏和织田氏的盛极而衰，就连老爷子自己都说，能活到现在真是个奇迹！

奇怪的是，四十七岁以后，老爷子似是想明白了一些事情，放出话来说已放下屠刀不再参战，不管是足利将军的高官厚禄，还是信长的三顾茅庐，就连雄霸四海的丰臣氏都请不动他。虽然他住的地方距离大阪、京都不过咫尺，但依然装聋作哑，像只冬眠的熊守着这山里的三千尺土地，安享晚年，不问世事。

老爷子经常对人说："在这乱世之中，这小城能守住一份和平，简直是战国中的奇迹啊！"

听到的人，不禁佩服他的远见卓识。若是当年石舟斋追随了足利氏，那么信长必定前来讨伐；若是听命于信长，就等于背弃了秀吉；就算臣服于当时的霸主秀吉，那么在后来的关原之战中也少不了被家康追杀。既然顾此失彼必然招致战祸，坚定信念韬光养晦就是石舟斋的为君之道。

世事无常
唯有隐藏兵法的家族
方能经久不衰

这是石舟斋在客厅墙上挂着的一幅自题的诗歌。即便如此，在家康的重礼召见时，这道家智者不禁也动了凡心，举荐自己的儿子又右卫门宗矩到江户出任将军家的兵法指导，传授治世兵法，自己却又退回柳生谷的山庄里继续归隐的生活。

二

现在他住的山庄还在小柳生城里。外面的石墙铁壁显然与石舟斋老年归隐江湖的心境不甚搭配，于是又在外边另起了一个草房直通山野，这才像模像样地过起隐居的日子。

“小通，你看我这花插得怎么样?”石舟斋盯着自己刚刚投进花瓶的一株芍药入神地问。

“嗯，真不错呢！主公一定花了很多时间跟老师学习茶道和花道吧?”小通在一旁啧啧称赞。

“我又不是公卿，哪里学过这些啊!”

“那看上去怎么这么专业?”

“我是用剑道之理自己参悟出来的。”

说到这里，记忆的时钟逆转到几十年前……

那一年，尚未改名为石舟斋的柳生宗严方才三十七八岁，正是争强好胜野心勃勃的年纪。那时江湖上流传，有个叫上泉伊势守的人，这些年来带着弟弟和外甥周游列国求教武艺，人称“打败天下无敌手”。宗严十分好奇，世上居然还有这等好汉？一心想要会一会。正巧，他从经常出入柳生城的宝藏院的胤荣大师嘴里得知，通过北留具教介绍，伊势守已经来到了附近的宝藏院求教，便想借机去和那伊势守比试一番。

犹记得当时的这场比武持续了三天三夜。

第一天，比武还没开始，伊势守就开喊了，“开打咯！”一边事先喊着对方身体的部位，一边进攻而来。

第二天，宗严换了个套路，可惜还是遗憾败北。

这可让这位战场上的常胜将军没了面子。于是他苦思冥想，终于又想出了一套迎敌的策略，第三天说什么也不能输了！

第三天，不等宗严疾攻而上，伊势守又像前两天一样，一边说明来招的不当之处，一边事先提示着下一步的攻击部位，轻而易举就破了宗严的阵。

最后，宗严终于自叹不如，弃刀叹道：“我算是见到真正的兵法了！”随后，诚心诚意地请求伊势守留在柳生城指导自己，虚心求教终极兵法的真谛。

半年的时间很快就过去了，伊势守临走前对宗严说道：“我现在仍然在探索兵法真髓的路上，可毕竟年纪大了。你还年轻，后生可畏，兵法的大成境界就靠你去完成了！”说完，只给他留下一道作业题：

如何才能练就无剑的剑法？

之后，便转身飘然而去。

从那天起，宗严便废寝忘食钻研无刀之道，特别是师父教授自己的那套以韬[1]取花的技艺。

用剑的真谛不在于“露”，而在于“藏”。用剑的最高境界正是“无剑”。想起师父常常将身外之物信手拈来以御强敌，他只有更加刻苦努力，才能后来者居上。

几年之后，当伊势守再次拜访此地过招比试之后，终于露出了赞许的表情，“不错！你已经掌握了剑道的真谛，可以出师了！”

说完，留下四卷图绘目录和出师证便翩然而去。自此，柳生流便诞生了。特别是宗严晚年退隐江湖之后，又融会贯通地从这无剑的兵法中提取了一流的处世之术，又为柳生一派注入了源源不断的生命力。

……

“什么？”石舟斋还沉浸在对恩师的回忆中，小通却已惊得睁大了眼睛，“用剑道也可以插花？头一回听说呢。”

“插花也是要用气的，用手指去弯曲花茎或是调整花朵都是一种伤害。只有保持它在野地里生长的样子，用气运入水中，插的花才能活灵活现富有生气。”

在这个老者身边待久了，小通感觉每日都受益良多。前些日子在去奈良的路上，有缘结识柳生家的佣人庄田喜左卫门，那家臣希望她能为老主公吹笛解闷，这才来到了这里。

石舟斋非常喜欢听小通吹笛，而且这个山庄一直缺少像小通这样温顺娴静的年轻女子，所以每次小通让他老人家早

---

① 韬：用皮革包裹竹子作成，是个没有护手的皮棒子。

点休息要告退时，他总是恋恋不舍地说：“唉，我还不困，你再待一会儿吧？”要不然就是“我来教你茶道吧？”总之，就是不想让小通离开。而小通知恩图报，有时还会给石舟斋缝个头巾什么的。这种女儿家特有的细腻也是那些勇猛的武将家臣做不到的。这样一来，石舟斋就更加喜欢小通了。

每逢月夜，小通饱含情愫的笛声从小柳生城里传来，城外的庄田喜左卫门总是感到如获至宝般欣慰，“真是飞来的福气啊。”

是夜，庄田前来参见主公，小通应声前来开门。

“小通姑娘，麻烦你跟主公通报一下，就说我奉命办差回来了。”

“哈哈，庄田先生不觉得本末倒置了吗？”小通有心打趣儿，“明明您才是柳生的家臣啊，我只不过是半路上被叫过来吹笛子的。”

“说得也是！”庄田也觉得好笑，“不管怎么说小通姑娘都是主公身边的近人了，还是请你帮我通报一声吧。”

小通含笑退去。

见到石舟斋的时候，老爷子正戴着小通缝的头巾在茶室等待，“事情办完了？”

“我遵照主公的指示带着礼物过去，客客气气地传达了您的心意。只是吉冈家的人说见不到您是不会死心的，非得拜访您、跟您比试一下。”

“太不像话了！”石舟斋一脸不高兴。

“听说上一代的吉冈拳法很是了得，现在却也是家道中落了，来的那个传七郎功夫和人品都不咋地，连点儿自知之明都没有却还是自负地到处比武挑事，真让人没法说了。”庄田也很无奈。

“我和吉冈家的先代掌门交情不错，先代在的时候我们也曾多次赏月对酌，本想给他个面子让他回去了事，谁知那小子竟敬酒不吃吃罚酒。他要是敢硬来，我就给他点颜色看看！”

“哎呀呀，这可使不得。”见主公老小孩的脾气上来了，庄田赶忙制止道，“那些所谓的名家子孙都是面儿薄，您要是把他们打败了毁了人家招牌，这梁子就算是结下了。”

“那你说这事该怎么办？”

“依我看——”庄田回头看了看小通，“倒不如让小通去哄他们回去试试，毕竟有些事姑娘家办起来可能方便一些。”

石舟斋想了想，哗哗哗大笔一挥简单写了封信附在刚才插剩下的一株芍药花上，满怀殷切地说：“小通，这事就拜托你了。”

三

城外的田野上，一个骑马的靓丽身影疾驰而来。只见那姑娘手持一株白色芍药，红色的披风随风跃动。

田间劳作的人们停下了手中的活，迎接这年轻女子的到来。这段时间，百姓们对这姑娘的来历早有耳闻，他们知道这美丽的吹笛女子深受老城主的喜欢，见她如见老城主本人，于是便把对石舟斋的尊敬和亲密分到了这姑娘身上。

“请问，这附近有个叫绵屋的旅馆怎么走？”小通有礼貌地问道。

“哎呀，小通姑娘要到那里去呀？”一个背着孩子的妇女正在河里刷锅，听了小通的话马上起身说：“我带你去吧！”说着就要到前面引路。

“不用特地带我过去，你给我指个方向，我自己去找就成。”小通有点儿不好意思。

“没事，我就带你一小段。”说是一小段路，那人足足带了她一里地才回去。

“欢迎光临，请问您要住宿吗?”小茶闻声前来接待。

“不是，我是奉石舟斋大人之命前来会见传七郎先生的。”

一听是石舟斋大人身边的人，小茶急忙安排妥当请小通进去。

昨天喝酒喝高了睡得晚，吉冈传七郎他们才刚刚起床，哈欠连天。听说从小柳生城里来了个使者，心想不会又是那个虎背熊腰的大胡子吧，谁知来的竟是个女的，手里还捧着株白芍。

“这边请这边请。”本想引美女入座，谁知大家都衣衫凌乱，满屋子酒气，几个大男人顿时尴尬了起来。

四

“我奉主公之命前来送信，请先生过目。”小通毕恭毕敬地呈上白芍。

“哦，还有手写的信?”传七郎展开信纸，清淡的茶墨香气氤氲开来：

传七郎敬览：

承蒙阁下抬举，愧不敢当。只是老朽年事已高，不问世事已久，恕难再见外人。近日不巧风寒发作，不便亲自接访，唯有呈送清纯白芍聊慰诸君旅途辛劳。花期有限，还请见谅。

石舟斋上

“什么玩意儿?”传七郎气得把信揉起来一扔，“这么简单就想把我打发了?”

“主公吩咐，本该亲自请您前去奉茶的，只因病中实在不便，家中武者全都不在，儿子宗矩也在江户任职，要是草率接待恐怕会贻笑京都诸公。不如等下次再请您顺道来访。”

“哈，听上去倒是感觉我们像是来讨茶喝的。”传七郎这话说得很不痛快，“都是习武之人，听说石舟斋老先生依然健在，我们只不过想要讨教几番而已。”

“您也知道，我家主公避世已久，近来与风月为友寄身茶事，还请您谅解。”

“既然这样，那就告诉你家主公，我们下次一定会再次拜访。这花你带回去吧。”虽然不情愿，传七郎也只好作罢。

“主公说过，让您骑马就插在马鞍上，坐轿子就插在轿子上，聊慰旅途辛劳。”说完特意顿了一下，“这花是我们本地的特产呢。”

“混蛋！这花儿我们京城也有!”说完硬塞给了小通。小通无意久留，匆匆告辞了。

看来真把他们惹毛了，连个送客的人都没出来。小通这么想着，背地里暗自偷笑。

隔着几个房间的走廊另一头，武藏住在这里也有十几天了。小通侧脸看了看又黑又深的走廊，便往反方向走了出去。难道是心理感应吗?突然，有人从走廊尽头的房里站直身子，冲了出来。

五

“这就要走了吗?”急促的脚步追了上来。

“嗯，我的事已经办完了。”小通拉着小茶的手笑吟吟地说，“喏，这是城里的白芍，你要是喜欢的话就拿去吧。”说完，她披上披风骑马而去。

小茶目送她离去，直到身影消失在视线里。见了这花，客栈里的其他伙计都没有发现它独到的美丽，小茶不禁有些失望，捧着它来到武藏的房间。

“客官，你喜欢这花吗?”

“花儿?”武藏正靠着窗，思考怎样才能进小柳生城见上石舟斋老先生一面，一举击败这个传说中的剑圣宗师。听见小茶说话，才回过神来。

“……嗯，这花的确不错。我喜欢。”

“这是芍药哦，白芍药。”终于有人识货了，小茶很是高兴。

“刚好插进桌上的花瓶。”武藏随口一说。

“客官，花瓶取来了。”小茶转身插花的工夫，只听“嚓”的一声眼前剑光一闪，武藏瞬间手起刀落。吓得她愣在原地不敢动弹。

“花枝太长了，我把它削了一下。”武藏解释说。小茶突然回过神来，赶忙扔下花茎躲到一边的角落里。

武藏兀自对比着两枝花茎看得入神，自己挥刀削断的切口和它原来的切口相去甚远。

六

“哇——”等武藏回过神来，才发现小茶恨不得连肺都哭出来了。

“哎呀，对不起对不起，都怪我不好。吓着了吧?”武藏摸着小茶的头歉疚地说，“对了，你知道这花是谁切下来的吗?”

“城里的人。”

“小柳生城里的家臣吗?”

“不是，是个女人。”

“这么说，这是城里种的花咯?哎呀呀，小茶不哭了，乖，回头大叔给你买糖吃。”

小茶原以为武藏是个有趣的大叔叔，刚才看见他使起剑来真是一点儿都不含糊，亲近感渐渐被恐惧所取代。腿不发软了，小茶就赶忙溜了出去。

武藏盯着花瓶中的花仔细端详了一下，这才看明白了。与其说含笑的花朵让人惊艳，这插花的技艺却更让武藏惊叹不绝：原来的切口可不是用剪刀或是小刀切的。芍药枝干虽然柔软，但是从切口可以看得出来，切它的一定是个相当大的腰刀。只看这芍药花杆的切口小巧而干脆，折花的一定是个身手不凡的高人!

为了比较，武藏也学着他用腰刀来切，却发现自己还是太嫩了。就像是雕刻一尊佛像，即使用同样的刀具，庸人和名匠雕刻出来的成品仍然不能同日而语。

“奇怪,”武藏暗自思量，“若是连城里的侍卫都能有这样好的身手，那柳生本家还不知得有多厉害。”

想到这里，武藏不禁自惭形秽。但转念一想，这也未必不是件好事。选敌当选强，反正自己已经做好了必死的打算，就算输了也没什么大不了的。若是赢了……那么柳生一派就得臣服于自己。于是，武藏又重新燃起斗志，年轻人追求功利的心，使得他全身血液沸腾。

问题是，用什么样的手段才能搏此一战呢?

石舟斋大人一定不会接见修行的武士，当地人都知道谅谁介绍也白搭。宗矩不在，孙子兵库利严也远在他乡。要在这块土地上击败柳生一派，只能寄希望于石舟斋本人了。

该怎么办呢？充满野性和征服欲的血液在武藏周身快速循环，武藏深呼吸了一下，才算稍稍稳住了情绪。无意间，武藏抬头凝视着床头摆着的那瓶清纯白芍，恍惚中小通含笑的面容竟与这娇艳的花朵重合在一起……连他自己都说不清是为什么。

好久没见到她了，武藏叹了口气。在这云游四海粗茶淡饭的日子里，她那温柔的笑容又何尝不是一种奢侈的慰藉。

七

春风得意马蹄疾。城外的郊野，小通正踏着轻快的马蹄往小柳生城的方向奔去。

这时，从路边的小树林子里突然冒出来一个小孩子拦住了她。究竟是谁家的小鬼，竟有勇气挡住她的去路？

“吹笛子的小姐姐，你还认得我不？”只见这小男孩赤裸着身体，头发还是湿漉漉的，一点儿都不害羞。

“哟！我还当是谁呢，这不是在大和路上一把鼻涕一把泪的城太郎吗？”在这里遇见城太郎，小通也很吃惊。

“唉，好汉不提当年勇，这茬儿咱就别提了。”城太郎学着大人的口气说道，乐得小通嘴角上扬。

“对了，你不是找你那剑术家的师父去了吗？怎么跑这儿来了？”

“我师父嫌我老出汗，我又不喜欢去澡堂子洗澡，所以就跑来游泳了。”

“哦，那你们在哪家客栈投宿了？”

“我们住在绵屋。”

“这么巧？我今天刚从那里回来呢。”

“哎呀，早知道你去客栈了，我得好好接待你一下。要不你现在再回去坐坐?”

“还是不了吧，我去纯粹是办事，现在有公务在身必须马上回城里去。要不你跟我到城里来玩儿吧?”

“真的吗?”城太郎的眼睛一亮，小通暗暗叫苦。她只是客套一下，没想到这孩子还真是实在，居然当真了。

“不过你可不能就这么光着身子去哦。”

“呿，那么多规矩，我还不想去了呢!”还好小通反应及时，城太郎噘起了骄傲的小嘴巴。

小通忍俊不禁，哈哈笑着策马离去。才进草堂，便看见老爷子笑眯眯地倚在门口:“怎么，他生气了吗?”

“生气也好，不生气也罢，反正事情解决了就是了。”小通倒是会抓重点。

“对了,”石舟斋像是突然想起什么事来，问道，“那芍药花呢? 那小子给扔了?”

“人家拿花把玩了一会儿，觉得也没什么特别值得稀罕的地方，压根儿就不想要。我就把它送给客栈的小跑堂的了。”

看来传七郎根本没注意到花枝的切口内有玄机，石舟斋看向远处，长长叹了口气，“看来不见他是对的，他根本不值得我见。吉冈拳法也就只有那一代啊!”

以花为媒

一

与武馆里充斥着厮杀苦练的嘈杂不同，此时的庄田喜左卫门却陷入了沉思。

今儿一大早，那个曾和他有几面之缘的叫作城太郎的小家伙就来到这里指名道姓地要求见面，说是师父让他来送信，还非得让他当面看完。

这些年来，慕名前来柳生家比武求教的武士多了去了，起初庄田也并没在意，心想这种人直接把他打发走算了。直到城太郎从容地从怀里拿出一枝七寸长的芍药切枝和一段短小的花茎。

庄田静静地比较两段切口，苦思不得其解：此人此举，恐怕是有某种深意啊。满腹狐疑地展开信来，苍劲有力的笔触跃然纸上：

> 偶从客栈女仆处得此芍药，对采花高人精湛的技艺深感敬仰，烦请阁下务必安排一见。
>
> 武藏敬上

“来来来，你们几个都过来瞧瞧，这两段切口有什么不同吗?”庄田摆摆手，招呼那几个练武的伙计过来。

“没啥不同吧？我是没看出来!”村田与三向一旁的木村助

九郎努努嘴，“你看出来了吗?”

“咦？这不是主公昨天切下来的花枝吗？我记得是小通姑娘拿去绵屋客栈送人去了。”刚刚下场的出渊孙兵卫正要进屋，听见热闹便凑了过来。

好眼力！既然这个叫武藏的武士居然能看得出这花枝切口不凡，想必也并非等闲之辈。可他送来了的花茎居然有两段切口，这是不是意味着其中一段是他自己切的？而且在外人看来，技艺和主公不分仲伯？好一个武藏——等等！

武藏?!

难道说这个武藏就是前几日和宝藏院众僧一道在般若野斩杀那些个无赖的宫本武藏?

庄田心中暗自思量，已有定数，随即把这花信的来历向那三人一五一十地说了：“如果这人真像信上说的那样识货，一看芍药的切口就觉得与众不同，那他道行肯定比咱们高啊。”

“唉，听你这么一说，我也心痒痒了。要不咱们去会会他探探虚实？顺便也问问般若野的事嘛，咱们听到的哪有当事者本人说的地道？也算是一举两得了。”出渊孙兵卫咂了咂嘴，随声附和说。

作为柳生家的四大高手，他们几个也不是没见过世面的人，可是这个叫武藏的高人简直是太神了，不见他一面只怕日后会后悔。可是主公闭门谢客已久，这差事还真不好应。助九郎一向足智多谋，村田与三用求助的眼神试探道：“木村，你怎么看?”

“哈哈哈！现在正是新荫堂的湖畔燕子花开的好时节，不如咱们抽个晚上在那设宴和他聊聊剑术，他一定会来的。这事就算传到主公耳朵里也算是一桩美谈，要是主公有意见客那也正好遂了他的愿。”

“嘿！你小子真行啊！这么一箭双雕的主意亏你都能想得出来！”听了这话，庄田不禁面露喜色，激动地弹了弹助九郎的脑门，“送信的那小家伙还在门外等着呢，既然这样就让人这么去回了他吧！”

二

“回个话也这么费事，真是的！”门外的城太郎等得实在无聊了，慵懒地伸了个懒腰。

这时，不知从哪里溜达过来一只和他一般大小的小黑狗，城太郎顿时来了精神，心想怎么着这也是可以打发无聊的活物啊！

“嘿，伙计，咱们来玩儿相扑吧！”城太郎三下两下便把它扔了个囫囵转。

“来，给小爷叫一个！”玩儿到兴头上，城太郎反方向扒开它的上下颚，得意扬扬地发号施令。

突然，不知哪里把它惹毛了，这狗跟发疯似的咬住城太郎死不松口，城太郎没想到这狗还会来这么一出，气急败坏地边打边骂：“你个小畜生！也不睁大狗眼看看小爷是谁！”

“嘭！”木刀砍向黑狗的头盖骨，像狠敲石头似的发出一声巨响。

只听这声音就知道狗肯定被打疼了，只见它像柳生城的卫兵一样凶猛起来，一口咬住城太郎背后的衣带狠狠地甩了出去。

“太过分了！”城太郎本想起来找它算账，却发现这狗动作比他可是迅速多了，汪汪叫着便又扑了上来。

“哇——”方圆十里都能听见这凄厉的哭声，过路的人们纷纷停下脚步，只见一个半大点的小男孩抱头鼠窜，后面还跟着个甩都甩不掉的一团黑影。

三

“我回来了!”城太郎扬起袖口擦了擦鼻涕，若无其事地出现在武藏面前。

看着他满脸血迹抓痕，武藏暗自一惊，却把疑问咽回肚子，“怎么样？对方怎么说?”

城太郎把在庄田喜左卫门那里的所见所闻仔仔细细地说给武藏听——只是略去了逗狗的那段。

武藏的眉心终于稍稍舒展开来：总算是有点眉目了。

“喂，你脸上是怎么弄的?”见城太郎从房里走出来，小茶地追在后面问道，一脸的关切。

“还不是城里的那只死狗干的好事!”提起这茬儿就一肚子气。

“啊？不会是那只黑色的纪州犬吧？要是它的话，甭说是你，就连那次外国派来的奸细都被它咬得差点儿断了气呢!哈哈哈!”虽然平日里总被城太郎欺负，小茶却一点儿不记仇，蹲在一旁温柔地给他上药。

“哎呀，你这是……太谢谢你了。”城太郎也有点儿不好意思，害羞地埋下了头。

“哎哟喂，你也会害羞啊!”小茶没想到这混世魔王也有脸红的时候，一个没忍住扑哧笑出声来。

“快别笑了！男子汉大丈夫被狗给欺负了还嫌不够，回来还要被你看笑话，早知道还不如……”想到这里城太郎不禁有些愤愤，却被一根纤纤玉指堵住了嘴巴。

“我喜欢你。”小茶咬着嘴唇，一字一顿清清楚楚地说，

“虽然平时老跟你打架，但你在我心中一直都是顶天立地的男子汉，值得我喜欢的男子汉。”

“小茶……”看着她绯红的脸颊，城太郎第一次领略到女儿家的柔情，眼睛里闪烁着动人的光芒。

“你们马上就要离开了是吗?”

“谁知道！一时半会儿可能还走不了吧。”

“要是你能多待个一两年——最好一辈子陪在我身边……可惜也只是个美好的奢望了吧!”原本亮晶晶的眸子暗淡下来，小茶的声音也有点儿哽咽。

两人仰面躺在马粮仓库的干草堆上，有一搭没一搭地说着，浑身燥热无比。突然，城太郎翻身压住小茶，狠狠咬住那根青葱般的白嫩手指。

“啊！好疼!”

“对不起对不起，我没想到会弄疼你的。”城太郎有些愧疚地说。

“没事，你咬吧，再用力一些。我喜欢被你咬。”

两个人像小狗打架似的抱成一团在干草堆上翻来滚去，也许这种炽热的暴力也是他们表达情意的一种方式吧。

“你这死孩子，跑到这里来干什么?”客栈都快被找得翻过来了，小茶的爷爷才在这里发现她。老头子气急败坏地提着衣领把小茶拎起来，就势在她屁股上留下了两三个手印。

四

整整两日了，武藏像是在思考什么大事似的，一个人抱着胳膊站在窗前一言不发。城太郎还从没见过师父这么严肃到恐怖的样子，就算回到房里也一声不吭大气不敢出。

傍晚时候，城太郎从外面回来，看见行李都打包收拾好了。武藏还是两眼盯着天花板，冷不丁抛过来一句话：“城太郎，去叫账房的来算账！”

客栈的人奔走相告，谁都没想到这俩人大晚上的竟要退房。听到城太郎要走的消息，角落里的小茶猛地起身，半晌又缓缓地顺着墙脚滑落到地上，嘤嘤地哭了起来。

正待出门，城太郎突然不见了。循着哭声望过去，才发现这俩小人儿正依依不舍地抱作一团，不知说着什么悄悄话。

感觉到武藏冷峻的目光，城太郎才慌乱不迭地跟了上去，一步一回头地回望绵屋，直到小茶的身影缩成一个模糊的黑点。

武藏装作什么都没看见，默不作声地昂首走路。

“师父，咱们这是要去柳生城吗？今晚就住在城里？”城太郎边走边问。

“看情况吧。”依然是言简意赅的回答。

直到一片巨大的林海出现在眼前，武藏才停住了脚步。映入眼帘的城门森严而庄重，守门的侍卫应声而来，彬彬有礼地引客进门，显然已得到上面的通知。

这个新荫堂是城中子弟学习儒学的讲堂，从走廊穿过，每个房间都是载满图书的书架。自打踏进柳生城的那一刻起，武藏对柳生家的认识，便是超乎想象的历史感和深度。看来柳生家不仅尚武，而且崇文。文武兼修，不愧是一方世家啊！

对这里看到的每一件事，武藏都暗暗竖起大拇指。正可谓窥一斑而见全豹，到一户人家拜访，只要在门口脱下鞋子，立刻就能感觉出这一家的家风。武藏就在这种氛围下来到了新荫堂的一间宽敞的大房间，跟班的城太郎留在外面的休息室等待。

“欢迎今晚光临此地。木村大人、出渊大人、村田大人三人都已恭候多时，只有庄田大人碰巧有公事，迟了一点。马上就来，请稍等一会儿。”房间的侍卫毕恭毕敬地解释说。

“我只是个过路的粗人，您无须多礼。”武藏回礼道。

转朱阁，低绮户，听取池中蛙声一片。凭窗望去，庭院里氤氲着香气的紫藤花，泉下潺潺深流的静水，仿佛都积聚着宁静而深重的力量，可远观而不可亵玩焉，让人心生肃穆。

一阵清风吹来，天花板上摇曳的油灯倒映在池中的水面，影影绰绰的灯影似是会说话的火苗，点燃了武藏沸腾的热血。

柳生家虽然不容小觑，但同为剑客，我们的地位应该是对等的，也没什么好怕的。武藏暗自给自己打气：不，就在今晚，我要把这荣誉改写，让柳生对我甘拜下风！

“失礼失礼，让您久等了！”未见其人先闻其声，庄田喜左卫门踱步而来，其他三人紧随其后。

“哪里哪里，诸位大人太客气了。”武藏也寒暄道。

打过招呼过后，另外三人也自报家门：

“在下马回木村助九郎。”

“敝人纳户村田与三。”

“我是出渊孙兵卫，幸会先生。”

五

美酒出列，佳肴上桌，五个人围坐一圈边吃边聊。

“我们这边是山区，都是些自制的酒菜，没什么能拿上台面的，还请先生见谅呐。您就把这儿当自己家，随意就行。”四个主人对着一个客人大献殷勤，极力表现得不留痕迹。

武藏不善饮酒，但也谈不上讨厌，可能是从前没有见识过真正的美酒吧。可是今天，他竟一反常态地一饮而尽。“在下先干为敬了！”

坐在他身旁的是木村助九郎，东聊一句西问一声，话匣子一打开就关不上了。“实不相瞒，先生那天托人带来的芍药花，是主公亲手折下来的。”

“哦？难怪切口如此不凡！”武藏一拍大腿，惊叹道。

“可是在下好奇的是，这芍药花茎的切口如此细小娇柔，先生是怎么看出来折花之人身手不凡的呢？”木村紧紧盯着武藏，迫不及待地问。

武藏歪着脑袋，突然他灵光一闪反问道：“怎吗？难道诸位大人没有看出这个中神韵吗？”

这下轮到那四个人哑口无言了：“别说，我们还真没看出来……果然是英雄识英雄啊！先生可否提点一二？”

“……”这下武藏也不知该怎么回答了，“如果硬要说，那大概就是感觉吧——只可意会不可言传的感觉。”

“什么？感觉?!”柳生家的四大高手面面相觑，直接不知该怎么接话了。

坦白讲，此次设宴，他们就是想探探武藏的虚实。初次见面，没想到这个血战般若野的武藏竟是个血气方刚的年轻人，还是个身强力壮的肌肉男，不禁被他的沉稳机敏所折服。

不想随着几杯酒下肚，这武藏连筷子都拿不稳了，不羁的原形也露了出来，还神神叨叨地说起什么“感觉”！“感觉”！哈哈！粗人就是粗人，还谈什么“感觉”？真让人笑掉大牙！

柳生家的这四个人暗自交流了一下眼神，似乎大家都是这么认为的，便不自觉地轻怠了几分。

推杯换盏又几回，上了头的脸就像烧红的铜块，滚烫滚烫地冒着热乎气儿。武藏似乎觉得有些困窘，不时地用手擦拭脸颊。那动作跟个未出阁的少女似的，引得四大高手“哧哧”偷笑。

“唉，您也别卖关子了，什么感觉不感觉的我们也听不懂。这里可是新荫堂，上泉伊势守老先生住在这里特别为他盖的别室，也算是剑法渊源深厚的风水宝地了。在这里聆听武藏先生提点，也算是地尽其用了。”

“这不是让我为难嘛，”武藏虽然有些微醺，但他不会允许自己本末倒置忘记来这儿的目的，“感觉就是感觉，如果硬要我解释一番，那只有请柳生老先生亲自指点一二，且看武藏以武论道了。”

六

武藏实在不愿意放弃任何接近石舟斋的机缘，他迫切地想要和这剑道泰斗比试一番，急不可待地想要让这一代宗师臣服在自己的胜利之剑之下。这样，自己的修行之路上又会添加一枚耀眼的勋章：

武藏来过，他已离去。

这片土地会永远记住他的事迹，源远流长。

雄心在胸口有力地跳动着，武藏却尽力保持平静的状态，若无其事地看着远方。夜深林逾静，习习夜风夹着远处零散的蛙声吹过耳畔，斑驳的灯影下，主人陷入沉默。

庄田和出渊在四大高手中年纪略长，早就感觉到了武藏显露的霸气，这简直就是赤裸裸的挑衅了。两人目光交汇，不禁暗自发笑：这小子居然想要跟主公比试，真是大言不惭啊！

其他两人也觉察到了空气里的异样，论剑、说禅、八卦诸国的小道消息，接着岔开了话题。特别是说到关原之战时，因为出渊、庄田、村田与三都曾跟随主人出征，虽然当时他们和武藏是隶属于不同部队的敌人，但毕竟是共同的话题，武藏也兴致勃勃地参与了进来。

时间仍在一秒一分地流逝。过了今晚，怕是再也得不到这么千载难逢的机会接近石舟斋了吧？把酒言欢虽痛快，武藏却不敢忘却此行的目的。该怎么办呢？

“先生，这是我们特制的麦饭，请您品尝。”这时，一个人开口劝道。

武藏已经没有心思品尝美食，头脑仍在高速运转：看来凭借寻常的手段是见不到石舟斋了，要达目的还得使用下下策——激怒对方，引蛇出洞！可是自己现在太理智了，恐怕也做不出什么激怒别人的事吧。

武藏开始故意地蛮横无礼起来，大放厥词口出狂言，连自己都快受不了了。可意外的是，庄田喜左卫门和出渊竟然一笑了之，依然谈笑风生。

不愧是柳生家的四大高手啊，真能沉得住！武藏貌似平静的外表下早已波涛汹涌，他感到自己的底细就快要被对方看穿了。难道就这么空手而归吗？实在不甘心啊，不甘心！虽然自己也没有必胜的把握——甚至还可能战败而死，可如果在没跟石舟斋交手之前就离开这里，自己一定会抱憾终生。

“咦？什么情况？”就在这时，村田与三站起身来向门外探去，“是太郎在叫。只是这叫声——好像和平时不太一样？是不是出什么事了？”

原来那只黑狗名叫太郎。在这月黑风高的深夜，太郎凄厉的叫声显得如此怪异，好像在召唤四周深山老林里的鬼魅，瘆得人头皮发麻。

太 郎

一

“到底是怎么回事?”狗吠久久不止，八成是出了不同寻常的事。

“武藏先生，我们得出去看看情况，失礼之处还请海涵。”说完三人离席而去，只有庄田喜左卫门留在堂里待客。

摇曳的灯光突然暗了下来，透着一股阴森的鬼气。内城的警犬为何如此怪异地惊叫?好像急着向主人通风报信似的哀鸣，直叫人坐立不安。

虽然现今的柳生城喜得太平，但也绝对不能放松对邻国的警惕。乱世之中，枭雄迭起也是常有的事，指不定就有那些个被野心烧红了眼的贪婪之徒打起吞噬别国的心思，特别是看起来高枕无忧的城郭，奸细更是容易伺机而入。

“奇怪，狗不叫了?”短暂的沉寂似是掩藏了更深刻的黑暗，接下来必定是最猛烈的爆发。独自留下的主人庄田停下脚步，不安地竖起耳朵。

突然，一声怪叫响彻天际，发声的活物仿佛耗尽了全部的力气，生命随之破裂，散尽在呼啸而过的晚风中。

“啊!”庄田脸色一变，武藏也同时抬起头来。

“狗死了!”四目相对，两人的直觉竟如此一致。庄田再也坐不住了，往门外跑去，武藏也跟了出去。

经过休息室时，武藏像是突然想起了什么，向身边的侍者问道：“那个跟我来的童仆还在里面吗?”

侍者进去找了一圈也没寻到城太郎的影儿，武藏心里一惊，转头对着庄田的背影大喊：“大人稍等！敝人觉得此事必有蹊跷，还望大人带我同去!”

“好吧，你快点跟上!”庄田在前面带路，两人急匆匆地往外城跑去。

出事的地点离武馆一百多米，因为已有官兵闻声而来，他们顺着火把很快就找到了。武藏拨开人群往里一看，惊得下巴都快掉了下来。只见空地中间，一只黑狗张牙舞爪地暴毙而亡，死相十分惨烈。从狗嘴里吐出的鲜血来看，死前它必然受到了致命的一击。狗的旁边，一个浑身是血的身影呆呆地提剑而立，像是还没缓过神来。

“城太郎，你怎么在这里?!”庄田满腹狐疑地走上前去。

二

“这不是主公的爱犬太郎吗?”人群中有人吃惊地喊道。

“嗨！你这臭小子居然把太郎给杀了!”突然，那个负责看狗的家臣闻声从远处跑来，提着城太郎的衣襟就把他拎了起来，“你个没人管的死孩子！你说，是你干的好事不?”不等城太郎回答，“啪啪”两记响亮的耳光扇得城太郎眼冒金星。

“是我杀的，那又怎样?”城太郎这才回过神来，大义凛然地说道。

“你且说说，你为什么要杀它?”

“我既然杀它，那肯定是它该死呗!”

“你说它该死它就该死了?”

“我要报仇还不行吗?!”

“什么?!”做错了事情不认错已经够过分了，居然还敢找这么个破理由狡辩？这小子真是不想活了！

“前天我来送信，这狗把我抓得差点儿破了相。你看这里……这里……”城太郎一边指着脸上的道道伤痕一边说道，“今天晚上我看它正趴在地上睡觉，把它叫醒了才跟它决斗的。”城太郎一再强调自己是在狗已清醒的状态下才开始对决的，自己绝不是乘人（狗）之危的卑鄙小人！

看着城太郎因极力辩解而涨得通红的脸，那看狗的家臣气得差点儿背过气去。这个被唤作太郎的警犬可是当今在江户任职的主人——旦马宗矩的爱犬。特别是这狗是纪州赖宣公的爱犬“雷鼓”所生，是有血统证明书的，也算是出身名门了。宗矩当年特地把它领养回来交由自己和另一个武士看管，现在它却在眼皮子底下被人杀死了，要是追究起责任来，那可真是百口莫辩了。

“你他妈给我闭嘴！”只见那家臣脸色铁青，气得嘴唇直哆嗦。突然间一记重拳挥过来，震得城太郎耳朵都快聋掉了。

城太郎一手捂住高高肿起的脸颊，怒发冲冠地呵斥道：“你想干什么?!”

“干什么？一命抵一命！太郎的命我来帮它讨回来！”

“你还讲不讲理了？冤冤相报何时了，我杀它属私人恩怨！你来瞎掺和什么劲?”为了报这个仇，城太郎可以说是拿命拼了。在他看来，武士最大的耻辱莫过于颜面受损。今天他用武士的方式报仇雪恨，本想运气好的话还能得到大人的称赞，谁知竟还要受这种窝囊气。

“少他妈废话！老子不管！老子只知道你怎么对待它的，我就怎么修理你！”说着四下看了一周，想从人群中得到声援，仿佛是在诏告天下，这可是他的职责所在，义不容辞之举。

武士们算是默许了，四大高手也犯了难。武藏依然默默地注视着案发现场，一言不发。

三

“嗨，你个小兔崽子，给爷儿汪汪叫两声听听！”那家臣拎着城太郎的衣襟在空中抡了两三圈才狠狠地扔了出去，城太郎一头栽倒在地上，两眼直冒金星。

“哼！让你欺负太郎！有种站起来啊，来！扑过来咬我呀！”看见血光从城太郎身上冒出来，那家伙也玩红了眼，丝毫没有意识到自己是在欺负一个小孩。

城太郎咬紧牙关，一手伏地一手拿木剑撑起身来，眼里闪烁着决一死战的凄厉光芒，一点也不像这个年纪的小孩应有的反应。只听“哇”的一声，这凄厉的喊声不亚于已经死去的太郎，这不是他虚张声势，而是义愤填膺的呐喊。这种痛彻心扉的怨愤，也只有亲生母亲才能安抚的了吧。

“来啊！有种你过来杀我！”城太郎布满血丝的瞳孔充满了杀气，特别是看见对方拿着根打狗的棒子来对付自己，士可杀不可辱，今天就和你决一死战！

一个躲闪不及，只见那木棒朝着城太郎迎头劈去，危险！但凡是个人，受了这一棒不死也得残废。“嘭”的一声巨响，大地都快被震裂了。

直到现在，武藏依然神情淡漠地抱着手臂冷眼旁观。

“你个畜生！”城太郎见情况不妙，发疯似的扑向敌人，死死咬住他的要害不放。那家臣急于脱身，无奈那孩子死不松口，身上被他抓扯得皮开肉绽，鲜血直流。

“你他妈的作死啊！”眼瞅着又一根木棒就要向城太郎的后腰打去，这时，一个黑影穿过人墙扑闪过来，以迅雷不及掩耳之势使出两招，随着“啊”的两声惨叫，木棒的主人被狠狠地击了出去。

“卑鄙!”武藏终于出手了，恶狠狠地骂道：“你们简直就是无赖!”说着抓住城太郎的腰带把他高高举了起来：“刚才我都看见了，你们居然把他当狗对待，还有没有把我这个主人放在眼里？你们是要向这小孩问罪，还是要向我这个主人问罪?!”

“你别不知好歹，你们俩都有罪，一个都跑不了!”那家臣刚吃了打，激愤地吼道。

“行啊，那我们主仆二人奉陪到底!”不等对方反应过来，武藏对准那张不知好歹的脸，像发炮弹似的把城太郎狠狠地抛了出去。

四

“哎呀呀呀呀！我的下巴!”从天而降的城太郎像枚复仇的炮弹，攥紧的拳头跟生铁似的直向敌人砸去。那家臣一个踉跄重重地摔倒在地，捂着脱臼的下巴却说不出话，又羞又恼又气又急。

“啊！有人受伤了!”围观的官兵埋怨地盯着这师徒俩，谁知武藏却根本没有道歉的意思，城太郎也只觉得大快人心，拍手叫好。

“哪里来的两个野蛮人？胆敢在柳生大人府邸动手伤人!”只差一把火，众人的愤怒就该爆发了。

“童仆之错罪在主人，这件事本来找我问罪就好了，难道你们这些个武士连这点道理都不懂吗?”武藏神情凄厉，捡起城太郎刚才掉落的木剑，“你们不仅没和我商量，居然还像杀狗似的拿根木棒对付他，他也是光明磊落的持剑武士，和你们是平等的！既然如此，就别怪我在这里和你们一较高低，替天行道!”

好家伙!这哪里是在认罪,这分明是赤裸裸的挑衅!

本来这四大高手还心想着,只要武藏出面替城太郎道个歉,他们几个当个和事佬打打圆场,这事处理起来也简单。这下可好,武藏居然出言不逊把事情闹大了,在场官兵一个个的火冒三丈,恨不得立马扑上来把这两个闹事者给撕了,就连他们四个也气得牙痒痒。真是没一个让人省心的,唉!

“把这个不知好歹的东西抓起来!”

“一看这样儿就是奸细,快!把他们拿下!”

吵嚷不休的众人团团围住武藏,连同他身后的城太郎,都快被白刃给淹没了。

奇怪,他为什么非得火上浇油呢?唯恐天下不乱似的。真是太奇怪了。脑海中突然闪过这个疑问,四大高手的每一根神经末梢都变得敏感起来。

五

“月黑风高,所有人都聚在这里的话其他地方难免疏于防备,太危险了,你们都回到自己的岗位上去,这儿留给我们四个来处理。”庄田喜左卫门率先开了口。

除了他们四个,其他人并不知道武藏的来历。要是一不小心上了他的当,有人受伤,该如何向主公交代?太郎的事固然重要,但是人命关天,虽然现在也没摸清他的底细,但冥冥中还是能感觉到,此人一定来者不善。这个武藏,醉翁之意不在酒啊!

过了一会儿,这里只剩下刚才在新荫堂对坐的四主一客了。

“真是可惜啊,你的如意算盘已经落空了——说吧,你是奉何人之命来小柳生城的？你的目的又是什么？”四双眼睛紧紧逼视着武藏，只要这个人哪怕流露出一丝犹豫，他们是绝不会放过他的。

“哈哈！好一个武藏！”出渊孙兵卫早就想把他干掉了，从腰上抽出横刀摆好架势，“你这算是默认了吗？好吧！看在刚才咱们酒肉朋友一场的分儿上，我就给你个切腹自杀的机会，像个武士那样有尊严地死去吧！”

“什么？切腹自杀？谢谢您呐！当我是傻子吗？我凭什么要切腹自杀？！”武藏高昂着头，嗤之以鼻。

“城太郎，你到对面的松树下等我。”该来的快点来吧！他在心里暗暗期待着。

六

“敬酒不吃吃罚酒！”木村助九郎绕到武藏背后，边推他边喊，“走！腿脚麻利点儿！”

“往哪里走？”

“去大牢！”

这武藏倒是听话，一听去大牢居然还不挣扎了，可是这方向貌似有点不对啊？

“大牢在这边，你走反方向了！回去！”说时迟那时快，庄田喜左卫门和出渊孙兵卫两人已经左右包抄过来，架着武藏的胳膊就往牢房方向拖去。谁知这小子竟硬得很，死活不肯退一步。

“得得得，真是服了你了！你不去大牢也罢，从哪里来回哪里去，这总成了吧？”村田与三无语了。这人犟得跟个牛犊子似的，看上去也没啥坏心眼，干脆大事化小小事化了得了。

“不回！”

“什么？你小子的脑袋被驴踢了？放你回去你还赖着不走了？非得让爷爷们打得你屁滚尿流？最后问你一遍，你到底回不回?!”

“再问一百遍也是：我！不！回!”武藏吼得气壮山河。

“不回你要去哪儿?”

“我想拜会这里的老城主——石舟斋老先生。”武藏叹了口气，“我是钻研剑道的修行武士，想向柳生流的宗师求教。可惜听说老先生早已闭门谢客不见外人，武藏这才出此下策。麻烦各位大人前去通融一下。”

果然！早就料到这小子过来赏月喝酒一定有别的目的，可谁都没想到他胃口还不小，竟要见主公石舟斋！

“……若还是不行的话，请恕武藏挑起会战了。”武藏下定了决心，不达目的誓不罢休。

“什么？会战?”四大高手目瞪口呆，心想这小子不会是疯了吧？他以为他是谁？单挑已是笑话，为了对战石舟斋，居然不惜以全城的人为对手引他出来，到底还有没有点常识?!

其实武藏又何尝不知，说是会战，实际上是赌上一个人全部的体力和智力来决定命运的胜败，一个人对一座城，要说出这话得需要多大的勇气！

一只鹫鸟划过笠置山幽暗的夜空，最后落在城内仓库的屋顶上。它默默地注视着地面上发生的一举一动，宛如神灵。

心 火

一

“行啊，全城会战不是？哥儿几个正嫌技痒呢，正好拿你练练手！”木村助九郎还从没见过这样的狂妄之徒，看来不教训教训他，他是不长记性的。“来！庄田、出渊！把那小子推过来！”

“好嘞！看我们的！”会战一触即发。庄田和出渊两人一手抱着武藏的胳膊，一手顶着后背用力把他推向木村。木村早就抽刀横握摆好架势等在对面，明晃晃的大刀仿佛神灵附体似的，透着股见人杀人见佛杀佛的阴冷之气。主动出击和被推出去明显不是一个概念，武藏重心不稳，眼瞅着一个趔趄就要倒在对方那白闪闪的利刃上。

“啊！”随着武藏身体的迫近，一声尖叫振得大刀发出“咻咻”地共鸣。发出喊叫的是松林里的城太郎，只见他就地抓起一把散沙朝持刀的木村挥洒过去，可惜不过是蚍蜉撼大树，于事无补。

与此同时，在快要倒向大刀的一瞬间，武藏竟灵巧地躲开了。不等木村反应过来，一记铁锤拳正冲木村胸口挥来。原来自打被推出去的那一刻，武藏就算好了自己和木村之间的距离，只等绝地反击的这一刻！

好险！木村连忙向一边闪开，幸好躲得快，要不然摊上这么一记重拳，就算不死也得残废了！

第一回合结束，两人谁都没占到对方便宜。木村却不敢再吊儿郎当，越来越发现这小子绝不是省油的灯。

几个回合下来，不知从什么时候起，阵仗已演变成四对一的战局。四大高手把武藏团团围住，强忍着越喘越快的粗气。

当初真是脑袋被驴踢了！早知道请神容易送神难，还搞什么月夜畅饮？搞他娘个腿儿啊！惹不起还躲不起吗？唉……

自打和这四人交手以来，虽然武藏总能涉险过关，运气好的时候甚至还能略胜几招，但额头和身上那亮晶晶的汗珠，却昭示着这场恶战对他心智的消耗和考验，绝不是能轻易取胜的。

即便如此，看着对面杀气腾腾的四张怒颜，武藏全身充斥着一种像是毛孔炸开了似的灼热和兴奋，可内心却是不合常理的冷若冰霜，连他自己都觉得惊诧。

正如佛家所说的红莲，一半是冰冷无比的海水，一半是灼热无敌的火焰，火中生水，水中有火，水火交融到极致，便是此刻武藏的状态吧。

二

沙子没有再继续飞来。不知什么时候，城太郎忽然没了影儿。只有飒飒的晚风从笠置山涧吹拂而来，像是在试探着那些个静观其变的闪闪白刃。

好一个四对一！作为一个老到的孤胆英雄，现在他满脑子都是热血沸腾的激昂斗志。至于敌多我少的艰辛，武藏早已习惯了熟视无睹。

死。

曾经曾不止一次动过这个念头。奇怪的是此时此刻，他却一点都不想慷慨赴义，当然，也没有必胜的决心。

徐徐的夜风拂过头颅，像轻轻吹起一层薄纱，吹得脑膜也泛起丝丝凉意。在这清凉的刺激下，武藏目光如炬，透过这无尽的黑暗若隐若现。

腹背受敌，左右受制。武藏用余光扫视周遭，却发现不管朝向哪边，这种境遇都不会改变。

“噌——”左边传来一声轻微的走动，武藏的刀尖突然像蟋蟀的触角般犀利起来，敏锐地意识到敌人已悄悄变换了步式。觉察到武藏的警觉，试探的影子又悄无声息地退了回去。

依然是长久的对峙。

显然，这种四面受敌的对峙对武藏相当不利，搞不好就会变成夹饼中的肉酱。武藏盘算着，要是能把这四面围剿的阵型改成一字排开的直线型，然后再逐一砍杀，兴许能好办点。只是想起来容易做起来难，对方可不是没脑子的乌合之众，毕竟都是一等一的高手，怎么可能察觉不到武藏微妙的变化？他们个个严守阵地，不肯轻易挪动一寸。

只要对方不动，武藏只能静观其变，只要他们四个在行动上有一瞬间的不一致，武藏就会乘虚而入，绝地反击。

真棘手啊！

随着时间的推移，四大高手对武藏又多了一层认识。现在，谁也不敢仗着人多而有一丝一毫的松懈。只要时机一到，这鹰一般的猎手就会爆发出全身积聚的力量，疾驰而来杀个片甲不留！

真是人外有人、天外有天啊，就连承袭柳生一派精髓，庄田真流的集大成者——庄田喜左卫门，也只能暗自思忖：真是个百年不遇的奇人哪！他只能通过剑稍微妙地试探，没能近前一寸。

就在这天地合一、人剑无声的刹那，一个意外的响动打破了这沉闷的对峙。

这随风潜入的悠扬声音由远及近，惊醒了武藏的听觉，丝丝扣心弦。

三

是谁在吹笛？

就在这人剑合一、死生置外的时刻，尘封在武藏心底的记忆却像泄闸的洪水喷涌而出。

太熟悉了！这个声音早已烙进脑海、刻入骨髓，他永远都不会忘记，在那遥远的故乡美作国——在那高照峰附近——在那被敌人围追堵截的危险时刻，这天籁之音宛如暗夜中的灯塔，指引自己一路走来。

出来吧，武藏，出来吧！——在被泽庵抓住的那个夜晚，风中传来的不就是这个笛声吗？就算武藏已记不清楚，但这旋律却早已刻进了脑海深处。

不仅笛声一样，这旋律竟也出奇地一致！电光石闪的一刹那，武藏脱口而出："小通！"

像是突如其来的雪崩，武藏紧绷的神经一刹那松弛了下来，集聚全身力量打造的铜墙铁壁也在瞬间坍塌，只因那一股柔情。

好机会！四大高手眼明手快抓住了敌人最脆弱的瞬间，不等武藏回过神来，木村的手像是长了七尺，直逼眉心。

"啊！"等武藏意识到危险翻身而去时，混乱中左手的袖口却已破成了两半，殷红的血液汩汩流出，宛若啼血的红莲。

"你小子也不过如此啊！"木村挥刀而来想要乘胜追击，谁知武藏竟用力一蹬跳上松枝，头也不回地消失在黑暗之中。

“喂！有种别跑！”出渊孙兵卫朝着武藏逃跑的方向喊道。

“胆小鬼！输不起！”

任凭骂声不断，唯有一缕笛声盘旋在悠远星空。

唯有清莺啼

一

那是条深达三十尺的空濠。说是空濠，但幽深的底部像是积了雨水，也并非完全是空的。

武藏抑制不住激动的心情在黑暗中狂奔而去，一不小心脚下一打滑，像滚落的石头般滑落到濠底，四脚朝天。

透过空濠的悬崖峭壁，放眼望去，今夜的星星格外遥远。大概有一刻钟，武藏仰躺在濠底的杂草丛中，动也不动一下。热汗已凉，“怦怦”的心跳也趋于平静，只是活跃的思绪却依然杂乱如麻。

不对，一定是自己听错了。小通，她不可能在小柳生城……然而世事无常，就连自己都不知下一步会走向哪里，更何况是多年不见的小通？

朦胧的水汽爬上温热的眼底，在视线尽头晕染开来，洇出一双温柔而哀怨的眸子。

……

国境关口，一个柔弱而倔强的身躯朝着他渐行渐远的背影迎风喊道：“在我的心里只有你一个男人，若是连你都要抛下我，那我活着也没什么意思了。”

“一日也好千日也罢，你若不来，我便一直在那里等你……你来之前，我已经在这里等了九百天了。”花田桥下，究竟要鼓足多大的勇气才能说出这样的爱情宣言？若是当初自己没能回到花田桥，十年二十年之后，是否会有个白头老妇始终如一地痴守在石桥一端，望眼欲穿等归人？

想到这里，武藏的胸口一阵剧痛。

是，我就是这么个不解风情的木头疙瘩，一个落荒而逃的懦夫！她现在指不定怎么恨自己呢！她的一片痴心，终究是错付了。

想到这里，不知为什么心却猛地一缩，两行热泪潸然而下。

这时，悬崖上边的叫喊声打断了他缠绵的思绪。仔细一听，原来手持火把的追兵找了半天却连他的影儿都没找到，骂骂咧咧地四散而去。

“女人算什么！”武藏抬手擦干眼泪，一跃而起，对着小柳生城黑色的城郭大声喊道，“我可不是胆小鬼，我这是以退为进！笑到最后才是赢家，有朝一日会给你们好看！”

要不是自己被笛声勾了魂，哪会被这等鼠辈伤了皮毛？这四大高手不过如此嘛！武藏心里暗自思量：看来这个石舟斋是一定要见了。

几根枯木错落在崖壁，武藏“噌噌”几步上去，顺势飞跃而出。

二

笛声已经听不见了。

武藏被一股旺盛到不能自持的征服欲笼罩，全部的生命之气汇聚于心，呼之欲出。在他烧红的眼睛里写满了功名和权力，至于城太郎，早就被抛到了九霄云外。反正不管自己再怎么错都不会殃及城太郎，索性让会战来得更彻底一些吧！

石舟斋，你到底在哪里？

在这疑似深山老林的地方转了好几圈，武藏又绕回了原地。要不是看见了像是粮仓的地方，他真要怀疑自己已经跑出了城外。

以前听绵屋的人说，他们的老城主隐居在内外城交界处的某个草堂，武藏像打了鸡血似的四处寻找，亢奋而去的结果却总是败兴而归。

简直急的人发疯啊！只要找到那个草堂，就算拼命也一定要见他一面！

终于，在小柳生城东南角的一个斜坡上，武藏停下了脚步。透过一片修整整齐的小树林，居然是一扇门！——有人住在这里！一定是石舟斋！

武藏大喜，飞驰而去。好不容易“噌噌”两下跳上门框，正待翻墙而入，微微扬起的拳头却突然停了下来。

只见这门框古朴雅致，门前也清扫得一尘不染。就连随风飘落的白色栀子花，也传神地透着禅意。单从外面浅显地看来，便对主人的风骨略知一二。

武藏瞄了一下自己因打斗狂奔而扭曲的前襟，下意识地理了理凌乱的鬓角，也许，不必那么着急，特别是自己已经消耗了很多体力。也许穿戴整洁、精神饱满地去见石舟斋，对自己还是十分必要的。

反正明天肯定会有人来开门，到时候再见他也不迟。武藏倚着门前的柱子席地而坐，想到这里，终于心满意足地进入了梦乡。

三

“嘀答！”一滴清冷的露珠打在额头，武藏缓缓地睁开眼睛。

一觉醒来已是清晨，红彤彤的太阳早已爬上了山顶，点亮整个白昼。

经过整晚的休息，武藏感觉全身又重新恢复了元气，站起身来伸了个大大的懒腰，“啊——就在今天了！”昨夜好战的功利心在暖阳的照耀下又重新醒来，心情又重新澎湃起来。

肚子有点儿饿了。这时，武藏发现有一弯泉水从门前的高山上淙淙流下，掬起一捧清泉便一饮而尽，没想到竟是沁人心脾的甘甜。

万物之灵生于水，一缕清流洗色身。虽然武藏并不懂茶道，对石舟斋本人也并不了解，但他还是能够隐隐感觉到，石舟斋之所以把草堂建在这附近，大概也是惦念这一弯清泉吧。

武藏在泉边把双手清洗干净，然后用泉水梳理了一下乱发。不管怎么说，自己要见的毕竟是柳生城的一代宗师，也是当代屈指可数的武界泰斗，衣冠整洁地前去拜访是小辈应有的礼节。

“我来了！”收拾妥当，武藏站在草堂门前，又再次捋了捋衣襟。正要抬手敲门，门柱上挂着的对联引起了他的注意，两联几尽褪色的文字诉说着主人的心声：

莫怪吏事君，好闭山城门。
此山无长物，唯有清莺啼。

这话！这人！武藏久久驻足在门前，凝视着这两行诗句，澎湃的心情渐渐平静下来。

此山无长物，唯有清莺啼。

四

推诗及人，足以看出这柳生城昔日主人的人品修为。

我还是太年轻了啊！武藏喃喃默念，很能理解这诗句字里行间有着怎样的深意。石舟斋谢绝天下造访者，不仅是修行武士，就连功名利禄这样的欲望，也一并拒之门外。

自己真不配与他相提并论。意识到这点，武藏再也提不起勇气敲门了。他庆幸昨夜没有踢门而入，没有成为贻笑大方的可耻之徒。况且，自己根本不是他的对手。大门之内的不是剑道的一代宗师，甚至也不是一国藩主，隐居在这里的只是一位大智若愚又皈依田园的老人，在风花雪月的陪伴下书写高洁闲逸的余生。

这时，门内的坡道上传来一阵急促的脚步声。“啪嗒啪嗒”，惊得小鸟纷纷飞上树梢。

“啊？不会吧！”门缝里透出一股熟悉的清香，里面的人是位年轻女子。

“小通！”武藏脸色一变，直觉告诉他里面的人就是那吹笛的小通！

见还是不见？毕竟是个情窦初开的男子，感情的悸动却让他心烦意乱，居然比女人还优柔寡断了。武藏突然没了主意，一时间也说不清是喜是忧。

眼瞅着昔日里的佳人就要冲破这薄薄的门扉，不知发生了什么，脚步声突然戛然而止。小通左顾右盼地张望着，粉面含春——看她这个喜悦劲儿，那人一定深得美人心！

空气里弥漫着一股浓浓的醋意，武藏脸涨得通红，想要愤然离去却又按捺不住好奇心的唆使，悄悄地避在门下，原地不动。

“城太郎！你在哪里?”小通双手圈住嘴巴，对着山上大喊。

五

不知不觉间，一别已多年。

就在这阳光和煦的清晨，武藏没想到竟然会和她在这里重逢。今早的小通，看起来更加明艳动人，在阳光的滋养下，娇嫩的皮肤越发晶莹剔透，仿佛能掐出水来。美如朝霞，貌若天仙，更难得的是多了一分洗尽铅华的气质。

武藏被这大气成熟之美惊呆了。

眼前的小通，早已不是当年坐在七宝寺台阶上发呆到空虚的小通了。那时的她哪里有今天这种顾盼生姿的眸子？现在的小通举手投足间都是熠熠生辉的明媚，一颦一笑都透着万种风情啊！

也是，那时的小通还是个情窦初开的少女，还会为分不清是好是坏的爱情伤心落泪。直到遇见武藏——这个真正的男子汉，在她心中蛰伏已久的爱情的触角才突然变得疯狂而坚强，万水千山走遍，只为追随爱人的脚步。

情不知所起，一往而深。武藏年轻的心激动得怦怦直跳，他好想立即飞奔到久违的佳人面前直抒胸臆袒露思慕之情，以回应她的一片痴心。背弃了这么个倔强又痴情的伴侣，自己真是个罪恶深重的男人！他好想告诉她自己的脆弱与无奈，其实他当年刻在花田桥上的字都是骗人的。我喜欢你，不，小通，我爱你！

武藏的牙齿咬得生生作响，脑袋里的两个小人掐得厉害。一个小人说，快去吧！不要再让她失望！另一个小人却死死掐住说话小人的脖子越勒越紧。

似火的热情终归还是没能冲破理智的防线。听见门声响动，武藏本能地后退，“嗖”地躲进山上的树林子里，混沌的思路渐渐清晰——潜意识已经帮他做了选择。

“城太郎，叫你怎么不答应？你跑到那里做什么？”小通打开门，看见一团熟悉的小身影盯着地上的什么东西看得出神，嗔怪地问道。

“奇怪了，小通姐姐，这不是师父的帕子吗？怎么会在这里？”城太郎拎起一团脏兮兮的帕子来回晃动着。

“什么？他来了？！”小通对方才门外发生的一切毫不知情，听城太郎这么一说，眼睛里突然透出奇异的光芒。

突然，一个小鹿般敏捷的身影从林子里一闪而去。

“啊？”本能告诉她那就是武藏！小通丢下城太郎，自顾自地追了过去。

城太郎也紧接着跟在后面追过去，呼哧呼哧喘着粗气，“小通姐姐，你这是要去哪里呀？”

“快！你师父他在那里！我看见他了！”小通顾不上多解释，循着树林子里的背影一路狂奔。“武藏君！你等等我——城太郎你也帮我喊他呀！”

什么？师父居然跑了？城太郎才反应过来，简直又气又急。

昨天晚上，城太郎跌跌撞撞地跑来找小通帮忙，却意外地遇上了一个和善的老爷爷。于是他绘声绘色地把勇斗太郎的经过添油加醋地描述了一番，这老爷爷竟没怪他把狗给打死了，还哈哈大笑起来。更重要的是，这老爷爷还答应要帮自己一个忙——让师父见到石舟斋。你说说，这么好的机会还能让它跑了？从昨天开打的那刻起，师父就压根儿没管他的死活，他腾不出手来也无所谓了，咱大度！咱不计较！可是今天，明知我在这里，师父怎么还要跑？气死我了！混蛋！混蛋！

更气人的是，这混蛋师父居然还跑得那么快，压根儿不是妇孺能追上的速度啊！完了完了，眼瞅着就追不上了。这俩人跑得肚子里翻江倒海，连胃都快吐出来了。

他终归还是走了。像无数次做过的甜蜜而伤感的梦，来去都悄无声息，只留下梦醒后令人心碎的空虚……

“武藏——！”小通使尽全部的力气对着那个远去的背影大喊一声，回身却重重地倚在树干上，眼泪夺眶而出。

天空的流云依然不紧不慢地随风飘动，淙淙的溪水也仿佛对刚才发生的一切毫不知情，只是沿着既定的轨迹蜿蜒而去。城太郎又一次被武藏无情地抛弃了。有这么一瞬间，城太郎感到一种被强行断奶的痛苦，跺着脚大哭起来，“混账师父！你就是个大混蛋！居然又抛下我不管了……呜呜……你快给我回来……呜呜……”

小通单薄但倔强的双肩一耸一耸的，她强咬着嘴唇不让自己哭出声来。她的心情一如她脸上的神色，阴沉晦暗得仿佛一件被锈迹啃噬的前朝铁器，麻木沉默地应付着眼前流逝的时光。她突然觉得，也许自己并不了解武藏——这个自己心甘情愿为其倾尽一生的男人。她知他胸怀大志，可是自己之于他究竟意味着什么，她想不明白，也不敢去深想。花田桥下，他曾悄然离去，仅仅是因为自己会妨碍他的修行之路？抑或是——他的心里根本没有自己？他为什么避而不见？是讨厌我吗？

不！武藏不是这样心口不一的人，如果讨厌自己，他一定会直接说出来的。本位田又八的背叛，使她对男性有了更深刻的认识。正是因为坚信武藏是世上少有的真诚男子，即便若即若离，也愿死生相随。

“为什么连一面都不肯见我呢?”小通耸动的肩膀摇晃得胡桃树叶子也簌簌地落了下来，该是也被这一片痴心感动了吧?木犹如此，人何以堪?想到这里，小通竟有些怨恨起他来。爱之深，恨之切，明知不可能在一起，却躲不开宿命的纠缠。也许不管对也好错也罢，终归有一天一切都将尘埃落定。

唯有清莺啼。

火之卷

契 机

一

淀川水围绕着伏见、桃山城浩浩荡荡数十里，微妙地连通着河流上下游的城池。京都和大阪分列河流的上下游，军营里一有风吹草动，总能在第一时间沿河流传到对方的营地。伏见城，就处于这样的政治、经济要地。

考虑到伏见城地理位置的重要性，关原大战以来，德川家康一直对此地虎视眈眈。奈何旧派势力一时间无法彻底根除，新势力引起的骚乱使得各路人马乘虚而入。一时间浪人、妓女、商贩、乞丐鱼龙混杂，文化碰撞的结果使这一带的风俗差异也变得鲜明起来。穿衣打扮自然是不一样，就连河流上下游流行的曲子都不是一个风格呢！

"唉！这世道，就没个消停的时候！来来来，大伙儿说说，这该怎么办啊？"

"一天一个样儿，发愁也白搭。听说大阪那边又聚集了不少浪人，依我看啊，不是东风压倒西风，就是西风压倒东风，两派之间必有一战啊！兵荒马乱的，指不定什么时候又得开打！"

"天下大事都是高层决定的，像咱们这种草民有一天过一天，瞎操心也没用。"

随便走进一家茶馆，总能听见人们乐此不疲地谈论政治，声音中掩饰不住的恐慌。

虽然已经立了秋，但传说中的秋老虎可不是闹着玩的，这几天竟然比三伏天里还要燥热，就连河水都是滚烫滚烫的。往路边的石头上一坐，哎哟喂！屁股都能给烤熟了。

这石头虽然烫人，但还是有人能面不改色地对付它。瞧，那边修筑城墙的数以千计的搬石工，正两块两块地抱着石头往城墙上运送，一般人还真干不了这活儿。

二

“卖西瓜啦——”一个甜脆的声音传来，叫卖的是个年轻的卖瓜姑娘，红彤彤的小脸笑得比瓜还甜。每到中午，这个卖瓜的姑娘都会推着西瓜车来这里叫卖。

“给我来一个。”石头堆里伸出一只粗糙而黯淡的手。买瓜的是个形容枯槁的运石工，青灰的脸上没有一丝光泽。他恹恹地蹲在墙脚，无神地从衣兜里掏出一串钱币。若不仔细辨认一番，很难想象这人居然就是宫本村的公子哥儿——本位田又八！

又八两眼无神地盯着西瓜，行尸走肉般地没有一点儿希望和生命力，只有双肩在一上一下地抖动着，嘴里不知在嗫嚅些什么。

“……畜生！”若不是深深的怨恨，怎能在有气无力的时候还不忘诅咒？

他恨阿甲，若不是她一而再再而三地引诱，自己怎么会背井离乡众叛亲离？若不是被她耽误，自己早就是本位田家的正房当家的，这时候八成也娶了漂亮的小通当媳妇，村里谁不羡慕？那个坏女人，老子的大好青春算是葬送在她手里了，早晚得要让她睁大狗眼好好看看，老子不是窝囊废！走着瞧！

还有武藏，不知道自己当年抽的什么疯，竟然就着了他的道，本来想着一起出来立功成名的，现在他倒是小有名声了，自己竟落了个修城墙的命，真是造孽啊！想到小通，又八的心更是不平静了。小通……现在她该是生我的气了吧？嗯，我现在还年轻，再奋斗个五六年，等我功成名就衣锦还乡迎娶她，只要自己一道歉，她肯定会回心转意的！想到这里，又八暗淡的眼睛终于闪过一道亮光。

“喂，又八！你在干什么呢……哎呀，你看你脸色怎么这么差？该不会吃西瓜吃坏了肚子吧？”见又八半天没动静，一个同伴透过石头缝询问道。

又八勉强地笑了笑，“没事，就是有点想吐，可能是中暑了吧。”

“唉，你这身子骨不行啊！得，过会儿我去跟工头求求情，看看能不能给你找个轻快的活儿。”怜悯的眼光投向又八，那人一拍胸脯的样子倒是还挺像模像样的。

“那就多靠兄弟你了！”又八投去感激的目光。

三

托工友的福，午后又八便得了个轻快的差事——去照看一个被打得快要断气的修行武士。据说那人在工地上跟官兵起了冲突，几句话没讲完便大打出手。只可惜技不如人啊！又八随便扫了一眼过去，就知道这个武士活不了多久了：他的头发上沾满了血迹，血肉模糊腥了吧唧地黏在一起，从破裤管里露出来的脚踝透着白骨，不一会儿工夫身上就爬满了蚂蚁。

又八面无表情地看着他充满希冀又无能为力的眼神，一副事不关己的样子。经过了这几年蝼蚁般的日子，他也开始变得实际起来，一人吃饱全家不饿，其他人是死是活都是浮云了。

果然，这武士瞪着又八像是要托付什么事情似的，可惜连半个字都没力气说出来，一耷拉脑袋就咽了气。

唉，这活儿倒是轻松，没过几分钟就闲了。又八窃喜，正要转身离去，一不留神发现那武士腰上还系着个包袱。一个不可告人的念头从心中闪过，又八咽了咽口水，见四下没人，便鬼使神差地把东西揣到怀里像耗子似的溜了。

四

不知不觉已是黄昏，华灯初上，整个伏见城笼罩在一片暮霭中。

又八缩在石头堆中一个隐蔽的角落里，抬头看着天空，突然想到白天的修行武士，他的今天会不会就是自己的明天呢？这样一想，就像现在似的有一天算一天地过，倒也还算不错。

对了，那个包袱里不知道装着什么东西呢？好奇心驱使他小心翼翼地打开来看，首先映入眼帘的是个紫色的皮口袋，里边居然全是金光灿灿的金银。不是在做梦吧？又八真是不敢相信自己的眼睛，闭上眼睛使劲掐了自己一下，再次睁眼的时候东西还在。本来无精打采的脸上突然容光焕发了。

“喂，有没有看见又八那小子？”不远处传来嘈杂的脚步声。不好！直觉告诉他自己拿包袱的事已经败露了，毕竟当时守在那武士身边的只有自己一个人，别人怀疑自己无可厚非。又八顾不得多想，连忙收好包袱从石头缝里溜了。

“我这不是偷，我只是替他暂时保管一下而已。”又八简直就要被这突如其来的幸福冲昏了头，这么一想便一点儿负罪感都没有了。

真是天赐良机啊！要是只靠着搬石头挣钱，那得等到猴年马月才能攒到这些金银啊？明天老子终于不用再回去搬石头啦！一想到明天就能开始浮浪生涯，用不了多久就能像武藏一样——不！确切地说是比他更有成就，然后风风光光地衣锦还乡娶了村子里最漂亮的姑娘，前途一片光明啊！

齐肩高的茅草上沾满了黄昏的露水，只要躲进草丛就不容易被发现了，更重要的是——逃跑也方便。又八在密密匝匝的茅草堆里边走边寻思，明天该去哪儿呢？大阪、京都、名古屋、江户，这些地方作为浮浪生涯的第一站倒还都不错，可是真要选择起来就有些犯难了。算了，说不定明天又会有个什么契机——就像今天一样，干脆走到哪儿算哪儿吧。

这个目的地的大问题才刚刚解决，谁知不争气的肚子却又“咕咕”叫了起来。在茅草堆里跑了大半夜，高高的草尖刺得脸颊发痒。也可能是刚才跑得太急了吧，现在稍稍放松下来才感到脚后跟一阵阵疼痛，真是要了命了！

“真想找个地方舒舒服服地睡一觉啊！”

在这个欲望的驱使下，又八漫无目的地走着，头脑一片空白。可命运就是这么神奇，在草丛尽头居然还真有那么一栋房屋。走近一看，才发现这屋子的大门和墙壁被暴风雨吹歪了，长年没人整修的样子。不过从它华丽的样式和昂贵的石材看来，这房屋原来的主人应该非富即贵。又八推门而入，旧时的气息并没有被长年的灰尘所掩盖，手指从桌椅摆设轻轻划过，黯淡的灰白渐次生出鲜活的色彩。此情此景不禁让人满怀遐想，记得《玉叶集》里有首叫《西行》的诗歌曾这样写道：

与君有缘来相识，闻君住在伏见城。
披荆斩棘穿门过，露染衣襟寒虫鸣。

念及于此，一丝寒意不经意间袭来：有人?！虽然这屋子看上去像是很久没人居住的样子，但是黑暗尽头竟有一团微弱的火光随风跳动。又八屏住呼吸，一缕箫声飘然而至。这箫声如泣如诉，似是诉说着无尽的孤寂和哀愁。吹箫者一定是个有故事的人。被这忘我的箫声所吸引，又八情不自禁循声探去。

五

吹箫的是个苦行僧，恰巧路过这里，便在厢房的炉子里生了把火坐下来。红彤彤的火焰在炉膛里恣意跳动，逆光看去，火光投出一个孤寂的背影，在秋风中摇曳。

一曲终了。

良久，这苦行僧方才如梦初醒，喃喃自语道："唉！人都说四十不惑，我都四十有七了才知自己走错了路，真是可悲可叹啊！现在害得唯一的儿子在异乡流浪，若是哪天一命归西，怎么有脸见孩子他娘啊？果然人到四十是个坎，到了这个岁数是绝对不能再犯错了，特别是为了女人。"

这苦行僧双手持箫，盘腿而坐，"想当年我还是二三十岁的毛头小伙子，就因为好色吃过亏。不过那时还算年轻，也没太当回事。可恨的是我都四十的人了居然还不懂事，终于在女人身上栽了跟头。小通啊，你就是上天派来惩罚我的吧？因为你的事，我被赶出官府成了废人，连儿子都养不活！年轻真好，就算做了错事一切还能重头来过，像我这种半老头子，失败了就永无东山再起之日了。唉……"

又八悄然无息地走近了，在角落里沉默着。近看之下，才发现这僧人形容极度憔悴，本就消瘦的脸颊深陷进腮里，一头乱发披散开来，在光影交叠下，宛若夜半鬼魅，让人汗毛倒竖。

“这……怎么会变成这个样子呢?”又八鼓起勇气上前搭讪。

“唉!”这苦行僧依然沉浸在自己的世界里，兀自感叹道：“现在我都四十多了，可惜后悔也晚了。我曾自以为是地认为自己人情练达，自恃小有成就就沉溺于女色，要不然也不会沦落到今天的田地。果然身居高位更应该谨言慎行啊，这就是命运之神对我的惩罚啊，想来真是惭愧……”

苦行僧低垂着头，像是在向谁忏悔，喃喃自语道：“这样也好，在这无尽的忏悔中若能皈依自然的怀抱，也算是我的荣幸吧。”

说到动情之处，两行清泪顺着蜡黄的脸颊滑过，“只是我的儿子，要是知道我是因为女人被官府除名赶出藩城，该会嫌弃有我这么个不争气的老爹吧？都怪我……要是没有小通那事，城太郎现在就是姬路城千石户家的贵公子，都怪我这个没出息的爹，害得他四处流落。现如今我妻离子散，都是自作自受啊!”

说完他痛苦地双手掩面，良久无声。

“算了！不想这些烦心的事了。”他像突然想开了似的，站起身来，“还是出去走走，让这万千愁绪吹散在风中吧!”

说完那苦行僧走出门去，陪伴他的只有那一支孤箫。

六

真是个奇怪的和尚。

又八跟出门外，观察了好久，只得出这一个结论。虽然这苦行僧看上去年纪不算很大，却步履蹒跚老态龙钟的。自己到这屋子来了这么长时间他都没留意到，净说些颠倒错乱的胡话，不会是脑子有毛病吧？

“咦？天快亮了吗？”正开着小差，又八无意间回头一看，顿时大惊失色。这个家伙只顾着自己舒服了，出门也不记得把炉火给熄了。这下好了，火苗从炉膛里冒出来，夜风也跟着瞎胡闹，连带着把火炉旁边那破烂床单烧得个噼啪作响，眼看就要蹿向地板了。

“危险！”说时迟那时快，又八随手抬起一个装满水的盆子，总算把火浇灭了。他这才重重地坐在地上，长长地呼了口气出来。

幸好这只是荒野里的废弃宅院，若是飞鸟时代①或是镰仓时代的文物古迹，那烧坏了可就麻烦了。这种浮浪人真是没教养，就是因为他们，奈良和高野才常常遭殃。他坐在苦行僧原先的位子上，愤愤地想。但是，这好像也不全是浮浪人的错？毕竟又八自己现在也成了浮浪人了。想起刚才苦行僧诉说的那凄苦人生，又八不禁又心生怜悯。

自关原大战以来，社会上的浮浪人空前增多，他们举目无亲一无所有，只能苟且活着。既然有人因为战争升官发财，那就必定有人因为战争流离失所，成为新时代难言的负担。这些浮浪人虽然烧掉了不少国宝级的宝塔，却也比不上战争对自然及古迹的破坏力大。真是一环扣一环的自然法则啊。

---

① 飞鸟时代（あすかじだい），约始于公元600年，止于迁都平城京的710年，上承古坟时代，下启奈良时代。此期以政治中心为奈良县的飞鸟地方（即当时的藤原京）而得名，较为重大的事件有圣德太子改革、大化改新等。

咦，这是什么？本来饿得眼睛都发绿了，突然看见这屋子的隔断架上竟然有个酒瓶，一股子饭香从酒瓶旁边的那口黑锅中传来，又八顾不得这是谁烧的酒菜了，抄下来就狼吞虎咽地下了肚。

“呃——”一个饱嗝打出来，果然酒足饭饱之后就舒服多咯。他仰面朝天躺在地上，头枕着胳膊好不自在，这才有工夫想起自己随身的包袱，之前又饿又冷光顾着逃命了，里边的东西还没看完呢。

再次打开包袱，里边没有更多的金银，但有一卷花梨木做的裱装精良的卷轴吸引了他的注意，上面写着：

证书

一、中条派刀术

二、表、里共七技，已授受结业。

越前宇坂庄净教寺村

富田入道寺源派

钟卷自斋

付

佐佐木小次郎

又八看了马上就反应过来了：“哈哈！原来这是个授受武艺的出师证啊，他就是佐佐木小次郎啊？不错啊，能够师从中条流的大师，看不出来这家伙还挺能耐的。看样子他才拿到证书没多久，要不然怎么也不会死得那么不甘心，腿都折了还死瞪着我，肯定是想拜托这事吧？得，那我行行好，有机会把这证书送回他家去吧。至于这些金银嘛，算是我的辛苦费啦！”这么一想，又八几乎要为自己的高尚节操感动了，美美地进入了梦乡。

幻 术

一

“这就是我本位田又八扬名立万的地方了！”在大阪城晃荡了两个月，又八自觉眼界都放宽了，兴奋地感叹道。

俗话说“人靠衣服马靠鞍”，即将成名的本位田又八自然不能让自己在这些小事上落后于人，再说那包袱里的钱财本来就是助自己成大事的，花起来也算是没浪费。这不，他给自己置办了好几身漂亮衣服，还买了两把上好的长短刀，最后在街上最繁华的旅店订了上等房住下来，摇身一变俨然成了大户人家的公子哥儿。

这些日子又八成天泡在花街柳巷里胡吹海喝的，美其名曰方便结识人脉，除了几个酒肉朋友舞厅姐，像样的人脉连个影子都没见着。马上就要到腊月了，天气也渐渐转凉，不知不觉中金银却已经没了一大半。“唉，看来不找份工作是不行了。”没人的时候，又八看着所剩无几的金银悄悄地想。

“掌柜的，给我来壶酒，要温的！”找了好几天工作也没找到个着落，还是喝酒来得舒服。又八在这居酒屋喝了半晚上了，还是舍不得这微醺的快感。

一壶温酒映入眼帘，送酒而来的却不是店里的伙计，而是同在这店里喝酒的素不相识的酒客。

“独乐乐不如众乐乐。实不相瞒，大老远的就能闻到兄弟你身上散发着一股浓郁的酒香。同为爱酒之人，不如咱们来喝一壶？先干为敬！”那人倒是爽快，提着酒壶“咕咚咕咚”就下了肚。那人看样子还挺能喝，又八才喝了一壶的工夫对方就已经五壶下肚，头脑似乎还清醒得很呢。

“你酒量不错啊？”又八迷迷瞪瞪地翻着白眼问道。

“还行吧，平时喝个一升酒就跟喝白水似的没感觉，具体能喝多少我自己也没数，反正没大醉过就是了。”看不出来这人装模作样的，听上去跟假谦虚似的。

这俩人真是不喝不相识，这一喝爽了就开始胡吹海聊，不知什么时候就扯开了政治。

“我说家康算什么，人家秀赖公才是个人物呢！大御所[①]的人就是些混饭吃的傻瓜，那老家伙要是没了本多正纯和老一辈的重臣撑腰，早不知死几回了，他也就会偷奸耍滑玩弄政治罢了。本来石田三会比他更牛的，只可惜这人管理能力差点，不善于操纵诸侯，而且嘴巴比较贱，喜欢吹毛求疵，再加上身份不算高，所以命运不济！”一聊起政治，那伙计变得慷慨激昂起来。

又八听着有趣，原以为他会继续八卦下去，谁知道对方话锋一转：“我说老兄，要是哪天关东和关西真要对着干了，你准备站在哪边啊？”

“废话，当然是大阪了。”又八不假思索地说。怎么说也是自己命中扬名立万的地方，不支持大阪支持哪？

“哟！”那人眼睛一亮，举杯站起身来，“英雄所见略同啊，来来来，这杯咱得干了！”说完一饮而尽，继续说道，“不好意思，刚才忘了做自我介绍了。我是浦生浪人，名叫赤壁八十马。你听说过塙田右卫门吗？他是我死党，我们可是约好有

① 大御所，指德川家康。

福同享有难同当的，就算成名也是两人一起出人头地。对了，你就算不认识墒田右卫门，还有个薄田隼人兼相也总该听说了，他可是大阪城里响当当的大将军，我们当年还一起周游列国呢。我和大野修理亮也打过几次照面，他的来头倒是比兼相还大，可惜人太阴险冷血，不像是能靠得住的人。”

那人唠唠叨叨地说了不少，看着又八一言不发一副心怀鬼胎的样子，似乎自己一开始说得太多了，便问又八：“刚才说了这么多，不知兄弟你是什么来头啊？”

虽然知道对方刚才一番话吹牛的成分比较多，但又八还是自觉矮人一截，总不能说自己是从庄户里出来的土包子，被女人养了几年后被抛弃了才又去搬石头混饭吃的吧？让人知道还怎么有脸在大阪城里混？

受虚荣心作祟，又八灵机一动准备向那人吹嘘一番，省得他一副不知天高地厚，想想他趾高气扬的架势就让人不爽。

“越前宇坂之庄净教寺村的富田流的开山祖师富田入道势源先生……”

“哦哦，他的名字我听说过。”不等又八说完，八十马就流露出满心敬仰的样子。

“传说中的大隐居士钟卷自斋就继承了那个正统，自创中条流，是个淡泊名利的隐士，你跟他熟不熟呢？”又八一边说着，一边斜了他一眼。

“这个……好像不太熟。”

“他就是我的恩师。”又八清了清嗓子，悠悠地抛了这么句话。

“那么阁下一定精于剑术了？”那小子估计惊得不轻，连说话都毕恭毕敬起来。想到这里，又八不禁感到暗爽。

“还行吧，平时挥剑劈他三五拨人就跟喝白水似的没感觉，具体能有多精通我自己也没数，反正没大输过就是了。”以牙还牙的感觉不是一般的好啊，又八这瞎话是越编越顺口了。他陶醉在自己编织的谎言中，说谎成了他的下酒菜。

“说真的，从第一眼见到阁下，我就觉得阁下肯定不是一般人，要不然也不会冒然前来结识……既然出自钟自斋先生门下，敢问阁下尊姓大名呢？”

“江湖人称佐佐木小次郎，伊藤弥五郎一刀斋和我是师兄弟。”

“啊！”八十马一声惊呼，嘴巴张得跟碗口那么大。回过神来竟然“扑通”一声双膝跪地磕起了响头，“小的有眼不识泰山，刚才实在失礼，让先生见笑了！”

这戏剧性的转变让又八也诚惶诚恐，虽然自己也吓得不轻，但事到如今显然没有解释的余地了。

二

“我真是有眼无珠啊，居然当着先生的面大放厥词。唉，真是瞎了我的狗眼了！”见八十马不停地磕头，又八终于松了一口气。要是对方认识或者见过小次郎的话，估计自己现在早就得夹着尾巴滚蛋了——搞不好还得被对方收拾得头破血流呢。阿弥陀佛，真是不幸中的万幸啊！

“哎呀，这可使不得，你还是站起来说话吧。”又八弯腰请他起身，尽显大师的高风亮节。

“我刚才大言不惭，一定让先生很不痛快吧？”虽然已经起身，八十马还是有些战战兢兢。

“哪里哪里，我一介草民，初出茅庐也没这么多讲究。”难怪人们削尖了脑袋都想往上层社会挤，原来居高临下的托词也显得这么高尚。

“什么？身在江湖，谁不知佐佐木小次郎功夫了得？您这么厉害怎么没求得一官半职呢？实在太可惜了！”略作思考又八听出来话中有话，立刻瞪大了眼睛。

“我一直专注于修习剑术，也没顾得上寻找伯乐。”被戳到了痛处，又八讪讪地说。

“哦，原来是给耽误了啊——这么说来，您也是胸怀大志啊。”

“良禽择木而栖，就算想干一番大事，也得找到合适的主人效劳。”本位田又八能说出这么有水平的话，真是太阳从西边出来了。

“这事好办，只要您有真本事还有什么好担心的？不过话说回来，有本事是一回事，能不能适时表露出来又是另外一回事了。就像刚才，要不是听了您的大名，大多数人还不都像我一样有眼无珠？”

见又八默不作声，八十马又添油加醋地拍马屁，“要是您不嫌弃，不如让我来帮你引荐引荐如何？老实说，我现在正准备投靠我的朋友薄田兼相。就大阪现在的形势来看用人缺口还挺大的，多少人都在不停地招兵买马啊，要是我向薄田推荐您，他一定会如获至宝的！您放心，这事就包在我身上了！”

见八十马超乎寻常的热心，而自己又确实很需要找到一份工作糊口，这么两全其美的好事谁能不动心？可是又八还是有一点担心，毕竟纸包不住火，自己只是个冒牌货。要是自己一开始实话实说就不会有这些麻烦了。等等！要是那八十马知道自己不过是个在伏见城修城墙的，怎么可能会这么殷勤地给自己介绍工作？指不定怎么嗤之以鼻呢！还是佐佐木小次郎的名字好使。再说了，反正那真的佐佐木小次郎早就死在城墙下的乱石堆里了。现在唯一能证明身份的出师证明也在自己手里，谁爱查谁查去吧，死无对证。

又八脑子里闪过这么个大胆而侥幸的想法，下定决心从今往后扮演佐佐木小次郎的角色，仿佛光明就在眼前啊！

“掌柜的，结账！”

又八正要起身，一边的赤壁八十马连忙跟着站了起来，“刚才说的，不知先生意下如何啊？”

“那有劳你帮忙了。街头小店的说话不方便，咱们还是另外找个地方详谈吧。”

“啊，这话说的极是！”八十马一副心满意足的样子，瞅着又八替自己结了酒钱，似乎这都是理所当然的。

三

他们来到充满脂粉香气的后街，整个气氛都怪怪的。又八本想去个上好的酒家，谁知八十马竟把他带到了这里来。

“听我的准没错。那些所谓的高档酒家都是忽悠人的，除了东西贵没什么好的。还是这后街有意思，你等着看看就知道了。”一到这里，这八十马像个油耗子似的轻车熟路起来，看来是常客。

“这里叫比丘尼后街，住满了妓女。到了晚上那更是热闹，听说一夜要耗掉一百石灯油呢！”赤壁八十马边走边介绍，跟介绍自己家似的。

后街有一条黑黢黢的河，在红灯笼下仔细一看，里面爬满了搁浅的螃蟹和海虫，看起来像让令人作呕的毒虫子。再看看那些所谓的妓女——说是妓女却净是些半老徐娘，笑起来满脸的褶子，那白粉涂得哟，一眨巴眼恨不得能落一地的白灰。又八本来觉得这人和自己还算是兴趣相投，一看这群四十多岁的又老又丑的烟花女子就倒了胃口，心里拔凉拔凉的！

“难道就没个长得差不多点儿的吗？”又八叹了口气。

“应该有吧？和她们比起来，一般的陪酒女郎啊歌姬啊的差了可不止十万八千里。说她们是妓女确实听上去不太好听，但是在这寒冷的冬夜，有不知姓名的她们暖在枕边哝哝讲述着凄苦的人生，也会有别样的滋味在心头啊。谅谁也不是生来就是妓女的，是吧？”

八十马带着又八熟练地穿梭在车水马龙的街道上，边向招呼他的妓女们点头致意边对又八说：“别看这些妓女现在不像样子，当年她们很多人都服侍过室町将军呢，有些人还自称是武田大臣的女儿或者是松永久秀的亲戚，家道没落之后才沦落到这花街柳巷，也挺不容易的。”

他们来到一家小酒馆，又八完全信赖八十马的眼光。果然没错，这家伙一看就是在这里浸淫已久了，喝酒和对待女人的方式都很老练，这后街也的确挺有意思。

毫无悬念，酒足饭饱后他们在这里过了夜，到了第二天中午八十马还意犹未尽地不想走。想想自己在蓬之寮被阿甲包养的那几年，再看看这个烂醉如泥扶不上墙的家伙，自己不知比他强多少哩！多年的怨愤一扫而光，又八心情大好。

“喂，喂！别再喝了！”又八从八十马手里夺过酒壶说：“该走了！”

“急什么啊？等晚上出门正好。”八十马懒洋洋地说，“天一黑我就带您去见薄田兼相，现在去的话天还早呢。对了，您先跟我说说，大概是想要讨个什么样的差事，我心里好有个数。”

“刚开始的话不用太高。”又八想了想，咽了口唾沫说。

“这怎么行？您这是准备把自己贱卖了？再怎么着您也是中条流的得意门生佐佐木小次郎啊，有这么大的本事却告诉对方只要有个一官半职就成，酬劳好商量，这不是明摆着让人家低看你吗？你就说想要赏银五百石——这点自信你还是必须有的。只要你敢开口要，他给的待遇自然低不了，你可别自贬身价啊！”

四

这一带的天很快就暗下来了。在夕阳的余晖下，大阪城巨大的影子从天边投到山谷间的城墙上，显得这城门更加荫翳了。

“瞧，这就是薄田大人的府邸了。”

虽然白天喝了不少酒，但这城门外空地上的寒风格外凛冽，冻得两人鼻水直往外流，牙齿“咯吱咯吱”地直打战。

“哦，真是气派呀！”

“我这薄田朋友也是三十岁才发家的，那之前也只不过是个默默无闻的毛头武士。”

赤壁八十马的话像一阵风似的从又八耳边划过。倒不是又八怀疑他话中有水分，正是因为太信任了，所以觉得没必要太执着于这些无关痛痒的话。看着这巨大的城门上挂着无数大将小将的名牌，他用无比羡慕甚至嫉妒的口气说：“这些我早晚也会有的。”

一旁的八十马看他一副志在必得的样子，催促道：“就是，这些早晚都会有的。我这就去拜会薄田大人，只是之前跟你提到的赏金……”

“对了，你不说我差点儿都忘了。”又八连忙从怀中拿出钱袋打开来——不看不知道一看吓一跳，不知不觉这钱花得只剩下三分之一了。于是他咬了咬牙，掂了掂剩下的银钱说道：“我就还剩下这些钱了，你拿去当引荐费还能够吗?”

“没关系，这些钱够了。”

“第一印象很重要，你不拿个东西包装好它行吗?”这种改变人生的关键时刻，又八可是一点都不敢马虎。

“没关系，咱不是华而不实的人。再说了，现在这年头，求人办事塞个红包是常有的事，你不是第一个，薄田也是不是头一遭。就算让人看见了也没啥大不了的。”八十马拿了钱就往城门的方向走去。

不知为什么，又八有些感到不放心，追上去问：“你很快就能出来吧？我就在门外等信儿成吗?”

八十马抬头看了看天，一脸关切地说：“你在这里等倒是也行，只不过这天儿怪冷的，被这寒风吹一晚上恐怕会染风寒的。依我看你还是回去等信吧，我明天给你消息。”

“明天啊……”又八有些等不及，但一阵冷风吹过，还是忍不住紧了紧裹在身上的衣服，“明天也行吧，我该去哪里等你呢?”

“就到咱们第一次见面喝酒的那家小酒馆吧，你到那里等总没错。”说完，八十马便大摇大摆地朝城门方向走去。

看样子他应该是薄田兼相成名之前的患难之交了。又八目送着八十马那轻车熟路的背影，终于放下心来。

又八虽然吃了颗定心丸，但当晚还是辗转反侧没睡安稳，好不容易挨到天亮，在约好的时刻，他踩着初融的雪地来到那天喝酒的小酒馆。

腊月疾风刺骨寒，今天也不例外。冬日暖阳下，望着街上熙熙攘攘的人群，又八心里仅存的暖意却随着时间的流逝一点一点地消失殆尽。

一整天了，赤壁八十马却始终没有出现。

五

又八在这小酒馆一连等了好几天，连八十马的影子都没见着。

“该不是被什么事耽搁了吧?”又是一无所获的一天。又八趴在酒桌上，也只能自我安慰了。

这小酒馆的掌柜被他连日来的怪异举动所吸引了，一直在暗地里观察他。这次终于憋不住了，便问道：“客官像是在等人?”

又八红着脸，一五一十地把事情的来龙去脉都跟掌柜的说了，说自己在等那个浦生浪人，他俩是朋友。

“咦？跟那个人吗?”掌柜的没想到又八等的居然是他，惊讶地看着他。

“对啊，我给了他一些钱，他说是要向薄田大人引荐我去做官的，我们约好在这里见面的。”

“唉！年轻人啊，我真不知该说你什么好了。”老掌柜看着又八跟吃了迷魂药似的，既同情又是怜悯。

“啊？怎么回事?”又八隐隐感觉出了哪里不对劲，但还是有些不死心，痴痴地盯着老掌柜问道。

“你说的那个八十马，在这一带可算是臭名昭著的老骗子了。你不知道，在这广场上有很多像他这样专门吸人血的苍蝇，但凡看到老实人就会钻过来‘钓鱼’。那天我本想提醒你小心点的，但又怕他会来挑事报复，所以没吭声。我还想着你瞧他那副德行总该有点防备吧？没想到还是被他骗了……现在，我也不知道说什么好了。”

听老板的一番话，又是同情他倒霉被骗又是怜悯他无知的，但又八自己却不觉得羞耻。只是做了赔本的买卖，突然之间希望落空有点不适应。又八茫然地看着车水马龙的广场，血脉贲张。

“对了，”老掌柜像是突然想起了什么，凑上前悄声说：“那帮败类倒是经常出入街上的赌馆赌钱，你到街头的幻术摊上打听一下，也可能能找到骗你钱的家伙把钱要回来。”

“你说的幻术摊是哪个？”又八一听能要回钱来，顿时来了精神，立马起身顺着老掌柜手指的方向头也不回地走了。

六

这幻术摊子可真不小，里面人声鼎沸，还没走到近前就听到魔术师夸张的叫喊声和观众拍手叫好的声音夹杂在奇怪的伴奏音乐中喷涌而出。

又八走了进去，观察了一周，见在角落里有个不起眼的小门，于是迫不及待地飞奔过去。

“欢迎光临赌场，祝您今晚满载而归。”不知什么时候冒出来个看门的人，满脸堆笑地说。

掀开帘子，果然别有洞天。里面大概有二十来个浮浪人，已经吆三喝四地开赌了。见又八闯了进来，一个人翻了翻白眼理都不理，似乎什么都没他手中的牌重要。另外一个嘴里嘟囔着挪了挪屁股给他让了块地儿，继续沉浸在牌海中。

“请问，你们谁看见赤壁八十马了？”又八鼓足勇气询问道。

“你说八十马吗？说起来也有一阵子没见着他了，以前他倒是常来。”半晌，终于有了个爱搭不理的回音。

“他今天来过这里吗？”又八还是不死心，一个劲儿地寻根究底。

“他爱来不来，老子怎么知道？喂，你到底是不是来玩儿的？哪来的那么多废话！”有人开始不耐烦了。

“实不相瞒，我不是来赌钱的，我来找八十马有要事。”马上就要惹祸上身了，又八却全然不知情。

“什么？不赌钱来这里瞎胡闹个啥？信不信老子打断你的狗腿？”一个人抄起板凳就要砸过来了。

又八这才看清局面，连忙从人堆里钻出去溜走了。不曾想身后却追上来一只苍蝇，嘴里骂骂咧咧地说：“你小子守不守规矩？还没交钱就想溜？！就算没玩儿也得交场地费！”

“我又没钱……”又八低着头嗫嚅道。

“没钱？没钱还敢来赌场？”那苍蝇把玩着自己的胡须，似笑非笑地说，“你该不是想混进来偷钱吧？来人啊，抓住这个小偷！”

“什么？”又八两眼喷火，抽出刀来想要吓唬吓唬他。

“哎哟喂！你小子吓唬谁啊？这儿可是大阪城，老子的地盘，你竟敢在太岁头上动土，有种你动手试试！”

“等……等我砍下去你可别后悔！”见那人压根就不吃这套，又八舌头都捋不直了，“你也不问问我是谁！”

“爱谁谁，老子不在乎！”那人两手抱着胳膊，趾高气扬地说。

“越前宇坂之庄净教寺村的流祖，富田五郎左卫门死后留下的门人佐佐木小次郎就是我！”听到佐佐木小次郎的名号，这家伙得放规矩点儿了吧？又八心想。

谁知那人竟“扑哧”一笑，转头向摊子里面的那群苍蝇喊道：“大家快出来看看哟！这人居然自报名号了，显然没把兄弟们放在眼里嘛！大家一起上，看看这佐佐木小次郎到底有多大能耐！”

话声未落，只听那人发出一声惨叫。原来又八趁他不备对准他屁股蛋就是一刀。不等众人反应过来，又八就扎进人堆开溜了。

“妈的！你个小兔崽子王八蛋！”那堆浪人见有人见了血，气急败坏地一拥而上，呼哧呼哧地穷追不舍。

七

“来看老虎，老虎喽！千里迢迢从朝鲜运来的大老虎！加藤清正亲手捕获的老虎！”前面有个老虎摊子，只见幕布上画着一只活灵活现的大老虎，练摊的人大声吆喝着招揽客人。

又八随便往门口的盒子里扔了点钱，慌慌张张地躲了进去，悬着的一颗心这才稍稍放松下来。

既然花钱进来了就好好欣赏欣赏吧，不能花冤枉钱。又八心里想着，却压根没看见什么大老虎，只有一张老虎皮贴在墙上，像是在嘲弄着前来观赏的人群。

“哇哦！这就是大老虎呀?”

“长得可真大啊!”

真是奇了怪了，就这老虎皮，还真有缺心眼儿的指着虎皮啧啧称赞。

可算是见了景了，又八不屑地想，可又不打算摆脱这群二货走出门去——他在尽力地拖延时间，于是一直在老虎皮前徘徊。

这时，一对远道而来的老婆婆和老武士站在他的面前。

“我说他权叔啊，这老虎不是已经死了吗?”在虎皮前晃荡了几分钟，阿杉婆忍不住撇了撇嘴。

“这本来就是张死老虎皮嘛。”权六上前摸了摸虎皮上的毛，肯定地说道。

“可是门口那收钱的明明说是活的老虎嘛！这不是忽悠人嘛?”阿杉婆有些不高兴了。

“这个……”权六尴尬地笑着说，“可能这也是幻术的一种吧。”

“幻术?”本来俩人都走出摊子了，一听权六说什么狗屁幻术，一股怒气上了头，阿杉婆那干涸的嘴唇一开一合地喷开了火，“早说是幻术，谁还花这冤枉钱? 直接在门口看画就行了呗！明显就是宰客的黑店！不行，得回去把钱给要回来，不能上当!”

“喂，我的老嫂嫂哟，可别回去了，让人看见了笑话。”权六无可奈何地拉着她不让走。

“什么? 你嫌丢脸? 你不去我去！反正不能就这么算了。”果然老年人的倔强不是一般人能招架的了的。

这时，一个熟悉的黑影从眼前晃了过去，权六不禁叫了出来：“唉，这不是又八吗?”

“你说什么? 你看到了谁?!”阿杉婆瞪大眼睛，流露出久违的温情。

“他跑了，快追!”权六顾不得多解释，拉着阿杉婆就跌跌撞撞地追了上去。

暮色低垂，华灯初上，正是玩乐的好光景，街上的人也渐渐多了起来。又八钻进人堆像泥鳅似的钻来钻去，后边的俩老人在没命地追赶。

“你这个混账东西，快点儿给我停下来!”阿杉婆发了疯似的猛追一通，心里暗下决心：上次没能看住他被人拐跑了，这次绝对不能让他再从自己身边离开!

眼看着双方的距离越拉越远，阿杉婆灵机一动，抻着满是皱纹的脖子扯开喉咙喊道：“抓小偷！快来抓小偷!”

一听有小偷，来来往往的路人顿时来了精神。不多会儿工夫，又八便像过街老鼠似的被人拿着棍子、竹竿团团围住，压倒在地上动弹不得。

“抓住了!”

“这臭小子，怎么处置他好?”

“这还用问，这种败类杀了得了!”

阿杉婆大老远就看见这些路见不平者对又八又是拳打又是脚踢的，有人居然还往他身上吐唾沫，心里真是又气又急。她跌跌撞撞地跑到近前，拨开人群大声呵斥道：“你们这些没规没矩的，谁让你们动手打他的?”

“老婆婆，你不知道情况，这可是个小偷啊!”有个看热闹的人解释说。

“胡说！他是我儿子，谁敢说他是小偷?!”

“你说什么？他是你儿子?”人群中有人吃惊地说道，“您不是开玩笑吧？刚才喊着要捉小偷的不正是您老人家吗?”

“我喊的又怎么了?”阿杉婆鼓着腮帮子呵斥说，“喊归喊，我又没让你们踢他！是哪个天杀的朝他吐唾沫的，啊？谁敢再当着我的面做一次试试！我老太婆饶不了他！我原以为如果我喊捉小偷的话我儿子会停下来，这是我做老母亲的一片苦心，你们不懂还瞎掺和，简直是太过分了!”

兄弟反目

一

这里可是闹市区，人山人海灯火通明。

“你给我过来!”阿杉婆拎着又八的领子一路把他从马路上提进偏僻的小道，手背上布满了青筋。本来有想看热闹的好事者，见着老太婆大发脾气不好惹，纷纷识趣地散了去。

“我说嫂子，好不容易才见了面你就别动气了，毕竟又八大了，得给他留点面子不是?”见阿杉婆铆足了劲，权六只好试着打圆场。

“谁让你插话了?”阿杉婆气的唾沫星子飞得老远，“我生的儿子我自己来教育，用不着外人多管闲事!”

久别重逢，想不到是在这样的场合才能见到失散多年的儿子，阿杉婆真是百感交集，说不清是惊喜还是愤怒。她一会儿哭一会儿笑的，得是夹杂了多复杂的感情才能变得这样啊。

“你且说说，你这死孩子是自己从石头缝里蹦出来的吗?这么多年没见面你就不想为娘吗？见了我不吱声也就罢了，居然拔腿就跑，我上辈子究竟是作了什么孽啊！居然就生了你这么个冤家!”人一旦上了年纪就变成老小孩了，想法单纯又不计后果。阿杉婆一边哭诉着，一边扒开他的屁股像又八小时候似的就“啪啪”地打上了，“我们还以为你早死了呢，想不到在这大阪城里逮着了你！你这没心没肺的混账东西，活得好好的干嘛不回老家？你对得起列祖列宗吗？现在全家为了找你忙得鸡飞狗跳的，我看你怎么有脸跟大家交代！”

“妈，您快别说了，我知道错了，都是我不好。”又八被阿杉婆骂得抬不起头来，像个孩子似的趴在老母亲怀里诉起了苦，“我知道都是我不好，今天见了您也不是有意想跑，只是突然之间不知道该怎么面对您老人家。”说着双手掩面痛哭起来。

二

看着又八这种表情，阿杉婆鼻子一酸，也抽抽嗒嗒地哭了起来，但嘴上还是不饶人，“你还真是不容易，居然还知道自己脸上没光。本位田家的男人可不能只是嘴上说说这么简单，得拿出行动来！你知错了是吧？那行，给你个机会！你且说说关原大战结束后的这些年你都做了些什么，要是有一样说谎了，本位田家就再没你这孽种！”

自己的亲娘自己知道，阿杉婆说一不二，发起脾气来非同小可。现在居然连祖宗十八代都搬出来了，看来不说实话是没好果子啃了。

又八识趣地从母亲怀里爬起身来，正襟危坐，把从战场败战而归，再到被年长女人勾引被包养同居这种种凄惨经历全部一五一十地倒了出来。说完了，像是排出了多年的毒素，人也轻松了很多。

“嗯……”权叔父点了点头，不知说什么是好。

“我的傻儿子呀！”阿杉婆不断地絮叨着，“那你现在做什么呢？看你这穿着打扮，是不是当官了？多少也有些收入吧？”

“嗯。”又八拼命地点头，突然想起什么，怕露了馅儿似的又摇头解释道，“啊不，我现在暂时还没做官。”

“没做官就没俸禄，那你喝西北风啊？”阿杉婆一脸疑惑。

“我教人剑术，就靠这个过活。”又八眼珠一转，回答。

“哦，原来如此。”阿杉婆这才绽开了久违的笑脸，“在这样艰难的环境下居然还不忘钻研剑术，不愧是我们本位田家的儿子……他权叔，你瞧见了吧？不愧是我的儿子！”

见阿杉婆消了气，权叔父才敢多说几句：“我就说嘛，毕竟身上流着本位田家的血，就算是一时着了坏人的道，列祖列宗的风骨还是没有丢！”

“可不是嘛！”阿杉婆满意地点了点头，回头问又八：“对了，你这剑术是跟谁学的？”

“钟卷自斋是我师父。”见阿杉婆像被灌了迷魂汤似的美滋滋的，又八想更尽一步取悦她，便从怀里掏出那出师证书，打开时用手遮住最后一行，说：“您看，这就是我的出师证书。”

幽暗的灯光下，阿杉婆盯着卷轴，额头那横七竖八的皱纹都笑成了一朵菊花，“他权叔，这下你看到了吧？还是我们又八有出息！打从小我就觉得他比武藏聪明，我老太婆的眼光没错吧？”

显摆得差不多了，又八便赶忙收起卷轴，不想一不小心松了手，卷轴全部展开了，“佐佐木小次郎”的署名赫然在目。

“等等！”阿杉婆眼疾手快，一把夺过卷轴，“这不是你的出师证明吗？上面怎么写着佐佐木小次郎的名字？”

“这……这是我的假名。”又八咬咬牙，一字一顿地说道。

“你用假名做什么？本位田又八这名字多么高端大气上档次，难道你还嫌不好吗？”阿杉婆有些不高兴了。

“不是不是，绝对不是因为这个！”又八连忙解释道，“我就是觉得以前的经历不大光彩，担心以后再给列祖列宗丢脸，所以才用这么个假名。”

“原来如此，你的确有志气。”阿杉婆松了一口气，开始跟又八闲话家常，“你不知道，自打你离家出走之后发生了好多事情呢。”

三

阿杉婆的嘴巴一开一合地细数着这些年村子里发生的变故，期待着能给独生子一丝激励。其中着重描述了为了维护本位田家的声誉，她和权六背井离乡风餐露宿只为寻找小通和武藏这一重点章节——虽然她无意夸张渲染，但可能是她的语言表达能力太好了，说着说着，自己已经老泪纵横，发生的一切历历在目。

又八低眉顺眼地听着老母亲发泄怨愤和委屈，左耳进右耳出，也不打岔。从这个角度看来，他的确像是个善良孝顺的好儿子。

只是突然听到小通的名字，他耳朵顿时竖了起来，“什么？小通变心了?!”甫一听到这个消息，又八宛如遭遇了晴天霹雳，惊得张大了嘴巴，“妈，这事可不能乱说……您确定这是真的?”

阿杉婆看见又八突然间脸色都变绿了，心想自己的激将法终于奏效了，便决心继续趁热打铁，“我是你亲娘，骗你干吗？不信你问你权叔。当年武藏知道你不会再回村子去，便把小通骗走了，是吧，他权叔?”

“就是这么回事，”权六添油加醋地随声附和道，“那时候泽庵大师把武藏吊在七宝寺的千年杉上，就是小通把他偷偷放走的。俩人就这么私奔了，看来他俩好了也不是一天两天了。”

你说说，武藏口口声声说把我当兄弟，都说朋友妻不可欺，他居然就把小通拐走了！此时此刻，又八真恨不得自己当年就死在关原大战的荒野，也省的光天化日之下受这等耻辱。想到这里，他对武藏的恨意又深了一层。

阿杉婆见挑拨得差不多了，还不忘在火上浇那最后一滴油，“现在你明白你的处境了吧？你亲娘和你权叔背井离乡跑遍各国，就是为了找回那夺人妻子的武藏和败坏家风的小通，只要他们一天逍遥在外，我这老太婆就无颜面对家乡父老了。就算是死了，也没脸去见本位田家的列祖列宗！”

“娘，您别再说了，我知道该怎么做了。”又八低垂着头，看不清是什么表情。

“怎么，你跟娘回家吗？”阿杉婆问道。

“我不回——至少现在还不能回。”

“好样的！”阿杉婆豪气冲天，“你现在不回家是对的。你就该找到小通和武藏这对奸夫淫妇，砍下他们的首级带回家乡，然后再娶个好人家的姑娘过日子，好好把本位田家的香火传下去。这样既保住了本位田家的名声，十里八乡也会敬你是条好汉。再说了，咱们本位田家还从来没在吉野乡丢过脸呢！为了捍卫家族的清誉，也为了给自己报仇雪恨——杀了他们！我和你权叔会助你一臂之力。你有信心吗，又八？”

“有。”

“怎么说得这么有气无力？你该不会胆怯了，觉得自己干不过武藏那混小子吧？”阿杉婆激将说。

“有！”又八把刚才的话又大声重复了一遍。

“这就对了！真是我的好儿子。他权叔，你快夸夸他呗？他刚才说要收拾武藏和小通呢，哈哈哈……”见又八即将要加入到复仇的队伍中来，阿杉婆终于放了心。

可能是在冰冷的地面上坐太久了，阿杉婆刚要起身，却发现老腰已经不听使唤了。

“娘，您这是怎么了?”又八小心翼翼地把阿杉婆扶了起来。

“老毛病了，可能是刚才起得太急了吧，直不起腰来了。”阿杉婆摆摆手，强忍着疼痛说。

“娘，还是我来背着您走吧。”又八不容分说把阿杉婆背了起来。

趴在儿子的后背上，阿杉婆喜极而泣，“他权叔，又八这是得有多少年没背我了?”

母亲温热的眼泪浸透后背的肌肤，又八莫名地感到一阵悸动，“权叔，这附近哪里有旅馆啊?您和娘该找个地方好好休息了。”

“我也不知道呢，咱们边走边瞧吧。”权叔他们也是初来乍到，一时半会儿也摸不清情况。

又八边走边说：“娘，都怪孩儿不孝，这些年你清瘦了不少啊。你看，现在的你好轻——比路边的小石头还要轻……”

美少年

一

“这年头生意还真不好做，累死累活的也就只够个饭钱。”

“那可不！现在在内地差不多都没什么赚头了，除非坐船去海外发展。听说吕宋助左卫门还有茶屋助次郎就是这样发的财。”

“唉，比上不足比下有余嘛。你们俩就别再谦虚了，也不管那帮武士受得了受不了，小心引起众怒啊！”刚才那商人的哭穷多少带着些卖弄的味儿，另外一个商人向旁边的浪人堆的方向努了努嘴，接着说，“那帮武士还指不定有多羡慕咱们呢！就算再没赚头咱们也多少衣食无忧，那些武士就不一样了。别看现在天下太平他们跟寄生虫似的没什么事，哪天真要打仗了他们可不得披甲上阵卖命去了？我觉得咱们现在就挺好，千金难买自由身嘛！”

“这么说来也是哈。再苦再累，有钱赚就行。我这人就是实在！”

这艘开往住吉的船上有一些做买卖的商人，头等舱就是为他们准备的。这些人算是当时的中上层人士了，大多都有些毛毯之类的舶来品当行头，多少也是一种身份的象征。海上的航行格外枯燥，他们就有一搭没一搭地聊着，生意啊际遇啊，七嘴八舌起来时间就过得快了。

有钱的商人毕竟是少数。在他们看来，像那些浪人、读书人、和尚、无业游民，就又是另外一个如蝗虫般庞大却又没有人生意义的阶层了。这不，他们正缩在甲板货物旁的阴影下，无所事事地看着冬天的海面呢。

就在这群面无表情的人中间，有个少年吸引了大家的眼球。

“喂，坐着别动。”他一边对着攀在膝上的那坨毛茸茸的东西命令道，一边给这小东西抓着跳蚤。

这少年穿着件绯红色的背心，衣衫华丽，头上系着的紫色带子随着海风一起一伏。看他这身打扮，简直是把风靡一时的桃山全胜的遗风发挥得淋漓极致。

仔细打量过去，这少年看样子也得有二十五六岁了吧？但扎着的童髻和绑着的金边发带却又透着些清纯稚童的气息。然而，若说他算是个初长成的小少年，体格却又过分地健硕，唇红齿白浓眉大眼一起摆在那张白脸上，又让人感觉有种过分的严肃和成熟——总之，虽然说他是少年，但实际年龄还真不好判断。

“啊，这是你养的个小猴子吗？好可爱啊！”旁边有人惊呼道：“你从哪儿买的呀？看样子好乖呢！肯定养了很久了吧？”

“不是买的，前几天我从土佐去阿波的时候在山上逮的。别说，就为了抓这么个小东西，我被那群老猴子追得好险。”少年嘴角微微上扬，用见怪不怪的口气答道。边说边跟膝上的小猴子大眼瞪小眼，“让你别动，还动！”一边说着还佯装生气地拍了小猴子脑袋一下。

这少年是个什么人呢？不远处，祇园藤次出神地望着少年，暗自思量着。若说他是普通少年，可他斜挂在后背上的那把大刀未免也太抢眼了吧？一看就是久战沙场的兵器，刀身长得跟竹竿似的还没有护手，长这么大还没见过这等神器呢。

“真是把好刀啊!”藤次忍不住啧啧称赞。单看这刀，就知道它曾经的主人该有多么风光。

快到年底了，又到了被人到武馆催债的苦逼时候了。按理说清十郎弟兄俩挥霍无度，藤次应该得负一半责任。但他实在不想面对那乌泱乌泱的讨债大军，烦死了个人，便借口说要筹备盖个吉冈流派的振武阁，随后只身前往大阪这一带的沿海筹备经费。虽说躲得过初一躲不过十五，但眼下这烂摊子，能躲一天算一天吧。藤次这样想。

坐牢似的在船上待了好多天，藤次都快憋疯了。好在下船后可以和阿甲过两天快活日子，想到那个久未谋面的妖娆容颜，他的心里才好受些。

这个少年的出现无疑给藤次这枯燥的旅程打了一针兴奋剂，他迫切地希望和这少年聊一聊。

二

“小伙子，你也要去大阪?”这玩猴的少年真会享受，看得藤次好生羡慕。

“嗯。”美少年翻了翻眼皮看了他一眼，继续忙着给他的小猴儿抓跳蚤。

“你家在大阪?”

“不是。”少年这次连眼皮都懒得翻了。

“那你是阿波人?”

“也不是。”这少年是问一句才答一句，态度很是冷淡。

“哎呀，你背上的这刀可了不得啊!”藤次这回改夸他的大刀了。

“那自然是必须的，这可是我家的传家宝呢!”提起这把刀，美少年露出自豪的神情，话也多了起来，“我这‘晒天竿’原来是打仗使的，你瞧，足足有三尺长呢！我正琢磨着把它改成一把佩刀，那就方便多了。”

“就算把它磨短，也还是太长了些吧？”藤次瞅着那把明晃晃的大刀，想象着打磨之后它不伦不类的样子。

“我都琢磨好了。这么长，就这么长就够了。”美少年一边用手比划着，一边露出了自信的酒窝。

“呃……”看着少年兴奋的样子，藤次突然想探探他的虚实，“不过你背着那么长的刀，平时的话还好，看上去还挺威风，真要是在战场上逃跑的话，恐怕也不好看吧？对了，还没问你学的哪一派的剑术呢？不好意思，你会功夫吗？”说完，藤次忍不住偷偷笑出声来。在他眼里，对面这乳臭未干的毛孩子实在配不上这么好的兵器。

“我可是富田流的正统。”少年瞥了藤次一眼，口齿清晰地说。

“可是我记得富田流使得可是小刀呀？”听美少年这么一说，藤次更是不把他放在眼里了。

“没错，他们使得都是小刀。不过我可不乐意跟他们一样，我就要用大刀。所以师父一生气才把我逐出了师门。”少年依然高昂着头，无所谓地说。

“嗯，回忆起年轻时的小叛逆，也是一种幸福啊。”藤次倚老卖老装模作样地点评说。

“不过离开富田流更好，要不然我就不会去拜访中条流的钟卷自斋老师父了。多亏了他通情达理收我为徒，我跟他学了四年多，师父说我可以出师了。我师父这辈子徒弟不少，就只给我师兄一刀斋发过一张出师证，说是要亲自给我也发一张呢……正好前年我娘去世，所以我练到一半就回老家了。

喏，这‘晒天竿’就是我娘留给我的传家宝。”说到这里，少年的眼眶有些湿润了，“可惜母亲去世没多久，听说钟卷师父也仙逝了。我……我真后悔没见师父最后一眼……”说到动情处，美少年的眼泪终于夺眶而出。

看不出来，提到这小子感兴趣的话题他还真能一秒钟变话痨。听他滔滔不绝地讲着前尘往事，藤次可是半点感伤都没有。不过美少年的伤心事他听着还挺开心的——至少旅途不再无聊了。

三

“对了，你是大阪人吗?”眼泪流得差不多了，要说的话也倒得差不多了。美少年这才想起什么似的，转头向藤次询问道。

“不是，我是在京都出生的。”藤次边听着海浪声，边漫不经心地说，“听你刚才说的，你也会点儿功夫喽?”

这年头，稍微懂点儿三脚猫的功夫就拉大旗作虎皮的小白脸多了去了，以藤次多年行走江湖的经验看来，这玩猴少年的那点雕虫小技实在是难登大雅之堂。

“什么?京都?”听藤次这么一说，美少年若有所思，“听说你们京都有个吉冈武馆的二代掌门，是叫吉冈清十郎还是什么来着?现在还开不开武馆了?”

靠，这小子也太狂妄了吧?亏了他不知道我祇园藤次可是吉冈门下的高徒，要不还不得吓尿裤子羞愧而死?想到这里，藤次突然想捉弄一下这不知天高地厚的小子，省得他穷极无聊。

“没错，是有这么个武馆，而且听说名气还很大呢。怎么，你去拜访过?”

“没，不过想去。要是有机会，真想会会那个吉冈清十郎。”少年的眼睛里流露着笃定和自信。

“你也太自信了吧?”听少年这么一说，藤次“扑哧”一下笑出声来，轻蔑地瞄了美少年一眼。

“你笑什么呢?”藤次的反应无疑是对自己的挑衅。美少年瞧不起地看着藤次，用不屑地语气答道：“别看吉冈家家大业大，但都是吃上一代的老底儿。现在的清十郎和传七郎功夫也不咋地，就算名声响，大家也是买的一代拳法高手的账。”

“哟，听你这话说的，就好像你跟二代当家的比试过似的。”平时耀武扬威惯了，还真受不了这美少年非议的委屈。藤次差点儿忍不住就自报家门了，不过那样的话恐怕就捉弄不了这熊孩子了吧?

“我也是听别人说的，都说吉冈一派快走到头了。”

“那些狗嘴里吐不出象牙的鬼话你也信!”藤次真想立刻警告他说话小心点，但为了后面的好戏，还是语速平缓地微笑着说，“对了，你不是说你练过大刀斩飞燕吗?这么说来，你也能把这天上飞来飞去的海鸟斩下来吧?”

“呃……我是说过这么回事。”美少年盯着藤次绛紫色的薄唇，突然意识到对方似乎不怀好意，“不过就算我能做到，现在也不想表演——你到底是什么意思?”

“没别的意思。你不是很自信吗?连京都吉冈都不放在眼里……”

“怎么，你跟他们有什么关系?”不等藤次说完，美少年突然问道：“为什么你听我说吉冈一派走下坡路的事情好像不太高兴?”

“哈哈，甭管我是谁，我只是好心奉劝你，年轻人还是踏实点为妙。别做些井底之蛙招摇撞骗的事，就算吹牛你也得看看对象不是?”

“你说我吹牛?”美少年瞪大了眼睛问道，继而不屑地挺起胸膛，“就算我吹牛，你又能拿我怎样?”

“呿！我可是为了你的将来考虑，年轻人有点傲气是好事，不过傲气过了头就讨人厌了。”藤次跟老太太数落孙子似的敲打着栏杆，倚老卖老地说。

“……”美少年不说话，狠狠地盯着眼前这趾高气扬的家伙。

“你以为刚才你胡掰了一通我真听得津津有味?”藤次顿了顿，差不多该把包袱抖出来了，“实话告诉你吧！我就是吉冈清十郎的高徒祇园藤次，下次再听你说出败坏我大吉冈声誉的话，那可别怪我不客气!”

不知从什么时候开始，周围看热闹的人越聚越多，藤次也越来劲了。

“你们年轻人啊，就是不知好歹，早晚要栽跟头!”藤次背过身去，一边说着一边向船尾走去，没留意到背后还跟了个华丽的影子。

这下可有好戏看了!

藤次隐约中感觉有些不妙，但佯装若无其事地倚在船尾的栏杆上，望着船桨激起一片雪白的浪花。他也不想把事情闹大，要不然太引人侧目的话，下船和阿甲幽会可能会引起不必要的麻烦。

四

“喂，藤次先生。”美少年任性地轻敲他的后背，听语气却依然沉稳，没有暴跳如雷的激动。

“嗯?”这下可没法佯装听不见了，藤次只好硬着头皮给了点反应。

“你刚刚不是说我吹牛吗？弄得我好没面子！所以……”少年突然露出了一个奇怪的笑，“如你所愿，我决定给你表演一个大刀斩飞鸟。”

“好啊好啊。”原来是这么一回事，藤次终于松了口气。

“是不是只要你能看到我把海鸟斩落下来，就证明我不是吹牛呢?”少年紧接着问。

“嗯。不过不要太勉强哦，要是自取其辱，估计你就笑不出来了。”藤次一边奚落，一边睁大眼睛看着少年踩在船尾中央的甲板上伸手抽出了祖传之宝“晒天竿”。

“哎呀呀，藤次先生!”还没等着好戏开演，美少年竟开口嚷嚷开了，“不好意思，还请你把海鸟叫到我面前来，你想要几只我都给你砍下来看。”看来，这美少年准备以眼还眼以牙还牙了。

“什么?!”意识到自己被愚弄了，藤次不免怒火中烧。“要是有随心叫鸟的本事，叫谁谁都砍得到！不行就是不行，你这借口找得有些不地道吧？还不快点给我道歉!”

“哈，如果我想要道歉，大可不必费这番周折。”少年眯着眼睛，嘴角斜上一抹微笑，“不过没有海鸟也不算是个事儿，我可以给你斩些别的东西瞧瞧。”

“什么?”

“藤次先生，请你再往前走五步。”

“你想干吗?”

“当然是借你的头一用喽！与其斩杀那些无辜的海鸟，倒不如斩下这颗冷嘲热讽的脑袋瓜儿更合适些。”

“你！你……”藤次情不自禁缩了一下脖子，不等他反应过来只听“嗖——”地一声冷风过境。说时迟那时快，只见美少年的手肘像韧劲十足的弹簧一样猛地弹开，三尺长剑如针尖般从藤次头上划过一圈细细的光芒。

“……啊！”藤次一边没了命地喊着一边伸手摸向领口，后背激起一片冷汗。

还好，头还在，身体其他部位也没觉得有异样。僵硬的肌肉终于又松弛了下来，藤次脸色铁青，大口大口地喘着粗气。

冬日微弱的阳光照耀在甲板上，美少年的微笑也是那么朦胧。藤次没听清他说了句什么，只在他转身离开之后，藤次才发现甲板上多了一样奇怪的东西……

“啊——！”

等到藤次意识到那团黑乎乎的东西居然是自己头顶的束发时，只感到头皮一松，其余的鬓发随着海风张牙舞爪地披散下来，落在脸上活脱脱的像个小丑。最后知道真相的藤次气得怒发冲冠，却又不得不承认那美少年的功夫的确如他所说的出神入化十分了得，虽然不甘心，但也只有干瞪眼的份儿了。

五

“咦？怎么少了张纸牌？”

“飞哪里去了？我到处找了都没找着呢！”

就在其他武士都在船尾看热闹的时候，那些从阿波、界国以及大阪附近来的商人却在另一边悠闲地玩开了“花纹纸牌”。

“哎呀，快看！在上面——在上面！”

众人顺着那人的手指往上一看，果然！三丈高的帆柱上，有只猴子正叼着张纸牌东瞅西望呢！

“畜生！还想学人打牌怎么的？抓紧把它弄下来，耽误老子赌牌！”有个暴脾气的商人忍不住大骂起来。

“别说，这猴子还挺能耐的，怎么爬上去的啊？干脆给船长些钱，让船长想办法给够下来吧。”

众人七嘴八舌地议论着，等待着船长的到来。

“请问——，”既然收了钱，船长自然得出面把这事解决好。“这小猴子的主人是谁？请到这边来。”

半天过去了，依然没人承认自己是小猴子的主人。

船上的乘客们都知道是怎么回事，不约而同的目光齐刷刷地扫向了美少年。

“要是这小猴子不是船上的各位养的话，那我可就全权处理喽。到时候如果有问题可别怨我啊！”船长也知道是怎么回事，故意提高了嗓音说。

“胆小鬼。”人群中有人怒视着美少年窃窃私语道。自己的猴子惹了事，居然还有脸跟没事人似的坐在那里，脸皮也真够厚的！

不管人们怎么议论，美少年还真就能坐得住。一脸若无其事的样子，好像真的事不关己。

“好吧！既然是只无主的猴子，那就恕我不客气了！”说完，船长举起一把长枪，瞄准帆柱上的活物。只听“砰——”地一声枪响，空中划过子弹的痕迹，擦着乘客的头顶落进了大海。

“你……你干吗?!”不等他反应过来，长枪居然被美少年给夺下了，船长顿时怒不可遏。

“别问我，你又是在干吗？那么一群人居然蓄意杀一只无辜的猴子，你不觉得太残忍了吗?”

“我可是有声明在先的！你是眼瞎啊还是耳聋啊？怎么不

早出来说话?”虽然常年的海上生活练就了船长的魁梧身躯,但和美少年相比未免还是有些相形见绌。

“闭嘴!你那是什么狗屁声明?当船长的居然欺负到乘客头上了,大呼小叫成何体统?作为武士,我根本就不屑回答。”

“少找借口了!你的猴子骚扰到其他乘客了,你装聋作哑还有理了?”

“你说的乘客,指的是那些聚众赌博的商人吧?”美少年不屑地笑道。

“你说话最好放规矩点。那些可是头等舱的大客户,比你们多付了三倍的船费呢!”一提到钱,船长脸红脖子粗地争辩道。

“呿!那帮人早就让人看不顺眼了!侵占了其他人的空间不说,还大摇大摆的,真以为有钱就了不起了?再说了,我可没指使我的小猴子去偷牌,它不过是模仿那些赌徒的不良行为而已,我没理由出面道歉。”说到这里,美少年转头看向那些仗钱欺人的商人,脸上露出讥诮的笑意。

忘忧贝

一

大海上波涛汹涌，空气中弥漫着鱼虾的腥臭味。隔着水上的雾气，依稀可以看见木津川沿岸一带的点点灯火，在黑暗中时隐时现。

船即将靠岸，船上和岸上传来欢呼声。

“扑通”一声，海面溅起白色的浪花。船锚稳稳当当地扎进堤岸的陆地，缆绳从船上顺势飞来，水手们已经架好渡桥了。

“干净卫生的旅店——有住店的吗？”

“住吉神社家的儿子，有没有搭上这班船？”

“当家的，我在这里呀！”

岸上人头攒动，等人的，接客的，一片嘈杂。之前在船上大显身手的那个美少年也夹杂在人流中，不紧不慢地往岸上移动，肩上照例搭着他那只不离身的小猴子。

有两三家客栈的人瞄准时机过来抢生意。

“客官来我家住店吧？猴子免费哦！”

“住吉神社全景大房间，超柔软超温馨，给你家的感觉。不但方便参拜神社，而且景色宜人，机不可失时不再来，最后几间空房，不住会后悔的哦！”

想不到这美少年倒是大牌得很，连那只猴子都对人爱搭不理的，一点儿停留的意思都没有，不一会儿就消失在人群中。

进货回来的大阪商人正往船下搬运货物，看见美少年那一副高人一等的样子就不舒坦。

“呿！有什么了不起的？不就会点儿三脚猫的功夫吗？拽得能上天了?!”

“真烦人！他和吉冈家的在船上狗撕猫咬的，害得我头疼了半天，现在耳朵还嗡嗡作响呢！”

“也多亏咱们是做买卖的不愿蹚这潭浑水，要不然能让他这么舒舒服服地下船？也不看看他那熊样儿！”

“行啦行啦！他们打他们的，我们赚我们的，井水不犯河水的，他们爱怎么样就怎么样吧，不耽误咱们做生意就行。”

天黑了，来接船的人有很多，大家都提着灯笼探着身子四处张望，不时还有几个女人的身影穿梭在这接船大军中。

祇园藤次孤身一人从船上一声不吭地走下来，头上严严实实地包了块头巾，脸拉得老长了。也是，身为吉冈家的高徒，在船上居然被那耍猴儿的美少年给削平了束发，传出去还不让人笑掉大牙？这事尤其是不能让那帮师弟知道，要不这当师兄的可没法混了。

“哎哟哟，我的心肝宝贝开心果——”远远的人群中伸出一只洁白的手，红色蔻丹摇晃着手帕在风中频频摆动，“藤次君，人家在这里哟!”这个裹着头巾的女人在寒风中摇曳，脸都被冻僵了。不看脸的话还像个年轻姑娘，只可惜脸和脖上的白粉末子簌簌地跟着风跑，脖子上的皱纹出卖了她的真实年龄。

“哦，是阿甲啊，你怎么来了?”藤次还是提不起兴致。

“哎哟哎哟，瞧你这话说的！人家大冷天的晚上出门还不是为了来接你啊？在信上怎么给我写的了?”阿甲娇嗔道。

“哦，我忘了。”淡淡的回答已经有些不耐烦。

“你这是怎么了？怎么没精打采的啊？”阿甲觉察出似乎哪里不对劲。

“也没什么，可能有些晕船吧……还是先在住吉找个好点的旅馆住下再说吧。”

“那是肯定的，我给你找了上好的轿夫，你先坐上来歇歇吧，大家伙儿可都在等着你呢！”做女人做到这个份儿上，藤次该为自己的细心周到打个满分了吧？阿甲暗自得意。

“什么？！”藤次脸色一变，“不是说好咱们过二人世界的吗？怎么一会儿又成了‘大家’了？这‘大家’都是谁跟谁啊？”

二

“我不坐，谁爱坐谁坐！”才一会儿的工夫藤次就翻了脸，一个人径直走着，任凭阿甲踏着小碎步怎么跟都跟不上。

“真是个笨女人！我就没见过那么笨的！藤次气得要命，却也不能爆发。总不能把在船上发生的事情告诉阿甲吧？自己可是个顶天立地的男人，连束发都护不住还指望在女人面前树雄风？

“老子一个人住去，你连我心思都摸不准却擅作主张，真是个笨蛋！笨蛋！”眼看阿甲就要跟上来扯住他的衣袖了，他大手随便一挥就切断了她渺茫的希望。

河边的鱼市已经关门了，沿街的商铺全都店门紧闭。店外四溅的鱼鳞，宛如晶莹的贝壳，在黑暗中闪闪发光。

“好啦！人家知道错啦！不要这么绝情嘛，人家心里会痛的。”夜越来越深，街上来往的行人也越来越少。见四处无人，阿甲抱住藤次，捉住他的手捂在胸口。

“手放开。”

“你一个人住，不怕寂寞吗？”哝哝细语中多了一丝暧昧的暖色调。

“我怎么着都行。”

“别这么说嘛！人家想你了还不行吗？”冰冷的白脸贴过来，藤次的脸颊仿佛也染上了她那甜腻的发香，甜的心都酥痒了起来。见藤次不说话，阿甲接着说：“只要心意相通，到哪儿都是二人世界嘛。”

“哼，我看你是一点儿都不想我。我在信里不是都说了吗？想就咱们两个人单独在大阪玩个两三天。你倒好，招惹一些不相干的人给我添堵，你就不能消停点儿？”藤次的怒气还没消，但声音却柔和了很多。

“这个……”阿甲眼圈一红，急得快要哭出来了。

说起来这事也不能怪她。她前脚接到藤次的信，后脚就忙活着准备单独来大阪幽会了。谁知那天巧了，正好吉冈清十郎带着六七个门人到蓬之寮喝酒，朱实一不留神说漏了嘴，那帮人可算逮住机会了。

“话说藤次都去大阪了，咱们师兄弟是不是得去迎接一下呢？”

“那还用问？同门礼节还是必须有的嘛。朱实也一起去吧！”

群起哗然，都在为即将到来的大阪之行欢呼雀跃。这都板上钉钉的事了，阿甲还怎么好推辞？于是这一行十几人就浩浩荡荡地一起住进了住吉的一家旅店。人这一倒霉了，连喝凉水都塞牙缝。这个时候，那伙子人还在吃喝玩乐呢，偏让自己一个弱女子出来接人，这还不算，现在连藤次都不给她好脸色看，真是倒了八辈子霉了！

“算了，这样就这样吧，叫抬轿的人过来吧！”

“你改变主意了?”冷不丁地听到这个好消息，阿甲两眼直放光。

三

傍晚时，阿甲说要去码头接藤次，可惜直到现在都没回来。众人泡了个温泉回到旅馆，肚子饿得咕咕叫。

“都什么时候了，阿甲到底接没接到藤次啊？不会在路上就开始腻歪了吧?”有人开始嘟囔开了，“也不为咱们大伙考虑考虑，这都快饿得前胸贴后背了!”

既然有人说出了大家共同的心声，那么结果就非常容易猜想了：大伙一致决定，在他们回来之前先喝点小酒吃点小菜，这点小来小往的也算不上失礼。

可惜事情总是想得容易，接下来往往做着做着就变了味儿。

“喂，这住吉有没有漂亮妞儿啊？叫几个来陪爷玩玩儿呗?”这些壮汉喝着喝着，原形毕露。

“少师父有美女做伴，这等福分自然是我们这些小辈可望而不可即的。春宵一刻值千金啊，要不要我们给您和朱实单独开一间房?”一个喝得醉醺醺的小徒弟谄媚道。

清十郎苦笑一声，自然知道他们有他们的玩法。不过这个建议正中下怀，他早就不想和这帮醉鬼混在一起了。与其听这些乌合之众划拳放屁，还是朱实清澈的眼神更能安抚自己那落寞贵族般脆弱的心灵。

清十郎离开后，这帮弟子更是翻了天了。“来吧！酒杯举起来，姑娘搂起来，身子动起来吧!”他们叫来了一帮奇装异服的歌姬，猜拳声、调情声、弦乐声混在一起，小酒馆陷入了一种燥热难耐的暧昧氛围中。

没过多久，旅馆的一个小侍女凑了过来：“刚得到消息说客人已经下船，刚刚抵达客栈，现在正往这边来了。”

“谁？哪个客人要来？”众人正玩在兴头上，也没太在意。

“据说是叫藤次的。”早不来、晚不来，怎么偏偏这个时候来了？真是扫兴。

阿甲和藤次站在旅店门口，看着藤次气绿了的脸，阿甲也是满脸尴尬。这哪里是迎接他的到来啊？眼前的人一个个自得其乐，对站在门外的他熟视无睹，真是让人看不到一点儿真心欢迎的意思。

藤次满脸不悦地招呼身边的小侍女过来，“少师父在哪里？我要去找他。”

藤次正要往走廊里边去，后背却被一个打着嗝的醉鬼给抓住了：“我说师兄啊，你们怎么这么晚才回来？该不会半路上就等不及亲热去了吧？哈哈哈！”

藤次正想回话，谁知让那家伙的一个响屁给倒了胃口。他皱了皱眉头，不耐烦地想把他满身酒气的脏胳膊挪开去。谁知那家伙虽然走路踉踉跄跄，蛮劲却大得很，一不小心踩到地上的剩菜，两人重重地摔倒在地上。

“头巾！我的头巾！”比起身体的疼痛，藤次显然更关心这身为武士的尊严。可惜为时已晚，刚才滑倒时，头巾也被醉汉一把抓了下来。

四

“咦？”一瞬间仿佛空气都凝固了，看着藤次没了束发的脑袋，众人惊得嘴张得老大。“你这头是怎么搞得？好奇怪的发型啊！”

“没、没什么，不过是长了个脓包，有什么好大惊小怪的?”众目睽睽之下，藤次涨得脸通红，急忙从地上拾起头巾手忙脚乱地挡在头上。

“哈哈哈！难不成这脓包就是传说中的旅行土特产？你这品味还真别致！”

“证据就在这摆着呢，别装模作样啦！”

“哟，原来师兄也有马失前蹄的时候啊?”

藤次的解释是个人就不会相信，光看藤次那个表情，大家心里就都有数了！

整个后半夜，大家你一言我一语地奚落他，无聊的人生又找到了新的乐趣。可到了第二天，情况却完全变了：那些昨夜里醉得东倒西歪的愚痴莽汉，居然一个个跟打了鸡血似的生龙活虎起来。远远看过去，他们围在旅馆外边的海滩上不知在讨论着什么，争得脸红脖子粗的。

“真是太不像话了！那弄猴儿的臭小子居然欺负到师兄头上来了，打狗还得看主人呢，显然没把咱们堂堂天下兵法第一家的吉冈武馆放在眼里!”一个人扯着喉咙吼道。

“事到如今，也没法补救了吧?”这次开腔的是个不敢惹事儿的主儿。

“现在还来得及！我们只要找到那个带着小猴子的美少年就行了。只要找到他斩断他的束发，吉冈家的尊严就还有的救。”

原来今天早上，宿醉的那些个子弟跑到澡堂子里想洗个清醒澡，谁知昨天船上的商人也在这里，他边洗边跟身边的人扯淡。于是乎，昨天开往住吉的客船上发生的事情就众人皆知了，特别是一位带着小猴子的美少年居然斩断了一位武士的束发这一段，他描述得绘声绘色的，就跟发生在大家伙儿眼前似的。

要是藤次在场，不知会作何感想。幸好他今天一大早就跟清十郎请退了，估摸着现在已经带着阿甲在京都逍遥了。

“大家没有异议的话，这事就这么定了！兄弟们走起来，生擒那个玩猴儿的臭小子！”领头的话音刚落，大家纷纷从海滩上站起身来抖掉屁股上沾的沙子，分头找人去了。

五

住吉的海不愧久负盛名，不仅沙细，而且水蓝。特别是在这冬日阳光的照耀下，更添了几许暖意。

朱实卷起裤脚，露出一截洁白的小腿，在阳光下美得晃眼。她踏着水浪徜徉在海边，一会儿弯腰拾起，一会儿扬手丢去。

“唉，这是怎么了？”朱实站在海浪中，瞪大眼睛注视着这一切。不知岸上发生了什么事情，只见吉冈家的门人全都拔出刀来四散而去。看他们的架势，发生的肯定不是小事。

一个跑得慢的呼哧呼哧地掠过朱实身旁，朱实眼疾手快地拦住了他，“你们这是要去哪里？”

“哎呀，是朱实姑娘啊。我们要去找个带着小猴子的美少年，你也一起去吧！”

“你们闲着没事干了？好好的找他来做什么？”朱实眼睛里写满了问号。

“你不知道，这可是关乎清十郎先生清誉的大事！”于是那人把藤次的遭遇慷慨激昂地描述了一番，谁知朱实一副事不关己的样子，竟然“扑哧”一声笑了出来。

“我还当多大的事呢。你们这些人啊，纯属没事找事。”

“什……什么叫没事找事啊？人家都骑在咱头上拉……拉屎了，咱们还得觍着脸说它喷香喷香的？这次要是不给那臭小子好看，咱们吉冈家的招牌算是砸了。”那人一着急，说话都结巴了。

“砸了正好。你们这些男人啊，就是唯恐天下不乱。屁大点事都能搞出这么些名堂，有这工夫干点儿什么不好?”说完，朱实继续在海里寻起了她的宝贝。

“对了，你在这里晃荡了半天了，捡的都是些什么啊?”虽然任务重大，但磨刀不误砍柴工，和美女搭讪过后说不定找得也更有动力。

“我?”朱实的眼睛还是没离开沙滩，“我在找贝壳。”

“贝壳?”那人瞪大了眼睛，“看吧，还是女人的生活更无聊才是！贝壳到处都是，还用费心去找?”

“我找的可不是普通的贝壳，我找的是‘忘忧贝’。这种贝壳只有住吉的海滩才有。”

“有这种贝壳吗？你真是吹牛不打草稿哟!”那人显然不相信。

“我说有，你爱信不信。”

“没有就是没有，抬杠也没用。”

“你!”朱实气得说不出话，干脆一不做二不休把他拉到了不远处的石碑前面，指着碑面得意地说：“你自己看吧!”

果然，那石碑上刻着一首古老的诗歌。海风拂过，飞沙打着旋在海浪的伴奏声中浅吟轻唱：

记忆的梦魇啊
谁能来剪断
住吉的忘忧贝
助你解情伤

那弟子见朱实待在那里半晌不说话，觉得没啥意思，突然想起还有正事要办，没听清他说了句什么就掉头跑了。

六

好想忘掉一切。痛苦的时候，朱实总是萌生此念。

想爱的爱不得，该忘的忘不掉，朱实的痛苦正在于此。她双手环抱胸前，最是那一抹欲语还休的淡淡哀愁，让她看上去更加楚楚动人。

如果真能找到忘忧贝，朱实想要做的第一件事就是把它悄悄藏在清十郎的袖子里，这样他便能忘掉自己了。这个沉默的男人总像着了魔似的老是缠着自己不放，着实让她恶心。

朱实满腹辛酸地想，难道自己的大好青春，真的要断送在清十郎的手中吗？不甘心啊不甘心！

面对清十郎攻势猛烈的求爱，朱实的心底却总是浮现出另外一张年轻男人的脸。只要想到武藏，她那干涸的心里就像浸润了山间泉水般地甘甜，这也是她想要活下去的希望。可这望梅止渴般的救赎毕竟不持久，梦境总被现实破碎得一塌糊涂。

更何况……朱实叹了口气。虽然知道自己心里只有武藏，但武藏对她究竟是什么意思，她却全然不知。单相思的人是幸福的，因为心中有爱；单相思的人也是可怜的，因为不知这炽热的爱能否得到回应。

算了，还是忘了吧！对于朱实而言，这片蔚蓝的海岸有一股说不出道不明的诱惑，它在向她招手，她头脑一片空白，好想扎进它宽广的怀抱。不再有记忆，就不再有痛苦。

这少女情窦初开的小心思，清十郎看不穿，恐怕连阿甲也不知道。认识朱实的人也都认为她只不过还是个没心没肺的小姑娘，什么情啊爱啊的对她来说肯定是天方夜谭了。他们只会闲来无事扯着她腰上系的铃铛逗她玩玩，看她单纯的脸上露出佯装生气的怒容，一天的疲劳也就一扫而光。只有朱实自己知道，她心里燃烧着一团火，一团青春爱欲的烈火。

“哎哟喂，我的小姑奶奶，你刚才跑到哪里去了？少师父都等急了！”看见有人深一脚浅一脚地从沙滩上向自己挥手跑来，朱实苦笑：这个清十郎真是一刻都不消停啊。

回到客栈推门而入，只见清十郎一个人坐在能听见松涛声的榻榻米上若有所思。他一见朱实便激动地说：“外面这么冷，你上哪儿去了？”

“没去哪里，就是去海边走了走。”朱实的回答有些勉强。

“你去海边干吗？”

“捡贝壳。”

“真是个孩子！你看你，小脸都给冻坏了。来来来，到我身边来取暖吧。”

“不用，我身子骨暖和着呢。”话里透着股冷冰冰的寒意。

“朱实！”清十郎一把抓住她的手强行把她拽到身边，“今天没有别人在，你娘也识相地先回京都去了……难道你还不明白我的心意吗？”一股酒臭味从他嘴里喷出来，熏得朱实直想吐。

七

清十郎血红的眼睛里燃烧着欲望的火焰，朱实吓得身体都僵硬了。她下意识地想往后退，谁知任凭她怎么挣扎都抽不回手来。

“你还想逃？”清十郎额头上的青筋都鼓起来了。

“我没有。”朱实嘴上不承认，却不忘挣扎。

“今天大家都不在，机会难得。你说对不对，朱实?”

“你想干什么?”

“别揣着明白装糊涂，咱们相处也有小一年了，我的心意你不会不知道吧? 就算你不知道，你娘也同意了。阿甲是个明白人，她曾经说过，我之所以得不到你，就是因为我不够强硬……怎么样? 今天，咱们就把这生米煮成熟饭吧!”清十郎淫笑着，像只等待多时的馋猫。

“不要! 你……你混蛋!”朱实憋得脸通红，可惜不管怎么挣扎都是无济于事。她的手被抓得通红，清十郎却始终不放手。想想也知道，但凡他使上一点功夫，朱实就是毫无反抗之力任由他摆布的雏鸡了。

“朱实，你……你别逼我!”以前他优柔寡断，这次借着酒劲儿，管他真醉假醉，再怎么着也得男人一回。

“你再动粗我就喊人了!”朱实牙齿咬得咯咯响。

“好啊! 你叫啊! 大点声叫啊! 这房子偏僻得很，就算你喊破喉咙也没人听得见!”

“流氓! 我又不是你的人! 你快放我走!”朱实委屈的眼泪都要蹦出来了。

“胡说! 你去问问你娘，是谁收了我的银钱把你卖给我的?”清十郎说得理直气壮。

“就算她卖我也不从，打死我都不跟讨厌的人在一起!”朱实嘴巴一点儿不饶人。

“什么? 你还反了天了? 我就不信收拾不了你了! 你等着，今天办不了你，我就不是男人!”清十郎一股蛮劲上了身，扯起床单捂住朱实的脸。朱实大声喊救命，心跳都快停止了。

叫吧，叫吧! 任凭她哭天喊地，一个人都没有来。

夕阳的余晖扫过这无情的格子门，小鸟轻啼，潮鸣依旧。

一切都在照它原有的轨迹不紧不慢地运转，没人注意到这间屋子发生的一切。

半晌，撕心裂肺的哭声打破了这里的宁静，清十郎面色铁青地出现在格子门前，用手帕紧紧按住正在流血的左手手指。

“啊!”不等推门进去，就被突然冲出门来的朱实吓了一跳。根本来不及抓她，只见朱实像只受了惊的小鹿似的跌跌撞撞地跑到客栈的另外一个房间。

目送着她的背影，清十郎终于放下心来，心满意足地回味着刚才发生的每一个细节，一个若隐若现的微笑斜上嘴角。

八

又是一年飞雪时，天儿也越来越冷了。眼下正是腊月里最后那几天，马上就要过年了。按理说这年根底下应该是喜庆的事情多，可就在这海边的住吉小镇，有两家的天空却布满了阴霾。

看着躺在床上满嘴胡话的朱实，清十郎敷着她滚烫的额头，说不清是后悔多一些还是心疼多一些。木已成舟，这朵新长成的娇柔的花朵算是败在自己手上了。

他没想到这小姑娘竟然是这么倔强，宁为玉碎不为瓦全。难道自己就那么让她讨厌吗？她居然宁可去跳海也不肯跟自己多待哪怕一秒！就连她发烧的这几天都是又摔盘子又砸碗的，仿佛还沉浸在那个恐怖下午的阴影中。只有在她熟睡时，他才有机会近身看她一眼。清十郎长叹一口气，作为男人，自己真是失败了。

比清十郎更痛苦的是阿杉婆。好不容易和儿子久别重逢，可还没亲热几天就把他给训跑了。这还不是最要命的，谁能想到平日里眼花的权六好不容易眼神好使了一回，竟为了救个素不相识的跳海姑娘而丧了命。真是人生无常啊！这几年多亏这个老弟在身边支撑，这下好了，儿子跑了，权六没了，她的精神支柱也一下子垮掉了。自己接下来该何去何从？这几天，阿杉婆一直呆呆地看向远方，眼眶深陷，一下子老了好几岁。

吉冈派的高徒植田良平送信进来，清十郎展开信笺，落款是新免宫本武藏。

也是，马上就要正月了。想起比武的旧约，清十郎略一思量，这时候也该动身回京都了。

“畜生！你给我滚！滚——”睡梦中的朱实挥舞着双手，清十郎一不留神挨了一巴掌，腮帮子肿得通红。他最后一次抚摸了一下朱实的脸，起身叫来客栈老板结账，并拜托他帮忙照顾朱实。在这令人厌恶的夜晚，他只想逃离。

客栈老板面有难色，但看在银钱很足的分儿上并没有多说，还慷慨地借给他们两匹马。

匆忙打点之后，植田良平紧跟清十郎其后，快马加鞭朝京都方向飞驰而去。

晒天竿

一

“什么？就是那个肩膀上骑个猴儿的少年？他刚刚才打这走过呢！”

“啥？真的假的？在哪儿呢？”

大海捞针似的找了一天，终于在太阳快落山的时候有了些眉目。顺着磨刀铺老板和茶屋老板的指引，吉冈派门人终于来了劲，一溜轻烟似的朝码头方向追去。

“喂！等等！那艘船，快给老子停下来！”眼瞅着最后一艘船缓缓地离岸了，后边追的人也急了起来，其中一人终于忍不住大声喊道。

“怎么了？”船上的人很是诧异。

“哎呀，你个倒霉催的，你这么一喊还不打草惊蛇把人吓跑了?!”见船上的人有了回应，另外一人气急败坏地训斥道，急等着上前去削那个沉不住气的家伙。大家好不容易才劝住他避免了一场内讧。

“哈哈哈哈哈！”正在吉冈门人乱成一团的时候，船上却传来一阵笑声。

“喂！”被人这么嘲笑，吉冈门人一时来了气，语带威胁地喊道，“让你靠岸你没听见还是怎么的？”

“什么？”答话的像是船老大，“就不靠岸，你们能怎么地？”

“你行！你有种！”沿着河岸追赶过来的七个人一边跑一边喊的，脸色煞白都快跑岔气了，“你们船上是不是有个穿得花里胡哨的耍猴儿少年？不靠岸也行，我们就在前边渡口等着！你们告诉那小子，有种就站在甲板上别跑，要是他跑了，你们船上的所有人都没好果子啃！”

这话说的，也太严重了吧？船上的乘客小声嘀咕着，不敢正视岸上那手持大刀玩命追赶的七个武士。

“嘘——大家都别吭声，反正渡口那边有岗哨，到那之前咱们不靠岸就行了。”人群中有个哆哆嗦嗦的声音说。

船上的人们面面相觑，因为找不到更好的解决办法，只好集体失声。

“喂！你们这些不怕死的，耳朵聋了吗？快把那个乳臭未干的臭小子交出来！”半晌，船上的人连个屁都不敢放，岸上的人再次恶狠狠地威胁说。

“怎么，你们是在找我吗？”这时，沉默的人群中突然有人搭腔了，边说边大摇大摆地走上了甲板，绽开一个若隐若现的微笑。

“哈，别说，那小子还真在船上！”岸上的人定睛一看，可不，那个跟电线杆似的笔直地挺在甲板上的少年背着个三尺长的大刀，不是他还能是谁？！

“这船上就我一个带着小猴子的少年，你们找我干吗？你们又是干吗的？是浪荡街头无所事事的野武士呢？还是卖艺求生的叫花子？”少年不紧不慢地奚落道。

“什么？！”那么多大人居然还被这毛头小子嘲笑了，七个人顿时气得牙痒痒，“你个没大没小的耍猴的，竟敢口出狂言！”

“你等着！到时候打得你落花流水满地找牙，就算你求爷爷告奶奶也晚了!”

“知道爷爷们是谁吗?大名鼎鼎的吉冈清十郎就是爷爷的师父!听此名号还不抓紧跪地求饶?!”

七个人就这么骂了一路,终于在船只快靠岸时抢先等在码头上,准备守株待兔。

考虑到事态比较严重,船却远远地停在河心绕着圈子不敢靠岸。两边的人马就远远地隔着河沿大眼瞪小眼地对峙着。

“喂,躲得过初一躲不过十五,你们以为能在河里耗几天?到时候可别后悔啊!”

“快点把船靠过来!要不到时候把你们全都抓过来砍头!”

“哼,等我们找个小船划过去,你们后悔也来不及了!”

岸上的人使尽浑身解数吓唬道,恨不得一把拽住船头拖过来了事。终于,船上有人妥协了,只见那艘三十石的船不顾众人反对,最终还是往岸边靠过来了。与此同时——

“真啰唆!”一个清戾的声音划破了河面的寒气,“想让小爷我出招?来吧!现在就让你们如愿以偿!”

“好嘞,拿命来!”七把利剑围在河岸,只等那美少年羊入虎口呢。

二

好家伙!随着船只快速靠近,少年的身体也突然变大了好几倍似的,岸上的七个人不禁屏气凝神,瞪大眼睛退后了好几步。忽然——

大概离岸边还有七八米的时候,船只还没靠岸呢,船头却不知有个什么圆滚滚的东西突然越过中间的泥淖,蹦到了岸上的其中一个人头上。

“哎呀呀,什么玩意儿?!”那人大叫一声,只见七道白光一呼即出，齐刷刷地划向天空。

“他奶奶的，原来是只猴子啊！”原以为是弱冠少年从船头蹦下来了，没想到竟让这泼猴儿给耍了。刚一开始就扑了个空，他们不禁感到有些狼狈，于是互相提醒着说：“千万别操之过急，那小子还没动弹呢！”

看到这滑稽的一幕，躲在船上的那些个乘客虽然心中暗爽，但却不敢出声，只是低头偷着笑。

“来啦！”终于，随着一声清喝，原本握桨的少年突然将船桨插进芦苇丛中的泥淖，飞身一跃落到岸边，比刚才那猴子还要轻盈利落。

“咦？”本来还打算围剿这美少年呢，想不到那少年居然不按常理出牌，轻身一落就落到了七人背后。七人急忙一起转身，沿着河岸列队逼向那美少年。

这出师不利的小意外，无疑让七人更加紧张了。而他们的犹豫和重新布局摆阵，也给了少年充分的时间准备。只见那少年如山一般巍然挺立，握紧刀柄踮起脚尖，一副随时都有可能一刀劈过来的样子。

“听你们刚才那话的意思，怎么着，你们都是吉冈家的门人？那真是太巧了。之前我才斩断你们家某‘高徒’的束发，人家都没追究你们倒上赶着没事找事杀过来了。行啊，既然来了就别走了，正好我还没过够瘾呢！”

“胡……胡说八道！”看对方出招的架势，走在队列最前面的人心里也开始打起了退堂鼓，紧张得两眼发晕双耳发聋，连腿都开始哆嗦了。不过事已至此也不能后退了，他只好咬紧牙关硬着头皮带队向美少年的方向开杀过去。

“还嘴硬！好吧，那就给你个机会——祭祭我的宝刀‘晒天竿’吧！”说着，身后的长剑瞬时拉得老长，如彩虹般从天上划了道圆弧劈了下来。不等第一个人反应过来，脑袋已经像被劈开的西瓜一样裂成了两半。

“啊……”前边的人脑浆四溅，喷了后边的人一脸。其他六人一时失神，吓得再也无法统一行动。

美少年抓住机遇乘胜追击，那挥舞的“晒天竿”顿时又长出了一大截，刚好伸向第二个人。

“哇——”只听一声惨叫，第二个人只觉得腰上火辣辣地刺痛，疼得还没来得及喊妈呢就被抽进了旁边的芦苇丛中。

“好咧，下一个！”美少年的眼里闪着血腥的红光，神情亢奋地扫视着剩下的五个人。见识了这小子的功夫，另外五个人很有自知之明地改变矩阵准备合力围剿。于是原先散落的组织又有序地将敌人围在中间，像五片花瓣包围着花蕊似的，步调一致地顺时针旋转移动着。

“喂，别后退哈！”

“嗯，兄弟齐心，无坚不摧！”

他们互相打着气，其实心里也没底。本来合力杀敌就合力杀敌呗，谁知这些人竟又犯了逞匹夫之勇的老毛病。只见一人一边喊着“拿命来！”一边向美少年扑了过去，不料竟在距离美少年两尺的地方扑了个空，“吭哧”一声砍向了石头，紧接着连人带身子咕噜一下滚到了地上，最后竟屁股朝天地滚到了美少年边上。

“完了！”偷鸡不成蚀把米，这简直是送上门让敌人砍了，那人肠子都要悔青了，差点儿没滴下几滴羞愧的热泪。

出乎意料的是，这美少年却饶恕了眼皮子底下的这个战败者，乘势弹开身子向身边的敌人杀去。

“妈呀！”只听一声惨叫，幸存的三人见势不好，立马抱头鼠窜了。

三

“喂！别跑啊！小爷我还没打过瘾呢！”美少年的眼里透着嗜血的光芒，手握“晒天竿”紧追其后。“这就是你们吉冈派的武术啊？明明是你们要比试的，这才没出几个回合怎么能掉头就跑呢？太不够意思了！也不怕人家笑话！”

按理说，作为一个武士，被另一个武士如此嘲笑简直比被人吐口水还要可耻，可这时候还是保命要紧，哪里还听得进他那些话？

“啊……抱歉抱歉！”那三人只顾着闷头逃命了，一不小心竟差点儿撞上了迎面而来的马匹。

“嗯？怎么是你们？”马上的人又惊又气，“你们这些笨蛋，一天到晚的都不见个人影，这又冒冒失失的丢了魂儿了？”

“啊！原来是少师父！”

清十郎露出厌烦的表情。这时，植田良平的身影从马后边冒了出来。

“你说说你们，弄得像什么样子？本来是陪少师父出来办事的，现在少师父都要打道回府了，你们还只顾着吃喝玩乐耍酒疯，还有没有规矩了?!”良平上来不分青红皂白地训斥道。

“啊……不是这个样子的！”这三人为了捍卫吉冈一派的荣誉冒死卖命老半天，没想到却被当成是耍酒疯，不免委屈。于是他们愤愤不平地把事情的经过从头到尾说了一遍，就冲着这维护自家流派的权威和少师父名誉这点，也该给他们发个奖章了吧！

“啊，坏了！那人追来了！”慷慨激昂的情绪还没发泄完，身后却传来了熟悉的脚步声。三人不禁大惊失色，求救似的看向清十郎和植田良平。

“你们多少有点出息好不好?”见他们腿都开始抖了，良平不禁有些看不过眼，“这不有我们吗?你们还害怕个什么劲儿?走，让我植田良平先去会会那小子!”说完，留下骑在马上的清十郎和其他三人，独自一人往脚步声传来的方向走了过去。

另一边，美少年依然挥舞着长剑，跃动着轻快的步伐从河堤上往这边追来，一边跑还一边大声叫嚣着:“喂!别跑啊!吉冈派的人就只会逃跑吗?快点回来，我的‘晒天竿’还没喝饱血呢!”

哈，这小子口气倒是不小!看来今天不教训教训他，他就上天了!植田良平这么想着，往手上唾了点唾沫。紧紧握着刀柄做好了迎战的准备。

谁知少年竟一阵风似的“噌噌噌”地飞了过来，几乎要踩着良平的头顶跃过去了!

“他奶奶的!”这小子简直太过分了!只见良平大喝一声，高扬起大刀腾空而起，不把他劈成两半根本就解不了他心头之恨!

“好险!”幸亏自己反应快。少年落地以后回头一看，“哟呵!又来了个送死的!”挥舞着“晒天竿”朝着良平背后甩了过去。

“不好!”没想到那小子下手还挺狠!一阵阴风袭来，良平情急之下脚底一滑，竟擦着马路牙子翻进了路边的庄稼地里。幸亏马路牙子不高冬天的地里也没流水，要不那可真是要多狼狈有多狼狈了。

等他爬上大路，却见少年走火入魔似的一刀划飞了那三个门徒，恐怖的阴影正向马背上的清十郎扑过去。

四

清十郎本来还想着这种小打小闹压根用不着自己出手，谁知自信过了头，只见那长剑正以迅雷不及掩耳之势迎面刺来，马匹见状惊恐而起。

“岸柳，等等!”清十郎话音未落。只见受惊之马像支离弦的箭一样腾空跃去，还好他反应快，一个空翻落回地面。

“好身手!”少年赞叹一声，不忘挥舞着“晒天竿”一跃而上，“如此利落的身手，想必你就是吉冈清十郎了，看剑!”

“哈哈！不愧是岩国的佐佐木小次郎，眼力的确不虚！不过你还是先把剑收起来吧，比武的机会多得是，但今天无论如何我都没有跟你动手的理由。”

“什么?”刚刚叫小次郎“岸柳”的时候他没听见，但这次清十郎居然知道自己姓甚名谁，着实把小次郎惊了一下。

“哈，果然是你啊!”看小次郎的反应，清十郎就知道自己猜得没错，“久仰阁下大名。”

“你认识我?”小次郎听得有些晕乎，绞尽脑汁也记不起来自己和这人打过交道。

“虽然咱们初次见面，但一刀斋先生可是对阁下的功夫赞不绝口啊!”像是看透了小次郎的心思似的，清十郎微笑着说：“今天秋天的时候我还去白河神了冈的草庵里拜会过他呢，平时有空闲的时候，一刀斋先生也常常光临我们四条的寒舍。”

“哦，你跟我师兄很熟啊？难怪。”听清十郎这么一说，小次郎又露出了可爱的小酒窝，紧接着又是目光一凛：“对了，那你又是怎么认出我来的?”

“哈哈哈！我以前就听一刀斋先生说起过你的个性，像阁下这种俊才，可是天下独一无二的呢！如此年轻又如此好身手，除了小次郎，还能有谁？对了，你背后的宝刀应该就是‘晒天竿’吧？我早就听你师兄说过，你擅用长剑。”清十郎口若悬河地一边说着和一刀斋的交情，一边往小次郎脸上贴金。

“哈哈！这么说来咱们是不打不相识喽?”小次郎仰天长啸，“快哉快哉!”正要把刀收进鞘里，却见这血染的刀刃上还在“滴滴答答”地落着血滴。

“呃……这个吧……其实我也不是好事之人……”说起刚才的这场血战，小次郎也没想到事情会发展成这样，便把事情的来龙去脉和盘托出。清十郎一听，也就明白了事情的缘由，顿时气得牙痒痒。

“岂有此理！这个祇园藤次，真是丢人丢到家了！让您见笑了，我回去一定好好教训他!”清十郎的脸红一阵白一阵的。

“哎呀，其实这也不能全怪他。”清十郎都这么说了，小次郎也不得不顺着台阶下来，“只要他不记仇，我这边肯定也不会上赶着去计较这些小事。话说我也是个犟脾气，一旦交手就非得分出个胜负才肯罢休。再说了，他也是为了维护吉冈一派和您的名誉，没功劳有苦劳，要怪也只能怪他学艺不精吧。”

“啊，您不计较那自然是最好的!”小次郎一松口，清十郎连忙接过话头，“冲你这气度，你这朋友我交定了!”

见两人已经化敌为友，刚才险些丧命的那些徒弟才松了口气。两人唠家常的工夫，他们已经把丧命师兄弟的尸体掩埋妥当，并把刚才受惊的马给找回来了。

“既然是朋友了，你又没其他要事，不如你就跟我们回四条武馆逗留几天，咱们再好好聊聊吧!”清十郎牵着缰绳邀请小次郎上马。

“啊，这不好吧？我才初出茅庐，而你可是吉冈拳法的掌门。哪有让你给我牵马的道理?”小次郎推辞道。

“没事，反正我老骑在马背上也坐够了，正好牵马溜达溜达散散步。”

“呃……这样的话，那我就恭敬不如从命了！等你走累了咱们再换着来。”

清十郎微笑着点了点头。

原以为这“岩国的麒麟儿”是个目中无人桀骜不驯的主儿，看他刚才的表现想不到还挺客气。年关将至，想到一开春就要和武藏比武对决，如果有这么个人物给自己撑腰，到时候也会信心大增呢!

这么想着，清十郎露出了必胜的微笑。

山川无限

一

在东国的名人中，一方面，家原卜传和上泉伊势守算是个中翘楚了，另一方面，京都的吉冈与大和的柳生两家也功名在外，遥相对峙。

除此之外就是伊势桑名的太守北畠具教了，这人不仅功夫了得，在政治上也贤名在外。直到他去世很久之后，当地人仍然为他给桑名带来的繁荣与德政感怀在心。从这点看来，他不愧是个贤明的太守。

具教从卜传那里学习一太刀真传，此后卜传的正统便从东国转移到伊势。多年之后，卜传在天之灵不知会作何感慨。

卜传有个儿子，叫家原彦四郎，虽然从父亲那里得到一太刀的秘传，遗憾的是最终却未能领会其中的要义。父亲死后，彦四郎千里迢迢从老家常陆赶到伊势，想要拜访具教。

“我师从家父学得一太刀的刀法，听闻阁下也曾受教于家父，便前来与您切磋一下，不知阁下意下如何?”

具教自然不是傻瓜，一眼就看出师父的这个遗子是想来偷学武术。

于是他微微一笑，客气地说：“好吧。既然您这么要求，那我就献丑了，请仔细看着吧!”说完“嗖嗖”地快速演示了一番一太刀的绝技，出招之快，即便是旁观者也有点跟不上节奏。

彦四郎飞快地把这一太刀的每一个招式连贯地记在脑子里，回家之后便照此操练，可惜的是最终还是未能成大器。卜传流的刀法最终在伊势发扬光大了，一时间人才辈出，分外抢眼。

这才刚刚踏上伊势的土地，便从国人骄傲的口气中听到很多类似的美谈。这些故事倒是比盲目吹牛真实顺耳多了，也加深了来客对当地风土人情的了解。在无数过路的旅人中，有一个身量魁梧的武士正从桑名城下快马前往垂板山，他听到马夫一路上高谈阔论家乡的诸多事迹，禁不住点头称赞："原来如此，厉害！"

时值腊月中旬，虽然伊势已经渐渐有了些许暖意，但那古海岸吹向山谷的海风还是带着刺骨严寒。这坐在马车上的旅客却仅仅穿着单薄的奈良制上衣，外面罩了个无袖的脏马甲，单是看上去就让人觉得冷。

这个头戴斗笠的旅客脸庞黝黑，脏兮兮的头发也看上去跟好几天没洗过似的，像个鸟巢似的简单竖在头上。一路上慷慨激昂地说了那么久，马夫终于不得不咽口唾沫休息一下。在这个空当里他才有工夫仔细看了看这个旅客，不禁有点担心：光看他这身打扮，跟个流浪汉似的，能付得起我这车马费吗？可惜还没容他多想，这客人就下达了新的指示，居然要去一个鸟不拉屎的深山老林。

这下马夫有点儿哭笑不得了，他试探性地问："客官，您说的那个山沟沟地方很偏僻啊，现在天色这么晚……"

他停顿了一下，特地瞄了旅客一眼。见他只是点头不作声，心里跟被猫爪子挠了似的，痒痒得很。

他接着说："其实那边人烟稀少的也不繁华……"

旅客还是只点头不作声。

这个沉默不语的旅客正是武藏。从晚春到隆冬，这大半年的风吹日晒让他全身都散发着泥土的气息，连肤色都变成古铜色了，只有两只眼睛依旧炯炯有神。

二

“您去那破地方做什么去呀？”马夫终于忍不住发问。

“我要去拜访一个人。”武藏也终于开了口。

“找人？那里也就只是住了几家庄户汉，您这是要找什么人啊？”

“我在桑名听说那里有个擅长用镰刀的高手，功夫相当了得。”

“哦，原来您是要找宍户梅轩啊！”

“对对对，就是宍户先生。”

“那人精于冶炼镰刀，据说使镰刀也使得好。怎么，看样子客官是个修行武者？”

“嗯。”武藏微微点了点头。

“不过依我看，您要是有闲工夫去拜访宍户梅轩，倒不如直接去松坂，那里才有个闻名伊势的高手呢！”

“那又是个什么人？”

“怎么，您不会连神子上典膳都没听说过吧？”

“啊！你说的是神子上先生啊？”武藏早就听说了伊势有这么个人物，敬仰已久只是暂时没找到合适的契机。不必多问他已了然于心，便默默地坐在马背上任其颠簸。远远望去，四日市旅店的屋顶越来越近，不一会儿就进了城。他们随便找了个吃饭的摊子坐下来，吃饱喝足才好继续上路嘛。

直到现在，看见他踮着一只脚走路的样子，马夫才留意到，原来他另外一只缠着裹布的脚受了伤，脚踝肿得老高了，现在还化了脓。看他也不像贪图享福的人，难怪租马车呢。

一直以来，武藏总是悉心保护自己的身体不受伤，毕竟伤病对于修行武士的打击是巨大的，特别是在比武之前。可那天路过嘈杂的鸣海港时，武藏却一不小心踩着了集装箱板上的一颗钉子，从昨天开始就高烧不断，脚踝也肿得跟个柿子似的。

难道这就是不可抗拒的敌人吗？

对于捣乱的钉子，武藏也能联想到成败——要是这钉子也是个武士的话，自己这一不留神就要败给对手了。这对他简直是一种耻辱。当然，如果自己功夫到家的话，在草鞋碰到钉子的那一瞬间，也是应该能够敏锐地躲开的。

自问自答之后，武藏得出了一个结论：都怪自己功夫不到家啊！自己只是练就了一手好刀法，但剑术还是没能与心神合一，想要达到的剑术顶峰还是未能如愿，所以忧心忡忡。

自打今年晚春拜访了大和柳生山庄以来，这大半年武藏也没闲着，他的武艺在游历中得到修习，自问并没有蹉跎宝贵的光阴。

伊贺，近江路，美浓，尾州，他一路上历经各地的城池和山泽，寻求用剑的真理，达到登峰造极的境界。可是，什么又是这所谓的最高境界呢？

有一阵子他一直为这解不开的疑问而迷茫而苦恼，现在，他终于找到了答案。

这半年他历经无数高手，最后终于发现：原来这世上多的只是善用兵器的所谓高手，而真正能够达到人器合一的高手却寥寥无几，更何况是用剑于无形的人中之龙了。

三

人海茫茫，高人难觅啊！

这是武藏游历四海之后的感慨。可不知为什么，每当武藏想起“高人”这个词汇时，脑海中总是不经意间浮现出泽庵的身影——目前为止，也只有他才配得上被称为人中麟凤。

这得是怎样的机缘，才能促成和泽庵的相遇啊。对于这个改变自己命运的人，武藏总是心怀敬意，对于上天的这个赏赐，他打心底里分外珍惜。

想到泽庵，武藏的双手和躯干不禁感觉到一阵阵浸入骨髓的痛感，简直跟他当年被挂在千年杉上的感觉一模一样！这生理上的疼痛提醒着他，这段记忆已铭刻在心，永不会忘怀。

“哼，早晚得有那么一天，我要把泽庵也高高地吊在千年杉上，闲来没事心情好的时候就蹲在树底下对他也说教一番！”武藏心里嘟囔着。这不是恨，更不是报复，而是武藏对自己的激励方式。虽然在禅理上泽庵的修为已经达到最高境界，自己超越他的希望不大，但是在剑术上自己还是可以胜过他的。只要自己好好把握机会，专心修习剑术，哪天一不小心成为一代宗师，到时候自己就能如愿以偿了。那个时候，被挂在树上的泽庵会说些什么呢？武藏真的很好奇。

“善哉善哉，你能有今天的成就我也就心满意足了！”泽庵会欣喜地这么说吗？

不对，那个家伙肯定不会说得这么直接。他八成会打趣自己，“竖子可教也，你小子还真够意思！”

不管怎么说，武藏对泽庵还是抱着一种微妙的感情。不管用什么方式，武藏一定要凌驾于泽庵之上一回，哪怕能占一次上风，他也知足了。不过，就目前来看这也就算是他一厢情愿，他的修学之路，还有很长一段距离要走。

虽然最终还是没能见到柳生谷的剑宗石舟斋，但用不着比试，武藏就已经为他高洁的人格所折服，不禁为自己的莽撞、浅薄而羞愧不已。走过的路越多，对这世界的认识越深刻，便越发感到这修行之路的凶险和无常。世界那么广阔，可从前的自己目中无人不可一世，真是井底之蛙啊！现在他越来越深切地体会到，什么叫山外有山、人外有人。

多想无益。意识到这点之后，武藏便身体力行躲进深山苦心习剑。这次从山里走出来重新上路，光看他现在这结实俊朗的形象，便知道他在山里过的是什么日子。

那时候他脸颊消瘦，全身都是树枝的刮痕褶皱，干枯的头发上满是灰尘，脏兮兮地纠结在一起，只有牙齿是洁白的，不经意间咧嘴一笑，闪过一串洁白的珍珠。

终于决定下山了，他胸口燃烧着必胜的自信，在人群中打听可与自己匹敌的高手。

今天，他在桑名就听说了这么一位名叫宍户梅轩的使镰高手，只是不知他是不是徒有虚名。也罢，反正距离初春还有十多天，为了不留遗憾，武藏决定在赶回京都吉冈武馆之前先会会这个梅轩。

四

到达目的地时已是深夜。

武藏把车马费给了马夫之后便告诉他可以回去了，谁知这马夫却说天寒地冻的地上的雪还没化，更何况还是大晚上的不好赶路，便提出想在武藏拜访的人家借宿一晚。

武藏抬头看去，这一代地处伊贺、铃鹿、安浓几座山麓交界处，除了山还是山，四处全都是白茫茫的一片，的确不适合赶夜路。于是他回过头去对马夫说：“好吧，那你和我一起找吧。”

在这附近的百姓说梅轩是个铁匠，要是天还没黑的话一定很好找，可惜现在夜深人静漆黑一片，连个照明的灯火也没有。这可怎么找呢？

正在他们一筹莫展之际，“咣——”的一声打铁声打破了这片沉寂。武藏眼前一亮，很快就寻到了一家铁匠铺。

发出声响的正是铁匠梅轩的家，只见这家屋外堆着一堆铁家什，屋里熏得黢黑，隐隐约约中只有一点微弱的灯光，一位妇人正背对着火炉在工作。

“晚上好！打搅了——哎呀，真暖和呀！让我先进来烤烤火。”马夫先行探路，一靠近火炉就不愿意离开。

身后突然冒出来两个陌生男人，还大大方方地上前烤火，这妇人略微一惊，随即停下手头的工作问道：“你们是谁？”

“有个远道而来的客人专程来拜访你家先生，我是他的马夫，从桑名赶过来的。”

“哦？”这妇人瞥了一眼他身后的武藏，有些不耐烦地皱了皱眉头。看来她对这些慕名而来比武的人是司空见惯了。这个看上去三十多岁的美丽妇人，向对小孩说话似的吩咐武藏说：“你去把门关上，外面的风呼呼地往屋里灌，冻得孩子该着凉了。”

武藏低头应了下来，径直走过去关上屋门。转身间无意瞥见墙壁上挂着十来把锁链镰刀，眼睛为之一亮：难道这就是传说中的武器？

武藏以前听说过梅轩的兵器，好像就是这个样子。他此行的目的就是亲眼见识一下这种武器并讨教几招，也好开开眼界。

没等他开口，这妇人起身放下打铁锤爬上铺着席子的房间。武藏还以为她要给他们泡茶呢，谁知她竟旁若无人地躺在被窝儿里给孩子喂奶。边喂边用嘲笑的语气说："你们来找我丈夫不就是为了比武吗？今天算你们走运，幸亏我丈夫不在家，要不然恐怕现在早就小命不保了。"

五

一听她说这种话，武藏便有些生气了。自己千里迢迢来到这鸟不拉屎的山沟沟，可不是为了平白受着铁匠媳妇的嘲笑的。虽说在一般女人眼里，自己的丈夫都要比他的真实情况要优秀一些，但盲目崇拜到如此地步，也真让人无语了。

武藏懒得跟她辩解，便说："梅轩先生不在家，那真是太遗憾了，不知他去哪里了？"

"他去了荒木田家。"那妇人嘴角上扬，骄傲的情绪还没有收回来。

"荒木田家？"武藏印象里好像没有这么个人。

"怎么，你来了伊势，不会连荒木田家也没听说过吧？哈哈哈！"妇人笑得更猖狂了。

这时，睡梦中的婴儿突然哭了起来，妇人不再搭理他们，回到床上抱着孩子唱起了催眠曲。

武藏本来就是自己找来的，也没有提前通知或者找人引荐，这次看来是真见不着梅轩了。眼睛又回到了墙壁上挂着的锁链镰刀，武藏没抱太大希望，问妇人说："这个镰刀，我可以摸摸吗？"

"你随便吧。"迷迷糊糊中，这妇人的回答倒是很干脆。

武藏伸手取了一把下来，仔细端详着。原来这就是近来江湖上盛传的锁链镰刀啊！他拿在手里来回摩挲着，敬意油然而生。这只不过是支一尺四寸长的木棍罢了，可以叉在腰际。但这木棍的精妙之处在于其中一端别着个扣环，上面挂着根长锁链，锁链尾端是颗铁球。看上去倒是不起眼，但是真要挥舞起来也足以敲碎人的头骨。

“啊，原来镰刀藏在这里边呀!”武藏左手拿着镰刀，右手抓住一端的铁球，摆好架势想象着迎敌的招式。

“哎呀呀，一看你就是个外行，这锁链镰刀可不是这么使的。”妇人看在眼里，急在心里，随即起身，遮住胸前的衣襟走到房子正中的空地上。

“像你刚才持刀的样子，早被人砍死了，应该这样做。”说着，这铁匠铺的女主人夺过武藏手中的镰刀，摆起把式来。

“啊!”武藏被这出其不意的举动惊呆了。

看她刚才喂奶的样子，也不过是个充满母性光辉的寻常妇女。谁能想到这兵器一上身她就像换了个人似的，一招一式透着股英姿飒爽的帅气，美得令人炫目啊!

剑光归位，只见这青色的镰刀背上隐约刻着几个字：宍户八重恒流。

六

“就是这么使的。”说完，她把锁链镰刀收成一根木棍挂回墙上。

就这么结束了？半晌，武藏的脑海里浮现的全都是她刚才舞刀的身影，好想再看一遍！但是妇人已不再理会他，自顾自地又去厨房忙活起来，准备明天的早餐。

连他的女人都能有这么好的身手，梅轩功夫肯定更加高强了!

“这荒木田是什么人啊?”武藏渴望能和梅轩一较高下，但他媳妇说他现在正在伊势的荒木田家做客，便悄悄向身边的马夫打听。

“他是伊势大神宫[①]的神官——”马夫强睁开半只眼，懒洋洋地说。还是屋里暖和，这马夫倚在火炉边的墙角都快睡着了。

“大神宫……”武藏默默念着。看来想要找到他，只要到神宫一问就好了。行，就这么办了！下定决心，武藏才心满意足地席地而睡。

第二天一早，天刚蒙蒙亮，武藏便把马夫从睡梦中扯回了现实，要他带着去大神宫。马夫本来还担心这个客人付不起钱，但看在他昨天付款及时信用良好的分儿上，到手的生意也不能推了不是？两人即刻启程，终于在黄昏时分赶到了大神宫前。

可能因为正值隆冬的缘故吧，街边的茶馆全都冷清得很，偶有几个风尘仆仆的过路人前来歇脚，门口停着屈指可数的马匹。

“请问——听说宍户梅轩先生现在正在大神宫做客？”歇脚的工夫，武藏便派人去荒木田家打听。出乎意料的是，荒木田家的管家却回答说并无此人。

失望的同时，武藏的脚疾又复发了，踩到钉子的伤口肿得更厉害了。

武藏从别人口中听得一个偏方，说是每天用豆腐渣泡在温水里洗脚就能消肿。于是第二天，武藏便在旅馆里洗了一天的脚。

“已经是腊月中旬了。”武藏看着洗脚盆里的豆腐渣，有些焦急。马上就到了和吉冈家决战的日子了，何况在这之前的正月初一他还在五条桥下和人有约，可这脚伤还是治不好，

① 神宫：世代皆任神职之家。

真是急死人了。

要是自己没来伊势，直接回京都的话，时间上就来得及了。

武藏有些后悔，望着泡脚的温水，恍惚中觉得脚快肿成豆腐了。

七

旅馆的人把祖传秘方都用上了，可武藏的脚还是越肿越大，沉重得快要迈不开步了，只要盖上棉被伤口就燥热难耐。

细细想来，似乎自从懂事以来自己还从来没有卧床超过三天以上。偏偏在这个节骨眼上受了伤，搞得武藏心急火燎的。武藏第一次意识到，原来自己的敌人不仅仅是外在的看得见的武林高手，还有自己内在的敌人，比如说病魔。

“不能输，我不能输!”武藏勉强盘腿而坐，咬牙切齿地想。好强如他，即使疼得快要窒息也不会向病魔认输。

武藏凭窗而坐闭目养神，看似风平浪静的表面之下实际已经波涛汹涌了，两股暗流对峙的结果是意志终于战胜了病魔，本来为忍耐疼痛而涨得通红的脸颊渐渐恢复了常态，头脑也开始清醒了起来。

他睁开眼睛，映入眼帘的是外宫和内宫交界处的一片神木。神木前有一座山，东边可眺望昭雄山。这两座山中间有一座如剑锋般耸立的高峰，不卑不亢地傲然耸立，睥睨群山。

“那就是鹫岭吧?”武藏仰视着这一览众山小的鹫岭，突然感觉浑身又充满了斗志和征服欲。没错，这种被俯视的感觉，像极了缘悭一面的石舟斋！鹫岭上飘来一朵云彩，幻化成石舟斋的面孔，像是在嘲笑着他的脆弱和意志消沉!

看得入神，武藏的魂魄仿佛都被鹫岭吸走了，回过神来才又感觉到脚上的疼痛："啊，疼死了！"他龇牙咧嘴地抱着脚，目光掠过窗外，这精神上的力量还是战胜了肉体上的疼痛。

"喂！喂！来人呀！"他顾不上脚上的疼痛，握拳捶床叫着旅馆的侍者，"快来给我收拾好便当米饭，再给我把草鞋拿来，我现在就要出发了！"

神 泉

一

《保元物语》中的伊势武者平忠清就出生于这个古老的城市。一晃多年过去，现如今这个古城最具代表性的，却是路边茶馆里的姑娘们。

这些茶馆一般比较简陋，就是在竹子撑起的柱子上搭上个遮阳棚，里边一字排开的姑娘看起来比沿途的松树还多，个个浓妆艳抹搔首弄姿，不分昼夜地守在路边招揽男客。

“这位大爷，走了那么远的路也该累了吧？快点儿进来歇歇脚吧？”距离茶馆还有一小段距离，就有甜腻的香气迎面扑来。

“哎呀客官，您的脚怎么肿成这样了，让人家给您捏一捏吧？”一双雪白的手臂不容分说便把他拉向怀里。

“哎哟哟，您怎么板着一张脸啊？人家长得有那么难看吗？嗯，男子汉大丈夫的不要害羞嘛！”这个嗲声嗲气的姑娘努起红唇，撒娇的样子像极了迫切等待雨露浇灌的娇嫩花朵。

这里是通往内宫的必经之路。即便过路的旅人不愿意，也还是难免被这些个眼疾手快的女人缠住。

武藏涨红了脸，像个不知男女之事的大老憨。被她们这么一搞，现在连手脚都不知道往哪儿放好了，浑身跟木偶似的僵硬不自在。

这些姑娘还从来没见过这么好玩儿的男客，顿时来了兴致。你一言我一语地戏弄起他来。“哎哟哟，看样子不会还是处男吧？需要姐姐们带着你玩吗？哈哈哈!”眼瞅着几双玉手就要一起纠缠上来，武藏如临大敌，也顾不得脚上的疼痛了，咬着牙落荒而逃。

身后女人娇柔的笑声紧紧追随他的脚步，隔着天空袅袅传来。武藏的心突突直跳，那缠绵的玉手和迷离的眼神，伴着暧昧的脂粉香气袭来，不经意间便扰乱他的心神，令他热血沸腾，久久不能平息。

毕竟是成年男人，不可能对女人毫无感觉。在漫长的修行旅途中，武藏也遇到过许多桃色诱惑。在那因生理刺激而无眠的夜晚，脑子里闪过女人的脂粉味和红润的香唇，便令他欲火焚身。这和以剑临敌不同，因为这种冲动根本无法控制，唯有脑海中幻想出小通欲拒还迎的娇羞模样，这情欲之火才能得以宣泄。

好在自己还有一只没受伤的脚，要不然还不被那群女妖精给生吞活剥了。真是不幸中的万幸啊！从旅馆出来的时候，武藏的脚还是肿得厉害，根本穿不进鞋。他只好把它简单一裹就上了路，只是每走一步都是钻心的痛。

甜腻的青丝还在眼前纷扰，武藏狠狠跺了一下受伤的脚，剧烈的痛感终于使他从粉色的暧昧幻想中清醒过来。

“真倒霉!”一步一疼，这真是要作死的节奏啊！武藏满头大汗，全身的骨头架子都快被拖垮了。

但是一越过五十铃川踏入内宫，武藏整个人就豁然开朗起来。只见这里山清水秀，草木茂盛，虽然不知道是否有神灵存在，但这感觉应该就是传说中的仙境了吧。

“哎哟哟!”武藏一般不会喊疼，但突如其来的剧痛却疼得他一屁股倒在内宫前的大杉树底下。他抱着自己的脚仰躺在地上，忍不住呻吟出来。

二

那个抱脚仰躺的人是个活化石吗？他怎么一动也不动？

脚上肿胀的脓包像是感染了，烧得他滚烫滚烫的，而冲向皮肤的却是腊月里寒夜的刺骨疾风。

没过多久他便失去了知觉，但意识还是非常清醒。就他这个伤势，按理说还是留在客栈乖乖治疗比较靠谱，可不知哪儿来的那么股子邪劲，非得那么冒冒失失地跑出来，也活该自己现在吃苦头。

武藏躺在这内宫的大杉树底下，仰面看向天空，远方的灯火处传来天籁之音。那就是传说中的子等之馆，是在大神宫工作的可爱的清女①的住所。刚才那美妙的乐声，大概就是神女②们摆弄笙箫管器练习神乐的声音吧。

稍微缓过劲儿来，武藏便跟螃蟹似的一瘸一拐地横着往鹫山的方向移动。从后门穿过子等之馆，还有五六百米就是五十铃川了！

黑黢黢的岩石边，竟有一个赤身裸体的男人打破冰层用泉水冲拭身体。这么个大冷天，他简直是疯了！幸好没被神官发现，要不然准会被骂。

有本叫《太平记》的书上曾经记载过，说是从前在这伊势地方有个叫仁木义长的弓箭高手，就在这五十铃川附近靠打渔为生，甚至连捉鸟的雄鹰也能驯为已用。可正是这个攻下神领三郡的壮汉，在人们歌颂他的威武雄壮时居然就突然发

---

① 清女：平安时代女文学家清少纳言的别称。

② 神女：在神社从事奏乐、祈祷的未婚女子。

狂了。要是人们看到今夜这个裸体男子，难免会怀疑他被那恶灵附身吧？

那人终于爬上了岸，站在岩石上擦拭着身体——这个疯子，居然就是武藏！只见他满身的汗毛都冻上了一层薄冰，像尖针似的在竖立在寒风中。

三

若是连这点肉体上的苦痛都忍受不了，又怎么能够战胜数不胜数的敌人呢？武藏自我勉励道。远的不说，再过几天就是和吉冈清十郎决战的日子了。

吉冈一派对自己早就积怨已深，想也想得出这一战将是怎样凶险和复杂。为了维护吉冈一派的名声，他们一定会绝杀自己，不管用什么手段。而自己，绝不能就这样坐以待毙！

抱有必死之心决斗，这原始动物的狠劲是武士高手临战的心态。关于这一点，武藏却不敢苟同。为什么要赴死？凭什么动不动就先入为主地认为决斗一定会输？有这个工夫，倒不如拿出斗志来想想怎样才能活、才能胜。只有胜，才是一个武士应有的唯一信条！

路途并不遥远——从这里到京都只有四十里地，抓紧时间的话三天便能赶到。只是，这心理上的准备却不是短短几日就能完成的。

自己是否已有了必胜的把握？武藏扪心自问。遗憾的是，疼痛的本能反应已经做出了回答。武藏不得不承认自己的青涩和不成熟，自己要想达到宗师的境界仍有很长的路要走。想想奥藏院的日观，柳生的石舟斋，再就是泽庵和尚，哪怕自诩再高，在这些真正的宗师面前依然相形见绌。

“还差得远呐！”仔细想想过往的经历，从自己粗枝大叶的细节中总能找得出一些纰漏。

然而，此时此刻恐怕已等不到自己成熟的那天了。大敌当前，虽未做好迎战的准备，却也必须赶鸭子上架并争取胜利。

“我一定要赢!”武藏抖擞精神大喊一声，穿过神木林向五十铃川的上游挪去。

四

这么拼命目的何在？自己到底要上哪儿去？武藏疯子似的在这一带的原始森林中攀爬，心脏怦怦乱跳。

为什么？为什么?!

也许就是在神泉裸泳所受到的惩罚吧！现在的武藏活脱脱像只发狂的怪物，披荆斩棘地和藤萝做斗争，一步一步地征服着脚下的岩石努力往上爬。若不是他心中有个伟大的目标，这样的险境想必没有人能涉险过关。

过了五十铃川约莫一两公里的地方有一条水流湍急的溪谷，连岩石缝隙的鲶鱼都没法游过。越过溪谷还有一片断崖，据说只有猿猴和天狗才能越过去。

“那边就是鹫岭了吧!”他眼里冒着征服的火光，丝毫没有把断崖峭壁放在眼里。

现在看来，他把随身杂物全都放在子等之馆没有带来，必是早有打算。武藏牢牢抓住断崖上的藤条一尺一尺向天空的方向爬去，力气大得惊人，仿佛有神力从天而降牵引着他向上，再向上……

“成功了!”武藏征服了断崖，仰天大声欢呼。居高临下，五十铃川的白色溪流尽头就是二见浦浅滩，曾经似乎遥不可及的景色尽收眼底。极目远眺，前方夜色朦胧之处，阴冷险峻的鹫岭在浮云中若隐若现。——在旅馆养伤时，武藏曾每日每日地仰视着这座高不可攀的山峰，而今天，他不再满足于臣服于它！

这座山就是石舟斋！

这个阴影曾盘踞在他内心深处。每当他眺望鹫岭，总是感觉到它就是石舟斋，嘲笑自己每天挣扎在脚伤的痛苦中却无力解脱，这种感觉让他厌恶。

武藏就是抱着这样的想法才来到这里。若不是想要甩掉柳生石舟斋落在自己心底的阴影，消除这令他头痛的压迫感，他也不会毅然决然地拖着伤脚离开客栈，又在神泉裸浴，冒着粉身碎骨的危险费尽千辛万苦才登上这座悬崖。

如今，他双眼闪烁着胜利的光芒，从此以后，他再也不会受石舟斋这个巨人的阴影所左右！

“石舟斋，原来你也不过如此啊！”武藏一鼓作气，踏着脚下的山泥，咬紧牙关向山顶做最后的冲刺。若是连征服鹫岭的这点自信都没有，还有什么勇气去京都再战吉冈一门？武藏这么想着，被神泉凝冻的冰凉的血液循环得越来越快，竟然从皮肤毛孔的缝隙中喷发出热气腾腾的盛气，不知不觉脚力也越来越重，足底的草木俨然成为不抵压力的败兵。

这本是座连登山行者都无法征服的山岳，此时此刻，武藏却与它肌肤相亲，偶尔步履偏斜，便会有踩落的碎石子落入深渊深处，良久没有回音。

一百尺——二百尺——三百尺——从山底望去，武藏的身影越来越小，最后和临近山顶的白云融为一体。

鹫岭像一个巨人，冷眼俯视着武藏的一举一动。

五

武藏像一只螃蟹似的四肢紧紧环抱着岩石，小心翼翼地向触手可及的顶峰挪去。越往高处风力越大，这时只要稍不留神手指一松，便会随脚下踩落的岩石一起坠落山崖摔个粉身碎骨。

“呼——”武藏感到心脏都快要从嘴里跳出来了，周身汗毛倒立，每爬一点儿就得稍稍停留下来喘口粗气。他不敢分心多想，向上是他此时唯一的目标和动力。

神苑那太古时代的森林、五十铃川白色的溪流、神路山、朝熊以及前山的诸峰、鸟羽的渔村甚至伊势的大海，这方圆百里的景致尽收眼底——马上就要到山顶了！

温热的汗水划过脸颊，突然有种异样的暖流涌上武藏的心房——武藏微微把头倚在岩石上，像是伏在母亲温暖的怀抱，真想好好躺下来舒舒服服睡一觉啊！

不好！就在此时，他脚尖的岩石开始松落，这短暂的陶醉竟然差点儿要了他的小命！高手过招，一念之差便能决定胜负。

“畜生！”武藏定了定刚才险些松弛的心绪，继续攀着岩石向上爬去。

只差一点儿了！

“石舟斋这厮！”

“日观、泽庵这两个臭秃驴！”

武藏像是诅咒似的嘴里大声喊着给自己加油鼓劲，每走一步，目标就更近一些。他想象着那些深不可测的高手正被自己一步一个踩在脚下，心情越来越畅快。突然，一阵风沙迎面吹来，夹杂着的沙砾结结实实地砸在他的脸上，武藏屏息埋头贴在岩壁上躲避，内心却凯歌高唱，如拨云散雾般的澄澈。

“看！我终于成功了！”屹立鹫岭之巅，紧绷的意志之弦突然松弛下来，武藏不堪疲惫卧倒在胜利的朝霞之中，任凭风沙捶打着脊背。

此时此刻，武藏已与这天地、自然浑然一体，你中有我，我中有你，一种无以言喻的快感流淌周身。

“啊！我已征服了鹫岭，从此之后再没什么能够打败我了！”武藏喃喃念着，终于在这黎明初透的时刻沉沉睡去。

不知什么时候，绮丽的朝霞已悄悄爬上山腰。他突然睁开双眼，跟个原始人似的朝向天空伸展着结实的臂膀，舒舒服服地伸了个懒腰。奇怪，自己居然轻而易举地站起来了?

他突然意识到什么似的，低头仔细观察着受伤的脚丫。只见一股青黄的脓汁从脚下的土壤蔓延开来，足足有一升。轻轻嗅去，在这清澄的天界上除了人体的异味，还弥漫着一缕万物复苏的香气。

风　车

一

武藏面向大海，坐在烤海螺的摊子前。

“客官有没有兴趣坐船出海溜一圈玩儿呀？我们的船上正好还有俩空位，一看就是特意给您准备的，您真是太幸运了！”一艘小船往岸边靠过来，不等船停稳，船老大便掀开帘子探出头来开始招揽生意。

“卖海螺、新鲜的海螺喽！先生，刚刚挖到的海螺来一点吧？这可是我们这儿的特产呢，又肥又鲜包您吃了还想吃！”武藏还没来得及回船老大的话，两个海女[①]提着刚捞上来的海螺篮子笑盈盈地走了过来。

武藏脚上的纱布已经被脓血浸透了，纠缠了他好多天的发烧肿痛等一系列并发症居然就这么奇迹般的痊愈了，一时间还真有些不习惯。他挥手回绝了拉买卖的这些人，只是拜托海女帮他买了双新鞋袜。这会儿工夫，他正起身踏着沙滩向海边走去。盐水泡脚能消毒，这些常识是长年行走江湖的武士所必备的。

从今天一早开始，武藏便忘记了伤脚的疼痛，不仅恢复了体力，更难得的是心境上也豁然开朗，充满了欣欣向荣的希望。穿上新鞋袜，武藏在大地上大踏步地奔跑跳跃，毕竟

---

① 海女：潜水采贝的渔女。

“瘸”了这么久，也得寻找一下正常人的感觉。还好，只是有些轻微的疼痛，不会影响大局。

“客官，你不是要到大凑去吗?”去大凑的船马上就要启程了，烧烤摊上的老大爷好心提醒武藏。

“是呀，到了大凑再倒船去四日市和桑名。对了，今天是腊月多少来着?”

“哈哈哈，您真是贵人多忘事啊，居然连日子都给忘了。今天是腊月二十四，马上就要过年了。”

“才二十四啊?”距离和吉冈武馆会武的日子还有一段时间，武藏长舒了一口气，快步跑向开往对岸大凑的船只，步履轻盈得像是快要飞起来。与此同时，小通和城太郎正在宇治桥边挥别送行的清女，即将向大凑方向启程。在同归的殊途上，不知谁先到呢?

一丝暖意夹杂在寒风中呼啸而过。茫茫人海中，有些人不期而遇，有些人缘悭一念。冥冥中似乎感受到熟悉的温婉，武藏使劲儿摇了摇脑袋，这才清醒起来，竟然有些淡淡的落寞。

船桨拍打着波浪，在伊势海上激起片片涟漪。眺望沿岸，古市、山田、松板的行道树一一向船尾流去。要是在松板就下船，应该很容易就能打听到神子上典膳——这个人称“伊势鬼才”的神人的消息了。可惜时间紧迫，武藏还有更重要的事要做，只好打消念头在津镇下了船。

二

“老板！老板!”刚从港口出来，便听见一个十六七岁的像是在铁铺打工的小伙计在身后喊着：“不好了！咱们打铁的锤子落在船上了!”

"那还废什么话？赶快回去拿回来呗！连咱们用来吃饭的活计都能给弄丢，当心老子敲碎你脑袋！"刚一踏进码头路旁的杂货铺就听见这个坏消息，不禁厌烦地眉头一皱。

"好好好，您先别生气，我这就回去拿就是了。分分钟的事儿！不用急。"这小伙计还算机灵，转身就往来时的路上跑，跑了两步回头扒着门缝，谄笑着问："……对了，今天咱们不在这里过夜吗？好不容易出来一趟，反正事情也办完了，真的不再玩儿两天了？"

"败家玩意儿，就知道花冤枉钱！太阳还没下山呢，你给我动作利索点，也许咱们今天还能赶回店里。什么时候赶回去什么时候睡！"说罢，对着门外那不知好歹的身影吐了口唾沫。

乍看上去，这个四十二三岁的黑汉子比武藏还要黝黑，微微发红的头发像是烧着的火焰似的，卷曲着贴在头皮上。只见这人腰上还别着根两尺多长的木棍，棍子顶端的暗格里卷着一条带铜钩的锁链。要不是有人叫他"老板"，武藏还真以为他是个野武士呢。

"掌柜的，帮我把这个风车拿下来看看。……就是这一路颠簸的，拿在手上怕会给折坏了，插在领子上能行吗？"买卖人大都会察言观色。刚才还凶巴巴的大老爷们转眼间竟换了一个人似的，眼睛里满是小心翼翼的慈爱。

"怎么，买给孩子当礼物的？"掌柜的问道。外出工作还不是为了赚点钱养家糊口，此时此刻这个男人最大的欣慰就是回家看到孩子那惊喜的笑脸吧。

虽说这世界上铁匠铺可以说是遍地都是，携带锁链镰刀的更是大有人在，但武藏一路走来，巧的是这黑汉子居然和他同道而行。于是跟在后面的武藏特意在话里话外留意了一下，欣喜地发现他很可能就是自己要找的人……一弯微笑爬上脸颊，直觉告诉武藏：一定就是他！

“请问，您这是要回梅畑吗？”武藏试探着问道。

“没错，怎吗？”小伙计倒是快言快语，黑汉子还在一旁冷眼旁观。

“啊，太好了。想必您就是宍户梅轩先生吧！”武藏眼睛里流露出喜悦的光芒。

“正是在下，不过你是谁？你怎么会认识我？”黑汉子惊讶地问。

三

穿过铃鹿山，从水口一路走过江州草津——这条路就是通往京都的必经之路。前些日子武藏刚刚从这里径直走过，希望能在年底赶回京都畅饮那初春的屠苏酒。那时路过此地听闻宍户梅轩大名，武藏一看还有些许时日可以逗留，便去梅畑拜访。只可惜时不凑巧缘悭一面，武藏便也没放在心上。想不到今天竟能在这里见到他，看来自己跟锁链镰刀还挺有缘分的。

“在下宫本武藏，是个修行武士。前些日子曾到云林院村先生家中拜访过，遗憾的是只有尊夫人在家，没能见到您。”

“哦，原来如此。”梅轩面不改色，似是早有心理准备，“你就是住在山田客栈到处打听我的消息，想要找我比武的那个人？”

“看来先生已经听说过了？”

“嗯。其实那天我是去荒木田家办事了，只不过没住在他家里。我只是向神社街的一个朋友借了个工厂，在那里做了些非我莫属的活计而已。”

“啊，原来如此！然后呢？”

“我听说有个修行武士在山田客栈住下了，到处打听我的消息。当时正忙着呢，就没搭理——原来是你啊！”

“是啊，我听说您是用锁链的高手，还想要讨教几招呢。”

“哈哈哈，你不是见过我老婆了吗？”

“嗯。”

“那不就得了？那些个招式，我老婆都给你展示得差不多了。做人不能太贪心——你啊，实在没必要跟在我屁股后头穷追不舍，否则说不定还没看到一半就小命不保了。”黑汉子微微扬起下巴，划出一个傲慢的弧线。

不是一家人不进一家门啊，这两口子真是傲气得不知道自己姓甚名谁了。似乎这世上但凡功夫好些的人都有些傲气，这也不是不能理解。但自尊心如此之强、如此目中无人的，武藏还是头一回见哩。

武藏不动声色，只是抱以微微一笑。若是从前，武藏一定咽不下这口气，赤裸裸地瞧不起人嘛！只是从他重获新生的那一刻起，一路磕磕绊绊地走来便也低调谨慎了许多，自然也不会跟他置一时之气。特别是经历了宝藏院和小柳生城的两位大师的开悟，泽庵那“人外有人、天外有天”的教诲更是牢记于心。现在的武藏，在持有自尊的同时又具备了能够容人的风度，为了能够全方位地悉心观察学习对方的本领，甚至能够适时地放低姿态。

“您说得没错。”虽然对方出言不逊，在没有搞清对方底细之前，武藏不会轻易下结论。“尊夫人演绎那八重垣流锁链招式的风采真是亮瞎眼了，目睹过她那飒爽的英姿，现在更是期待您的演绎了。若是能和您共同探讨一下使用锁链镰刀的技艺，在下更是感激不尽了。”

“怎么，只是探讨一下？那好说。今晚你要住在关所的客栈吗?”见对方话里带着敬仰，梅轩露出满意的微笑。

“正有此意，不过我对这一带不熟，要是找不到合适的客栈的话，不知能否在先生家凑合一晚?”

“我家可不是旅馆，没有待客的铺盖。要是你不嫌弃，就在我徒弟岩公的屋里凑合一晚吧。”

四

到达时已是黄昏。

红色的晚霞给铃鹿山下的这个小村庄铺上了一层曼妙的薄纱，白日里的喧嚣渐渐趋于沉寂，与山涧那一面宁静的湖水静默相望。

岩公率先回家通告，女主人笑盈盈地抱着孩子迎了出来：“你看，你看，爹爹回家喽！有没有看见呀？爹爹回家给宝宝买好东西——”

原本傲慢自大的宍户梅轩，大老远的就开始笑得合不拢嘴，“哎哟哟，我的小乖乖，真是想死爹爹了！你看，爹爹给宝宝买的小风车，喜欢吧?”边说边递上刚买的风车，脸上写满了疼爱。

这夫妻俩手舞足蹈地边逗弄着孩子边进了屋，压根儿把武藏这个外人抛在了脑后。直到吃晚饭的时候才突然想起来：“对了，那个修行武士还在门外晾着呢，叫他一起吃饭吧!”

“什么?”梅轩的老婆往工作间瞄了一眼，只见一个熟悉的身影正在不紧不慢地烤火，连草鞋都没脱，顿时脸拉得老长了：“前几天那家伙不是来过一趟了吗？怎么今天又来了?”

“就让他和岩公一起睡吧。”

“就他?！上次来的时候我给他拾掇了一张草席睡在火炉

边上，今天也这样好了。”女人噘着嘴，能让他留宿一晚已是仁至义尽了。

“喂，年轻人！”梅轩从火炉上拿了瓶刚刚暖好的酒一边往杯子里倒一边问：“你喝酒吗？”

“不排斥。”

“不排斥就好，那就来一杯吧！”

“那我先干为敬。”武藏倒也不扭捏，举起杯子向梅轩致意后一饮而尽。

“看你这么年轻还挺懂规矩的，今年多大了呢？”梅轩露出赞许的表情。

“过了年就二十二了。”

“老家哪里？”

“美作。”

“美作？”武藏话音未落，宍户梅轩便瞪大眼睛从头到脚地再次重新打量着武藏，“啊，对了，你叫什么名字来着？”

“在下宫本武藏。”

“武藏……是这么写吗？”梅轩拿起筷子便在空气中比划起来。

“对，就是这个武藏。”武藏点了点头。

这时，梅轩的老婆把晚饭的菜肴端上了桌。

“来，边吃边聊！”梅轩往武藏碗里夹了些菜，“你是打小就叫宫本武藏吗？”

“不是，我是十七岁以后才改姓宫本的。”

“那就对了，你十七岁时是不是和一个叫又八的小伙伴去关原打过仗？”

听到这里，武藏一惊，“怎么，听这话您对我的过去很了解呀？！”

五

“只是猜测而已，毕竟我也为关原大战效过力。”见武藏这么问，梅轩急忙转变态度，“我就想呢，怪不得觉得你面熟，原来是一个战壕里爬出来的兄弟啊！”

“那么说，先生是浮田军那一派的喽？”

“我那时在江州野洲川，跟那里的乡士一起投靠了浮田家的阵营，也算是先锋军了。”

“原来如此，这么说来我们的确很可能打过照面。”在这里居然还能遇见老战友，武藏顿时倍感亲切。

“真是踏破铁鞋无觅处，得来全不费工夫啊。”茶余饭后梅轩喃喃自语道。只见他视线开始朦胧起来，像一团越结越浓的迷雾。

“嗯？”

“我是说，今天阁下能与我偶遇，自然是极其难得的缘分。来，为咱们的偶遇干杯！”梅轩眼里闪烁着特别的光亮，显然是异常兴奋了。

“对了，跟你一起的又八，不知现在还好吗？”

“唉，那以后就再没见过了。战后我们躲在伊吹的一户人家疗伤，伤养好之后就分道扬镳了。”每每想起又八，武藏总感到一丝惆怅。

“喂，孩子他妈，再拿瓶酒来！”梅轩对着倚在床上哄孩子睡觉的女主人说。

“大半夜的，你们准备喝到什么时？哪儿来的那么多话聊？”女主人嘟着嘴一脸不满。

“酒逢知己千杯少嘛！我们男人的事你少插嘴。”

“家里没酒了，你自己看着办。”女主人一剑封喉，噎得梅轩差点呛出来。

“岩公!”

“老板，什么事?”听见梅轩招呼他，岩公推开侧门探出个脑袋来。

“你给我去斧作那里赊一升酒来。”

等酒的工夫还是先吃点儿饭压压胃吧，武藏心想。不想才刚刚端起饭碗，梅轩就慌忙拦了下来：“我特意让伙计去赊酒了，等酒来了边喝边吃吧!”

“在下实在不胜酒力，现在已经喝得差不多了。还请先生不要为了我而添麻烦。”酒色微醺，武藏感觉原本灵活的舌头都有些变笨了。

“哪里啊?你太客气了，一点儿都不麻烦!”梅轩还在坚持，突然想到什么似的话锋一转，“对了，你不是要向我探讨锁链镰刀的精妙之处吗?我一定知无不言。只是没有美酒做伴怎能开怀畅谈呢?”

岩公很快就回来了，酒暖好之后便给武藏斟上，一边劝酒一边滔滔不绝地大谈特谈锁链镰刀在战场上的效果。

“在战场上，使剑的见到使锁链镰刀的往往就没得救了。为什么这么说?毕竟锁链镰刀和剑的御敌原理不同，一方面锁链可以直接缠住敌人的武器使它动弹不得，另一方面可用镰刀充当武器钩向敌人。”坐在桌边的梅轩凭空比划着，一手甩链，一手拉出锁链顶端内置的镰刀示范给武藏看。

“要是敌人过来了，你可以先用镰刀抵住对方的兵器，然后挥动锁链另一端的秤砣锤死他。看，这招也挺厉害吧?”

梅轩侃侃畅谈了十余种战术，武藏入神地听着，拼命地想要记住他所说的每一处精妙细节，完全置身于梅轩所营造出的战境中。

锁链、镰刀，两手并用事半功倍。

是啊！人有双手，而剑却只用到其中的一只手。他在心里暗自思量着：怎样才能充分利用资源让力量得到最大的发挥，这是个值得深思的问题。

六

不知不觉第二壶酒也见了底。梅轩不停地给武藏劝酒，自己却没怎么喝。听着梅轩传授武术心得，武藏不知不觉就喝过了量，居然史无前例地酩酊大醉了。

“孩儿他妈！你到后屋去拾掇拾掇床铺，我们今天睡后屋，这里的棉被留给客人吧！”

一直以来都是在这个房间哄孩子睡觉，他老婆本来还打算今晚也睡在这里，在他们喝酒的工夫早就和孩子一起钻进了被窝。

“他不是和岩公睡一个屋吗?”梅轩老婆好不容易把被窝儿给暖热了，不情愿再起来换地儿。

“蠢货！那也得看看客人是谁!”梅轩瞪了他老婆一眼，对武藏的态度也来了个一百八十度大转弯，“客人好像也有些累了，你抓紧给腾出个空儿啊!”

梅轩老婆合起睡衣起身到后屋去铺床，梅轩抱起熟睡中的婴儿往后屋方向走去，路过武藏跟前，他说：“虽然这间屋子的铺盖不是新洗净的，但毕竟靠近火炉夜里暖和。看样子您今天也喝多了，半夜起来还有烧开的茶可以喝。”

梅轩离开没多久，女主人便过来换枕头。不知梅轩对她说了些什么，才几分钟的工夫她便换了个人似的，脸上堆满了热情的笑容。“当家的说您旅途辛苦又喝多了，今晚就在这里好好休息吧。明天一早我起来做顿好饭，您也不用急着起床，睡到自然醒，吃完早饭再上路吧！”

“哦，麻烦你们了。”武藏含混地道了声谢。现在他脑子有点糊涂，连脱鞋宽衣都有些困难。好不容易躺进被窝儿，里边还封存着这对母子温热的气息。比被窝儿更燥热的却是武藏的身体，远远望过去，武藏通红的皮肤就跟烤乳猪似的，还冒着腾腾热气。

“那么，晚安吧。”女主人静静地看着武藏钻进被窝儿，“噗”地一下吹灭烛火，这才心满意足地离开。

武藏的脑袋上就跟箍了个紧箍似的越来越紧，太阳穴的脉搏激烈地跳动，令他头痛欲裂。

为什么平日里都能很好地控制自己的情绪，单单今晚却喝过量了？武藏忍住酒后的难受，有些懊悔起来。要不是刚才梅轩不断地劝酒……等等！那么高傲的梅轩居然会为自己亲自斟酒，他那冷淡待客的老婆也真舍得把刚暖好的被窝儿让出来——这态度转变得也太快了吧？

直觉告诉武藏这事必有蹊跷，可还没来得及细想，眼皮却越来越沉、越来越重，酒精的刺激使得他刚一沾床便昏昏入睡了。

炉火燃烧殆尽，只余下一小撮火焰在炉子里跳动，武藏均匀而沉重的呼吸无疑透露着这个信息：他已进入深度睡眠。

门缝里闪过一张白皙的脸颊。原来梅轩的妻子并没有离开，直到武藏入睡，她才蹑手蹑脚地回到丈夫身边。

七

同样的梦境，来来回回在武藏的脑海里翻转了好几遍。儿时的记忆断裂成破碎的片段，像有一条虫在他沉睡的脑袋里爬进爬出，伴随着似曾相识的歌谣，如梦似幻。

睡吧，睡吧
我的乖乖小宝贝
半夜不要哭哟
妈妈好心疼，好心疼

这是上次投宿时梅轩老婆哼唱的摇篮曲，带着浓浓的伊势乡音。唱着唱着，记忆似是回到了美作的吉野乡，还是婴儿的武藏幸福地依偎在一个三十岁左右的女人怀里，吮吸着甜美的乳房。虽然看不清这个梦中女人的脸，但武藏能够感觉到这只有母亲才能带给他的安全和温暖。

半夜不要哭哟
妈妈好心疼，好心疼

长长的石墙上生满簇簇青苔。夕阳西下，月上柳梢头。黄昏的府邸点亮了星星灯火。母亲抱着他边摇边唱着摇篮曲，白皙的脸颊上滑下两行清冷的泪水，落在地上便绽放出稀疏的梨花。

“你给我滚！滚回老家吧！”父亲无二斋的咆哮震耳欲聋。

母亲含着泪水，抱起武藏跑出家门，跑过长长的石墙，一直跑到英田川的河流里，慢慢走向河流深处。滴落的泪水融入河流，河水越涨越高，越涨越高……

“危险！”武藏使出吃奶的力气在母亲怀里扭动着身体，想要拉扯着母亲走出深渊。可母亲紧紧拖住怀中的婴儿，湿冷的脸颊紧贴着武藏的小脸。

“武藏啊！你到底是父亲的儿子啊还是母亲的儿子啊？！”

无二斋站在岸上怒吼。

母亲听了这话，把武藏往河床的草丛中一抛，随后投身到英田川的滚滚波涛中。武藏悲伤极了，哇哇的哭声响彻天际，连月见草都为之垂头叹息。

“不!”武藏猛然惊醒，才知刚才只是做了一场噩梦。梦中的女人真的就是母亲吗？事实上武藏记事以来便没再见过母亲，只能通过他人母亲的样貌来推测自己母亲的音容。不管梦中的女人是谁，冥冥之中武藏能感到她就在不远处，一直窥探自己的梦境。

“为什么会是今晚?”武藏睁开双眼，仰面紧盯着梁上乌黑的屋顶，炉中红色的光芒忽隐忽现。

武藏这才突然注意到，头顶的屋梁上还悬着吊下来一个风车，就是梅轩特地从外面买回来给他孩子玩的。仔细嗅去，棉被上还有母乳的香气——难怪会梦见去世的母亲。他望着风车，心中洋溢着无限怀念。

八

现在武藏没有完全清醒，但也没有睡着。只是微张着眼睛凝视着迎面转动的风车——等等！似乎哪里有些不对劲?

只见这风车转转停停——武藏心头一惊，突然睁大了眼睛，抓紧被角就要起身。

“奇了怪了。”武藏竖起耳朵，从刚才开始就能听到这家外屋有小心翼翼的开关门声，似乎还有人在进进出出。开合之间有微风吹过门帘，风车便会微微转动。五彩斑斓的风车时而转动时而停歇，像一只随风振翅的蝴蝶。

这下危险了。武藏抬起头，空气中充满了丝丝寒意，敏锐的皮肤感觉到杀气袭来，夹杂着血腥的前奏。为什么这家的主人宍户梅轩想要下此毒手？武藏左思右想，实在想不出一个合理的理由。

不会是进贼窝了吧？武藏也曾这么想过，但是就自己那点儿破烂行李又不值钱，但凡脑子正常的人大抵都看得出来，打劫自己没啥油水可捞。

他们恨我？应该也不会吧。

武藏不明就里，只感到自己的生命即将受到威胁。现在唯一能做的选择：是等在这里坐以待毙？还是抢占先机先发制人？

他悄悄伸手去将床下的草鞋拿回被窝儿。风车急遽地转了起来，在忽明忽暗的炉火的亮光下，咕噜咕噜地不断变幻着色彩。

门帘轻动，武藏的窗前突然冒出几团黑影——一个、两个，第三个进来的正是宍户梅轩！看着隆起的被窝儿，想不到这小子死到临头了还能睡得跟死猪似的，梅轩轻蔑地一笑。

三人以眼示意，屏气凝息，突然一人“啊”的一声踢翻了枕头，与此同时一人手持长矛刺向被窝儿正中间。

“你给老子起来，武藏！”梅轩后退一步，一手捉链一手持镰，怒目瞪向隆起的被窝儿。

九

怎么没有反应？

无论怎么戳刺砸砍，被窝儿里还是毫无反应。使矛的那个终于不耐烦了，持枪掀开被子：“啊！那小子跑了！”

原本等着瓮中捉鳖的梅轩顿时傻了眼，这时风车咕噜咕噜地快速旋转起来，梅轩率先反应过来：“门开了，快追！”说完立刻跳到门口，另外两人紧随其后快步追去。

“老大！老大！人逮着了吗？”门外把风的那人谄笑着贴了上来，本以为胜券在握的他想来拍拍马屁，谁知正好撞到枪口上了。

“人都跑了还逮个屁啊！”梅轩边骂边削了他一下子，“你是怎么把门的？眼睛是用来喘气的吗？！”梅轩恼羞成怒。

“啊？跑了？什么时候跑的？”

“你问我？我还没问你呢！全他妈是群酒囊饭袋！”一脚把那缺心眼儿的踢飞了，转头看见其他的人都愣在那里，不禁怒火中烧，“还愣着干什么？趁他没跑远，还不赶快去追！”

“是！”屋里屋外大约十来个乌合之众，立马四散追去。看这些人的气质，个个面目狰狞，和梅轩真是一丘之貉，他们全都听命于梅轩，看来这个铁匠也没那么简单。

他们兵分两路，约好谁先找到就向天空鸣枪示意以召集另一拨人。可惜没过多久，两拨人便都气喘吁吁地回来了，看他们垂头丧气的样子便知道没有追到。

炉边的梅轩沉默半晌，抓起几根木柴噼噼啪啪地折断，不知是为发泄情绪还是自暴自弃，狠狠地丢进火炉扬起一阵灰烬：“孩子他妈，还有酒吗？拿点儿酒来！”

十

折腾了大半夜，女主人怀里的宝宝受惊醒来哇哇大哭，她不耐烦地说：“喝喝喝！就知道喝！没有了！”

梅轩手下有些机灵的小弟抓紧回家拿了些酒过来，大伙儿边喝边放马后炮。

“想不到这小子还有两把刷子。”

“小王八羔子命还挺长啊？”

大家拿这些不痛不痒的话当下酒菜，一人一杯地敬着梅轩，想先把他灌醉睡去，“都怪把门的不好，下次再见到那小子，定要把他碎尸万段！”

“唉……”梅轩其实心里没有责怪大家的意思，只是刚才让武藏跑了实在有些不甘心，“其实要想对付他，或许我一个人就够了。只是四年前他才十七岁，我哥哥十风典马就惨死在他手下，实在不敢掉以轻心啊。”

“可是老大，你怎么就能确定刚才那个修行武士就是四年前藏在伊吹蓬之寮阿甲家的小毛头？”

“一定是我死去的哥哥典马在指引我——起初我也没想到会是他，可是一两杯酒下了肚，那家伙大概怎么也想不到我就是十风典马的弟弟——野洲川的野武士十风黄平！关原大战时他就叫武藏，后来才改姓宫本的——那可是他自己亲口说的，我还能错怪了他？这么多年了，一想到我哥哥惨死在他的木剑之下，我胸口就堵得慌！”

“唉，真可惜，这次居然让他给跑了。”

“现在天下太平，就算我哥哥典马尚在人世，恐怕也不能活得跟以前一样自在了。顶多和我一样靠打铁混口饭吃，要么就得跑到山上去当山贼。但不管怎么说，毕竟好死不如赖活着，这口恶气一天不出，我就一天不能善罢甘休！”

“刚才听你说，四年前那小子还有个同伴在？”

“是啊，还有个叫又八的小王八羔子。不过那事发生之后，听说他连夜带着阿甲和朱实逃跑了，现在还不知在哪里逍遥呢！我哥典马当年就是被那阿甲迷惑了，所以一不留神就丧了命。所以你们最好留神点，哪天突然会遇上阿甲也说不定。”

也许是酒精开始起作用了，梅轩开始低头打起瞌睡。

“喂！喂！老大，咱还是躺下睡吧，舒坦！”众人手忙脚乱地把梅轩抬上武藏刚刚睡过的床，直到宍户梅轩合上怨怒的眼睛鼾声四起昏昏睡去，才四散而去。

这些人原本都是伊吹十风典马和野洲川十风黄平的手下，受大时代的影响，现在有的做了猎人有的种田，不过依然追随黄平左右。只是江山易改本性难移，凶神恶煞的眼神里依然透着一股子蛮横的邪气。

夜深人静，只有远山布满白霜的野地里偶尔传来几声野兽的嚎叫。

十一

这些人离开之后，屋子迅速归于宁静，只有熟睡之人均匀的呼吸和野鼠磨牙的细微声响，像是什么事情都没发生似的。

紧接着，在厨房和锻铁房之间的柴火屋里，越过柴火堆向里面看去——只见墙壁旁边立着的蓑衣居然动了起来。紧接着蓑衣里分出一个人影，像是从墙里走出来的似的。

借着朦胧的月光看去，这个人正是武藏！

原来他根本就没有离开这户人家——之前佯装逃跑，实际上却在这里披着蓑衣戴着斗笠躲了起来。他从柴火屋走了出来，悄悄靠近梅轩床边。梅轩已经熟睡，只是貌似鼻子不太好，打出的鼾声有些奇怪。武藏在强忍着笑意不敢出声，紧绷的肚子一上一下一起一伏。

这次和宍户梅轩的比试，武藏无疑已经全然胜出。

刚才偷听到他们的谈话，武藏这才知道原来这家的男主人就是当年野洲川的野武士十风黄平。没想到他居然摇身一变改名换姓了，真是太险了！当年自己年轻气盛杀了他的亲哥，难怪他这么恨自己呢。这家伙虽然是个野武士，但心狠手辣脾气怪异，关键是好胜心特强还死犟死犟的，今天幸亏自己做了个噩梦才能免此一劫。要是今天心软留他个活口，想必他今后对自己还会穷追猛打，后患无穷。理智地说，先下手为强才能更好地保护好自己。只是……真的只有杀死他这一条路可以走吗？

武藏略一思量，从墙上摘下了一把锁链镰刀来到梅轩床前。

梅轩依然摊在床上呼呼大睡。

武藏用手指勾出镰刀一端的机关，把镰刀和木柄固定成直角，然后用湿纸包住锋利的刀刃架在梅轩的脖子上方。

“好了。”武藏摆弄完这些，露出满意的笑。

屋顶上吊下来的风车一动不动，似乎进入了梦乡。若不是他用湿纸包住刀刃，明天一早梅轩蒙眬中起身时便会命丧黄泉。当年自己杀死十风典马尚有理由，可这次实在没有十足的必要剥夺梅轩的生命。更何况冤冤相报何时了，若是今天杀了梅轩，他那襁褓中的婴孩自然会带着仇恨长大再来寻仇吧。

冤家宜解不宜结。今晚不知为什么，逝去的父母老是在他脑海里来回翻转。看着熟睡的这一家人，空气中弥漫着温馨的奶香。武藏好生羡慕这一家人其乐融融的生活，又怎么忍心去破坏这难能可贵的平静？

“谢谢你们照顾，祝你们有个好梦。”武藏默默地祝福这家人。

他轻轻推开窗户，转身消失在茫茫夜色中。

奔马

一

人在刚刚踏上旅途的头几天往往不会觉得累，甫一接触外界事物带来的新鲜感足以消除旅途的疲惫。

这不，此时此刻，刚从子等之馆走出来踏上新旅途的小通和城太郎就是这样的心情。自打从小柳生城出来以后，小通和城太郎便在沿途的子等之馆落了脚。小通笛子吹得好，那些清女都很喜欢她。只是这子等之馆门规森严，奏乐的清女必须是处子之身。有人的地方就有是非。小通毕竟孤身一人东奔西走的，为了免人闲话，更为了追随武藏的脚步，小通和城太郎便又开始了新一次的旅程。

“喂——小通姐姐，你快看哪！今天早上的太阳好漂亮呀!”蹦蹦跳跳的城太郎停下脚步，指着天边明媚的太阳兴奋地喊道。

小通粉面含笑，观赏着美丽的日出。脸上泛着红彤彤的朝气，确切地说，在太阳光辉的普照之下，天下万物都生机勃勃呢!

“小通姐姐，今天这条路上还没有别人呢，现在只有咱们两个打头阵，真是太好了!”

“哟，走在前面路程就能缩短吗?”

“缩短倒是不会，但是总比走在后面的吃马蹄灰好吧。对了小通姐姐，我走累了，咱们到前边的茶馆吃点饭，然后再租匹马来骑吧?”

“吃饭可以，骑马太费钱了。”出门在外，不能不精打细算。还不等小通说完，城太郎便屁颠屁颠地往四轩茶馆奔去，“老板！我们要租马!”

二

大清早的，茶屋才刚开门。老板似乎还没睡醒，正支着胳膊在柜台上犯迷糊呢，城太郎这一声吼算是把他从梦境中震了回来。他睁开惺忪的睡眼嗔怪道：“这是谁家的小孩啊，大清早就大呼小叫？我还当是雷公的娃娃呢!”

“雷公不是你吗?”城太郎眯着眼笑着说。

“嘴皮子倒是挺伶俐的，只是我这边已经没有马能租给你了。”

“哎呀，你是老板，肯定能想到办法。就租给我们一匹吧!”城太郎央求道。

“你这小鬼真是啰唆。不信你自己看嘛——就剩下那匹老马了，你觉得它还能驮东西吗?”老板从蒸馒头的笼屉下边抽出一把柴火，本来是想扔向城太郎的，谁知手一抖却打在那匹老马的腿上了。

那匹老马自打出生就日复一日地给人驮东西，翻山越岭任劳任怨。现在连睫毛都变白了，刚才却被人打到脚，疼得它嘶嘶尖叫猛地撞墙，引发一阵骚动。

“你这畜生!”老板从里屋跑出来，不知是在骂马还是在骂城太郎。

“大叔，你就借给我嘛!”

“都说不借了，再说我这儿也没有马夫，实在没法借你呀!”

“借嘛!”城太郎还不死心。

就在这时，走在后面的小通进了屋，和城太郎一起拜托老板，“没有马夫我们可以自己骑，大不了到了水口再找个当地的马夫给你把马捎回来。反正是匹老马了，我们预付款还不行吗?”

老板听完，终于答应了小通的要求。

“哼，老板真是太过分了，我都说半天了也不借给我，见了美女立马就答应了。”城太郎吐吐舌头，扮了个大大的鬼脸。

“城太郎，不准对大叔不礼貌。当心被这马听了去，万一它一生气半路上把你从马背上甩下来，我看你怎么办!”小通笑着打圆场。

“呿，我才不会被这匹老马欺负呢!”城太郎噘着嘴，不服气地说。

“怎么，你会骑马?”看见他摆起了小武士的谱，小通忍不住面露笑意。

“我当然会骑……就是现在还爬不上去而已。”

“那当然，你抱着马屁股怎么能爬上去呢?”

“那小通姐姐抱我上去吧!”

“真是个多事的孩子!”小通这么说着，还是伸手把他抱上了马背。

“小通姐姐，你可要跟好了哦!”屁股刚一坐稳，城太郎便得意扬扬地对小通说。

“你那样坐太危险了!”毕竟是个孩子，看那吊儿郎当的姿势就让人捏一把汗。

“没事的，你就放一百个心吧!”

得，反正自己牵着马跑不快，索性随他去吧。小通心想着，和茶屋的老板挥手告别。

还没走上一百步，只听薄薄的晨雾中传来一串紧急的脚步声，虽然看不清人影，但听那大声的喊叫声就能大概猜出，那家伙想必是在追赶什么人。

三

“是谁啊?”

“不会是在追我们吧?”

停下马回头一看，白茫茫的雾霭中，一个剽悍的身影越来越近，直到他追到近前才终于看清他的轮廓。

只见这人目露凶光，抡着把长刀也就罢了，腰里还插着一把锁链镰刀。这要是在晚上，这两人恐怕早就落荒而逃了。

他像一阵疾风似的追上来，看见小通牵着马，问都不问就一把夺过马缰冲着城太郎命令道：“快点下来!”

这匹老马受到突如其来的惊吓，被长刀逼得咯噔咯噔往后退了几步。城太郎却死命抓住马鬃不肯就范：“你……你说什么？这可是我们刚刚出钱租的马!”

“真他妈啰唆!”这个汉子懒得搭理小毛孩，便对一旁的小通说，“我是云林院村的宍户梅轩，今早因为一些事情要去追一个叫宫本武藏的家伙，现在他应该正往水口方向逃去。在他赶到江州口野洲川附近之前，无论如何我都得逮住他。你就行个方便，把那匹马先让给我吧!”

那汉子一口气把话说完，干裂的嘴唇还喘着粗气。虽然路边的树上还结着冰花，但他却血脉贲张大汗淋漓。

一瞬间小通脸色苍白，仿若白纸的颜色，呆呆地站在原地一动不动地听着，周身的血液仿佛被大地吸走了似的。她简直不敢相信自己的耳朵，紧紧咬住绛紫的双唇，一下子说不出话来。

“武……武藏?”马背上的城太郎脱口而出。

梅轩急着赶路，丝毫没有感觉到两人突然之间变得异样的表情：“喂！少啰唆！你抓紧给我下来！快点!”说着便想要把他拽下来。

“我不!”城太郎把脑袋一甩避了过去，双手紧紧地抓住马鬃，“这是我的马，你不能因为自己要追人就来抢我的马!”

“靠！你这小毛孩别不识抬举！要不是照顾你们是妇孺，你知道现在会是什么下场吗?”梅轩那狰狞的大脸凑过来，恶狠狠地说。

“小通姐姐!”城太郎偏了偏脑袋，隔着梅轩的丑脸看向小通，“不能把马借给他!”

见城太郎这么说，小通不禁为他的机智感到欣慰。要是让梅轩得了这匹马，很快就会追上武藏。这马是绝对不能借的。

“就是这样。就算你有急事，可我们也是在急着赶路。说不定越过这座山你就能租到更好的马了。但是不管怎么说你都不能去抢别人的马吧？不管是谁那样做都是理亏。”

“就是！反正我不下去，死也不下去!”

这两人铁了心似的不妥协，把梅轩气得够呛。

四

见小通和城太郎做出这等反应，梅轩也觉得有些意外。在他眼里，他们宁可冒着性命危险做无谓的反抗也不愿放弃这匹老马，的确有些不合常理。

“这么说，你们是准备敬酒不吃吃罚酒喽?”

“呿，反正我把话都撂这儿了，随你的便!”城太郎不屑地瞟了梅轩一眼，跟个小大人儿似的。

“混蛋!”没想到连个小孩子都敢跟自己犟嘴，梅轩气得一把提起城太郎的脚就要把他从马背上掀下来。

马背上的城太郎死命拽着马鬃，跟个跳蚤似的随着梅轩手臂的摇动上蹿下跳。这个时候城太郎本该拔出木剑挥向敌人的，可胳膊终究拧不过大腿，最终还是被倒着提了起来。

“呸！畜生!”城太郎在空中张牙舞爪地乱打一通，连梅轩的汗毛都抓不住一根，气急败坏地朝他脸上狂吐唾沫。

城太郎长这么大还从没遇见过这等莫名其妙的事。就在刚才，他还沐浴在和煦的阳光之下，感叹着生命充满了欣欣向荣的生气。可一转眼的工夫，他却被这阴森恐怖的战栗所包围。小通也是，她很担心这次会被这不知来路的壮汉伤害，吓得她面无血色。

但是不管怎样，哪怕面临生命危险，她无论如何都不能把马借给他！很明显，这个凶暴的男人是冲着武藏来的，要是这马真被他掳了去追杀武藏，那武藏肯定会有危险。多拖住梅轩一分钟，武藏便离危险远一分。只是这样一来，恐怕自己又追随不上武藏哥哥的脚步了吧。

小通紧紧咬住嘴唇，将牵马的绳子牢牢握在手中。

“你在干什么?!”

小通不知哪来的勇气，对准梅轩的胸口就是狠狠一拳，这敏捷的速度连她自己都惊呆了。要不怎么说“惹什么都不能惹女人”，这女人的神经一旦被挑拨急了，那胆识往往超乎男人的想象。就在小通一拳挥向梅轩胸口的一瞬间，另一只手趁梅轩不注意从他手里抽出大刀迎面挥了过去。

“你个死八婆!”梅轩恼羞成怒的吼声回荡在山间。刚才被那小破孩唾了一脸唾沫不算，连个弱女子都能对他动手!

“啊！好痛!”没等梅轩发泄完怒气，只见一道白光划过，梅轩右手的小指和无名指溅出红色的液体，一时间血流不止。他不由得后退了几步，本能地压住受伤的手指，刀鞘“咣当”一声落到地上。

人这一倒霉起来，连喝凉水都塞牙缝！昨晚因为自己的大意差点儿丢了命，想不到今天一不留神又被这个手无缚鸡之力的小妮子划伤了。此仇不报非君子！梅轩两眼透着血光，恶狠狠地朝小通扑过去。

小通也是那种一旦下定决心就一条道走到黑的烈性女子，虽然这大刀长近三尺非常沉重，就连一般男人都不易挥动，她还是吃力地举了起来踉跄着砍向梅轩，脸上丝毫没有惧色。

“啊，砍到树上了！”小通暗叫不好，却意外地看见黑红的血液喷涌而出，吓得她两眼一黑晕倒在地。

五

梅轩没有反应，城太郎的坐骑却悲鸣不已。原来小通这一踉跄不要紧，居然一刀砍在了那匹老马的屁股上。这匹老马原来就很容易受惊，这下可好，发狂了起来。

梅轩大喝一声，想要从小通手中抽回自己的刀，谁知刚刚抓住小通的手腕就被发狂的老马踢了一脚，两人一起飞了出去。然后老马仰天嘶鸣一声绝尘而去，仿佛一支离弦的箭。

“咦?”梅轩从地上爬起来回头一看却没了小通的踪影，急得他跳了起来，只见自己的大刀不知什么时候被甩到了路边的赤松树底下。绕到松树另一侧，梅轩急忙往下看去，原来悬崖下边还有一排低矮的农户，那个女人八成是滚落到那附近去了！

“一定得抓住那个女人！”梅轩太阳穴上青筋凸起，他确信这对妇孺和武藏定有关联。他既着急想追武藏，又不甘心放弃这两个容易控制的敌党。思量再三，还是决定先往山下奔去。

“在哪里呢?”梅轩沿着山谷一路奔去，连个人影都没见。突然，不远处传来一阵窸窣的响动，在山间残雪之中，一个跳动的身影像野鸡般朝溪谷方向没命地奔去。

“在那里!”梅轩眼睛一亮，脚步越来越快，“喂！别再跑了！再跑就真要掉下悬崖了!”

梅轩本来就没想杀小通，只不过是想通过小通打听武藏的行踪。

谁知梅轩追得越紧，小通却逃得越快。

“唉——你这女人!”梅轩的指尖马上就要碰到小通的黑发了！小通却突然刹住脚步，抱着棵树干躲到树的背面，脚下的石子唰唰坠落，她像个秋千似的吊在树上摇来摆去。

透过残雪织成的缝隙往下看去，悬崖下边就是清冷的冰河。此时此刻小通却并不觉得害怕，生亦何哀死亦何苦，她早已将生死置之度外。武藏哥——只要他好，无论自己做出怎样的牺牲都是值得的。小通在脑海中拼命地搜索着有关武藏的点滴回忆，犹如在暴风雨的天空中想见明月。

六

“大叔，你从那边过来吗?”城太郎走在野外的小路上，好不容易在下柑子坂坡道时遇到一个卖斗笠的小贩，像抓住救命稻草似的迫切询问道。

那匹老马受惊时城太郎正骑在它背上，别看它已经老态龙钟，疯起来那是一个带劲儿！想当初刚开始学着骑马时，城太郎还想尝试一下快马加鞭的快感。这下好了，终于“梦想成真”了。沿途经过了好几拨人群，城太郎默念的咒语也渐渐演变成哭声，可惜没人敢来搭救——这时候谁伸手谁受伤，傻帽儿才往危险处拱呢！最后幸亏那匹老马撞了树，城太郎才还算安然无恙地滚了下来。唉，想起来都是一把辛酸泪啊！

那背着包袱的男人二十五六岁，他从头到脚地打量着比他矮了半截的城太郎，见这惊魂甫定的小家伙面如土色，便关心地问道："怎么了小鬼？发生什么事了吗？"

"你看见过一个二十岁左右的漂亮姐姐吗？"城太郎紧紧拉住他的衣襟，焦急地问。

"嗯，好像是见过呢。"

"啊，她现在在哪里？"

"就在前面夏身的休息站。我看见几个野武士用绳子绑着个漂亮姑娘，不知是不是你要找的那个人？我也觉得有些奇怪，但看见他们是迁居到铃鹿谷的十风黄平的手下，也就没多问。"

"对！一定就是小通姐姐！"城太郎拔出木剑就要往夏身跑。

"等等，不要轻举妄动，你还要不要命了？"戴斗笠的男子一把将城太郎拖回来，"你要是真想救你的同伴，就得多动动脑子。究竟是怎么一回事，你愿意告诉我吗？那伙人一会儿准会经过这里，或许我能帮到你们也说不定。"

不知为什么，城太郎对这个人很是信任，便把事情的经过一五一十地告诉了他。

"原来如此。"戴斗笠的男子不断点头，"我知道该怎么做了。只是那拨人是后来改名成宍户梅轩的十风黄平的爪牙，你们一个女人一个孩子肯定不是他们的对手。救小通的事就交给我吧，前提是你得听我的话，躲在路边的草丛里不能出声。明白了吗？"

城太郎点头答应，立即躲到草丛后面，那个男子便往坡道下走去。

“哎——”城太郎原以为他要去救小通，怎么突然逃走了？不禁有些不安。这时一阵嚷嚷声从坡道上边传来，城太郎赶忙收回了脑袋。

“城太郎——你在哪里？”

是小通姐姐的声音！

透过草丛的缝隙，只见小通姐姐被三个野武士绑住双手，面无血色地蹒跚走来。

“喂！慢腾腾地干什么？给老子走快点！”走在后边的那个野武士狠狠推了小通一把，小通洁白的双脚都磨得流血了，踉踉跄跄地险些跌倒。

可恶！城太郎正要从草丛里跳出来，刚才那个头戴斗笠的男子及时地从坡道下边跑了过来：“喂——不得了了！”

“那不是渡边的外甥吗？发生什么大事了？”有个野武士率先认出他来。

“渡边？不就是那住在伊贺谷甲贺村的那个受人尊敬的忍者——渡边半藏吗？”

七

“怎么，你们都没听说吗？”这个自称是渡边外甥的年轻人气喘吁吁地说，“就在那边的柑子坂坡道下面，有个叫宫本武藏的武士挥着大刀可威风了！每个过路的人都得被他盘问一番，放不放行得碰运气！”

“嗯，武藏？此话怎讲？”不仅那三个人，就连小通和躲在草丛里的城太郎也满脸狐疑。

那年轻人咽了口唾沫润了润喉咙，然后说：“刚才我路过那里，那个武藏问我叫什么名字，我就告诉他说我是住在伊贺的渡边半藏的外甥，名叫柘植三之丞。他听了立刻向我道歉，‘失礼了！’他还说，只要不是铃鹿谷十风黄平的手下就可以通过。”

“哦？”三个野武士竖起耳朵。

“我问他到底怎么回事，他说那个化名叫宍户梅轩的十风黄平和他的手下正在追杀他，与其躲躲藏藏地浪费时间，倒不如在这里一决胜负。”

“你说的都是真的？三之丞？”

“我干吗骗你们啊？再说了，要不我怎么会知道那人叫宫本武藏？话说，你们真的在追杀他？”三之丞像是真不知情，询问道。

这三人互使眼色，很明显已经犹豫了。

本来宍户梅轩和他们一条路追杀武藏的，谁知在四轩茶馆喝茶时，那掌柜的说天亮之前有个武士在他家茶馆吃过便当，然后朝伊贺谷的方向走了。听那掌柜的描述，那人必是武藏无疑了。要去伊贺谷必经野洲川，只要能先武藏一步赶到野洲川提前布置，定会事半功倍。只是带着个走路慢吞吞的女人太耽误时间了。就凭宍户梅轩的脾气肯定没法淡定，当即拍桌子决定和他们三个兵分两路，他们三个带着小通从街道走，梅轩抄近道提前去布置，说好最后在野洲川会合。

“我就是来提个醒，你们最好小心点！”不等那三人答话，三之丞说完就要离去。

这下该怎么办呢？

“听老大说那武藏武功相当厉害，就咱仨这三脚猫的功夫，而且还带着这么个累赘，那还不得被打趴下了？”其中一个人瞄了小通一眼，鼓足勇气说。

就在昨晚，这三个人连门都没能把住，搜房子也没搜出个所以然，明明敌人近在眼前却一点儿都没发觉异样。平日里倒是没看出还有别的长处，没想到现在还挺有自知之明的。

“哎……渡边他外甥，你先别走啊！”

“干吗？”三之丞扭过头来。

“实不相瞒，我们老大交代我们务必把这女人押到野洲川去。”

“这跟我有什么关系吗？”三之丞一脸无辜。

“哎呀，乡里乡亲的，就当是帮个忙了。你能帮我们把这女的带到野洲川去见我们老大不？”

“哎呀，这可不行！”三之丞连忙摆了摆手，“这忙我是真帮不了，要是让我伯父半藏知道我帮你们干这种事，回头一定会责怪我的！不过，我倒是有个方法，或许可以一试。”

“什么方法？”三个人露出感谢的神情，眼巴巴地盯着三之丞。

“你们把那个女人藏到附近的草丛里——不，最好绑到树后头去，你们不就能轻装上阵对付那个武藏了？”

“唉，别说，这法子听上去还不错……然后呢？”

“然后啊，我劝你们还是把你们老大找来再说吧。刚才我会过那个武藏，提着大刀凶神恶煞的，一副豁出去拼命的样子，我是真担心你们会吃亏。”

这句话算是说到那三人心坎里去了。

“对了，去找你们老大时可千万不能经过那个坡道，一定要绕小路走。虽然比较远，但是安全。记住，绕得越远越好！”

“好，就这么办了！”这三人谢过三之丞，把小通绑在草丛深处的树干上，然后鬼鬼祟祟地从小道溜走了。

八

年关将至，京都家家户户的门前都摆上了门松。

街上的商户也都贴好了春联，喜庆的气氛让小通也重新燃起了希望。

被三之丞救出来之后，小通原以为马上就能遇见武藏，心里的小鹿撞得厉害。谁知这竟然是三之丞为了营救自己而编造出来诓人的谎言，雀跃的心情一下子跌落到谷底。不过没关系，正月初一马上就要来了，此刻她内心又充满了新的希望。

武藏曾经说过，他会在那天早上到五条桥去等人。从初一到初七，只要一天等不到他要见的人，他便会每天早上都去那里等候。武藏哥，这次我们一定能够再次重逢！

这个消息还是从城太郎那里听到的。虽然知道武藏要等的人不是自己，小通难免有些不是滋味，但只要能见到自己的心上人一面，她也就心满意足了。

只是，一想到武藏要等的人是本位田又八，眼前梦幻的光芒便又被黑压压的乌云给遮住了。只要一想到那个由熟悉又变得陌生的身影，小通就浑身不自在。她曾询问过城太郎，城太郎只是说他把这个赴约的消息让朱实代为转达——这么来说，又八也说不定能够收到消息前来赴约喽？

“上天保佑，只让武藏一个人来就好了，千万别让又八出现呀！”小通在心里默默祈祷。

她从蹴上走到三条口，街上虽然热闹，但一路走来却总有一个熟悉的感觉如影随形。不会是又八也在附近和小贩讨价还价吧？啊，要是迎面遇上阿杉婆——那个最令她害怕的老女人——那该如何是好？

好久没逛街，城太郎都快憋疯了。这不，小家伙现在正目不暇接地看着街上琳琅满目的商品呢，任性地向小通撒娇，“小通姐姐，咱们现在要住旅馆吗？”

“现在还早，再稍等一会儿吧。”

“哎呀，太好了！我也是这么想的，天黑之前咱们还能多在集上逛逛。”听到这个好消息，城太郎又活蹦乱跳起来。

“你啊，就知道玩。”小通刮了一下城太郎的小鼻子，佯装生气地说，“你忘了，咱们还有重要的事要办呢。”

“什么事？”小孩子本来就没心没肺，特别是正玩儿在兴头上。

“你背上背的是什么？”小通拍了拍城太郎背上的包袱。从伊势的子等之馆出来之后，为了报答收留她教笛的荒木田先生之恩，小通曾答应一定将他托付的东西亲自交到京都的乌丸光广先生府邸。

“啊，我还真是差点儿忘了。”城太郎拍了拍后脑勺，不好意思地说，“那我们现在就去乌丸光广先生家，今晚直接在他那里过夜得了。”

“就凭你这个跳蚤似的小泥猴，居然还想住在大纳言先生的家里？真是没谱了。”小通望着远处加茂川的河水，忍不住笑了。

冬　蝶

一

受托看护的病人居然失去了踪影，要是被追究起来，旅馆的人难辞其咎。好在住吉海边旅馆的人也大概知道朱实的病因，反正她都跳海自杀过一次了，估计也不会再跳第二次。店老板权衡再三，与其派人去把她找回来再自找麻烦，倒不如直接托人带封信给清十郎，告诉他朱实已经离开。事实上他也是这么做的。

另一边，朱实像是刚从笼子里逃出来的小鸟，迫切地想要在蔚蓝的天空中自由翱翔。只是毕竟大冷天的在海里泡了那么久，肯定会伤及身体。死里逃生后的朱实现在依然很虚弱，暂时也没法随性而动。更何况……一想到那个可恶的男人，朱实本能地干呕了起来。自己最宝贵的贞操竟被那么恶心的人夺去了，无论是生理上还是心理上她都还接受不了。这双重创伤一并压过来，恐怕她的病情在三四天内都不会痊愈。

“好难受啊。”朱实坐在三十石的船上，望着淀川的河水暗自神伤，眼泪像瀑布似的哗啦哗啦地落到河里，泪水简直比河水还要多。

她本就是个没有过多欲求的女孩，唯一的梦想就是能与自己喜欢的人厮守终生。怀揣着这个梦想，她才得以从这肮脏的人世间寻到一抹亮色。可惜这梦中的美丽画卷却被那个可恶的清十郎用血淋淋的事实撕毁了！——屈辱？愤恨？朱实心里百感交集。

淀川清凌凌的河水，门松五彩斑斓的装饰，载着初春气息的小船顺流而来。然而这喜气的景致却衬托得朱实更加伤感。是啊，事到如今，即便能够相见又能如何呢？

自从得知武藏将会在正月初一早上前来五条大桥等候本位田又八，朱实便眼巴巴地数着日子，等待这重逢之日的到来。

不知为什么，她就是喜欢武藏。

自从遇见武藏，她就再也没有正眼瞧过其他男人。特别是看到和养母阿甲在一起苟且同居的又八，相比之下武藏的形象简直是高大伟岸。思念是一种很玄妙的东西，如影随形又无声无息地出没在朱实的心底。虽然时隔数年，但她的思慕之情却随着时间的流逝与日俱增，像一团越卷越大的线团，缠得她无法呼吸。

直到昨天，朱实还抱着这样一种少女情怀飘摇在伊吹山下，像一株绽放在山涧的风中百合，透着股惹人爱怜的楚楚之态。然而此时此刻，她那梦幻的水晶球彻底被打落在地，破碎成不起眼的尘埃。

虽然不知原因何在，但她总觉得路人都用怪异的眼光打量着她。

“嘿！别走啊，小姑娘！”背后传来一个男人轻佻的声音。忽闪摇曳的灯光下，朱实看见一个消瘦的身影在五条桥附近的寺庙街道踽踽独行，但凡有寒风吹过，她便重心不稳摇摇欲坠，宛若一只冬天的蝴蝶。

“小姑娘，你的腰带都松开了，让哥哥帮你系好吧？”朱实扭头看了他一眼，那人自己并不认识，正不怀好意地在手里把玩着她拖在地上的腰带。

别看这个尖嘴猴腮的家伙个儿不高，但腰里还佩着两把武士刀。即便如此，他身上还是透着浓浓的猥琐人渣气。他就是长年混迹于闹市和后街的浪荡之徒——赤壁八十马。

朱实不理会他，趿着破草鞋啪嗒啪嗒地快步走开。谁知那男人却死皮赖脸地紧随其后，“哎呀呀，不是我说你啊小姑娘，就你现在这披头散发的样子真像狂言戏剧里的疯女人啊，让人家看见了肯定会说闲话的！可惜了这么一张漂亮脸蛋……哎哟哟，哥哥好心疼啊！”

二

朱实觉得这家伙真是又啰唆又讨厌，便装作听不见他说的话，继续走她的路。俗话说柿子找软的捏，朱实的被动让赤壁八十马以为她默许了，于是更加得寸进尺起来，“小姑娘，看你这穿着打扮像是城里来的？是离家出走吗？还是跟老公吵架赌气出来了？”

“……”朱实还是不搭腔。

“像你这样的美人儿，走在大街上一定得小心呀！虽说现在已经没了罗生门呀大江山呀之类的花街柳巷，但垂涎美色的野武士和浮浪人……对了，还有人贩子，你这孤身一人的可一定得小心了！”一路上八十马自顾自地喋喋不休，朱实却自始至终一言不发，搞得他有些觉得索然无味，可还是不识趣地又继续嘟囔了起来，“小姑娘，看你一副仙女下凡的模样，可千万别让野武士抓去卖了。”

“滚！”不在沉默中爆发，就在沉默中灭亡。别看朱实一直在拖着病体低头走路，其实早就被这只“嗡嗡”的苍蝇烦得心绪紊乱了。实在忍无可忍了，她终于挥着袖子像撵狗似的就要把八十马轰走。

“靠！你居然敢骂本大爷？该不是脑子有问题吧？”

“啰唆！你才是神经病呢！”

“哈哈哈，你果然是脑子进水了。”八十马如释重负地笑了。

“别再跟着我！我要拿石头打人了！”短暂的沉默之后，朱实更加烦躁了。

“哎哟哟，哥哥好想让你打呀！快来打呀——”八十马一手捂住自己的胸口，一边往朱实身上蹭。

“滚开，你这只疯狗！”前面就是以前人称“灯笼大臣”的小松大人官邸的遗址，现在早已芒草丛生。朱实害怕了，快步向着芒原的暗处逃去。

她原以为大声的斥骂能把他那只脏蹄子赶走，谁知这却越发挑逗起八十马的欲望。

“喂，别跑呀小美人儿。”他毫不犹豫地跟在朱实背后跑了起来，像猎犬一样紧追不舍。

月亮像鬼女裸齿诡笑的嘴巴，斜挂在鸟部山巅的阴影之中。入夜以来，这本就人迹罕至的荒原更是陷入了几近无人的沉寂之中。在二百米开外的不远处，本来还有一拨正在下山的人，面对朱实凄厉的悲呼却充耳不闻。原来，这队头戴白色斗笠身披白色衣衫的人刚刚送走了下葬的亲人，源源不断的清泪掠过脸颊滚落在手中转动的数珠上，悲恸之余哪里还有精力顾及其他？

三

八十马在朱实背后轻轻一推，不出意料，这只飘摇的冬之孤蝶便如断了翅膀似的跌落在地上。

“啊！对不起对不起！”人渣就是人渣，猥琐起来果然不是装的。他一边佯装道歉一边装模作样地上前去抱住朱实，一边用手轻轻拍打着她的前襟一边用长满胡茬的脸向朱实耳际摩挲，“我的小心肝哟，刚刚没有摔疼吧？”

“拿开你的脏蹄子！”朱实又羞又气，对准八十马的臭脸一阵猛扇。谁知八十马却一副满不在乎的样子，笑脸相迎任她打个够。

朱实简直快要窒息了。不顾一切地用指甲狠狠抓向那肮脏的嘴脸，八十马的鼻子都被抓破了，可铁掌依然紧箍着朱实的身躯，丝毫没有放松。

浑厚的晚钟声从鸟部山的阿弥陀堂传来，仿佛在向世人诉说着诸事无常的因缘。日复一日，过路的行人却把“色即是空”的梵语当作耳旁风，最终枉费了佛祖的一番好意。苍茫的枯草深处掩藏了一对纠缠的男女，芒草花穗如波浪般随风摇曳。

“你给我老实点！”

“……”单薄的身影依然在拳打脚踢地挣扎。

“怎么，害怕了？放心吧，哥哥会让你很舒服的……”

“……”还是没有回声。

“得，你干脆给我当老婆吧，我会让你每天都这么销魂的。哈哈哈！”

“……干脆让我一头撞死一了百了！”呜咽的喉咙里终于喷发出悲恸至极的呐喊。

“啊？”八十马没想到朱实会作此反应，一时间也愣了神，“不至于吧？这就能让你想死？”

朱实双手抱膝贴在胸前，像朵在风中摇摆的山茶花，身子却硬邦邦的。八十马见她誓死不从的架势，便柔下身子不再强来。春宵一刻值千金，他可不愿让她不情不愿地煞了风景。毕竟这万花丛可不是白过的，对付女人他自有一套。更何况，看她凄厉茫然的表情，八十马更加确定这个猎物不可能会逃走。

“怎么了小姑娘？你怎么就哭了呢？”油滑的嘴唇轻轻蹭到朱实耳际，嘘嘘地吹着热风，“怎么，你不会还没尝过男人的滋味吧？哈哈。看你也到了知晓男女之事的年龄了，要不要哥哥身体力行调教你一下呀？”

清十郎那狰狞的笑脸突然浮上脑海，朱实不禁恶心地皱了皱眉。那个晦暗痛苦的日子历历在目，她甚至连门口的障子都没看清，只有撕心裂肺的疼痛紧紧地缠住她，留下挥之不去的阴影。可这次，她不再像那天一般慌张，她不能再让那不堪回首的一幕重演。

“你等我一下。”朱实淡然地吐出一句话，身体像蜗牛一样慢慢地换了个姿势。朱实发着高烧的身体仍然很虚弱。八十马却不以为然，兴奋地脸色通红。

“就等一会儿？好嘞，这个好说。不过你最好别给我耍什么花招，否则没有好果子吃！”

朱实晃动着肩膀，用力甩开八十马的铁掌站起身来。她恨恨地瞪着八十马：“你想干什么？”

“哈哈哈，我想干什么，你还不知道吗？”八十马暧昧地笑着。

“哼，别以为女人就好欺负，女人也有尊严！”刚才挣扎的时候，荒原上的芒草硬生生地划破了她的嘴唇，现在鲜红的血珠和着泪水，沿着苍白的嘴角滑下。

“哎哟喂，都到这时候了还拽文艺腔？哥哥还就好这口儿！看来你脑袋还挺清醒的嘛！”八十马觉得有点意思，伸手想要调弄她倔强的脸颊。不曾想朱实突然像支离弦的箭，对准他的胸口狠狠地撞击过来。

“杀人啦——杀人啦——!”清冷的月光下，朱实的喊叫声响彻一望无际的原野。

四

“他奶奶的！你这只小骚狐狸竟敢打本大爷？看我怎么收拾你!”被朱实这么一撞，八十马再也没心情再跟她慢火细熬地谈情说爱了，顿时兽性大发。

“不要……不要啊！救命啊!”朱实大声哭喊着。

只听“嘶”地一声，朱实的衣服从胸口裂到了脚跟。她披头散发地被八十马蹂躏在股掌之间，露出一截白皙的小腿，在寒风中无助地战栗着。

虽然已近初春，但从花顶山涧呼啸而来的寒风依然萧瑟。苍茫的原野上，寒风所掠之处便浮上了一层薄霜。

“你就是叫破喉咙也没人来救你!”朱实的胸口在八十马的揉搓中剧烈地起伏。她那洁白柔软的乳山在寒风中瑟瑟发抖，但在八十马看来，却是别样的风情万种。

“不要……”呜咽声越来越凄厉。

“我来了!”八十马急不可耐地潜下身去，眼中燃起熊熊欲火。

“嘭!”地一声巨响。不知是谁在八十马背后结结实实地对准他的脑袋就是一棒子。

“啊——好痛!”八十马大叫一声猛地回过头来，原本滚烫的血液一瞬间凝固了，痛得他抱着晕乎乎的脑袋到处乱跳，还没反应过来是怎么回事。

“看什么看？混账东西!”这下八十马终于看清了，眼睁睁地瞅着那支带吊环的尺八迎面又是一记痛揍。

有些人就是欠揍。这不，原本耀武扬威的“笑面虎”顿时变身“哭脸猫”，八十马肩膀无力地一瘫，跟个泄了气的皮球似的摇头晃脑地轰然倒地。

“你这个混球！”手持尺八的是个苦行僧，他厌恶地盯着八十马的脸，只见他仰面朝天地晕倒在地，连张着的大嘴都没来得及合拢。刚才一激动下手可能有些重，苦行僧怕这个浪人被打脑残了，要是那样的话，肯定会比杀了他更让自己感到负罪深重。

朱实茫然地看着苦行僧的脸，只见他的头发跟玉米须似的浓密又干枯，下巴上的络腮胡子看着挺扎人。说是苦行僧，可他衣衫褴褛的腰带里又插着一把大刀，看起来又像是个武士。反正一时半会儿也看不出他到底是乞丐还是武士了，只看得出他五十来岁的样子。

“现在没事了。”青木丹左卫门露出两颗大门牙，安慰地说道，“你不用再害怕了。”

“谢谢你。”朱实这才回过神来，羞涩地整理衣衫乱发。

“对了，你家在哪儿呀？”

“我的家么……我的家……我的家……”朱实突然掩面哭泣起来。她当然没有全说实话，一边编着谎言一边泪如雨下。

她没有家，只有一个把她当摇钱树的养母，打小就逼她去战场的死人堆里倒腾值钱的东西卖钱。之所以会从住吉落得这个下场而后再逃到这里，她的养母脱不了干系。这一段倒是实情。

“我再也不回去了——打死都不回！”比起可恶的清十郎和赤壁八十马，其实朱实最恨的人是自己的养母阿甲。这种恨早已在日复一日的利用中深入骨髓，使得她全身颤抖，泪流成河。

心 猿

一

阿弥陀峰的山脚下，清水寺的钟声依然按它原有的节奏不紧不慢地在山谷中回荡。青木丹左卫门把朱实带回了他在小松谷的住处——阿弥陀堂。毕竟山谷清幽少人打搅，而且是歌中山和鸟部山环绕的暖晴之地，的确很适合养伤。

“请进吧。”青木丹左卫门先走上大厅的走廊打开格子门，做出邀请朱实的手势。

对于这个半大的老头儿，朱实还是比较放心的。只是这屋子又脏又乱的，锅子、陶器、木枕、席子……乱七八糟的东西摆了一地，空气中还隐隐透着脚丫子的臭味，朱实不禁有些犹豫。只是在这荒郊野岭的也确实没有别处可去，万一再遇上八十马那个混蛋就惨了。说实话，现在朱实也累虚了，只想倒头大睡一觉什么烦心事都不管了，短暂的迟疑之后，她还是决定在这里投宿。

青木丹左卫门知道朱实现在肯定是又冷又饿，适时地煮了一碗热荞麦面端给她。朱实感激地看了他一眼，便狼吞虎咽地吃了起来，一大碗面很快就见了底。

“今天真是太谢谢你了。”朱实擦了擦嘴唇，倒在床上就想睡去。正要伸手拉被子时，被窝儿里却突然蹿出来一个黑影。

“啊……”朱实一个没坐稳，歪倒在地。青木丹左卫门也吃了一惊，手一松面碗也落在了地上。

“啊，那是什么东西?”青木丹左卫门道。

“我也不知道，不过看样子比老鼠大一些，‘噌’地一下就没了影儿。”朱实使劲眨了眨眼睛，想要看得清楚些，可那东西早就不见了踪影。

“哦，那大概就是松鼠了吧。”青木丹左卫门舒了一口气笑道，“那些小家伙，一闻到食物的香味就围过来了，哈哈。”

“是吗?”原来是可爱的小松鼠啊，朱实也松了一口气，向屋子的犄角旮旯摸索过去。

“哎呀，不对不对，那不是小松鼠，是只小猴子!”青木丹左卫门顺着朱实手指的方向看去，果不其然，只见佛龛后面有两只贼溜溜的小眼睛，见被人发现了便索性不躲了，在桌下徘徊了一会儿又回到原处去坐着了，也不怕人。看见青木丹左卫门背后有煮好面的锅，便两眼放光巴巴地瞅着他，一副很饿很想吃的样子。

“唉，你个小东西该不会是饿了吧？来，让我来看看。”不等青木丹左卫门走过去，那小猴子像是听懂了他的话似的自己跑了过来。

“朱实，你先睡吧。这猴子像是被人饲养的，不用担心。”青木丹左卫门替朱实掖好被子，轻轻地说。

二

“不要!”睡梦中的朱实像是快要窒息了似的手抓脚踹地乱踢着被子，“滚！你个王八蛋给我滚!”她痛苦地扭曲着身体，源源不断的泪水顺着脸际滑落，打湿了阴霾的梦境。

被这几近窒息的梦魇惊醒，朱实大叫一声猛地坐起身来，“我刚才睡觉时说了些什么?”

“你太累了。可能是发烧吧，你刚才说了不少胡话。来，别害怕，大叔给你擦擦汗。”

“大叔，我该怎么办?”迎上青木丹左卫门充满怜惜的表情，朱实终于忍不住了，趴在他膝上呜呜地哭了起来。在住吉所受的屈辱是她永远的痛，她本来不想让人知道。事到如今，悲恸之余她又羞又恼，再也无法隐藏的悲愤如同黄河泛滥一发不可收拾。

“嗯，好了，都过去了……”青木丹左卫门胸口一阵燥热，女人身上特有的香气扑面而来，无论从心理上还是生理上，他那老朽之躯犹如注入了一剂回春散，膨胀的欲望蠢蠢欲动。他极力压制着自己的情绪，直到通红的脸颊恢复自然。

“吉冈清十郎这家伙真不是个玩意儿!”不仅仅是憎恶的义愤填膺，更有一股莫名其妙的妒忌之火在他心中熊熊燃烧，仿佛是自己的女儿被人欺侮了，“你别多想了，有我在，看谁以后敢欺负你!”

“可是我还是想死!”

“唉，这种事，你也不要太放在心上。相对于女人的肉体，内心的贞洁才是最宝贵的。哪怕还是姑娘身子，只要心里对别的男人有了妄想，那一瞬间也就不再纯洁了……你明白我的意思吗?”

朱实纠结的内心还是不能释怀，但她实在是太累了，伴着丹左卫门轻轻的叹息声，呜咽着进入了梦乡。

三

天蒙蒙亮，青木丹左卫门便披上他那又脏又破的袈裟，带着尺八和斗笠去城里化缘了。

走在下山的路上，今天的青木丹左卫门看上去比以往都要疲惫，也难怪，昨天他一晚都没合眼。

"……小通，应该和朱实差不多大小吧?"心里猛不丁地冒出这么个念头，丹左卫门心底"咯噔"一跳。仔细想来，这两个年纪相仿的姑娘虽然同样美丽，但又各有千秋。小通属于那种高贵冷艳型的冰山美人，气质高雅大气，仪态端庄；而朱实就活泼可爱多了，一笑一颦一怒一泣，都带着勾人的魅惑之色。

只可惜岁月不饶人啊！一整夜，丹左卫门守着朱实曼妙的睡姿难以自拔，同时又陷入深深的自责中。想当年正是因为被女色所迷惑，他才会从姬路城家臣的高位跌落至如此落魄的境地，难道自己还想重蹈覆辙吗?

算了吧！他羞愧地闭上眼睛，不再去做无谓的妄想。她是个折翼的天使，对世间男人有了恐惧，还是让我来好生安抚她受伤的灵魂吧，不是所有的男人都是坏人。

"好身手!"丹左一手托钵走在山崖上，突然感觉到有落叶窸窣地从树梢上落了下来。抬头一看，只见一个黑色的阴影扑哧扑哧地迎面压来继而呼啸而过。

四

"看，抓到了!"从延年寺的后山坡走下来两个身着猎装的男人，其中一人左手握拳，上面停着那只刚刚盘旋落下的老鹰，右手提着装猎物的网子，一只棕色的猎犬尾随其后。

他就是四条道场的吉冈清十郎。

在他身后的那名男子要年轻些，体格也更加强壮，穿衣打扮看上去也更时髦一些。没错，那人就是和吉冈门人不打不相识的岸柳佐佐木小次郎。

"唉，应该就在这附近了，它到底跑到哪儿去了呢?"小次郎四下瞭望着。原来，他那宠物猴子昨晚在这附近跑丢了，他们此行的主要目的就是把那小东西找回来。

“不过是只猴子，我以为只有女人才会养宠物呢。”清十郎揶揄道。对于小次郎的剑法，他还是十分敬佩的。只是他这养猴子的趣味以及处世态度却实在不敢恭维。同在屋檐下，小次郎无意间暴露了一些缺点。

“哈，那是因为在下年纪尚轻！哪天真要碰见个漂亮姑娘，那猴子就得靠边站喽！”小次郎哈哈大笑道。

说实在，这两人都没有太尊敬对方，不过这样相处反而自然，特别是经过这几天的朝夕相处，他们的关系看上去更融洽了。

“唉，别找了。今天都腊月二十九了，也不是狩猎的时候，依我看还是早点回武馆去吧！”清十郎终于有些不耐烦了。

但是小次郎却一点儿都没有回去的意思，与清十郎的焦躁相比，他现在倒是优哉游哉好不自在。

“好不容易遛鹰来打一次猎，总不能才打了两三只山鸠就回去吧？走，再去山那边看看！”小次郎不甘心地说。

“都这个时候了还想着打猎……还是先回武馆练剑吧！”清十郎丢下这话转身就要走，和平日里的热情表现大相径庭。

五

“要走就一起走吧，我一个人留在这里能有什么意思？”小次郎冷笑着看了他一眼，一脸的不高兴，“不好意思啊清十郎先生，都怪我今早把你拉出来玩，闹得这一出不愉快。”

“哎呀，你这话说的怎么怪怪的？我知道你是好心，但是我之前跟你说过呀，我和宫本武藏还有一场大战呢，都火烧眉毛了哪里还有心情在这里狩猎找乐子？唉！”清十郎无奈地拍着小次郎的肩膀跟他赔不是。

“我就说吧！本来我是想带你出来打个猎，放松心情轻松迎战的，谁知你还是放松不下来，真没办法。”小次郎瞥了清十郎一眼，“而且我最近听到一些传言，说武藏这人的武功也没传说中的那么好。所以说，咱们更应该沉着应战才对啊。”

“其实我也没有慌张，只是轻敌乃兵家的大忌，这个道理你不会不懂吧？俗话说临阵磨枪不亮也光，比赛之前勤加练习还是有必要的。再说了，这么一来就算战败也不会后悔了。毕竟技不如人也没得抱怨，你说是不是？”

对于清十郎的正直，小次郎倒是颇有好感。但那家伙未免也太小家子气了，这样狭隘的胸襟气度恐怕难以担负起吉冈拳法的声名。倒是他的弟弟传七郎，不仅武功比哥哥清十郎好，而且从气度上看还有点格局。只是这个二世祖骄纵放荡惯了，不仅没啥责任心，恐怕也当不了掌门管不了这一大家子的事。自打第一次见传七郎，小次郎便觉得和他志趣不投，反感得要命。

“算了，清十郎这个人虽然谨慎过了头，但多少还正当点，我还是助他一臂之力吧！”正是出于这个考虑，小次郎才带他出来狩猎散心，谁知这家伙死活放不开，一心要回去要临阵磨他那杆破枪。好心被当作驴肝肺，你说气人不气人？虽然认真是个优点，但他真想问问清十郎，马上就到比武之日了，苦练这几天还能成仙了？

都说性格决定命运，小次郎也帮不了他太多。两人默默地走在回去的路上。这时，跟在身后的猎犬突然“汪汪”地叫了起来，一溜烟跑没了影。

“怎么，有猎物？”小次郎眼睛一亮。

“不用管它，一会儿准能自个儿跟上来。”清十郎索然无味地说。

“别价，你先在这等我一会儿，我去看看就来。”说完，小次郎就跟个猴子似的一蹦一跳地跑了。

小次郎尾随追来，只见猎狗在阿弥陀堂的厅门前磨蹭着，像是嗅到猎物的气息流着哈喇子。小次郎飞起一脚就踹开了破旧的大门。“哟，这房子有些年岁了！”

正在这时，一个女人的惊叫声绕上屋梁在屋子里久久回荡。

是朱实。

都是那只留宿的猴子惹的祸。她本来正睡得好好的，猴子为了躲避猎狗的追击便蹿到了朱实身后，害的朱实也遭了殃。猎犬张着血盆大口死死咬住朱实的大臂，痛得她快要哭出来了。

“畜生！”小次郎一脚踹开猎犬抱住受伤的女孩，白皙的胳膊上渗出了点点血痕，怜惜之情油然而生。

看着她小鹿般惊恐的眼神，小次郎竟然头一次感到羞赧眩晕，也顾不上自己会不会感染，突然把脸凑近她的伤口用嘴把鲜血吸出来再吐掉。一口又一口，仿佛嘴里含着的满是春暖花开的热情……

战　表

一

“喂，帮我把它带回鹰房的木架上去!”前脚刚一迈进四条武馆的门，清十郎便不耐烦地吩咐道。

看得出来，当家的今天心情很不好。弟子们伺候着他，换衣的换衣，端洗脚水的端洗脚水，唯恐一不小心有个闪失撞在枪口上。

“少当家的，跟您一起出去的小次郎先生……”一个没眼力见儿的弟子小心翼翼地问道。

“快别提他了！说好让我等他一小会儿，等了半天都没见个人影儿，我干脆自己回来了!”清十郎坐在中厅的太师椅上一边消气，一边有种被放了鸽子的感觉。

“小次郎回来了吗?”清十郎一遍又一遍地问道，把门的弟子始终无奈地摇头。

从腊月二十五开始直到开春，吉冈家都是闭馆休业的。平日里总有上千的门人在这里挥剑比划，现在突然空了下来，偌大的场馆倒显得甚是冷清。

这小子也真是的。本来清十郎还准备让他扮演武藏的角色陪自己比划一下练练手呢，这倒好，从太阳下山到现在，连他的人影儿都没见着!

日出日落，小次郎依然没有在武馆里出现。

“究竟该怎么办呢?”今天是年底的最后一天了，武馆里挤满了讨债的人。米铺的、杂货店的、酒馆的、裁缝店的……甚至还有清十郎在花街柳巷欠下大笔债务的茶屋老板。

人一旦倒霉起来，就连喝凉水都塞牙缝！朱实一事本来就够他头疼的了，从那之后似乎不顺的事也多了起来。在住吉收到武藏的战书，清十郎急急忙忙地赶回武馆才得知一直以来掌管财政大权的祇园藤次和那蓬之寮的阿甲不知到哪里鬼混去了，直到现在还没着家。而弟弟传七郎对家里的情况摸得门儿清，在年底就更不可能回来了。马上就是关乎吉冈一派生死存亡的比武之日了，身边连个信得过的帮手都没有。这么一大堆烂摊子全都压在自己一个人身上，清十郎正心烦意乱的，哪里还顾得上外面那些鸡飞狗跳的烦心事，只好让门徒谎称自己不在家，避而不见。

“欠钱不还，你以为说你们当家的不在家就能赶走我们了事吗?!”一堆人在院子里咄咄逼人地破口大骂着，武馆的门人真快顶不住了。

就这些还不是债务的全部。清十郎的弟弟挥霍成性，比起他这个当兄长的有过之而无不及。长期以来，武馆早就欠了一笔为数可观的高利贷。这下好了，讨债的人做好了要不着钱就不回去的准备了，一屁股坐在地上就不再起来。从武馆门口往街边看过去，一大溜儿的都看不到头了。

“怎么回事？大清早的嚷嚷个什么劲儿？还让不让人睡觉了!”终于有人出来回应了。原来是自称“吉冈十杰”的植田良平之流。领头的良平趾高气扬，“当家的欠你们的钱早晚都会还的，哪天手头宽裕了自然会交给各位。你们就不要在这里没事找事了。要是有哪位有话需要私底下说，那就跟我们去武馆的擂台上慢慢聊!”

二

那些讨债的街坊邻居看着他们握着的拳头，表面上是敢怒不敢言，背地里却少不了腹诽心骂。

“妈的！你看看他们吉冈家，刚才那算什么态度！”

“唉，家门不幸呐，恐怕是秋后的蚂蚱——蹦跶不了几天啰！”

“早败了早利索，估计用不了多久大门上就得贴白条清卖房产，那才叫一个大快人心！”

植田良平一行粗暴地把讨债的人给轰回走了，这才露出满意的笑容，大摇大摆地进了正堂。

“少师父，您一个人坐在这里想什么呢？”见清十郎半天都不换个姿势的样子，植田良平忍不住询问道。

“也没什么。”清十郎缓缓地抬起头来，盯着这几个高徒一个一个地依次打量过去，“和武藏比武的日子马上就要到了。”

“啊，是呀。经您这么一提醒，离约定的日子好像也没几天了，也该把时间和地点告诉他了。不知您想好了吗？”

“地点就定在洛北的莲台寺郊野怎么样？”清十郎问道。

“少师父英明。那么时间呢？”

“初八？不行，初八是家父的忌日。那就定在初九一早的卯时下刻。”

“好，那我们就在战表上这么写：

战　表

应昔日之约，现将比试相关事宜告知如下。

地点：洛北莲台寺郊野

时间：正月初九卯时下刻

约定之誓天地可鉴，违约一方必当受天下人耻笑，若我方违约愿遭天打雷劈！

庆长九年除夕夜

平安 吉冈拳法二代清十郎

致

美作州浪人宫本武藏阁下

除夕夜

一

再次踏上京都的土地，武藏突然想到自己在这儿还有个姨母，印象中应该和母亲长得很像吧？虽然只在小时候见过一面，但毕竟在这世上除了姐姐阿吟他就只有姨母这一个血亲了，武藏便想去姨母家过个年，以解亲情之慰。

苍天无眼，好不容易找到姨母和姨父，没想到这他们非但不惊喜，反而还对自己冷嘲热讽的一副不欢迎的样子。姨父大发雷霆，姨母默不作声。原来半年前阿杉婆曾找到这里闹事，两位长辈便对自己有了成见。这不，围在火炉边吃年夜饭的时候他们压根儿就没搭理自己，只同意他在寒冷的小屋里住一晚，第二天一早必须走人。

武藏向来不擅言语，既然姨母姨父宁可相信外人也不愿相信自己的为人，便耷拉着头不再解释。

世态炎凉啊！连亲戚都会如此待我，更能有谁可以依靠？

“铛——铛——铛——”寺院的钟声打破了冬夜的沉寂。这一百零八响的年末钟声，在召唤着人们思考刚刚过去的一年里有过哪些错误和遗憾，然后辞旧迎新，走向新的开始。

武藏躺在冰冷的床上辗转反侧。看来自己还是经事太少，太过幼稚啊！反思过往，他更加坚信人生在世只能依靠自己。对于今夜发生的种种，权当是修行中的历练吧。虽然心冷，但他不后悔。

“快！快！”屋门吱呀打开一条缝，姨母慌张地从门缝里钻进来咬着牙小声说，“武藏，你收拾收拾快走吧！大过年的真想不到本位田家的阿杉婆居然来了，点名要我们把你交出来！”

“啊？阿杉婆？”武藏侧耳一听，果然是阿杉婆的声音！那尖酸刻薄又自以为是的大嗓门高声叫嚷着，让人从头到脚拔凉拔凉的。

“别磨蹭了，你快逃吧！”姨母露出厌烦的表情，急着把来这儿添麻烦的穷亲戚轰出去，“那老太太三天两头地过来闹事，吃定了你一定会来投奔我们。你做的那些勾当我们全都知道了，要不是咱们是亲戚，早就把你绑起来交给那个老太婆了！”

“对不起，打搅您了，姨妈。只是能不能让我吃碗泡饭再走？我已经好几天没吃饭了……”武藏心中尚有一丝希望。

“亏你好意思说！现在又不是吃饭的时候。喏，这是五张切饼，你带着它赶紧走吧！今天咱们也见过面了，以后没大事的话就再也不要回来了！”

“请多保重……”武藏使劲儿咬了咬嘴唇，语调客套而疏远。

二

虽然是大年初一，但是离天亮还早，武藏感觉仿佛置身八寒地狱①一般，冻得他汗毛倒立。

“好冷啊！”比起肉体所受的严寒，亲情的淡漠才更让他感

① 八寒地狱：传说中地狱中有八种寒冷，其痛苦也各不相同，所以安立了八种名称，称为八寒地狱。

到阴冷。有诗云：手足六亲皆冰冷，自到他乡过流年。说的就是武藏这类人吧。

为什么我会贪恋母亲的怀抱和家庭的温暖呢？为什么我就不能感谢上天赐给我的孤独和漂泊呢？正是因为有了这些，才能够磨砺我的意志，促使我心无旁骛地完成大业呀！

这么一想，武藏几近冻僵的双脚开始恢复了知觉，一股热气冒到趾尖。

没有理想而又自怨自艾地流浪乞食，这是乞丐的思维，和西行法师云游途中的化缘有着天壤之别。一念之间竟会产生如此大的差距，这是个值得深思的问题。

顶着呼啸的寒风，不知不觉间，武藏竟然从吉田山下走到加茂河边来了。

“水清天澄只有我一人，这就是我的新年了！”武藏拾了些干枯的树枝在河边生起一把火，燃烧的火苗烤得身体热乎乎的。

“看，我也不是一无所有，至少还有五张薄饼。这加茂河底流淌的是正月的屠苏酒，东山三十六峰就是摆在门口的门松，这是老天对我的恩赐啊！”武藏心怀感恩，宽衣解带一个猛子扎到加茂河里，迎着破晓的微光洗尽旧年的灰尘。

他没有注意到，就在这涤荡灵魂的新年之光里，一个颤颤巍巍的人影从河堤上冒出头来，留下了一小片黑影。

吹 针

一

“可算是逮着你了哟，你这死孩子！”无奈年迈的体力实在承担不起胸口那一阵亢奋的喜悦，阿杉婆竟然一屁股坐到河堤小松树底下。

“真是苍天有眼啊！居然在这里见到你，一定是我那含恨惨死在住吉海边的老弟在用灵魂给我指路！”阿杉婆下意识地拍了拍腰上的旅包以示鼓励，里面权六的一根骨头和几缕头发一直在肌肤最近处，“你这个死鬼就算没命了，魂魄也会一直跟着我老太婆的吧？咱们并肩作战，只要一天不报仇雪恨，就一天不回家！”

透过篝火紧紧盯着在河岸擦拭身体的武藏，阿杉婆眼睛里闪烁着焦急又喜悦的光芒。焦急是因为她的体力已经不能和矍铄的精神相匹配了，想要站起来冲杀过去提头而归却心有余而力不足。喜悦的是原以为刚才在他姨家扑了个空要白跑一趟了，没想到意兴阑珊往回走时竟然会有意外的惊喜。

阿杉婆活着的唯一动力就是给那误入歧途的儿子报仇。现在权六也在报仇途中搭上了性命，新仇加旧恨不可能就这么算了，只要自己还有一口气在，报仇的心是永不泯灭的！

从大阪到京都，她便听到武藏要在正月和吉冈一门比武的事，提早上路准备在五条大桥底下候着这小兔崽子。这混小子还真是不知天高地厚啊，要是等在比武之后他还能有活路？到时候把我阿杉婆置于何地？自己一路颠簸，为的可不是给这小王八羔子收尸！就凭她女中丈夫的倔强个性，若不亲手宰了这个淌清鼻涕的臭小子，千刀万剐小通那个不要脸的小娘儿们，实在难消心头之恨！

阿杉婆本应趁武藏光着身子时下手，可被这异常的兴奋冲昏了头脑，仿佛早已成就大业，竟合掌向老天爷儿度叩拜，感谢这浩荡天恩。

二

破晓时分，黎明前的黑暗已经褪尽，河床上的石头也一颗颗地清晰可见。沐浴着新年的朝阳，武藏合衣系带穿戴整齐，然后屈膝跪地向天地合掌叩拜。

“时候到了!”阿杉婆终于准备出手了。武藏大踏步向五条大桥的方向走去，自己跟跄的小碎步压根儿不赶趟儿。

“喂！喂——你给我停下来！等等我——武藏!”阿杉婆在背后大声呼喊着，无奈武藏就跟没听见似的，丝毫没有停下的意思。

其实早在河里洗澡的时候，他就察觉到有人跟过来了。对于这个像橡皮糖似的缠着他的对手，他竟觉得比清十郎还可怕。自己早就解释过八百次了，可这倔强的老太太还是死缠着他不放。要是在从前，他早就把这死老太太打得吐血了事了。可现在不一样，他对她这种无赖行径一点儿办法都没有。不能伤她，就只能躲了。

“唉——”武藏叹了口气。看来这深深的怨念和误解只有让她和又八见了面，让又八亲口把关原大战前后的事情说清楚，等着老太太明白是又八休了小通，而不是自己拐带了她那可怜的儿媳妇，这芥蒂才能够解开吧。正好今天是正月初一，说不定又八早就在五条大桥那儿等我了呢！这么想着，武藏又加快了脚步。

“武藏！”阿杉婆眼看就要到手的猎物三跳两跳地渐行渐远了，急得她一口黏痰堵在嗓子眼儿里差点儿出不来。她伸长脖子扯着嘶哑的喉咙叫喊着，两只老拳头都快要捏碎了。

三

“前边走着的那个不是人吗？耳朵是个摆设吗？没听见我说话吗?!”阿杉婆咬牙切齿地大喊大骂。

得，事情都到了这个地步了，武藏再也没法假装听不见，背着身子稍稍放缓了脚步。“又来麻烦事儿了。”

“喂！你给我停下来！”阿杉婆银牙一咬，使上全身的力气终于冲到了武藏身前，挡住在他的去路，“你聋了吗?!”

那消瘦而尖刻的肩膀像波浪似的伴着剧烈的喘息一起一伏。武藏没办法，只好故作吃惊状赔着笑说：“啊！原来是本位田家的大婶啊，好久不见！”

“哼！亏你还知道‘好久不见’，就你这没脸没皮的玩意儿，上次在清水寺让你跑了，这回不乖乖交出脑袋，我看你还能不能逃出我的手掌心！”

阿杉婆像只好斗的斗鸡，伸着满是褶子的脖子仰头对着高大的武藏发泄着怒气。对于这么个战斗指数不高的小老太太武藏倒是不惧，但是一听到从她老掉牙的嘴里喷发而出的尖锐而嘶哑的吼叫声，武藏就条件反射似的起了一身的鸡皮疙瘩。

这种条件反射大概从少年时代开始就已经形成了。武藏记得，当他还是个八九岁的孩子时，每当自己和又八在村头的桑田玩耍或是在本位田家的厨房嬉戏时，总会被阿杉婆那冷不丁的一声“小兔崽子!”给吓得掉头就跑。那平地一声惊雷般的怒吼，直到现在还在他心里留有阴影。

对于阿杉婆，武藏打小就不喜欢，总觉得这个小老太太脾气古怪又过分地自以为是，特别是当年关原大战后自己历尽万难逃过官兵的追杀赶回来想要给她报信，谁知反倒被她堵在浴室里暗算了，真是太奸诈了……唉！不想也罢，想起来都是一把辛酸泪啊！至于那些所谓的仇啊恨啊的武藏全都不敢想了，只是求爷爷告奶奶，谁能想办法把这阿杉婆给忽悠走，自己就千恩万谢了。

相反，在阿杉婆眼里，武藏还是小时候那个听见她的吼声就吓得屁滚尿流的毛头小子。这个手长脚长、天天流着鼻涕的畸形儿，就算长再大也是不成气候的臭小子。自己可是骂着他长大的，现在想怎么整他照样怎么整！今天要是不把这小兔崽子送进坟里去，我阿杉婆以后就甭在村里混了。

“事到如今，有什么想说的就抓紧说吧！要不然等我老太婆一刀下去就什么都晚了!”阿杉婆伸出舌头舔了舔手指，左手在唇上一按接着握住了刀把，“武藏，受死吧!”

四

知道什么叫“螳臂当车”吗？此时此刻的阿杉婆就是活生生的例子。你看她那干瘦成柴火棒似的胳膊，比秋后螳螂的镰刀臂也粗不了多少。看起来被武藏轻轻一碰就能折了的样子，居然还想要挥舞着杀人？真滑稽！

阿杉婆的眼睛里布满了血丝，皱巴巴的皮肤松垮地附在身上，摆的架势倒是给人一种肃杀凄凉的感觉。

武藏没有笑出声来，他只是觉得这个大婶老了也累了，同情之感油然而生。

“大婶，要不您先消消气再说?”武藏试着缓和一下紧张的气氛。

“你说什么?!”阿杉婆一手持刀，漏风的嘴巴里喷发出气急败坏的怒火，“哈！你是害怕了吧？不用油嘴滑舌地骗我，我老太婆吃的盐比你喝的水都多，可不是那么容易上当的！废话少说，你就乖乖受死吧!”老太太一副油盐不进的嘴脸。

“我知道，我知道。大婶的胸襟气魄无人能及，不愧是新免宗贯家中身负重任的本位田大伯家的忠贞烈妇……”武藏和气地说。

“呿，少来了！别跟个讨糖吃的孙儿似的在我面前说甜言蜜语!”

“哎呀，您这么说就真的是冤枉我了，您就不能听我说几句吗?”

“有什么遗言就快说吧!”

“别这样说啊大婶。您看，您那刀我先暂时给您收着，咱们一起到五条大桥去，又八大概已经在那里等我了。到时候你们娘儿俩见了面，之前的事情您就全都知道了。”

“又八?”一听她的儿子就在附近，阿杉婆瞬间露出了所有思维母亲那迫不及待的心情。

“没错，去年我给他捎了口信说这几天在那儿见面。”看见阿杉婆稍稍柔和下来的眼神，武藏感到解开这宿怨又有了希望。

“你骗我的吧?”阿杉婆略一迟疑，便清楚这小子说的是压根儿不可能的事。要是真有这样的约定，前些日子在大阪和又八相逢的时候，怎么没听他说起过？可见武藏这小王八蛋压根儿就没安好心！

“武藏！再怎么说你也是无二斋的儿子，死的时候也得光明磊落。刚才差点儿上了你的当！怎么，你这一套也是从你爹那儿学来的吗？真是不学好！”说着，她拔出短刀双手握紧向武藏胸口刺来。

“大婶当心！”武藏一边尽力避开刀锋，一边从阿杉婆闪身而过的背后扶住她踉跄的身子。

阿杉婆掉过身来，连着默念了三遍“南无观世音菩萨”，一阵胡砍乱刺。

“大婶，真的，你就信我一次，跟我到五条大桥去吧！”武藏话还没说完，只见阿杉婆鼓着嘴对准自己的双眼一口唾沫喷了过来。

“噗！”白色的粉末飞散而来。

“啊！”武藏左眼一阵火辣辣的刺痛，伸手捂住眼睛再摊开手看看，没有血迹，只是左眼却睁不开了。

五

看着武藏手忙脚乱的样子，阿杉婆顿时觉得胜券在握，一边高呼“南无观世音菩萨”，一边对准武藏的身体连挥了两三刀。

武藏没想到阿杉婆竟会来这么一手，一不留神躲避不及，大臂就生生地被划破了。殷红的鲜血顺着雪白的衣袖流淌出来。

“终于见到血光了！”阿杉婆大喜，连喊“南无观世音菩萨”，接连又向武藏刺过去。

这下武藏只有躲闪的份儿了。现在他那只左眼痛得已经睁不开了，左臂也受了伤，滴滴鲜血在警示着他的粗心大意。他还从来没有因为大意吃过这样的亏！

话说，他本来就没有把阿杉婆当对手，自然也不想跟她争什么高下之分。退一步说，他也根本没有把这个年过花甲、行动笨拙的老太婆放在眼里。这下好了，自己还真就在她身上栽了跟头。看来自己距离兵法上的成熟之境还早着呢。

阿杉婆信心百倍，围着武藏连劈带砍地嗷嗷欢叫，瞅准机会分分钟就要割下他的脑袋。

武藏这回真的动真格的了，看阿杉婆转过身来，照她肩头轻轻一拍。

“啊!”阿杉婆一个没站稳就四脚朝天地倒下了，刀也顺势被甩得老远。

这时，武藏左手拾起刀来，右手把阿杉婆横着一夹，气恼地说：“大婶，你也太阴险了吧?”

“哼！我阴险？还不是被你逼的!”阿杉婆被武藏夹在腋下，手脚像乌龟似的挣扎着，“神佛啊，怎么还不显灵？眼看只差那么一刀就大功告成了！唉！你个小王八蛋也别想羞辱我，有种就一刀砍下我老太婆的脑袋给个痛快!”

武藏不说话，只是大踏步地向五条大桥走去。

阿杉婆虽然动弹不了，嘴巴上的功夫可是一点儿都不减从前，她直着脖子大声唾骂道：“唉！时运不济，难道这就是我的命吗？他权叔已经命丧黄泉，老太太我也快跟过去了，以后就看又八了！只要他记住本位田家的深仇大恨，就算我死也死得其所。钟卷自斋的高徒，老太婆的仇就等着你来报了……唉，武藏你到底行不行啊……有种就一刀砍死我!”

六

武藏连停都没停，挟着老太婆来到五条大桥。

该把她放在哪里呢？武藏桥上桥下地观察了一大圈，最终决定把阿杉婆放到桥下的一条空船里。

“大婶，您先在这里歇一会儿，又八应该马上就来了。”

“你想干什么?!少跟我耍花招，又八根本就不会来，你骗不了我！你这是准备去叫人来，然后当面羞辱我吗?”

“唉，您一定要这么想的话，那我也再无话可说了。过会儿你就明白我是不是欺骗你了。”

“一刀砍死我，快点!”

“哈哈哈哈哈!”

“笑什么？我这么个细脖子，你一下子就能拧断!”

“可我不能那么做。”

“你……”阿杉婆见收拾不了这个臭小子，气得对着他的手就是一阵乱咬。武藏被咬得生疼，但还是咬牙把阿杉婆捆在船梁上。

“武藏！武藏！你知道武士道是什么吗？你怎么可以这么对我！你要不懂就过来，我来教你!”

武藏正要往桥堤上走，不曾想船上的阿杉婆狂喊乱叫个不消停，他只好又回到船上往她身上又盖了几层席子。

这时，一轮鲜红的太阳从东山上露出头来——新年的朝阳冉冉升起了!

武藏站在五条大桥前端，突然意识到这一年来自己似乎只为私事而忙碌。跟伟大的自然比起来，真是渺小如蚂蚁啊!

“好在我还年轻!”武藏撕咬着切饼，感觉浑身又聚满了活力。

“又八怎么还没有来呢?”偌大的大桥上就只有武藏一个人。他来回地溜达着，突然发现了桥上挂着的那张战表：

地点：莲台寺郊野

时间：九日卯时下刻

武藏凝视着这墨迹犹新的字迹，单是默念这几个字就已经让他感觉浑身都充满了斗志。

“……啊，好疼!”武藏忍不住用手去揉搓左眼，却莫名其妙地感觉手上刺痛。低头一看，这才发现领子上插着一根针。不，仔细看去，竟有四五根针竖在领口，像是嘲笑他的狂妄大意。

七

“哎呀！我的眼睛不会就是被这玩意儿给扎的吧?!”武藏拔下一根针来仔细检查着，发现这针的尺寸和普通的缝衣针不太一样：虽然粗细和普通的缝衣针差不多，但是针头却不是圆形，而是锐利的三棱状，而且还没有穿线的针孔。

“好歹毒的阿杉婆!”武藏望着桥下的小船，不禁毛骨悚然。原来这就是江湖上传说的暗器——吹针啊！想不到阿杉婆竟会使出这种下三滥的手段来对付自己，幸亏没被吹中瞳孔，要不然真会失明的……太险了!

像这种旁门左道的东西，江湖上的名门正派一般都不会使用的。阿杉婆不知从哪里学了这么一手，亏了她学艺不精再加上年老体衰，喷出来的飞针只有一根扎进了眼白。想到这里，他的眼白又开始发热了，痛得他眼泪直流。武藏转过身体朝向无人的角落，想要用袖子擦一擦，可是袖子上沾满了血迹，大庭广众之下解开衣带擦眼又不合适，怎么办呢?

就在武藏左右为难的时候，只听“刺啦”一声，身后传来绸缎撕裂的声音。一个年轻的红衣女子像是看出了他的为难之处，用牙齿从自己红色的袖口扯下一块飘香的绸缎托在手里，一路小跑向他飞奔而来。

微 笑

一

红衣女子正是朱实。

虽然是新年的第一天，她却没有新春应有的装扮，甚至可以说是衣衫不整。就这样，她顶着一头蓬乱的头发出现在了武藏面前。

“……啊？”武藏惊诧地轻轻感叹了一声。这个冒冒失失跑到自己跟前的姑娘是谁啊？好像在哪里见过的样子，但是一时间又记不起来了。

朱实倒是还是挺自信的。她心想，虽然武藏没有自己用情之深，但他心里一定有自己的一席之地。他肯定是认识自己的。

“是我啊，武藏哥哥！”她托着刚刚撕扯下来的红绸，怯生生地走到武藏跟前，“你的眼睛这是怎么了呀？不要用手揉，对眼睛不好。来，你用这个擦一下吧。”

武藏默默接受了她的好意，用红绸拭去了因刺痛而流下的泪水，然后从头到脚地打量了朱实一番。

“怎么，你忘了我是谁了？”

“……”

“是我啊，武藏哥哥！”

“……”

“怎么，你不认识我了吗？”

看着武藏丈二和尚摸不着头脑的表情，他似乎对自己冒冒失失上前搭讪的行为还有点意外，朱实终于不得不承认一个赤裸裸的现实：武藏哥哥心里居然没有我！原来这一切的魂牵梦萦，都是自己一厢情愿的臆想！朱实觉得自己的心在滴血。“哇——”地一声，双手掩面忍不住痛哭起来。

“哦，哦，我记得你！”朱实那嘤嘤痛哭的姿态，一瞬间冲开了武藏的记忆之门。啊，这不就是当年伊吹山下黯然神伤的小姑娘朱实吗？这个腰系脆铃的小姑娘怎么会出现在这里？

武藏一把抱住朱实病后单薄的肩膀，惊讶地问：“这不是朱实吗？你怎么会来这里呢？”见她只顾着哭，武藏又追问说：“你现在回伊吹老家了吗？你的养母现在在做什么营生呢？”

问及阿甲，武藏想的当然是她和又八的关系，“她现在还和又八一起住吗？事实上今天早上应该是又八过来赴约的，他肯定不会让你代他来吧？”

武藏说的这一切，都不是朱实心里想要听到的话。躺在武藏坚实的臂膀里，朱实却只是别过头暗自流泪。

“又八不来了吗？你别只顾着哭啊，到底是怎么回事？”见朱实不回答自己的问题，武藏有些着急了。

“又八不会来了，他压根儿就没收到那个口信……他不会来了！”朱实好不容易从养母阿甲的手掌心里逃出来，本来还想向武藏诉说从住吉一路走来的苦衷，见自己唯一的精神寄托居然又成了泡影，断断续续呜咽出这几句话后，悲痛堵住喉咙，便再也说不出话来了

桥上已经洒满了新春的阳光，按照风俗，这时候前往寺里烧香祈福的善男信女们应该在桥上来回走动了。在这熙熙攘攘的人群中，城太郎蹦蹦跳跳的身影突然吃惊地停了下来。

“什么情况啊？我师父不是应该和小通姐姐在一起吗？那

个女人可不是小通啊!”无意中看见大桥中间举止异常的这对男女，城太郎脸色一变停下了脚步。

二

这两个人搂搂抱抱地紧贴在一起窃窃私语着，不时还一起探着脑袋往桥下看去，似是丝毫不在乎外人的眼光，看样子亲密得很呢!

呿！搂搂抱抱的成何体统？别看城太郎虽小，但是这些基本的道德礼仪还是懂的。特别是当事人中有一个还是自己尊敬的师父!

城太郎吃了一惊，真替小通感到不值。一时间又是悲愤又是嫉妒的，恨不得拿起石头对着这对狗男女打过去。

“啊！跟师父眉来眼去的那个女的，不就是蓬之寮那个叫朱实的小骚货吗？师父啊师父，你好端端的怎么就被这个婊子迷惑了呢？你这样怎么对得起小通姐姐!”城太郎义愤填膺地想着，四下望去却始终找不到小通姐姐的身影。

这几天小通和城太郎一直留宿在乌丸大人家的府邸。一想到今天就能在五条大桥见到朝思暮想的武藏，小通从昨晚就开始兴奋地睡不着觉。今天天不亮就起床描眉点唇地梳妆打扮，穿上乌丸夫人为她准备的迎春花衣，一大早就高高兴兴地出了门。

“我先去祇园神社，然后再去清水堂做新春朝拜，这些事办完了再去五条大桥。”小通是这么说的。

城太郎想要一起去，小通还怕他打搅了和武藏的谈情说爱，愣是没让：“我先去跟你师父说会儿话，你等天亮再去吧！乖!”

“这是怎么回事啊?”明明是小通姐姐先来的，怎么直到现在连个影子都没看见？

看见那女的趴在武藏的怀里哭个没完，城太郎禁不住厌烦地皱了皱眉头，“这他妈什么世道！”不管武藏和哪个女人亲密接触，只要不是小通，城太郎都会觉得不像话。

“现在小通姐姐在干什么呢？不行！我要找到小通姐姐，把这里发生的一切全都告诉她！”城太郎替小通生着闷气。

与此同时，在离栏杆几十步远的地方，有四五棵干枯的柳树。柳树下边的河水里，平日里都有几十只白鹭捕鱼进食，而今天却连一只白鹭的影子都没见，代替而来的是一个结着前发的年轻人，只见他像卧龙一样吊卧在老柳树的枝干上，好像在凝望着什么。

三

和朱实一起倚在栏杆上的武藏，对于朱实祥林嫂似的哭诉只是微微颔首以示安慰，眼睛却凝望着别处。他的目光像是一团无色无热的火，目不转睛地凝视着角落里的焦点，一眨也不眨。

朱实没有留意到武藏目光的不自然，只是自顾自地沉浸在自己营造的感情旋涡中，自问自答似的倾诉着多年的情思。“……啊，我只能把话说到这里了。我把一切该说的不该说的全都告诉你了，这足见我的诚意。”她一边说着，一边把伏在武藏胸口的脑袋贴得更紧凑了一些。

“自打关原大战以来，不知不觉已经过去五年了。在这五年里，不管我遭遇了什么样的人，身体又受到怎样的摧残，自始至终我的心都是纯洁如玉的。”朱实一边说着，一边又忍不住嘤嘤地啜泣起来，“我想念你……你能明白我的心意吗？”

“嗯。”

“只是，我现在这样回不去了，我已经不再是未开苞的处女了，你是怎么想我的呢？你觉得我变成不值钱的贱货了吗？还是觉得我这样也是迫不得已情有可原？”

“嗯——啊？”

“你到底是什么意思呢？现在想来，对丢了处女身子这件事，我真是悔恨至极呐！”朱实把脸贴在栏杆上，“我不能祈求你爱上我，我脸皮还没厚到那个地步……只是你得知道，不管我以后会遇见什么样的男人，我的心里都只有你一个人——只有你！”

泪水顺着她的头发一滴滴地落到栏杆上，打湿了本应喜气洋洋的清晨。今天本该是个明媚而充满希望的大年初一，可这个年轻姑娘却泪如雨下跟死了亲爹似的，人来人往中的目光投来，充满了诧异和同情。

“嗯——啊——”武藏似是被朱实所说的话语感动了，但是眼睛依然紧紧盯住远处的那个点。

沿着他的视线凝注之处，正是白鹭聚食之处。之前吊挂在枯柳上的那个年轻人，就是佐佐木小次郎。

四

“啊，就是那个男人吗？”小次郎倚着枯柳凝视良久，心里竟有些醋意。

今天一大早，朱实就满怀憧憬地出了门，小次郎觉得好奇便跟了过来。想不到她平日里对自己不言不语，现在居然对着这样一个男人投怀送抱哭诉不已，看得他一脸的疑惑和嫉妒。不快的目光狠狠地瞪着武藏，恨不得立马把他打趴下才解恨。

从小次郎目光投过来的那一刻起，武藏就已经觉察到了这微妙的敌意，这是习武之人之间的反感，面对这种咄咄逼人的敌意，自然激发了武藏心中的自负和反攻之意。武藏也毫不示弱地回瞪过去，互不相让。

终于，小次郎僵持不住先转过眼去，末了还不忘留给武藏一个蔑视的眼白。见对方先行退让，武藏认为是自己的气势压制住了对方，不由得心情大好。

“喂，朱实，那边那个年轻的游历武士，你认识吗?”武藏轻拍着朱实的肩膀问道。

“啊……”朱实一看是小次郎，顿时花容失色，哭得红肿的脸上狼狈不堪，“啊……那个吗？我……他……”

五

“那人背着把做工精良的长刀，看穿衣打扮也挺讲究的，看得出来这人在武艺上有两把刷子……对了朱实，你们是怎么认识的?”

“这……其实我跟他不太熟。”

“嗯?”

“前些日子我在小松谷的阿弥陀堂被猎狗咬伤了，是他救了我还给我找地方住宿，找大夫止血，照顾了我三四天。”怕武藏误解，朱实故意明确表明了自己的立场。

“那么说你们住在一起喽?”

“是……我们是住在一起，不过真的什么也没有发生!”朱实特意强调了后半句。其实武藏并没有多想，也丝毫没有质问她的意思，但朱实却怕武藏误会，激动得心一跳一跳的。

“那你应该知道他的一些事情吧。他叫什么名字啊?”

“嗯……他说他叫岸柳，本名叫佐佐木小次郎。”

“岸柳？不会吧？原来是他!”这个名号武藏早有耳闻，只是见了本人，武藏却没想到这个名贯江湖的武林巨擘竟是如此年轻的一个小伙子。

仔细打量过去，这两人在年龄上不相上下，只是一个仪容华贵，一个衣衫褴褛，但在武功修养、心胸气概、社会阅历这些方面，武藏自认两人还是旗鼓相当的。正因如此，双方才会锋芒毕露心怀戒备。

这时，小次郎却一反常态地给了武藏一个笑脸，武藏也自然而然地微笑回敬。只不过小次郎的笑脸里带着揶揄，武藏的回礼也带着些许讥诮。

看着这俩男人都有些怪怪的，朱实想要说些什么，没想到武藏却先开了口："那么朱实，你先跟他回去吧，等我有时间了会去看你们的。"武藏说完转身要走。

"啊？这么快你就要走吗？"才说了这么一小会儿话就要分别，朱实有些不舍。她握住武藏的手，含情脉脉地说："我就住在六条御坊前面的念珠店旁，你可一定要来呀！"

"嗯。"

"一定要来哦！"

不远处突然传来一阵大笑，原来是小次郎。只见他一面走着一面猖狂地大笑，简直没把武藏放在眼里。

桥上的城太郎鄙夷地看着小次郎离去的身影，心中充满了怨气。他最恨的就是那个叫朱实的小骚货，其次就是脚踩两只船的师父，还有那个不争气的小通，都到这个节骨眼上了还不知道跑到哪里去了，真是不争气！

他也顾不得先跟武藏打招呼了，恨恨地往回走着。谁知刚刚走下桥，正要拐到街道的时候，一眼瞄见路旁停着的牛车后面露出的一张惨白的脸。

鱼　纹

一

"哎呀，原来你在这里！"

今天的小通和往常太不一样了。经过精心的梳妆打扮，小通出落得更加妩媚动人。特别是乌丸夫人送给她的这身迎春新衣，红梅的底色上还绣了白绿相间的桃山，一幅春意盎然的的景象。

"你蹲在这里干什么？害得我好找！"看着小通这身漂亮的衣服，城太郎更是气不打一处来。他一把推开牛车把小通拉了出来，使劲摇晃着她的肩膀急切地说："你藏在这里有什么用？我师父早就来了，刚才的事情你都看见了，还不快点儿跟我来！要不然就来不及了！"

城太郎一把抓住小通的手，跟拔萝卜似的就要把她拉起来一起去找武藏。接触她的手的一瞬间竟打滑落了个空，城太郎露出惊讶的表情，这才发现小通的手早就被泪水打湿了。

"哎呀哎呀，小通姐姐，你怎么就哭了呢？"

"城太郎……你陪我一起躲起来不要出去，我想静一静。别让武藏看见，行吗？"

"凭什么呀？"

"你先别问，我心里很乱。"

"切！"城太郎又怒了，"你说说你们这些女人啊，真不知道你们到底是怎么想的！——没见面的时候天天盼星星盼月亮地一路追随，现在近在咫尺了又要藏起来躲着不见……唉！真是又奇怪又好笑！敢情你一直逗我玩儿呢？”

城太郎的话像鞭子一样抽在小通心上，小通仰起红肿的眼睛，里面晶莹的泪水又潋滟开来，“城太郎，城太郎……呜呜……你不能那么说我……不要再让我伤心了好不好？”

“啊？我哪里伤到你了？什么叫‘再’让你伤心？有人让你伤心了吗？”城太郎瞪大眼睛不明就里。

“拜托了，你就陪我在这里躲一会儿吧！”

“我才不呢！这里都是牛粪，臭烘烘的。还有你啊，大年初一的就眼泪哗哗的，也不怕触霉头。”

“我不哭了……呜呜……我笑还不行吗？”小通虽然这么说着，但哪里还能笑得出来？这一肚子委屈和苦楚，使得她笑的比哭还难看。

“啊！我明白了。小通姐姐，你是看见刚才那个女的和我师父卿卿我我地说话，你吃醋嫉妒了是不是？”半晌，城太郎才恍然大悟。

“不是那样子，不是……”

“别骗我了，就是那样！……不过再怎么说，你光躲着也无济于事呀。他们越是开心咱们就越得去，你不去那个小骚货才越得意呢！快走，我帮你去打架！”

二

城太郎不容分说拽着小通就往大桥走去，眼瞅着朱实起身要走，师父也快要从桥的另一端离开了，顿时急了，也顾不上拉着不情愿的小通，松开手自顾自地追了过去。

“等等我，城太郎！”虽然小通本意不在追武藏和朱实，但看见城太郎离她而去，竟也习惯性地追赶了过去。

大桥上吉冈家立着的战牌前，来来往往的人们有不少停了下来。他们看着战表，啧啧不已。

“借过！借过！”城太郎拨开拥挤的人群，直奔桥下那个矫健的身影而去。谁知在他终于快跑下桥时却不见了武藏的踪影。小通还以为武藏就在河滩上，往下瞅去竟也寂寂无人。

原来，就在武藏抽出被朱实紧握的手，催她早点回去的时候，他走到吉冈家的战牌前却突然想到一个问题：既然又八不会来了，那么就没必要再让阿杉婆待在船上了吧？于是他返回桥下的船上，想要把阿杉婆先放出来再说。

“大婶，实在不好意思，这次又八恐怕来不了了。不过我一定会找机会去见他，让他有骨气一点，也好让你们母子能早日团聚。依我看，这可比割下我的脑袋更对得起本位田家的列祖列宗吧?”武藏拿起小刀，割开了阿杉婆身上的绳子。

“放屁！你个小杂碎竟敢满口胡言！怎么，你不把脑袋给我，难不成还想要我的脑袋?”阿杉婆气得青筋暴起，一把掀开席子钻了出来。这时，武藏已经踩着加茂河里的石子和碎冰，像鹡鸰[①]一样快速飞跑到对岸的河堤上。

三

小通搜寻了半天都没能找到武藏的身影，倒是城太郎眼尖，捕捉到了河对岸远处的那个身影。“喂！师父，你等一等我！”说着就一步跳下河滩，小通也尾随着跳了下去。

你说说，这个时候他们为什么就不能从五条大桥上走下

---

① 鸟类的一属。最常见的一种，身体小，头顶黑色，前额纯白色，嘴细长，尾和翅膀都很长，黑色，有白斑，腹部白色。吃昆虫和小鱼等，属受保护鸟类。

去呢？小通和城太郎情急之下的举动不仅没能追到武藏，反而招致了更大的祸患。

城太郎毕竟是个习武的男孩子，脚力足。可小通就没那么容易蹚过结冰的加茂河了，更何况她此刻穿的是中看不中用的华衣便鞋，只能对着冰面上凸起的碎石干瞪眼却无处下脚。

武藏的身影越来越模糊，急得小通快哭出来了，“武藏君！”这声呼喊宛如生离死别般的悲怆，听得人心都要碎了。听到这样的叫喊，恐怕只有一个人会兴高采烈。

“哎——”对面有个嘶哑古怪的声音答道。

小通回头一看，从破船的席子堆里冒出了一个形如鬼魅，干瘪而瘦小的身影。

“啊！”小通一声惊叫，撒腿就跑。

“喂，小通，你别跑呀！”阿杉婆白色的乱发随着奔跃的身躯在风中跌宕起伏，她突然压低嗓门说，“我有话对你说，等等我呀！”

此情此景，让阿杉婆更加确信了自己的想法。哼！这对奸夫淫妇！武藏那小子拿席子盖上我，肯定就是为了和这小婊子幽会，亏他还说得那么振振有词！说什么又八会来解释真相，我呸！哼！这小骚货也遭到报应了，八成是跟武藏那小兔崽子谈崩了，这才哭着跑着去追他。真是不要脸！

既然嫁到本位田家了，自然就应该守妇道。这么一想，小通嫌弃儿子就是嫌弃婆婆，阿杉婆顿时恼羞成怒，恨小通更甚于恨武藏了。

“喂！贱人！你给我停下！”阿杉婆一边叫骂一边追赶着小通，恨不得把她给生吞活剥了。

“咦，老婆婆，你这是要干什么？”闻声赶来的城太郎，见这个陌生的老婆婆气势汹汹的架势，有些犯迷糊。

“去，别碍事！”阿杉婆一把将城太郎甩出老远，脚下丝毫没停留。

这个老太婆究竟是何方神圣，居然把小通姐姐吓得丢了魂？城太郎不明就里，但作为宫本武藏首席高徒的青木城太郎，又怎么能被这小老太太的苍蝇胳膊蚊子腿给唬住了？

“你个老太太，非得逼我出招不成吗？”城太郎摆开打架的架势，好不威风。只是话还没说全，就被老太太用左胳膊夹住脖子提了起来，“啪啪啪”几个大嘴巴子甩了过来，痛得城太郎只想打滚。

“哼！你个多管闲事的小屁孩，让奶奶给你点颜色看看！”阿杉婆往手上唾了口唾沫，“啪啪”又是几下。

城太郎被卡得死死的动弹不得，腰上的木剑也抽不出来，只好死挺着任人揍。

四

一路走来，沿途经历的苦难只有小通自己心里最清楚。对于因追随心爱之人而受到的种种痛苦和磨难，小通并没有怨言，因为心中充满了爱的希望，所以每日地苦中作乐也算能撑下来。

可是就在今天，她苦苦维持的梦境，她誓死坚守的信念竟被眼前的一幕打破了。

朱实和武藏，他们两个竟然在一起！在无人的五条大桥上，两个人竟然依偎在一起窃窃私语，在朝阳的映衬下，两个人影竟然久久地重叠在一起，越靠越近！看到这样的场面，就连城太郎都一肚子怒气，更何况是小通了。

——为什么？为什么我要早早地过来看到这样的画面？

小通既后悔又懊恼，说不清是憎恶失望多一些，还是嫉妒酸楚多一些。悲伤逆流成河，只有躲在牛车后面哭泣才能稍稍好过一些。只是，哭泣真的能解决自己心里的痛苦吗?

“好冷!”虽然小通竭力地想要压制住自己的情绪，但还是心烦意乱。

人生路漫漫，一步走错，际遇会发生翻天覆地的变化。面对今早发生的事情，如果是生活阅历丰富的理智之人，自会做出准确的判断和选择。可是小通只是个二十一岁涉世未深的姑娘，这一念之差，竟造成了此后十年的遗憾。

没找到武藏不算，这大年初一的竟被阿杉婆逮了个正着，这真是触了八辈子的霉头了。小通仿佛被一条毒蛇穷追不舍，在花园里乱窜。这条毒蛇就是阿杉婆，她的脸一直晃在小通的脑海里，死活挤不出去。

小通跑了有半里地，气喘吁吁地停了下来。回头看去，只见阿杉婆正在五六十米开外的地方夹着城太郎吭哧吭哧地往这儿赶，一副不追上死不罢休的样子。

幸亏城太郎没能拔出木剑啊，小通心里真替他捏了把汗。凭自己对阿杉婆的了解，只要城太郎先动了手，这个老太太搞不好真能抽刀把他给杀了。

“哎呀，这可怎么办是好?”跑到这里已经人迹罕至了，小通想要救城太郎，却又不敢靠近阿杉婆，急得她在原地团团打转。

五

“可恶！你个死老太婆!”颠簸之下，城太郎终于拔出了他的木剑。

虽然把木剑拔出来了，但他的脖子还是牢牢地被阿杉婆控制着，他被夹在腋下怎么都挣不出来，只好挥剑在空中乱砍一通，对阿杉婆一点作用都没有。

“哈哈哈！你就这点儿本事吗？真像一死水潭里胡乱扑腾的癞蛤蟆！”阿杉婆一边露出长长的门牙嘲笑着城太郎，一边继续往前追。

看着不远处小通的身影，阿杉婆的腿脚却越来越使不上劲儿了。狡猾的她眼睛骨碌一转，顿时计上心来。哼，武藏那混小子不好糊弄，这个小丫头片子我还忽悠不了她了。今天先把她稳下来，以后看我怎么好好治她！

“小通——小通——”阿杉婆那干巴巴的脸上突然绽放出奇怪的笑容，满怀笑意地向小通招了招手，“我说小通呀，你怎么见了我就跑呢？当年在三日月茶屋的时候你跑也就罢了，可现在再跑就是你的不对了。阿婆根本不是要害你，别再疑神疑鬼了啊！”

听了阿杉婆这一番话，小通不觉放缓了脚步，但没敢停下来，脸上还是有些犹豫。这时，被阿杉婆夹在胳肢窝里的城太郎倒是来了精神，“你这话说的可是真心的？啊，老太婆？”

“哎呀呀，我都说到这个份儿上了，你们怎么还是不相信呢？那丫头老是会错我老太婆的意……我又不是大灰狼，还能吃了你们不成？”

“哟，既然你那么有诚意，干脆先把我放下来，我去把她给你叫过来。”

“呿！你当我傻啊？你就是属老鼠的——一牵拉爪儿就忘了！我要是真的撒了手，你还不立马给我一剑跟她跑了？哼！”

“哎，你这叫啥话？你们就是因为互相不理解对方的心思才会一而再再而三地产生误会，闹到今天这种境地。有意思吗？”

“行，姑且相信你这个小毛头一次。”阿杉婆眼里灵光一闪，心想终于上套了，“你去了就这么跟小通说，说我阿杉婆这些年为了寻人长途跋涉，旅途的辛苦也化作了对她的怨气，是因为老糊涂了所以才对她凶的。现在权叔父也死了，自己一个人的时候我也想开了。生死都有命，不管怎样都是她自己的选择，我对她也恨不起来了……我现在已经不是她印象中的蛮不讲理的老太婆了，你去把她叫来，我还有事想跟她商量呢。”

“哎呀呀老婆婆，你说了那么多，我哪能记得住？”

“好吧好吧，我不说了，你把刚才的话带到就行。”阿杉婆终于撒了手，城太郎一溜烟就跟上了小通，一五一十地把阿杉婆的话复述了一遍。

不远处，一大一小紧凑在一起的身影在阳光底下犹豫地晃动着，阿杉婆装作若无其事地在河边的岩石上坐了下来。潺潺清流顺势淌过，一群小鱼儿游了过来，在和缓的水流中激起了一圈圈的涟漪。

“她会来吗？还是……”阿杉婆微微歪头瞄向那两个身影，看似平静的脸上忽然闪过一道凌厉的目光。

六

小通心里还是有些疑虑，放不下心过去。天真的城太郎倒是有些着急了，“多大点事儿啊？把话说开了不就得了？非得搞得那么复杂……”

终于，小通挪动着不大情愿的脚步，向阿杉婆走过来了。

“哈！鱼儿要上钩了！”阿杉婆露出长长的门牙，极尽温柔地绽开了笑脸。

“阿杉婆婆……”走到近前，小通“扑通”一下跪在阿杉婆的脚前，“原谅我吧……原谅我吧……事到如今我什么也不说了，只求您不计较我的过错。”

“小通啊……”像是母亲的呢喃，阿杉婆的声音听上去是那么的温柔，“你这是说什么呢？以前我不知道真实情况，是我家那不争气的臭小子犯了魔怔变了心。可怜我还以为是你的过错，恨你变心恨得入骨。好在那些都是旧话了……就让那些不快付之于流水吧！答应婆婆，忘了它。好吗？”

“是我太任性了，还请您一定要原谅我……”

小通蹲在那细软的沙滩上，紧张之余不自觉地用手在上面挖了个小坑。冰冷的沙洞很快就溢满了河水，指尖传来早春的寒意。

她入神地看着那潭春水，耳畔依然是阿杉婆亲切的话语声。“这事说起来，我这当娘亲的也做不了主。虽说事到如今，破镜不能重圆。但是你毕竟也曾许给了又八，又八也一直对你念念不忘。不管今后是聚也好散也罢，也总该见上一面把事情给了结了吧？唉……”

“啊……”

“怎么样啊小通？你觉得婆婆说的在理吗？我并不是非要把你们硬按到一起去，只是想当面把话说清楚，你们好聚好散，我也算是了了一桩心事。”

“可是啊，婆婆，我们都已经这样了，又何必刻意地当面锣对面鼓呢？就这样顺其自然不好吗？”

“就按我说的做吧，毕竟当初是我定的这门亲事。有我这个老人在场，显得也正式一点。”

“可是现在我们也不知道又八在哪儿呀？更何况婆婆您也游走不定，他知道您现在在哪里吗？”

“这个你就不用操心了。前些日子我们在大阪见过一面，几句话不合把他给气跑了。不过我们家又八是个孝顺孩子，现在好些日子过去了，他一定已经后悔了。我跟他说过我会来京都，他现在一定在赶过来的路上呢！”提起自己的宝贝儿子又八，阿杉婆立即挂上了自豪的笑容。

虽说小通心里挺为难的，不过难得见阿杉婆对自己那么和蔼客气，况且她说的话貌似还有那么些道理，于是她咬了咬嘴唇说：“既然这样，那我就跟婆婆一起去找又八吧？”

“啊！真的吗？”阿杉婆大喜，一把抓住小通挖沙挖得冰凉的双手捧在手心。

“嗯……”

“那好，现在你就跟我一起回旅馆吧！”阿杉婆终于露出满意的笑容，转头对城太郎冷冷地撂下了这么几句话，“我们有正事要办，旅馆在三年坡。你没事的话该去哪儿就去哪儿吧。”

“啊，好吧！”城太郎虽然有些不太情愿，但还是好面子地说，“不去就不去。那么小通，我就先回乌丸大人府邸等你们了，办完事了记得快点回来找我哦！”说完掉头就跑。

不知怎么的，冥冥中小通却心神不定起来。她快步追上城太郎：“等等，城太郎！”

“哎！”阿杉婆生怕到手的猎物要跑，晃晃悠悠地追着她爬上了堤坝。

在她狼狈攀爬的空当里，小通悄悄地对城太郎说：“我跟她去旅馆就只为等又八，应该也不会等很久。等有空了我一定去乌丸大人府邸看你，在我完事之前你一定得等我啊……还有，你要是闲着没事的话，帮我打听一下武藏的消息？”

“哈哈！”城太郎意味深长地一笑，“得令！”

奥斯卡
经典文库

[038]

Miyamoto Musashi

宫本武藏：剑与禅（中）

（日）吉川英治●著　孟瑶●译　何亮●丛书编辑

首都师范大学出版社
CAPITAL NORMAL UNIVERSITY PRESS

图书在版编目(CIP)数据

宫本武藏：剑与禅(全3册)/(日)吉川英治著；孟瑶译. —北京：首都师范大学出版社，2017.8
(奥斯卡经典文库)
ISBN 978-7-5656-3778-0

Ⅰ.①宫…　Ⅱ.①吉…　②孟…　Ⅲ.①长篇小说—日本—现代　Ⅳ.①I313.45

中国版本图书馆CIP数据核字(2017)第176756号

GONGBEN WUZANG：JIAN YU CHAN

宫本武藏：剑与禅

(日)吉川英治　著　孟瑶　译

责任编辑　林　勇
首都师范大学出版社出版发行
地　址　北京西三环北路105号
邮　编　100048
电　话　68418523(总编室)　68982468(发行部)
网　址　www.cnupn.com.cn
印　刷　三河市博文印刷有限公司
经　销　全国新华书店
版　次　2017年8月第1版
印　次　2017年8月第1次印刷
开　本　880mm×1230mm　1/32
印　张　33.5　插页　2
字　数　768千
定　价　168.00元(全三册)

风之卷

借刀杀人

一

丹波街道的尽头是一片茂密的丛林。穿过树丛仰头看去，一道白色的亮光刺得人睁不开眼睛——这道宛如闪电般的光亮就来自丹波境内的最高峰。

京都西北的郊外就是这样群山连绵之地。此时的山顶上还积有冬日的残雪，高处不胜寒地超脱于冰冷的大地之上。

“点火！”不知是谁大喊了一声。

虽然已是开春的正月初九，但寒风拂过，还是冻得人一身鸡皮疙瘩。远处凄厉的鸟叫声瘆得人不寒而栗，连腰间的佩刀都透着冰冷的寒意。

“喂，烧旺一点！甭担心，烧得越旺才越好哩！”说话的这人一看就是人来疯的主儿，唯恐天下不乱似的指挥得可带劲儿了。

只见原来的星星之火“呼”地一下子就喷起来了，猖狂地火舌诡异地扭动着，好像要伸手去够天上挂着的那轮太阳。

“哎呀，太热了，这是要烤死人的节奏啊！”刚开始还嫌火小的那个人突然又开始嫌弃火大了。荒野的枯草堆旁围着的那四十多个人，一个个脸上被火烤得黑黢黢的。

“差不多可以了！”被烟呛得灰头土脸的植田良平怒视着还继续往火堆里扔草的家伙，“真他妈不长眼！”

生火取暖的这段时间里，不知不觉已过了卯时。看着忽明忽暗的太阳，有人开始嘀咕了，“这都卯时下刻了，应该已经到点儿了，是吧？”

“谁说不是来着，少师父怎么还没来呀？”

“再稍等一会儿，按理说早该来了。”

看大家焦急的脸色，可毕竟少师父这压轴的还没出场，小喽啰干瞪眼也白搭。一双双眼睛远远地盯着街市口，盼望着那熟悉身影的出现。

远远能听见牛“哞——哞——”的叫声，除此之外一片沉默。这里曾经是前朝皇室的养牛场，虽然早已时过境迁，但还是有农家散养的奶牛在这里自由自在地吃草。太阳越升越高，那枯草和牛粪的气味便混合在一起，随日光一道蒸腾而出。

“那个武藏，该不会已经到莲台寺那边去了吧？”长时间的等待中，有人已经沉不住气了。

“难说，指不定他吓尿裤子不敢来了呢，哈哈！”吉冈家的人一向这么自信和乐观。

“哎呀，别吵吵了。干脆派个人去莲台寺郊野看看情况呗？总共也就一里地……”

“看什么？看看那个武藏长啥样啊？要去你去，反正我干不出这丢人现眼的事儿。”

“昨天晚上少师父都交代了，去莲台寺之前咱们先聚到这里整装待发，我看咱们还是再等等吧！”思量半晌，植田良平开口说。

虽然大伙儿都有点等得不耐烦了，也很好奇现在事态到底进展到什么情况了。但和小命儿相比，好奇心就显得微不足道了。大家也就是嘴上积极了些，没一个人脑子笨到要去当那个傻不拉叽的出头鸟。

“再说了，”植田良平不经意间露出狡黠一笑，“就算那个武藏先来了，就让他在冷风口晾着呗。像咱们吉冈家少师父这样的大人物，哪有等他那无名小辈的道理？那小子等得着急了生气了才更好呢，是他自己自乱方寸的，到时候被打趴下了可怪不着咱们。兴许这就是咱们少师父的策略呢！话说，咱们可别让外人当咱是来打群架的，还是别轻举妄动了，老老实实在这里等待少师父英姿勃发地出现吧！”

二

今天一大早，养牛场遗址的荒原上就聚满了黑压压的一群人。单从人数上来看，吉冈家得有一半的门人出动了。在这些门人中间，除了植田良平以外还有一半自称“京流十剑”的高徒，他们也是维护四条武馆的中坚力量。

“我一个人出马跟他单挑就足够了，用不着你们帮忙。”昨天晚上清十郎就明确地拒绝了他们想要当帮手的请求。只是那些门人还是有些担心，一向独来独往的武藏，这次真就老老实实的一个人来、不带一个帮手？

虽然上次听说武藏来吉冈武馆露了两手，但作为吉冈家的掌门人，清十郎还是胜券在握。今儿让大伙一起来，主要目的就是人多势众好撑腰，等他被大家簇拥着一出场，那还不是要多风光有多风光？毕竟早就安排人在五条大桥贴了战表，今天的比武在京都可以说是无人不知无人不晓了。他就是要在大庭广众之下轻轻松松地收拾了武藏这个不知天高地厚的乡巴佬儿，重振吉冈家的威风！

可是，都过了好长时间了，清十郎怎么还没出现呢？真是奇怪。

看太阳的方位，早就过了卯时下刻。原先在莲台寺门外等着看热闹的一干人开始向养牛场这边转移，一边走一边议论纷纷。

“清十郎去哪儿了？说是比武，到底还比不比了？”

“谁说不是呢！那个武藏好像也还没来。”

“哎，你看看吉冈家的那些个门人，该不会是来打群架的吧？怎么着，想仗着人多欺负人啊？呿——”

“管他呢！反正两个主角都没来，那些人就算来了也是打酱油的。”

不管外人怎么议论，吉冈家的三十多口子门人遵照植田良平的指示，始终不发一言地静观其变。

又过了一会儿，京都城的街坊邻居们还是舍不得回去，毕竟这可是千载难逢的大场面，错过了肯定后悔。人越聚越多，连草丛里树枝上都冒出了无数个脑袋。——这些脑袋当中，还有一个四处张望的城太郎。

像往常一样，他身后插着个比他还要高的木剑，脚上的草鞋也大了不止一两个尺码，“扑哧扑哧”走路的样子活脱脱一只刚上岸的大水鸭。

“不会吧？怎么还没来呀？”他在众人中寻找着那张熟悉的面孔，眼睛中期待的光芒渐渐暗淡下来，“到底是怎么回事？今天这么重要的日子，小通怎么会不来呢？连我都从乌丸大人的府邸赶来了，她怎么还能沉得住气？”他越想越觉得不对劲，决定在见师父之前先去和小通会合。

三

乍一看，今天来看热闹的大多都是京都城里的老百姓，意外的是，来观武的女人也不在少数。别看平日里她们连划破小拇指头都会吓得脸色发白，但对于舞刀弄枪这些事，她们的兴致可丝毫不比男人差。这不，现在就有好几拨女人，成群结队地手挽手来看热闹，叽叽喳喳地好不兴奋。

“奇怪。”城太郎拨开一堆又一堆的女人。这些女人都是平日里的普通衣着打扮，按理说应该容易觅到衣衫鲜艳的小通才是——她不会是真的没来吧？

自从分道扬镳之后，小通一次也没去过乌丸府呢。她当时可是说过会儿来看自己的，也不是不知道今天师父比武的事，到底出什么状况了呢？是不是生病了？还是……那个老不死的阿杉婆，嘴上说得倒是好听，该不是故意装出来骗小通上当的吧？这个念头闪过脑海，城太郎心怦怦直跳，越发不安起来。

“不行，小通可能有危险，我得先去找她！”城太郎下定决心，转身便往来时的路上去了。

众所周知，这场比武一定凶险异常。可正如在场的千千万万人都确信清十郎必胜那样，城太郎也一心一意地认为武藏师父定会化险为夷稳操胜券，所以他一点儿也不担心武藏，倒是小通更让他放不下心来。

“今天都初九了，这都好几天了小通始终没露面，跟人间消失了似的，到底发生了什么？！”城太郎的不安，在这两三天里越积越重。

清十郎迟迟不来，往草场中间望去，枯草堆里吉冈家的门人早就没了之前耀武扬威的气势，一个个像是泄了气的皮球——精神不起来了。见他们像热锅上的蚂蚁一样干着急，城太郎心想：说是在莲台寺外，可莲台寺外边的荒野大了去了，搞不好就在这附近呢。他鄙夷地一笑，向乱草那边凑去。

“喂！小孩儿！”不知是谁在呼唤着城太郎。他转身瞄了一圈，目光定在一个人身上。

咦？这不就是八天之前——正月初一那天早上，在五条大桥的树边对武藏和朱实发出怪笑的那个家伙吗？

四

"你叫我吗，大叔？"虽然只有一面之缘，但多少也算是熟人了。

小次郎还是挂着像往常那样玩世不恭的笑，走到城太郎跟前从头到脚打量了一番，"你忘了？我们在五条大桥见过面。"

"您还真是好记性。"

"怎么，和你一起的那个女人呢？她怎么没来？"

"你是说小通吗？"

"哦，原来她叫小通啊？她和武藏一定关系不浅吧？"

"嗯。"

"他们是表兄妹？"

"……嗯，算是吧。"

"什么叫'算是'？他们到底是什么关系啊？吞吞吐吐的不像样。"

"互相喜欢吧。"

"什么？"

"我师父和小通，互相喜欢。"

"哦？这么说来，武藏是你师父喽？"

"嗯！"城太郎顿时觉得脸上带光，扬起下巴自豪地说。

"哈哈！难怪今天你会来这里呢！不过都这个点儿了，连清十郎和你师父的影儿都还没见着，真是怪事。话说我也是过来看热闹的，你师父应该早就出门了吧？"

"谁知道，我也正在找他呢。"

说话的工夫，有两三个人从后边跑了过来。听见脚步声，小次郎的目光像鹰一样敏锐地往后方扫去。

“呀！这不是佐佐木先生吗？”

“哦，原来是你啊，植田良平。”

“到底是怎么个情况啊？”良平抓住小次郎的手说，“打去年底你就一直没回来，少师父四处打听你的消息，都快积郁成疾了！”

“哪里用得着这么夸张？像今天这样，我这不是来了吗？”

“来来来，这边请。”良平吩咐着，小次郎被吉冈家的门人簇拥着向荒原中央移去。

看见这么一位身背长刀、衣衫华贵的人和吉冈家的人待在一起，人群中不禁爆发出惊叹的欢呼声。

“啊！武藏……武藏来了！”

“哎呀，原来是他！”

“看他穿得花里胡哨的倒是吸引眼球，真到了上场的时候不会只会些花拳绣腿的功夫吧？”

见小次郎被众人当成了武藏，城太郎顿时像受了莫大的侮辱一般气不打一处来。

“喂！他不是我师父，我师父才不会穿得跟唱大戏的歌舞伎似的呢！”他义正词严地纠正道。

荒原中的小次郎不理会人们的议论，只是高傲地对吉冈门下的一干剑客说：“绝对不能让清十郎和武藏交手——除非他是不要命了，想自取其辱。你们吉冈一派早就今非昔比了，依我看还是窝在家里省省吧。”

听小次郎这么一说，不仅是植田良平，本来还好声好气伺候的御池十郎左卫门、太田黑兵助、南保余一兵卫等一干师兄弟立马都不乐意了。

“你这么说也太失礼了吧？别给脸不要脸哈，赶紧闭上你的乌鸦嘴！”

“真是个丧门星，早知道你爱上哪儿去就上哪儿去，我们吉冈武馆不欢迎胳膊肘往外拐的客人！”

“哈哈哈！光嘴上厉害白瞎，我这好心被你们当成驴肝肺，你们早晚会后悔的。”对着这群狗咬吕洞宾——不识好人心的榆木疙瘩，小次郎决定不再浪费口舌了。

自打大年初一早上在五条大桥见到武藏，四目对峙之间他就已经对这次比武结果有了定论。那个武藏，一定不简单！

五

“小次郎、小次郎！武藏在哪里？他还没来吗？”只见一个年轻女子神色慌张地顺着大道往这边跑了过来，身后还跟着一只猴子。

“啊？这不是朱实吗？”一瞬间，吉冈家的门人都露出了惊讶的表情。这俩人什么时候搞到一块儿去了？植田良平和其他人面面相觑，搞不懂这个中曲折。

“朱实，谁让你来这里的？你不该来的，快点回去！”听口气，小次郎有些不高兴了。

“我不回去！虽然我被你照顾，但是我又不是你的女人，你凭什么命令我？”朱实急了，大声反驳道。她像是有了莫大的精神支柱，此时此刻的语气更是透着一股巾帼不让须眉的强势。“你凭什么把我关在二楼的念珠店里？我不过就是关心武藏而已，你凭什么跟讨厌我似的那么对我？你别以为我不知道你打的什么如意算盘，你嘴上说是对吉冈清十郎有一分所谓的道义，实际上就是想等到他快要招架不住时再出手杀了武藏。这样你就可以坐收渔翁之利了，难道不是吗？”

“你！你！你疯了吗？光天化日之下，你胡说些什么?!”小次郎急了。看来朱实说的是真话，要不然依着小次郎的脾气，肯定会冷嘲热讽，而不是像现在这样恼羞成怒。

“怎么，被我说中心事了吧？你要杀武藏哥，对付我的心上人，只要我朱实的命还在，就绝不会让你的阴谋得逞！武藏哥，武藏哥在哪里？喂！你快出来啊武藏哥！”

六

“不好了！不好了！大事不好了！”就在众人吵吵嚷嚷之际，一阵凄厉的呐喊惊起了一干众人。

原来是清十郎的贴身侍从民八。只见他双腿发软跟丢了魂儿似的，面无血色地一路跌跌撞撞奔了过来，刚一凑近人群就“扑通”一声跌坐在地上了。

“啊！发生什么事了?”众人见势不妙，异口同声地问道。

“少师父他……他被武藏给废了！”民八的声音里还带着哭腔。

“这是你亲眼所见?”见民八点头，众人连忙追问，“……这是什么时候的事？少师父现在在哪里?”

不是说好在这里碰头整装待发去莲台寺的吗？怎么说都不说一声在半道上就跟武藏干上了？民八带路，众人半信半疑地跟着他赶了过去。

早春的太阳平静地注视着广袤的荒原，丹波街道往北五六百步的样子，路边的枯草堆里鼓起了一个馒头形状的古冢。

“少师父！少师父！”民八像疯了似的扑向古冢，趴在那土堆上泪流不止。

众们人被眼前的一幕惊呆了。只见清十郎脸朝地地趴在坟头上，蓝色的衣袖上像是个空壳子似的耷拉在地，额头上绑着的白色缎带也似是被冷汗浸透了。

“啊——！真的是少师父！”

“我们来了，您先忍耐一下！”

众人马上把清十郎抱了起来，谁知他脑袋一点儿力气都没有，头顶立即就悬空指地了。大家仔细检查了一下他的身体，虽然脸上、身上、草地上一点血迹都没有，但清十郎还是嘴唇发紫、目光紧闭，脸上凝着痛苦的表情。

“嗯，还有呼吸！”有人探了探他的鼻息，终于松了一口气。

“喂！你们谁来搭把手，把少师父背回去？”植田良平问道。

有人蹲了下来，众人把清十郎的右手搭在那人肩上。

“啊！好痛！”那人才一起身，清十郎终于恢复了意识，痛得大叫。

“担架！快拿担架过来！”于是三四个门人从附近的农家处借了几张木板，拼成了个小床的样子才把清十郎抬了上去。远远看上去，众人全都面如死灰，抬着木板的样子真是像极了出殡。

木板架子还是太硬了，清十郎疼痛难忍，“武藏……他已经走了吗？啊！好痛！快来人啊，把我的右胳膊砍下来吧！连根砍下来，快点……”

两眼看天，清十郎痛苦地哀号着。

七

“啊……御池、植田，你们没听见我说话吗？”颠簸之下，钻心的疼痛一次又一次地侵蚀着清十郎虚弱的身体，他两脚本能地在木板上“吧嗒吧嗒”地踢个不停，木板都快被踢散架了。

“你这是胡闹呢？不管怎么疼，至少要不了你的命。要是把胳膊砍下来，失血过多的话可真就麻烦了！还是快点回武馆给你正正骨，出了一百天你又是一条好汉！”

“我……我忍不了了！”

“……不行啊，就算骨头伤得深一定要砍掉，那也得等回去找个万全的止血方法再说啊！”

听着清十郎痛苦不堪的呻吟声，植田良平小声地问民八事情的经过。民八说，少师父吩咐说不想以多欺少便准备祭拜完先父后抄小路独自上山，让他晚几分钟过来。谁知武藏早已在坟边等着了，等他赶过来时只听少师父一声惨叫就倒地不起——那武藏居然只出了一剑就变成了这个样子！他一看情况不好，于是拼命地赶回来搬救兵……后来的事情就众所周知了。

植田良平叹息一声，不再说话。

这会儿工夫，原先在养牛场方向聚集的人群已经开始往这边移动了，他们伸着脖子张望着这如同抬着死人出殡般的队伍，小声地议论着。

“走开！快走开！”两三个门人提前跑了过去驱赶那些蝗虫般此起彼伏来围观的人群，但收效甚微。

忧愤的门人开始犹豫地摸了摸身后插着的剑柄。那些看热闹的一看吉冈家的人要动真格的了，敏感地掉头就跑。不一会儿工夫，这一大拨儿人群便消失得无影无踪，只留下飞扬的尘埃在荒原上空久久飘荡。

八

起风了。

伴着清十郎不绝于耳的哀鸣声，这一群残兵败将默默地踏上了归途。虽然已是初春，但心底却是寒冬般的死气沉沉。

“哎呀?”抬着清十郎的木板上突然哗啦哗啦地落下了几片枯死的松树叶子。众人抬头一看，原来是一只调皮捣蛋的小猴子，像故意捣蛋似的，在清十郎头顶的松树上活蹦乱跳，踩落一干死物。

“可恶!”走在后面的一个门人正要拿树枝打它，口哨声响起，猴子立马不见了。寻找猴子的身影看过去，只见小次郎玩世不恭地倚在树旁，神情如往日般不可一世。

“哎呀，你这是怎么了?”看见躺在担架上濒死的清十郎，他便换了一副怜悯的表情挂在脸上，眼睛里不带丝毫关切。

“不过是只不懂事的猴子，快走吧，不用理会它。”一想到战前他那一番长敌人志气灭自家威风的话，众人一致认为他是来看笑话的，便不愿搭理。

“哎哟哟，我早就说了嘛，不听我的话你们都会后悔的。怎么样，来了个现世报吧?”小次郎还是紧随其后阴魂不散。

“……疼啊，疼……”清十郎顾不得其他，只顾着喊疼，“御池，御池呢？快帮我把胳膊砍下来吧!”

“少师父，不要意气用事啊。”虽然看见他痛苦的样子于心不忍，但御池最终还是咬了咬牙拒绝了。

“植田……植田……你，快……哎哟，疼死我了……”见御池不帮忙，清十郎又向植田求助。

“哈哈哈！不就是砍条胳膊吗，这有何难？还是让我小次郎来帮你吧!”

九

“你敢!”见小次郎没安好心，一众门徒怒斥道。

“哎呀呀，清十郎，你可别因小失大啊！你想啊，现在满京都的人都在附近猫着，等着看你笑话呢！你要是一直这么躺着被抬回去，他们八成还以为你死了呢。倒不如砍了条胳膊，最起码还能像个男人，站着走进吉冈武馆的大门。你说，我说的在不在理?”

“你砍吧!”羞愤之余，清十郎一怒之下从木板上坐了起来，摇摇欲坠的右胳膊都快耷拉到地上去了。

“得令!”只见小次郎拔出短刀绕着清十郎的右肩膀轻轻划了一圈，然后拽起来往外一拔，伴随着“噗”的一声响，血柱喷涌而起。

“还真是从胳膊根上切的，一点都不含糊!”既然清十郎都发话了，众人眼睁睁地看着眼前残忍的一幕，敢怒不敢言。

失了重心的清十郎颤颤巍巍地从木板下地站了起来，没走两步就又倒在了地上。

“不用扶我，我自己走回去!”豆大的汗珠沿着清十郎的脸颊滑落下来，混着汩汩的血流被地面的沙土吮吸得一干二净。

只听“扑通”一声，刚一起身的清十郎又跌倒在地上，像只断了翅膀的鸟，含恨看向远方，眼睛里写满了绝望。

“少师父，咱们还是上担架吧？人早就散了，没什么大不了的。”想到小次郎不负责任的举动，众人真想看看，要是砍的是他自己的胳膊，他还会不会这么痛快地把它砍掉?!

狼狈不堪的清十郎已无路可退，只得由着众人把他抬到担架上去。

这一路走来，时间过得是那么慢，慢到他绝望复绝望，仿佛已在地狱的油锅里滚过了千百遍。

十

仇已经报了。目送着吉冈一门远去的背影，朱实说不清此刻心里是什么感受。

“看见了吗，朱实？这个你在梦里咒骂过千百遍的人，我今天也算给你报仇了。”小次郎白净的脸上依然挂着若无其事的笑容，“这个夺去你处女之身的恶棍，让他有生之年无时无刻不活在无尽的耻辱和悲愤之中，比死更能让他难受！哈哈哈！过瘾吧？有没有感觉大快人心？”

朱实不想看他邪恶的笑脸，皱了皱眉，厌恶地别过头去。她是恨清十郎入骨，但凭良心讲，除去夺走她贞操这件事，他还算是个好人。但眼前的小次郎却比清十郎更可怕、更歹毒、更值得诅咒——他就是一个幸灾乐祸的畜生，一个十足的变态狂魔，看不得别人一点儿好！

看来以后得多留个神了，朱实暗暗地想。

“好了，咱们回去慢慢偷着乐吧！”小次郎吹了声口哨，那活蹦乱跳的小猴子便顺势跳上了他的肩膀，对着后面的朱实龇牙咧嘴地笑。

朱实想要逃离但自知不现实，便老老实实地跟着小次郎走了。

夜路难行

一

“吉冈家算是玩完喽！你不知道，听说他们的二代掌门让人一剑就劈残了，现在成了个单胳膊的废物了，真是解恨啊！来来来，干杯干杯！”

“那是得好好喝上一顿。你不知道，吉冈家的那些个习武的简直就是些土匪，打前年开始他们就欠了我们一屁股债。按理说这些银子对他们吉冈家来说都是些小钱，年前我们管要账的伙计还生生地被他们撵了出来，你说气人不气人？我们都是些做小本生意的，哪能跟他们家大业大的比？败了好，败了活该！真是老天开眼啊！谁让他那么弱！”

“依我看，也不是他太弱，而是武藏太强吧！现在听说吉冈一门扬言要杀武藏报仇呢！不过连清十郎都成了笑话，就算他们把传七郎找回来了又能怎样？据说那个花花公子只要口袋里尚有银两是绝不会回家的，八成也是个中看不中用的绣花枕头！”

“哈，还真是一个娘胎里出来的。都说‘龙生龙凤生凤老鼠的崽子会打洞’，看来也有例外啊！吉冈家还真是家门不幸哟！”

在京郊的牛饲街上有一家简陋的小酒馆，虽然看上去挺寒碜的，但每天过来喝酒的人却不少。这不今天，长条板凳两面都坐满了人。刚才喝酒庆祝的是三四个小商贩，他们对面还有一个低头吃饭的汉子。那汉子身旁放着一个背架，看样子是个六部[1]，虽然架子里的经书不是很多，但看得出来他也走了不少地方。另外还有一拨儿卖苦力的年轻汉子，正忙着掷铜钱行赌酒令。

“掌柜的！酒都要喝到鼻子里了！”天快黑的时候，一个醉醺醺的酒客嚷嚷道。

“来喽——”老掌柜说着从火炉里抽出一根点着火的柴火棒拿进屋想要插在墙上，却被一个靠墙睡着的醉鬼碍了事。

“客官，你换个地儿去睡吧，当心掉下的火苗烧了衣服。”老掌柜好心提醒道。

“走开！”看来这个醉鬼心情很不好，他抬起头来不耐烦地回绝道。火光之下才看清了，这个被叫醒的醉鬼正是本位田又八。

莲台寺一战，京都的大街小巷都传得沸沸扬扬的。不仅是败落致残的清十郎成为大家茶余饭后的谈资，武藏也算是一战成名，被人们添油加醋地捧上了神坛，着实风光了一把。

这件事自然也传到了本位田又八的耳朵里。本来就对自己命运愤愤不平的又八更是觉得自己命苦。毕竟他和武藏都差不多大，还是一个村子里长大的，两人一起从家乡出来闯荡，凭什么现在的落差就这么大？凭什么他成了名震江湖的剑客而自己却只能窝在这肮脏的酒馆里买醉？他恨这些对武藏赞不绝口的人，甚至想要捂上自己的耳朵。

前些日子听说了他们要比武的消息，他特地从大阪赶到京都来，除了想找个钱多事少还能一夜成名的门路，就是想要好好看看武藏最近过得怎么样，谁知刚一进城就听到了他

① 六部：走访日本六十六国社寺，抄写《法华经》的行脚僧。

少年得志的消息，隐隐的竟有一点失落。不过好在事情还没完，据说吉冈家的一帮子弟准备报仇雪恨，更何况吉冈十杰中的传七郎也不是好对付的主儿。哼，别看他现在春风得意，殊不知站得越高跌得越惨，我就等着看他没好果子吃的那一天！

这么想着，他的心里才稍稍好受了一些。

“好渴啊！”臆想过后，他才心满意足地起身。踉踉跄跄地晃到水缸旁边，拿起舀子“咕咚咕咚”地仰着脖子灌完水，扔下舀子，顺手掀起门帘就要往外走去。

二

“哎！请留步啊，客官！”见这醉鬼没付钱就要出门，老掌柜急了眼，“您先把酒钱给结了吧！”

“你说什么?”见其他的酒客齐刷刷地往门帘外面看过来，又八叉着腰站在门外开始装大爷。

“我说客官，您是不是忘了个事儿?”

“我记性好着呢！”

“谁说的，这酒钱就还没付呢！”

“哎呀，这个刚才还真忘了。”又八边说边把手伸向钱袋，“咦？刚才钱还在，钱呢？怎么没有了……真不好意思！”

“哎哟，还真看不出来。原来您是骗酒喝的混子啊？当我没见过这景儿还是怎么的？我可告诉你了，今天不把这酒钱给了你就别想竖着出这个门！”

“你别嘴里喷粪！”又八伸手就从怀里掏出一个印盒，对准老掌柜的脸就拍了过去：“睁大你的老花眼给我看清了，我可不是骗吃骗喝的小偷，我是正儿八经的习武之人！这东西就给你当酒钱，余下的也不用找给我了！”

老板还没看清扔过来的东西是个什么名堂，脸却被打得肿痛起来。借着酒劲儿，屋子里那些酒客义愤填膺地追了出来，想要替天行道。

“太过分了！这种吃了霸王餐还敢打人的，老子还是头一次见呢！”

“像这种没规矩的王八蛋，估计是惯犯了。老板，我们一人一拳替你解恨怎样？”

一听大家要群殴他，又八连忙握住插在身后的刀柄，哆哆嗦嗦地说：“怎吗？就凭你们这些小鱼小虾的还想对付我？也不睁大狗眼看看老子是谁？！”

“哈哈哈，太好笑了！这还用问？你不就是个下三滥的浪荡武士吗！”

“放屁！报上我的名号怕吓着你们！”又八怒目圆睁，清了清嗓说道：“大爷我就是伊藤一刀斋的师弟、钟卷流的高徒——佐佐木小次郎！”

“不好意思，您这名号我们还真没听说过。管你是什么木小次郎的，反正欠债还钱天经地义！”一个讨债的酒客伸出中指对着又八大骂，依然不依不饶。

“行啊，敬酒不吃吃罚酒，那就别怪我小次郎不客气！”又八一挥手想要做做样子，却忘了刚才紧张得手握刀柄的事。只见眼前红光一闪，立即有人大叫“我的妈呀！”

刚才还仗着人多势众想要替天行道的酒客，看见血光都以为自己也受了伤，立马一窝蜂地作鸟兽散。

“哈，只不过不小心割破了那个小王八蛋的手，没想到这些家伙那么胆小啊！”

又八不屑地咧嘴一笑，仿佛自己真的成了让人闻风丧胆的剑客。

三

夜深了。

虽然已是初春，但夜里还是凉气袭人。

又八颤抖着收刀入鞘，摇摇晃晃地行走在黑黢黢的夜路上，一种寂寞潦倒之情渐渐涌上心头。独在异乡为异客啊。

刚才打中老掌柜的印盒孤独地躺在地上，那些人只顾着逃命了，却留下了这黑檀嵌蓝贝的小盒子，像萤火虫一般闪闪发亮。

“咦？这不是……”刚才在小酒馆喝酒的六部上了趟茅房错过了看这场好戏，谁知刚一走出门就被这印盒绊住了脚。他弯腰拾起这个小黑盒，仔细打量一番露出了焦急又惊喜的表情，“没错，盒子上还写着‘天鬼’两个字，应该就是少主人的没错！”

自从天鬼在伏见城的工地上被人打死之后这印盒就没了下落，这次说什么也不能让那个醉鬼跑了！

“佐佐木、佐佐木先生！”六部冲着渐行渐远的又八的背影边喊边追了上去。

听见有人在后边叫，又八却一点儿反应都没有。也是，他又不是真的佐佐木小次郎，还没形成对号入座的习惯。

“小次郎先生，请留步！”那人还是追了上来，从背后握住了又八的刀鞘，“请问，您就是佐佐木小次郎先生吗？”六部的眼中流露出厉色。

“怎么了？”迎上六部眼中怀疑的光芒，又八的酒劲儿也清醒了一大半。

“我想问你个事儿，”六部生怕他说谎似的，一动不动紧紧地盯着他的眼睛，“这个印盒你是从哪里搞来的？”

啊……果然还是来了！又八心里“咯噔”一沉，被打死在伏见城工地上的那个修行武士的面容浮上脑海。

“你到底是谁？”打量着这个年方二十七八的六部，又八试探性地问道。

“我是谁并不重要，重要的是你这印盒是从哪里得来的？”

“我一直带在身上，哪里谈得上‘得来’不‘得来’！”

“少说谎！”见又八嘴巴还挺硬，六部急了，“你现在不说实话，到时候后悔也来不及了！”

“你爱信不信，我不知道你到底是什么意思！”又八揣着明白装糊涂。

“你这个冒牌货！”见又八一直要无赖，六部恨得牙痒痒。他“嗖”地一下从经书架里抽出四尺多长的木棍对准又八挥了过去。

“我的妈呀！”木棒随风挥来，又八本能地往后弹跳退去，一个重心不稳竟坐倒在地，狼狈极了。

这虎虎生风的六棍算是让他彻底清醒了，鸡皮疙瘩都起来了，酒也醒了。

“再吃我我一棒！”六部穷追不舍，眼看又是要受当头一棒，又八闻风丧胆，咕噜爬起来掉头消失在漆黑的夜色中。

“别跑！”因为还背着个乱晃荡的经架，六部脚力显得有些不够了，气得他算准时间，再次把木棍投向无尽的黑暗中。

四

“好渴！”刚才又八没了命似的一阵猛跑，直到听不见远处一点响动时才敢停下脚步。他不时地回头张望着，总觉得有个似有似无的黑影在不远处窥视着自己，心里乱极了。现在他嗓子干得都快冒烟了，一手还捂住跑岔了气的肚子“呼哧呼哧”地喘着粗气。

“那丧心疯是谁啊？老子招他惹他了还是怎么的？真他妈的倒霉！差点儿小命就不保了。”停下脚步，又八才有工夫去想刚才那凶神恶煞的年轻人到底是什么来历。

去年夏天，自己从死在伏见城工地上的那个武士身上拿的包袱，里边除了钱袋、出师证就剩下这个小印盒了。刚才那小子明显就是冲着这个印盒来的，难不成他和那武士是熟人？

世界还真是小啊！想不到居然在这里遇上那死武士的同伙了。又八摸了摸空空如也的钱袋，不知如何是好。毕竟人家的钱早就被自己挥霍光了，单是这件事说出去就不光彩，其他的恐怕也只会越描越黑。当时他想着等今后自己出息了，有钱了一定把这情分给还上，可是现在看来……

现在包袱里的东西，留在身上的就只有那卷出师证了。要不干脆把它也给扔了？要是继续带在身上恐怕还会惹事端。可是，没有了那卷玩意儿，自己今后的生计该怎么办？

这一路走来，单是凭着出师证上小次郎的名号，又八也在一些无名武馆受到了一干习武之人的礼遇，蹭饭蹭住自然是家常便饭。虽然他也上过赤壁八十马之流的当，但此时此刻的又八还是抱有侥幸心理。

“哼！大行不顾细谨，大礼不辞小让。我怎么还越活越胆小了？武藏的名号还不知道是怎么得来的呢，这点小疙瘩我还过不去了？”又八给自己找着借口，不自觉地挺直了腰杆。

但是，现在身处郊野的贫民窟，况且大半夜的，那出师证恐怕也不方便用了。今晚的住宿问题该怎么解决呢？

途经一户人家，透过窗户往里看去，只见昏黄的灯光下，夫妻两口带着一双子女在麻利地做着手工活。虽然深夜做活很辛苦，大家也有了一丝困意，但那其乐融融的亲情氛围却让又八羡慕不已。

“我的老娘不知现在怎么样了？过得还好吗？”又八突然迫切地想要扑到妈妈温暖的怀抱，对惹他心烦的老母亲有一种从未有过的深切思念。经历了这几个女人，不管自己付出再多，她们都不会像自己的亲妈那样无私地爱我啊！可是，这么爱我的妈妈，我要到哪里去找呢？

又八突然想到，自己的亲娘可不是一般的迷信，可谓逢佛必拜。之前她还唠唠叨叨地说：“这清水寺的菩萨是最灵验的，上次就是因为我在这里虔心跪拜好多天才把武藏给叫过来的。过了年咱们再一起去一趟，祈祷神灵保佑咱们本位田家，到时候非把那恶藏再给叫过来来个一刀两断！”

也许，现在母亲已经在那里开始参拜了。

清水寺，母亲，我来了！

真假小次郎

一

穿过六条牌坊到达五条，虽然也算是市里了，但夜晚时分的野狗还是出奇的多。

“什么世道?! 今儿可真够倒霉的，好不容易摆脱了刚才那条讨命的‘疯狗’，没想到这群野狗也不让人清净!”刚才路过街边的树底下，又八便被不知从哪儿冒出来的这群野狗吠得脑袋仁儿疼。

“去！滚开！畜生!”任凭他扔石头也好呵斥也罢，可那群野狗不仅一点都没有消停，反而还越叫越起劲了。

仔细一看，又八才发现这群乱叫的野狗全都仰着脑袋。在好奇心的驱使下，又八停下脚步向树上看去：好家伙！树上居然有个人影！在艳丽衣衫的对比下，她那张美丽的白脸却显得毫无血色，一双小鹿般的眸子在黑暗中惊恐地张望着，依稀中好像在哪里见过。

究竟是人被狗追上了树？还是狗看见树上的人才狂吠不已？答案不得而知。只是他本位田又八怎么忍心眼睁睁地看着这么年轻貌美的女子被一群野狗欺负？于是一直蔫了吧唧的又八身上潜伏的雄性激素终于爆棚了。

他突然想起有人说过，要想对付连掷石子都吓不跑的狗，就得冒充它的同伙，而且要在气势上压过它才行。于是乎——

“汪！汪汪！”又八突然四肢趴在地上龇牙咧嘴地学起了狗叫，恨不得唾沫星子溅个三尺远。虽然他那惟妙惟肖的架势不是一般的雷人，但是那群狗却不吃这套。

“他奶奶的！”做了这么大牺牲却一点儿成效都没收到，又八不禁有些懊恼，“再怎么着我也是个背刀的武士，岂能让你们这群畜生欺负了？”说着挥刀长驱直下。

对于又八来说，这是今晚第二次让他“瞎猫撞上死耗子”——那些狗估计也没想到他会来这么一出，有个反应慢的竟被他当头劈死了。见了血光，其他狗立马吠叫着四散而去。

“啊哈哈！就算武藏来了也不见得有我这般神力吧！”又八暗自得意，随即仰望树上那神秘而美丽的轮廓。

“啊？难道你是……”不等又八问她，树上却传来了一个熟悉的声音。

“啊！是朱实吗？我是又八，本位田又八啊！”原来是她！又八微微一惊，但更让又八好奇的却是她怎么会在这里？

“嘘——小点声！”听见又八那么大声，朱实显得非常不安，“我在躲人，你先闪远一点吧，你这个样子太招人耳目了！”

“啊？你在躲谁啊？看把你吓得……”

“哎呀，反正是个死缠住我不放的变态了！我好不容易才逃出来，你再不闪远一点儿就真的来不及了！以后再告诉你，求你了！”朱实压低的嗓门开始有些发抖了。

看朱实吓坏的样子，可想而知她在躲着的那个人不好惹，又八真想一走了之。但他又转念一想，虽然自己对朱实并无倾慕之情，但她多少也是个异性啊。就凭刚才自己的丑态，恐怕在她心里自己已经形象全无了。现在要是再被她一句话给吓跑了，这事要是传出去，不仅阿甲会瞧不起他，就连自己的老娘也抬不起头啊！还有武藏那个伪善的家伙，指不定在心里会怎么嘲笑自己呢！这还不算，以后江湖上谁还相信他是站着尿尿的？

又八两手犹豫不决地揉搓着衣角，现在他走也不是留也不是，杵在树底下左右为难。

正在这时，一阵急促的脚步声却越来越近。

二

“谁?!”两人异口同声地惊叫一声。又八本能地往身后退了一步，来人显然也感到很意外。

就是他了！朱实躲着的男人终于来了。稳住脚之后，又八从头到脚地把这个朱实口中的“变态”打量了一番。只见这个结着前发的少年和自己一般大，看上去也就二十多岁的样子，但是体格却结实得多了。和又八的土鳖(也就是他自认为的“质朴”)相比，那小子穿得花里胡哨的，让又八第一眼看上去就有些反感。

“呿！我还当是什么厉害角色呢，一看就是个奶油小生。穿的跟戏子似的，也不嫌丢人！刚才那汉子我是治不了了，不过要让我对付这么个娘炮还是绰绰有余啊!”又八在心里嘀咕着，顺便轻蔑地瞟了他一眼。

看来这家伙黏朱实还黏得挺紧，不过今天我本位田又八马上就要终结这种局面了！又八窃喜，腰杆子也挺直了。

“你是谁?”不等又八回过神来，这个看似柔弱的少年却语出惊人，掷地有声。

“我？我是人!”又八揶揄地歪头瞅着对方，显然没把他放在眼里。

“你不会连名字都没有吧？那也配叫人?”对方显然被他做

的鬼脸激怒了，毫不客气地反诘道。

“你当你是谁啊？我凭什么要告诉你我的姓名？你姓甚名谁我还不知道呢！”都说会叫的狗不咬人，又八可不会被这小娘炮的花架子给唬住。

“行，你有种！”那个少年紧握长剑的拳头微微颤抖着，剑已出鞘三尺有余。他冷笑一声：“等我先办完正事，把树上的人领回去，再慢慢跟你算账！有种你就别跑！”

“岂有此理！她岂是你想带走就能带走的？”又八的眼珠子都快瞪出来了。

“你说什么？”

“上面那姑娘是我女人的闺女，你若敢动她一根汗毛，老子绝对饶不了你！”又八叉着腰，还以为对方就是刚才那群一吓唬就逃跑的野狗呢。

三

“哈哈哈，越来越有意思了。”出乎又八的意料，这个人不退反攻，瞳孔里闪烁着兴奋嗜血的光芒，“好啊，看不出来你还是个硬骨头，真是难得呀！本少爷好久没碰到不怕死的了，这传家之宝‘晒天竿’好久没闻到血味都快生锈了，正好拿你来练练刀！”

“好大的口气！生命诚可贵，我好心劝你还是慎重一点儿，你现在求饶的话我还能给你留条活路，免得人头落地后悔都来不及了！”虽然心里已经开始微微发怵了，又八还是硬着头皮说。

“哟！你刚才说的话怎么那么像我要给你的友情提示啊？”那少年像是听了个很好笑的笑话，仰天大笑，“听你这么一说我倒要问问了，你到底姓甚名谁哪门哪派？要是你运气好还有人来收尸的话，我也好跟人家说嘛!”

“行啊，”又八伸出手指凑到嘴前轻佻地嘘了口气，不紧不慢地说，“我说了你可别害怕!”

“别说，我还真是吓大的。怎么，尊驾到底师出何门啊?别老磨磨唧唧的跟个娘们儿似的。”

“富田入道势源的分支中条流，”又八使出了惯用的伎俩，加重口气说，“小爷我可是有出师证的!”说完，露出了高高在上无比自豪的表情。

“啊！中条流?”少年脸色微变。

哼！果然不出所料，那小子被自己的名号给镇住了。打铁要趁热，要不一鼓作气在气势上压倒对方，那自己这些日子演戏的功夫算是白练了。

“那么敢问您又是哪门哪派的呢?”又八装作若无其事地微微一笑，暗暗期待着对方不战而退的说辞。

“你问的这些我自然会告诉你，不过在这之前你得先告诉我，你的授业恩师是谁?”

“钟卷自斋先生，你听说过吗?”

“啊?”少年脸上的惊异越来越深。

“那么伊藤一刀斋，你不会不知道吧?”

“我知道他。然后呢?”

好嘞！看来这次自己才说到了点儿上。又八清了清喉咙，用最洪亮的声音抑扬顿挫地说道：“让你知道也无妨——一刀斋正是在下的师兄。”

“那么你是……”

“在下不才，正是佐佐木小次郎!”说完，又八甩了甩刚才逃跑时散落额头的碎发，觉得无比飘逸和帅气。

“啊!”对方大惊失色后退一步，良久无语。

“怎么，我早就说了嘛！你不会是吓了一跳吧?”

“是啊，听你一席话，我的确很吃惊。”对方脸上若有若无的笑容让人捉摸不透。

“那么……你还不快滚!”又八伸手握住插在背后的刀柄。

四

“啊，哈哈哈哈!”见又八装得像模像样的，少年实在绷不住了，捂着肚子狂笑不止，“在江湖上混了那么多年，见过不要脸的，但像你这么不要脸的还真是头一回见!”

“什……什么?”

“我再问你一次，你到底是谁?”

“佐佐木小次郎!”做戏就要做足，反正死猪不怕开水烫。

“好啊，佐佐木小次郎阁下，那你知道我是谁吗?”

“爱谁谁，关我屁事。”

“哟，架子还不小。难道你就一点儿不好奇?”

“少废话！你要说就快点说，别绕来绕去的!”

“那你可竖起耳朵听好了：小爷我本姓佐佐木，世代居住在岩国，父母取名小次郎，剑名岸柳。”小次郎慢悠悠地说完，似笑非笑地揶揄道，“奇了怪了，这世界上居然有两个佐佐木小次郎?”

“啊？原来你就是……”

“怎吗？小次郎先生，你怎么开始冒冷汗了？不会吧……这么快就蔫儿了？来来来，咱俩能凑一块儿也算是缘分，今天不比试比试怎么说得过去?”小次郎摆弄着兰花指，悠然中却透着股子可惧的杀气。

“啊!”果然，小次郎突然从背后推了又八一下，吓得又八干号一声拔腿就跑。

“站住！再敢往前跑一步我就杀了你！”小次郎紧随其后怒斥道。

又八吓破了胆，哪里敢停下任他宰割？于是乎小次郎抽出背在身后的三尺长刃——晒天竿，像一条甩都甩不掉的银蛇，飞出肩头直奔夺路而逃的又八砍去。

像被秋风卷动坠落的落叶，又八挣扎着旋了两三转，“扑通”一声跌倒在地。

五

收回血染的宝剑，小次郎连看都懒得看一眼，转身向树上叫道：“朱实！”

树叶微微窸窣抖动，可没有人答话。

“好朱实，你快下来吧！我认错还不行吗？我发誓再也不那么对你了！你养母的男人受伤了，难道你不下来看看他吗？”

良久，树上还是没有动静。小次郎暗叫“不好！”，然后像只猴子似的顺着树干爬了上去，可树枝上压根儿连朱实的影子都没有。松叶斑斓处，美人不知什么时候已经溜走了。只留有身上的暗香在空气中飘荡，久久不散。

为什么呢？我有那么恐怖吗？至于让她这么害怕吗？对于这个自己心爱的女人，他可是付出了百分之一百二的热情，连他自己都差点要被感动了，她为什么还是要跑？小次郎百思不得其解。

他也知道，自己爱人的方式可能有些激烈，但却没觉察到自己爱人的方式和别人相比又有多大区别。

若不是亲身经历的女人，要想知道小次郎爱人的方式和一般人有什么不一样确实有些困难，但从他使剑的套路上便可窥探出剑主人的习性该有多么让人不堪忍受。

话说这小次郎，自打当年在钟卷自斋门下学艺时便开始显山露水了。因为资质出众，可谓少年得志，被称为“鬼才”“麒麟儿”，连他自己都觉得自己是个天才。自然，他那使剑的手法和迎敌的秉性也与其他平庸之辈颇为不同，归结为一个字，就是“黏”。

说起他这股子“黏”劲儿，一般情况下就已经很让人受不了了，可越是遇见高手，他这秉性却越是发挥得出色，一旦被他缠上就等着没完没了的遭虐吧！

光是一个“黏”字还不够，这家伙还是个狠茬儿。虽然像这些个旁门左道的手段在名门正派眼里是见不得光的，也不会得到尊敬，但他小次郎不过在这兵戎相见胜者为王的时代，不管是“黏”也好“狠”也罢，哪怕是使些奸计，也可以用“兵不厌诈”来自圆其说。管他赢的是不是光彩，反正只要赢了就是强者。

像这样一个刚愎自负、黏连无赖、心狠手辣的剑客，要是把这习武的特性用到女人身上，又会变态到什么地步呢？答案就可想而知了。

可怜只有当事者迷。

小次郎蹲坐在树干上，丝毫都不觉得自己有什么不对之处，打心眼里在为自己空闻女人香却不得女人心的窘事愤愤不已。

就在这时，树下突然出现了一个晃动的人影……

六

“哎呀，是谁倒在地上了？”地上好像有人受伤了。六部屈膝蹲下，不想却看到了一张熟悉的脸。

“我晕！原来是这小子！”声音因兴奋而显得格外高昂，树荫背后的小次郎想听不见都难。他眼瞅着六部略微思考片刻，便把又八五花大绑在树上。

受了刚才小次郎那一下子，又八直接被吓瘫了，直到现在脑子还晕晕乎乎地睁不开眼，只得任人摆布。

“你这个懒鬼，背靠树干给我站好了！”六部大声呵斥道。

松弛的神经被这突如其来的疾疾生风的吼声给震住了，又八猛不丁地睁开眼睛，模糊的视线渐渐清晰。

“啊！怎么是你?!”才出狼窝又入虎穴，又八惊叫一声，感叹自己今天可真他妈的倒霉。

“你这个冒牌小次郎还挺有本事，溜得倒是比耗子还快啊？不知是被谁关照成这个样子了?”见又八恢复了意识，他厉声问道：“刚才的话还没完呢！说！那个印盒到底是从哪里得来的?”

又八哆哆嗦嗦地看着六部，一言不发。事到如今，什么都隐瞒不了了。不是他不想说，只是现在都快吓尿了，哪里还有力气吱声？

“混账！你不说是吧?”六部怒了，对着又八的脸就是一阵乱扇。

“啊！疼疼疼！”又八痛得“嗷嗷”地鬼哭狼嚎。“快点儿放手，我说……我说还不行么！”

于是又八把去年夏天在伏见城发生的一切一五一十地招了出来，完了不忘尽力撇清自己。“有一点我得事先声明：那武士是被别的工匠打死的，我只是被派过去照看他而已。当时见他合了眼我才背着包袱跑的，后来才发现里边有钱、出师证和这个印盒，所以我不是小偷也不是强盗。当然，后来在路途上也发生了一些事情，所以我只是先借用了一下那些钱，以后等我挣钱了肯定分毫不差地给还上——你要是不信我可以给你写欠条。至于另外两样东西，我现在就可以全部交还到你手上。出来混都不容易，既然东西都没少，你就饶了我吧，好汉！”

“你确定没说谎？”阴沉的面孔迎面压了下来，六部目不转睛地盯着又八的眼睛，不放过一丝转瞬即逝的情绪变化。

“我保证！”说完，又八感受到了久违的如释重负，仿佛把心底的脓包挤干净了似的轻松顺畅。

反正自己也没铸成大错，那人应该会放了自己吧？又八心想。

七

六部在原地踱了好几圈，像是在下很大的决心。突然，他从腰间拔出匕首逼向又八眼前，目露凶光。

“啊！你这是要杀我吗？”又八吓了一跳，没想到他的决定这么出乎意料。

“嗯，拿命来吧！我知道，你刚才说的和我之前在伏见城打听到的完全一致，可见全都是实话。听你刚才的承诺，也确实罪不至死。不过——即便如此，今天我还是得拿了你的命！”

“啊！为什么？”又八还不死心。

“我这么跟你说吧！在伏见城被杀的那个倒霉鬼是我家少主人。我大老远的一路追凶，就是受命手刃凶手的。凶手一日不死，我便一日没脸回去。这一趟我可没少费工夫，要是空手而归的话你让我怎么跟东家交代？”

“啊！好汉！壮士！我求求你不要杀我啊！人又不是我杀的，你不能这么草菅人命！都怪我一时糊涂，我给你道歉还不行吗？你让我干什么我就干什么，求求你就饶了我一条命吧！”又八的眼泪跟开了闸的水库似的，哗哗地往外涌，想刹都刹不住。

“唉！其实我也很为难，但是如果我回去说少主人是被修城墙的土石工随便一揍就死了，你要是我东家，你能信吗？再说了，我家少主人多少也是个武士，这话要是传出去了该有多难听啊？所以我不这么做不行，只有提着你的人头回去，这差事交得才算是能说得过去……你明白我的意思吗？所以，现在该我求求你了，你就帮我这个忙，成不？”

“呜呜……哪有这样求人帮忙的啊？我才不傻呢，我不！呜呜呜……”

“唉，不是我说你。看你刚才在酒馆耍无赖的样子也真够没脸没皮的，这样的日子一直过下去，你觉得有意思？倒不如让我帮你了结了，早死早超生，下辈子重新做人不好吗？至于你家里的遗老遗少们，我自然不会亏待他们，肯定会送上一大笔抚恤金让他们衣食无忧的。怎么样，哥儿们我够意思吧？”

“我就不！好死不如赖活着，我这条贱命就不卖给你！来人啊！救命啊！”又八见情况不妙，伸着脖子大声呼喊求救。

“你！”六部见多说无益，便准备用强，“对不起了，朋友！”说着把刀伸向又八的脖子。

八

“刀下留人！”就在刀刃距离又八脖子有 0.01 公分的时候，躲在树上静观其变的人终于说话了。

“啊！你……你是谁？”在树下待了这么长时间都没有发现树上居然还有人，六部不禁大惊失色。

“小次郎！”说话的工夫，小次郎便腾空而降。

“什……什么？……你说你叫‘小次郎’？报上全名来！”这世上究竟有多少个小次郎？今天是个什么日子？怎么一个一个的小次郎全都跟浇了粪的豆芽菜似的“呼”地一夜之间全冒出来了？

“岸柳——佐佐木小次郎！”

“切！现在流行假货，你说自己是就是了？要是敢戏弄我，当心我把你给宰了！”六部厉声说道。

“行啊！不过我这个小次郎估计你还真对付不了，光是‘晒天竿’这一关你就过不了！你要是不听劝，到时候我要是手一抖不小心把你劈成两半，你就算哭都晚喽！”小次郎看着六部，似笑非笑地说。

一听来人居然知道“晒天竿”，而且语气傲慢至极，六部不禁仔细打量起对面这个年轻人。没错，应该就是他了！

因为少主人和小次郎师出同门，早年在上州钟卷自斋学艺，所以六部也曾见过他几次。不过那时的小次郎只不过是个衣着简朴的庄户小子，并不像今天这样花里胡哨。简直判若两人啊！六部不禁看得入神。

“在下一云宫源八见过小次郎先生，刚才多有得罪，还请见谅！”回过神来，六部马上作揖致歉，随即递上刚刚得到的印盒和出师证，“少主人已经不在了，就由我替他了却这个心愿吧！”源八恭恭敬敬地呈上这两样宝物，心想小次郎一定会喜极而泣。想到这里，一种荣誉感竟贯彻全身。

“哦，原来你叫源八啊？”小次郎像是在记忆里搜索这个人的影子，半晌才接着说，“东西你留着吧，我不稀罕。”

“啊？你这是在说什么啊？你们师父这一辈子只认两个徒弟，也只发两张出师证。他老人家临走都放不下你，把这张出师证颁给你就是他的临终遗愿了，你怎么能说不要就不要了呢？再说了，天鬼就是为了办这事才到处找你的，要不是为了它，我家少主人能白搭上一条命吗？你还是快把它收好吧！”源八急了，不容分说把出师证塞给小次郎。

“得，我都说了不要了，你就别再白费工夫了。”小次郎仍然爱搭不理，悠悠地说，“要是我佐佐木小次郎的身上被盖了中条流的戳，那可就一辈子都洗不清了！像我这样的天才，怎么能这样就把自己埋没了呢？自斋老师也不过尔尔，我一定会自成一派，超出他之上的！哈哈哈！”谈到自己的雄才伟略，小次郎竟毫无顾忌。

这个狂妄自大的家伙！看着小次郎喋喋不休开合的薄唇，源八竟隐隐感觉到恶心。少主人算是枉死了。心里这么想着，源八便气不打一处来，握在手里的印盒和出师证简直都快被握碎了。

“行了，源八，别那么斤斤计较！代我向你东家祖宗十八代致意！哪天我顺道路过的时候会去给他们说明情况的。”小次郎满不在乎地说。末了，还不忘贴近源八的脸揶揄道：“别说，你生气的样子还真像个土包子！哈哈哈！”

说完，便要转身离去。这时，看见还傻不拉叽地被绑在树上的又八，才想到差点儿忘了他要做的正事儿。

“瞧见没有？就你当冒牌货的出息还想浑水摸鱼？跟小爷儿我学着点！现在小爷儿我连出师证都不稀罕带了，这才是自成一流门派的气魄！你这个狐假虎威的东西，就算披着虎皮也改不了病猫的埋汰样！竟敢冒用我的名号，不给你点颜色瞧瞧那还了得！”

“是是是，多谢好汉饶命之恩！”又八忙不迭地拍马屁。

“不过这事还没完。”说着，小次郎剑锋一划就带下来一块树皮，摸了摸口袋："没带笔。"

虽然不明白他到底要做什么，但多少生命安全是有保障了，又八便哈巴狗似的谄媚道："您要用笔？我身上有，请用！"

"真是个狗奴才！你叫什么名字？"

"小的本位田又八。"又八涎着脸，笑着说。

小次郎连看都懒得看他，拿着笔自言自语道："岩流……岩流……——嗯，这个名字起得好！不仅和我的剑名'岸柳'同音，还有岩国流派的意思，跟我老家岩国也能扯上边儿。这可比一刀流的名气响亮多了！"叹毕，小次郎咧嘴一笑，大笔一挥"刷刷刷"地就在刚刚削下来的松木皮上一挥而就：

> 无耻小人本位田又八，盗用本尊剑名招摇撞骗。
> 特此示众，以儆效尤。
> 附：吾名吾派天下无二！
> 岩流　佐佐木小次郎

"这字写得真漂亮啊！"写罢，小次郎忍不住自我欣赏个没完。转头看向又八："你身上的绳子就让别人来解吧，也好让大家瞻仰一下小爷儿我的字迹。"说完，似乎是听到一阵窸窸窣窣的响动，转头便消失在黑暗中。

——是朱实吗？

囚 女

一

“小通，该吃饭啦！我这就给你送过去?”厨房的大嫂收拾好饭菜，从厨房探着头往小通这边喊。

“先等等吧！阿婆出门还没回来，还是等她回来了我们再一起吃吧!”小通坐在屋子的窗前，借着明媚的春光埋头缝补衣物，头也不抬地说。

这一带有几个陶窑，平日里总是轻雾弥漫。但随着袅袅浓烟稀释散尽，这春日的天空尤其的亮丽和澄明。

“阿婆出门前说了，今天可能会晚些时候回来，估计还得等好一会儿呢!”厨房的大婶是个热心肠，有些担心地说。

“谢谢你了，不过我真的不太饿，午饭就不吃了吧!”

“你还是多少吃点吧，要不然该饿坏了。”大嫂还是有些不放心。

“真不吃了，我刚才吃了些点心充饥了。”小通虽然动着针线，但看她心不在焉的样子，脑子里明显是想着其他事。

唉！不知不觉，来这小旅馆也有大半个月了，城太郎怎么还不来找我呢?

也许他是去莲台寺郊野看武藏比武了？不知情况怎么样?唉，城太郎怎么还不来送好消息?

他不会是没找到这家旅馆吧？可分别时我都把地址告诉他了，要想找的话肯定能找到的。

难道是生病了吗？不对，他活蹦乱跳的那么壮实怎么会病倒呢？与其相信他病卧在床，倒不如相信他是在外面放风筝呢！

小通越想越心烦意乱，迫切地期待城太郎快点儿出现，好消除她所有的不安和疑惑。

彼时，城太郎可能也在想：反正小通姐姐离这里也不远，她怎么不来找我呢？何况她还没来跟乌丸大人道谢呢！

很多事情，往往就是因为忽略了某个细节而引发蝴蝶效应，最终导致事情的发展南辕北辙了。城太郎还是个太善良的孩子，他没有考虑到在阿杉婆眼皮子底下过活的小通，真的能够像他想象中的那样来去自由吗？

二

考虑到这地方离清水寺比较近，据说信佛的阿杉婆每次来京都都会住在这儿。这不，一大清早的阿杉婆便又去清水寺拜佛了，当然，她还有更为迫切的期待……

“等等！既然阿杉婆出门了，这不就是自己出门去见城太郎的最好时机吗？”小通眼睛一亮。可是转念又一想，希冀的光彩随即又暗淡下来。

毕竟阿杉婆是这家旅馆的常客，她那千里寻仇的慷慨故事早已被渲染得神乎其神。特别是三年前她在清水寺单枪匹马对战武藏的事件，一时间更是奠定了她在大家心中“悲情悍母”的形象，围观的乡里乡亲不禁都对她竖起了大拇指：

“这个老太太真是个厉害角色，挑战强壮的武士都毫无惧色！”

“听说她儿子被那人给害惨了，好端端的一个小伙子就那么废了，真可惜！”

“对对对，好像是有那么回事。据说那人还拐走了她的儿媳妇呢！你说说，老天对她真是太不公平了！”

从三年坡到清水边境，因为大家都对她记忆犹新，所以从那之后每次阿杉婆来到这附近，都会受到热烈欢迎。她不仅赢得了大家的尊重，更赢得了众人的信任。大家都愿意对这个命途多舛的老太太给予帮助，以圆她早日报仇之梦。比方说在这家旅馆住店，老板总会照顾她，把旅馆后院那独门独院的大房子留给她住。

“我出门的时候帮我多看着点屋里的女孩，省得让她钻空子给溜了！”出门之前，阿杉婆留了个心眼，叮嘱旅馆的人帮忙。旅馆的人自然而然站在老太太这边，睁大了眼睛盯着门口，生怕一不留神又给这个已经够可怜的母亲帮了倒忙。

每当小通想要站起身来的时候，总能感觉隐隐约约中有双看不见的眼睛盯着她，逼得她寸步难行。她叹了口气，只好坐下来等待城太郎的到来。

这次，趁厨房的人给别的客人送饭，小通瞅准时机溜出门外，马上就要到达旅馆的大门啦！她欣喜万分：见到城太郎，就能知道武藏哥的下落了。

“丫头！你这是要去哪儿？阿婆还没回来，你怎么能到处乱溜达?”还没摸着大门的木栓，就听见厨房的大婶厉声问道，一改往日的和蔼和关切。

“我……”小通有点悻悻，只好编话说，“我去看看阿婆回来了没有。”

迎着厨房大嫂狐疑的眼神，小通退回屋门，坐下来接着给阿杉婆缝补衣服。

正在这时，旅馆的大门外突然闪过来一个人影儿……

三

“啊？找错地方了吗?”一个陌生的女孩子慌慌张张地进了旅馆的院子，好像在躲着什么人似的。

透过屋子的纸门，小通不经意间往外看了一眼，吃惊的眼睛越睁越大。那个拥有小鹿般清亮眼神的少女在院子里的梅树下徘徊一圈，一看见小通，不好意思地低下了头。

“请问这里是住宿的旅馆吗？我在大街上走，看见胡同门口挂着写着‘住宿’的灯笼才寻过来的。”那女孩子见了生人好像有些尴尬，说完，便手足无措地杵在原地不动弹。

“……”小通顾不上答话，只是从头到脚仔仔细细地打量着她，恨不得连她毛孔中的缝隙都想要看清楚似的。

见小通用这样异样的眼光打量着自己，这位误打误撞闯进来的姑娘仿佛在光天化日之下被剥光了衣服似的无地自容，脸色涨得通红不说，神情也更是慌张。

“这到底是哪里呢?”为了掩饰紧张的情绪，她装作若无其事的样子先看看园子里的菜，再看看旁边的梅树，“这花儿开得可真漂亮啊!”

“……”小通像不敢相信自己的眼睛似的看得入神，直到对上她那小鹿般含羞的眼神，犹如一道晴天霹雳，痛得她心如刀割。

果然是她！她永远也忘不了发生在正月初一那天早上的那一幕。五条大桥的栏杆旁，正是这个娇柔靓丽如红玫瑰花朵般的红衣女子，楚楚动人地依偎在武藏哥的胸口嘤嘤哭泣。武藏哥的心都该融化了吧？

从那一刻起，这个娇艳的假想敌的形象便深深烙在了小通心底，令她耿耿于怀。

这个突如其来的客人也引起了厨房大婶的注意，只见旅馆掌柜的跟在她身后匆匆地走了过来，“姑娘，要住店吗?”

“啊……是啊，客房在哪里呢?”朱实神情闪烁，还是有些慌张。

“你刚才进来的时候没看见吗？都在胡同右边的拐角上呢。”

“啊？不会吧？都朝着大街啊?”朱实有些失望。

“对着大街好啊，热闹又方便。再说了，房子隔音效果好，一点儿都不觉得吵。”

“那边还是太显眼了……”朱实一边自言自语，一边往小通住的这边望去，“这也是住宿的地方吗?”

“是啊，不过已经有人住了。”掌柜的解释说。

“我看主屋那边好像是空着的？还是这边好，安静又隐蔽。”朱实打量了小通一眼，连想都没想，接着说，“我看只有这位姐姐住在这里，要是我们在一起的话也好有个伴。掌柜的，你能不能帮我安排一下呀?”

“这……”能多个人住自然就能多一份住宿收入，掌柜的自然会算这笔账。“可是，这边还住着位阿婆，可能不太好相处啊……”

“没事，这点小事我不在乎。”看掌柜的口气有些松动，朱实已经看到了曙光。

“那行吧，看你一个小姑娘家的也不容易。”掌柜的舔了舔嘴唇，一副为了给她行方便才决定如此的样子，“阿婆也是个善良人，等她回来了我跟她商量商量，看看她愿不愿意跟你合住。要不你先去前边的房间等一等，阿婆回来了我们再去叫你?”

朱实点了点头，跟着旅馆的佣人去前边歇着了。

四

小通眼巴巴地盯着朱实转身离去，欲言又止。直到脂粉香气随着主人的渐行渐远而消失殆尽，她才回过神来，继而后悔不已。

——她和武藏哥到底是什么关系？

小通钻牛角尖似的陷入沉思。看他们倚在五条大桥上那亲密的样子，恐怕绝对不是普通朋友那么简单。她依偎着武藏哥说了那么久，都说了些什么？为什么会哭得那么伤心呢？看她一脸狐媚的样子，八成是出身风尘，不然的话怎么会一颦一笑都带着勾人的魅惑？像她这样的女人，肯定不只对武藏哥一个人才这样吧？

想到这里，小通不禁为自己的恶毒感到羞耻，却又忍不住自己乌七八糟的臆想。

自从那天之后，她总是情不自禁地乱想，一想到自己的意中人似乎变心了，便心如刀割。

仔细回忆她的身形举止，小通的自信便一点点地瓦解了。不得不承认，她比自己更大胆热情、明艳动人，也许这样的姑娘才更能抓住男人的心吧？哪像自己，不如人家生得漂亮不说，还习惯了被动不善于表达，爱他在心口难开。也许武藏哥根本就不知道自己的心意，才会接受他人？

这个假想敌的出现，让小通对同性的世界有了更深的认识，也让她对自己的柔弱被动感到可怜。望着镜中的自己，现在的她，再也看不出当年为了营救心上人而勇攀千年杉，奋战暴风雨时的勇气了，剩下的只是她躲在牛车后面的懦弱和疲态。

——城太郎，你在哪里？

小通突然有些无助，也许只有未经世事的少年才会有天不怕地不怕的勇气。而自己那纯洁的少女之心，早已在日复一日的亡命之旅和追寻之路中悄然逝去。

——城太郎，你能救赎脆弱到不堪一击的我吗？

小通眼泪盈眶，滴落在膝上缝补的衣衫上，晕开一片悲情之花。

五

“小通，你怎么没点灯？”阿杉婆一从外面回来，便警觉地发现屋子里黑洞洞的，紧张得不禁汗毛都立起来了。

“啊！您回来了？”刚才小通只顾着伤心乱想，竟没发现天已经暗下来了，连忙去把灯给点上。

听见小通的声音，阿杉婆紧张的神经终于放松了下来。

“阿婆，您饿了吧？我这就通知厨房的把饭菜端过来。”小通善解人意地说，“……对了，您今天都去哪里了？有没有又八的消息？”都好几天了，阿杉婆却一直没能打听到又八的音信。只要一天见不着又八，她就得多一天待在这个不讲理的老太太身边受气。更何况，她迫切地希望追随武藏的脚步，多耽搁一秒都会让她惶惶不可终日。只要见到又八，和这对母子断了缘分，她便能随心所欲地和心爱之人浪迹天涯了！

“哼，难得你能说出这话。”借着屋里的灯光，阿杉婆目光冷冷地打量着小通，恨不得能从她身上剜下块肉来。

自打到这旅馆的那一刻起，阿杉婆便立马换回原先的刻薄嘴脸，连对她说话的语气都是冷冰冰的。小通觉得又好气又好笑，暗叫不好，自己不该听信老太婆的话跟她乖乖回来。

“阿婆，我给你按按脚吧？”毕竟世上没有卖后悔药的，不管怎么说她都是长辈，看她一把年纪了还累成这样，小通还是有些不忍心，“您肩膀可真硬，走路的时候呼吸还顺畅吗？”

“放心吧！托你这个儿媳妇的福，现在只是偶尔胸闷而已，大仇没报之前我是死不了的。”听她说话的声音像是很疲惫，但嘴巴依旧不饶人。

“您可别这么说，”小通装作听不懂她的话，好脾气地劝道，“您这体格已经算是够好的了，连年轻人都不一定比您有精神！”

“唉，毕竟岁月不饶人啊！老了就是老了。你看你权叔，武士的身子骨该是很好的了吧？还不是说走就走了？人生无常，指不定哪天眼一合就再也睁不开了……”阿杉婆闭上眼睛，平静地似乎已然能够接受自然规律的安排。

小通正琢磨着该怎么劝慰才好，却见她两眼突然一睁睁得老大，“不过只要一想到武藏那个良心被狗吃了的小王八蛋，我就知道自己不能死。哈哈！一想到这儿，老太婆我又生龙活虎精神倍增啊！”

“阿婆……您……您别这么说他……”小通咬了咬嘴唇，小声反驳道，“您误会他了，武藏哥不是坏人。”

“哼！怎么……心疼了？对不起啊，不该当着你的面这么说你的心上人的。”阿杉婆阴阳怪气地说道。

“啊！阿婆，我不是这个意思……”

“怎么，敢做不敢当吗？喜欢就是喜欢，但凡你心里记得我儿子对你的半点好，你也不至于还没过门就跟人私奔！当我们本位田家都是不中用的死人吗?!”

“……”小通窘得满脸通红，一时语塞。

“等你和又八见面分个清楚，由我这个长辈做见证，以后咱们就各走各的了。等你和武藏厮混到一起，还指不定怎么说我们母子俩的坏话哩！”

“啊……阿婆你怎么可以这样想我？您还不了解小通吗？小通绝对有恩报恩，不会计较这些事情的，更不会去跟别人说你们的坏话！”小通急得眼泪都快出来了。

“哟哟哟，说得比唱得都好听，难怪那么会勾引男人。”阿杉婆轻蔑地瞟了她一眼，毫不客气地说，“我这老太婆是个直肠子，不跟你们年轻人似的那么多花花肠子弯弯绕。我今天就把这话撂下了：只要你和武藏结婚，就算是和我们本位田家结仇了。怎吗？给仇敌按摩膀子的滋味不好受吧？”

“……”反正再怎么解释也是对牛弹琴，小通干脆不再言语。

“不过让你受这些苦都是应该的。”见小通不吱声，阿杉婆更是觉得她理亏，“反正你也不是真正关心我这个老婆子，也不是真心盼着和又八见面。等我这把老骨头找到又八的人，你还会这么好心给我按摩？哈哈！姑且先这么忍着吧，反正都是为了你自己。”

“……”晶莹的泪珠在眼眶里打转，终于恋恋不舍地滴落了下来。一滴连着一滴，想收都收不住。

“哟，这就把你说哭了？怎么着？看穿你的心事让你感觉很不爽吗？”阿杉婆洋洋自得地说着，挖苦起来毫不留情。突然感觉到肩膀上有些凉意，便皱起眉头厌恶地怒斥道：“别哭哭啼啼的了！把我衣领都湿透了，怎么，你想害我得风湿吗？”

“啊……对不起对不起，我也不知道怎么就变成这样了……”

“哼！心里不舒服就多用点儿力，别哭哭啼啼地只想着那个臭男人，软绵绵的是想糊弄我啊？嫌我死得慢吗？!”

这时，门前的院子里出现了星星点点的亮光。小通起身去开门，心想该是厨房的大嫂送饭过来了吧。

六

“请问——本位田家的夫人住在这里吗?”站在门前的居然是个和尚，小通微微一惊。只见他提着的灯笼上写着“音羽山清水寺”几个字。

“施主果然住在这里，真是太好了。”阿杉婆闻声站起身来，刚准备从屋里出来，那和尚像是有透视眼似的，将灯笼放在门边上，然后从怀里抽出一封信来，含笑说：“今天晚上有个衣衫褴褛的年轻浪人到我们庙里打听您，听说您常来上香，便写下了这封信拜托我们交给您。恰巧我今晚要下山办事，便顺道过来了。”

“啊！真的吗？真是太谢谢您了!”阿杉婆那阴霾了好些时日的额头终于舒展开来，心里的一块石头也落了地。“您这一路过来也辛苦了，快到屋里歇歇脚吧！小通，上茶!”

对于面儿上的事，阿杉婆是个中老手，向来做得是滴水不漏。只是那送信的和尚有事在身，放下信便告辞了。

“真是奇了怪了。”那和尚一走，阿杉婆立马迫不及待地展开信来，随即脸色骤变，扯着脖子向茶水间喊：“小通！不用泡茶了，那和尚都已经走了。”

“啊？这么快就走了？他不喝您喝吧，正好也暖暖身子。”

“我老太婆就只能喝没人喝的剩茶吗?”阿杉婆不高兴地瞪了小通一眼，“啰嗦什么，快点跟我一起出去一趟!”

“大半夜的，咱们这是要去哪儿啊?”小通虽然不明就里，但早已对阿杉婆的古怪刻薄习以为常。

“哼，算你命好，日思夜想的事情马上就要成真了!”阿杉婆哼了一声，阴鸷地说。

“什么？有又八哥的消息了？”小通的眼睛里闪过欣喜的光芒，马上就能重获自由了！

“……不过我还是去前边催一下，等吃过晚饭咱们再出门吧！”小通刚跑到门外，便又折回来和阿杉婆商量。

“怎么，磨磨唧唧的！难道在你心里，我们又八就不比你这顿晚饭重要了吗？”

“啊，不是的阿婆，我今天一直等着阿婆您回来一起吃晚饭。我吃不吃无所谓，我是怕您饿着肚子走路啊！”

“这么说你今天一天都没吃饭？算你有心了。不过我在外面已经吃过了，现在一点儿都不饿，你还是赶紧收拾收拾，乖乖跟我走吧！”

“是。”小通拿着提灯，跟着阿杉婆向音羽山的深处去了。

听老太太的口气，刚才的那封信一定是又八写的，他们一定是约定今晚见面呢！太好了！只要再忍一小会儿，她就能放下从前的包袱重获自由了！今晚，她就可以去乌丸大人的府邸接城太郎一起去找武藏哥了！

坑坑洼洼的三年坡上布满了硌脚的石子。小通咬紧牙关忍耐着这最后的痛楚，心儿却越来越轻、越来越轻……

悲母悲心

一

夜深林逾静，鸟鸣山更幽。

远处传来瀑布的水流声，在这静谧的深夜里更是显得清脆响亮。

“如果我没记错的话，这里应该就是供奉地藏菩萨[1]的地方了……你看，这旁边不是还种着棵地藏樱树吗？旁边的牌子上写着呢！”

为了找到这个地方，他们两个不知走了多少冤枉路，也没少爬坡。一天没吃饭，小通又饿又累早就气喘吁吁了，阿杉婆却精神得很，脸不红气不喘的。

“儿子！又八——”阿杉婆站在清水寺的这个庙堂前，一边焦急期待着一边大声喊。

看着阿杉婆充满温情的眼神，小通不禁为她和平时的判若两人感到震惊。

“小通，好生看着点，别让灯灭了。”

“是。”

“怎么会没人呢？”阿杉婆四下绕了一圈，喃喃自语道。

---

① 地藏菩萨，或称地藏王菩萨，曾音译为“乞叉底蘖沙”。因其“安忍不动如大地，静虑深密如秘藏”，故名地藏。为佛教四大菩萨之一，与观音、文殊、普贤一起，深受世人敬仰。以其“久远劫来屡发弘愿”，故被尊称为大愿地藏王菩萨。

“时间地点都对吗?”

“信上倒是没写时间，不过地点是这地藏菩萨庙肯定没错。既然信是今天写了送来的，那就该是今晚吧? 唉! 你说说，他自己去找我们不就省了工夫了? 非得这么折腾……不过我们又八是个知羞知耻的好孩子，不像某些人那样没脸没皮。估计那次在住吉时他跟我吵架跑了，为了那事才不好意思过来。”阿杉婆小声嘀咕道，眼里满含自豪。

这时，小通扯了扯她的衣袖，兴奋地说：“阿婆，你快看! 那边过来了一个人，应该就是又八吧?”

“真的?”阿杉婆放眼上山的道路，果然有个动作敏捷的年轻人往山上来了。

“我的好儿子哟! 你可是想死为娘的了!”不等那年轻人近前，阿杉婆便张开了怀抱，压抑已久的母性如洪水般喷发了出来。

没过多久那年轻人便上了山。只见他连看都不看她们一眼，绕过满怀期待的阿杉婆，径自向庙堂走去。

“你是?”阿杉婆直接尴尬地僵在了那里。

那年轻人没搭话，在地藏菩萨庙晃荡了一圈才又掉头回来，举起提灯照向小通那惊慌的白脸。

“啊……”小通倒吸了一口凉气，他不就是大年初一在五条大桥附近见到的那个自称小次郎的年轻人吗?

“姑娘，阿婆，你们怎么这个点儿才上山?”佐佐木小次郎像是没认出来小通，面不改色地问。

“……”可能是他问得太突然，小通和阿杉婆打量着这个穿得花里胡哨的不速之客，竟一时不知该怎么答话。

“你们看没看见过一个姑娘?”小次郎用手指着小通的脸，接着说，“她叫朱实，脸圆圆的，大概和你年纪差不多，只不过比你身材娇小些。她原来在个城里的茶馆干活，可能显得成熟些。”

小通和阿杉婆摇了摇头，依然沉默不语。

“……奇了怪了，你们对她真的一点儿印象都没有吗？我眼瞅着她是往这边来了，有人还在三年坡见过她呢！按理说她该在这过夜才对啊，怎么突然就不见了呢？”他这前半句像是在问小通和阿杉婆，后半句又像是自言自语。踟蹰了一小会儿，他才不甘心地转身离开了。

“这个年轻人怎么神神叨叨的？看他背着刀的样子倒还像是个人模狗样的武士，怎么大半夜的为了追个女的追到这里来了？真是有失体统！”阿杉婆咂了咂嘴，看不惯地嘀咕道。

小通沉浸在自己的世界里，压根儿就没听清阿杉婆在说什么，只是呆呆地目送着小次郎离去。

他说的这个女孩，不就是傍晚时分在旅店里看到的那个吗？肯定就是她！回想起她当时慌张的表情，肯定是在躲这个人！话说，原来那个女孩子叫朱实？武藏、朱实、小次郎，这三个人到底是什么关系？她神情恍惚地苦思冥想，却又百思不得其解。

“走，回去吧！”等了半天，该找的地方都找了可还是没见又八的身影，阿杉婆终于死心了，“信上明明写的就是这里，看来今晚他不会来了。”

此时此刻，就连瀑布水流的声响都变得寒意袭人。凉雾侵体，身上的鸡皮疙瘩恨不得能落一地。

二

这一老一少的好不容易才下了山，谁知在本愿堂门口又遇上了小次郎。

双方安静地互相看了一眼，默默地擦肩而过。阿杉婆回头看着他从本愿堂往三年坡方向走去的背影，不禁感慨万千：“好犀利的眼神！这人和武藏一样可怕！”

阿杉婆正回味着，忽然像是看见了什么似的，整个人因紧张而拱起背来。

“呜……”这是什么？像是猫头鹰的声音？

阿杉婆定睛一看，在巨大的杉树底下竟然立着一个人影！只见那人用手圈住嘴巴，正对着她学鸟叫呢。那熟悉的姿势无疑向她传递着一个令她心潮澎湃的信息——即使在黑暗中，她也不会认不出自己的亲生骨肉！

“嘘——小声点！”又八压低了声音紧张地边说边东张西望，“你往这边来一点……”

看这孩子用手示意，怎么像很担惊受怕的样子？哈！跟小时候一样调皮！阿杉婆立即领会了又八的意思，装作若无其事的样子向小通挥了挥手。

“喂！”

见阿杉婆突然不走了，前边的小通转过身来诧异地望着她。

“你先自己慢悠悠地走着，到前面那个小土堆上等我，我得去上个茅厕。不过你最好别跟我要花招，你的一举一动都逃不过我老太婆的眼睛！知道了吗？”

其实就在刚才，小通也看见了那个熟悉的身影，可是阿杉婆为什么要瞒着自己呢？虽然她认定阿杉婆肯定有着不可告人的打算，但还是乖乖照做了。

话一说完，阿杉婆便蹿到杉树荫下，压低的嗓音不住地颤抖：“又八？是我的又八吗？”

“娘……”半晌，树荫里终于伸出的等待已久的双手。

“啊……我的好儿子，这是怎么了？怎么躲到这里来了？……哎呀！为什么你的手冻得跟冰棍似的？”触碰到又八那冰冷的指尖，阿杉婆惯有的傲气瞬间荡然无存，眼里噙满了心疼的泪水。

“啊？那人不是才刚走吗……”又八跟丢了魂似的，显然是还没回过神来。

“谁？哪个人？”护子心切，又八的反应让阿杉婆提高了警觉。

“就是刚刚过去的那个背着大刀，贼眉鼠眼的小子!”终于确定小次郎走远了。面对老母亲的关怀，又八立马换了一副天不怕地不怕的表情。

“怎么，你认得他？”

“哼，就算把他烧成灰我都认得！就是这个佐佐木小次郎，昨晚在六条的松树林差点儿要了老子的命!”又八气得吹胡子瞪眼，看那架势恨不得把小次郎给生吞活剥了。

“啥？你说他叫小次郎？唉，不对呀，小次郎不是你吗？在大阪的时候你不还拿着那个出师证给我看来着吗？到底怎么回事？”别看阿杉婆年纪大了，可抠起字眼来一点儿也不含糊。她揪住又八的膀子，刨根究底似的非得问个明白。

“啊……这个嘛……那其实那都是骗人的谎话……”意识到自己说漏了嘴，又八虽然后悔不迭，但也知道事情发展到这个地步已经覆水难收了。只好硬着头皮把自己冒名顶替直到被揭穿暴打的事情一五一十地全招了。要不是今天一早传七郎的轿子恰巧经过，要不是有吉冈家的故识求情，他还指不定丢人现眼到什么时候哩!

听完又八一席话，阿杉婆沉默了。有那么一个瞬间，她看着又八胆小又无力的表情，看着他那脏衣薄衫的落魄样子，感觉自己的心都要痛得融化了……

三

毕竟我的小又八还是个孩子，若不是想要给我争面子他也不愿意对我说谎的……都是那对没良心的狗男女才把他害得这么落魄！

想到这里，阿杉婆眼里闪过一道凶光：“儿子啊，你权六叔已经死了，这个你知道吗?”

“啊?”这个消息太突然了。又八脸色一变，两眼含泪问：“什么时候的事?”

“在住吉，你刚走没几天。”阿杉婆想了想，咬牙切齿地说，“他能死在半路上，还不都是为了给你报仇！你自己说说，现在该怎么办?”

“母亲大人，儿子在大阪发过的誓自然不会忘怀，娘的教诲也一直牢记于心！”见阿杉婆眉头紧皱，目光忽而严厉忽而怨愤，又八抓紧出来表忠心。

“很好！难得你还记得。”阿杉婆紧皱的眉头终于舒展开来，“那我现在就告诉你一个好消息。”

“什么好消息啊，娘?”

“小通——她就在这里！”阿杉婆轻轻歪过头去，咬着又八的耳朵小声说。压低的嗓音掩饰不住内心狂热的兴奋。

“啊，太好了！”原来刚才站在阿杉婆旁边的女子居然是小通！又八按捺不住内心的狂喜，着急地说：“娘，快带我去见小通！我可想死她了！”

“放心吧，要不是为了让你们见面，我干吗把她带来？但是那之后呢？你不会只是想见她一面吧？那之后，你打算怎么做?”看见又八的反应，阿杉婆心里突然莫名地不踏实起来。

“还能怎么样？去跟她道歉啊！毕竟以前的事是自己不对，都怪我一时鬼迷心窍……哎呀，先不说了，我这就去求她原谅我！”

“求她原谅你？那然后呢？”

“然后？然后，我们就回到从前呗，就当之前什么都没有发生过。”

“回到从前？你是什么意思？”阿杉婆的心骤然凉了半截，但哪怕是最不想听到的答案，也得听自己儿子亲口说出！

“回到从前那样要好呗！”又八羞涩地笑着舔舔嘴唇，脑海里已经开始在描绘着破镜重圆的美景了，“我和小通结为夫妻，过着平安喜乐的幸福生活。对了娘，小通是不是心里还有我啊？要不然她怎么会跟你来见我？”

“混……混账东西！”谁知又八还没说完，脸上就挨了一记火辣辣的耳光。

“啊……娘，您这是做什么？！”又八捂着肿起的腮帮子，疼得嗷嗷直叫。大概是阿杉婆用力过猛，又八一个没站稳，踉踉跄跄地后退了几步。从小到大，他还从来没见过母亲发这么大的火。

“怎么，你还知道疼？我还当你没脸没皮没知觉了呢！”阿杉婆干涸的眼球怒得都快暴出来了，“在我跟前还敢说什么去跟那小婊子道歉？还想要跟那骚货结婚？你当我老太婆是死的吗？！就算她想嫁给你，之前那丢丑败坏的事能翻篇吗？你这是要拿本位田家列祖列宗的脸面给那对狗男女擦屁股的节奏吗？！”

“娘，她真愿意嫁给我吗？”

“你……”这小子听话怎么就不知道听重点呢？阿杉婆气得差点儿背过气去，咬着牙才没歪倒在地上。

见老太太气得青筋暴起手直哆嗦，又八吓得低着头，大气都不敢出。

“你也不动动脑筋好好想一想，你的未婚妻都跟你仇敌跑了，你再找她回来干吗？还嫌这绿帽子戴得不够大吗？你还敢再跟我说你记得老娘的教诲吗?！就凭着下三滥的脏女人都能让你跟她谢罪？你真是连畜生都不如!”情急之下，阿杉婆提起又八的领子来回抖动着，银牙咬得“咯吱”作响。

自打从娘胎出来，阿杉婆从没在自己身上动过真格的。这下可好了，又八被狰狞的阿杉婆吓得有点懵，闭上眼睛任由泪水滑落下来。

“你挤什么猫尿?!”见又八软成这样，阿杉婆更是恨铁不成钢，“还有脸哭了，真是连个狗崽子都不如啊！喂！你说你还是娘的儿子吗？我怎么就生了你这么个不争气的玩意儿!”骂到动情之处，阿杉婆突然抱着儿子按在地上狠踹。可踹了没几下老太太心里却五味杂陈，跟着倒在地上号啕大哭起来。

四

“不行!”不愧是刚强的阿杉婆，和儿子抱头痛哭了没几声便又坐了起来，“不许再哭了！我还没死呢，再哭就丧气了!”

再看看两眼红肿的又八，怕是有些逆反情绪了。阿杉婆准备换个策略，先打一棒子再给个甜枣吃，慢慢安抚他的情绪。

“我的好儿子啊……”阿杉婆换上了温柔的语气，像小时候那样一边轻轻抚摸又八的额头一边说，“你说说，这天涯何处无芳草？大千世界，比小通好的姑娘多了去了，你还真愿在她这棵歪脖子树上吊死了？冤不冤啊你？今儿个娘就先答应你：以后不管你看上谁，娘就算磕破头也一定把她给你讨进门来。只要不是小通，你想让谁当咱本位田家的儿媳妇都可以！”

“……”又八低着头揉搓着自己皱巴巴的衣角，不吱声。

“儿啊，不管怎么着你得明事理啊。你要是真娶了小通，咱们本位田家的家风可真就臭了哟！”

“……”话说到这个分儿上，又八仍然一言不发。

“行，你是铁了心要娶她了是吧？”软的不行来硬的。只见阿杉婆银牙一咬，“娶她可以，那就先把为娘的头割下来吧！只要我老太太一天不咽这口气，我就一天不能任你胡作非为！”

“娘！”这下又八终于肯吭声了。只见他“噌”地从地上站了起来，气势汹汹地问：“我就是想问问你，究竟是你在讨老婆还是我在讨老婆？”

“你的老婆我的儿媳，这有什么区别吗？”阿杉婆也不甘示弱。

“当然有区别！我的老婆跟我过，拿主意的得是我。你这胳膊未免伸得也太长了吧？”

“不管怎么说，你是打我的肚子里出来的，你就得听我的！”自己的软蛋儿子现在居然敢为了那么个烂货跟自己叫板，阿杉婆还真是不服气！她还就不信邪了，今儿说什么都得把又八这头犟驴给制服了！

真是应了那句俗语：有其母必有其子。这对母子只要一言不合便容易感情用事打冷战，最后不仅什么问题都解决不了，反而容易把矛盾激化。

“娘，不管你说什么，反正我就是要娶小通……我喜欢她！”

“你这孽障，难道连娘的死活都不管了吗？”阿杉婆没想到又八执迷不悟，消瘦的肩膀上下抽动着，“……好，既然本位田家的家风不能坏，那我老太婆今天就成全你！”说完就拔出腰间的短刀往脖子上抹去。

“啊！娘，你这是要干什么？”见老太太好像要动真格的了，又八的声音微微有些颤抖。

“老了老了就不中用了，连儿子都管不了，还有什么脸面活在这世上！”

“娘！别这样……我不娶她，我听你的还不行吗？！”颤抖的声音已经开始带着哭腔了。

“好儿子！我就知道你会听娘的话。”阿杉婆在此次婆媳争宠大战中凯旋，不禁喜上眉梢，“那好，你这就去把小通杀了！”说完，阿杉婆把刚刚作势要抹脖子的短刀送到又八手上，“你也不想想我为什么要把小通带来给你？坦白告诉你，我要想杀那贱货简直易如反掌，不过要是不让她死在你手上，在街坊邻居面前你还能挺直腰杆？你就是不懂为娘的苦心，唉……”

五

“啊？你让我杀了她？”

“怎吗？你不愿意吗？……好吧！既然你选择了她，就不要再管我的死活了！”说着又从又八手里夺回短刀，做出要自杀的姿势。事到如今这龟儿子还不知好歹，阿杉婆心一横，真不想要这条老命了，还不够丢人的！只见她紧闭的双眼流出两行清泪，表情自若视死如归。

“娘！”又八见势不妙，“扑通”一声跪了下来。“您别这样，算我求求您了！我杀她还不行吗！”对于自己的亲娘，他还是有些了解的。就凭老太太那个犟脾气，牙一咬心一横指不定什么时候还真就弄假成真了，到时候可就说什么也来不及了。

阿杉婆本来还有一丝绝望的情绪，现在听又八这么讲便又喜极而泣了，连忙扔下刀子把又八拉进怀里。“好孩子，这才是本位田家的好孩子！只要你当着我的面把那贱人的头给割下来，也算是对得起死去的列祖列宗了！”

“是这样吗？”又八歪着头问。他实在搞不懂杀了小通和那群死人能扯上什么关系。

“那是！我的儿啊，小通就在前面的尘间冢那儿等着呢。”

“嗯，我这就去。”

“等你先把她的头割下来送到七宝寺去，村里的人一闹腾，咱们本位田家的颜面就算正了一半。然后咱们再去找到武藏把他也给灭了，到时候你在宫本村的腰杆子就又能挺直了。再说了，小通一死，武藏那条活兽还不就乖乖地自己找上门来了？哈哈哈！快动手吧！”

“娘，你在这里等着我吗？”

“不，我得跟着去。你一个人我不放心。”阿杉婆眼珠子骨碌一转，绝不能在这节骨眼上功亏一篑。

“哎哟，我的亲娘啊！她不就是一个女孩子吗？我这个大男人还收拾不了她了不成？让人家看见了还以为我多么不中用呢。我求求你了，你就别跟着我了。我保证一定利利索索地把这事给办了不就得了？”

“不是我信不过你，只是这事绝对不能大意啊……”

“那行，信不过我那你自个儿去！”又八显然不高兴了，气鼓鼓地说。

“……那还是你去吧。”

见阿杉婆松了口，又八才闷不吭声地向坡下的尘间冢方向走去。

六

“在尘间冢等了有些时候了，阿杉婆怎么还不来呢?”小通暗自嘀咕着，并没有意识到此刻正是她逃跑的绝佳时机。

远处的树荫里偶尔传来阿杉婆提高的声音，大概是又八不愿意跟自己分手，阿杉婆在训斥他吧？唉，虽然现在自己已经不愿意再跟这母子俩扯上任何关系，但一想到马上就要各奔东西，要是不正儿八经地做个离别宣言还真有点儿对不住他们。

“再稍稍忍耐一下吧!”这二十多天的忍气吞声她都坚持过来了，现在终于快要有个了断了。要走，也不必急于这一时，小通心想。

现在，武藏君在做什么呢？还有城太郎，他该等急了吧？

天上繁星点点，微笑地眨着亮晶晶的眼睛。据村子里的老人讲，世间的凡人都是由天上的星星变化而来的，每个人都对应着天上的一颗星。我的武藏哥，他又是哪一颗呢？宛如梦境一般，小通的眼前展开了未来的畅想图。国境一别的悉心叮嘱，花田桥下的山盟海誓，都在她脑中如放电影一般闪过。此去经年，她仍然坚信武藏的人品和定力——他，一定不会背叛自己的，哪怕有那个红衣女子投怀送抱!

一想到朱实，那个梨花带雨的婉约女子就给小通的希望之光蒙上了一层阴影。虽然这和她对武藏的坚定信念相比根本就构不成威胁，但多少心里还是有些不快。

“虽说和武藏自打花田桥一别就再也没能说几句话，但只要追随着这个心灵之柱，小通还是满心欢喜的。可为什么泽庵师父恰恰把这追寻之旅说成是自己的不幸呢?”无论是在缝补衣服的间隙，还是在等待她并不愿意等待的又八的时候，小通总能自得其乐。虽然旁观者都认为她是个深闺怨妇，只不过在打发空虚无聊的日子，但她却反而感觉自己的生命是饱满而充盈的。

“小通。”

黑暗中是谁在呼唤自己的名字呢？听声音显然不是阿杉婆。小通回过身来，惊问：“是谁？”

“是我呀。”

“你是谁？”这个声音还挺熟悉。

“本位田又八。”

“啊？”小通一惊，情不自禁地往后退了一步，“真的是又八吗？”

“怎么，连我的声音都听不出来了吗？”

“啊，果然是你。刚刚你应该见到阿婆了吧？”

“是啊，早见着了。小通，这些年你真是一点儿都没变，还跟在七宝寺的时候一样漂亮！”见了这么个漂亮的美人坯子，又八是真真地下不去毒手啊。黑暗中，他一步步地凑了过来，压低笑脸调戏着问：“怎么，刚才愣神想什么呢？不会是在想我吧？这些年来我可是每时每刻都在想着你哟，一闭眼就全是你的倩影。”

“别……阿婆跟你说了我们的事了吗？”又八压低的嘴唇都快贴过来了，喘息也越来越急促。小通吓坏了，赶忙言归正传。

“说了，就按你的心意来吧。”

“那太好了。”小通终于松了一口气，以为阿杉婆已经默许了自己的离开，所以派又八过来送信道别呢。她高兴地说：“既然阿婆都发话了，那过去的就让它过去吧。”

七

“那就太好了!”这俩人的神经显然不在一个频道上。又八激动得不知说什么好。“唉，之前的事情都是我不好，难得你大人有大量不跟我计较。我发誓，今后一定只对你一个人好，一心一意地对你好!”

“啊?”小通有些犯晕，不知又八何出此言。“我刚才不是说了吗? 过去的事就让它烟消云散吧，我不跟你计较。不过破镜难圆……我的心里已经没你了。”

“什么?!”小通的一席话无疑如同晴天霹雳一般让又八难以接受，“这都六年了，你还是不肯原谅我吗?”

“是啊，都六年了，我心里的结都没打开，直到刚才见到你，我的心里还是没有激动、没有欣喜，平静得如同一潭没有波澜的死水。说明咱们的缘分真是已经走到头了……”小通面无表情地诉说着自己的感受，只想快点交代完了离开这个鬼地方。

“啊! 小通，我错了，我给你跪下还不行吗?”面对冷如冰霜的小通，又八心痛极了，一把握住小通的手求饶道。

“唉……事到如今，真的已经晚了。你何苦再为难我呢?又何必拘泥于过去呢?”小通无奈地叹了口气。眼前的这个男人早已不再是她少女时代倾慕的男子，现在，他手上残留的其他女人的脂粉香气，只会让她感到无比恶心。

“不行，你别生气，在这个地方没法跟你说掏心窝子的话。走，你跟我到那边去……你一定会原谅我的!”见仍然没有回旋的余地，又八是真着急了，铁拳锁住小通纤细的手腕便往树林子里拽。

“啊……快放手!”小通放声大叫，心想这娘俩肯定是串通一气来对付自己的，顿时又气又悔。那个狡猾的阿杉婆居然不守信用欺骗自己，明明自己刚刚就该逃跑的，自己怎么就那么笨呢?!

“嘘……别说话，要是让我母亲听到就玩完了!”又八吓得脸色都变了，压低声音说：“我娘让我杀了你，可我……我下不去手啊！快跟我走!”

“混蛋！我就是做鬼也决不跟你走!”小通宁死不屈，对准又八的铁钳就是狠狠一大口。

“啊……你!”又八疼得汗毛都竖起来了，颤抖着声音说：“你真是铁了心不跟我了?”

“呸！宁为玉碎不为瓦全，我早就跟你妈说过了！要不是为了今天跟你见了面一刀两断，你以为我愿意等你?”一口唾沫飞向又八，月光下小通的白脸显得格外决绝。

又八愣住了。他看着这个似曾相识的美人儿，除了美丽的外表依然销魂，可哪还有一丝往日的温情与体贴？她……什么时候竟变成了这个样子?

“哈哈哈哈!”又八干涩地苦笑道，“我明白了。一定是武藏让你来跟我说这些的，对不对?”

“胡说！这是我自己的主意，和别人不相干!”

“是吗？那你敢跟我发誓吗？离开我……你不是为了去找武藏？你敢跟我保证吗?!”又八的拳头紧紧攥成一团，恨不得把自个儿的骨头都捏碎了。

“……”

好啊，这就算是默许了？又八终于松开小通的袖子，紧接着从腰间抽出短刀，恶狠狠地盯着小通的眼睛：“今天，我就给你个了断!”

“哈哈哈哈哈……”透过又八的瞳仁，小通看到了绝望的凶光，心里突然释然了，便大声喊道：“好吧，你听着：就算今生不能和武藏相依相守，来世我也要和他双宿双飞！”

就在这时，不远处传来了阿杉婆的嘶吼声：“你个不中用的混蛋！还在等什么？”

“行啊，既然如此，老子就成全你！”这个失心疯的女人真是无药可救了，又八一咬牙，终于直愣愣地持刀捅向小通的腰间。

眼瞅着尖刀迎面扑来，只见小通屈身一转便躲了过去。要是连这点儿灵敏的反应都没有，恐怕这一路上她早就死了好几次了。

“小通！”要不是刚才被她气急了，又八哪里舍得拿刀刺她？幸好让她溜了，此时此刻又八扔下短刀又想喊她又想追，不知该怎么办才好了。

“撂倒了吗？”阿杉婆终于一扭一扭地赶了过来，拾起地下白晃晃的尖刀，“人呢？”

“跑……跑了！”盯着小通远去的方向，又八喃喃道。

“什么？你居然让她给跑了？真是个废物！”一听小通跑了，阿杉婆恨得后槽牙都要咬碎了。“还愣着干吗？还不快追！”若不是自己的亲生儿子，她真恨不得给这个窝囊废来上一刀！

被阿杉婆一脚踹了个跟头，又八疼得龇牙咧嘴，鼓着一肚子怒气拾起刀又狂追了起来。

八

不好，前面没有路了！

跑到一处悬崖，小通往下一看，只见峭壁下瀑声不断杂树林立，黑漆漆地看不见底。

“哈，这下看你往哪儿跑!”一个踉跄的身影从眼前闪过，又八母子像见了被困住的猎物般兴高采烈，眼里冒着嗜血的光芒。在阿杉婆的威逼之下，又八忽然变成一头凶猛的野兽，对准小通就是一刀。

“噗”地一声血光四溅，复仇的快感让又八兴奋无比。

“啊!”凄惨的叫声响彻山涧，分不清是男是女是人是兽。又八早就失去了理智，觉得真是痛快极了!

“让你偷汉子！让你找武藏！见鬼去吧!”又八杀红了眼，一边嘶喊着一边又补了三四刀，直到她血肉模糊的尸体滚落山崖。

“乖儿子，有血性！这下你在老家就能抬起头来了!”软蛋儿子终于大发雄威，阿杉婆激动得简直要跳了起来。

阿杉婆高兴的呐喊声终于让又八清醒了。他耷拉着头，半晌没说话。

“不就是杀个人吗？至于把你吓成这样吗？你这是替天行道，替本位田家正名!”见又八呆若木鸡地蹲在地上不动弹，阿杉婆有些没好气地说。

“娘，她死了！她……是被我杀死的……”听声音有些颤抖，想必说话的人内心极度不平静。

“那是她该死，你这么做就对了!”阿杉婆提着又八的领口说：“快，趁着天黑人少，你抓紧下去把她的脑袋割下来，咱们连夜赶回老家去祭祖!”

阿杉婆正要往山下寻去，突然腰椎被一个硬物猛地撞了一下，害得她差点儿滚进坡道的灌木丛里。

“啊！你个小兔崽子要造反吗？敢拿刀把打老娘?!”回头看是又八，阿杉婆不禁气得直跳脚。

“娘……我……我居然把她给杀了……我手上全是她的

血！”又八崩溃了，泪水夺眶而出。

“多大点事啊？我刚才不还夸你了吗？你哭个什么劲？好事，这是好事啊！”

“我忍不住啊……哇——”又八边哭边抽搐着说，“你个糊涂的老太婆！都怪你，我的幸福算是毁了！”

“怎么，你后悔了？伤心了？”阿杉婆倒吸一口凉气，揶揄道，“那你怎么没砍割下老娘的脑袋讨她欢心呢？”

“要是能的话早就砍了！呜呜……摊上你这么个不讲理的娘，我真是倒了八辈子霉！”一边往山下寻着，又八一边心不在焉地哭哭啼啼。

“呿！你还是太小啊，根本就不懂我是为你好！得……有这个工夫对牛弹琴，我还不如念念佛呢！南无……”阿杉婆一边念佛，一边摸到又八前头的灌木丛中去寻找了。

“咦？在这里！”探路的树枝碰到了带点弹性的软软的一团，像极了人的身体。只见眼前的灌木上还染着血迹，自己也是一路沿着血迹寻到这里来的。看来里面的人必定是小通无疑了。

“小通啊，你可别恨阿婆，阿婆信佛，也不恨你。这一切都是前世的因果现世的报应，都是命中注定啊！你就认命吧，啊。南无阿弥陀佛……”阿杉婆一边嘴里念念有词，一边伸手向灌木丛里边探去。

正在这时——

九

“小——通——”声音像是从悬崖上传来的。

是谁？这么晚了，是风吹树声吗？还是星星喊的？暗夜寒风中，这声音由上及下直贯谷底。

“小——通——”又是一声呼喊。这下又八听真切了，用探寻的眼神看向阿杉婆。

大半夜的，是谁在叫小通呢？阿杉婆也愣了，手里握着的刀“咣当”一声掉到地上。

“是城太郎吗？”阿杉婆询问着又八的意见，她实在想不出还有谁知道小通就在这附近。

“不对，听上去像是大人的声音。啊！有人提着灯下来了！”又八紧了紧抱着阿杉婆的胳膊，脸色都变了。

“别……别怕！事到如今，抓紧把那贱人的脑袋割下来回家是正事儿。”阿杉婆小声催促着，“怎么，还准备让老娘亲自动手吗？”

见又八缩在自己身后，阿杉婆捡起了地上的刀。“真是没用，看我的！”说完，“哗”地一声拨开灌木丛。

“啊……”又八赶忙捂上眼睛，不敢看那血腥的一幕。不等听见“咔嚓”一声扭断脖颈的声音，却听见阿杉婆惊异的叫声。

“啊，是谁?!”

“怎么了？”又八急忙睁眼将脑袋凑过去。

“这……这不是小通啊……难道砍错人了？哪来的醉鬼?!”阿杉婆一点儿思想准备都没有，后退两步打了个趔趄。

“不会吧……”自己竟然杀错了人，又八顿时吓瘫了。

这娘儿俩正琢磨着这醉汉的来历，竟没注意到远处的灯光靠近了……

“你这个歹毒的老太太！”循着人声寻来，泽庵抓住阿杉婆的小细胳膊按倒在地就破口大骂。

“我的妈呀！”见来的是两个壮汉，又八一紧张，扔下自己的老娘便屁滚尿流地跑了。

“站住！那不是又八吗?”泽庵气得原地跳脚，“光顾着自己逃命了，连亲娘都不要了吗？你个不孝子，快点给我回来!”

泽庵的斥责声追着又八跑了一路。又八索性捂住耳朵抱着头跑，哪里还顾得上腰腿不好的阿杉婆。

这时，泽庵身后提灯的店家惊叫道：“啊，血!”泽庵低头一看，大吃一惊。这血流了该有一路了，店里边的人恐怕凶多吉少啊……

趁他愣神的工夫，阿杉婆蹦起来就跑。别看平日里腿脚不灵便，逃起命来却也毫不含糊。

“哪里跑?!你们杀了人，就算逃避也解决不了问题！你还要不要本位田家的家名了?”泽庵追了几步，突然又停了下来。

小通，不知她受伤了吗？她在哪里呢？

无法言爱

一

又是一年春来到。京都乌丸府的长廊上，一个和尚望着远山上正在融化的春雪，低头却若有所思。

咦，这不是行踪不定的泽庵大师吗？他怎么会在这里？

原来，泽庵和乌丸光广是旧识了，无论饮酒作诗还是说禅斗茶，这两人可以说是默契十足。这不，几年没见这个老朋友，乌丸甚是想念，年前便遣人送信给泽庵，盛情邀请他前来过正月。

刚踏进乌丸府的大门，泽庵便遇见了追在蝴蝶后面玩得不亦乐乎的城太郎。一问光广才知，原来小通自打正月初一便被阿杉婆拉扯走了，现在正和那犟老太太待在一起呢！

“啊，大事不妙！”泽庵大吃一惊，“这个小通啊，怎么老在关键问题上犯糊涂呢？”于是他当即出发找到了阿杉婆住的旅馆，连夜请店家带路帮忙寻找出门的这一老一少。

幸亏他到得及时，把杀人未遂正准备找人的阿杉婆和又八给吓跑了。等他终于找到小通时，那丫头因为受惊竟高烧不起，泽庵只好把她带回乌丸府交由城太郎照顾。

“唉，这孩子真是可怜！”泽庵从城太郎口中了解到小通一路的隐忍和不易。好在现在武藏也在京都，这回大家应该都能见着面，来个大团圆了吧？

这么想着，泽庵便踏着草鞋往六条柳街方向走去了。因为事先早已拜托光广找人打听到了武藏的住处，所以此行一定得把他找来不可！

“大婶，请问六条柳街怎么走？”一个熟悉的童声询问道。

泽庵扭头一看：那不是城太郎吗？哈哈！又多了个找武藏的伴儿，这俩人一见面别提有多高兴了。

本来泽庵打算和城太郎一起去找的，但突然一想：现在全城戒备，吉冈一门正到处搜寻武藏报仇呢！据说清十郎就是被武藏给打残的。这个姑且不提，听说长年在外花天酒地不着家的传七郎刚一回来寻仇便又在他手里送了命。看来那小子这次惹的祸还真不小。光看吉冈一门四处戒备森严的架势，就知道这次是铁定要动真格的呢。考虑到现在风声紧，一点儿风吹草动都可能挑动吉冈家搜寻的视线，而小孩子就不一样了——谁会注意一个屁大点的小孩儿呢？于是泽庵把武藏所住的路线跟城太郎说了一遍，末了又叮嘱了几句，就自己先回乌丸府了。

城太郎是个小机灵，听泽庵一说便心领神会了。他瞅准了目的地，专挑那些路人少的地方走，大摇大摆的一点儿都不像是找人，倒像是在外面玩够了回家吃午饭的顽童。

二

大弦嘈嘈如急雨
小弦切切如私语
嘈嘈切切错杂弹
大珠小珠落玉盘
间关莺语花底滑
幽咽泉流冰下难
冰泉冷涩弦凝绝

凝绝不通声暂歇
别有幽愁暗恨生
此时无声胜有声
银瓶乍破水浆迸
铁骑突出刀枪鸣
曲终收拨当心画
四弦一声如裂帛
……

不远处传来靡靡之音，不知是哪个女子在吴侬软语浅吟低唱呢？琵琶的伴奏强弱缓急变幻莫测，似是在诉说着不为人知的心事。

只听这么销魂的一曲，便把过路人的魂儿都要勾走了。行色匆匆的男人们纷纷停下脚步往栅栏里头看去，恨不得马上投入到那融情化骨的温柔乡去。

“哼哧哼哧”地走了好多路，终于见到传说中的大栅栏啦！就是这一道看似平淡无奇的围栏，却把六条柳街和外界划分成了两个世界。

“师父，我来啦！”城太郎迫不及待地要进去，可死活找不到入口，便围着栅栏转了一圈，终于找了个可以通过的缝隙便不顾形象地往里钻。

“喂！这是谁家的孩子啊？在那里干吗？”城太郎回头一看，原来是之前在街上问路时就见过的女人。

“啊，你不是城太郎吗？”女人一惊，随即又挂上了温和的微笑，“你是来找武藏的吧？”

“……”见她没什么恶意，城太郎试探着点了点头。

“嗯，那你跟我走吧，我带你去找他。”

“啊？我师父，他真的住在这里啊？”一路上城太郎一直在想，师父怎么会在这青楼一条街上住呢？他究竟还是不是自己崇拜的师父啊？

“总之，你师父只是人住在这里而已，越是别人想不到的地方他就越是安全。反正你师父可没有做什么违背他信念准则的事哦！”女人似乎看透了城太郎的心思，为了让他放下心来，便把事情的经过又解释了一遍，“喏，不信你看那角落里的茅草屋，你师父一个人住在那里呢！”

因为晚上应酬多，那女人给城太郎指完路，便又去店里接客去了。

真的吗？师父，你真的在那里面吗？

城太郎还是一副难以置信的表情：这些天来他恨不得把京都城附近都翻遍了，压根儿就没有武藏的消息。而自己千辛万苦都没找到的师父，竟然是在妓院！还是在眼前的这个小破屋子里！不管怎么说，哪怕师父是清白的，他还是无法接受这个事实。

“刚才那女人不会是骗我玩儿的吧？”谨慎起见，城太郎悄悄绕到屋后，踩着刚从草堆里搬过来的垫脚石，颤颤巍巍地爬上了窗沿。只见小家伙舔了舔手指往窗户纸上轻轻一戳——

“啊，真的是师父！”屋里的火炉旁，武藏正在枕着胳膊躺在破床上睡觉呢！意识到自己是在偷窥，城太郎赶紧用小手捂住嘴巴，把溜到嘴边的话又咽了回去。一年没见，他真是想死师父了！真想现在就张开双臂狠狠地拥抱他！

武藏像是没发现有人偷窥似的，依然跷着二郎腿，呼吸均匀地小憩着。贴在窗格上的城太郎实在无聊，便滴溜着乌黑的眼睛往屋子里四处张望着。

“哼!”城太郎忍不住嘟囔了一声。只听武藏鼻子里吹着那欢快的鼻哨声，就知道他现在睡得还挺舒服。目光从头到脚地滑过去，城太郎情不自禁地一撇嘴。原来武藏身上盖着的是桃山刺绣的衣服，看样子就很暖和。更重要的是以前他经常穿的粗布衣衫也全都没了影儿，现在清一色地换成了当下流行的大花。瞧他那花里胡哨的样子，看上去就让人不爽，鬼才相信他没变哩!

“嘿! 想不到他还挺有闲情逸致的!”视线落在床边的红毛毯上，只见这块妖艳的布料上居然堆满了笔墨纸砚，画满茄子啊鸡雏啊的草纸散落一地，看样子他也没少在这上面下功夫。

“真是太过分了!”城太郎噘着嘴巴，顿时有些愤愤不平，“小通姐都病成那样了还记挂着他，连发烧说的胡话都是‘武藏君’‘武藏君’的。可他倒好，居然还有心情在窑子里听曲作画，真是没良心!”一想到为爱奔波的小通姐，想到她这一路寻来所遭遇的磨难和苦楚，城太郎就替她感到不平。特别是盖在武藏身上的那件女人衣服，隔了那么远都能闻到扑鼻而来的脂粉香气，这都是哪儿跟哪儿啊?!

此情此景，不禁让他想起来那个大年初一在五条大桥下缠着师父的红衣女子。你说说，那么大一姑娘怎么偏扑到师父怀里哭呢? 师父还一副很享受的样子似的，也不推开她。最近，师父到底是怎么了啊?

虽然城太郎还是个小孩，但最近经历了这些事之后他便开始像大人那样感慨万分。那些看上去不那么单纯美好的事情，也让这个初长成的少年开始体会到了淡淡的苦涩……

三

“哼，让他这么没人情味儿，我去吓唬吓唬他!”他突然想替小通报复一下他这个不知冷热的师父，眼珠骨碌一转计上心来，悄悄地从踩着的石头上跳了下来。

“城太郎，你跟谁一起来的？”

“咦？”城太郎不敢相信自己的耳朵，又跳上石头从刚刚戳破的窗户洞里向屋内看去。只见原本睡着的武藏不知什么时候已睁开了眼睛，正含笑看着他呢！

城太郎顾不上答话，连忙跳下石头往正门跑去。

“嗯，师父！”刚一飞进屋门，城太郎便抱着武藏的肩膀不松手了，“……城太郎真是想死你了！”

“哈哈，这不是见到了吗？”武藏仰躺在床上，伸出胳膊一把将城太郎搂进怀里，也不管他风尘仆仆全身沾满灰尘。

“你怎么知道我会来？听泽庵师父说的吗？”城太郎窝在武藏的胸口呜呜地说着。他已经很久没有感受过这温暖的怀抱了，便像好不容易着了窝的小猫一样埋了进去，怎么也舍不得拔出头来。

唉，现在躺在病床上的小通姐姐，她该有多羡慕自己啊？她经常挂在嘴上的话就是：只要能见到你师父我就满足了，其他也就无悔无憾了。她真是可怜！城太郎心想。

于是他狠了狠心，从武藏怀里抽出身来，把这一路上经历的种种，特别是昨天夜里小通姐姐险些被阿杉婆母子俩给杀死的事情一股脑儿地全都倒了出来，企图说动武藏跟他一起走一趟乌丸府，去看看那可怜的小通。

“啊……原来你们经历了这么多……真不容易……”武藏边听边点头。看态度倒像是很诚恳，可任凭城太郎磨破了嘴皮子，他就是只字不提“去见小通”这最紧急最重要的事情。

“师父，小通姐姐现在病得很厉害，她很想你！”城太郎一着急，干脆把话挑明了，“你快点儿跟我回去见她一面吧，她是为了找你才变成这样的！”

“嗯，是啊……她太可怜了……”

“大年初一我们去五条大桥找你来着，谁知恰巧撞见你和一个女的在那里搂搂抱抱很亲热的样子，小通姐姐当场就哭得稀里哗啦的了！”城太郎使出了最后的撒手锏，心想这下你总该去把事情解释清楚了吧！

“哦，是吗？那也难怪。”武藏只是叹息，并没有其他实质性的表示和承诺。

可恶！真是茅坑里的石头——又臭又硬！难不成非得跟他干一架才肯动弹吗？

城太郎气得咬牙切齿，却还是没法对这个师父破口大骂。只见他腮帮子胀得鼓鼓的，小脸都涨成猪肝色了。

见仗义的城太郎不高兴了，武藏微微笑着抚摸着他的头，说：“城太郎，我这边还有些事情，等晚些时候一定会去乌丸府看你们，好吗？”

“啊？师父你答应了？”没想到武藏的态度变得还挺快，城太郎惊喜万分。

没等武藏回答，随着一阵“啪嗒啪嗒”的木屐声，刚才引路的女人抱着一套叠好的衣服走进屋来。

“客官，您换洗的衣服已经晾干了。”女人轻声说道。

哈！果然是师父平时爱穿的粗布衣服！城太郎心中一喜，马上变了个表情。

“谢谢你们！这两天多亏了你们照顾，还劳烦大家保密，这个恩情请容我来日再报。”武藏双手合掌，衷心地表示感谢。

从他们字里行间的话语中，城太郎才确信师父没有在这里做对不起小通的事，脸上终于露出了满意的笑容。

“对了，城太郎，这套衣服是本阿弥光悦家的老母亲借给我穿的，你能帮我跑腿还回去吗?”

“遵命!”师父还是原来的师父，城太郎自然毕恭毕敬，抱着衣服转身要走。

“等等!”那女人一听城太郎要走，立马拦住他，转头向武藏说，“这样恐怕不合适吧？这孩子来的时候可是说要找你的，现在出去恐怕会引人耳目。我们这花街柳巷吉冈家的人可不少，还是当心点好。”

“哈哈，躲得过初一躲不过十五，我总不能在这儿住一辈子吧？再说了，我又没做什么见不得人的事，干吗要躲着他们？这些姑且不论，其实不管我走到哪儿，他们肯定会找到我的。指不定他们已经盯上这里了，我可不能再给你们添麻烦啊！这两天我也休整好了，也是时候出门了。”

“话虽这么说……要不你再多住个三五天？等风声一过，他们找不着人自然会死心了，要不到时候再说?”

武藏静静地站在茅屋正中央思考着，没有说话。晚饭过后，他突然改变了先前的计划，终于下定决心对城太郎说：“走！咱们去见小通!”

四

把城太郎顶出后门的栅栏之后，武藏并没有跟着出去，反而朝着最热闹繁华的正门方向去了。此时的武藏连斗笠都没戴，表情稀疏平常得像个逛窑子的常客，混在来往的人流中大模大样地走了出去。

“不会有人想到我会在这里吧?”武藏心里想着。谁知刚一出门，就被吉冈家的探子认了出来。

“啊！那不是武藏吗?”排轿旁，柳树下，青楼对面的酒馆、饭店、斗笠屋，吉冈家的门人早就守候多时，一看见这个熟悉的身影，四散的眼睛居然齐刷刷地全都扫了过来。

京都城都被他们吉冈家的人翻遍了，只有这个地方他们还没找过。虽然他们对武藏藏身于此的事情将信将疑，但当猎物出现的这一刻，竟没人敢出面阻拦。

听见有人认出自己的惊叫声，武藏仍然镇定自若地走着。即便如此，他却本能地提高了警惕，右手摸向腰间的短剑。

“站住!”像是有人反应过来了，对着武藏的背影大喝一声。

武藏转身一斜，靠上了一家的院墙。只见他双目锐利地往四周一扫：吉冈家的人像是不知从哪儿冒出来的疯狗一般越聚越多了，逼近墙角从三面把他困得死死的。他数了数，少说也得三十人以上。

武藏定了定心，镇定自若地观察着围过来的每一个人，没有丝毫紧张。看来今天没那么好脱身了，他想。不过再严密的包围总有它的薄弱环节，从哪里突破会比较好呢？武藏一边思考着交手的套路，一边观察四周的地势，寻找着对自己最为有利的应对策略。生死关头，虽然明知成功的可能性不是很大，但这次他一定要赢，即便耗尽自己所有的心智，也要去见小通!

“准备好了吗，武藏?”黑暗中一个人厉声喝道，想必那群人已经就绪了。

顺着声音望去，单凭那人的年龄气场和如同众星拱月的站立之处，武藏已经能够大致判断出他就是御池十郎左卫门了。

“快快拿命来!”只见御池已经双脚微动、手握刀把摆出了进攻的架势，像只随时准备俯身下来啄瞎他双眼的雄鹰。他稍一停顿，接着说：“清十郎被你所伤，传七郎命丧你手，事实摆在面前，你还有什么好辩解的？我们吉冈一门数百弟子可不是好欺负的，岂容你再胡作非为逍遥法外？此仇不报非君子！今天，我们就要给恩师讨回公道！”

“哈哈！听你说的话还像是个堂堂正正的武士，比那些偷鸡摸狗搞暗算的强得多。不过你既然口口声声说是为了给恩师报仇雪恨，为什么不正大光明地找个地方呢？”

“呿！你这话倒是说得好听！那你为什么不露面、躲在这窑子里？”御池说话一点儿都不客气，引得众人对武藏好一阵嘲笑。

“我可没躲。你们在这里跟群疯狗似的，真是吉冈家的耻辱，哪里还有点武士的气概？”武藏倒是身正不怕影子斜，不紧不慢地说，“只要你们愿意找个正儿八经的地方，我武藏随时奉陪。”

“好大的口气！”御池身边的一个武士气不过，眼瞅着就要动手了。正在这时，突然听见后边有人喊道：“啊……板仓来了！”

一听这个名字，原本摩拳擦掌跃跃欲试的众人都愣住了，不禁停下了手中的动作。

五

大路边上谁挑事？栗色大马飞奔来。
伊贺大人真厉害，闹事流氓拿命来！
千手观音大力士，四大天王神捕快。
大家赶快逃命吧，不跑你就见阎王！

说起这个板仓伊贺守胜重，在京都那可是赫赫有名的酷吏。刚才那首孩童们嬉戏时吟唱的童谣，其中的主角就除他无二。

对于这个板仓，武藏之前是有过一些了解的。虽说现在的京都可谓日本经济文化最为发达的地区，但德川和丰臣的势力却在此招兵买马大为扩张，搞得很多无主的浪人像蚂蚁似的涌进了这里，想碰碰运气混个一官半职什么的。当然，运气好的毕竟是少数，更多的浪人却吃喝嫖赌为非作歹，极度挑战着这座城市管理者的领导能力和治世智慧。

正可谓“乱世出英雄”，德川家康慧眼识珠，终于求得板仓来当这个京都的所司代①。当然，板仓也没有辜负德川家康寄予的厚望，一直奉公职守清正廉明，对不法之徒从不手软——哪怕你是皇亲国戚，对黎民百姓万般体恤——哪怕你一贫如洗。总之，板仓治世的这段时间里，他巧妙地把握好了爱民如子和刚正不阿间的平衡。只要有他在，百姓们总算吃了一颗定心丸。

言归正传。刚才的那声“板仓来了！”究竟是谁喊的呢？正处在对峙的风口浪尖上，吉冈家的人肯定不会乱喊。——难不成，真的是板仓的手下发现这边气氛不对、过来插手了？那可就麻烦了！

众人齐刷刷地顺着喊话的方向看去，迎面而来的竟是个花蝴蝶般衣衫华丽的武士。

“你是？”看这人的脸似是有些面熟，好像在哪里见过似的。

“嘿！连我都认不出来了吗？”佐佐木小次郎似乎有些不高兴，眼光一瞟，以惯有的高傲的语气说道。

“哎呀呀，原来是你啊！你怎么把刘海儿梳下来了？差点

---

① 所司代：江户时代警卫京都并管理政务之职。

儿都认不出你了!”自从决定开始开创岩流一派，小次郎便又换了身打扮。不过万变不离其宗，总之风格还是那么华丽怪异。

小次郎压根儿就没搭理吉冈门人的询问，咽了口唾沫，滔滔不绝地发表开了演讲：

“刚才在街口听人说这边有人打群架，就让下人抬着轿子转过来了，没想到居然是你们啊？按理说你们自己的家务事我不该插手，但考虑到武士的尊严和武林的秩序，作为岩流的创派之祖，我又不得不出来说几句话。事先声明，我佐佐木小次郎和吉冈派素无瓜葛，和武藏更是无冤无仇，所以你们有理由相信我能主持公正。既然要交手，我奉劝你们还是另定个时间找个地方，然后再正儿八经地比试一番吧!”说完，小次郎环视一周目光一凛，“要是再在大街上闹下去，被板仓抓了去一过堂，恐怕对谁都不好吧?”

听了小次郎这一席居高临下的慷慨陈词，还别说，吉冈一派还真被唬住了。过了好一会儿，领头的御池才突然反应过来。

“你刚刚说的那些话貌似也不无道理。”御池的语气依然强硬，“不过话又说回来，我们倒是可以等个十天八天的。不过……”说到这里，御池特地停顿了一下，“万一比武那天武藏逃跑了，这个责任你准备来负吗?”

“啊，你们是要我做担保啊?”小次郎狡黠地一笑，“再怎么说现在的宫本武藏在江湖上也算是个有头有脸的人物了，你们也不动动脑筋想想：他要是真跑了，名声也就臭了，以后还有脸在江湖上混吗？是吧，武藏?”说到这里，他歪着脑袋问道，“我刚才和吉冈家的门人说的条件，你意下如何啊?”

“我这边没意见，本来我就不躲藏，更不会逃跑。堂堂正正的交手，正是我的心愿。”武藏看都不看小次郎一眼，目光注视着远方回答道。

自从在五条大桥上隔水对峙的那一刻起，这两个年轻人便都隐隐地感觉到了彼此个性的不合。在某种程度上，他们还是彼此欣赏的，但年轻人之间的傲气却又让他们谁都不服谁，从而酿成了今天高手相轻的局面。

“哈，听口气倒还像是个武士，你可得记住刚才的保证哟。”小次郎走到武藏近前，似笑非笑地逼视过来，故作漫不经心地问：“那么，时间地点呢？”

“时间、地点由对方来定，我历来如此。”武藏双手抱臂，毫不示弱。

“痛快！”小次郎接着问，“那你住在哪里？”

“我居无定所，随遇而安。”

“呵！瞧你这话说得……那战书怎么送到？”

“现在定就行。我绝对准时赴约。”武藏微微一笑。

小次郎盯着武藏端详了一番，不知为何突然哈哈大笑起来，然后转身向御池那边走去。和吉冈家的门人商量了一番，接着又走回来对武藏说：“时间定了：后天早上，寅时下刻①。”

“没问题。”

“地点就在叡山道，一乘寺山脚下有名的下垂松。”

“好。”

“交手的是吉冈家的接代掌门人——源次郎。他的父亲就是清十郎和传七郎的叔父——壬生源左卫门。不过源次郎毕竟年纪还小，所以到时候会有门人陪同前往，你没意见吧？”

---

① 寅时下刻：午前四时。

“请便。”对于失势的吉冈一门而言，现在也只有使用群攻作战法才能让他们感到胜券在握。交手的主力毕竟只是一个小孩子，武藏自然没有异议。

对于交手相关事宜，既然双方达成一致，小次郎便遣人拿来笔墨纸砚，亲自过了一把大笔一挥当裁判的瘾。才一炷香的工夫，约言各项便汇总在战书上，然后便被人贴上了街口的战牌。这战书可就是诏告天下的公约了，白纸黑字历历在目，比对天发誓什么的威慑力大了去了。

这事一了，吉冈家的人便乌泱泱地往别处去了。武藏轻轻舒了一口气，也转身向六条柳街后门的马场去了。

六

“师父！你怎么才来?”等在那里的城太郎显然没料到会等那么长时间，担心地说，“你没出事吧?”

“嗯。”武藏含混地应了一声，算是回答了。

城太郎绕着武藏的身子转了一圈，见他好像没受伤，才安下心来高兴地说：“快跟我走吧！去乌丸府要从这边拐过去。”

“啊……好。”武藏的声音略带迟疑。

咦，这才一会儿工夫，怎么感觉师父有点怪怪的? 城太郎隐隐约约地感觉到似乎哪里有些不对劲，但真要他说却又说不出来。

“师父，小通姐姐可想你了！每天都在念叨你呢！你心里也念着她，是吗?”

“啊……”武藏的这声回答，说不清是犹豫，还是默许。

“快点走吧，你也一定想早些见到她吧?”终于快要团聚了，城太郎乐得屁颠屁颠的。

……

一路上城太郎不住地唠叨着这一年的家长里短，似乎要把经历过的事情全都说给武藏听一遍似的。武藏左耳进右耳出，心里想着别的事情。

走了好一会儿工夫，终于，他俩来到了乌丸府的后门。

“喏，小通姐姐就住在这里。”城太郎指着北屋的方向说，“你看啊，屋里还亮着灯呢，她一定是在等咱们俩呢！”说完，城太郎便跳上台阶扔下一句：“我先过去敲门了，你快点跟上我哟！”

“等等！”武藏快速上前一步把城太郎又拽了回来，“你先别急。”

“又怎么了？”为什么每次都是关键时刻掉链子？城太郎嘟着嘴，有些不高兴了。

“我……我今天还是先不过去了吧。”武藏低着头，缓缓地挤出这么几个字。

“啊？你怎么又变卦了？你刚刚不还答应我吗？这才前脚刚到就反悔了，你这是什么意思?!”城太郎甩开武藏的双手，气呼呼地质问道。

“反正我今天不能见她了，你也别跟她说我来过这里的事，权当什么都没有发生吧！就当我专程为了送你回家而来，行吗？”站在阴影中的武藏，看不清他是什么表情。

“我不管！反正你今天就是为了见小通姐姐才来的，你不能说走就走！”城太郎可受不了这种变化，一个劲儿地抓着武藏的肩膀拼命地摇晃着，“你必须得跟我走！”说着就拽着武藏的膀子往院子里拉。

“嘘……你小声点！”这孩子较起真儿来还真是跟倔驴有得一拼，武藏怕他的任性会惊动乌丸府，便咬着城太郎的耳朵小声说："你先听我把话说完。后天我要和吉冈一门交手，这次恐怕真是凶多吉少。明天你去街口看看战牌的内容就知道了……既然我必定会死，就不能再去见你小通姐，给她平添痛苦了。你能明白我的意思吗？希望越大失望越大，长痛不如短痛啊！"

听武藏这么一说，城太郎敏感的心灵痛得厉害，眼眶子立马就变成桃红色了。

"师父，你真的预感到会死吗？"波涛汹涌的感情溢于言表，就连声音都是颤抖的。

"嗯，不过你可不能跟你小通姐姐说啊。她正生着病，受不得半点刺激。你就跟她说，说我嘱咐她好好养病，等病好了再去追寻她的幸福……你可记住了，点到为止，多余的话可别乱说，明白吗？"

"呿！你当小通姐姐是三岁小孩呢？还能信你那些鬼话？别说些没用的了，抓紧去跟我见她一面！"趁武藏一时疏忽，城太郎扛起他的大胳膊就要背着往里屋去。

"你……你个糊涂虫！我算是白教你了！"刚才的苦口婆心算是对牛弹琴了。武藏气得一下子就把他的手甩开了。

"呜……师父！小通姐姐真是太可怜了，我求你就去看她一眼吧！我要是只对她说那些不痛不痒的话，她还不知道心里会乱想些什么，她的病还能好吗？"

"唉……那你就跟她说我在专心练剑，现在已经练到了最关键的阶段，什么见面啊叙旧啊这些个儿女情长的事情都会让我分心，她肯定不愿意看着我功亏一篑，你觉得呢？"武藏很无奈，只好另辟蹊径想要说服这个油盐不进的少年。

城太郎呜呜地哭着，听的人都能感觉到他的伤心和无助。看着他那抽抽搭搭的哭相，武藏不禁心里泛酸。一把将城太郎的小脑袋抱在怀里，抚摸着他上下抽动的肩膀说：“武士的生命，只在朝夕。死在何时、葬在何处，根本不是我们这些习武之人能够预知的。我的小城太郎啊，师父至今还不知道，收你当徒弟是不是误了你？自始至终我都没能好好教导你，真是遗憾啊！如果后天我真的死在了下垂松，你也不要伤心遗憾，要振奋起来，再寻名师精心学艺……今天我不去见小通，并不是我绝情，只是若要为她好，这一时之痛必须得忍。虽然你现在还小，不能理解大人的无奈和苦衷，但请你照师父的话去做，好吗？”

城太郎不吭声，像是在做激烈的思想斗争。

“小城太郎，”武藏柔声催促说，“你不是说那间亮着灯的小屋就是小通姐姐的住处吗？她现在肯定在等着你回家，你还是快点进去吧，早点睡觉，乖！都那么晚了……”

经过这些和小通日夜追寻的日子，对于他们两个人之间的情愫和苦衷，城太郎也是能理解几分的。他想了想，又抬头问道：“师父，等你练好剑术，就会来找我们，和小通姐姐永远在一起不分开了吗？”

“嗯……嗯！”虽然模棱两可地答应了下来，但其实就连武藏自己都欺骗不了自己。关于感情，他也比个孩子好不了多少，迷茫、矛盾、痛苦万分。

“那你什么时候才能练好剑呢？”城太郎歪着头，偏执地问。

“一年？三年？或许更久吧……修行无止境呢。”

“啊？那你岂不是一辈子都不能回来见小通了？”

“唉，我说城太郎啊！你师父都是个将死之人了，你怎么老惦记着我去和个前程似锦的姑娘山盟海誓呢？她正当年，我也血气方刚，虽然我们还没有结婚，但在感情上她也早就默认是我的人了。说出来不怕你笑话——我要是真去见了小通，只要她一哭我就没辙了。她那温柔的眼泪是会消融我的决心的啊！你还记得当年血战般若野时我的决心和意志吗？那时我不怕死，现在也不能退缩！你不会真的愿意看见我为了你小通姐而放弃比武做了缩头乌龟吧？要是那样，你和小通跟着我这么个怂货还能有什么奔头？总之，为了咱们仨都好，我今天无论如何都不能踏进这个门！”

虽然现在武藏的情感世界和当年在花田桥、柳生谷时已然不一样了，当年的他还多少带着些故作无谓的假清高，心里还有着不能被任何女人取代的凌云壮志和孤傲霸气。但随着年龄的增长和心智的成熟，随着被小通的一路追随所触动，连他自己都感觉到和小通当中隔着的那层窗户纸越来越薄，马上就会被捅破。在这漫长的两两相隔的岁月里，他们的感情又岂在朝朝暮暮？

“城太郎，记住我说的话，好生保重！”

等城太郎擦干眼泪抬起头时，师父早已消失在无尽的黑暗之中了。

临阵对峙

一

话说那天阿杉婆母子俩杀害小通不成，反倒错杀酒鬼之后，直接就慌了神。好不容易才摆脱了追寻小通而来的泽庵，便撒丫子逃到了乌丸地区躲了几天，想等风声一过便伺机寻找武藏。

这天晌午，本位田又八难得地还没等到天黑便要回去住处。从五条到三年坡这一路的距离可不短，这小子居然“哼哧哼哧”地一路小跑，连停都不停。

“娘!”还没进到旅馆，又八就先吆喝开了。只见他跑得满头是汗，也可能是中午喝了酒的原因，脸上红成了猪肝色。

这是间不易引人注意的寻常旅馆，住的人也大都是外地来的普通百姓。又八穿过布满石子的山坡来到后院，肮脏的屋门尽头便是阿杉婆住着的那间厢房。

“娘!”又八又喊了一声，见还是没有反应，于是他探进头去：好家伙！呼噜震天，原来阿杉婆正舒舒服服地睡午觉呢！瞧她那以手当枕弓着腰的姿势，活脱脱的像只大懒猫!

“就知道睡睡睡，你还真想得开!”又八不满地嘟囔道。

“怎么了，又有啥事?”阿杉婆禁不住他叽里咕噜地叨叨，不情愿地睁开眼睛，“上午睡一觉，下午不打盹。这是老年人的养生之道，你不懂就别叨叨。”

“真是‘只许州官放火，不许百姓点灯’啊！平时只要我屁股一沾床，你肯定说我蔫了吧唧的不像个年轻人，非得让我出门去找武藏。你倒好，天天趴被窝儿里睡大呼噜觉，你也太不把我当人看了吧？”又八鼓着腮帮子，不服气地说。

“怎么的？你们年轻人照顾一下老人还不应该了？再说了，我也就嘴巴还能硬点了，毕竟岁数摆在那儿。真要大张旗鼓地跟你一起去找人还不给你添累赘？上次只不过被泽庵那头秃驴撞了一下，这胳膊肘现在还疼呢！”

“呿！别说些没用的。话说外边都闹翻天了，你还真有心情睡啊！”

“怎么，有武藏的消息了？”听儿子这么一说，阿杉婆顿时来了兴致，“你快说说，外边到底是怎么个情况？”

“不用我打听，外边已经传言满天飞喽！”又八大模大样地跷起了二郎腿。

“嗯？”阿杉婆连忙凑到又八身边坐了下来，洗耳恭听。

“武藏马上就要和吉冈家第三次交手了。”又八不紧不慢地说，“对战吉冈满门！”

“啊？”一听武藏要以一敌多，阿杉婆顿时眼睛一亮，“什么时候？在哪儿？！”

“明天寅时下刻，在一乘寺那边的下垂松。六条窑子那边的战牌上贴着呢！白纸黑字，不会有假。”又八得意扬扬地说。

“混账！”一听又八居然去窑子附近溜达，阿杉婆便气不打一处来，“我说你整天喝得醉醺醺的神情恍惚，原来是被窑子的狐狸精给勾了魂儿啊？！”阿杉婆顺手拿起床上的草纸卷成一团，追着又八的屁股就是一阵打，“我让你不学好！我让你不学好！！”

虽说草纸打人肯定不疼，阿杉婆也就是装装样子而已。但又八早就受够了母亲的无理取闹，便不耐烦地嚷嚷开了，

“我就是去那附近喝个小酒，你哪只眼看见我跟妓女乱搞了？你想撵我走就直说，不用再使这些个弯弯绕！”

一听又八气得要走，阿杉婆立马软了下来，心想可能是自己冤枉他了，要不然他怎么会动那么大气？

“哎呀，你个傻儿子，还真跟我怄气了？我刚才逗你玩儿呢，可别跟娘记仇呀！你这孩子打小就老实，我生的我还不知道？”见又八的气似乎消了一些，阿杉婆眼珠子骨碌一转，话锋一转问道，“对了，你不是说明天他们就要动手吗？那你在吉冈家有没有认识的人啊？”

“啊？有什么事吗？”又八不知阿杉婆葫芦里卖的什么药，老老实实地回答说，“认识倒是有认识的，只不过都不大熟。”

“唉，这样啊？！”阿杉婆一直以为儿子长年在外交友广泛，听他这么一说不禁有些悻悻，只好说：“不管熟不熟，咱们都得去拜访一下试试。要是能行的话，咱娘儿俩就跟着一起去，和吉冈派联手给武藏一刀，要不然实在难消我心头之恨啊！”

“啊？我的娘啊，你不会是开玩笑吧？”没想到阿杉婆严肃的表情下竟然藏着这样的心机，又八听了真是哭笑不得，“人家战书上都写着呢，到时候吉冈满门全都一起上，不管付出多大的代价都得提着武藏的脑袋去祭师。到时候那好几百口子都上呢，你个老胳膊老腿的去不是添乱吗？搞不好一不小心把腰给扭伤了，还不让人给踩死了？”

“哎呀妈呀，听你这么说也是啊！”关键时候还是儿子脑子灵光，阿杉婆又换上一副自豪的表情，“不过咱们下了血本都没报仇，明天就这么把他让给别家杀了？那你权叔不是白死了？这么多年为了找他报仇，我的老腿可都快跑断了！难道真就这么在一边眼睁睁地瞅着干瞪眼吗？”

“这个……”又八挠着后脑勺，想了想说，“要不这样你看成不？明天一大早咱们就赶到一乘寺去，埋伏在附近的灌木丛中等着。只要武藏一死，咱们立马过去对着他的尸体补上一刀，顺便再割他块带血的袖子下来带回老家祭祖。这样一来，应该也能挽回些脸面吧？”

“嘿，你小子行啊！”听又八说完，阿杉婆举双手赞成。“既能保全列祖列宗的颜面，又能保证咱们的安全，到时候只要武藏一死，小通也就没依没靠了，到时候杀她简直易如反掌！哈哈，就这么定了吧！快点收拾收拾睡了，明早丑时咱们准时出发！”

二

黎明前夕，天还没有亮透。灰蒙蒙的天上，一钩弯月清冷地俯视着人间。

虽说已经是早上了，但在这山野周围的林荫之下仍然漆黑一片，只见一行人影从山下缓缓游动过来，气氛诡异得很。

“大家都到齐了吗？”先从轿子上走下来的老人问道。只见他头上系着根白布带，裙裤两边的开口高高地扎了起来，显然是准备拼命了——这人，就是壬生源左卫门。跟在他身后下来的那位十三四岁的少年，就是他的儿子源次郎。

“嗯，来了的亲戚徒弟全都算起来，总共得有六七十人吧！”一个门人答道。

“唉……到底人还是没来齐啊！我原想少说能凑个一百四五呢！”壬生老爷子叹息道，“真是‘一朝树倒猢狲散’啊！清十郎和传七郎一倒，咱们吉冈家的人心都跟着散了！”

“别说这些丧气的话了，这不还有源次郎嘛！”有人安慰说。

“他才多大啊？还能指望着他重振家业？”壬生这话算是说

到点儿上了，众人就是想说点儿吉利话也白搭。队伍默默地移动到了下垂松，人分了几波儿乱糟糟地席地而坐休息起来，还没开打呢就开始有些丧气了。

这下垂松的背面就是叡山、一乘寺山、如意岳一带的山脉。因为武藏人还没到，顶着寒风坐久了又太冷太无聊，于是大家便唠起了嗑。正聊到兴头上没想到又陆陆续续来了几个帮手，大家这才鼓起了士气。

“哟嗬！过会儿那小子是铁定跑不掉了！”大家摩拳擦掌，生怕自己成了局外人。

“嗯，不错！”看着越聚越多的门人，壬生老爷子也信心大增。他对站在身边的源次郎叮嘱说：“过会儿真要打开了，你就老老实实在这站着就行，可别去掺和。毕竟你是吉冈拳法武馆的三代掌门，交手有底下这些人呢。再说了你还小，让你来就是为了镇镇场的。”

源次郎似懂非懂，木讷地点了点头，便老老实实地站在那里不动弹。

要说壬生也真不容易，为了恢复吉冈一派的声名临危受命，不惜把自己年幼的儿子给推到了风口浪尖来当这场决斗的傀儡。也就是他这样的老前辈，大家才更是对他心生敬佩言听计从。

“来了！”远处有个门人边喊边往这方向跑来。众人一听，顿时犹如紧了弦的弓一样齐刷刷地站了起来。

“淡定！”壬生老爷子毕竟也是见过世面的主儿，按事先计划好的方案分配好人手，让大家准备冷静迎敌。众人睁大了眼睛，虎视眈眈地注视着来路上忽起忽落的草丛——人影越来越近了！

“笨蛋！”莫名其妙地差点儿被人扑倒，小次郎很是不快。

“你们全都眼瞎吗？居然把我看成是武藏，有这么准备战斗的吗？糊里糊涂地就往我身上撞，搞什么乌龙啊！居然还用这么个破枪来插我，你们插得着吗?!”

这个点儿小次郎居然来了，众人也觉得出乎意料。再看他居高临下地骂人骂个没完了，吉冈家听也听够了。想当年清十郎在的时候，谁敢这么嚣张地欺侮我们？真是太过分了！

“喂，这家伙不是要来搅局的吧？啰里啰唆的还有完没完了?!”

“该不会是和武藏一伙的，先来探情况的吧?”

众人小声议论着，并没有从气得发疯的小次郎身边撤开，看来也是气得不轻。

“怎吗？都不服气吗?！我今天可是受托才来当见证人的，没想到你们吉冈家的却这么对我，难道是你的主意吗?”他对着站在最近的尉迟十郎左卫门咆哮着，“要是想流点血来磨磨我的‘晒天竿’就直说，我还担心它生锈了呢!”

“哟，这话可得先说明白了：我们可没请你当什么见证人。那天是你自己自说自话，别把屎盆子往我们头上扣，你当我们傻啊？哪儿凉快哪儿待着去，这是我们和武藏的约定，和你没半毛钱关系!”尉迟讥诮道。他也不是省油的灯，可不愿平白受这冤枉气。

“尉迟说的是!”其他弟子也纷纷随声附和，“真是狗拿耗子多管闲事，你属鸡婆的吗？还是先管好自己那一亩三分地吧!”

“行啊，算你们有种!”小次郎显然真真的被激怒了，只见他气得额头上的青筋都暴起来了，恶狠狠地扫过能看见的每一张脸庞，最后才一字一顿地说：“刚才说的话你们都给我记住，要是过了今天还能留着命，咱们就走着瞧!”

……

“哎哟哟，这可使不得！”正当小次郎准备离开时，壬生老爷子恰巧走了过来，“年轻人，请留步！刚才是有什么误会吧？”

听见有人这么说，小次郎暂且先停下了脚步。

识时务者为俊杰。目前吉冈家的敌人是武藏，容不得半点分神。现在和这个青皮把关系搞僵肯定不是时候，腹背受敌的话那才叫有苦说不出。壬生源左卫门这么想着，绕到了气急败坏的小次郎前面。

“我是壬生源左卫门，清十郎和传七郎的叔父。以前常听清十郎说起你年轻有为，果然名不虚传啊！过会儿就要决斗了，家徒们可能有些心焦气躁，多有得罪还请见谅啊！”壬生老爷子的话里带着尊敬和客气，小次郎的情绪终于稍稍平复了些。

“唉，我算是好心当作驴肝肺了，要不是看着清十郎和我是好朋友的分儿上，我才不愿意蹚这潭浑水哩！”小次郎摸了摸额头的刘海儿，慷慨激昂地说：“我见过的比武也不算是少，但落得像你们吉冈家这样凄惨的，平生还真没看过第二遭！清十郎残了，传七郎也死了，眼看着吉冈家就要分崩离析了……实在是惨不忍睹目不忍视啊！”

“难得您大人不记小人过……”听见这么动情的演说，吉冈派的门人们也不禁无比动容，后悔刚才对小次郎出言不逊了。

“算了。我将来也是要做岩流一代宗师的人，心眼也没你们想的那么狭隘，就先不跟你们计较了。”小次郎挥一挥衣袖，继续着刚才的演说，“我之前曾跟武藏打过两次照面，也暗地里调查过他。那小子就是美作州乡下的混球儿，关原大战之后在老家待不下去了才到处流浪。要说他的功夫，全都是些不入流的野路子，仗着没有章法的野蛮劲儿才让人不好招架。所以对待这种活兽，就得下套儿引他上钩，跟出奇招逮猛兽是一样的。”

“陷阱啊？我们早就准备好了！”果然是英雄所见略同。知道这个武藏不好对付，吉冈家的早就连夜设下了埋伏。壬生老爷子将机关一一向小次郎描述了一番，俨然胜券在握。

“哦？看不出来脑子转得还挺快！”小次郎满意地颔首道：“只不过还要再加上这么关键的一点——”

小次郎示意壬生源左卫门走过来，然后趴在他耳朵上不知说了些什么，只见壬生老爷子眼睛越睁越大，“啊！听君一席话胜读十年书啊，果然是妙计！”

“行了，不用谢我，我是代表当今武林来助你们剿匪的。”小次郎拍拍双手，再次整理了一下他那看上去不怒而威的刘海儿，“我先去打头阵看看武藏是什么情况，到时候激将一下他，尽量把他引到你们做好埋伏的几条路上乖乖受死。”

这花蝴蝶说得倒是轻巧！能行吗？众人不知道他刚才都跟壬生嘀咕了些什么，面面相觑地传递着疑问，对小次郎那浮夸的说法是将信将疑，只默默地注视着他大摇大摆地往山下去了。

三

夜空才微微透出一丝明意，一钩月牙仍恋恋不舍地垂挂在近山的天边，清冷而澄澈。

经过一晚的养精蓄锐，武藏的头脑前所未有的清醒敏锐。只见他身着一袭新做的贴身白衣，身轻如燕地弹跳在去往下垂松的林间小道上，感觉自己渐渐地和月牙融为一体，正一步一步地踏上死亡之旅，最后将融入这广袤的夜空。

关于死亡，武藏并没有复杂的悲恸，平静地像是告别一个即将打烊的酒馆——死的意义、苦楚、去处以及轮回，活着的人即使绞尽脑汁都不会想出答案的吧。既然如此，又何必煞费苦心自讨烦恼呢？

“今天，让我最后看一次这美丽的世间风景吧！”这么想着，他对周遭的景致便更加珍惜和留意了。

奇了怪了，这大晚上的怎么会有笙与筚篥①合奏的乐声呢？

武藏停下脚步，微微探过头去侧耳倾听着这临终的乐曲。冷冷清清的乐声诡异地回荡在看不到尽头的寂静中，让人联想到棺木挽联以及垂泪的白烛。

“看来有人比我先行一步了！”武藏微微一笑，毫不犹豫地探进松林的暗影中去。

四

过了加茂川就到叡山了。武藏抬头往上看过去：该来的终于快来了！

“喂！”

像是有人在喊？这喊声很快便湮没在淙淙的流水声中。可能是听错了吧？这么想着，武藏没有回头。

“喂，武藏！”

刚过了桥又听见一声喊。武藏这下确定了刚才不是幻听。抬起头却发现，一个衣着华丽的少年站在山前的岔路口上，刘海儿随小风轻轻舞动着。

---

① 筚篥，也称管，古代管乐器中的一种。

“哎呀呀，终于把你等来了！咦？你是一个人来的？没带帮手吗？唉，我这么跟你说吧，源次郎只不过是个小傀儡，吉冈家可是聚集了成百上千的高手蓄势以待呢！为了以防万一我才来向你通风报信的，这年头儿的见证人也不好当啊！”不待武藏开口，小次郎倒是急不可待地汇报起了吉冈派的情况。他的声音听上去有些过分的亲昵，武藏的鸡皮疙瘩都快起来了。

这个小次郎！武藏跟他并不熟，上次在五条大桥上隔河对峙的时候也早就感觉到了彼此的不对付。他这次假惺惺地来套话，肯定是黄鼠狼给鸡拜年——没安好心。

于是武藏微微一笑：“当然带帮手喽。”

“啊？谁？”听武藏这么说，小次郎急不可耐地四下瞅了一番，“在哪儿啊？我怎么没看见？”

“在这里！”武藏边说边指着地上自己的影子嘲弄地说。

“啊?!”看着对方大笑时露出的雪白牙齿，小次郎突然有些尴尬。别看武藏这小子平日里不苟言笑，偶尔随意一下还真把人涮得不轻！

“喂，这都什么时候了你还有心情开玩笑?”小次郎的脸红一阵白一阵的，没好气地说。

“我哪里有开玩笑？明明是事实嘛！亲鸾大师曾说过：修行之人形影相吊，自己本身和弥陀佛之影永远相随。难道这还有假吗?”

“得得得，我不信佛，我也听不懂你这些胡言乱语。反正他们人多我劝你还是别去了，去了也是送死。”小次郎装作漫不经心地说着，眼睛不忘偷偷瞄着武藏。

寄蜉蝣[①]于天地，渺沧海之一粟。有些人活着，他已经死了；有些人死了，他还活着。有些人的死轻于鸿毛，有些人的死重于泰山。死得其所、死有其义，才能为逝去的生命加分。

“谢谢你为我担心，不过这次交手我必须得去。对了，你身后的这几条路通向哪里？”武藏料定了对方心里有诈，刚才使的是激将法吧？不过即便冒死也要应战，这确是自己的本意。

“啊，这边！”小次郎用手指着其中的一条路说，“这就是通往你的死亡之地——下垂松的近道啊。倒是能给你省点脚力，指不定过会儿你还能多留点力气砍几个人？”鱼儿终于要上钩了，小次郎不自觉地稍稍放松了警惕。

哈哈，果然！武藏终于看清了小次郎的真实目的：这小子就是嗜血禽兽，明明是为了袖手旁观看人决斗，还要戴着伪善的面具装好人，搞得跟帮了双方多大忙似的，真是狡猾！像这种人品低劣的人，哪怕功夫再高也只会是武林中的败类。

“嗯，好，谢谢你。”说完，武藏抬腿就走。

“喂，你走错路了！回来！”一看武藏朝着另一个方向走了，小次郎再也淡定不起来了。

“知道啦！”武藏远远地抛下这么句话，依然不回头地往前走着，直到走到远处一人高的杂草深处才仰望天空，伫立在那里不动了。

“搞什么啊？原来去‘放水’了……”从层层叠叠的缝隙中隐约才能看见武藏畅快淋漓抖动的背影，小次郎苦笑不已，低下头又开始了要命的碎碎念。

---

① 蜉蝣：比喻微小的生命。

“唉，太阳马上就要出来了。天亮之前，这山上得死不少人吧？吉冈家的连洋枪啊弓箭啊的都用上了，武藏那小子必须得死。不过我好奇的是，在这之前他能杀多少人呢？上次莲台寺砍清十郎的精彩我没捞着看，就连传七郎被杀的那次也让我给错过了，想想就可惜！这次的对决肯定比上两次都精彩得多！千载难逢的机会可不能错过！……啊，武藏啊，你快点出来吧，本少爷都急不可耐了！”

碎碎念了大半天，怎么还没见武藏出来？小次郎焦急地抬头向草丛深处望去，却惊奇地发现那个模糊的背影早就消失不见了！

“我靠！居然给跑了?！喂！武藏！”小次郎急了，噔噔噔地往武藏小解的方向追去。这次要是真让他给跑了，以后就甭等着他再在江湖上露面了！想到这里，小次郎大失所望，实在不甘心酝酿已久的血拼就这么化成泡影。真是太遗憾了！

目送着那个跌撞追去的滑稽背影，武藏从小次郎原先站着的树后转出身来，只觉得好笑。

这家伙，早点甩开他是件好事。武藏心想。

五

站在小次郎刚刚堵着的三岔路口，武藏摸着下巴低头沉思：这三条路，该走哪条呢？现在他可是孤身奋战正面迎敌，容不得一点儿闪失。如果一开始就选错了路径，或许会酿成无法弥补的大错！中间那条就是小次郎推荐的，需要翻过云母山，据说是最近。第二条路有些绕，要沿高野川走到大宫大原道再出修学院才能到达目的地。第三条路需要往东越过志贺山、瓜山山麓，最后经过药师堂才行。

这么一看，似乎三条路的距离也没有太大差别。为什么小次郎偏偏推荐他走中间这条呢？他难道就想不到自己现在所考虑的问题吗？……看来此中必有蹊跷！

武藏略微迟疑，扬起脑袋时却已是云雾顿开了。只见他并没有选择这三条路中的任何一条，而是向着一乘寺相反的方向——也就是绕到后山上山去了。

想当年织田信长在山谷之间腹背受敌，最后也是来了这么招出其不意声东击西，最后居然全身而退了。想起泽庵和尚“惜命如珠”的教诲，武藏虽然不敢奢求保命，但自然不敢大意。为了在这次必死之战中争取最大的胜算，他才不惜出此下策，从难以攀登的大文子山的北坡艰难向上走去。

他走这条路，恐怕不会有人想到吧？武藏边走边暗暗祈祷着。

“呀！是个武士！”穿越甲贺小道的路上，武藏正为自己打的如意算盘而庆幸，谁知前方却忽然传来这么一个声音。

抬头一看，原来山坡上还站着几个手举松明的人，看到山坡下爬上来这个黑影便迅速地聚集到了一起。

“喂，武藏？”声音中流露着迫不及待的欣喜，松明里的火焰都快伸进武藏的脖子里了。

看他们穿着宫服，应该不是吉冈家的人。虽说如此，黎明初的火光下，武藏仍然不敢放松，目光中带着让人不寒而栗的戒备。

“一定就是武藏！”其中一个人肯定地说，语气一点都不客气。

“你们怎么知道我的名字？”见这群人来势汹汹，武藏的神经绷得跟拉满弦的弓似的，掷地有声地反问道：“你们是谁？”

“我们是乌丸府的。你真的是武藏？”另一个人确认道。

“没错，是我。你们找我做什么？怎么会来这山上？”

“哈，还真是你！你先别走！”一听对方亲口确认了自己就是武藏，那几个人二话不说就往来路上跑去。

好奇怪的一群人！这是要闹哪出？武藏哑然失笑：今天不会是见鬼了吧？

他甩了甩头，没工夫考虑这些，继续朝叡山奔去。

与此同时，刚才的那几个人中有一个却向反方向大声呼喊着：“城太郎！城太郎——”

六

“啥事呀？”城太郎不明就里，慢悠悠地回应着。

“快追！再不快点儿就追不上了！”来人呼哧呼哧地喘着粗气从远方边往这跑边喊。

“啊？！”城太郎瞪大了眼睛，“难道说？”

“废话，除了他还能是谁？！”城太郎话还没说完就被打断了。

“他往哪边走了？你倒是快说啊！”一听有武藏的消息，城太郎急得大叫。他身后的小通惨白的病脸上也终于有了一丝血色，急巴巴地等着那人回话。

那人往反方向一指，城太郎便死命地跑过去。

“哎哟！”原本被城太郎扶着的小通突然失去了依靠似的，“扑通”一声倒在了地上。

要说这小通，也真是可怜。自从那天晚上城太郎回到乌丸府后，看他闷闷不乐的样子小通就觉得哪里不对劲儿。第二天早上这孩子从外面回来更是拉着个大长脸，满肚子的不痛快似的。终于，在她的反复询问下城太郎最终把他知道的全都招了：从前夜武藏来而不访，再到次日战牌上的一笔一墨，都给她一五一十地描述了一番。

一听战牌的内容，小通简直痛得心如刀割。单看交手双方的阵容，就知武藏铁定会凶多吉少。这些年来，自己为了追寻武藏的脚步过着浪迹天涯的生活，如果连武藏都死了，自己活着还有什么奔头呢？于是她扔掉额头上敷着的冰块，梳起往日最中意的发髻，下定决心要见他最后一面。只要能见他最后一面，自己此生也了无遗憾了。抱着这样殉情的念头，她不顾众人劝阻，挣扎着病躯踉踉跄跄地出门要来一乘寺。可她都病成这样了，怎么还有力气追呢？城太郎没办法，只好求助于乌丸府中的人，最后才决定集体出动来叡山找武藏，一行人天不亮就出发了。

这山可真陡啊！城太郎一手扶着小通、一手撑着树枝做的临时拐棍，在这鸟不拉屎的荒山老林好不容易才走了二里地，依然没见武藏的身影。也是，武藏身轻如燕，哪是病人能够追得上的？

没多大工夫，两人就累得口干舌燥只剩下喘气的力气了。这时，只听见不远处传来潺潺的溪流声。

“累死了。咱们先歇一会儿吧，我先去找水。”城太郎看小通实在可怜，便主动提出要歇一会儿。

拨开草丛，一泓清泉便映入眼帘。城太郎很是高兴，俯下身去就要捧水喝。泉水还没触到嘴唇，一抬头却吓了一跳：是谁?!

水中倒映的人影渐渐清晰起来，城太郎不禁开心地大喊：“师父！师父!”也顾不得会被水边的泥土溅脏鞋袜，绕过去一把抱住武藏就不撒手了。

“嘘——”武藏食指轻触嘴唇，“小声点，城太郎!”

“走，咱们给小通姐姐送水去！她都快渴死了!”城太郎可不管武藏那一套，拖着他的胳膊就往小通坐着的草坪走去。

走到近前，看着闭目养神的小通，他神秘地坏笑道：“你的武藏哥哥来给你送水了，我去去就回!”说完眨了眨眼睛，就哼着小调钻进了路边的草丛中。

“啊!”四目相对，竟是惘然。等小通反应过来，羞涩地转开视线，武藏也尴尬地把涨得通红的脸撇向一边。

片刻之后，一人转身低头泪洒大地，一人抬眼望天欲说还休，半晌无言。这么多年了，两人曾幻想过无数次见面的场景，没想到竟是今天的相对无言！不，不是无言，是欲言又止。心有千千结，却找不到最先开头的引子。沉默的空气中氤氲着暧昧而苦情的气息。

武藏抬起头，似乎总能看到那个罕见的风雨之夜，攀爬在千年杉上的那个倔强而执着的面孔。多年来，虽然他并没有亲眼看见她这一路的艰辛，但内心却无时无刻感受到她为爱执着的韧劲和至死不渝的纯情。

而当朝思暮想的心上人终于出现在眼前，小通竟一时不敢相信自己的眼睛！什么千里跋涉万里漂泊，什么死里逃生飞蛾扑火，一切的一切都已然是浮云了。在她心里只有炽烈的爱，追而不得的痛苦和对铁汉无情的怨念，她一句话也说不出来。交集的百感压在胸口，压得她想放声大哭。仿佛只有哭上一整夜才能让她稍稍平静下来。

对于这份爱，小通是火，通透而炽烈；武藏是水，内敛而深沉。在这份感情中，究竟谁的痛苦更多一些？武藏时常这么想着，无疑对小通更加怜惜。她只不过是个弱女子，却独自用消瘦的肩膀承担起了连男人都未必背负得起的辛酸，这得有多么深厚的情谊，多么沉痛的隐忍才能支持着她走完这一路啊！而自己呢？却始终是一个无情的哑巴，青面冷语地对待她的追随，把这一路的痛苦都甩给了这个爱慕他的女子。自己真是个混蛋！

现在，望着天边西斜的残月和泛白的天空，武藏不禁心生感慨：马上就是新的一天了，自己的生命已无多时了吧？小通肯定对我有责备怨言，我对她也有惭愧忏悔。这一切的一切，也终该有个了结吧。

七

“我……”武藏咬了咬嘴唇，还是先开口了，“你身体怎么样了？”

小通睁大了双眼看着他，这温柔的话语让她恍如隔世，记忆的风车转回到孩提时代的七宝寺，还有吉野川的大草原……

记得当时武藏还是个调皮捣蛋的主儿，小通老嫌他说话粗鲁不愿搭理他，反而跟相对温吞的又八比较要好。不过当时小通的倔强脾性便已初露端倪，只要武藏骂她，她一定会骂回去。最后骂人的那个肯定是她，哈哈！想到这里，一抹无邪的笑容爬上小通的脸颊。

“啊，我还好。只要你好，我就什么都好。”小通羞答答地说。想当年，怕是怎么都不会想到当年那个恶声恶气的顽主竟也有如此温柔的时刻吧。

“小通，对不起，是我负了你。”笑容依稀，声音却突然又坚硬了起来。“我恐怕活不了多久了，事实上我也没打算今天能活着离开这里。但你不要为我担心，为了维护武士的道义，我不能不去。这个死，还是死得其所的。”

“啊……”小通原本希冀着能够劝回武藏，从此不问江湖事，两个人随便在哪里男耕女织地过一辈子。听武藏这么一说，她简直快要昏倒了。

“小通，”武藏连忙上前一步扶住她瘦弱的病体，话语中透着无奈。“对不起。现在想想，从咱们千年杉相许，再到花田桥一别……这一路走来，虽然我本意并没有想要欺骗你，但实际行动却也让你心寒了吧？唉……其实我的冷漠都是装的，我怕耽误你，更怕给你带来更大的伤害。再过一刻钟，我就要上路了。不过你一定要答应我，哪怕我死了，你也一定要坚强地独自活下去！泽庵曾告诫我要‘惜命如珠’，你也一样。殉情而死一点意义都没有，就像蝗虫草芥，无为而生又无为而死，那也不是你该有的选择和归宿。”

小通终于“哇”地一声趴在地上放声痛哭起来。这撕心裂肺的痛苦和绝望，搅得武藏的心都要碎了。

“小通，乖，听话。”

都说鸟之将死其鸣也哀，人之将死其言也善，武藏终于把尘封多年的感情和盘托出了。

“小通，坦白告诉你——我喜欢你。真的，不信等我死了你掏出我的心看看就知道了。自从分别之后，我只要晚上一闭上眼睛，脑海中就总是你的身影。不管是在寺院、在野外，我宁可被冻着也要把盖在身上的铺盖卷作一团，仿佛抱在怀里的就是你。梦里的你让我疯狂，让我着魔。只是一拔出这剑……”说到这里，武藏叹了一口气，“其实我没有你想象中的那么好，我就是一个冷冰冰的不解风情的犟骨头，你在我心中也不会排在第一位。在你心里一枝独秀的我，却宁可选择伴剑而亡……这么多年，你所付出的这一切，真的值得吗？”

“当然值得！”听武藏这么说，小通激动地抓住他的袖口，“我喜欢的，正是这样的你啊！如果不是心甘情愿，我又怎会愿意生死相随？”

武藏的话都说到这个分儿上了，小通突然意识到自己的失态。虽然没有放手，声音却平静而决绝。“你什么都不用说了，我都明白。自己的路自己选，自打离开七宝寺的那天起我的命运就已经决定了，不管今后发生什么，我都不后悔。”想到常伴腰中的红笛，小通动情地说：“按理说在这离别之时我应该再为你吹一曲的，可惜现在我没有力气了。难道是天不亡你的暗示吗？只要你能活着，我就算再继续来时的追寻也心甘情愿啊！”

“小通，”武藏的眼睛也热了，“谢谢你！你的一颦一笑一言一语，全都在这里装着呢。”武藏拿起小通纤细的手摸摸自己的胸口说：“我已做好必死的准备——当然不是白白去送死。一旦我从死神手里杀出一条血路，那时我一定会来找你！”

小通依偎着武藏，呆呆地看向对面的山崖，乱入春草的心绪终于如释重负地沉了下来。

“哎呀！”不知从哪儿突然发出一声怪叫，听声音像是怪鸟，又像是女人。小通松弛的身子受惊一抖，只见武藏趁机一跃而起，大踏步地奔向死亡之地。

“是谁呢？”直到武藏消失在暗林尽头，小通才回过神来。

与此同时，偶然遇上朱实的又八头脑一热，抛下身后的阿杉婆，两人悄悄结伴同行准备到江户去过好日子了！

“儿子啊……又八……”阿杉婆等着又八前去探路，却左等右等不见他回来。急得她原地打转，连声音也变得一声胜似一声地空虚和彷徨……

下垂松之战

一

“啾啾——”晨风拂过荒草丛，惊扰了睡熟中小鸟的清梦。几只黑影忽然呼扇着翅膀向上空飞去，吉冈门人见势握紧了手中的兵器。

“别放箭！是我——佐佐木小次郎！”为了避免前车之鉴，小次郎事先高声说明情况。边说边飞快地从草丛中大踏步地飞了出来，再一跃而下跳到下松的岔路口。

“啊，原来是您啊！”埋伏在四下的吉冈门人不禁松了一口气，“还当是武藏来了呢！”

这时，壬生老爷子从人群中走了出来，满脸肃穆地问：“怎么，你见到他了？”

“那当然！”小次郎故意提高嗓门，得意扬扬地看着周围的视线齐刷刷地扫了过来，“不过那小子不知脑袋里怎么想的，居然趁我不注意就没了影儿……”

“啊？”众人义愤填膺的同时心里却松了一口气，“那他就是吓跑了呗？”

“你们真的想多了——”小次郎摆手示意门人们肃静下来，分析说，“凭我对他的了解，以他的沉稳和志气，一定不会不战而逃的。依我看，他大概是想甩掉我，不愿让我插手吧。不过不管怎么说，此中必有蹊跷，一定是他在耍阴谋诡计，大家务必不能掉以轻心！”

“啊？什么诡计？”众人眼巴巴地盯着小次郎，希望从他嘴里能探出点什么似的。

“你们想啊，他也不是傻子，肯定早就料到你们今天会倾巢出动对付他，他能蠢到自己一个人往套上撞？八成是去找帮手了吧！”小次郎不紧不慢地发表着自己的高见，暗地里却觉得稍后的血战一定会更加精彩。

“嗯，你说的倒也不是不可能……”壬生源左卫门轻声叹道，“这么说来，他们应该已经快到了吧？”

一听说武藏可能会带帮手来，众人议论纷纷地不禁有些心慌。御池见状立即对着那些神情涣散的丧气面孔喊道：“去去去，都各自回到自己的位置上。管他带多少帮手，再多还能有咱一门人多？再说了，咱们有枪有箭有埋伏，还能怕了他？别长别人志气灭自己威风！”

“说得好！”御池的一番话无疑起到了振奋人心的作用。

“不过咱们不能大意，一点儿空子都不能让那小子钻！”

众人一边互相鼓励着，一边按原计划埋伏好，蓄势以待等着血染山林那一刻的到来。

小次郎满意地抬起头，却发现下垂松下站着的那个稻草人似的少年——源次郎，直挺挺地站在那里不动弹。

“怎么，你困了吗？”小次郎故作关心地摸了摸源次郎的小脑袋。

“不困！”虽然这个少年并不十分理解自己为什么要站在这里，但还是隐隐感觉到了事态的严重性。于是打起精神，把头摇得跟拨浪鼓似的。

“很好！”要的就是这个效果，小次郎的手指轻轻地从源次郎冻得发紫的脸颊划过，“你是吉冈家的第三代掌门人，即便现在只不过是挂了个名，但你却是这次比武的总指挥。好好干，年轻人——再等一会儿就有好戏上演了！”

说完，小次郎便躲到了附近的一棵高树上，静待这场血染松林的大战拉开猩红的序幕。

二

就在吉冈一门严阵以待之时，武藏正迈着矫健的步伐飞走于志贺与瓜生一带的沼泽地上。

毕竟刚才和小通的一番告别耽误了一些时间，再不抓紧就会迟到了。这次比试非常凶险，绝对不能迟到。迟到不仅会给人留下不守信用的把柄，更关键的是对于单枪匹马迎战的武藏来说，破晓之际的混沌朦胧才是对他最有利的。

“啊，这不就是北王神庙的屋顶吗？”看见山路下的一座寺庙，武藏停下脚步。直觉告诉他：下松已经近在咫尺了！

武藏抬眼望天，镀着金边的山顶在缥缈浮云的萦绕下若隐若现。不久的死亡之后，自己出窍的灵魂怕是比这轻薄的云彩还要淡薄吧？

这时，耳畔隐约传来淙淙的流水声。一路奔波的武藏正感到口渴，便蹲到岩边掬起一捧“临终之水”。甘甜的泉水直沁心脾，清爽透底。武藏仿佛又恢复了活力，全身是胆。

“还有七八百米了。”武藏一边歇脚一边往山下看去，顺便观察了一下地势。

突然，身后传来小通和城太郎的声音！

“啊？！”武藏心神一惊，连忙回过头去——却发现什么也没有。当即苦笑一声，“看来还是自己的修行不够啊，果然心魔比外敌更加恐怖……小通那么了解我，怎么可能在这个时候追过来呢？”武藏定了定神，努力地抛开在脑海中萦绕的小通的幻影，大踏步地朝目的地飞驰而去。

还有三百米……二百米……

大约还有不到二百米的时候，武藏悄悄爬上小道，像游走于地下的地龙一样匍匐前进。

“呵！”身下的谷底就是下垂松了。武藏趴在众人头顶背后的高地上，从草丛中拨开一条细缝。好家伙！吉冈家的门人黑压压地围绕在大松树四周横刀聚集着，其中不少人腰里还挎着火枪呢！眼睛向前方延伸过去，清晨的山风轻轻掀起黎明的面纱，细碎的雾珠洒落在武藏脸上，寒意袭人。孤松独立，微风拂动，像是挤满了埋伏的黑手。武藏定睛一看，果不其然，不仅仅是松树上，就连前方三条路径两侧的草丛竟也有窸窸窣窣地抖动！

“啊！”

似乎前方有异动，武藏赶紧躲到草丛后面。他像只警觉的野兔，竖起耳朵凝视着坡下的一举一动。

终于，武藏寻到了刚刚发出声响的来源——在那茂密的松枝深处，居然探出了一支火枪！

“太卑鄙了！”武藏在心里怒骂道，“堂堂一方名门正派，竟也能使出这种下三滥的手段！”武藏虽然愤愤不平，但对今天可能发生的事情也早有心理准备。连以一对多的比武都能做得出来的门派，还能指望他们按规矩出牌？

这么想着，武藏心底的愤慨便化作了一身附体的正气：这次比武，我不仅不能死，还一定得像模像样地走出去！

箭在弦上，一触即发！

从他现在趴着的位置看过去，并不能看清敌阵的全部。但就从刚才不经意间探出松荫的枪口，他几乎已经能够判断出，肯定有不少携枪带炮使弓的人在树上隐蔽着——毕竟这些武器居高临下地使用才更能充分发挥地形优势。而三条路边的草丛里，八成是手持短弓和刀剑的人吧。不管自己从哪条路上来，就都有可能被他们伏击到。只要自己稍有不慎，想要活着到达松树下的源次郎面前简直比登天还难。

“真是煞费苦心啊！”武藏冷笑一声，不仅是对吉冈一派，更对极力想促成这次比试的佐佐木小次郎刮目相看。

不过，即便如此，他们还是少算了一步：他们居然所有人都背对着武藏，而忽视了虽说难以攀缘却也不是不可能的后山！真是天助我也！

武藏眼里闪着生命之光，缓缓匍匐前进的身体突然加快速度。只听“唰、唰”两声，不等众人反应过来，敏捷的身影已出其不意地出现在距离松树三十米开外的地方！

三

“啊！”松伞里传来了惊慌的叫声，“武藏来了！”

对着敌人响亮的号角武藏竟浑然不觉，依然镇定自若地按原计划向松树底下蹿去。

还有二十米了！

武藏心里盘算着，自己只有几秒钟的安全时间。毕竟树上的人全都面向正面的三条来路横跨在树枝上，要转身换个方向也得费一番工夫。更何况松叶茂盛，瞄准树下的目标也不甚容易。这宝贵的几秒钟，就是自己取胜的机会！

“什么什么？在哪里？”有个不长眼的吆喝道。

“后……后面！”说话工夫，却见黑影已然跃入空中一贯而下。

“啊！”随着一个干脆的劈啪声，只见火光电闪间一个精美的半圆迎面划来，像拴在一根绳上的蚂蚱似的，一行几人连人带枪从树上跌落下来。

“哇!”这七滚八落的人肉炮弹已经把树下的人砸得满地找牙了，没想到紧接着又有一个矫健的黑影从天而降。

“哎呀妈呀，御池!”

“小桥，快来搭把手!”

“他妈的，爷爷的门牙都给砸没了，一定不能让那小子跑了!”

惊慌中的众人都憋着一肚子火，动作也生猛了许多。可惜树下已经乱作一团，原先规划的布局散了，一众门人了无秩序地拥堵摩擦，却因这昏暗的天色也没少干自相残杀的事儿。

“美作宫本武藏来也!”在嘈杂的抱怨和咒骂声中，武藏那雄浑而嘹亮的声音响彻山谷。“源次郎在哪儿?我武藏单枪匹马来此迎战!”

“好小子!算你是条好汉!”人群中有人感叹道。但更多的人却并不相信他的鬼话。兵不厌诈，除非脑袋被门挤了，任谁能相信他是真的一个人来?

话音未落，一支冷箭迎面飞来。只见武藏挥剑一跃，箭身被劈成两半迎身飞去。武藏大喝一声，像一头被激怒的雄狮，一跃跳到松树根下。

“啊……爹爹我怕!”本来还老实站在松下的源次郎看见武藏蹿了过来，吓得抱紧树干就哭喊起来。

壬生老爷子看在眼里急在心头，拨开人群便往松下赶去。

可惜已经晚了。

只见武藏抡起木剑紧贴着树皮就劈了下来。在滑向这个脆弱生灵的一刹那，武藏闪过一丝恻隐:“何必呢?这只不过是个手无缚鸡之力的小孩子……”

可惜与此同时，伴随着“嗖——”地一声响动，源次郎还是随着他紧抱的两尺多长的树皮滚落在地。血肉模糊的脸上，一支冷箭从眼窝穿颅而过。

“畜生！”壬生源左卫门疯了似的冲了上去，一阵剧痛袭来，只看见一道血柱飞进视线……

四

下垂松。自从保元、平治时代以来，平家战败的流亡者流落到这里时，亦或是亲鸾、叡山的居民往来于都城的时候，都会经过这巨松矗立的岔路口。

眼下，这棵古老而闻名的巨松，低垂着头颅默默注视着眼下的杀戮。世代以来，它已目睹过太多的世事变迁。但今天，不知是因着吮吸到的血腥而让它狂欢于这场嗜血的盛宴，还是为血染大地的凄惨儿伤心落泪，只见这巨大的枝干在昏暗的薄雾里战栗着，山风袭来，挥舞着冰冷的水滴洒落大地。

源次郎的惨死和壬生老爷子的负伤无疑激起了众怒，一行人脑子一懵便悲愤地向武藏冲去。武藏来不及细看，只见“噌噌噌”已有几把利刃从耳际挥了过来。武藏侧身一闪，其中一道白光偏向身后，腹背夹击的敌人刺成一团，晃荡了几步才双双倒地。紧接着，伴随着“扑哧”地撕裂声，只见残落的肢体如落叶般撒向郊野。

“啊……不好了！”偶有几个漏网之鱼沿着前方的小路冲去，却又一个个地在半路就倒了下来。冲天的血柱才持续几秒，大地很快恢复了沉寂。

晨风拂树，轻云缱绻。一时间竹声簌簌、草声啾啾，天地万物都在风中战栗着，一派肃杀凄凉景象。

“到下垂松去！”不知谁从远处发出一声巨吼，连大地都为之颤动。

“喂！快到下垂松去迎战！”佐佐木小次郎突然从近处的一处小山丘上探出头来，指引着原本埋伏在路边草丛的吉冈弟子。

“适可而止吧！”武藏这么想着，抬脚准备离开。突然“轰”地一声巨响，前进的道路上炸开了一个深坑！武藏立马明白了——原先埋伏在三条小路两边草丛的人已经反应过来，正像爆发的山洪般疯狂地往下垂松扑过来了！

不待武藏离开，只见前路上突然横出来七把利剑，在呼之欲出的阳光的反射下，冰冷的白光透着嗜血的杀气。七八柄白刃迅速绕成一圈，围着武藏四周呈顺时针缓缓移动着。没错！这七人就是要在对峙中瞅准武藏的弱点，乱剑穿心一招使其毙命！

武藏也已经意识到，这样的阵势显然是对自己不利的。要想活命，必须作困兽之斗在短时间内冲出这个死亡包围圈。

机会来了！武藏趁众人不备，出其不意地剑走偏锋，随之脚蹬树干掉头往背后刺去，连人带剑撞了过去。

“啊！”小桥藏人本能地往侧边一闪，不等他反应过来补上一剑，武藏已经敏捷地擦身闪出包围圈，顺势回刺一剑，然后大踏步地狂奔而去。

自称“吉冈十剑”之一的小桥藏人已经倒在了血泊中，剩下的六人也不乏吉冈一派一等一的高手，哪里能容得他在此放肆？

“贼人哪里逃！”冲在最前面的是御池十郎左卫门，他大声号叫着挥剑扔向不远处的武藏。武藏反身一击，只听“铛”的一声，电石火花击撞后随之传来“啊——”地一声惨叫只见御池迎风倒地，惨白的脸上迸出一片鲜血。

谁胜谁负已然明了，武藏不想大开杀戒，便加快脚步想要尽快远离这是非之地。

五

“胆小鬼，这就吓跑了吗?!”

“不能让弟兄们白死——杀了他!”

空气中随风而来的血腥气息让剩下的半数人马为之疯狂，如同地狱中的厉鬼，一边紧追武藏其后一边疯狂地大声骂道。

短短几十年来，吉冈一门也曾煊赫一时。然而将门多犬子，到了清十郎这第二代便只有坐吃山空立地吃陷的本事了。他们宁可沉迷在昔日的荣耀和声望中，也不愿直面残酷的现实动动脑筋，更是缺乏认识形势的情形和智慧。就像此时此刻，明明已经不堪一击却只想着报仇雪耻。只是这“耻”，只会随着他们的意气用事而越发加重。

就在众人乱作一锅粥盲目前进的时候，武藏已经稍稍缓了口气，叉腰站在小路中间高声喝道：“我在这里，来呀!”

“杀——”两路兵马会合成一条长龙，黑压压地向武藏奔了过来。他们仗着人多便满怀骄傲，心想这下武藏该死定了。

好险！都说刀枪无眼，更何况面对的是这三十几号亡命之徒。武藏节节败退，最后被逼到了一处树脚。

“弄死他!”

“卑鄙之徒!”

众人杂乱的喊杀声甚嚣尘上，见武藏有退却之势，众人更是猖狂起来。然而，即便如此却也没人敢正视武藏视死如归的眼神，更没人敢只身近前自寻死路，只是做做样子在距离他身体两三寸的地方挪动而已。

“呀?”正当第三路人马即将会合之时，众人一不留神，眨眼间武藏却再次消失在他们眼前。

“啊！回来！你个懦夫！”

“还跑？滚出来！”

众人漫山遍野地搜寻着武藏的踪迹，而不多时，武藏已经站立在一块两丈高的岩石之上，沐浴着阳光大口大口喘着粗气。不知何时，他手中已握着两把血刃，在东升旭日的掩映之下，透着清明的光泽。

他不是要跑。

经过深思熟虑，他觉得必须改变一下应战的策略。四面受敌势必命悬一线，从敌军背后直捣黄龙倒是条捷径。这么想着，武藏掉头潜向敌军尾处。

天一亮，前来观战的人便陆续多了起来。感受到远处尘土飞扬的惨淡景象和空气中浮动的血腥味，大家心里已经大概有底了。

正在大家议论纷纷之时，只见远处依稀奔过来一个全身沾满鲜血的武士。

“啊……”有眼尖的人已经认出来了，“这不是武藏……武藏吗?!”

以一敌百的人哟
快快逃跑吧
高山长叹
树木同悲
远处的白云呼唤你
快快逃跑吧

可武藏压根儿听不进观战众人的劝告，一门心思地按照既定方向奔跑而去。只见他纵身一跃，轻盈地翻下一道土坡，消失在下面连天的麦地里。

“站住!”

“回来!”

追到土坡边缘的门人们终于停住了追赶的脚步。有几个不甘心的还顺着波动的麦芒刺了几枪过去，只见滚动的麦浪突然间静止不动了……

“坏了，那小子上了大路!”

“他妈的，看样子是奔着屯子跑了!”

“哼，你们眼瞎啊？没看见那边不动弹了吗？老子插的!现在他就算没死也活不过今天了！哈哈哈哈!”

正在吉冈一派为武藏之死弹冠相庆之时，武藏已经爬上了山腰，不断地回头张望着。

昏晦的太阳张望着这洒满鲜血的战场：这场战斗真的能就此结束吗？如果知道武藏没死，吉冈残党真的会善罢甘休吗？

菩提刀

一

大四明峰的南峰高耸入云，使得东塔西塔看上去好似卧于横川、饭室的山谷之间。三界的尘埃汇成一条大河远远地浮在雾霭之下，比叡山上的树木蠢蠢欲动将迎新绿，无动寺的林泉在佛前灯光和鸟语声中静悄悄地游走于云端仙境。

与佛有缘
与佛有缘
佛法僧缘
常乐我净
早念观世音
晚念观世音
念念从心起
念念不离心

是何人在念经？

从无动寺深处的缝隙中传出了非唱非颂的观音经的声音——与其说是念，倒不如说是低声地呢喃。

呢喃声不知不觉间就进入了忘我的状态，时高时低。

身着白衣的小和尚，将斋饭举在比眼稍低的高度，穿过地面如墨的走廊，走进了传出经声的深处的杉木门。

“施主。”小和尚把斋饭放在了房间的一角。

“施主。”小和尚跪下来再叫一声，但对方低头弯腰面向后方并没有任何反应，好像没有注意到他的到来。

几天前的早上，这位修行者浑身是血、面目全非、拄着剑艰难地走到这里，似刚经过一场恶战。

“送斋饭来了。施主，斋饭就放在这里了。”

终于，那人好像听到了小和尚的话。

“嗯，”武藏抬起头，并回过头来看着斋饭和小和尚，“多谢。”

武藏挺了挺身子坐端正，施礼表示感谢。

他的膝盖上散落着白色的木屑。细细的木屑，也散落在榻榻米和外廊上。檀香或是其他的什么香木，散发出微微的香味，沁人心脾。

“施主是否现在用餐？”

“是的，我这就用餐。”

“就让小僧照顾施主用餐吧。”

“不用，不劳烦小师父了，我自己来就行。”武藏接过饭碗，开始吃饭。

“施主，你这是在雕刻什么呀？”说话间，小和尚一直注视着武藏身后闪闪发光的小刀和比他膝盖矮五寸左右的木头。

“佛像。”武藏言简意赅，仍然专注在眼前的木头活儿上。

“是阿弥陀吗？”

“不是，是观音大士。不过我以前没有做过雕刻活儿，所以总刻不好，不经意间还老是伤到自己的指头。”武藏无奈地撇撇嘴，伸出手来让小和尚看自己受伤的手指，但小和尚却看着武藏的袖口中露出来的白色绷带一脸关切，“对了，你这腿和胳膊上的伤，不知恢复得怎么样了？”

“嗯。承蒙关照，已经好多了。还请小师父代为向住持转达我的谢意。”

“如果施主想雕观音像，倒不如随我去中堂看一下，那里有一座名家雕刻的观音像。怎样，用完斋饭咱们一起去吧？”

“听你这么一说，那我可一定要去看看了。”武藏眼睛里闪出迫不及待的光芒，“对了，到中堂的路有多远？”

二

“说远也不远。从这里到中堂，也就是一里路吧。”小和尚答道。

“这么说来确实很近。”武藏暗自思量。

吃完斋饭，武藏连一分钟都不愿等，忙不迭地跟着小和尚要到中堂去看观音像。受伤十天之后，马上就要踏上久违的土地，武藏真是又兴奋又期待，像只即将归林的囚鸟。

虽然觉得自己已经彻底康复了，但踏上大地的那一刻，左脚的刀伤却又隐隐作痛，而胳膊上的伤口似乎也难以忍受山风的侵蚀。

樱花似冬日里飘零的落雪，在呼啸的山风和沙沙作响的树木之间漫山飞舞，在明媚春光的浸染下，天空也洋溢着夏日的色彩。此情此景本应温暖而又惬意，不曾想突然之间，如植物萌芽的本能一般，武藏的体内向外涌出无尽的疼痛。

“啊……”这阵疼痛直抵肺腑，武藏脸色微微一变，咬紧牙关不哼出声来。

“施主，”小和尚没察觉到武藏的异样，愣头愣脑地抬起头来问，“您是兵法的修行者对吧？”

“嗯？”

“走了一路了我都没想明白，你怎么突然想起来要刻观音像呢?”

“……”

“与其在这里刻观音像，为什么不用这个时间去练习剑法呢?”

这个小和尚也就十三四岁，问这番话的时候还睁着像湖水般清澈的大眼睛直直地盯着武藏。虽说童言无忌，但这种无心之语有时却更能刺痛心扉。

武藏脸上露出了更为痛苦的表情。无疑，这句话比腿上胳膊上的伤更能刺痛他的心。

这个小和尚，和他在下垂松战役中斩杀的少年源次郎大概差不多年纪吧?连个头都差不多高。那一天，伤了几个人，死了几个人，武藏怎么都想不起来——脑海中残存的记忆，只有如何杀人、如何逃离那块死亡之地。

只是从那之后，即使睡觉时眼前都会浮现出下垂松下敌方“主将”源次郎的身影，这个梦魇像越缠越紧的毒蛇一般，紧得他透不过气。此时此刻，触景生情，武藏竟感到了无比强烈的憎恶——他前所未有地憎恨自己。

他曾在旅行日志上写过，对于这件事情自己决不后悔。只是，对于少年源次郎，无论如何都无法坚定当时的信念，一想到这个死于自己剑下的少年，武藏就会痛苦难耐、悲伤不已。剑，究竟是自己修行路上的障碍，还是能助自己渡过难关的圣器?对此，武藏是越来越心存疑虑，也因此才会感到自己的前途竟如此渺茫。

他甚至想过：是否应该折断自己的剑?特别是进山养伤的日子，每天在类似妙音鸟①的声音中清洗自己的身心、祛

① 妙音鸟：出自印度神话和佛教传说，是半人半鸟的神鸟，被作为佛前的乐舞供养。

除血腥、反省自身，他的内心生出了悟道之意。

在等待伤愈的日子里，之所以突然产生了雕刻观音像的念头，不仅仅是为了供奉少年源次郎，也是为了排遣自己灵魂中的愧疚……

三

“小师父，”武藏终于想到该说什么了，“山上应该有很多源信僧都①、弘法大师②等高僧雕刻的佛像吧？都是怎样的作品？”

“不错，是有那么一些。”小和尚歪着脑袋。

“这么说来，和尚也会画画、会雕刻喽？”他一边难以置信地说着，一边点头回应着。“所以，剑修者做雕刻，正是为了雕琢剑心，佛修者用刀做雕刻，一定是为了从忘我的境界中更接近佛祖。绘画、书法也是如此，无非是攀登高峰、寻求自我圆满的一种手段而已。”

“……”小和尚觉得无趣，便加快了前进的速度，并指着草丛中的石碑介绍道：“施主，这块碑是慈镇大师写的。”

武藏走近一看，经过历史的沉淀，石碑上早就布满了苔藓，隽秀的文字若隐若现：

法力日渐淡薄
世界末日
即将到来

---

① 源信僧都：题本佛教天台宗僧人，净土宗教祖之一，幼丧父，在比叡山师从良源。

② 弘法大师(774～835)：日本真言宗的开山祖师，作为日本弘扬佛法的先驱者享有崇高的声誉，曾远游中国。

比叡山的山风安抚人心

武藏矗立在布满苔藓的石碑前，看着这位预言家留下的金玉良言不禁心生感慨：曾经被流放到比叡山上的政治犯，即使到了这片寂静的山林中也会为住持的位置而争得头破血流。原本为拯救众生而存在的灵山，究竟是拯救了众生还是纵容了众生？

武藏默默地站在石碑前，凝视着无声的语言。

“走，去中殿吧。”不待武藏回过神来，小和尚便催促着说。在他看来，石碑上的语句压根儿就没什么值得沉思的，这字里行间的无限感慨也不是他现在能够理解领悟的。

这时，身后有人叫住了小和尚。四只眼睛齐刷刷地回头一看，原来是无动寺的执事僧。

“清然，你要把这位施主带到哪里去？”执事僧来到二人面前，先问小和尚。

“我要带这位施主去中殿。”

“去中殿？”执事僧有些不解，便追问道，“你们去那里做什么？”

“施主每天都在雕观音像，但是总找不到技巧。我想带他去中殿看看名家雕刻的观音像……”

“原来是这样。那么改天再去也可以？”执事僧转过头用暧昧的语气问武藏。

“擅自让小师父带在下去看，实属抱歉。原本就不是必须今天要做的事情，烦劳小师父带在下回去吧。”武藏见执事僧似有拒意，连忙道歉说。

“不，施主可能误会老僧的意思了。我是特意来找你的。”执事僧慈眉善目微笑着看向武藏。

“啊？找我？”武藏一惊。

“正是，施主大驾光临，很是惶恐呐！”

“是不是有人来找我了？”武藏垂下了头，压低嗓音说。

“是的，上次虽然说了施主不在鄙寺，但刚才对方却看到了施主，说是无论如何也想见一面。”

究竟是谁?!

武藏手握匕首，跟着执事僧前去会客。

四

僧兵们的残暴，完全来源于政权和武士社会，即使再穷困潦倒，这座山中也依然会残留着僧兵们耀武扬威的爪牙气息。

走近一看，才发现无动寺门前聚集了十来个僧兵。他们席地等着，一副活要见人死要见尸的架势。

人们常说：江山易改本性难移。今时今日这群僧兵算是恰如其分地诠释了这句经典。他们依旧脚穿木屐、腰挎大刀、腋下夹着长柄刀，看见有人出来，立即跟打了鸡血似的来了精神。

“……来了吗？”

“是那个吗？”

这群戴着枯叶色头巾、穿黑衣的人一边窃窃私语，一边注视着武藏、小和尚和执事僧的方向。

“这些人干吗非得要见我？这葫芦里到底是卖的什么药啊？”在来的路上，武藏只是听说他们是东塔山王院的僧众。但是奇怪的是，这群僧众中却没有一个他认识的人。既然此前没打过交道，自然也不会知晓这些人究竟目的何在。

“好了，这里没你们什么事了，退到门里面去。”其中一个僧兵用刀尖指着执事僧和小和尚，霸道地说道。然后，眼睛轻蔑地朝向武藏站立的方向撇了一眼，“怎么，你是宫本武藏？”

“正是在下。”见对方并未施礼，武藏也站直了身子。

这时，从黑衣人后面迈步走出来一位老僧兵，用读圣旨一般的口吻说道：“现在宣读众殿的众议结果。”

“比叡山乃佛门清净之地，系奉佛灵域，决不允许仇怨杀戮者隐藏于此。即十恶不赦之徒，不得停留。今时今日留于本寺之徒，必须即可离山。如有违背，按山规严惩。你听明白了吗？”这字里行间的语言组织得倒是挺官方，可就是让人觉得哪里不大对劲儿，特别是这不伦不类的语调，还带着那么些阴阳怪气的可笑。

“……？”武藏吃惊不已。

那个老僧兵究竟唱得是哪出啊？简直不可思议！当初来到无动寺、请求对方收留时，无动寺为慎重起见，还把自己安排在了中殿的僧人房间之中。本来好好的，现在却突然被当成犯人驱逐出山门，一定是发生了什么事。

“您的意思我明白了。只是今天天色已晚，我也没做任何准备，明天一早我会马上离开。多谢贵寺几日来的照顾。”武藏不卑不亢地说，突然话锋一转，问道：“但今天做出这个决定，能告诉我原因吗？是殿众的意思还是某人的主张？之前刚来无动寺时，贵寺可是同意让在下安心住下的。”

如此一问，对方倒也不觉诧异，领头的那个僧兵不慌不忙地回答道：“既然你问了，我就告诉你好了。当初正是因为听说你在下垂松之战中以一敌百战胜了吉冈派的大量武士，甚是神勇才让你安心住在这里。但后来有大量谣言传来，给无动寺的声誉带来了不好的影响。慎重起见，所以众人决定还是不让你再藏匿山中了。”

“谣言?”武藏表情释然，微微点头称是。不难想象自那一战之后，吉冈派散布了什么谣言。多说无益，也没必要和轻信这些谣言的人浪费唇舌。

“那好，我明白了。明天一早我就立刻离开。”冷静的话语听不出任何情感波澜。

武藏说完便转身向门内走去，身后传来了众僧兵的辱骂之声。

“看呐，这个邪门中人!”

“无耻之徒，还真好意思在这里赖一晚。”

“不正经的混蛋，人前倒是一副人模狗样的样子，背地里还指不定得有多龌龊呢……我呸!”

五

“什么?!”这些污言秽语像无孔不入的苍蝇飞进武藏的耳朵，真是气人！武藏停下脚步，怒瞪着那些辱骂自己的僧众。他本不想多生事端，不曾想那些僧兵居然背后诋毁人，而且看样子一时半会儿还消停不了。

“哎哟，不好意思，被你听到了呀?”说话的正是站在武藏身后骂他无知之徒的僧兵，那家伙嘚瑟着脚尖，吊儿郎当地说。

“我同意离开并不代表我就是谣言中说的那样的人。既然是寺里众人的意思，我也不想违抗，但也请你们不要在这里无事生非信口开河地欺负人。今天我就把这话撂下了：要想打架我武藏可不怕!”武藏怒不可遏。

“哎哟哟，我们好害怕哟!”其中一个僧兵装作吓得发抖的样子抱着膀子扭来扭去，惹得大家频频发笑，“只是身为佛家弟子，我们可不想打架，但嘴巴随便一张喉咙里自然而然地就蹦出了这些话，我们也没有办法好吧？总不能把我们的嘴巴都缝上吧？哈哈哈！”

有这么一个挑头的，其他的僧众也七嘴八舌地嚷嚷开了。

“苍天啊，大地啊！这分明就是老天爷在指引我们说出事情的真相呀！”

“老天让我们说，我们哪敢不说啊？”

僧兵们越来越猖狂。蔑视的眼神，辱骂的声音，嗡嗡嗡地围绕在武藏的四周，让他感受到了从未有过的耻辱，气得他血脉贲张。但是，面对他们挑衅的态度，武藏知道此时此刻更得要克制自己不理智的情绪，他严厉地警告自己要冷静、冷静。

这座山上的僧兵，毒舌是出了名的。所谓的众殿，也不过是寺院的学僧。狂妄自大、骄奢蛮横、虚荣心膨胀却胸无点墨，除了嘴皮子溜点儿也没有其他本事了。

这无动寺本在深山之中，现在连寺里都炸开了锅，想必乡间的谣言应该更多。这么想来也真是无聊，我来这儿是为了生气的吗？还是不要想太多了。换个角度思考，武藏依旧沉默，但表情渐渐恢复了正常。

“那次战役中，本人没有任何不对的地方……也没什么羞愧的！”武藏思虑过后，咬了咬牙认真说道。

“住口，少在这里信口雌黄！”

“一人做事一人当，只要是我做过的事就没有不敢昭告天下的！我哪里做的不对？哪里又有可耻之处？在此向我的剑发誓，在以往的战役中，我绝对没有任何见不得人的地方！”

“哟，口才不错，住持师父都快被你比下去了！只不过做的是不是像你说的那么漂亮，那可就只有天知地知了！”武藏都说得那么直白真诚了，可还是有人冷嘲热讽。

“若是其他的事情，倒是可以置之不理，但是关乎剑道的事情，我宫本武藏绝不能允许那些无端的诽谤！”

“哟呵，看来刚才我们还是太仁慈，你还真就是给脸不要脸了？是你逼我说的，那你可得听好了——吉冈派那边人数远远超过你，你以一对多的勇气倒也值得赏识，甚至可以称得上厉害。但是，你就算有天大的理由，也不能杀掉一个只有十三四岁的孩子吧？源次郎还那么小，你的良心真是被狗吃了！说！你凭什么杀他？啊？你刚才不还有理了吗？现在怎么屁都不放一个了？!”

“……”武藏的脸色瞬间变得跟白纸似的苍白无比。

“吉冈家的第二代当家的因为身有残疾而遁世隐居，难道这样的惩罚还不够吗？可怜他那仅存的血脉就只有那个幼小的源次郎了。杀掉源次郎，就等于断了吉冈家族的香火……真是丧尽天良啊！就连邪门歪道的混蛋，也不忍做出这等事来！你还是人吗？连这山上的樱花，都为你感到羞愧啊！”

六

面对一直低头沉默的武藏，僧兵们以为他默认了种种罪行，便更加理直气壮地继续斥骂：“众人了解事情原委之后，百般斟酌，对于你杀死幼小的源次郎一事，始终难以原谅。身为一名武士，绝对不能做出这等丧尽天良的事情。所以，众议结果，将你驱逐出山。必须即刻离开！”

“……”带着众僧加在自己身上的谩骂、嘲讽，武藏回到了住处。他始终一言不发，接受了众僧的审判。是啊！即使有再多的理由，也掩盖不了他内心因杀死源次郎而挥之不去的痛苦和惭愧，任何人都无法明白他的内心。

“唉，难道修行就到此为止了吗?”武藏抬起那无神的双眼，落寞地站在门外。

夜幕降临，白色的山樱在夕阳下随风散落。今日之前，一直心如止水，如花瓣一般飘零在宇宙之中。

“也许，是时候该去找小通了。”他忽然想起了普通人的悠闲自在，想起了光悦和绍由居住的市井之地。

“不!”美丽的泡沫还没形成圆满的幻影，便又四散开去。他又摇了摇头，叹息一声，大步走进无动寺。

房间的灯已经亮了，今夜就必须离开这里。

“不管雕得好坏，只要对菩萨有敬仰之心，就足够了。今天晚上就要雕完，以留在寺中。”抱着这样的念头，武藏躬身坐在昏暗的灯光下继续专心雕刻起来。他将雕像放于膝上，手握雕刀，不断有新鲜的木屑窸窸窣窣地散落在地上。

长夜漫漫，是否只有武藏一人无眠？不，就在这深夜的无动寺的中，却有一个人像笨拙的老猫一样走过走廊，偷偷地蹲坐在屋外。

七

灯光变得暗淡时，他就起身剪掉灯花，然后马上又重新坐下来，专心雕刻。

夜深了，四周都笼罩在一片寂静之中。雕刀锋利的刀尖削下来的木屑如雪花一般，越积越多。

武藏完全和雕刀融为一体，以他的性情，一旦热衷于某事就会沉浸其中。现在，埋头雕刻观音像，身体内似乎有燃烧不尽的能量一般。

“……”

口中哼唱着观音经，声音时而高亢，时而低沉。偶尔起身剪一下灯花，却一直带着无比崇敬的心雕刻着观音像。

当东塔的大焚钟敲响二更时，终于完工了。

“是啊，必须先打个招呼才行，今天就把观音像交给住持吧。”武藏揉了揉疲惫的眼睛，心想。

虽然雕刻得有些粗糙，但对武藏来说，这里却融入了自己的灵魂，自己带着惭愧的眼泪为亡故的少年祈福。把这个留在寺里，希望能以此来吊唁源次郎的灵魂。这么想着，他带着雕像出了房门。

谁知他刚离开，屏风后面就响起了微微的动静。

终于——

武藏回来了，对眼前的状况却一无所知。他接受了住持送他的饯行斗笠、草鞋等，把旅行用品放在枕边，吹灯睡觉去了。

门没关，风从四面八方吹进来。月光照在屏风上，树影婆娑。

房间里传来轻微的鼾声，武藏睡着了。

武藏睡熟之后，一直猫在角落小屏风后面的人弯着腰一步步靠了过来。黑影一边观察着武藏的呼吸，一边屏住呼吸寻找最佳时机。

突然，黑影向武藏猛扑过去，瞬间看到腰刀的刀刃直刺咽喉！接着就听到“咣当”一声，黑影飞向了旁边的屏风处。只见那黑影像被扔出去的包袱一样，只呻吟了一声，就和屏风一起滚落到了门外的地上。

只不过轻轻一下就被扔出去了？这个歹人未免也太轻了吧！真就跟拎只小公鸡似的！清澈的月光之下，武藏只看见对方用布包着脸，露出一些灰白的头发。

“站住！”武藏没过去看详细情况，转身拿起放在旁边的剑就立刻追了出去："既来拜访，怎么不打个招呼就走了？回来！"

倒在地上的黑影反应还挺快，不等武藏追出门就一溜烟地消失在黑夜之中。

武藏一边喊，一边迈开大步朝黑暗中跳跃的影子追去。其实他并不是真的想追，看着向四方逃窜的刀影和僧兵们的身影，来人的身份便已知三分。于是他冷笑几声，折了回来。

八

被武藏这么一扔，阿杉婆便身负重伤躺在地上不能动弹。虽然知道武藏靠近了，却无法逃走。

"啊，这不是大婶吗?"说着，武藏就想抱阿杉婆起来。暗杀自己的主谋不是吉冈家的弟子们，也不是山上的僧兵们，竟是自己同乡好友的老母亲，他感到很意外。

"我明白了，向寺院告状，说我坏话的人就是大婶你吧？听了你这个意志坚定的老婆婆的话，大师们对你一定毫不怀疑。或许，还有同情吧……结果，就把我驱逐出山，趁着夜色，大婶又来杀我……"身为好友之母的阿杉婆竟三番两次地纠缠不休想置自己于死地，武藏真是又好气又好笑。

"武藏，你个吃了长命草的小王八羔子！既然你已经知道了，我老太婆也决不求饶！就算本位田家的好运到头了。有本事你就杀了我!"虽然很痛苦，但阿杉婆还是嘴硬。即便如此，她连拒绝武藏的力气都没有了。摔到地上自然疼得厉害，这姑且不说，近三年来的旅馆生活也让阿杉婆的身体渐渐垮了，此刻她微微发烧、腰膝酸软，总之，健康状况差到极点。更关键的是，在去下垂松的途中又被自己的亲生儿子又八给抛弃了，这对她年老的心也是巨大的伤害。

“杀了我，快点把我的头砍下来！”她冲着武藏叫喊，痛苦地挣扎，不是因为心理和肉体的衰老，不是弱者自暴自弃的猖狂言论，而是在了解事实真相之后，希望自己早点死去而发出的真实心声。

但是，武藏一边用双手轻轻地抱起她，一边问道：“大婶，疼吗？哪里疼？”然后将阿杉婆放在自己的床上，自己坐在旁边守着，等待天明。

天刚刚亮，小和尚就端来了为自己准备的便当，但是住持却催促道：“既然昨天已经告诉了你众议的结果，今天还是早些离开吧。”

原本武藏也是这么打算的，只是现在又有了一些突发状况：自己倒是马上就能走，问题是生病的大婶该怎么办呢？

武藏原本想把她放在寺里，住持却觉得不妥，“既然是你同乡，就应该和你一起走才是。”虽然拒绝了武藏的请求，但住持好歹帮忙想了办法。有一位大津商人把驮货物的牛寄养在了寺里，正好可以用这头牛来驮生病的大婶下山到大津去，完事之后再把牛交给大津渡口的那个批发商就行了。

牛 奶

一

沿四明山的天井峰一直走，经山中出来到达滋贺，正好可以到三井寺。

“……哼……哼”阿杉婆趴在牛背上，不时发出痛苦的呻吟声。

武藏一直牵着牛不断前行，听见阿杉婆似乎不太舒服，便回过头来叫了一声“大婶”，想安慰她一下，“如果不舒服就停下来歇会儿吧？反正也不急着赶路。”

“……”阿杉婆趴在牛背上没出声。作为一个生性要强，不喜欢被人照顾的人却受到了仇人的照顾，她的内心懊恼极了。

武藏越是照顾她，她内心越努力地告诉自己，“我可不是受点小恩小惠就会忘记仇恨的人。”无端又增加了内心对武藏的反感。

但是，对于这个仇恨、诅咒自己的老太婆，武藏怎么就一点儿都恨不起来呢？

也可能是因为对方的力量太弱了。之前一直陷害自己，给自己带来巨大苦难的敌人，却是这样一个手无缚鸡之力的老人。无论如何，武藏都无法把这样一个老人当成自己的敌人。

然而，在家乡被人算计，在清水寺被众人谩骂，都是这个老太婆造成的。有时，武藏也会扪心自问："我到底为什么要这样做?"对于阿杉婆干的那些祸害自己的事，按照常理来说，就是把她撕成八块也不足以打消他的心头之恨。但是，无论如何，他都无法冲着这个满脸皱纹的老太婆大骂"混蛋老太婆"。况且现在的阿杉婆又是这个样子，昨夜的伤已经够她受的了。武藏心生怜悯，只希望她快点康复。

"大婶，趴在牛背上也很辛苦吧，到大津之前我会想想办法的，你再忍耐一下……从早上开始就没吃东西，肚子很饿吧。要不要喝点水？什么？不喝?"

从天井望向四周，远处是北陆山脉，琵琶湖也尽收眼底，还能看到伊吹山，近处还有濑田的唐崎八景。

"休息一下吧。大婶你也躺在草地上休息一下。"武藏把牛拴在树上，把阿杉婆抱了下来。

二

"啊呀呀，疼疼疼疼!"阿杉婆皱着眉头，甩开了武藏的手，脸朝下趴到了草地上。只见她面如土色的脸上顶着一头乱七八糟的头发，一副病入膏肓的样子。

"大婶，喝水吗？你不吃点东西吗?"武藏一边拍着阿杉婆的后背一边问道。但倔强的阿杉婆固执地摇摇头，不喝水也不吃东西。

"唉，真拿你没辙。"武藏无计可施，"从昨晚开始，就滴水未进，连户人家都没有，也没地方买药……大婶是不是太累了？至少，你也要吃点东西吧?"

"真让人恶心!"

"什么？真让人恶心?"好心好意的却吃力不讨好，武藏心里一酸。

“老娘宁肯在这里被野兽吃了，也不会接受仇人的食物。你这个混蛋!”甩开武藏的手，阿杉婆再次倒在了草地上。

“哦?”武藏并没有生气。反而很明白阿杉婆现在的感受。只要她对自己的误会没有消除，她就不可能明白自己的心情。不管怎样，武藏都会像对待自己生病的母亲一样精心照顾她，对于这些不可理喻的谩骂，武藏依然心甘情愿地承受。

“可是如果大婶就这么死了，不是很无辜吗？还没看到又八出人头地，就……”

“你，你说什么!”老太婆咬紧牙关，恨不得眼神都能杀人。

“即便……即便没有我老太婆，又八也一定能出人头地!”

“或许吧。但是，大婶您最好能亲自鼓励自己的儿子成才啊。”

“武藏！你，你少在这里装好人！你说再多的好话，也化解不了老娘对你的仇恨！少他妈啰唆!”老太婆的态度依旧冷淡得很。武藏的一片好心，被当成了驴肝肺。他静静地站着，到一个老太婆看不到的地方，打开了便当。

原来是橡树叶子包起来的饭团。

饭团里加了黑色的酱料，非常美味。这么美味的饭团，要是阿杉婆能吃点就好了，于是武藏把剩下的一半饭团又用橡树叶包好，放在了怀中。

仔细一听，才听到从阿杉婆处传来的说话声。

“老婆婆，我家里有病人，就快痊愈了，能借我一些牛奶吗？我正好拿着壶，能让我挤些牛奶吗?”原来是从那边大道上过来的女子，穿着和服裙裤、梳着马尾辫。女子高声对阿杉婆说着话。

“牛奶啊？听说牛奶对病人好，你是想从这头牛挤奶吗?”

阿杉婆抬起头，眼神和同武藏说话时完全不同。

女子在询问阿杉婆的时候，已经走到牛跟前，使劲从牛肚子下面挤出白色的液体。

三

“谢谢您，老婆婆。”挤完了奶，女子向阿杉婆道谢。道完谢后，抱着装有牛奶的壶就要离开。

“啊，等一下!”阿杉婆叫了一声，又慌忙地抬起手臂。向四周看了看，没看到武藏的身影，这才放心起来。

“姑娘，能让我喝口牛奶吗?”阿杉婆用沙哑的声音询问道。

女子就把壶递给了阿杉婆，阿杉婆迫不及待地喝了起来。嘴角流出的白色液体滴落到胸前，洒到了草地上。

“……”

胃里装满牛奶之后，阿杉婆突然翻身坐起，一脸要呕吐的样子。

“这味道太奇怪了，但是，喝了它，我可能就会恢复力气了。”

“婆婆，您身体也不舒服吗?”

“没什么，只是有点感冒发烧而已。”

阿杉婆自己站了起来。一点儿也看不出刚才趴在牛背上痛苦呻吟的样子了。

“姑娘，”她一边压低声音，一边到处看，以防武藏突然出现。向女子打听了前行的道路之后不忘嘱咐道：“一会儿如果有人从后面过来问你，就说什么都不知道。”说完就扔下一脸惊讶的女子，迅速地向前走去。

“……”武藏全都看在眼里，苦笑着走了过来。

从后面看到了抱着奶壶的女子。武藏叫住她，虽然什么都没问，但那女子却摆出一副什么都不知道的样子。但是，武藏并没有问刚才的事情。

“姑娘，你是住在附近还是……？”

“我家吗？我家在前面山口开了个茶馆。”

“山口的茶馆？”

“嗯。”

“如果你方便的话，能帮我到洛内走一趟吗？我付你跑腿钱。”

“方便倒是方便，只是家里还有病人。”

“我帮你把牛奶拿回去，在你家等你。现在就去的话，太阳落山之前还能返回。”

“这样的话……”

“不要犹豫了，我不是坏人，刚才那个婆婆，走的时候没什么大碍，我也就放心了。我写封信，你帮我送到洛内的乌丸家去。我在你家的茶馆等你。”

四

武藏把写给小通的信递给她，郑重地说：“那就拜托你了。”说完，自己骑上牛背晃悠悠地往山口走去。

匆忙写成的书信，却饱含了自己的无限深情，能够想象出来小通看到信后的反应。“人家不想再见到你，但……”她一定会自言自语地犹豫着。哈哈！

想到这里，他的脸上露出了笑容。前段时间病成那样，恐怕现在还躺在病床上吧？但是一看到我的信，她肯定又会马上和城太郎一起追来了。

牛不时地会停下来嗅嗅路边的野草。草开着白色的花朵，在武藏的眼里，犹如闪闪发光的星星。

光想着快乐的事情了，突然，武藏担心起来。

“大婶?”眺望山谷之中，阿杉婆的身影又出现在脑海中，“就凭她一个人上路，不会又像刚才那样难受了吧?”

唉！算了吧。这个时候，还担心什么呢？由她去吧。要是让别人看到了信那就太丢人了。他在信中是这么写的：

> 在花田桥的时候，是你等我；
> 现在，换我来等你。
> 我先去大津，把牛送到濑田的唐桥。
> 其他的话语，到时再讲与你听。

他一边默默地背诵着自己从很久以前就开始酝酿的诗，一边向山口走去。到了山口，果然看到一个茶馆。走近之后，武藏从牛背上跳了下来，手里拿着刚才那个姑娘给自己的奶壶轻轻叩门。

“您好，”武藏对正在烧火沏茶的老婆婆打了个招呼，然后把刚才遇到那个姑娘的事情一五一十地讲了一遍，并把奶壶递了过去。

“哦，哦，”老婆婆好像耳朵不好使，接过奶壶，却问道，“这是什么?”

于是，武藏又把刚才的话重复了一遍。

“哦？是牛奶啊?”老婆婆好像还不明白，双手拿着奶壶，却不知道怎么做。“这位客官，里面有位客官病了，我也不知道怎么办。”看着里面狭小的房间，老婆婆大声地说着。

五

“嗯?”老婆婆这么一喊，从里面走出一个男人。婆婆马上把奶壶递给了他。但是，他拿着奶壶，却没有听老婆婆说话，也没有看牛奶一眼，却一直目不转睛地盯着武藏看。武藏也看着他出了神。

“啊!”两人同时惊呼一声，向前一步。

“这不是又八吗?”武藏先说道。

这个男人正是本位田又八。

“呀，小武!”昔日好友的声音传来，又八也惊呼道。

喊出了昔日习惯的称呼，武藏伸出手和又八拥抱在一起，不想，奶壶却掉在了地上摔碎了，白色的液体沾在了两人的衣服上。

“哈哈，咱们这是有多少年没见了?”

“关原之战之后，就再没见过了!”

“也就是……?”

“五年了，我今年也二十二岁了!”

“连我都二十二了呢。”

“是啊，我们同年。”

两人在牛奶的香味中相拥在一起。或许，两人都回到了昔日的时光。

“小武，魁梧多了。啊不，现在还这么叫你，连我都觉得不好意思了。我也叫你武藏吧！之前的下垂松之战，我也有所耳闻呐。”

“不、不，说来惭愧。我还是不够成熟。社会上的事，还是做不好啊。又八，这个店里住的客人就是你吗?”

“是啊，我原想去江户的，但是只有十天的时间。”

“那么，病人是?”

“病人?”又八支支吾吾地说，“那个，病人是和我一起的人。”

“这样啊，看到你没事我也就放心了。对了，从大和路去奈良的途中，你有没有收到城太郎给你的信?”

“……”又八突然低下了头。当时，没有履行信中所说的事情，他也没有勇气再见武藏。

武藏拍拍他的肩膀。

对于这个儿时的伙伴，他只是没有来由地想念而已。五年来，他从来没想到武藏和自己人生的差别。现在，只想和他好好聊一聊。

“又八，和你一起的人是谁?”

“这个……没有谁，倒也没什么特别的人，就是……”

“那么，我们到外面去聊？这里不适合聊天。”

“好，走!”武藏的提议正中又八下怀，于是他麻利儿地拉着武藏就朝茶馆外边走去。

蝴蝶与风

一

“对了，刚才忘了问你了，又八，你现在靠什么生活？”

“你是问我的职业？”

“对呀。”

“混呗！说来惭愧，这么多年了不但没当上官，现在连一份像样的工作都没有呢。”

“啊？你的意思是说，在这之前你一直都在游手好闲地混日子？”

“唉，也可以这么说吧。不过都是那个阿甲害的，一步错步步错啊！”走到一片草地时，两人坐了下来。

然而，武藏却感到了朋友的懦弱，很是着急。“虽说也有阿甲的原因……但，又八，作为男人，这么想真的很卑鄙。自己的人生，只能自己做主。”

“是，原本就是我不好。……但是，我能怎么办呢？我也无法控制自己的命运，一直都是被命运拖着走。”

“……”武藏不知该如何规劝又八才好，只好在沉默中先整理一下思绪。

“眼下，如何才能改变现状？就拿去江户来说吧，现在的江户到处都是饥肠辘辘的人，是一片刚开发出来的土地。人很多，也不好出人头地啊，”又八羡慕地瞄了武藏一眼，鼓足了勇气说，“其实我也想快点修炼剑道。”

“你……你说什么？难道现在还没到二十二岁吗？现在才开始修炼。但是，又八，你并不适合剑道的修行。做学问，找一个好君主，步入仕途不是更好吗？”

“我……也试过。”拔下一个草穗子，又八放到嘴里咬着。他也从内心看不起自己。

出生在同一个山坳里，生长在同一片土地上，年龄相同，但五年来的成长却完全不同，自己和他，竟有着天壤之别。一想到当初吃软饭的日子，他就羞愧难当。

还没见到武藏的时候就听说他以寡敌众的伟绩，现在见到五年未见的他，总能感到一种不像朋友的气势，这让自己倍受打击。这样一想，内心里对武藏的反感、气魄、自尊心一下子都消失了，只剩下对自己的批判和指责。

“想什么呢？喂，打起精神来！”武藏似乎看穿了他的心思，拍拍又八的肩膀。力度虽然不大，却能传达出对懦弱的批判。

“也不错啊！耽搁了五年，就当是晚出生了五年。换个角度想，这五年，也是对自我内心的一种修行啊。”

“太丢脸了！”

“哎呀，光顾说话了。又八，差点儿忘了告诉你了，我和你母亲刚刚分开。”

“啊，我母亲？她还活着？！”

“当然了，她历尽千辛万苦才生下了你，怎么舍得就这么抛下你而去？”

二

“唉，你这个不孝子啊！”看到又八那消沉的样子，武藏真为阿杉婆感到悲哀。他好想对又八说：“我从小就和母亲分开了，你是不明白没有母亲的悲伤啊。”

说起这一点，阿杉婆这么大年纪，吃尽苦头，还把自己视作仇敌，根本原因就是——她太爱又八了。这盲目的宠爱产生了误会，误会又产生了执念。而武藏只在小时候的梦中才能见到母亲，所以他非常理解这种感情。

真羡慕又八。

是的，羡慕。虽然一路以来被那个老太婆谩骂、迫害、算计，但一时的愤怒过后，武藏反而产生了刻骨铭心的羡慕。

“所以，现在我也有些理解大婶的诅咒了。”

看着又八的身影，武藏在内心自问自答，寻找着答案。

“这个儿子，要是能出人头地就好了。成为居于武藏之上的人，能衣锦还乡，这才应该是大婶的真正愿望吧。”

这样一想，他对又八的友情瞬间高涨起来，就像对剑的感情，像对雕刻观音像的热情一样。

“又八，你有没有想过，”武藏的语气很严肃，“有那么好的母亲，你为什么不想让母亲高兴呢？在无父无母的我看来，你是很有威严的。之所以像现在这样威严扫地，难道不是因为不尊重父母吗？人类的孩子拥有最大的幸福，有妈的孩子是块宝。而你却在践踏自己好不容易得来的幸福。假如我现在有那么好的母亲，我的人生将比现在温暖数倍。再修身养性，再建功立业，都不会知道自己有多大能耐。因为，没有父母为我感到高兴。有人分享自己的成功，是多大的动力啊。看到美景，获得成功，却没人和自己分享，又是多么地凄凉！”

又八一直侧耳倾听，武藏居然一口气说了这么多，边说边紧紧地握住了朋友的手：“又八，这些事情，你可能也明白。作为你的朋友，我，拜托你让自己的母亲以你为傲。我们是在同一片土地上长大的。学习吧，成长吧！只要你有干劲，我一定会帮你，只要你发誓要成为一个顶天立地的男子汉！”

两人的手紧紧地握在一起，又八泪流满面。

三

如果这些话从母亲的嘴里说出来，又八一定会排斥到底，但从五年未见的好友口中听到这些话，自己的内心却深深地被打动了。眼泪像坏了开关的水龙头，哗哗不止。

“明白了，明白了，谢谢你。”抹一把眼泪，又八接着说，“今天是我重生的日子。我虽不能修剑道，但可以去江户，去游历各国，如果能遇到良师，就可以潜心于学问了。”

“我也是，要去寻找良师和主家。学问，不是有空的时候才去修行，而应该找到寄身之处，潜心修行才可以。”

“哎呀，听你这么一说，我顿时觉得前途一片光明啊！但是，还有一件为难的事……”

“什么事？只要是我武藏能做到的，我就一定全力以赴，这也是对你母亲的一种补偿吧。”

“很难开口啊。”

“既然是朋友，还有什么不好说的？”武藏不禁对又八的欲言又止有些着急。

“茶馆里面躺着的，是和我一起的一个女人。”

“女人？”唉，这小子不会死性不改吧？武藏盯着又八的嘴，生怕他又反悔堕落回去。

“是的，事实上是……哎呀，还是难以开口。”

“是男人哪能这么婆婆妈妈的？”

“武藏，你先得答应我别觉得恶心啊。其实这个女人你也认识。”

“哦？我也认识？到底是谁啊？搞得那么神秘。”

“是朱实。”

“……”是她?!

武藏很是吃惊。之前在五条大桥遇到的朱实是那么纯洁无瑕，而经过妩媚的阿甲的传染，现在的她已经犹如一颗危险的炸弹。

现在，朱实和又八同行，这个性格复杂的女性，会给这个懦弱的朋友带来怎样黑暗的人生啊。

阿甲也好，朱实也罢，都是一丘之貉。对又八可能重新开始的光明未来来说，都是危险的阻碍。

武藏快速思考着解决方法，默不吭声。

看到武藏没有说话，又八又连忙解释道：“生气了？瞒着你也不好，所以只能如实相告。换做是我，也不会好受。”

看着又八可怜的样子，武藏马上说道：“笨蛋，你是给自己制造霉运吗？那个阿甲已经让你吃尽苦头，为什么还……”

“但是，也许是因为母亲的罪过，朱实在路过瓜生山的时候被打伤，后来在这家茶馆又一直昏迷不醒。我也很后悔，但也不能就这么扔下她不管吧?”又八又把事情的来龙去脉毫无保留地讲了一遍。

听到又八这么说，武藏叹息一声，也不再说什么了。

四

“客官，原来你在这里啊?”茶馆的老婆婆慢悠悠地走了过来：“和你一起来的病人，也在这里吗?”老太太双手扶腰，眼望天空，似乎是在问他们，又似乎不是在问他们。

“朱实吗？朱实怎么了?”一听事关朱实，又八马上焦急地问道。

“不知她去了哪儿，不过反正是没在床上躺着。”

“不在？”

“又八，咱们去看看。”武藏跟着又八向茶馆走去，看到床上空空的，正如老婆婆所言。

“啊，走了？”只听又八大叫，“不会吧！腰带不在，衣服不在，鞋子不在，就连我的银子也不见了！”

“化妆工具呢？”

“梳子、发簪，全都不见了。”

“那个女的，对客官也不怎么样。依我看，她就是装病，装昏迷。”老婆婆站在门口看着，嘴里嘀咕道。

听到老婆婆这么说，又八走出茶馆，看着远处山路出神。

花已散尽的桃树下，卧着武藏的牛，牛突然打了一个长长的喷嚏。

“……”

“又八？”

“……”

“看什么这么出神？我们就祈祷朱实能有个好去处，至少也能有个地方落脚吧。”

“嗯。”又八那了无生趣的脸前面，出现一个小小的旋风窝。一只黄色的蝴蝶，陷入其中，不断地向山崖下面沉去。

“刚才说的话，都是你的真心话吧？”

“是真心话，但如果不是真心，那又如何？”又八咬着嘴唇，小声地嘀咕着。

为了让又八收回思路，武藏握住了他的手：“车到山前必有路。朱实走的方向，并不是你的方向。你现在应该赶快到坂本和大津方向寻找你的母亲。千万不要错过啊。快去吧！”

说着，就把又八的行李拿了过来。

“你还有盘缠吗?”武藏看了看又八为数不多的行李，不等他回答便又兀自回答说，“我这里虽然不多，但你先拿着。如果你有志去江户，我稍后也会一起去。不过你现在最重要的是找到你的母亲，而我也要把牛送到濑田的唐桥，之后你一定要过来找我啊，就这么定了。”

道听途说

一

武藏留下来等着傍晚的回信。

过了中午头儿，武藏喂过躺在树荫下的牛之后就躺在茶馆里面的小床上打发无聊的时间。

今早起得早，昨晚又没睡好，身体的疲惫在空闲时来袭，使他在不知不觉间就进入了梦乡。梦中飞来两只蝴蝶，虽然看不清楚模样，但他觉得其中一只就是小通。

突然睁开眼睛，才发现太阳已经落山了。自己睡觉的地方好像也变了似的，吵吵嚷嚷的。

从山里出来的石匠们，每天的这个时候都会到这里来喝碗提神茶吃点甜点的，吃饱喝足之后再闲聊一会儿，好迎接接下来的辛苦工作。

“总之，就是下垂松那里。”

“吉冈家?”

“那可不。”

“真是太惨烈了，那个武士可就自己一个人哪！一个人，稀里哗啦地一会儿工夫就把那么些个武林高手全都灭了，你说厉害不厉害?”

“吉冈派的拳法确实厉害，但也只有第一代厉害。到了第二代就不温不火，第三代没落，第四代就只能跟我一样当石匠喽。”

“这么说，我们这些个石匠还大有来头呢！”

“得得得，我是说这事儿，你可别瞎往自己脸上贴金哈。你祖上就是石匠，你这辈子也就是个石匠了，可别在我们跟前装什么没落子弟了。我现在说的是吉冈家！”

讲话的石匠说早上出工的时候，在采石场真的看到了当时的场景。那个叫武藏的男人面对上百的敌人，这样砍，那样杀，石匠仿佛武藏附体一样，越比划越来劲。

幸亏武藏在里面的小床上睡着了，要是醒着听到他们讲的这些话，非得笑岔气不可。

但是，门口桌子前坐着的四位茶客可并不觉得他们讲得多好笑，为首的那个年轻人一听他们对武藏极力推崇夸赞的语气就不乐意了。这四位茶客中有三个是中殿的僧兵，就是为了送这个年轻人才到这里来的。这个年轻人背上背着长刀①，额头留着头发，仍是少年打扮，身穿丝绸，仪态不凡，看样子就知道不是一般的武士。

石匠们看着年轻人生气的样子，都好好地坐下来开始喝茶，偶尔会有人再讴歌一下武藏的丰功伟绩，嘲笑一下吉冈家族。

突然，忍无可忍的佐佐木小次郎朝着石匠们的方向大喊：“喂！你们这些抠石头的！”

二

石匠们扭头看到器宇不凡的小次郎，不由得安静了下来。

这个年轻武士仗着三个和尚给自己撑腰，威风八面，完全不把别人放在眼里：“你，你，还有你，还有刚才一直在说

---

① 长刀：长柄宽刃大刀，日本中世僧兵和近世女子的常用武器。

话的人，都到前边来!”

小次郎边说边用扇子敲他们的头：“其他人也过来……你们怕什么？过来呀!”

“是，是……”刚才还狐假虎威一通比划的石匠们突然跟老鼠见了猫似的老实了下来。他们不敢违抗，只得照着年轻武士说的慢慢靠了过来。

“你们，刚才一直在夸那个宫本武藏，你们知道什么啊，知道后来发生什么事了吗?”

“啊？不知道啊……”

“那你们凭什么说武藏多么多么厉害？真正看到整个事件的人是我好吧？是我佐佐木小次郎！我是当天的组织者，从头到尾都参与了那场战役。包括后面到比叡山中殿讲堂，跟学僧们讲事情经过和感想，而且应众院的邀请，我也讲了自己的想法。”

大家面面相觑，谁也不敢出声。

“但是你们，你们知道什么是剑吗？只看表面的胜败，把武藏这种人说成世间罕见、天下无双的能人，简直是愚弄大众，颠倒黑白。照你们这么说，我在比叡山讲的都是谎话了？现在，我就给你们讲讲真相是什么样，武藏究竟是什么样的人物。都给我竖起耳朵听着!”

“是!”众人表现出了认真听的样子。

“武藏究竟是个什么样的人呢？从他在那次战役中的目的就不难看出来，他是个沽名钓誉的家伙。俗话说枪打出头鸟。他纯粹是想为了成名，所以就拿洛内第一的吉冈家开刀，把吉冈家当成他成名的跳板。”

众人一脸的不解。

“之所以这么说，就是因为吉冈家的衰落是众人皆知的事情。就像是一棵枯树，像一个濒死的病人一样，自己已经开始走向衰亡，这时候无论是谁都能毁掉吉冈家。但为什么那么多豪杰都不动手指头呢？就是顾及吉冈家第一代拳法大师的声望！可是武藏就没良心了，居然还就对他们动手了——对一个濒死的病人动手了！简直是卑鄙无耻！而你们，却还在这里讴歌他！”

众人更莫名其妙了。

“这种卑鄙无耻的行为简直是举不胜举，无论是见清十郎的时候还是见传七郎的时候，那家伙从来都耍大牌，我就没见他什么时候准时赴约过。而且，下垂松战役中，他也没有光明正大地出手，用的尽是些旁门左道的肮脏手段。”

众人就跟听故事似的，越听越晕乎。

“没错，单从人数来看的确是多寡悬殊，但这正是他卑鄙狡猾的地方。你想啊，万一赢了他可就赚大发了，就算是输了也能让世人同情他。在咱们看来，反正事不关己，谁胜谁败只不过就是茶余饭后的谈资。武藏就这样利用他的小聪明最终逃了。——如果说武藏是个能人，那他也是个擅于逃跑的能人，根本没什么了不起的。”

三

小次郎滔滔不绝地讲着，不难让人想象出，他在比叡山的讲堂上肯定也是这么自鸣得意的样子。

“都说‘内行看门道，外行看热闹’。在你们这些个外行人看来，一个人对战十个人绝非易事。但你们同时也应该明白，十个人可并不一定就代表了十倍的力量啊！”

话锋一转，小次郎开始讲述武藏和门将少年的战斗，破口大骂。不仅仅是谩骂，简直就把武藏描述成人类道义、武士道道义以及剑道上的不可原谅的大魔头。他添油加醋地向这一群伸过来的脑袋灌输着自己的理念，甚至还提到了从武藏老家来的，现在还在追杀武藏的本位田家的老母亲。

“如果你们觉得我说谎，可以去问问本位田家的老母亲。我住在中殿的时候，曾亲自和这位老母亲谈过。一个被六十岁的老婆婆仇恨的家伙，你们怎么会认为他伟大呢？这样的人对世道人心的危害还小吗？我跟吉冈、武藏双方都没什么关系，仅仅因为我喜爱剑道，所以必须说实话。听明白了吗？你们这些只知道抠石头的家伙！”

说完之后，小次郎喝了口茶润润喉咙，对一起来的僧兵说：“哈，太阳已经下山了，就此别过吧。”

僧兵们提醒他注意安全，毕竟夜黑山路难行，随后就离开了茶馆。

石匠们一言不发听完小次郎的训斥，就像法场上松绑的犯人一样，起身去山谷间干活了。山谷映衬在晚霞之中，传来了石匠们的号子声。

剩下小次郎自己，朝里面的老婆婆喊道：“婆婆！茶钱给你放桌上了！天黑难行，有火绳吗？能不能给我两三根？”

老婆婆蹲在灶火前烧火，应道：“火绳啊？里面的墙上挂着呢，要用的话自己过去拿吧。”

小次郎走进里屋，从里面的墙壁上取下两三根火绳。刚要出去，眼光就落到了小床上躺着的人身上，不禁浑身为之一颤。

武藏！——居然是武藏！

武藏以肘为枕躺在那里，睁着眼，目不转睛地盯着小次郎的脸。

四

小次郎下意识敏捷地向后退了一步。

“哦?”武藏先开了口，露出白色的牙齿。他一边笑着一边像刚睡醒了似的坐起身来，然后从小床上下来，向站在门口的小次郎的身边走来。

小次郎也想回以笑容，但是脸上的肌肉却僵硬得笑不出来了。想到自己刚才还对着石匠们大骂武藏，他一定是全都听到了。小次郎努力控制着自己，想要尽量自然地把表情和态度都恢复到往常的傲慢模样，一时间却语无伦次起来：“……你、你、你是武藏?……你怎么在这里?”

武藏看到他这个样子，觉得很是讽刺。

“之前，承蒙您照顾了。而且，刚才对着那些蠢材苦口婆心地说了那么多，真是辛苦了。一直以来我都自我感觉良好，没想到却和人世间对我的评价竟有这么大的差异。我倒是很想听听世人对我的真正看法。睡梦中听到了阁下的一番话，真是受益匪浅哪!放心吧，你方才所说的每一句话，我都会永远铭记在心的。”

永远铭记在心——他的这句话让小次郎浑身都起了鸡皮疙瘩。这话听起来是谦虚，但小次郎明白这是一场不可避免的挑战。这句话可是大有深意啊!

双方都是了不起的人物，都是专注的剑修者。过多的口舌之争没有任何意义。对武藏来说，下垂松之战是一生中的重要时刻，是入道的必经之路。对此，没有任何的后悔可言。

但在小次郎看来，武藏一定是想今后再伺机报复。

面对眼下的情形，小次郎不敢再大放厥词。自己是按照自己看到的事实作出了公正的判断，无论武藏的实力如何，这个武藏都不会是什么善茬儿。

“很好。既然你自己都说了，那你最好永远记住。不要忘了啊，武藏!”

武藏沉默不语，再一次露出了笑容。

连理枝

一

柴门的入口，响起了城太郎的声音："小通姐姐，我回来了！"说完，他就坐到屋子旁边的小河边开始洗腿上的泥。

这里是银阁寺的一处别院——山月庵。在瓜生山和武藏分别的第二天，他们就来到了这里。小通一直都在这里养病，而城太郎每天都出去打探武藏的消息。当然，下垂松战役的消息也传到了这里。

城太郎也去了下垂松打探，因为他觉得对小通来说，武藏的消息比任何药物都管用。只有武藏的消息传来，小通的脸色才会渐渐好转。

"小通，告诉你个能让你高兴的消息！"

"什么啊？"小通露出迫不及待的眼神。

"有武藏师父的消息了，他现在在比叡山的无动寺。"

"真的?！他现在安全吗？"

"你就放一百个心吧！他现在可是好得很呢。你赶紧吃点东西吧，我们马上就动身去无动寺，这次可不能让他再跑了，哈哈！"

二

小通倚着桌子，一直眼望天空。城太郎收拾完行李，又催促道："走啊，你不想马上见到他吗？"

“当然想，我现在恨不得马上就飞过去见他呢。”小通幽幽地说。

“那还等什么？那就快点飞过去见他啊！”城太郎说着就拉起小通的手往门外走。

“不，城太郎，我们还是不要去无动寺了。”小通欲言又止，看得出她心绪又乱了起来。

“为什么？喂！我真是搞不懂女人整天都在想些什么！明明整日整夜地急着想要见他，现在好不容易有他的消息了，这才一会儿工夫你就又一动不动了？”城太郎没好气地说。每次都是只差那么一点点的时候她就开始犹豫来犹豫去的，最后等她想明白了，黄花菜都凉了。

“当初在瓜生山，我们已经讲明白了。我对他的仰慕之情，至死不变。他也说过，如果他获胜，就一定回来找我。但他现在在无动寺，也不知道他真正的目的是什么。如果我贸然前去找他，他一定不会原谅我的……”

“那你就这样一直等下去，等他个十年二十年吗？”

“对，一直等下去。”小通信誓旦旦。

“就一直这么坐着看天？”城太郎觉得有些好笑。

“嗯。”

“真搞不明白你在想什么。”见小通跟得了魔怔似的，城太郎彻底无语了。

“但我明白，自瓜生山一别，我才真正理解什么是爱。无论生死，彼此的心都不会分离，在天愿作比翼鸟，在地愿为连理枝，我们的心是永远连在一起的。他要四处游历，修炼剑道，而我能做的就是等他，为他祈祷。我相信他，他一定会回来找我的。”

听到这些，城太郎很是生气，感觉数日来的努力都白费了。他气鼓鼓地走开了，一天都没有搭理小通。

到了晚上，门外有人敲门——原来是乌丸家的仆人。他把给小通的信交给了城太郎。城太郎看到是武藏的笔迹，也放心了：原来下垂松之战后师父还活着。

这时，小通从里面出来："来人可是代你师父送信来的？"

"是的。"城太郎一边应道，一边将信交予小通。小通迫不及待地打开来看。

熟悉的字迹在眼前洇润开来。嗅着油墨的清香，小通再也按捺不住内心的思念，流下了深情的眼泪。看着武藏的来信，她感觉就像做梦一样，此时此刻，她只想赶快动身去濑田。对，去濑田，奔赴自己的情郎！

她回头对城太郎说："我们赶快收拾行李，马上动身！"然而，这高兴得有点儿过头了，倒像是自己在自言自语一般。

小通收拾好行李，留下一封向山月庵住持道谢的信，就匆匆地向门外走去。

不顾夜黑露重，一大一小两个人连夜踏上了前往濑田的山路。

重　逢

一

天刚蒙蒙亮，这时候大地还是湿漉漉的，千家万户却已经炊烟四起了。

武藏骑在牛背上，慢悠悠地走着。最烦夜里走山路了，伴随着黎明的到来，终于看到了人家。

另一边，小通和城太郎两人越过了志贺山，遥望着大津土地上密布的房屋，朝着湖畔迈开了希望的步伐。

武藏绕过山梁，边走边想着小通他们会从哪条山道上过来。之前茶馆的姑娘回来说，小通并没在乌丸家，把信送到小通养病的地方天也就黑了。考虑到小通的身体状况，他们应该在第二天早上动身，到达濑田也该傍晚了。所以自己也不必着急，只骑在牛背上慢悠悠地走着。

突然，他听到后面有人在喊自己。原来不知不觉中，牛已经来到了市中。

原来是批发行的人，简短交谈之后武藏才知道，只要在这里付够银两，就可以继续租赁这头牛，只需在下一站把牛还给批发商即可。于是，付过银两之后，武藏租下这头牛，继续赶路。

这里距离濑田已经很近了。武藏一边欣赏着周边的湖光山色，一边任由牛自己悠悠地前行。反正中午之前肯定能到，所以现在也不必急于一时。

“小通应该还没到吧？”武藏想。这次见到小通，自己也就能安心了。下垂松战役之前，武藏对所有女人都感到恐惧，包括小通。但是，看到小通当时处事干净利落、聪明伶俐的劲儿，武藏对她的爱慕之情才彻底爆发了。——只要不耽误自己的剑修，这次再见到小通，无论她有什么要求自己都会答应她的。不过话说回来，像小通这么明事理的女孩子，也一定能够明白自己的。

二

中之岛上有二十三座小桥、九十六座大桥，都种有古柳树。濑田的唐桥之所以也被称为青柳桥就是因为这些象征着旅客的柳树。

城太郎从中之岛的茶馆中跑出来，指着武藏喊道：“来了！小通，师父来了！师父骑着牛来了！”

往来的旅客看到这个少年欢呼雀跃，甚是好奇。

“真的吗？”小通连蹦带跳地从茶馆里跑出来，顺着城太郎指的方向看去。

“师父——”

“武藏——”

两人对着武藏来的方向挥舞着手中的斗笠。

终于，武藏骑着牛来到了柳树下。隔着河就看到了对面欣喜若狂地挥着手叫自己名字的小通。然而，等到武藏来到跟前小通反倒没了话，只有城太郎喋喋不休地问这问那。

“师父，你的伤好了吗？看你骑着牛来，我还以为你还没恢复不能走路呢！……嗯？为什么来这么早？这还用问，还不是因为小通嘛，看到你的信病立刻就好了，这不，我们一刻不停地就赶过来了！”

“哦，呵呵……”武藏不好意思地点头笑着，担心周围的旅客误以为两个人是来相亲的。

进到茶馆门口的桌前坐下之后，小通只顾羞答答地一言不发，武藏也不知道该怎么开口。只有城太郎和藤花上的蜜蜂们在欢快地享受着当下的时光。

“啊呀！石山寺方向乌云滚滚，看来马上要下雨啊。大家都到里面去吧！”茶馆主人说完就开始收拾东西。

“哎呀，好好的怎么就开始打雷了？小通，师父，咱们快到里面去躲躲吧，被雨淋湿了怎么办？”说话间大家就都到里面去了。

另一边，顶着破草席的又八迅速地钻进了四宫明神的楼门底下，一边甩着头发上的水滴，一边感叹道：“真是朵积雨云啊！”

又一声重雷，讨厌打雷的又八捂着耳朵缩在了楼门之下。

不一会儿雨就停了，太阳洒下满地的阳光。一切都恢复了原状。从某处传来一阵三味弦的声音，一个打扮妖娆的女子走了过来，目光含情地冲又八妩媚一笑。

三

“您可是又八先生？”妖娆女子娇声问道。

“嗯？”又八疑惑地问。

“楼上有位客人可能是您的朋友。他在二楼看到您，便吩咐奴家一定要请您上楼一叙。”这时又八才看仔细——这个神社旁边的建筑看上去真像是个妓院啊。来人不容又八犹豫，拽着他的袖子便径自往院里拉。又八询问楼上的是自己哪位朋友，妖娆女子只是媚眼一瞟：“您自个儿上去看看不就明白了吗？”

衣服已经湿透了，所以跟妓院借了件干的衣服穿上。想着今天武藏还在濑田那边等着自己，又八想等衣服干了之后马上就走，不在这里过夜。

“那么，拜托你了！”又八把自己的湿衣服递了过去。

“是，您就放心吧，人家还能把这男人衣服留下了自个儿穿了不成？”

于是又八开始上楼。“二楼的客人到底是谁呢？”又八暗忖道。

又八怎么想都想不出来等待他的会是哪个故人，只是一到这种地方就来了精神。

“您来了，犬神先生。”对方突然开口道。

又八心想对方是不是认错人了？坐下来一看，果然不认识。

“您是？”又八满腹狐疑地问。

“不记得了？在下佐佐木小次郎啊！”

“那犬神是……？”

“就是您哪！”

“得，那看来你是找错人了。我可不是什么犬神，在下本位田又八。”

“这个我知道。您忘了？曾经在松树林里，那么多只狗围着您，您往中间一坐立马大显神通，那些狗就全都不敢动了。——所以我才尊称您为犬神大人啊！”

“快别开玩笑了，那天我可真是倒了八辈子霉了。唉！”

“今天就不要想倒霉的事了，为了表示欢迎，我今天特意请您过来。来，斟酒！”

“不用了，我马上就要走。濑田那边还有人等着我呢，是和我一起长大的朋友，宫本。”

“什么？是武藏吗？难道是在山口的茶馆就约好的？”

“看来你知道的还真不少。”

“您和武藏的事情我都知道。之前在比叡山中殿遇到过您的母亲阿杉婆。还听她诉说了和武藏之间的恩恩怨怨，真是位了不起的母亲啊！”

“是吗？你真的见过我娘？从昨天开始我就一直在找她呢。”

“好了，又八。为了一雪前耻，干杯！武藏那个家伙，你根本不用怕他，不是我说大话，我佐佐木小次郎一定能帮到你！”

这次，又八却没有举起酒杯。

四

“又八，你怎么不喝？”一张醉醺醺的脸向又八探了过来。喝多了的小次郎，往日的端庄和从容已经消失殆尽。

“不好意思，我要告辞了。”又八起身要走，袖角却被钩住了。

“不行，你不能去找武藏。”小次郎伸出左手，一把抓住又八的手腕。

“世人认为武藏是坏人，那都是我娘到处宣扬的结果。我也是刚刚才知道，是我娘误会了武藏。现在我和武藏约定要一起去江户，闯出一片天地。”

“哈哈，知子莫如母，你还真是头脑简单。看来你母亲说得没错，你就是个容易上当受骗的家伙。我现在就可以明明白白地告诉你：你被武藏蒙骗了！”

“不，武藏他……”

“闭嘴！首先你是个背叛母亲的不孝子，连我佐佐木小次郎这个外人听到你母亲的话都义愤填膺，发誓要助一臂之力，你却还在一味地替敌人说话。你脑袋被驴踢了还是怎么的？”

“放开我，我要去濑田！喂，我的衣服干了吗？帮我拿出来……”

“不许走！”小次郎醉眼蒙眬，“你跟武藏在一起，岂不是侮辱了你的母亲。今天你哪儿都不许去，在这里和我小次郎喝酒！”

妓女们也都帮着小次郎，不还又八衣服。就这样直到天黑，又至深夜。

天亮的时候，又八终于找到机会，趁大家熟睡下楼找到衣服，一溜烟儿地逃出了妓院。好不容易来到了濑田的中之岛，却只见到了武藏留下的带有柳枝的书信，却没找到人。

“看来是先走了。”又八只好急急赶路，希望能追上他。

男女瀑布

一

又八追到了草津、彦根都没有遇到武藏。

“难道是错过了?”又八站在山上看了半天，也没看到武藏经过。向路人打听一个骑着牛的武士，对方只说骑牛马的路人太多了。也是，又八只认为武藏是一个人，却不知还有小通和城太郎同行。

“难道我真的被骗了?”又八开始怀疑自己。

终于，在中津川的路上他看到了走在前面的武藏。然而，在看到武藏的那一刻，他对武藏就开始憎恨了。

牛背上坐着的不是武藏，而是七宝寺的小通，牵牛的人却是武藏！走在牛旁边的城太郎并没有引起又八的注意，让又八生疑的是保持亲密姿势的武藏和小通。

“啊，我到底还是被骗了。从当初教唆我去关原再到现在。但是，我居然一直那么相信他。混蛋，我一定不会忘记这个耻辱的。”眼前，又八对武藏的厌恶和嫉妒达到了前所未有的高度。

另一边，小通骑在牛背上，武藏牵着牛，城太郎蹦蹦跳跳地跟在牛旁边，一副其乐融融的亲密场景。

“我还是第一次走这样的山路，真是大汗淋漓啊！师父，这是哪儿?”

“刚刚出了木曾最难走的路，马龙谷。”

小通骑在牛背上冲着城太郎笑道："我倒是很喜欢这种人烟稀少的道路呢"。

"哼，你又不用自己走。"城太郎调皮地一笑，突然看见了什么东西，眼前一亮，"师父，你看，那边有瀑布！"

咦？不远处确实有个瀑布。于是三人把牛栓在树上，去瀑布边休息。瀑布哗哗作响，沁人心脾，沿着小路走过去，看到瀑布边有一个没人住的小屋，周边的花草都被水打湿了。

"武藏……"小通微笑地指着木牌上的字，武藏看到后也笑了。只见上面赫然写着四个大字：男女瀑布。

说是"男女瀑布"，其实是一大一小两条瀑布，两条瀑布最终落下汇成一条溪流。一看就知道，水流迟缓的应该是女瀑布。走在路上一直嚷嚷着要休息的城太郎，现在反而静不下来了。看到瀑布碰到岩石上激起无数水花后奔流而下，城太郎按捺不住好奇心顺着溪流一直往下走去。

"小通，你看，有鱼！"城太郎的话没有收到任何回应。不一会儿工夫，他就又欢蹦乱跳地跑远了。

二

阳光从山的另一边照射过来，在被水浸湿的花草上形成无数的小彩虹。两人坐在小屋的阴凉中，背靠背地听着瀑布的声音。

"也不知道跑到哪里去了。"

"城太郎吗？"

"嗯，真拿他没办法。"

"没事，和我小时候相比，他还差得远呢！哈哈！"

"得了吧，他能跟你一样？"

"话说回来，又八也成熟了。说到又八，那家伙怎么还不来？他是不是遇到什么事了？”

“如果又八来了，我想我得藏起来了。”

“没必要，只要跟他解释一下就能明白的。”

“本位田家的母子俩，秉性可不一样。”

“小通，你不要再考虑一下吗？”

“考虑什么？”

“再考虑一下，真的不想嫁到本位田家吗？”

小通脸色瞬变，严厉地大声说道：“不！想！”接着，泪水就顺着像兰花一样绯红的脸颊流了下来。

武藏也为自己问了不该问的问题而懊恼不已。现在，不是已经很清楚了吗？经过了这么多事情，怎么还能犹豫不决呢？这么做岂不是太伤小通的心了？小通用手捂着脸无声地哭泣着，肩膀也颤抖着。她睁开小鹿般清澈无辜的大眼睛看着武藏，脉脉含情似是在表示着自己的决心：“我是你的人。”

浅绿色的枫叶将二人掩映其中，武藏感觉四周震天响的瀑布声正如自己体内的血液奔腾之声。看看奔流的瀑布，再看看已经跑远的城太郎，武藏体内潜藏的欲火更加猛烈了。

几日来，一直都能感到小通在灯火和阳光下肉体散发出的诱惑：如芙蓉花般白嫩的肌肤，隔着屏风摇曳的青丝，都令武藏久久沉在岩石下的爱欲萌芽，在内心迅速膨胀开来。

突然，武藏离开了原地。不，确切地说是逃离了原地。放下小通，向没有路的草丛中奔去。为什么，突然感觉胸口闷得慌，嘴里好像能喷出火焰一般，体内奔涌的血液像是要一泻而出。真想像城太郎那样奔跑起来。看到一片草丛中的空地，“啊——”地大喊一声就跪坐在地上。

不知道原因的小通马上跟了过来，抱住了他的膝盖。武藏沉默的脸庞毫无表情，看上去很恐怖，好像在害怕什么。

“怎么了？武藏君……武藏君……如果我做了什么让你不高兴的事情，请你原谅我……”

“……”

“武藏君……如果……”

他毫无表情的脸越是如此越让小通害怕，小通用力地抱着武藏，像摇曳的花朵一般，试图用自己的花香将他唤醒。

“啊！”武藏喊了一声，猛地用他有力的双手抱着小通翻滚在了地上。小通伸着白皙的脖子，在他怀中无声地挣扎着。

三

罗汉松上的鸟儿遥望着远处还有些许积雪的伊娜山脉。漫山的映山红鲜红似火，蓝蓝的天空飘浮着几朵白云，枯草下散发出只属于这深山的气息。

在枯草的深处，传来了小通那不是悲鸣却胜似悲鸣的声音，“不要，武藏君，不要！”她蜷着身体，像只刺猬一样保护着自己。

“怎么、怎么可以，你怎么可以……”她抽泣着呻吟道。武藏突然就清醒了，恢复了理智。

“为什么？为什么会这样？”他痛苦地捶问自己。没人能够明白，这是一个男人的耻辱。他为自己的无耻行径感到愤怒。

他刚一放手，小通就跳了起来。倒下的地方还留有一个小小的香囊和一枚脱落的纽扣。他看着地上的东西，哭泣起来。面对这个卑鄙无耻的自己，他却怎么也搞不明白小通的想法。自己这燃不尽的激情难道不正是小通的眼睛、嘴唇、语言，小通的一切，包括她头发的诱惑才出现的吗？

自己点燃了男人的欲火，却害怕地逃开了。即使她不是故意的，但结果也欺骗了爱人，让爱人蒙受了巨大的痛苦和耻辱。

“啊……啊！”武藏伏在地上，面对草丛哭了起来。他悲哀地觉得，自己一败涂地，之前的所有痛苦磨炼，如今都化为乌有。就像一个孩子失去了手里的果实一般痛苦。搬起石头砸自己脚的懊恼，令他伏在地上将忍了很久的痛苦全部发泄出来。像是太阳照得抬不起头一样一直伏在地上。

“我没有错！”虽然感到自己的行为卑鄙可耻，但却怎么也想不通为什么。

“我不明白，不明白……”对现在的他来说，根本没有时间去考虑处女心的纯洁之处。就像一颗白色的珍珠，令人颤抖，令人无所畏惧，这是女人一生的某个阶段中最崇高无上的心灵之美，也是自己珍贵的存在，然而，武藏现在根本想不到这些。

就这样伏在地上，闻着土地的清香，他渐渐平静了下来。生气地站起来，眼睛已不像刚才那样充满血丝，脸却变得苍白无比。

踩着小通落在地上的香囊，像是静静地聆听着山的声音。

“对啊。”像是恍然大悟一般径直向瀑布的方向走去。就像当初在下垂松之战中专心于剑时一样，眉头紧锁。尖脆的鸟叫声渐行渐远，风带着瀑布的水流声匆匆地赶来，云中泻出淡淡的阳光。

小通站在离武藏二十步远的地方，藏身在白桦树后，一直默默地注视着武藏。看到武藏痛苦的样子，她终于想明白了，现在也希望武藏能再次走到自己的身边，或者自己走过去也可以，一副犹豫不决的样子，但心脏却像只受惊的小鸟颤抖不止，身体也不受自己的控制。

四

小通流泪的眼睛里，除了哭泣之外还充满恐惧、迷茫和悲伤。在她的心中，自己信赖的武藏并不是自己幻想出来的男子。

但是，在恐惧和痛苦中，她没有感到任何矛盾。刚才的情形，如果换成是别的男子，自己一定不会只跑出二十步。心情平复下来之后，小通才想明白，刚才只不过是本能反应而已，武藏和其他男子是完全不同的。

“他生气了吗？请一定不要生气，我不是讨厌你才那么做的，一定不要生气啊！”小通一个人站在风中，只顾在心里向武藏道歉了：“他做得没什么不对，他做得并不像其他男人那样丑陋，是自己不分青红皂白地感到恐惧，在那狂热的激情背后隐藏着多少仰慕啊！”

突然，小通发现武藏不见了。

“他是不是生气了？是不是不要我了？”她迅速跑回小屋，但也没看到武藏。只有白花花的瀑布、云雾缭绕的山峰、摇曳的树枝以及绵延不断的溪流，“嘭！”的一声，好像什么掉水里了。

同时，传来了城太郎的喊声：“啊，不好，师父跳到水里了！小通——”

五

武藏站在咆哮的瀑布下方，双手抱在胸前，赤裸上身，低着头，看上去像块巨石。小通站在小路边，城太郎站在溪流旁边，大声呼唤着武藏。

两人的喊声混合在一起，武藏却并没有听到。狂吼的瀑布声淹没了其他一切声音。

千万条银龙狂吼直下，不断撞击着他的脸、肩膀、胸膛。水流像乱舞的妖魔一样撕扯着他，试图将他拖进死亡的旋涡。只要他略松一口气，就会滑倒在水底的青苔之上而命丧激流之中。

而且，垂直而下的瀑布压力何止千斤，他的心肺犹如压在大山下一样痛苦。即便如此，武藏的脑海中仍然浮现出了小通的脸庞。

就连志贺寺的高人都无法摆脱这种烦恼。自古以来，越是成大事者，越是天生具有非凡能力的人，生来背负的痛苦越多。

当年，刚刚十七岁就扛着枪奔赴关原战场，不也是因为这一腔热血吗？下垂松战役中，能够以寡敌众，靠的也是这一腔热血。但是，因为小通，他蕴藏在体内多年的本能爆发了，数年修炼所得的理智已不足以遏制这种强烈的力量，于是他爆发了，一发不可收拾。

面对敌人，自己的剑毫无用处。这个敌人，不是外在的、有形的，而是存在于自己的内心，是无形的。武藏狼狈不堪，他清楚地了解自己内心已经沦陷了，因此而惊慌失措，不知如何是好。

“师父……师父……你不能死啊……”城太郎的声音中夹杂着哭声，在他的眼里，武藏似乎已经死了。痛苦的呼喊中，看了一下对面的小通。突然发现，刚才还痛苦万分的小通，不知什么时候不见了。

六

小通不会也跳进瀑布里了吧？城太郎吓坏了，看着奔腾的瀑布，不知怎么办才好。

但是，悲伤的同时他也感觉到了，站在瀑布底下的武藏绷紧了全身的肌肉，正全力和瀑布抗争。他那伟岸的身躯表现出了无限生命力，简直就是威武的志贺寺的高人！所以他绝不是在求死——他只是站在大自然中，洗去心中的污垢，以令自己更加坚强。

从瀑布中传出的武藏的吼声就是最好的证明。虽然听不清楚他在吼什么，但看起来像是在念经文或者在责骂自己。夕阳在瀑布的一端变成碎片，在武藏肩膀的肌肉处形成无数条小小的彩虹，飞向四面八方。其中最大的一条彩虹，甚至超越瀑布，跨越长空。

城太郎像猿猴一样飞过岩石，越过激流，来到离小屋不远的地方。静静地观察着那边的动静，小通在干什么？城太郎屏住呼吸慢慢靠近，只见小通坐在小屋旁边，双手默默地抱着武藏的衣服，低声抽泣。

真是搞不懂这个女人在想什么，现在的样子就像个没长大的孩子。城太郎一副无法理解的表情，没有出声，转身向牛的方向走去。

牛卧在花草之中，凝望着夕阳。

空之卷(一)

普 贤

一

上了木曾路，总能看到几处皑皑白雪。从山坳处看去，不仅能看到驹岳山上的雪层，也能看到御岳山上微微泛红的树叶和白雪交相辉映，美不胜收。

这是一个孕育万物的季节，满眼都是微微的翠绿。一路上，城太郎的肚子一直都在宣告着自己成长的权力。每当这个时候，城太郎的头发好像也长长了，身高貌似也增加了，看上去将来肯定会成为一个了不起的人物。

有时，小通也会笑话他太能吃，但城太郎明白，在她的嘲笑声中总会透露出无尽的爱怜。

城太郎的肚子永远都喂不饱，只要看到食物他就会说："小通，小通，给我买那个吃吧！"一边拉着小通的衣袖，一边脚就像被钉在地上一样走不动了。

在之前路过的须原旅店里，面对那里销售的兼平煎饼，小通终于做出了让步："只给你买这个哦。"还没走半里路，城太郎就吃完了，又摆出了一副想吃东西的饥饿表情。

晚上借住在茶馆的一角，早上起来用过早饭，但过了一个山口，到了上松附近，城太郎又忍不住了："小通，小通，树上有干柿子，你不想吃吗？"

"哎，你不要太过分啊。你要是觉得我碍事，那我自己先去追武藏好了，你慢慢吃。"小通说着就想从牛背上下来，而城太郎笑眯眯地看着，并没有要阻止的意思。

城太郎装模作样地说道："怎么办呢？"

他非常清楚，小通不可能一个人去追武藏的。小通已经从牛背上下来了，没办法，只能到阴凉的地方等着城太郎："好吧，你赶紧吃。"

突然，城太郎靠了过来，轻轻地跟小通说："那边好像是又八过来了。"

"骗人，"小通不相信，"这种地方，他怎么可能来？"

"来不来不知道，但现在那边那个戴着斗笠的人就是他。你要不信，需要我把他喊过来验明正身吗？"

听到又八的名字，小通差点儿昏了过去，脸色瞬间回到了当初的病态，苍白无比。

"没事没事，不用担心，如果有什么事，就到前面去找武藏师父，他走得不远。"没想到小通反应那么强烈，城太郎只好话锋一转。

小通听到这些，心情久久不能平静。她没说话，又爬上牛背，好像生了重病一样。

"小通，你和师父之间到底发生了什么事啊？"城太郎看到她苍白的脸庞，走到牛跟前仰着头问道，"真是想不明白，在走到瀑布之前，一路上我们三个人关系都那么好，可是从瀑布出来，你们怎么就不说话了呢？为什么啊，小通？一路上我们一起走，晚上又住在不同的房间。没见你们吵架啊？"

小通依旧沉默着。

二

本以为他终于不说吃了，现在又开始喋喋不休地说这些。这样也好，正好可以重新梳理一下和武藏之间的关系。毕竟城太郎还是个孩子，小通也不想伤害他，所以并没有回答他的问题。就这样一直坐在牛背上，她的身体渐渐恢复了，但心理上的问题却一点儿也没有解决。

在男女瀑布时自己的哭声、武藏的愤怒声、涓涓细流声和呜咽哭泣声混合在一起，两人之间的误会和没有打开的心结，一直萦绕在小通的心头。

武藏对自己表露出了那么强烈的欲望，为什么自己会用尽全力抗拒呢？为什么，究竟是为什么？小通内心懊恼不已，越想弄明白原因，结果就越痛苦。难道所有男人都是这样强迫女人的吗？多年来对武藏的暗恋和思念，在男女瀑布之后，开始不断地冲击着自己的内心。

更令她难以理解的是，自己明明逃离了武藏的拥抱，现在却又紧紧地在后面跟着他，这种矛盾令她寝食难安。

当然，武藏也没有走得太快，一直都照顾着他们的速度——按照之前的约定，遵守着和小通一起去江户的承诺。即使城太郎有时开小差耽误了行程，武藏也会在某处等着他们。

“小通，有一个在茶馆休息的旅行僧指着你说，你不说话的样子特别像一个人。是谁来着？”

“普贤菩萨吧？”

“是普贤菩萨吗？我倒觉得是文殊菩萨。普贤菩萨和文殊菩萨总是一起出现。”

“是贪吃的文殊菩萨吗？”

“爱哭鬼普贤菩萨，倒是蛮合适的。”

“又来！”小通气得满脸通红。

接着，城太郎又问出了一个更加奇怪的问题：“为什么文殊菩萨和普贤菩萨会一起出现呢？又不是一男一女。”

在寺院长大的小通自然知道其中的缘由，但不喜欢城太郎执拗的个性，就简单地解释道："文殊是掌管智慧的菩萨，普贤是实现众生愿望的菩萨。"

话音刚落，不知从什么地方冒出一个男人，大喊一声："喂！"

不是别人，正是城太郎在福岛看见的本位田又八。

三

"一定是专门在这里等我们的，这个卑鄙的男人！"看到他那张脸，小通就难以抑制内心对他的蔑视。

而又八看到小通，却是悲喜交加。一想到他和武藏亲密的样子，又八就恨得牙痒痒。这不，他正叉着腰冲着牛背上的小通命令道："下来！"

小通连和又八打招呼都不愿意，没有搭腔，对又八的厌恶更深了。

"喂，不下来吗？"又八再次喊道。

真是什么样的娘生什么样的儿啊！他的口气简直跟阿杉婆是一个模子里刻出来的，每一个字都透着让人厌恶的气息。她已经不是本位田家未过门的媳妇儿了，他有什么权利用这种语气对自己说话？反正现在的小通压根就是一句话都懒得对他讲，有的只是对又八的反感。

"有什么事吗？我有什么一定要下去才能处理的事情？"被又八挡着去路，小通没办法才挤出来这么一句。

"你说什么？"又八来到旁边，不顾周围人异样的眼光，抓着她的衣服吼道，"下来，你没事老子有事！"

"哎哎，你这是从哪里突然冒出来的？没听见她说吗？她！不！喜！欢！"城太郎以难以反驳的语气边说边打掉又八抓着小通衣服的手。

“什么，居然是你这个小毛孩儿?”又八整理一下衣衫，揶揄道，“你不就是北野酒屋的那个鼻涕虫吗？哈哈哈哈!”

“承蒙关照。原来是阿甲的小白脸啊，整天被人呼来喝去的那个。”城太郎也不甘示弱，一句话戳到了又八的最痛处，噎得他差点儿背过气去。更何况现在小通也在，又八更是觉得颜面扫地。

“你这个没爹娘教养的小犊子!”又八大骂着，边骂边要过去抓他。城太郎在牛肚子下来回跑了两三圈，最后还是被又八抓到了。

“你再说一遍!”

“我就说了又怎么着?”城太郎话音刚落，就被又八像扔小猫一样地扔了出去。

四

城太郎掉到了下面的小河里，像条泥鳅一样爬了上来。只看到又八牵着牛晃晃悠悠地向别处走了。

“这个畜生!”看到这个情景，城太郎气不打一处来，激起了自己的责任感和弱小的力量，焦急无比却不知如何搭救。

另一边，武藏完全不理会周围的美丽景色，边走边反省自己，重新审视自身：“我到底在想些什么乱七八糟的?”

眼前虽是美好山川，他却毫无心思欣赏，脑海中全部都是小通。他怎么也想不明白，处女心究竟是什么。最后，即使自己非常生气，却还是不能强迫小通。挑起自己欲火的难道不是小通吗？自己向她展示了自己的热情，可是却被她亲手扼杀了。之后，自己内心剩下的就只有惭愧、耻辱和迷茫。跳进瀑布之中，原本想洗尽心灵的污垢，但随着时间的流逝，他却陷入了迷茫的泥沼，曾经几次都在嘲讽自己的愚蠢。

“为什么不摆脱那个女人，自己先走呢!”武藏命令自己这么做了，但这只不过是给愚蠢的自己寻找了一个借口来掩饰自己的愚昧。

承诺要带她一起去江户，她才从京都赶来的，现在，又怎么能半路扔下她？怎么办？如果我们两个人在一起，我的剑道怎么办？武藏再次陷入痛苦的思索之中。

“怎么还没跟过来?”武藏小声嘀咕着。

小通和城太郎本该迅速跟过来才对，但现在根本看不到他们的身影。“难道是遇到了什么事情?”

只要看不到他们的身影，武藏就开始担心，就会停下来等他们。

他来到大道上，看到有人路过，就上前打探：“有没有看到一个牵牛的少年和一位骑牛的女子?”

木曾青年

一

现在，在距离茶馆不远的路上，本位田又八抢走了骑着牛的小通，已经路人皆知，只有武藏还蒙在鼓里。听到路人所说之后，武藏急忙往回赶。如果小通遇到什么危险，但愿自己还能赶得上。

“店家，店家！有没有看到从这里路过一位骑牛的女子和一个少年?”

“噢，骑着牛像普贤菩萨的女子?”

“对，刚听说他们被一个穿着破衣烂衫的人带走了。您可知道他们的去处?”

“看倒是没看到，但听过路的人说，他们是往野妇之池的方向去了。”

对方指路的手尚未放下，武藏已经向着所指方向飞奔而去。

究竟是谁，为了什么才会掳走他们？武藏完全无法想象来人是又八。——那个和自己一起长大，和自己交心畅谈解除五年误会，受到自己鼓励而泪流满面的又八。难道是战后散落各地，无处投身的浪人？或者是路上的盗贼？又或者是彪悍的地方流浪武士？

武藏能想到的也只有这些卑鄙小人。太阳落山了，天渐渐暗了下来，武藏加快了前进的脚步，向着野妇之池飞奔。

田地、森林，一切似乎越来越倾斜，似乎一直在山脚下打转，武藏迷路了。黑暗中他停下脚步四处张望，不知该往哪里走。

突然，看到林间有一户农家，点着灯，泛出微微红光。朝着光亮靠近，看到屋外拴着一头牛。没错，那正是小通骑的牛！

二

看到牛尚且安全，武藏就放心了。小通骑的牛拴在这里，小通一定也在这里。

但是，林间的普通农家中住着什么人？武藏小心翼翼地靠近屋子，藏在周边的密林中，偷偷观察。

“母亲，灯光这样暗，您就不要干活了。”角落里传来了关切的声音。

烛光摇曳的屋中，纺车的吱呀声停止了。在角落里忙碌的儿子，关了厨房的门，走过来关切地说道：“母亲，现在洗手吃饭吧。”说着走到门外，一边摸着牛鼻子一边大声地对母亲说：“母亲，您要不要来看我捡到的牛？真是难得一见呢！既能耕田又能挤牛奶，这次真是赚大了！”

武藏在外听得真切，从近处细细查看才发现，如果说这户是普通农家，那宅子的面积也太大了。而且从墙壁来看，也一定是旧房子，甚至墙根上还有苔藓，屋顶的茅草也年久失修了。

武藏站在窗下的石头上，悄悄地观察着屋内的一切。

首先映入眼帘的是一把挂在黑色横木上的长刀。这可是民间少见的好东西，至少也应该是某位武将的宝刀，刀鞘上镶有龙纹金箔。看到此情此景，武藏的疑惑更重了。

再看刚才说话的男子，从微弱的烛光中看去，绝非世俗凡人。身穿田间工作服，脚上还有泥巴，一副农夫打扮。圆圆的脸，头发竖起，身高不足五尺五寸，胸部肌肉发达，走路时双脚稳稳地扎在地上，一看就是个老江湖。

窗口冒出的烟呛得武藏咳嗽了一声。

“谁在那里？”是那位母亲的声音，“权之助，窗户关上了吗？好像有小偷进来了。”

武藏心想，来得正好，正想跟你们算算。武藏身形一晃，离开窗下，躲进树丛之中。

被唤作权之助的男子手拿木棍走出屋外：“是谁？有种就滚出来！”木棍虎虎生风，放在男子的手里好似一件威武的兵器。武藏巧妙地避开，顺势站到了对方的面前。

“你在路上拐骗的少女在哪里？如果不把人交出来，就别怪我不客气了！”见对方没有说话，武藏直接说出了自己的目的。

“什么？被我拐骗的少女？”冷风中，权之助的发梢被风吹起，一脸冷峻的表情。

“不错，赶快交出来！”

“混蛋！”话音未落，手中的木棍已经飞出，木棍和他融为一体，分不清是手还是木棍。

真是不可思议的棍术，武藏为男子精湛的武艺惊叹不已，迅速向后退出数步。躲开对方木棍的瞬间，武藏又一次感受到了危险。就在手碰到刀柄的瞬间，自己的胳膊就已经暴露在对方的棍棒之下。对方出棍之快，出乎武藏的意料。

“这家伙到底是谁？竟有这般武艺？”他的棍法中有一定的规则，在武藏看来，他的步法、身体移动的方位，都深奥无比，看他的身手，简直已修成金刚不坏之身。这个泥腿子农夫居然有这么高深的武道，武藏似乎看到了自己一心追求的精神力量。

对方依然没有给武藏任何喘息的机会，没有停下来的意思。

“权之助，小心，对方不是等闲之辈!”突然，从窗户中传来母亲的喊声，老母亲也感受到了武藏来者不善。

三

听到母亲的喊声，权之助知道母亲在窗口看着两人打斗，勇猛地加快速度冲向武藏。不料，武藏却抓住他的胳膊，一个过肩摔，权之助就像块石头一样被摔在地上，双脚向空中跷起。

“混蛋!”老母亲看到儿子命悬一线，隔着窗户发出惊人的叫声。

老母亲的喊声令武藏的行动稍有迟疑。作为亲生母亲，看到儿子被打倒，好像感到非常意外。这种情况下，武藏应该出刀刺向权之助，但他没有这么做。武藏骑在权之助的身上，用脚踩住他握着木棍的右手，再扭头去看趴在窗口的老母亲。

然而，老母亲不见了。被制服的权之助使劲踢双脚、弓腰，试图摆脱武藏的控制，却屡试屡败。突然，老母亲又出现了，非但没有为命悬一线的儿子求情，反而鼓励儿子奋起再战:“你这个不争气的东西，老娘把刀拿来了，起来再战!”

听到母亲的鼓励，权之助抬起头，向武藏的胳膊咬去。松开木棍，双手也开始用力，试图牵制住武藏，令其不能施展功力。而旁边的老母亲却挥舞着长刀，寻找着送刀的最佳机会。

武藏心想，看眼下情形，不死就无法解决眼下难题了，那可如何救小通和城太郎呢?

“老妈妈，请等一下!”武藏首先向老母亲发出罢战请求。

“权之助，你说怎么办?”老母亲却询问起自己的儿子，等待儿子的决定。

四

炉子里的柴火烧得正旺，母子二人和武藏坐在炉火边通过一番恳谈，最终化解了误会。牛之所以会在这里，是权之助在从野妇之池归来的路上捡到的。当时，牛陷入沼泽之中，哀鸣不止，权之助将牛救了上来，却又看不到牛的主人，于是就将牛带了回来。

至于小通和城太郎，权之助也没有见到。很快，权之助决定和武藏一起举着火把往野妇之池的方向追去，一路询问周边的农家，却均无所获。

让毫无关系的权之助帮忙，武藏感到非常惭愧。但是，如果小通不遇到这次灾难，自己也没有机会看到权之助绝妙的棍术，那将是自己武士生涯的一大憾事。

终于在一家农户那里打听到，傍晚的时候有一个少年哭泣着在找被人拐骗的女子。武藏和权之助断定，这少年应该就是城太郎。

两人迅速借了船只，准备渡过野妇之池，在权之助家住了一宿再去追赶小通和城太郎。

齿 痕

一

从远处看，倒映在水中的两个火把像是两只火鸳鸯在游动。

“谁？是谁来了？”又八拽着捆绑小通的绳子，神色慌张。毕竟做了不光彩的事情，又八很是害怕。

小通身体无法动弹，拼命地想大声呼叫，然而嘴却被又八用布堵上了。

又八用藤条抽打小通的后背：“站起来，你给我站起来！”

小通强忍痛苦，坐在地上并没有动，只是静静地凝视着又八的脸。又八用绳子使劲拖着小通，试图前行。看到小通的样子，也泄气了。突然，他用手揪住小通的领子，怒吼：“走！”再看水中的火影，只见这火红的光源渐渐地消失在了某处。

又八这才放下心来。但他也明白，虽然小通的肉体是在自己这里，但她的心却并不在自己身上。带着没有灵魂的小通上路，也是件痛苦的事情。即使对小通使用暴力，但看到她那一副想死的表情，又八的力量和情欲也就消失不见了。又八想不明白，现在的小通为什么那么讨厌自己却仰慕武藏？以前，她的心里究竟有没有过本位田又八这个人？

又八一直相信自己比武藏更能吸引女人。——事实上，不只阿甲一人，从其他几个女人身上也可以证明这一点。一定是武藏很早以前就迷惑了小通的心，才令小通这么讨厌自己。现在倒好，这个做了亏心事的家伙居然还好意思反过来表现出朋友的情深意重，真是虚伪！

“我果然容易被人骗，武藏骗得我好苦，我居然还为那虚伪的友情落泪。”又八又一次想起了佐佐木小次郎对自己的忠告，不禁心生感激。

二

一想到自己曾经还傻了吧唧地为武藏的友谊而落泪，又八就懊恼不已，恨不得捏着脖子把自个儿掐死。

“世间所谓的善人，都是像武藏这样的表面君子背后小人的家伙，一个个的全他妈是衣冠禽兽！我还向他学习？我呸！真是笑话！好啊，既然都说我是坏人，那我就当次坏人给他看看，我本位田又八还真就跟他耗上了！今生，我一定要阻止武藏这个家伙出人头地！”心里想着如何破坏武藏的前程，又八爆发出了前所未有的精神劲儿。

“喂，别哭了！”

“……”

“小通？”

“……”

“喂，你倒是回话啊！”

“……”

“哭什么哭！”又八不耐烦了，抬脚就要踢小通。

小通也感觉到了又八的暴躁，顺势躲了过去。

“我对你无话可说。你要是个男人，干脆就杀了我吧！”小通倔强起来一点儿都不比男儿差。

“哼！你以为我不敢啊？今儿老子就告诉你，你和武藏毁了我一辈子，就甭想着老子会善罢甘休!”

“毁你一辈子的明明就是你自己，还有那个阿甲。你还能怪到别人身上去了?”

“放屁!”

“你也好，阿杉婆也好，都喜欢把责任推给别人，你们家这胡搅蛮缠的本事还真是遗传的啊？本位田家真是没一个好东西!”

“废话少说！我让你回答的是为什么讨厌我家？啊？我们本位田家哪里对不起你了?!”

“一遍遍的烦不烦啊你？我已经说过很多次了，这辈子，我的心只属于宫本武藏，听明白了吗？像你这种没出息的男人，我小通这辈子、下辈子都看不上！你趁早死了这条心吧!”

“哈！终于说出你的心里话了吧？这下你爽了是吧？真是没想到啊，原来你这么讨厌我？好！既然你这么绝情，那我就跟你明说了吧：你讨厌我也好，喜欢我也罢，反正这些也都无所谓了。总之今天晚上，我就让你变成我的女人!”

这疯子到底想干吗？小通心里涌上一种不祥的预感。

又八话音未落就蹲下了身子，月光下的黑影带给小通一种令她窒息的压迫感。只见他双手握住小通的肩膀猛地将她推倒在地，然后张开邪恶的嘴巴在她的胳膊上狠狠地咬了下去。

“啊……城太……啊……城太……”血顺着衣服流了下来，小通凄惨的喊声响彻夜空。

“小通，你就老老实实忍着吧！就算血能止住，以后这齿痕也不会消失了。你的身上将永远留着我留下的印迹。你姑且自己先想一想，要是别人看到了这个齿痕会怎么想呢？你那心爱的武藏哥哥看到我的印记又会怎么想呢？哈哈！你的身体上已经有了我的烙印，逃到哪里都无所谓，就算到死你的身体永远都是我的！哈哈！”

寂静的黑夜中只留下了小通的哭声……

星光之间

一

回到权之助家时已经是后半夜了。武藏和衣而睡，直到天亮听到鸟叫声才睁开了眼睛。昨天权之助一定很累，现在应该还在睡觉，他的老母亲应该也在睡觉吧？武藏边听着鸟叫声，边欣赏着窗外的景色。

忽然，从另一个房间中传来了老母亲和权之助的声音。仔细一听，原来是母亲在教育正在痛苦的儿子。

“什么？以后就想做个普通百姓了？”

“母亲，这有什么可惜的吗？不知道是儿子可惜，还是母亲可惜……”断断续续地听到儿子的说话声。

“站到一边去！哭什么?!”

“是，不哭了。昨天让您看到了我的失败，请原谅儿子无能。平常，每天早晚接受母亲训诫，但昨夜却败得一塌糊涂。作为习武之人，我感到羞愧难当。相比练武，干农活反而更轻松，更能让母亲您开心。”

武藏重新坐好，心想：“究竟是怎样的境遇，才让他们竟然如此在意成败?”

武藏悄悄走出门去，借着黎明时微弱的光线向母子所在的屋内望去。

不想，老母亲竟然抓着权之助的领子，让他跪了下来。

“你说什么？一直期盼着你能出人头地，光耀门楣，现在却想在这草屋中了却一生？那我还为什么让你从小读书、习武？”

“但是，仔细想来，我这么不成熟，又如何光耀门楣？与其让母亲忍饥挨饿，倒不如让我折断这根棍子，从此耕田为生更好！”

“和那么多人交手都没有败过，失败一次也可能是神灵对你的傲慢施加的惩罚。好在昨天的客人还没走，去和他再战一次，如果还是失败，那就按照你的意思，折断棍子，耕田去吧！”

看到这里，武藏感到很是为难，又返回自己屋中重新坐好。

怎么办？如果母子俩看到自己，一定要和自己再战。但即使再战，也一定是自己获胜。武藏心想，权之助再败在自己手上，岂不是会失去自信，斩断志向？而老母亲忍饥挨饿，穷尽一生教育的结果也会落空。思来想去，武藏决定马上离开。

武藏迅速打开窗户，跳了出去。突然，他看到了拴在墙角的牛，沐浴在阳光下，啃食着青草。

“你就随着他们生活吧！”说完，武藏大步流星地走向了乡间大道。

二

遥望碧蓝天空，看着白云浮动，武藏不禁又一次想到了幼小的城太郎和脆弱的小通。

“不必过于担心，在一起也好分开也好，命运早已注定。城太郎的幼小、小通的脆弱，自有善良的神灵相助。”

晌午过后，武藏已经来到了奈良井的旅馆。询问了关于大藏的消息，就找了过去。

大藏的店面很大，却没有挂暖帘也没有招牌。里面很暗，大小犹如酱油作坊一样，寒冷的空气扑面而来。里面传来了询问声："请问是哪位?"

武藏立刻答道："您好，我叫武藏，想找同大藏先生一起过来的城太郎，一位十四岁左右的男孩，听说昨天和贵府大人一起来这里了。"

武藏还没说完，对方已经点头说道："是那个孩子啊?"

然而，后面的回答却令武藏大失所望。

"非常遗憾，那个孩子昨天夜里参加了大藏老爷的饯行晚宴，已经和老爷出门了。老爷想着，一起走路上还有个照应，也可以和他一起寻找小通小姐，说不定还能碰到他的师父武藏。"

没能赶上城太郎和大藏，武藏深感遗憾。

伙计进去倒茶，武藏却坐立不安。对方出来之后，武藏询问了大藏的容貌和年龄。

"对了，如果您在路上碰到了我家老爷，一定能一眼认出来的。我家老爷今年五十二岁，身体健朗，棱角分明的脸上满是痘疮留下的痕迹，而且右鬓角处还有些秃发。"

"身高呢?"

"中等身高，因为外出，穿了非常珍贵的唐木棉花纹的和服，衣服是我家老爷最明显的特征。"

喝过茶之后，武藏迅速上路去追赶大藏和城太郎。白天马不停蹄地追赶，晚上在山间休息，身处无数闪闪星光之间，不久就睡着了。

母亲的教诲

一

武藏睡了很久，醒来后环顾四周，才发现这里是高山之上，能够看到远处白色的山顶。不知何处传来“啊，快看，富士山!”的欢呼声，却只看到刚刚升起的朝霞以及远处富士山的影子，并没有看到任何人的身影。

武藏迅速站起，遥望远方，正看到富士山白色的山顶。

“啊，真是富士山!”武藏发出了少年般的惊呼。平日里他只听说过富士山的美丽，有生以来却还是第一次亲眼看到富士山呢!

面对这广阔雄伟的高山，武藏内心充满了感动。是啊，在浩瀚的宇宙之中，人类是多么的渺小啊。下垂松一战，吉冈派的数十名弟子都折服在自己的剑下，他的内心难免萌生出自负感。天下的剑客数不胜数，即使成名的剑客也难免会心生骄傲。但是，在剑道中成为众望所归的剑神就伟大了吗?就能居于宇宙之上了吗?

看到富士山的雄伟和壮丽，武藏内心感到悲哀。人类永远无法超越大自然，这也是他的宿命吧。不知不觉间，武藏跪在地上双手合十，向富士山施行大礼，祈祷母亲在天堂能够幸福，祈祷小通和城太郎能够平安无事，祈祷自己能出人头地。

太阳高照，时近中午，他依然没有看到大藏的身影。武藏很是奇怪，如果大藏要去善光寺，这里是必经之地，难道是自己走得太快没留意到他们，要往回寻找才行？武藏边想边从岩石上下来，就在这时，岩石下方传来了“啊，好痛！”的愤怒吼声。

声音中充满杀气，类似于前天晚上遇到的权之助的声音。

“哈哈，朋友，终于追上你了！”说话的不是别人，正是权之助，身旁还有他的老母亲。老母亲坐在牛背上，权之助牵着牛，手里拿着四尺长的木棍。

“朋友，从我家跑出来，到这里躲着？再和我比试一番如何？看棍！”

二

武藏站在岩石之间的小路上，停了下来，看着下面的母子。

“母亲，您看好了，我这就上去把他弄下来，看我如何胜他！”说完权之助放开牛绳，爬上了岩石。

看到这种情景，武藏决定避开这次挑战。经过短暂的沉默，武藏心中有了计较。自己已经了解了对方的棍术，即便再打这一仗肯定也是自己必胜无疑，没有必要再胜他一次。这一老一少的不辞辛劳跟着自己来到这里，可见这对母子是多么讨厌失败。本不该以吉冈派为敌参加比试，眼下的比试更是损人不利己，还是不打为妙。

想起又八的母亲阿杉婆，自己可不想没事找事再招惹上这个溺爱孩子的母亲。想到这里，武藏没有说话，迅速向上走去。

“武士……”叫住武藏的不是急于取胜的儿子，而是从牛背上下来的老母亲。

“阁下如果就这么走了，真是太遗憾了。不知道还能不能碰到您这样的对手。让为失败而痛苦的儿子和我这个老母亲，如何面对曾为名门望族的先祖。如果他再次败给你，也就可以安心地做一个普通老百姓了。碰到您这样的高手，如果什么都不做，实在是可惜得很。所以才让他带我老太婆一起来。无论如何，请您和他比试吧。拜托了！”说完，老母亲对着武藏跪了下来。

武藏沉默地从上面下来，扶起老母亲的手，并扶她骑上牛背，说道：“要不我先和权之助一起牵着牛边走边说吧，容我再想想。”

接下来，他默默地和这对母子一起前行。虽说是边走边说，却是一路沉默。

三

“比吧。”走了大约二十里路，走在前面的武藏突然开口说道，“但是大婶，丑话说在前头。你要知道，比试和斩杀只有些微的差别，万一出现什么情况，您可要有个心理准备。”

老母亲第一次露出了笑容：“修行者，刀剑无眼。他练习棍术已有十年之久，如果败给年龄比他还小的人，也就断了练武的念头。活着也就没什么意义了。死，也是他本人的心愿。我这个老太婆也没什么可抱怨的。”

“既然这么说，那就请吧！”武藏看看权之助，“这里人太多，还是找个清静的地方再好好比试一番。”

到了僻静之处，早已等不及的权之助提棍冲向武藏，而武藏只是静静地看着对方。没有拿剑，也没有要拿武器的意思，只是静静地站着。

“还没准备好？”权之助问道。

“何以见得?”

“拿你喜欢的武器，和我比试吧!”

“拿着呢。”

“空手比试?”

“不!”说着武藏手中突然多了把剑。

“什么？用真剑比试?”

武藏没说话，只是微微一笑。

比试并没有持续多长时间，武藏就已处于上风。一边是锋利的剑，一边是没有护手没有刀刃的木棍。但圆圆的木棍无处不是刀刃，无处不是护手，只要技巧得当，就可以千变万化，是剑无法比拟的。木棍和剑纠缠在一起，木棍时而似剑时而像短枪，变幻莫测。

但是，很快权之助就招架不住武藏的进攻，武藏的剑到达自己眼前的瞬间，权之助已经明白了自己的命运。然而，坐在树下的老母亲却镇定自若，面对即将来临的灾难，面对自己苦苦寻来的灾难，面对自己亲手将儿子送至死亡的局面，并没有惊慌失措。一直对自己棍术充满自信的权之助，今天却再也燃不起任何的斗志。

“权之助,”老母亲突然站起来大喊一声，“腰!”

听到老母亲的喊声，武藏和权之助放开剑和木棍的纠缠，一起后退。武藏后退两三尺，权之助后退了七尺有余。但这个距离，权之助的四尺长棍立刻就能打过来。武藏迅速转身，一剑拍在了权之助的后背上。权之助摔倒了，趴在了地上。武藏坐在了草丛之中，开口说道：“你输了。”却没有听到权之助的回答。

四

权之助趴在地上一动不动。看到这种情形，老母亲终于支撑不住，晕倒了。

武藏拍打着老母亲的后背："快给你儿子喝点水吧，他应该没受伤。"

听到武藏的话，老母亲终于抬起头，用怀疑的眼光看着权之助，正如武藏所说，没有看到儿子流血。于是她踉踉跄跄地跑过去扶起儿子喂他喝水，一边还不断地呼唤着儿子的名字。终于，权之助苏醒过来，坐在地上望着武藏说道："对不住了。"

武藏急忙阻止了对方的道歉："不，是我输了。"说着就将自己衣服上的红点展示给母子二人。

"这是木棍的痕迹，只要再稍微一用力，我的小命就完了。"话虽如此，武藏却依然没有明白自己为什么会输。

武藏整理好衣服，转头问老母亲："刚才我们比试中，您为什么会大喊一声'腰'？是看到我的破绽了吗？"

"说来惭愧，木棍对刀剑是必死无疑，后退有危险，前进也有危险，既然如此倒不如奋力一搏。从旁边来看，连不懂武术的我都能看出破绽。你所有精力都集中在剑上而不是搏斗上，收剑也好出剑也好，都只是身体和手的变化，腰部并没有多大变化，只要进攻你的腰部就能……我这么想着，顺口就喊了出来。"

武藏点点头，深受感触。

权之助默默地听着，一定也有了新的体会。木曾的年轻农夫权之助，今后也一定能实现自己的梦想，成为超级棍术的始祖。

告别了母子二人，武藏再次踏上寻找小通的征程。

一夜之缘

权之助留下的伤隐隐作痛，然而令武藏更为伤感的是依然没有城太郎和小通的消息。这次来到下趣访，但愿能有所收获。

忽然听到后面有人呼唤，回头看到一位年纪大约四十岁，皮肤黝黑的中年男人，不像武士却像一位仆人。或许是因为斗笠的带子过紧，他两鬓的头发显得非常凌乱。如果站在战场上，一定会让人联想到武士的样子。

“还记得我吗?”那人倒是显得很热情。

武藏尽力回忆，却想不起来在哪里见过。难道是吉冈派的弟子?

“请问，您可是武藏先生?”见武藏没有反应，来人再次确认道。

武藏点点头，却依然没有想起对方是谁。

“太好了，终于见到您了，我就知道这次一定没认错!”来人非常开心，“我是奥州青叶城，伊达政宗公的臣下，实母田外记。”

武藏依然没有明白对方为什么会找自己，于是，二人决定到前面的旅店住下来再做详谈。

“事实上，我一直都佩服阁下的所作所为，从当初的下垂松一战开始，一直到今天。说来惭愧，从那时开始，听着阁下的传闻一路追来，直到今日，终于得见阁下真容。”

听到外记的话，武藏又想起来那些充满讽刺的传言。自己拼命找小通和城太郎，对方却一直在找自己，真是有趣。想当初的下垂松之战，自己感到的只是惭愧，却没有一丝的自豪可言。想想那次战役也真是掀起一场轩然大波。

武藏发自内心地说道："不，那件事很是惭愧。"他是打心眼儿里觉得这件事并没有什么值得自豪的。

但外记却不以为然，继续用崇拜的语气夸赞道："您就别再妄自菲薄了。这成千上万的武士中虽然不乏能人，但像阁下这样拥有非凡剑术的武士却是少之又少了。对于像阁下这样的年轻人，在下的佩服之情真是如滔滔江水连绵不绝，又如黄河泛滥一发不可收拾。能有今天的一夜之缘，在下实在深感荣幸！"

"外记先生经常出入乌丸府，想必和光广卿大人常有往来吧？"

"谈不上常有往来，只是因为我家主君的缘故，经常去拜访。恕在下冒昧，可否请教一下，武藏先生究竟是为谁而修炼剑道的？"

从来没人问过自己这样的问题，武藏直率地回答道："为了自己。"

外记点头称是，又问道："这个自己，是指谁？"

自己还能是谁？这人居然能问出这样的低级问题，不会是湖涂了吧？

"仅仅是为了自己吗？像您这样剑道精湛的人，应该不会为小小的自己而感到满足吧？"

"如今，天下归家康所有，真能实现四海升平吗？修炼剑道，真的是为了四海民众的幸福吗？北条氏①、足利氏②、织

---

① 北条氏：始于平贞盛的后代，家住伊豆北条，因对镰仓幕府创业有功，后任执权而掌握幕府实权。

② 足利氏：姓氏之一，室町将军家，开创室町幕府，在义满一代迎来鼎盛时期，此后将军的地位经常受到强大的守护大名的威胁，后被织田信长逐出京都，室町幕府灭亡。

田信长①、丰臣氏②——长期以来，都受到百姓和皇室的摧残。被皇室利用，百姓也只当武士为劳力，真正考虑到武士阶层繁荣的就只有当今的幕府制度。”

“当今天下的众诸侯中，我们的主君伊达政宗公当属最高，而公卿③中也当属乌丸光广卿了。”实母田外记话语间流露出王婆卖瓜般的自豪。见武藏没有打断他的意思，便兴奋地介绍着自家主君的伟大事迹以及幕府历史，激动得手舞足蹈唾沫横飞。

“什么是武士？武士的本分就是遵守‘武士道’，不断磨炼自己。当今的世道发生了很大的变化，但‘武士道’却还因循守旧，这种低劣的武士只能自取灭亡。所以只有用心钻研‘武士道’，才能成为像丰臣家族和德川家族等为国家的富强而努力的武将。”

武藏听得入神，想当初读过的书中也只是讲些日常生活的常识，却从不知道还有“武士道”这一深刻道理。今日听到实母田外记的话，也知道政宗公并非凡俗之辈，深受感触。

“不知不觉中说了这么多，怎么样，武藏阁下？有时间请一定到仙台来一趟，我家主君也是好客之人。”

“一定好好考虑，多谢！”

武藏没有拒绝外记的热情邀请，回到房间之后还一直在想“武士道”“剑术”。对，是“剑道”。直到下决心走上“剑道”的道路之后，武藏才安心入睡。

---

① 织田信长：战国时代的武将，1560年大败今川义元名声大震。

② 丰臣氏：丰臣秀吉，曾制定过众多措施奠定幕府制度的基础。

③ 公卿：日本古代在朝廷任职的上层贵族。

金　钱

一

第二天醒来之后，武藏又想到了不知下落的小通和城太郎，不知他们现在身在何方。

虽然自己已经决定去江户了，但一想到城太郎和小通就又无法下定决心了。究竟是向东还是向西？算了，今天再在附近找一天，如果还是没有消息，就暂且先前往江户吧。武藏心想。

“客官，客官，您可是在找什么人啊？说不定我能帮上什么忙。”一个当地模样的人过来询问武藏。

“是啊，你能帮忙找？”多一个人找就多一分希望，这么好的机会武藏是不会放弃的。

“那你且跟我说说，你要找的人是男是女，是老是少呢？”

于是，武藏详细地说了自己要找的是一位少年和一位年轻女子，然后满怀希望地看向这个新帮手。

“好像现在还没人见过这样两个人，不过我可以帮你找一下。这里找人有专门的方法，特别是被拐骗的女子和孩子，没有门道胡乱找是不可能找到的。”对方的表现倒是很专业，还挺像那么回事的。

武藏想想的确如此，自己人生地不熟，与其像个没头苍蝇似的到处乱撞，还真不如让他们帮忙了。

“那么，能请您帮忙找吗？”武藏拜托道。

“当然可以。但是您也知道，天下没有免费的午餐不是？日落之前，我这边一定能给您找到相关的消息，不过这雇人费嘛总是需要些的，您说是不？”

武藏心想，拿人钱财替人办事，给些雇人费也是理所应当的。只是自己一直都过着到处流浪的生活，一向大大咧咧的没在意过钱的事。况且独身一人久了，住宿的问题一般都是在寺庙和大街上解决了，吃饭也非常随便。现在想来，这一路上都是小通在安排食宿……不过话说回来，银子么倒也不是一点儿都没有。当时小通从乌丸家获得了不少路费，也曾给过武藏一些银两。

于是，武藏把身上仅有的银子都给了对方，约好傍晚时分在城门口见面。当然，武藏也没有闲着，他也在四处打听城太郎和小通的消息，暗自祈祷晚上能有个好的结果。

一天很快过去了，武藏虽说怀有一身武艺却也疲惫不堪。他在城门口无精打采地等了好久，可是那个帮忙找人的家伙却依然没有出现。

天已黑透，对方依然没有出现。跟旁人一讲，才知道自己是被人骗了。原来这些个无赖专坑过路人的钱，也还真有不少像武藏这样老实巴交的人上当，只今天一天之内，受骗的人就不下十个。

武藏为自己的幼稚感到惭愧。拿着剑的时候还自以为无懈可击，不想却被一个手无缚鸡之力的小蟊贼给骗了。自己还真是不谙世事啊！

不过从另一个角度想，经过此事虽损失了一些钱财，但这银子也没白打水漂，权当花钱买教训了。自己果然还不成熟。单凭今天做的这事，将来怎么能够统领三军呢？看来今后也必须降低自己的姿态，谦虚好学，增加更多的社会经验才是当务之急。

武藏转身向城内走去。这时，后面却有一个人跟了过来。

二

“客官！”来人兴高采烈地叫住武藏，“你要找的人，有一个有消息了。”

“哦？”武藏深感意外，仔细一看正是白天和自己说话的其中一人。本来还以为被骗了，没想到现在居然又有了消息。意外的同时，武藏也长了个心眼：难不成这人还想再骗些酒钱？但转念一想，天底下的人也不能全是骗子吧？这么一想，他的内心又充满了欣喜。

“有消息的是哪一个？少年城太郎还是小通呢？”

“是城太郎。领着城太郎的奈良井的大藏，我们有了他的行踪。”

“真的？！”武藏内心一阵欢喜，终于有消息了！按照此人所讲，大藏先生中午时通过趣访地区去了和田山一带。为了表示感谢，武藏想给对方些酒钱，无奈钱都给了白天那个谎称打听消息的家伙，现在只剩下吃晚饭的钱了。他摸了摸干瘪的口袋，只可惜现在身上又没什么值钱的东西，于是他只好把准备吃晚饭的钱全部给了对方以表感谢。对方也毫不客气，拿着钱走了。

经过这么一遭，武藏已经彻底成为身无分文的穷光蛋了。肉体上的饥饿终究掩盖不了他精神上的愉悦，他加快步伐决定连夜追赶大藏和城太郎。运气好的话，说不定明天一早在和田山一带就能遇到他们了！

被内心的期待所鼓舞，武藏开始了漫长的黑夜之旅。

武藏喜欢赶夜路。若要说原因的话，那就是夜间行路没有白天的人声嘈杂，在静静黑暗中，能够冷静地思考万物，冷静地反省自身。听着自己的脚步声，静静地赶路，就能忘掉一切烦恼，连心情都是畅快无比。

忽然，前方出现一处灯火。在漫无尽头的黑暗中，这突如其来的灯火如同暗夜之海远处的灯塔，给人以强烈的归宿感和目标感。

有灯就有人，有人就会有火，有火就可以烤干被夜露打湿的衣服。武藏松了口气。他的肚子实在太饿了，如果能喝碗热粥就太好了。

想到这里，武藏加快了脚下的步伐，向着灯火前进。

三

靠近后他才发现，原来这里是一家茶铺。茶铺的外面扎着四五根拴马桩，里面传来柴火“噼噼啪啪”燃烧的响动和大声说话的声音。

太好了！

武藏暗自希望这是一户寻常百姓人家，这样的话不仅可以讨要一些吃食，不出意外的话还能短暂休息一下。但如果是面向商旅的茶铺的话那就不太妙了，对他来说单说这茶钱就成了个难题。

百姓人家也好茶铺也罢，然而此时此刻身无分文的武藏，看到暖暖的柴火和食物却再也迈不开脚步了。

“对了，说不定那玩意儿还可以顶一下茶钱。”想到包袱里的某件物品，武藏放心地走了进去。

只见三个流浪武士模样的人正靠近火炉围坐在一起喝茶聊天。看到武藏进来，这一伙人很是吃惊。

“老板，来些饭菜！”武藏顾不得理会他们，还是先填饱肚子再说。

老板应声端来了冷饭和猪肉汤。

吃到第二碗时，武藏饿扁的肚子才稍微舒服了些，于是他便开始打听城太郎的消息。出乎意料的是，店老板回答说压根儿就没见到这般模样的路人。问那三个武士，他们也摇头说没见过。真是奇了怪了。

反正已经吃饱饭了，该打听的消息也没得到他所期待的回复，看来还得抓紧时间上路了。武藏打开包袱，准备拿物品充当茶钱。这时，他却意外地发现不知什么时候包袱里面居然多了不少钱。旁边还有一张纸条，上书：

一点心意，请阁下路上使用。

实母田外记

武藏这才反应过来：嗯，这也是各路诸侯招揽人才的一种手段啊！

战乱时期，各路诸侯招兵买马求贤若渴，都盼着能够多招几个文武双全的俊才。关原一战的记过就是从那之后出现了很多流浪武士，他们之中也有人为了高俸禄而委身一方势力，不过这些诸侯也都不是傻子，心里精明得很。他们明白，像这些急吼吼地往自己身上贴的都不会是真正的人才。真正的人才，是不愁出路的，得拿出礼贤下士的精神深挖狠掘才有可能找得到。所以各方势力都在想方设法给予恩惠，这也是形成默契的方法。一旦发生战争，形成默契的人才都将成为不可多得的重要力量。自下垂松一直跟着自己的伊达家的人，很明显就是这个目的。

这些钱真是让人发愁啊！用了，就等于受人恩惠；不用，自己又确实缺钱。怎么办呢？

最终武藏还是决定先收起这些钱放回包袱里。他拿出自己雕刻的观音像递给老板，说："这个，能抵扣这饭钱吗？"

"哎呀呀这可使不得，你这样做不是为难我吗？我本来以为客官没钱，所以才好心好意地答应用物品顶。但你刚才都拿出银子了哪能再收回去？你身上都有那么多银两了，还能付不起这一顿饭钱了？"

店老板这一咋唬，屋内的三名流浪武士也点头称是。武藏没办法，只好取出一枚银币付给老板。

"多余的就不用找了。"收好自己的观音像，武藏离开茶铺继续赶路。

谁知刚走出不远，就听到后面有人叫他。原来是刚才在茶铺吃饭的一个流浪武士。

"你这腿脚也太利索了吧！我紧跟着你出来的，却还追出这么远。喏，这个钱是你的吧？"他伸手递过来一枚银币，"一定是你解包袱时掉下来的，所以我就追过来了。"

武藏也不清楚外记究竟在自己包袱里放了多少钱，还以为真是自己掉的呢，没多想就收下了。

"不好意思，请问阁下师从哪家？"还完钱，对方还没有要走的意思。

"自成一家，无门无派。"武藏随口答道。他加快脚步，想要摆脱对方。但对方似乎没有离去的意思，也加快脚步跟了上来。

"同是修行者，如果您不嫌弃的话，今天晚上就住在我家吧。这一带路不好走，不熟悉道儿的人走夜路很危险，不妨在我家里住上一晚如何？从这里向左走五六百米就到了。"武士还是不死心。

"非常感谢，听你这么一说，我真的可以住你家?"武藏心想，当今战乱四起人心不古，盗贼越来越多。看他们几个的衣着打扮，一定不是单靠采药生活这么简单，很可能就是盗贼，另外那两个人说不定正埋伏在某个地方等着抢劫自己呢。不过无论是哪个盗贼，大概都不想自己的子子孙孙都沦为盗贼吧。

火中逃生

一

正如武藏所料，另外两个人正埋伏在河边。其中一个人叼着火绳枪，积蓄着力量。另外一个弓着身子看着对岸，一边等着武藏的身影，一边小声嘀咕道："真的没问题吗?"然后抓紧手枪定了定神，对自己说："一定没问题的。"

两人潜伏在丸木桥上，看到武藏来却又失了手，扳动扳机时手枪却指向了天空。一声枪响，惊动了武藏，二人也吓了一跳，迅速逃窜了。武藏怒火中烧，追了过去。

既然这两个已经跑了，那就先收拾了剩下的这个再说!最后出头的一般都是贼头，决不能轻易饶了他!

"看刀!"武藏一声喝下，贼头迅速逃窜。哪能就这么让他给溜了？武藏紧追不舍，追打过程中贼头小臂受伤，逃得更快了。

突然，前方出现了灯火。

"笨蛋，快把灯熄了!"

"啊，你流了好多血，刚才听到山谷中有枪声，我就想……"是女人的声音。

武藏跟过来的时候，灯已经熄了，只好抬手敲门。

武藏生气的不是这种卑劣，也不是对某些人的愤怒。而是因为这些蝼蚁般的鼠辈贼人对社会的危害，早就引起了公愤。

“开门!”

对方当然没有开门。

武藏继续敲，而没有用脚踹，只是想让对方觉得可能是旁人在敲门。

“还不开门吗?”武藏见这样可能不是办法，愤怒地一脚把门踹开，只见一个男人迅速地向里面逃去。

“还想跑?”武藏一把抓住他，谁知对方不但没有求饶，反而拔出匕首和武藏肉搏起来。武藏毫不费力地就制服了贼头，将其捆绑在火炉边准备好好教训他。

“混蛋，混蛋!”一个看上去像是贼头老婆的女人随手抡起旁边的东西就扔了过来试图反抗。同样，她也轻易地就被武藏制服了。不过没想到的是，这个女人却比刚才那男人勇敢多了，她捡起男人扔掉的匕首又向武藏扑来。

“啊? 大婶，是你?”

听到武藏的话，贼头的老婆也深感意外，仔细一看，两眼放出惊诧的目光:“啊，是你? 武藏?”

二

没想到这个贼头的老婆居然是朱实的母亲——阿甲。

“你怎么会在这里?”

“说来惭愧……”

“不会吧? 这个人是你老公?”

“你应该也认识吧，这是之前吉冈家的祇园藤次。”

听到这里，武藏一时语塞。关于祇园藤次卷着吉冈家的钱和阿甲私奔的传言武藏也有所耳闻，看到他们眼下的处境也着实可怜。

“大婶，快照顾一下他吧，要是我早些知道他是你丈夫，也不至于打成这样。”

“真想找个地缝钻进去，让你见笑了。”阿甲说着就进屋帮藤次包扎伤口去了。

得知实情的藤次也感到万分惭愧。师门沦落，自己又沦为盗贼，真是丢人丢到家了。夫妇二人像迎接贵客一样清扫灰尘，收拾房屋，而武藏也完全忘记了刚才的愤怒，好似故人重逢一般。

“听武藏说，朱实也去江户了。我们不是也打算过正常人的生活吗？如果能找到那个丫头，说不定还能再做生意。”阿甲像只猫咪一样靠近藤次，说着自己的目的。

“好啊，好啊。”藤次没有任何反对。不久的将来，这个男人很可能也会像曾经被抛弃的本位田又八一样，为自己现在这个决定后悔不已。

看到藤次的脸色，武藏又一次想到了可怜的又八。又有一个男人掉进这个女人的魔爪之中了。

三

晚上，武藏住在了不远处的木板屋内。雾气缭绕，瀑布叮咚，木板小屋像漂浮在水面的小船一样。

安排武藏睡下之后，阿甲和藤次开始商量对策。

“杀了他，就能为吉冈一门报仇了。”

“那就别犹豫了。”

阿甲卷起裙裾，蹑手蹑脚地走出门外。深夜、深山、冷风之中，赤足前行，后面的头发随风飘扬，看上去像充满魔性的猫一样。

大山的褶皱之中，不仅有鸟兽聚集。很快，从远方田间渐渐聚拢过来二十多人，并且训练有素，行动静如落叶，迅速聚集在藤次的小屋前。

“一个人吗?”

“是武士吗?”

“带着钱没?”

众人交头接耳，可见这些人常常聚在一起进行非法的勾当。

有人带着猎枪、手枪，有人拿着大刀，还有一部分人在屋外窥探，部分人已经绕过小屋前往谷底，另外还有两三个贼人已经绕到武藏的小屋外。

这个木板小屋本是他们的陷阱。屋内铺着草席，堆着很多药材，还放着一些制药工具等，但事实上却是安眠药。武藏躺下之后，闻到药材的味道很快就开始发困，感觉手脚也开始疲惫，但细看周围也不免心生疑惑。药材需要避免潮湿，但这间小屋却在瀑布之间，制药工具也已经生锈。

武藏脸上浮现出苦笑的表情，但仍然躺在了木枕之上，心里却是万分清醒，绝不能落入贼人的陷阱。

“小武……睡了吗?”

阿甲小声地靠近武藏：“我把水放在这里了。”说完蹑手蹑脚地放下盆子，悄悄地走出去。“睡得跟死猪似的了。”返回之后，阿甲贴近藤次的耳朵小声说道。

藤次将手中的火绳枪在窗口晃了晃，释放出“动手”的信号。于是，武藏休息的木板小屋被贼人一口气就给推到了山崖底下。木板、支柱凌乱不堪，发出吱吱呀呀的凄惨叫声。

第二天，一伙贼人就迫不及待地下到谷底去寻找武藏的尸体。奇怪的是，搜了一圈却始终找不到，只有那个木板小屋摇摇欲坠地挂在山间。

突然，藤次的木屋燃起了熊熊大火，没等他反应过来，阿甲凄惨的呼救声伴随着大火迎面而来。

“救命啊，快来救我！”

攀上山谷一瞧，原来藤次的房屋早就被熊熊大火团团包围，而阿甲却被绑在了旁边的树上。众人奇怪，武藏究竟是如何逃脱的？藤次也吓坏了，此时此刻他已经完全没有了和武藏搏斗的勇气，其他不认识武藏的众贼人叫嚷着追武藏去了。

而早已不见踪影的武藏，此时或许在路旁的树上熟睡，或许已经踏上征程，或许正在某个地方欣赏着迷人的山中火景。

下等妓女

一

甲州街道两旁没有树，这里曾经是交战地的军用道路，后来仅用作旅客的往返道路，所以这里没有主道和辅道的区别。没有居民的地方，很少会有旅店。因为来往的旅客众多，就连草木丛生的小旅店里也会顾客盈门，住店的总比离店的多。不过生意虽好，但也有让人不那么舒服的时候，比如看到不断涌来的人群，就让人难以静下心来。

这不，且看这一批人，光是年轻女人就有三十多个，看上去像是伺候妓女的丫头有五个，中年妇女和老太婆、男人等加起来怎么也有四十多个。托运货物的车上堆满了衣服箱子、长柜等。一行人在主人的带领下声势浩荡地走来。当然，他们的目的地正是新开发的土地——江户。

这些妓女们的头目名叫庄司甚内，伏见①人，是位曾经侍奉主君的武士，今天却摇身一变化身成了妓院老板。他死乞白赖地跟伏见城的德川家求情，好不容易才取得了移居江户的许可证，自己搬迁江户也就罢了，居然还劝其他同行也和他一起相继带着妓女们从西向东移动。

“大家坐下休息一下，阿直婆，给女孩子们吃便当吧。”

在老板的命令下，老太婆从行李车上卸下便当，分发给

① 伏见：京都市南端的一个区，江户时代淀川水运的要地。

各位女孩儿。女孩儿们早就饿坏了，不顾形象狼吞虎咽地吃了起来。所有妓女的皮肤都是蜡黄色，头发上落满灰尘，没有化妆也没有描眉画目。

吃完后，她们才露出一脸满意的表情，这时才注意到路人中的一个年轻人。

“哇，好帅啊!”其中三两个妓女小声嘀咕道。

“他啊，我认识，是吉冈门下的人，是我的熟客。”一个妓女顺着她们手指的方向看去，嘴角一咧得意扬扬地说。

“哪个哪个?”更多人的注意力被这个曾经承欢的妓女所吸引。

“当然是那个身背大刀，气势威武的年轻人咯。”那妓女兰花指一翘，美得更是没了边儿。

“叫一下，你知道他叫啥名儿?”

这时，无意间经过小佛山口的佐佐木小次郎没有料到自己正被一伙儿妓女们盯着看，正想拨开人群前行。

“佐佐木君，佐佐木君……”妓女们撒开了欢儿。

“喊什么，没礼貌!”老板甚内连忙压了压手，训斥道。说完，他便抬头和佐佐木小次郎打招呼：“哎哟，这不是佐佐木君吗？您这一来我们的小家真是蓬荜生辉啊！您这是要去哪里啊?”

“哈，原来是角屋的老板啊。去江户，你们这是……要搬家?”

“是啊，想到新城去发展，那边已经开始盖房子了。佐佐木君呢？可在江户找好落脚的地方，谋个一官半职的?”

“哈，我可不想当什么官。不过如果能到新将军旗下做个教员什么的，倒也可以考虑。”

听到这些，甚内沉默了。在精于各类人情世故的甚内看来，这个连是否精于剑术都不知道的人口气却不小，他就不必再多说了。

“那，时候已经不早了，我们就先告辞了。”告别小次郎，甚内转身去清点人数。

“咦？怎么少了一个呢？是谁呢？儿张在，墨染也在，奇怪了，到底是谁不见了？”

二

本不打算和这些搬家的妓女们同行，小次郎便先行一步，但妓女们的大队人马却因为一人不见了而站在原地尚未动身。

“阿直，到底是谁不见了？”甚内不耐烦地问道。

“是一个名叫朱实的女孩子。老板，就是那个在木曾路见到的女孩子，问她愿不愿意加入我们而收留的流浪女。”

“哦，是她呀？如果是她就算了，反正她还没有办证明，也还没在她身上砸几个银子。我是看在她想做娼妓的分儿上才带她一起去江户的，看她还有几分姿色，没想到这么不上道儿。得，损失点儿路费也没什么，不要找了，咱们动身吧。”

大队人马动身了，今夜住在八王子[①]，明天就能到江户了。

天渐渐黑了，本以为逃了的朱实却突然从路边走出来，“扑通”一声跪了下来：“阿妈，对不住了。”

阿直一看是她，随即怒斥道：“你刚才上哪儿去了？逃掉了就不用回来了。”

---

① 八王子：位于东京都西南部的一个市，江户时代为甲州大道的驿站街。

无论她们如何嘲笑、生气，朱实依然微笑着说道："刚刚有熟人，碰见了不好，所以我藏在了后面的草丛里。然后一直都在后面跟着大伙儿。"只见这朱实衣着破烂，连胳膊都露了出来。她嘴上虽然说着对不住，但脸上却丝毫看不出任何想要道歉的表情。

走在前面的甚内听到他们的对话，回过头来说："小姑娘，你叫朱实？"

"是的，老板。"

"这个名字不好记，你要真想做娼妓的话，需要换个好记的名字。你真做好为娼妓的心理准备了？"

"这还要做什么心理准备？"

"做一个月后，即使不喜欢也不能变了。作为妓女，对客人的任何要求都不能表现出厌烦的情绪，如果你没有这样的心理准备，是做不了这活儿的。"

"对我来说，女人生命中最重要的部分已经被男人毁了……都已经无所谓了。"

"就因为这个？在去江户的路上，你再考虑一下。路上的花费也没多少钱，你能还就还，不能还就算了。"

妒 火

一

奈良井的大藏带着城太郎告别药王院，前往江户。中午时分已经来到了繁华的八王子二十五旅馆。

“城太郎，我们住在这里如何?”大藏问。

看上去这里是城里最大的旅店了，城太郎便点头同意了。店家原本安排大藏一行人住在了一楼，谁知傍晚时分客人却蜂拥而至，店家只好小心翼翼地跑来和大藏商量：“客官，真是不好意思，有一伙客人住在了一楼，有些吵，能否请您几位移步二楼的客房?”

“可以，可以，贵店真是生意兴隆啊!”大藏好说话，急忙拿着行李搬到二楼去了。

进来的是角屋的妓女队伍。

“看看，看看，这让我们住了个什么旅店!”来到二楼之后，大藏无奈地环视自己的四周。人声嘈杂，不管怎么喊店小二就是听不见，也没人送饭。好不容易来了个送饭的，等他们吃完后却又迟迟不来收拾碗筷。楼上楼下忙碌的脚步声从不间断，大藏虽然生气，但看看周围手忙脚乱的下人却又不好发作。

躺在凌乱不堪的房间中，奈良井的大藏以手为枕，突然抬起头喊：“助市，助市!”

没有回应。

于是他又坐起来，重新喊："城太郎！城太郎！"但不知城太郎去了哪里，到处都看不到他的身影。大藏只好走出房门，却看到城太郎坐在二楼的楼梯上望着下面出神。

"看什么呢？"大藏走下来和城太郎并排坐在楼梯上。

"看楼下的人。"城太郎从不离身的木剑就放在旁边。

"楼下的人？"大藏也有了些兴趣。

"楼下住了很多女人，我看她们。"

除了店小二忙碌的脚步声，以及楼下住着的女人们外，让大藏烦躁不安，最令他烦恼的就是从楼上往下看到的客人们的喧哗声。

"我到外面走走，你老实地待在屋里。"

"去外面的话，我也去。"

"我去静静心，你老实地待着。我想打开我的行李箱，钥匙在助市那里。对了，你看到他去哪儿了吗？"

"刚刚去楼下了。"

"还在洗澡？"

"没，在楼下看那些女人呢。"

"这家伙！"大藏很是生气，"马上把他叫回来。"

二

四十人的大队伍占据了楼下所有的客房。男人们挤在收银台的地方，看热闹似的盯着女人们的房间。妓女中，有美貌倾城的，有拿着三味线弹奏乐曲的，更有皮肤白皙的，令众人看得着迷。

洗澡回来的助市，不顾刚出浴后容易发冷着凉的身体，径直留在一楼看热闹。

"适可而止吧！"忽然，他的耳朵不知被谁从后面揪住了。

“啊，疼疼疼！”

“老爷在叫你呢，还不快回去？”

“别骗我了！”

“谁骗你了，赶快去，一会儿老爷该生气了！”助市这才迅速向楼上跑去。

“小城太，这不是小城太郎吗？”城太郎刚想回房间，不想庭院的阴凉处有人在叫自己。

这些日子以来，他满脑子都在想失散的武藏和小通，听到有女人的声音在叫自己，城太郎兴奋地想：“该不会是……？”

想到这里，他迅速地向阴凉处走去。

“是我啊，城太。”树荫下露出了朱实白色的面孔，柔柔地站在了城太郎的面前。

“怎么是你？”城太郎深感失望，本来高兴的笑脸立马耷拉下来了。

“你这孩子，这是怎么说话呢？怎么，见到我不高兴吗？”无处寄托自己伤感的朱实，伸出手佯装恼怒地打了城太郎一下，“很久不见，你怎么在这里？”

“那你又为何在这里？”

“这个……这个……你也知道，和我的养母分开之后，我就一直倒霉不断，就连喝凉水都塞牙缝！”

“你……和那些女人是一起的？”

“算是吧。不过，我还在想要不要加入她们。”除了眼前这个孩子外，朱实不知道还能对谁说出自己的心声。

“对了小城太郎，武藏君现在怎么样了？”

终于问出来了，从见到城太郎的那一刻起，这才是朱实最想问的问题。

“不知道。”城太郎没好气地说。说到武藏，城太郎还想打听消息呢。

“什么？你不知道？”

“我和小通还有师父在路上走散了。”

“小通？她是谁啊？”听到城太郎的话，朱实像是突然想起了什么，“啊，我想起来了，是那个一直追着武藏君的人？”

在朱实的印象中，武藏是行云流水般的修行者，是居无定所的人。所以，无论自己多么用心都不可能走进他的内心，根本不可能和他发展成恋情。也正是因为有了这种想法，自己才会放弃一厢情愿的追求。

但令她没想到的是，在武藏的生活中居然出现了另一个女人！朱实的放弃终究没有成为被灰尘埋没的火种，犹如可以燎原的星星之火，忽地又蹿得老高。

“小城太郎，这里太吵了，我们到外面聊聊如何？”

城太郎正想出去，听到朱实的邀请，迫不及待地走了出去。

两人来到安静的大街上，此时八王子城的灯火无比繁华。四周环绕着艺人们的音乐声，不时传来众人聚会的欢呼声。

“关于小通，我倒是经常听又八君提起，她到底是个什么样的女子呢？”朱实好像非常在意这一点。武藏，一直都处于朱实内心中最重要的位置，在她的心里，对于小通，开始燃起某种焦躁的情绪。

“小通啊，她是个很好的人，”城太郎更详细地解释道，“温柔，善良，美丽，我也可喜欢小通姐姐啦！”

听到城太郎的话，朱实内心感到了一种威胁。只是这种威胁，任何女人都不可能表现在脸上。相反，朱实若无其事地笑着，继续问道：“是吗？她这么好啊？”

“那当然！小通姐姐可厉害了，她什么都会。唱歌好，写字好，笛子也吹得非常棒！”

看来女人擅长吹笛子，也不是毫无用处啊。朱实暗自思量。

“不光是我，就连大和的大殿君也非常喜欢小通呢！所有人都喜欢她。但是有一点不好……”

“女人嘛，谁都会有不好的地方。她哪里不好了？你能跟我讲讲吗？我一定能谅解的。”朱实温柔地摸着城太郎的脑袋，俨然是一个在听弟弟讲述心事的模范姐姐。

“小通，她就一点不好——爱哭。”

“爱哭？为什么说她爱哭呢？”

“只要想到武藏师父她就哭。和她在一起，就这点不让人喜欢。”

听完城太郎的话，朱实差不多已经知道小通是什么样的人。朱实的全身都燃起了熊熊的嫉妒之火。

三

虽然嫉妒至极，但朱实摆出一副平静的外表：“小通多大了？”

城太郎出神地看着朱实的脸庞，好似在比较似的，想了想才说：“和你差不多大吧。不过小通姐姐看上去更漂亮，更年轻。”

“武藏君是人上人，是练武的天才，他一定不会喜欢她那种爱哭鬼的！那个小通，一定就是靠哭哭啼啼引起男人注意的心机女，和角屋那些妓女们没什么区别！”听见城太郎说小通比自己年轻漂亮，朱实突然没好气地打断了他的话。她努力地想要告诉自己喜欢小通的只有城太郎，但听到的却是完全相反的回答。

“才不是呢！我师父虽然从外表上看是很不温柔，但他真的很喜欢小通！”城太郎急忙反驳。

朱实再也按捺不住内心的嫉妒之火，如果旁边有条河，她一定会马上跳进去浇灭自己胸口燃烧的火焰。如果面前的人不是城太郎这个小孩子，自己一定会说得更多。

“小城太郎，跟我来！”朱实说着，拉着城太郎就往前面灯光闪烁的居酒屋里走。

“喂，你一个女孩子，怎么能去居酒屋啊?”

“没什么，突然就想喝酒了，我自己不好意思去。”

“可是我也不能去啊。”

“小城太郎，想吃什么就点什么吧！”很幸运，酒屋中没有多少客人。城太郎还想说什么，朱实一把抓住城太郎的手：“你这个孩子真是太吵了。老板，上酒！”

“好了，反正你喜欢的是小通。而我，最讨厌的就是这种靠哭来博取男人同情的女人！”

“我，最讨厌女人喝酒。”看见朱实一副风尘女子的做派，城太郎忍不住撇了撇嘴。

“抱歉，我不喝酒的话，心里憋得慌……算了，说了你也不懂。”

“好了，赶快付钱走人吧！”

“我没钱，住旅店的钱都是角屋的老板出的，反正我也出卖了自己的身体……”说着，朱实忍不住哭了起来，“我的眼泪和那个小通的眼泪是不一样的。啊，太复杂了，不如死了算了！”

说着，朱实突然起身，冲向了外面的黑暗之中。

城太郎也赶紧追了出去。

店里很少见到这样的女客，酒屋的人都大笑不止。躺在角落里的一个武士，醉眼蒙眬中却展开了淫邪的笑脸，跟着他们跑了出去。

四

黑夜中，朱实跑在前面。她也知道城太郎正哭着追来。其实她并不想死，只是觉得城太郎在后面追非常有趣，她喜欢被对方照顾的感觉，仅此而已。

“朱实姐姐，不要死，死多无聊啊。”

“小城太郎，我想见他，帮我找武藏来……”朱实双手遮脸，边哭边往前跑。

“回来，危险!”城太郎害怕极了。

这时，一直跟着两个人的吉冈清十郎从酒屋走出来。他绕过小巷，一把抱住了朱实：“小孩，这个女人交给我了，我会送她回去，你先回去吧。”

“你看，这个女人在我怀里睡得多香，我送她回去就行。”这个高个儿的三十四五岁模样的男人，眉毛浓重，关东口音，身穿短衫腰挎大刀，下颚到右耳根处有一条明显的刀疤。

“不行，大叔，你快点放下她!”城太郎拿起木剑就刺了过去，却被对方轻易地躲开了。不仅如此，城太郎还被一脚踢晕了。

城太郎是被一众人等叫醒的。

“喂，你终于醒了，和你一起出来的女孩子呢?”旅店的二掌柜抓着城太郎的手腕急切地问道。

“有人通知我们，和你一起出来的角屋的女孩子被一个武士掳走了。知道他们去哪里了吗?”

“不知道，我什么都不知道。”

“别说傻话，你怎么会不知道。说，只要说出他们去的方向就好。”

“那边。”

话音刚落，一群人顺着城太郎指的方向追去了。

城太郎害怕被大藏骂，才那么随便一指。况且，他真的是被打晕了，确实什么都记不起来了。

终于，大家在一间农家小屋内找到了朱实。只见这小屋内铺着稻草，朱实头发凌乱，衣服散落一地，一看就知道发生了什么事。谁都没有说话，也忘了继续追赶贼人。朱实穿好衣服，靠在墙边哭了起来。

“你喝醉了?”

“干什么又到外面去喝酒?”

大家看着她哭了一会儿，朱实才抬起头淡淡地说：“回去吧。”

城太郎远远地看着，他无法想象朱实身上究竟发生了什么事，却陷入了很久以前和朱实相识的回忆中。

意外发现

一

“来的时候没走过这种地方啊?”城太郎回旅馆的过程中，环顾四周，看看前面再看看后面，怀疑自己是不是走错了路。

这里以一处古老的城墙为中心，像是一处武士聚集地。城墙的石砖应该曾经被他国军队占领过，损坏严重，部分修复之后，貌似成了当今统治者的官邸。

“嗯？是谁？那种地方会是谁?”城太郎站立的道路旁边，有一片庄稼地和一处沼泽。沼泽和庄稼地旁边是险象环生的山石。没有路，没有台阶，这里大概是城墙最薄弱的地方。但是，城太郎看到，在这个险象环生的险要地方，有人从垂着的绳子上下来。人影穿过庄稼地没入了草丛之中。

在好奇心的驱使下，城太郎盯着人影消失的地方，甚至忘记了自己正在远离旅店的地方迷路了。然而，他再怎么找也没有看到刚才的人影。到底是谁呢？城太郎的好奇心更重了，躲到旁边的树丛中等着刚穿过庄稼地的人影。

他的等待没有落空，过了很长时间之后，人影终于出现了。

“他在捡柴火?”为了偷山上的柴火，所以才选择晚上翻过城墙？如果事实真是这样，等这么久真是太不值了。但眼前的事实却更让城太郎感到震惊，一股令人颤抖的恐怖袭来。

从庄稼地里出来的人影缓缓地从城太郎身边经过，并没有发现躲在树丛中的小小身影。城太郎差点儿叫出来，因为刚才的身影就是照顾自己的奈良井的大藏。

“不不，难道是认错人了？”

对方用黑布遮着脸，身上挎着黑色布褡裢，背上背着重重的包袱，看他矫健的身影和走路的姿势，无疑就是五十出头的奈良井的大藏。城太郎没想太多，悄悄地在后面跟着这个身影。最简单的想法就是，跟着他能回到旅店。

人影可能觉得包袱里的东西太重了，便把包袱放在路标下面，坐在地上开始抽烟。烟味飘来，城太郎更加确定这人就是大藏。这里的乡下人和城里人都没人抽这种烟草，这种烟草价格非常高，只有有钱人才会选择这种烟草。并且，城太郎看到了大藏平日里使用的陶瓷烟袋。烟草如萤火虫般闪烁，更加重了城太郎的怀疑。

“他究竟来这里做什么？”他抱着冒险的心理，慢慢靠近人影。

只见男子站了起来，摘掉了脸上的黑布，现在可以清晰地看到对方的脸，果然是奈良井的大藏。只见他将黑布别在腰上，绕着大树转了一圈之后，不知道从哪里捡起来一把铁锹。

大藏拿着铁锹，好像站在那里看夜景一样。城太郎现在才看出来，这里的山丘是城墙和房屋交界处。过了很久之后，大藏独自点点头，绕到大树北侧，搬开一块石头，在石头下方开始挖了起来。

二

大藏挥舞着铁锹，全神贯注地用铁锹挖土。很快，地面上出现了一人深的大洞。

城太郎觉得此时的大藏和平时认识的大藏一点都不一样，他站在大洞里，只露出脑袋。城太郎开始担心了，如果他想把自己埋起来，我必须得阻止他。

但是，大藏却从大洞中跳了出来，把刚才的大包袱拖过来，解开包袱绳子，里面露出了让人吃惊的黄金老鼠，还有很多根熔炼成的金条，以及其他种类的黄金，大藏把它们全部都推进洞中。然后，填埋、踏平。最后，又重新将石头放了上去。为避免这里被别人发现，还覆盖上了枯草、树枝等。和平日里的大藏判若两人。

大藏离开之后，城太郎站在刚才埋黄金的地方，怎么看都看不出任何有新翻动过的痕迹。他像看到了魔术师的表演一样，盯着地上出神。

“对了，我得先回去，不然他会怀疑的。”城太郎已经看到了旅店的灯火，知道如何回去了。他选择了和大藏不同的路，快速地跑回旅馆，装作什么都不知道的样子上到二楼回到自己的房间。

大藏还没有回来，只见仆人助市流着哈喇子呼呼大睡。

没过多长时间，奈良井的大藏推门进来：“我回来了！”

八王子距离江户还有十几里路程，所以天不亮角屋的一行人就已经出发了。奈良井的大藏一行人却在慢慢地吃着早餐。经过昨天晚上的事情，城太郎看大藏的感觉已然大不相同。

大藏注意到城太郎的表情似乎有些不自然，便问：“城太郎，你今天怎么了？”

“啊？没有，没什么……”

“那怎么沉默寡言的，平常可不是这样的呀？”

“哦，大藏叔叔，这样跟着您也不知道什么时候才能见到我师父，所以，我想自己去找他，不知道是否可以。”

“不行。”大藏边说边指示助市准备出发。

“叔叔，我真的很想找到师父，所以让我一个人去找吧。”

“不行就是不行。”大藏拿出自己的陶瓷烟袋，自顾自地抽了起来，“从今天开始，你就是我的孩子了。”

城太郎咽了口唾沫，但看到大藏似笑非笑的表情就知道他在开玩笑：“不行，我不想做叔叔的孩子。”

“为什么？”

“叔叔是城里人，我可是想当武士的。”

“奈良井的大藏，祖上也不是城里人。我一定培养你成为一名伟大的武士，做我的养子吧！”听起来大藏好像是说真的，但城太郎感到不解，为什么他会有这样的想法？

突然，大藏抓住城太郎的手：“小鬼，昨天你看到了对不对？”

“什么？”城太郎震惊不已。

“你看到了吧！为什么？为什么要偷看别人的秘密？”

“对不起，对不起，我不会告诉别人的。”

“不要出声！既然你已经看到了，我也不骂你。当我的养子吧，否则我只有杀了你这个可爱的小子。如何？你要选哪条路？”

三

可能真的会被杀人灭口，城太郎感受到了有生以来最大的恐惧。

“对不起，对不起，我不想死，我不想死！”

城太郎像只蟋蟀一样被大藏攥在手心里玩弄来玩弄去，没有丝毫的反抗能力，好像随时都可能被大藏的双手捏碎。

“那就做我的孩子吧!”大藏用手捏着城太郎的脸颊，城太郎感觉到阵阵疼痛袭来。

城太郎不明白究竟是为什么，只能感到危险，今后可能会遇到更糟糕的事情。但面对眼前高大魁梧的大藏，城太郎却像个婴儿一样动弹不得。

“怎么样？做我的孩子还是让我杀了你？快点说!”

城太郎哭花了脸，泪水挂在腮边。

“哭什么？做我的孩子会很幸福的。想当武士，我也一定帮你。一定能成为一名伟大的武士!”

“但是……”

“但是什么？男子汉，有什么说什么，别啰唆。”

“但是，叔叔，叔叔是小偷。”

“哈哈哈哈，所以才不想当我的孩子?”大藏拍拍城太郎的背，让他站了起来。

城太郎点头。

“那我应该是偷天下的盗贼了，和入门盗窃可不一样哦。家康、秀吉、信长他们，不也是夺取天下的人吗？跟着我看看我究竟是个什么的小偷吧。”

“叔叔不是小偷吗?”

“不是你想的那样，叔叔我可是个更伟大的人。”

城太郎想说点什么，却不知道说什么。

“别哭了，准备出发。从今天开始你就是我的儿子了。昨天的事情，不要告诉任何人。我会疼你的。要是告诉别人，小心我拧下你的脑袋。”大藏看似温柔的眼睛里，突然间却闪过一道凶光。

初到江户

一

本位田又八的母亲到达江户已经是五月末了。

天气逐渐炎热起来，梅雨季节却没有下一滴雨水。从大津出来，大约经过了两个月，她终于到了江户。经东海大道，路上一边养病一边赶路，耽搁了不少时间。虽然到达了江户，却已经精疲力竭。来到江户老太婆的第一印象就是：明明这么多沼泽地，居然还建了这么多房子?

街道两边是新栽的树木，街道是新铺的道路，走起来很舒服，但由于运石头和木料的牛车、两边在建的房屋、正在打的地基等，再加上许久没有下雨，到处都是尘埃，灰蒙蒙的。

阿杉婆瞪一眼在建的新房子，看到泥瓦匠们说说笑笑地正在涂墙壁，泥水到处乱飞。突然，一块泥巴溅到了阿杉婆的衣服上。阿杉婆年纪虽大，却依然不改年轻时的泼辣性格。

“笑笑笑，笑个什么劲儿? 把路人的衣服弄脏了，不道歉也就罢了，居然还好意思笑? 这是什么道理!”阿杉婆冲着泥瓦匠们大声地吼道。

这些人都是农村来的泥瓦匠，本来就没那么多顾忌，这下可好，看见阿杉婆跳蚤似的夸张样子，更是挥舞着手中的工具大笑不止：“好一个奇怪的老太婆，唠唠叨叨地啰唆什么?”

这下阿杉婆真被惹毛了："刚才，是谁在笑？出来！"

"是大家伙儿在笑！"

"对，是大家伙儿！"

泥瓦匠们笑得更厉害了。大家以为，不过是个过路的，发发牢骚也就过去了。

但阿杉婆可不是个善罢甘休的主儿。她默默地穿过土堆间的架子，将手放在某个泥瓦匠站着的工作板上："是这个臭小子吧！"说话间就掀翻了木板。

泥瓦匠从木板上摔了下来，从头到脚都是泥巴。

"混蛋！"泥瓦匠跳起来，气势汹汹地站在阿杉婆面前，"有本事到外面单挑！"

阿杉婆手握短刀，没有表现出任何恐惧的神色。

看这架势，泥瓦匠们退缩了。没想到会遇到这样厉害的老太婆，从她的言谈举止来看，可能是某个武士的母亲，一时竟不敢冒失。

"看你今后还敢不敢这么无礼！"大家眼巴巴地看着老太婆走了出去，面面相觑。

本以为事情就这样结束了，谁知突然从里面冲出来一个不怕死的。

"该死的老太婆！"那人大叫一声，说着就把整桶的泥巴都泼到了阿杉婆的身上。

阿杉婆扭过头来，恶作剧的人早就没了影儿。看到自己满身的泥巴，她的脸上露出了懊悔的表情，皱起眉头一副要哭的样子。

"笑什么笑！"这次是冲着路上看热闹的人，"有什么好笑的，老的不止我一个，总有一天你们也会老。我大老远地来到这里，不但没受到礼遇，反而被泼了一身的泥巴。这就是你们江户人的待客之道吗?”

因为阿杉婆的大骂，周围看热闹的人更多了，但她似乎并没有注意到这点。

“江户，江户，说得就像是日本最好的地方一样，有什么啊？来了才知道，到处是山崩，到处是泥沼地，灰尘漫天，人情冷漠，人品低下，从京都到这里一路走来，我老太婆就没见过这么糟糕的地方!”阿杉婆心情低落极了，说完就丢下嘲笑的人群，自顾自地加快脚步向前走去。

走到哪里都能看到新的木材和墙壁，即使能看到空地，也能看到尚未回填的土地下方露出的干芦苇，干燥的牛粪味道刺鼻。

“这就是江户吗?”她一直感觉自己还没走到江户，在这片新开发的土地上，最古老的貌似就是自己这个老太婆了。

事实上，这里的人都是年轻人。开店铺的人是年轻人，骑马的官员、戴着大斗笠路过街道的武士、劳动者、工匠、生意人、官兵，等等，全部都是年轻人，这里简直就是年轻人的天下。

“如果不是来找人，这种地方我一天都待不下去。”前面又在挖沟修路，发着牢骚的阿杉婆又不得不停止脚步绕道而行。

二

挖出来的土堆得像小山一样，而挖出的沟中正被填上芦苇。工匠们在盖房子，同时有的店铺中已经能看到涂脂抹粉的女人在挂暖帘、卖酒、挂招牌、做衣服了。这里是过去的千代田村和日比谷村之间相通的田间小路，现在成了江户城的大道，所以周边开始出现各种店铺，已经初具城市模型。

路边的一间小房子前挂着“浴”字小旗，阿杉婆付了一枚永乐钱币之后走了进去。并不是想洗澡，只是想借这个地方晾晾衣服。晾衣服期间，她穿着浴袍坐在衣服下面观察着外面的行人。

听外面的行人讨论，才得知四五个城里人正热衷于土地买卖，在乡下能买十块水田的钱在这里只能买到一两块同样大小的土地。江户人的所作所为，真是难以理解。阿杉婆想不明白，为什么这里的人要这样买卖土地，真是太不可思议了。

正聚精会神地听着别人的谈话，突然感觉有人从后面摸自己的腰带，阿杉婆迅速抓住试图偷自己东西的手，大喊一声："小偷！"

可说话间腰带间的钱包还是被小偷摸去了。阿杉婆像丢了脑袋似的紧抓着小偷的腰带不放："来人哪，有小偷，来人哪！"

小偷无法摆脱阿杉婆，气急败坏地一脚踢在了阿杉婆的肚子上。阿杉婆哼了一声就倒在了地上，但倒地的同时拔出腰间的短刀，一下就砍到小偷的腿上。拿着钱包的小偷，摇摇晃晃地走出十几步远，失血过多跌到了地上，再也爬不起来了。

正在施工的工匠弥次兵卫跑了过来，一看竟是在自己武馆中讨饭吃的，平时游手好闲的甲州人。

"听到有小偷我就跑来了，老婆婆你先休息一下，我把这个甲州人带到官衙去。"

"老大，你快放过我吧，今后我一定改邪归正！"小偷忙跪下求饶。

"好啊！"又过来两个小工，"放过你也行，不过你得帮我们打桩。怎么样，有没有兴趣？"见小偷点头，工匠们便用自己的方式惩罚教育了他。在法制尚不健全的江户，为了维护正常的秩序，城里人都有自己的惩罚方式。

“这么大岁数了，还一个人赶路，真是可怜，跟我回家休养吧!”弥次兵卫看阿杉婆可怜，征得阿杉婆同意之后便把她背回了家，从此当母亲一样照顾。

河滩之战

一

阿杉婆在弥次兵卫的家里一住就是一年半。

在这一年半里，阿杉婆一直都在休养，虽然每天都会想“已经叨扰了这么长时间，该走了”，但最终却还是留了下来。因为和瓦匠弥次兵卫见面的机会很少。好不容易见面时，听到弥次兵卫说：“别着急，您在这里慢慢养病，总会找到仇人的。等老妈妈您找到武藏的时候，我一定帮您的忙。”她也就失去了离开的勇气。

在弥次兵卫家里休养期间，她对江户人的看法也有了转变：以前没看出来，江户人还真是热情啊！

这里人员复杂，有百姓出身的懒汉，也有从关原一带过来的浪人，有花光父母积蓄从家里跑出来的穷凶极恶之徒，也有刚从监狱里出来的满身刺青的家伙。在这个名为六方者武馆的地方，不同类型的人在弥次兵卫户长的带领下过着大家族式的生活。这里分工明确，秩序井然，有条不紊。

弥次兵卫曾经说过：“如果您能帮忙照顾年轻人，那真是我们的荣幸。”于是阿杉婆也会做一些自己力所能及的事情，带领缝纫工帮大家洗衣服、缝补衣服，等等。阿杉婆表现出来的本位田家的家风受到了大家的敬重，这些严格的起居习惯和家政作风都使六方者武馆的道德规范有了很大的进步。

武馆里所有人都知道，一旦江户城里出现名为宫本武藏的武士，必须马上告知阿杉婆。但一年半过去了，江户依然没有出现过名叫武藏的人。

从阿杉婆口中听到她的决心和遭遇后，弥次兵卫深感同情。他对武藏的看法完全来源于阿杉婆。

“好厉害的老妈妈，那种浪人就应该受到诅咒!”他特意在一片空地上建造了一间小屋，专门给阿杉婆住。只要他在家，早晚都会向阿杉婆问安，把她当作贵宾侍奉。

二

城里的梅花已经凋落，但江户的樱花还没有开放。远远能看到山腰上的点点白色樱花，近年来，浅草寺前面种植了很多樱花树，虽然树龄不高，但今年也已经挂满了粉红色的花蕾。受到弥次兵卫的邀请，阿杉婆和一行人一起乘船去浅草寺供奉观音娘娘。

“老妈妈，实际上，今天是我亡母的忌日。虽说是扫墓，但因为老家太远，所以才到浅草寺祭拜。祭拜之后，想去山上游玩一下，您也喝一杯吧。”弥次兵卫手拿酒杯，靠在船舷之上，同时为阿杉婆递上一杯美酒。

“是吗？真是个孝顺的孩子。”阿杉婆不由得想到了自己久未见面的儿子又八，“好久没喝过酒了，大家一起开怀畅饮吧。”

“啊，黄莺的叫声真动听。”

“梅雨时节，白天晚上都能听到这动听的声音，真是报时的吉祥鸟啊!”

“只要您高兴，我们就也开心。来，再干一杯。”

弥次兵卫的部下从河里打上新鲜的鲤鱼、大马哈鱼、鲈鱼等，大家用生鱼蘸上酱油享受了一顿新鲜的美味。

不久，船靠岸了，能看到浅草观音堂了。

大家上了河滩，阿杉婆已经有些醉了。可能是上了年纪，从船上下来的时候，阿杉婆摇摇晃晃差点儿摔倒，弥次兵卫赶忙过来扶着她下了船。

“干什么？不用！”倔强的阿杉婆拒绝了弥次兵卫的好意，她依然讨厌别人把自己当成老人。河滩上，满眼尽是小石子和水洼。河滩上有不少孩子，看上去是在翻开石子抓螃蟹。看到有人从船上下来，他们马上跑过来围在弥次兵卫和阿杉婆的周围叽叽喳喳。

“叔叔，买个吧！”

“婆婆，买一个吧！”

“螃蟹吗？螃蟹就不需要了。”弥次兵卫觉得这些孩子真是太吵了。

“不是不是，是箭头。浅草寺旁边的草丛里，有很多埋了人和马的坟墓，祭拜的人都用这个呢！叔叔，你也用这个祭拜吧？”看上去年龄稍大点儿的孩子做出了解释。

“箭头我就不需要了，还是给你们些钱吧！”弥次兵卫给了钱，孩子们都散开继续找箭头去了。不一会儿，孩子们的父母从附近的茅屋中出来，把钱拿走了。

阿杉婆眺望着宽阔的河滩出神：“这里居然有这么多的箭头。看来，这里一定发生过恶战。”

“不错。不过我了解得也不是很清楚，只是听说这里曾经发生过几场大战。当初源赖朝的关东兵曾从伊豆到此参战，南朝的御世时期的新田武藏将军也曾率兵在此战斗过，足利一方的剑雨也没少在此夺取众多将士的性命。就连最近的天正时期，太田道灌一族和千叶氏一党也曾多次在这片河滩大战呢。”

说话间已经到了浅草寺。

乍一看，浅草寺真如其名：这里还真就只有一间茅草屋。

“什么？这里就是江户人都来参拜的金龙山浅草寺？”阿杉婆颇感失望。看惯了奈良京都的古老文化遗迹，再看这里，心理落差不大都难。

“施主。”突然听到有人在头顶上打招呼，抬头一看才发现是坐在茅草屋屋顶上的观音堂住持。

“住持，打扰了，今天在修理屋顶？”弥次兵卫抬头回礼。

“是啊，附近有很多大鸟，经常拿屋顶的茅草筑巢，屋顶也就越来越薄，下雨天会漏雨，所以……马上下来，请稍后。”

三

“……大慈大悲的观世音菩萨，请保佑我早日找到武藏早日报得大仇，早日报得大仇，早日报得大仇……”阿杉婆坐下来便开始念经。附身请愿后，她再次开口念道：“请保佑我儿又八能改邪归正，早日成才，光耀我本位田家的门楣。”

看她请愿完毕，住持请大家到旁边饮茶。

看到墙壁上的捐赠簿上写着“奈良井宿 大藏　黄金十两”，阿杉婆问道：“住持，这位捐赠十两黄金的奈良井的大藏，是何方神圣？想必是个大财主吧？”

“去年年底，关东的一处古刹捐赠的，用以修建寺庙。”

“一定是位大善人……”

话未说完，就听见外面的小和尚们大喊大叫：“师父，不好啦……师父！”

“不知哪里跑来的武士在河滩上打起来了！”其中一个小和尚慌慌张张地跑到近前，嘴里还不时地喘着粗气：

“一个对四个！”

“快去看看吧！”

听到小和尚们这么说，住持和大家道歉之后就赶紧穿上草鞋向河滩走去。大家伙儿也不敢怠慢，赶忙跟了过去。

阿杉婆走得慢，当走到河滩的树林处时，却看不到任何人，也听不到吵架的声音。吵吵闹闹的孩子、急急忙忙赶来的大人、渔村里出来的看热闹的男男女女，好似都隐到了树林后面一样，听不到一点儿声音。

阿杉婆深感奇怪。她马上屏住呼吸，凝神细看。眼前只有广阔的河滩和水域，河水和湛蓝的天空相接，飞燕独自在天地间翱翔。有一名武士踏着河滩上的石头子路，一脸轻松地走了过来。

年轻男子身背大刀，身穿牡丹色的武士和服，光鲜亮丽。不管树荫下是否有人在盯着他看，一副漠不关心的样子，静静地站在原地不动。

阿杉婆也瞪大了眼睛，周围的人也压低了声音。

牡丹色和服武士的对面大约十步远，七零八落地躺着四具尸骸，是刚刚被斩杀的。胜败很明显，四对一，独自一人的年轻武士取得了绝对性的胜利。

四

年轻武士在水中洗了手，嘀咕了一句：“真像是家乡的水啊！”他看了看水面上翻飞的白燕，就匆匆迈开脚步准备离开。看到河滩上有艘小船，就想解开绳索乘船而去。

“你要干什么?!”部下中有一个人突然开口喊道。靠近了，才嗅到年轻武士身上残留的血腥味，衣服上还沾有血迹。

“怎吗？不行吗?”年轻武士放开要解开绳索的手，微笑地对着他。

“当然不行，这可是我们的船!”

“哦? 那我给你们船费如何?”

“不行，我们又不是船夫。”大家异口同声地说。只是面对这个以一对四大获全胜的武士，泥瓦匠们的声音听起来并没有往日高昂的气势。哪怕对方压根儿就没有要道歉的意思。

年轻武士从船上下来，顺着河滩准备离去。

“小次郎，是小次郎吧?”阿杉婆追上前去急切地问道。

小次郎看看对方，一改刚才的严肃表情满面笑容地说道：“哎呀，这不是大婶吗? 上次一别，您还好吧?”

“寄宿在弥次君的住处，今天是来拜观音的。”

“上次比叡山一别，听说您要来江户，没想到还真在这儿见着您了!”说完，小次郎回头看看众人，“那，这些也是和大婶您一起的咯?”

“那是。领头的虽然年轻有为，但毕竟都是些年轻人，粗鲁无礼，还望不要见怪啊!”阿杉婆和小次郎说着话，众人感到非常意外，也更加佩服阿杉婆了。

“刚才无礼了，我们也正要回去，不知阁下急着去哪里? 我们用船送阁下一程如何?” 见阿杉婆都放低身段那么客气了，弥次兵卫赶忙站出来道歉。

再遇小次郎

一

归来的小船中，众人一同饮酒，相谈甚欢。阿杉婆和小次郎以前见面时就有一见如故的感觉，今日再见，依然性情相投。

“小次郎依然在修行?”

“大婶的大仇还没报吗?”

当得知阿杉婆“讨伐武藏”的大仇未报，甚至还没有武藏的消息时，小次郎诚恳地说：“去年秋天到冬天听说他见过两三个武士，现在，他的人一定还在江户。”

弥次兵卫也说：“听说了老妈妈的遭遇之后，我一直都想助一臂之力。只是直到现在都一直都没有有关武藏的任何消息，所以……”

之前在河滩上，众人都看到了小次郎的实力，无条件地对他充满了敬意。

“小次郎多次帮我，兵卫和大家伙儿也都一直在帮我，我一个老太婆真是没齿难忘啊，这一定是观音娘娘庇佑啊!”阿杉婆两眼含泪，激动地说。

见气氛有些伤感，弥次兵卫连忙转换了话题：“对了，小次郎君，之前您结果掉的四个人都是些什么人?”

小次郎微微一笑，得意地说：“那些人啊，是经常出入小幡[1]门下的浪人。我之前曾拜访过小幡君，探讨军学和剑道的事情，谁知他们后来竟然追我到河滩之上，非要与我比试。那帮孙子出手也太毒辣了，本来没想着要他们的命，眼看小命儿都快不保了我也就没跟他们客气。他们本来有五个人，最后跑了一个。原来在江户也有很多草包武士啊？能说不能干的，绣花枕头一个！”

“小幡是？”弥次兵卫对这个人没什么印象，反问道。

“怎么，难道你不知道吗？是甲州的武士家族，又称堪兵卫景宪。现在是秀忠公卿的军学老师。”

“啊！听你这么一说我想起来了，原来是那个小幡君啊！”弥次兵卫只知道小幡是非常伟大的家族，但是听这个小次郎的口气却像是在说自己的朋友，崇敬之情油然而生：这个年轻的武士，得是个多么伟大的人物啊！

二

虽然社会环境很复杂，但生活在六方者武馆的人却非常单纯。没多会儿工夫，弥次兵卫和众部下已经对小次郎佩服至极了，纷纷邀请小次郎在六方者武馆住下。

“你们有四五十个年轻人，武馆里也有空地，和你们一起将武馆发展壮大倒也不是不可以。”听完这些泥瓦匠的心声，小次郎也流露出想要留下来的意思，“我来教你们也可以，只是现在从各诸侯处得到的薪酬是三百到五百两黄金，而现在我领取一千两俸禄的地方虽是暂时的，却也不能这么马上离开……要不然这样吧，我每个月去你们武馆教你们三四次，

① 小幡：这里指小幡景宪，军事学家，甲州派军学之祖，统称堪兵卫，侍奉德川秀忠，门生众多。

如何?”

从这番话中，众泥瓦匠并没有听出小次郎有夸耀自己的意思，自然也不可能理解小次郎宣传自己的伏笔。

“您能来指导我们，真是太荣幸了。请一定多多指教!”

“请一定再来啊!”众泥瓦匠这么说着，阿杉婆也接着说:“大家都等着你呢!”

小次郎点头告别各位，在拐向京桥崛的地方下船上岸了。

“真是个值得信赖的人啊!”小次郎的身影消失在街头之后，弥次兵卫不禁感叹道。

“那当然！那才是真正的武士呢！像他这种人才，即使是五百两能请到就已经很不错了!”阿杉婆也不住称赞。说完却难免又想到了自己的儿子又八，要是我的又八也能成为这样杰出的人物就好了。

五天后，小次郎来到了弥次兵卫的家中。四五十名部下轮流到客厅跟小次郎问好，小次郎从内心感到这是一种非常有趣的生活。

“我想建立一处武馆，您能帮我看看场地吗?”弥次兵卫邀请了小次郎来到一处两千平方米左右的场地。

这里有染坊，到处都挂着正在晾晒的、染完的面料。这里是弥次兵卫租来的，所以可以继续扩展空间。

“这里人来来回回太吵了，就不需要武馆什么的了，露天即可。”小次郎发表了自己的意见。

“如果下雨天呢?”

“我也不是天天都能过来，暂时先露天练习吧。只是我得事先声明啊，相比那些教员、先生们，我的教授手法要粗野得多。练不好的人我会加以惩罚——甚至会死人的。所以，在这之前我也希望大家能有个心理准备。”

“明白。”之后，弥次兵卫又集合所有的部下，将小次郎的意思转达给大家，以便所有人都做好心理准备。

三

每月练武三次，每到练武的日子，小次郎都会准时到来。周围的人议论纷纷：“豪气万丈的人中又多了一位更豪气的人。”小次郎花里胡哨的装扮，无论走到哪里都格外显眼。

小次郎挥舞着手中的晒天竿，大喊：“被枇杷木打到，骨头都会疼的，大家可要做好心理准备啊。来吧，下一位！”

虽说是练武，但这位指导者确实有点儿不人道。今天在这片露天的武馆，从开始练武到现在，已经有五六个人受伤了，现在还躺在里面哭爹喊娘呢。

“怎么，没人敢出来了吗？没人来的话我可要回去了！”小次郎再次显示了他的毒舌本性。

“好，那我来打头阵！”众人中终于有一人站了出来。可他刚说完就有些后悔了，似乎也没有自己说得那么自信。只见他磨磨蹭蹭了半天才来到小次郎面前，正要捡起木剑，却被小次郎一刀砍倒在地。

“剑法中，犹豫可是大忌。好在这只是练习，如果是真正的战斗，你已经完蛋了。嗯？明白了吗？”小次郎边说边扫视周围三四人的表情。众人一副恐惧的表情，看到他严格的练习架势，已经瑟瑟发抖了。

两个人把刚刚倒地的同伴抬到旁边。

“他不行了！”

“已经没有呼吸了……”

众人迅速围了过来，七嘴八舌地议论纷纷，但小次郎自始至终都没有扭头看上一眼。

“这就觉得害怕了？那还是不要练习剑术的好。你们，都是六方者武馆的高手，吵吵嚷嚷的，还想再战一场不成?”小次郎挺起胸膛，“如果没有完成修行的信心，就不会爆发修行的勇气，都给我站起来!”

小次郎顺势拍了一个人的后背，被拍的人向前打了个滚儿，大喊：“啊，疼……”

“今天就到此为止吧!”小次郎扔掉木剑，到井边洗手的时候仍然没有看一眼被木剑杀死的工匠，也没有说一句表达歉意的话。甚至在他尸体的旁边笑着说道：“最近这里来了很多人，你们谁去吉原[①]玩过？今天谁有兴趣做我的向导呢?”

想玩的时候就玩，想喝酒的时候就喝，小次郎这种豪爽的性格深受弥次兵卫的喜欢。

“你还没去过吉原？这个地方可是必须去的。眼下死了一个人，我必须留下来处理，所以……”弥次兵卫叫出两名属下，把钱递给他们，“你们带小次郎君过去。”

临出门前，还特意交代两名属下：“不是让你们去玩，你们的职责是做好先生的向导，都给我记住了。”

两个人点头的时候倒是爽快，但转眼工夫就把弥次兵卫的嘱托忘到了脑后。

“兄弟，要是天天都能这样就好了!”马上就有乐子找了，其中一人早就心猿意马了。

“先生，以后您可要经常到吉原去啊！我们一定会好好给您做向导的。”另外一个也趁热打铁拍马屁说。

“哈哈，好啊！我会经常去的。”小次郎内心感到快乐极了，加快脚步走到了两人的前面。

---

① 吉原：日本江户时代的官准妓院区。

四

太阳一落山，江户就陷入了一片黑暗之中。京都从来没有如此黑暗过，奈良和大阪的夜晚也比江户更亮。来江户一年有余，小次郎仍然无法习惯江户的黑夜。

终于走到了吉原。小次郎和两名工匠走入了挂着的暖帘之中：有染成紫红色的暖帘，也有染有浅黄色条文的暖帘，各式各样眼花缭乱。有的暖帘里挂着铃铛，铃铛一响，听到铃声的姑娘们就会走到窗户前迎客。

“先生已经进来了，小丫头不用再躲了哈！”

“为什么要躲?”

“说来也怪。虽然您是第一次来，但我们楼里有个姑娘，一看到先生就大叫一声躲到屏风后面去把自己给藏了起来。”

“真奇怪，这是什么样的女子?”小次郎一点儿都想不起来在这里还有认识的人。

“您权当不知道好了，到楼上去吧。”

“别说，你们这里我还真是第一次来。”小次郎自言自语道。

“到楼上看看不就明白了吗?”随行的二人穿过暖帘，看着崭新的建筑、崭新的地板，一切都新得亮眼。

上一波客人留下来的残羹剩饭还没有收拾，一个叫阿直的老妇人正在忙活着收拾碗筷。唉！这每天从早忙到晚的，连睡觉的时间都没有，这样干上三年非死人不可！

看到小次郎他们在注意屋顶的建筑，掌柜的赶忙解释道：“这些都是暂时性的，里面正在修建伏见和京都都没有见过的真正建筑。”他边说话边注视着小次郎，“这位武士，我们好像在哪里见过？哦，对了，去年从伏见来江户的路上见过您，不知您还有没有印象?”

听到他这么说，小次郎才想起在小佛山遇到的一行妓女队伍，主人正是庄司甚内。

“哈，对啊，真是有缘啊!”

“是啊，因为这里有一位您认识的女孩儿。”妓院里管事的人走上前来向小次郎解释道，接着回头对阿直说，“快去把她叫来。”

等了很久也没见阿直把人带来。管事的到楼下一看才知道楼下乱哄哄的，原来朱实不见了。

“真奇怪，怎么会不见了呢?”

“刚才还和老板甚内老爷说，真是想不明白，以前在小佛山遇到时，甚内老爷和这位武士说话的时候，这丫头就不见了踪影，现在又是这样……”

“花桐……花桐……”远远听到有人在喊自己的名字，花桐的心提到了嗓子眼。

花桐，是朱实到江户之后改的名字。

她躲在刨花和木材之间，好几次看到寻找自己的人从眼前走过。一开始就知道要见的客人是小次郎，她是说什么也不会出去的。这辈子，自己憎恨的不只是小次郎，还有清十郎。在自己喝醉的时候，清十郎把自己拖进了放稻草的小屋，这种耻辱她永远不会忘记！还有那些每天晚上把自己当成玩具一样来玩弄的客人们。所有的男人都不是好东西!

然而，在仇恨所有男人的同时，她自己又渴望能和好男人——像武藏那样的好男人——一起生活，哪怕和武藏相似的男人也可以。朱实想，如果能找到和武藏相似的男人，即便没有真正的爱情，也可以安慰自己的心灵吧。但，在这些嫖客中，却找不到这样的男人。

渴望、迷恋，却和自己爱的人渐行渐远。朱实内心无比痛苦，酒也喝得越来越凶。

“花桐……花桐……”

甚内老爷的声音越来越近，很快前方的空地上就出现了小次郎的身影。

甚内老爷跟众人道了歉，带着三人离开了。看到他们可能要放弃寻找自己，朱实才放心地站了出来。

“哈，这不是花桐吗？怎么在这个地方？”厨房的女工发出了惊奇的声音。

“嘘——”朱实赶紧挥手示意她不要出声，一边望着厨房里面说道，“有酒吗？”

“给你。”

朱实喝了酒，心情才恢复平静，想出去转转。

“啊，去哪儿？花桐，你这是要去哪儿？”

“闭嘴！我就随便转转。”听朱实这么说，厨房的女工这才放心地关上门。

朱实穿着草鞋木屐，听着哒哒的声音，心情舒畅极了。

红色灯影中来来往往都是男人的身影，朱实恨恨地想着：“都是些什么东西！一帮衣冠禽兽！”天越来越黑，甚至都能听到后面匆匆追来的脚步声。

“好像角屋的人追来了，都是些吃人不吐骨头的家伙。让女人削尖骨头挣钱，最后却把我们的血肉变成了妓院的木料，根本受不到他们半点儿照顾，傻子才跟你们回去呢！”朱实对周围的一切都充满了仇恨，加快速度漫无目的地在黑暗中穿梭。头发上沾着的木屑不停地在黑夜的风中摇曳。

猫头鹰

一

小次郎醉得东倒西歪，连走路都走不稳了。两个小跟班架着他的肩膀，踉踉跄跄地往回走去。话说小次郎不管是在哪个妓院玩，都一定会喝得酩酊大醉。

“扛着我的肩膀……先生您没事吧？真应该听他们的劝告，住在那儿？”

“那种地方，怎么能住？……要不再回角屋看看？”

“不行！”

“抓住之前躲起来的女人，再好好玩玩……”

“这倒是！”

“不过，先生对那个女人很是痴迷？”

“嘿嘿，我痴迷于任何女人。不过除此之外，我还有更伟大的理想！”

“先生的理想是？”

“不用说都应该知道——拥有最强的剑术，做剑道第一人。而且，最好还能做将军家的老师！”

“真是扫兴，听说最近有个治郎右卫门被举荐了……”

“治郎右卫门？那种家伙，要让我看到他，我一定打得他满地找牙！”

“……危险！先生，小心脚下！”已经离角屋很远了，四周伸手不见五指，旁边连个人影都没有。到处都是刚挖的沟、刚堆的土堆，有的地方甚至冒出来露着半截的木桩，地势低的地方还有积水。

“小心别滑倒。”从高处下来，两人费力地搀扶着小次郎。

“啊……”小次郎突然大叫一声，两人随之被推了出去。

“谁?”小次郎俯下身子又大吼一声。

从背后偷袭小次郎的人轻轻跃下，站到小次郎面前：“真是贵人多忘事啊！怎么，你不记得我了吗？佐佐木，河滩上你可是杀了我四位同门啊!”

原来是小幡的门人。小次郎瞬间清醒了。看到不远的树林中还晃动着十几个人影，狂笑着说：“怎么，上次来了五个死了四个，今天又来了几个找死的啊？放心吧，这次我一定满足你的愿望，杀掉你希望的人数。……混蛋，看剑!”

小次郎随即抽出背上的剑，陷入一片厮杀。

二

森林深处有一间茅草屋，陈旧的屋顶和新建的讲堂以及玄关形成鲜明的对比。小幡堪兵卫景宪就在这里招收军学弟子。

堪兵卫原本是武田家的门客，是闻名甲州的小幡入道流派。武田家消亡不久之后归隐山林，家康曾发出邀请，但因为年老体衰而拒绝邀请，而选择在这里教授军学，了此余生。

森林中有很多猫头鹰，甚至白天也能听到猫头鹰的叫声，所以堪兵卫自称猫头鹰老翁，“我也是猫头鹰中的一员”。病症貌似是神经痛，一旦发作起来，半身都会疼痛难忍。

“先生，哪怕只一点点也可以啊，您好歹喝口水吧?”常常在身边照顾的是弟子北条新藏。

新藏是北条胜之子，继承了父亲的学问，为了完成北条家族的军学休养，而成了堪兵卫的入室弟子，从少年时期开始就挑水砍柴、一路刻苦学习。

“现在感觉好多了，天快亮了，你又一晚上没合眼吧？快去睡，快去睡吧。”堪兵卫的头发已经全白了，身体就像干透的梅子一样皮包骨头。

“请让我照顾您吧，白天的时候弟子也可以睡的。”

“不，能代我讲课的也只有你了。白天你也没时间睡觉的。”

“不睡觉也是一种修行嘛。”新藏一边摩挲着恩师的后背，一边提起油壶添加灯油。

突然，堪兵卫抬起头，盯着油灯出神。

“什么事?”新藏看着老师的眼睛，不知道发生了什么。

“听不到什么声音吗？水的声音……在井边……”

“有人?”

“这个时候会是谁？可能又有弟子半夜出去玩了。”

“可能是有人出去了吧，我去看看。”

“好好教育一下。”

“是，先生也累了，还是休息吧。”

天就要亮了，疼痛也停止了，病人终于可以好好休息了。新藏扶着老师的肩膀让其平躺在床上，安排好一切之后才出门。在井边看到两名弟子正在用水清洗手上和脸上的鲜血。

三

北条新藏看到这个情形，不由得皱起了眉头：“你们出去了?”语气中充满了无可挽回的叹息。

两人站在井边，其中身受重伤的门人已经奄奄一息，呻吟道：“啊，新藏师兄……”

"混蛋!"新藏的声音中充满了疼惜和责备,"打不过就不要打,我多次跟你们讲不要出去,不要出去,为什么还要出去?"

"可是……可是……那个侮辱师父的佐佐木小次郎,怎么能就这么算了?在河滩上,他杀了我们四个兄弟。新藏师父能忍,我们不能!"

"有什么不能的?"新藏年纪虽轻,但在小幡门中地位很高,不仅伺候在恩师的病床旁边,而且能代老师教育弟子们,"如果能去,我新藏会第一个冲上去。之前来武馆寻衅滋事,对老师口出狂言,对我们不屑一顾的佐佐木小次郎,难道我就不想教训他吗?"

"但是,世人并不这么认为。而且,那个小次郎还到处败坏老师的名誉!"

"随他去说又有何妨?真正了解老师的人是不会相信那个黄口小儿信口胡说的。"

"不,你怎么样我们不知道,但我们是无法置之不理的!"

"那么,你们想怎么样?"

"砍掉他的脑袋,让他知道到底谁厉害!"

"我无法阻止你们,河滩之战已经有人丧失性命,今天晚上,你们又大败而归了吧?真是不知羞耻。让老师脸上蒙羞的不是小次郎,是你们!"

"你说得太过分了,我们怎么令老师蒙羞了?"

"你们杀了小次郎了?"

"……"

"今天晚上去的,都是自己人吧?没人了解那个人的实力。小次郎虽然年轻,也不是什么大人物,而且粗野傲慢。但是他具有天生神力,那可不是通过训练就能具备的能力,他的实力不容小觑。小看他，是你们最大的错误。”

听到新藏的分析，两人顿感意外：“听你这么说，难道我们就只能眼睁睁看着他胡作非为吗？难不成，是你自己怕了小次郎？”

“你要是非得这么说我也没有办法，”新藏点点头，“如果你们觉得我的表现是胆小怕事，那就说我胆小好了。”说完，新藏默默地离开了。

在清晨的月光下，传来猫头鹰不停的叫声。

回到屋内，他先看了看老师的病房，屋内传来堪兵卫沉睡的呼吸声。放心之后，他才回到自己的房间。打开书桌上的兵书，坐下来慢慢恢复心境。每晚都要照顾生病的老师，很少有时间能静静地阅读。身体放松下来，熬夜的疲劳感一下子笼罩全身，新藏趴在书桌上睡着了。要是没有自己，谁还能守在生病的师父床前照顾左右呢？

道馆里倒是还有几个入室弟子，但都是些武痴，根本不了解老师孤寂的心情，只知道在外面惹是生非。

自己不在家的时候，佐佐木小次郎以请教兵法的名义来拜访堪兵卫，师弟们也让他见了恩师。但嘴上说要请教兵法的小次郎，实际上却发表些狂妄的言论，一副要驳倒堪兵卫的张狂模样。弟子们把他带到其他房间加以训斥，小次郎却口出狂言：“总有一天要把你们打得落花流水！”

这样，一件简单的事情却发展到如此严重的后果。小次郎在江户到处散播小幡军学不堪一击、不入流的言论，传到同门师弟的耳中，更加剧了双方的矛盾。

“绝不能饶他性命！”众弟子义愤填膺，纷纷要求找小次郎报仇。

“不要小题大做。”北条新藏反对这么做。毕竟恩师还在生病，而且对方也并不是什么有名的兵法家。更关键的是，老师的儿子余五郎还在外游学，根本就不适合挑事迎战。新藏特地嘱咐大家绝不可擅自去找小次郎报仇。

可是他不愿意看到的一幕还是发生了。这些沉不住的弟子们最终还是不顾新藏的告诫，擅自在河滩和小次郎战斗。已经吃了一次亏却还是不长记性，这不，昨夜又是伤亡惨重。新藏一脸愁容，看着即将耗尽的灯油，默默地出神。

四

北条新藏趴在桌子上睡着了，突然被吵吵嚷嚷的声音惊醒，马上就联想到了肯定是师弟们在聚集人手。但是，声音好像很远，看看讲堂内却没有看到任何人。

新藏穿上木屐，走进旁边的树林之中。看到小幡门下的众人聚集在一处，声势浩大。天亮时在井边看到的两个人手上、脖子上都缠着白色纱布。看到他们苍白的面孔和严重的伤势，不难猜出昨晚的惨败。

“……那接下来怎么办?”众人却陷入了深深的沉默之中。

猫头鹰的叫声打破了沉寂，突然有人说话了：“我认识柳生家的人，找他们帮忙怎么样?”

“笨蛋!”此人的提议马上遭到众人反对，“这种事情能到处宣扬吗? 已经够给恩师丢脸了!”

“那……那该怎么办呢?”

“要不我们这些人再找佐佐木小次郎如何? 不要再潜伏在暗处袭击了，这样只会让小幡武馆蒙羞。”

“即使再次失败，也不能就此退缩!”

“但是，要让北条新藏知道的话，他又该啰唆个没完了。”

“当然，这件事不能让病床上的老师和他那个秘传弟子知道。……要不然这样吧，我们这就去神社，借用笔墨给小次郎下战书。”

众人纷纷点头称好，悄悄地向神社走去。

还没走到神社，只听走在前面的人突然发出一声惊叫。众人不由得向后退去。

只见小次郎在一棵大树旁边单腿站立，微笑着看着众人。

众人瞬间像被吓破胆一样，脸色苍白。好像不相信自己的眼睛似的，愣乎乎地望着前方的小次郎，屏住呼吸，大气都不敢出。

“怎么，刚才听到你们商量着要再找我挑战？真是承蒙各位关照啊。昨天晚上的血我还没洗，跟着逃跑的胆小鬼才来到这里。哎呀呀，从天蒙蒙亮开始我就一直在这里等着你们了，真是好累呀！”小次郎微笑着看着众人，挑衅地说。

听到小次郎狂妄的语气，众人却活脱脱像是瘪了气的气球，没有一个人敢回答他。

“哟，小幡的门人就这点本事吗？趁着对方酩酊大醉的时候，躲在暗处偷袭？切！”

“……”

“怎么，刚才不还吧啦吧啦地挺能说的吗？现在怎么不说话了？都是死人吗？……来个痛快的，你们是一个一个上还是一块儿上？你们随便挑随便选，反正今天我佐佐木小次郎是奉陪到底了！我可不像某些不中用的孬种，专想着从背后下手，把爹娘的脸都丢尽了！”

“……”

“怎吗？不敢上？”

“……”

“都是一群没有骨头的家伙？”

“……”

“都给我听清楚了！我的刀法可是师从富田五郎，自成一派，我说自己是天下第二就没人敢说自己是天下第一。你们这群没有本事没有胆量的家伙，你们且说说，平日里都跟小幡堪兵卫学了些啥？兵法？今天，我来告诉你们什么是兵法！昨天晚上的偷袭，如果你们胜了，跟着大败而逃的敌人找到他们的老窝，出其不意地给予沉重打击，打得敌人落荒而逃，这才是兵法的最高境界！”

“……”

“我们佐佐木家练的是剑道而不是兵法，来兵法道馆也是为了驳倒自称兵法大家的人，这样一来，我佐佐木小次郎就不仅是天下的大剑客了，而且还是响当当的兵法学家，你们懂吗？哈哈哈哈！真是没想到啊，病歪歪的小幡堪兵卫竟如此不堪一击，你们勘兵卫一门还好意思在外面吹嘘自己是什么兵法世家，脸皮还真够厚啊，说出去也不怕让人笑掉大牙！哎呀呀，对着你们这群榆木疙瘩还真是浪费小爷我的口舌。来人呀！我口渴了，喂，你们两个，给我拿杯水来！”

两个小跟班乖乖拿水过来，其中一个硬着头皮问道：“先生，到底还打不打了？”

小次郎喝完水，把茶杯扔在小幡门人的跟前：“这可不能问我，你们得过去问问这些被吓破胆的人。”

“喂，你们到底还打不打了？都是死人吗？”

五

北条新藏一直在看着他们，强忍着内心的痛苦，身体颤抖不已。

而刚才还想着报仇的众人，现在却一个个的脸色苍白，连一个敢站出来的都没有。他们已经惧怕了小次郎的剑法，面如土色的脸上依旧没有恢复生气。

新藏内心的愤怒不断燃烧，但想到病床上的恩师，却不得不忍住。

讲堂仆人从不远处走来，问众人是否跟城里的棺材铺定了五口棺材，但众人中没有一个讲话的。

“棺材铺的人还在等着呢……”仆人催促着大家。

“尸体还没取回来，不知道够不够，说不定还需要更多。以后再跟他们定，已经送来的就先收下。”这时，终于有一个人开口了。

所有人都认为北条新藏是胆小怕事，所以从不向他禀报事情的进展，但新藏已经忍无可忍了。有一天他突然看到老师窗外的树上站着一只猫头鹰。不管怎么看，那只猫头鹰一直都站在同一个地方。即使白天能看到月亮的身影，这只猫头鹰都会不停啼叫。从夏天到秋天，老师堪兵卫的病更加严重了，猫头鹰的叫声貌似预示着老师的死期将近。

堪兵卫的儿子余五郎在外游学，听到家中的变故，已经来信说很快就会赶回来，但不知能否赶上见父亲最后一面。

北条新藏决定在余五郎回来的前一天夜里动手，留下遗书告诉所有人，请他们原谅自己的不辞而别。

“明天余五郎就回来了，有人照顾在病床边，弟子也就放心了。如果我能取得小次郎的首级，一定在您生前带着他的首级来见您。万一我败在小次郎的手上，并因此丧命，请原谅弟子先恩师一步了，弟子一定在九泉之下和恩师会合。”新藏这么想着，下定决心。

空之卷(二)

路遇三之助

一

这里是距离下总国①行德村约一里地的贫穷村庄。虽说是村庄，却并没几户人家，四处都是杂草丛生的荒郊野岭。

“这是走到尽头了？”武藏停下疾行的脚步，站在路边四处打量。秋日的夕阳温柔地洒落在荒野之上，染红了浮在荒野之上的所有水面。脚下的光线已经很暗，很难判断脚下草木的颜色。武藏极目远眺，期望能够寻找到温暖的灯火。

昨天晚上睡在野外，前天晚上也是在山上的石头上凑合了一夜。要是再继续这么风餐露宿地凑合下去，自己的身体八成还真扛不住。四五天前山上下了场大雨，从那之后武藏就总觉得有些感冒。夜晚露湿寒重，武藏紧了紧单薄的衣衫，迫切地想找个茅草屋休息一晚，要是能在灯光下吃顿热乎饭，那更是谢天谢地了。

“到处都是海水的咸湿味道，说不定再走它个四五里地就能看到海了。对啊，有海的地方八成就有人烟，我还是到海边的渔村去看看吧！”这么想着，武藏再次走上了草丛间的乡间小道。虽然连他自己都不是特别确定自己的判断一定正确。要是还看不到海看不到灯火，今晚就只能再睡在秋草之中，以天为盖、地为庐咯。

---

① 下总国：日本旧国名之一，相当于千叶县北部和茨城县西南部。

红红的太阳落山了，今夜大概也会升起大大的月亮吧。满地的虫鸣声被武藏铿锵有力的脚步声打乱了。如果自己有雅兴，完全可以享受这种乡间小道，但武藏问自己是否享受这样的旅行，听到的却是否定的回答。

虽然他本来就没觉得自己独自一人游历修学是最好的选择，但此前却带着痛苦的反省一路奔波着。原先他还以为江户是自己大展宏图的地方，但迫不得已，脚刚踏上江户的土地才没几天就快步朝陆奥①方向去了。

之所以离开江户去陆奥，是因为要追赶之前在趣访遇到的仙台家的手下石母田外记。对于他往自己包袱里放黄金这件事，武藏一直耿耿于怀。也是，世上哪有天上掉馅饼这等美事儿？拿人钱财就得替人消灾，一旦自己接受了他那种物质上的恩惠，将来肯定会被他牵着鼻子走。欠下这种人情，对于武藏来说还真是沉重的心理负担。

武藏有武藏的自尊。他不是怕吃苦的人，修行累了的时候就风餐露宿，在外漂泊早就成了他的家常便饭了。但就凭他的志向，根本就不是用金钱能收买的。哪怕伊达公开出六十多万两的俸禄亲自来请，他都不一定能轻易屈从呢。

“……嗯?”突然听到脚下有水流声，武藏站在桥上一看，只见黑暗的小河沟里有一个模糊的黑影，像是附近农民家的小孩。

“喂，小孩儿，你在那里做什么?”天都黑了，这个孩子到这里来干吗？武藏来了兴趣，张口问道。

“捉泥鳅。”那孩子两眼跟雷达似的扫描着河沟里的动静，

---

① 陆奥：陆奥、陆前、陆中、磐城、岩代的奥州五国的古名，大致相当于现日本的东北地区。

根本腾不出空来瞅他。百忙之中挤出这句话就不错了，拿着小网的手仍然在河沟里捞来捞去。

“哦，你在捉泥鳅啊。”武藏嘴里重复着。看似毫无生趣的对话，在这荒郊野外杳无人烟之地倒也显得倍感亲切。

“看你这忙活劲儿，应该收获不少吧?”武藏饶有兴趣地盯着那孩子装鱼的桶，可黑漆漆的什么都看不见。

“得，我也想呢。可这都秋天了，能抓几个小鱼苗子就谢天谢地了。”那孩子无奈地说。

“呃，原来是这么回事啊。不过，你的泥鳅，能给我些吗?”

“啊？你这是在问我要泥鳅?”那孩子睁大眼睛盯着武藏，很好奇怎么会突然冒出来这么个奇怪的大叔，居然还问小孩儿要泥鳅!

“啊，对啊，你没听错。”武藏舔了舔干涸的嘴唇，说，“你用这个毛巾随便给我包点就行，我给你钱。”

“哎哟，你这么说我就为难了。我爹说了，今天的泥鳅都得给他。所以……不好意思咯!”说完，那孩子抓着装泥鳅的箩筐迅速跳上岸，跟兔子似的消失在高高的草丛中。

“嘿！看不出来，这小子跑得还挺快!”武藏一脸苦笑，不由想起了自己小时候，想起了自己的好朋友又八，想起了第一次见城太郎的时候他也是这么大的小屁孩。哎，岁月不饶人啊！这才几年啊，全都物是人非了。对了，不知城太郎后来怎么样了？他现在在哪里，在做什么呢？他和小通走散都已经三年了，当时十四，今年也该十七了。也就是他还能一直把一贫如洗的自己尊为老师，但自己却什么都没给他，只是让他夹在自己和小通之间进行了一段艰难的旅程。

武藏伫立在荒郊野外，追忆着不知身在何处的城太郎和小通，不久就把疲惫全然抛于脑后，大步流星向前走去。

前路漫漫。路，又该朝向何方呢？

二

“啊，有人家！”武藏终于看到了前方的灯火。眼睛一亮，也顾不得多想，直接奔向灯火去了。

走近一看，原来是一家窝棚，旁边还爬满了牵牛花。还没等他敲门，里面却突然传来一声怒吼。

“谁？”

“啊……打搅了。我是个过路的，没有恶意，只是恰巧经过这里。不知你们能不能让我在这里住一晚上？天一亮我立马就走。”怕引人误会，武藏连忙解释说。

“吱啦——”一声，门开了。迎着灯光看去，武藏微微一惊。

“哇！——原来是你？看来咱们还真是有缘！”来开门的居然是刚才在河沟抓泥鳅的那小孩，武藏微笑着说道。

“行吧！”小孩看看武藏，痛快地答应了他的请求。就连语气都和刚才大不相同。

走近茅屋一看：好家伙，这屋里比屋外还寒碜呢！只见月光从四周的墙壁上滑落下来，给人的联想却绝对不是花前月下般的美好情调，而是对下雨天里水漫金山的担忧。武藏倒吸一口凉气，解开行李准备更衣，却发现里面连挂衣服的地方都没有，隔着床板的草席都能感觉到丝丝凉风。

“大叔，刚才你说想要泥鳅，你喜欢泥鳅吗？”小孩走到武藏跟前怯怯地问道。

武藏忘了回答，而是目不转睛地盯着小孩看。

“你看什么？”小孩摸了摸自己的腮帮子，“我脸上没沾着饭粒啊？”

“你多大了？”

“十二。”

在这山旮旯里竟然还有这种气概的孩子，武藏出神地望着他。

那孩子脸上满是污垢，不知多久没有洗过了，头发也是乱蓬蓬地肆无忌惮地生长，身上还散发出鸟粪一样的味道。但，这些都是其次了，重要的是他那肥嘟嘟的小身板和污垢中闪闪发光的大眼睛却非常英俊。

“这里还有些小米饭，泥鳅都给我老爹了，你要想吃，我给你拿去。”

“真是不好意思了。”

“你喝热水吗？”

“嗯？有热水？那就麻烦你了。”

“我这就给你拿去，稍等。”小孩推开木板门，去旁边拿吃的去了。

饭菜虽然简单，但武藏却吃得非常开心，连连称好。

“不知这屋子的主人睡了吗？我想去跟他道个谢。”饱饭之后，武藏起身询问。

“还没呢！”

“他在哪儿？”

“在这里。”顺着小孩手指的方向看去，武藏却看到指着小黑鼻子的指尖。“这里就我一个人住，再没有别人了。”见武藏满脸狐疑，小孩解释说：“以前我们家里就是务农的，自从父母生病之后就干不动农活了，所以我才自己出来当马夫挣点钱糊口。”

都说寒门出孝子，这一个小孩就得养一大家子人呢！武藏一时感慨，不知说什么好。

“好了，灯快没油了，我们睡觉吧。”随着那小孩“噗”地一声吹气，屋子马上暗了下来。

熄灯之后，因为四处都有月光顺着房顶镂空的缝隙洒落，倒也没什么不方便。武藏躺在薄薄的稻草上，靠着四处透风的墙壁睡着了。

夜里，窸窸窣窣的磨刀声惊醒了沉睡中的武藏。

职业的敏感让他立刻握住枕下的木剑悄然起身。他倒要看看，这小子到底安的什么心。

“大叔，不睡了吗？”武藏刚一离床，紧接着传来了小孩的声音。

“深更半夜的，你在那里磨刀做什么？”他怎么知道自己醒了？武藏不禁为小孩的敏锐感到吃惊，但并没有正面回答他的问题。

见武藏浑身绷紧的肌肉，那小孩却哈哈大笑起来：“哎哟喂！我说大叔啊，你看上去很强壮，没想到还这么胆小啊？怎么，就因为这个声音你就睡不着了？”

武藏沉默了。和他的妄动相比，那小孩却是波澜不惊，仍然不停地在磨刀石上前前后后地用力。对于小孩的无畏气概和磨刀的力气，武藏甚是吃惊。从门板缝隙看去，旁边是厨房和能放下两个席子的卧室。白色的月光从窗口落下，映照在拿着一尺多长大刀的小孩身上。

“你要砍什么？”武藏通过狭窄的缝隙问道。小孩回头看了一眼缝隙，并没有回答。过了好长一段时间，那小孩才晃晃映着月光的长刀，问道：“大叔，你说这把刀能把人给劈成两半吗？”

“这个……那得看个人的技术了。”

“技术的话，我倒学过一些。”

“你想劈谁?”

“我老爹。”

“什么?!”武藏大吃一惊，毫不犹豫地打开了木板门：“你这是跟我开玩笑吧?”

“谁跟你开玩笑了?”

“杀你自己的亲爹? 我倒要问问你的良心被狗吃了吗? 在这种荒郊野岭的地方，你爹妈能把你养大容易吗? 就连野兽都知道反哺，你却为了杀自己的老爹大半夜的在这里磨刀?!”

“是啊……但不杀了他，就没法带着他到目的地了。”

“去哪里?”

“山上的墓地。”

“……嗯?”武藏重新看看茅屋的角落，刚才没有注意到，那里原来放着小孩父亲的尸骸。仔细一看，尸骸枕在木头上，盖着百姓穿的衣服，前面还供着一碗饭和水，水里盛着泥鳅。已入深秋，少年还在拼命寻找父亲最喜欢的泥鳅，想想刚才自己轻易地说出来让小孩分些泥鳅给自己，武藏感到非常内疚。小孩自己一个人没有力气把父亲带到山里的墓地，就想将尸骸分成两段，小孩大胆的想法令武藏感到震惊。

“墓地远吗?”

“在离这里半里路的山里。”

“可以找人帮你，或者送到寺庙也可以啊。”

“没钱。”

“我可以给你。”

“不用，老爹最讨厌受别人的恩惠，也讨厌寺庙，所以，只能带他到山里的墓地了。”

三

小孩的每一句话都表现出了他独特而坚强的性格。他的父亲，也一定不是平凡的乡野村夫。应小孩的要求，武藏只是帮他把父亲的尸骸背到山里的墓地而已。即便如此，在下山的路上，父亲的尸骸也是放在马背上，只有遇到险峻的道路，才需要武藏帮忙背着。

墓地在一棵巨大的树下，一块圆圆的石头当墓碑，周边看不到任何其他的墓地。

埋葬完自己的父亲，少年手捧野花，合掌祷告："爷爷、奶奶还有母亲，都长眠在这里，你们可以团聚了。"

武藏也一起为逝者祷告。

"看这石头的墓碑也有些年头了，你爷爷应该也是这里的原住民吧？"

"是啊，我爷爷曾经是大家族的武士，但战败后我们家就没落了，族谱也一起烧毁了，啥都没剩下。"

"那至少你也应该在墓碑上刻上家族名号和爷爷的名字吧，为什么连家徽、年号都没刻呢？"

"我爷爷临终前留下遗言，墓碑上什么都不要写。后来也有大家族来请爷爷，但爷爷说这些都不是自家主人，如果把自己的名字刻在石碑上，是令主人蒙羞，既然已经成了普通百姓，就不要刻什么家徽了。"

"可以问一下你爷爷的名字吗？"

"原来叫三尺伊织，但父亲已经去官为民了，所以改名为三右卫门，而我，则起名三之助。"

"今后你要怎么生活？"

"我本来还有一个姐姐，但是她早就远嫁他乡了。以后我还是做马夫谋生吧。”停顿了一下，马上又说道：“大叔，反正咱们都是一个人，你是武道修行者，四海为家，能不能带上我？这样你走到哪里也能有马骑啊！”

武藏不置可否，只是望着黎明光亮浸染下的旷野。这是多么肥沃的土地啊！可为何生活在这里的人却如此贫穷呢？人类开始利用水和土等自然的力量时，就会产生文化。很显然，这片平原上的人们依然受到自然的压制，在这片广阔的天地里，人类的智慧还没有发挥出来。

太阳出来了，可以看到一些小的野兽跑来跑去，一些小鸟飞来飞去。在这片没有被人类开发的土地上，相比于人，鸟兽却获得了更多大自然的恩惠，享受到了更多快乐。

四

小孩子就是小孩子，情绪来得快去得也快。回来的路上，三之助仿佛已经忘记了亡父，清晨的微风早就吹散了他因父亲的离去而产生的悲伤。

“大叔，怎么样？从今天开始我能跟着你吗？无论走到哪里，我都给你牵马。”三之助把武藏当成了他的客人，他让武藏骑马，自己牵马。

“嗯。”武藏点头，但并没有明确地回答他，心中对这个少年充满了某种期望。居无定所的自己，真的能给这个少年带来幸福吗？自己真的担得起这个责任吗？城太郎就是先例。三之助是个非常有潜力的孩子，自己真的不会耽误他吗？毕竟四处流浪的自己尚有无数的烦恼，就连他自己都还不知道要去向何方……

“如果将来他不能有更好的发展……”武藏内心感到无比痛苦，对自己的力不能及感到忧心忡忡。

“三之助，你是想一辈子做马夫，还是想当个武士？”

“当然想成为武士！”

“做我的弟子，和我一起走，无论什么苦都能吃吗？”

三之助放开牵马的手，跪在地上面朝武藏：“拜托了，请收我为徒吧。老爹一辈子虽然也过得不错，但是今后我就没有可依靠的人了。”

武藏下马，捡起一根枯树枝递给三之助，自己也捡了一根：“是否收你为徒，我还没有决定。你拿着这根树枝来打我，让我看看你是否具有成为武士的潜力。”

“如果我打到了，就能让我当武士吗？”

“能打到吗？”武藏微笑着准备迎接三之助的进攻。

三之助拿着树枝开始进攻武藏，武藏轻轻一打就令三之助踉跄几步差点摔倒，三之助的肩膀、脸、手，都被打得不轻。武藏心想他该哭了吧，但三之助仍然没有要停下来的意思。武藏抓着三之助的腰带，重重地将他摔在地上：“怎么样，服了吗？”

“不服！”三之助从地上跳起来，准备下一轮的进攻。

“哈哈！如果把你摔在石头上，你可能已经死了，还不服？”

“就是不服！”

“好倔强的家伙！事情都在面儿上摆着，你已经输了，我劝你还是快点认输吧！要不然连小命都保不住了！”

“不，只要我活着，就一定能打败大叔，只要我活着我就不服！”

“那你要怎么打败我呢？”

“修行！”

“你修行十年我也修行十年啊，你还是比不上我。”

“但是大叔比我年纪大，总会比我先死。等你死了进棺材的时候，我就打你，所以，只要我活着就能打败你！”

“你这家伙！”武藏做出要将三之助摔到石头上的动作，但却将他扔在了地上。

真是个习武的好材料！武藏暗自叫好，开心地笑了。

弟子的教导

一

“好吧，我收你为徒。”武藏终于答应了三之助的请求。

三之助高兴得都快跳起来了。——小孩子从来都不懂得隐藏自己的快乐，向来都是喜怒形于色。

目的达到了，三之助才跟着武藏一起返回家中。明天就要离开这里了，三之助对这个祖孙三代居住过的茅草屋充满了感情，跟武藏讲述了自己爷爷、奶奶还有父母的故事。

“伊织，快点！没什么好拿的，就算有也不要留恋了！”第二天早上，武藏已收拾完毕，催促道。

“是，马上来！”三之助飞奔出来，只穿了身上的衣服，别的什么都没带。武藏给三之助改为其祖父的名字。既然要做回武士，就应该遵照他们家族的传统，改用祖上的名号“织”。

“去，把马拴到远处的树上，马上回来。”

“是。”伊织拴好马迅速返回时，武藏还站在茅屋前面。武藏用手摸摸伊织的小脑袋：“你生在这间茅屋下，你不屈的性格也是在这间茅屋里形成的，这间茅屋见证了你祖父的贞节、你父亲的操守，现在你也送走了你的父亲，从今天开始，你就是一个顶天立地的男子汉了。”

“是。”

“一定要出人头地！”

“嗯……”伊织眨眨眼，不知道武藏接下来要说什么。

“和这间见证了三代人的茅草屋说再见吧!”说完，武藏走到屋内，一把火扔向易燃的柴火堆。野风呼呼地吹，茅草屋眨眼间便燃烧殆尽。

“如果我们就这么走了，这间茅屋以后必定会成为盗贼的贼窝，那样一来，见证三代人的茅屋将成为社会的危害，所以才要烧掉。你明白吗?”看到伊织热泪盈眶充满了悲伤，武藏拍了拍他的肩膀，柔声解释说。

“谢谢。”伊织对着小屋行了礼，催促着武藏离开，“我们走吧!”

“还不行。”武藏摇摇头。

伊织不明所以：“还有什么事情要做吗?”

“刚才烧掉的是你祖上居住的茅屋，接下来要建一间我们两人居住的茅屋。”

“那，我们还要继续住在这里吗?”

“不错。”

“不出去修行吗?”

“不是已经出来了吗? 我不仅要教你，还要不断修行我自己。”

“什么修行。”

“知道的事情、剑道、武士道的修行，还有心的修行。伊织，把那把斧头拿来。”

燃烧后的草丛中露出了斧头的利刃，还有各种农具。伊织拿着斧头跟在武藏身后，向树林中走去。

建立自己的道馆? 在这块平原上修行? 这些伊织还不可能明白，所以武藏并没有跟伊织说太多。而伊织却认为，不去旅行，继续待在这里实在是无聊极了。

昨天从山上看到板东平原尚未开发，武藏突然产生了今天的想法。去拿剑，拿铁锹，武藏不断向伊织发号施令。挥舞铁锹也是一种剑道的修行。而且，这片广阔的大地是绝佳的道馆场地，用铁锹开垦出的土地一定能养活很多人，甚至几百年之后也依然会造福人类。

向来武士的修行都要靠别人的帮忙，通过别人的施舍而学习，靠别人的房檐来休息。但现在武藏才第一次明白，每一粒米每一棵菜，都可以通过自己的双手获得。武藏认为，单靠施舍生存的武道修行者，修行的只是剑道，并不知治国之道，而且容易成为武痴。

武藏也接触过普通百姓的日子，小时候，和母亲一起在乡下小屋里过的就是再普通不过的百姓生活。但今日的百姓生活，要获得的不是填饱肚子的粮食，而是精神食粮。而且，可以学着从乞讨的生活转变为自食其力的生活。

二

"伊织，拿绳子过来，把木材捆起来，弄到河边上去。"武藏边擦汗，边指挥伊织干活。两人一起选木、砍树、运木材，武藏忙得不亦乐乎。

"怎么样伊织，很有趣吧?"

"一点儿意思都没有，如果做百姓的话，不拜你为师也能做。"

"哈哈！这才刚开始，接下来你就会觉得越来越有趣!"武藏继续忙活。

两人的小屋建成之后，又开始开垦脚下的土地。武藏一直在想如何才能将这里的荒地变成良田，首先要考虑的就是治理洪水。这里曾经也是人类聚集的地方，但因为板东平原常下大雨，雨水肆意流淌，石头被流水带到各个地方，所以人们渐渐放弃了这块宝地，这里才会一片荒凉。

没有主流，天地之大却没有一条足以包容所有流水的河流，也就是说这片河滩没有秩序，没有人统领。

“这可不是小工程。”但武藏对这项事业抱有浓厚的兴趣，他认为这和政治有异曲同工之处。以水和土为对象将其培养得土壤肥沃人烟旺盛的开垦治水事业，以人为对象将其治理得民顺意得的政治抱负，两者没有什么本质的不同。

“没错，这项事业和我的理想与目标是一致的。”从现在开始，武藏的剑道开始萌发新的理想。杀人、胜人，都是好强的争斗，结果什么都得不到。如果剑道中唯我独尊，感觉到的只会是寂寞，并不能满足他内心的愿望。一两年前，自己胜过了别人，剑道有了很大的提高，但是却无法战胜自己，无法战胜自己的人生。要知道，剑道也是人生的道路。从剑道中领悟道心，才能让自己的人生更丰富多彩。武藏反对杀戮，开始产生伟大的理想：“带着自己的剑道，不仅要完成自己的人生飞跃，还要治国、治民。”

年轻人的梦想可以无限扩张，但他现在的理想还单单只是理想而已。若想实现这种大抱负，就必须担任政治上的要职。

然而，在这荒郊野岭治水开荒，既不需要要职也不需要权力。

三

挖树根、搬石头、垒河堤，武藏和伊织两人每天天不亮就起床干活，一直到日落西山才休息，时而有居民从河滩上经过，会奇怪地问：

“你们这是在做什么？想盖个小屋在这里住？”

“那个小家伙是死了的三右卫门家的小鬼吗?”

当然，不仅仅有嘲笑的，甚至还有人专门跑过来劝慰：“你这个所谓的武士，在这里开垦是没有效果的，一旦暴风雨来了，就什么都没有了。”

时间一长，大家看到这俩犟驴对别人的劝告不理不睬，好些人还真是生气了：“你们这两个笨蛋，脑袋被门挤了吧?”

面对这样的质疑和奚落，武藏从来都是继续挥舞着铁锹，朝着他们笑一笑，不停地面朝黄土背朝天地努力着。有时候，伊织也会动摇，但武藏总会批评他：“不听老师的话，就不是老师的徒弟，还想不想当武士了?”

伊织也只能乖乖听话，但狠狠地将手里的小石子扔出去，以表示自己内心的愤怒和不满。即使伊织委屈地大哭，武藏也对他置之不理，伊织就会在广袤的大地上放声大哭，大声呼唤着“爹、娘、爷爷、奶奶!”伊织的喊声深深地触动了武藏的内心，这个孩子的内心是孤独的，自己也是孤独的。

“下雨了……大暴雨要来了，伊织快跑!”正忙活着却突然下起了雨。武藏收拾了农具，飞奔回小茅屋。当两人落汤鸡似的回到屋子里时，雨已经下得很大了。

“伊织、伊织!”本以为小家伙会跟着跑回来，但回头却没有看到伊织的身影。从窗户看去，到处电闪雷鸣，能见度非常低。看到这样的大雨，武藏又想到了十年前七宝寺的千年杉树。自己能有今天，多亏了那棵大树。现在，自己还是个没长大的孩子，却收了伊织这样的徒弟。自己真的能有那棵大树一样的宽广胸襟吗？面对伊织，自己就像那棵千年杉树，需要拿出宽广的胸襟来对待他。

“伊织——伊织——”朝着外面的大雨，武藏再次呼唤伊织。却没有任何回应，只听到雷声和雨声。

“发生了什么事?”但武藏却没有勇气走进这么大的雨中，只能待在小房子里。雨势渐小，武藏才走出去寻找伊织。这孩子也太倔强了，居然还坐在耕地边的石头上，一动不动，头发衣服都湿透了。

“笨蛋！这么大的雨不赶快回屋，不知道淋雨对身体不好吗？快点回去!”

伊织听到武藏的声音，看着武藏笑了起来：“师父，你不要慌，这种雨向来都是来得急去得也急。你看，云不是已经散开了吗?”伊织一边手指着天空，一边向武藏解释。

听到自己的弟子教导自己，武藏一言未发。伊织是单纯的，并不像武藏想的那样。

“师父，天还亮得很，我们接着干活吧!”全身湿透的情况下，伊织又开始劳作了。

恩师和弟子

一

接下来四五天都是晴天。本以为土壤该干透的时候，天空却乌云密布，整个板东平原都像日食一样暗了下来。伊织看了看天，担心地说："师父，这次可是要来真的了。"

话音刚落，大风四起。来不及归巢的小鸟瞬间坠地，草木的叶子战战兢兢。

"要下雨了？"武藏问道。

"看这个天儿，还下不了。这样吧，我去村里一趟，师父先收拾农具回咱们的小屋吧！"说完，就像横飞过原野的小鸟一样，钻到草海中不知去向。

伊织的预言还从来没有落空过。果然，风雨越来越强烈。武藏不知道伊织要去哪里，就收拾了农具先回了小屋。

天黑了，雨水倾盆而下，让人感觉小茅屋也岌岌可危。但伊织却一直没有回来。天快亮的时候，依然没有看到伊织的身影。天已大亮，但因为昨晚的大雨到处都是积水，小屋因为选在了高处才能幸免于难。而伊织，依然不见踪迹。

"不会是……？"武藏突然有种不好的预感。看着外面被水冲得到处都是的草木，如果伊织半夜回来的话，会不会已经溺亡在暴雨中了？武藏内心一紧，却不敢再往深处去想。

"师父……师父……"这时，暴风雨中突然传来了伊织的声音。在一处小高地上，武藏看到了伊织的身影。

去哪里了？怎么骑着牛回来了？貌似上面还有一个大包袱。武藏诧异地盯着那个小小的身影，不明就里。

“伊织，你去哪儿了？”武藏的语气中混杂着愤怒和安心。他为伊织的不小心而感到愤怒，又为伊织的平安归来而安心。

“我去村里弄了些食物。我想，这暴风雨可能要下大半年。而且，就算雨停了，洪水也不一定会退的。”

武藏为伊织的机灵感到震惊，想想自己真是愚蠢至极。看到天气变幻，立刻准备食物，本是居住野外的人应具备的常识。伊织从小就处于这种环境中，经验丰富，而且从牛背上卸下的食物非常多。

“这是小米，这是红豆，这是咸鱼……”伊织一边卸下食物一边解释，“师父，有了这些，就可以安心等着洪水退去了。”

武藏双眼含泪，却不知道要说什么。自己只有开拓土地的雄心，却忘记了自己可能会被饿死，现在却要靠小小的伊织来考虑吃饭的问题。而那些嘲笑自己师徒的村民，又怎么会施舍食物呢？村民肯定也担心自己会被饿死，又怎么会轻易从自己的牙缝里挤出东西来给他俩？

“我压了我的头巾，从德愿寺借来的。”伊织跟武藏交代了粮食的来源。

“德愿寺？”武藏这才想起来伊织那从不离身的头巾。

“那不是你父亲的遗物吗？”

“是，当时烧掉那个老屋子的时候，我就拿了两件遗物，头巾和这把刀。”说完，伊织摸了摸挎在腰间的刀。

“还没吃早饭吧？”

“没有，老师也没吃吧？”

“我来做吧，有柴火吗？”

“有，这下面全是柴火。”伊织掀开草席，床底下塞满了平日里开荒时搬回来的树根、竹子等。这么小就有经济观念，究竟是谁教他的？

吃过饭，伊织拿出一本书放在武藏面前：“师父，在洪水退却之前反正也无法劳作，不如你就教我读书吧？”

武藏看了看外边，屋外的暴风雨依然撕扯着它那恐怖的喉咙，没有任何停歇的征兆。

二

伊织拿来的是《论语》。武藏看着伊织渴望知识的双眼，微笑着说：“好，我就把我知道的都教给你。我不知道的地方，以后再找好师父教你。”

暴风雨中，在山间的一间茅草屋里，传来了少年清朗的读书声。

第二天依然下雨，第三天、第四天……雨依然下个不停。

终于云销雨霁，原本宽阔的田野变成了一个湖面，伊织很高兴：“师父，今天还读书吧？”

“不读了。”

“为什么？”

“看那儿，”武藏指着混浊的积水说，“如果变成了河中的鱼，就看不到河了。读书也不能钻到书里变成书呆子。如果看不到鲜活的文字，那就会变成社会上的人渣。所以今天，痛痛快快地玩吧！”

“但是，今天还是不能出门啊？”

“这样的话……”武藏躺在了草席上，以手为枕，“你也可以睡觉。”

“我也睡觉？”

“是睡觉还是出去，你自己选择吧。”

“那我们聊天吧。”

“好啊。”武藏想到了自己小的时候，非常喜欢跟别人聊天。于是，坐了起来和伊织聊天来打发时间。

五天、十天之后，雨还是没有停。当雨终于停了的时候，田野上的洪水依然没有退去。

“师父，可以出门了！”一大早，伊织就跑到武藏跟前开始嚷嚷着要到太阳底下去。又过了二十天，两人终于可以带着农具去田间劳作了。

到达了之前开垦的土地上，两人都傻了。

两人辛辛苦苦开垦的土地，现在一点开垦的痕迹都没有了。到处都是大石头和沙子，对面的大河也像在嘲笑人类弱小的力量一般，河水奔腾而去。

“……笨蛋、疯子！”

想到居民们的嘲笑声，也不是一点儿道理都没有。

伊织静静地站着，抬头望着武藏：“师父，这里不行。我们再去找别的好地方吧？”

“不用，只要能把水引到其他地方，这里就会是肥沃的耕地。一开始我就计划好了。”

“但是，再下大雨的话……”

“这次，为了防止再被洪水冲毁，我们用大石头，从这个山丘开始建河堤。”

三

两人搬石头，挖沟渠，几十天之后，这里又出现了一大片耕地。但是，只要一下雨，一夜之间这里将恢复如初。

“不行啊，师父，我们这是白费力气。做得再好也留不住的。”

面对伊织的质疑，武藏从来没想过要换地方去开发耕地。他又一次和雨后的水流展开了斗争，继续着和上次一样的工程。

到了冬天，下大雪，雪融化之后又形成水流。过了年，到第二年的一月、二月，两人的辛勤劳作依然没有换来半亩耕田。

食物没有了，伊织又去德願寺拿。看来寺里的人没说什么好听的，伊织回来后一脸的不高兴。

不仅如此，这两三天，武藏好像坚持不住了，一直都没有再拿起铁锹，而是从早到晚站在怎么防都防不住水流的耕地上默默出神。

“对了！”突然，武藏好像有什么重大发现一样，自言自语道，“……之前面对水和土，我并没有因地制宜，而是以自己的政治抱负，按照自己臆想出来的政策执行，让水流动起来，把土地开发出来，全错了，全错了！水有水的性格，土有土的原则。按照水的性格，我只要做水的仆人、土的守护者就可以了。”他重新思考了之前的开垦方法，改变了试图征服自然的态度，认为应该顺从自然。

果然，待到下次雪融化的时候，虽然也形成了大的水流，但他的耕地免受其害。

他顿悟了：“因地制宜、因势利导，这就是政治。”

于是在旅行札记上记录下了警醒自己的一句话：“不要违背自然之道。”

土匪来了

一

长冈左渡是常来寺里的大施主之一。他是名将三齐工的家臣，常常在已故人的忌日、办公务的路上来此小憩。从江户到这里有七八里路，所以他们有时也会住在寺里。长冈左渡的随从有三名武士和一名小厮，为了不引人注意，一向穿着朴素。

“大师，不要忙活了。来这里我也是散散心，不要太给寺里添麻烦。”

“没什么，应该的。”

“……那我就不客气了，尽情放松一下，请原谅我的无礼。”

“施主客气，请随意。”

左渡躺下来，花白的头发披散在枕头上。在江户的府里，他片刻不得闲，常常手忙脚乱。以来寺里祭拜为由，也是来逃避一下忙碌。在户外洗个澡，躺在田野里听听蛙叫虫鸣，忘却世间的纷扰。

这天，左渡正在寺里休息，听着远远的蛙叫声。小厮怕主人感冒，拿了毯子来给主人盖。但主人却一把将毯子扔在一边：“拿开，经过战场洗礼的身体，睡睡夜露又有什么关系？在黑暗的夜里，闻着青草的清香，是多么惬意的事情，你能闻到吗？”

“闻不到……”那小厮愣愣地说。

“谅你也闻不到，鼻子不灵光啊！哈哈哈哈！”大概他的笑声太大，四周的蛙叫声瞬间停止了。

“喂，小孩！不要站在那种地方！”同左渡的笑声相比，寺里和尚的大声呵斥更响亮。

“什么人？”随行的武士立刻站了起来。只见一个小小的身影朝着厨房的方向跑去。

“有人在偷窥我们吗？”

“是啊，距离这里一里多地的荒郊野外住着一个马夫，他祖父以前是做武士的，常常说自己长大了也想当武士。所以，才偷偷地看您的样子，真是抱歉。”

听到和尚这么说，左渡站了起来：“那个小孩好像很有趣，我想和他说几句话，去拿些点心给他，叫他过来一下。”

这边伊织来到厨房：“大婶，家里没有米了，我来拿米。”

“你这个饿死鬼投胎，三天两头地来借粮食，打算什么时候还啊？”从一个黑暗的角落里传来了愤怒的声音，一边擦手一边继续揶揄伊织，“住持是看你可怜才答应给你粮食，你的脸可真大！”

“我的脸大吗？”

“来要东西，还能这么大声吗？真没见过你这么理直气壮的。”

“我不是来乞讨的。我给住持的头巾里包着钱呢。”

“你那个没出息的爹，能给你这个饿鬼投胎的孩子留下什么钱？”

“你不给我米吗？”

“你这个傻瓜，都不知道是哪里来的野人，你就留他在家里，还给他东西吃。”

“他帮了我大忙。”

“非要在那块地上开荒，村里的人都笑话他呢。你最好也离那个浪人远点儿，他早晚要挖地挖得累死。你还小，不能现在就给自己挖好坟墓啊！”

“别啰唆，快把米给我，真不愿听你叨叨。”

“你再说试试？”

“你这个死八婆，快把米给我！”

“你这个不知好歹的死孩子！”妇人怒了，拽着伊织的头发就往里拉。

“干什么，还动手了？”来叫伊织的和尚出现得正好，阻止了做饭老太婆的恶行，拉着伊织的手去见左渡了。

二

来到左渡的房间，伊织乖乖地坐到了和尚的旁边。

“你几岁了？”左渡看上去很喜欢小孩，亲切地问伊织。

“十三。”

“想当武士？”

“嗯。”

“那就跟我走吧，有吃有穿的，你也能加入少年武士团。”

听到这里，伊织默默地摇了摇头。听起来不错，但伊织还是拒绝了。扭头对和尚说：“你说给我的点心呢？再不给我可就走了。”

“你这孩子真是不知好歹啊！”住持面带怒色地打了伊织一下。

“别生气，”左渡劝了和尚一句，“武士是不会说谎的，现在就给你点心。”说着，向旁边的小厮使了个眼色。

小厮马上递过点心。奇怪的是伊织拿到点心并没有吃，而是放在了怀里。

“你怎么不吃?”看到这一幕，左渡不解地问道。

“师父还在等着我呢。”

“师父?”左渡一脸的不解，但伊织并没有回答他，推开门扬长而去。长冈左渡笑了笑，重新躺下。和尚起身再三道歉之后才离开，到厨房追伊织去了。

“那小孩去哪儿了?”

“拿着米回去了。”和尚并没有追到伊织。

一路上伊织拿着树叶吹出各种音调，享受在美妙的音律中，完全忘记了路途的遥远。但当他靠近住处的时候，突然发现了异常情况。一口吐掉嘴里的树叶，躲到旁边的草丛中去了。

两条河流在这里汇成一条，流向远处村落的方向。在河流上方的土桥上有三四个大男人正凑在一起小声商量着什么。

伊织刚看到他们，立刻就想起了前年晚秋时节发生的事情。每当自家小孩不听话时，带孩子的母亲就会板起脸来吓唬说：“哼！再不听话就把你放在山神的轿子里，喂山上的土匪去!”伊织从小就害怕这句话，所以至今记忆犹新。

难道真是土匪来了?

很久以前，村民认为山神就住在距离这里十里远的山上，所以每年都用白木轿子抬着供品，点着火把给山神送粮食，甚至把自己至亲至爱的女儿都化好妆，打扮得漂漂亮亮的给山神送去。但不知什么时候，村民终于明白所谓山神其实就是人。自此之后，村民再也不给山神送供品了。

但是，战国以后，山神的恶徒们等不到白木轿子送来的供品，就开始带着猎枪、弓箭等让村民害怕的武器，隔两三年就下山来抢劫一气。

前年秋天，这附近曾被抢过，当时的惨烈场景在伊织幼小的心灵上留下了难忘的记忆。现在，看到土桥上的身影，他立刻就想到了那帮土匪。

三

伊织躲在草丛里不敢出声，静静地观察着土匪的一举一动。不一会儿，以土桥为中心，大约四五十名土匪黑压压地聚集到了一起。

“进攻!”首领模样的男人举手指明方向，一群人浩浩荡荡地朝村子进发了。

“糟糕!”伊织藏在草丛中，伸长脖子看着土匪们的去向，眼前似乎已经看到即将到来的惨状。

“对了，可以向住在德願寺的武士们求助。”伊织迅速钻出草丛，突然，却看到了令人毛骨悚然的事情。

本以为土桥上已经没有人了，不料却从旁边冒出两个人来，挡住了伊织的去路。对方抓住伊织的衣领，愤怒地吼道：“要去哪儿?”

“你这个小鬼!”两人本以为小孩会被吓哭，谁知伊织非但没哭，反而冷静地盯着他们的脸看，仿佛要把他们的模样记在心里。

“怎么，你看到我们的样子了，准备要去哪里报信吧?”对方把伊织拎到半空，用怀疑的目光盯着伊织。

伊织不答话，只是目不转睛地盯着他们。

“去死吧!”伊织的沉默无疑让土匪们感到受到了羞辱。于是其中一人抡起伊织把他扔到了桥下面，随后自己也跟着跳了下去，将伊织绑在了桥墩上。

收拾完伊织，两人才拍拍手迅速离开了。

寺院的钟声响起，大概寺院里也知道土匪来了吧。很快，村落方向火光四起，土桥下的水也被染红了，不断传来婴儿的啼哭声和女人们的悲鸣声。伊织头顶的土桥上传来了车轮轧过的声音。四五名土匪赶着牛车，带着驮在马背上的财物兴高彩烈地回去了。

“畜生！”

“混蛋！”

“你们这些禽兽不如的东西，还我老婆！……你们不得好死！”

……

土桥上传来了村民和土匪格斗的声音，凄惨极了。不断有尸体掉在伊织的眼前，他的脸上溅满了鲜血。

尸体随着河流漂走了，活着的人抓着水草爬上岸边。被绑在桥墩上的伊织看到这些人上岸，大声喊着：“快给我解开绳子，解开绳子我也能杀敌！”

然而，受伤的村民即使爬上岸也只是一动不动地趴在草丛里，不敢轻举妄动。

“喂，帮我解开绳子，我也要战斗！”伊织仿佛忘记了自己只是有着小小身躯，本应被大人保护的孩子，拼命地斥责那些没有骨气的村民。

伊织拼命挣扎，试图通过自己的力量解开绳子，但无论怎么努力都解不开。一名村民在伊织的旁边晕倒了，伊织一脚踹到村民受伤的肩膀上。村民睁开混浊的眼睛看着伊织。

“快，快给我解开绳子！”

村民努力地爬了过来，解开了伊织的绳子，却再次晕倒了。

伊织恨恨地看着土桥上的土匪们，正是那些残暴之徒杀害了追过来的百姓，抢走了牛车和财物。他迅速沿着河流而上，飞奔半里地，终于看到了自己的茅草屋和武藏。

“师父……”

“哈，伊织回来了。”只要看到这个孩子，武藏就会情不自禁地微笑。

“快，快去！”

“哪里？”

“村子！”

“那个着火的村子？”

“土匪来了，袭击了村子！”

“有多少人？”

“四五十人！”

“原来刚才的钟声是通知大家……”原本轻松微笑的武藏表情严肃起来。

“师父，你快去帮帮大家吧！”

“好！”武藏正有此意，马上回屋取了自己的剑，“外面危险，你待在这里别出来。”

“但是，师父你不知道到村里的近道啊。”

“火就是最好的引导。你在屋里好好待着。”没办法，为了不成为师父的累赘，伊织只能老老实实地待在屋里。

村里的火还在燃烧，在熊熊火焰照亮的荒野上，一个身影似小鹿一般飞奔而去。

剿匪能人

一

与父母、丈夫、孩子分离的女人被绑在一起，土匪赶着这些哭泣的女人往前走。

“你们这些小娘们儿，哭哭啼啼的还有完没完？吵死老子了！”

“怎么，不走吗？非得逼着大爷在你们的细皮嫩肉上抽上一鞭子吗？”土匪们挥舞着手里的鞭子，打这些被捆绑的可怜女人。

都是一条绳上的蚂蚱。只见前面有一个人摔倒了，绑在一起的后面的女人也跟着跌倒在地。土匪们一边拽她们起来，一边大喊：“我好心奉劝你们不要再做无谓的反抗了。你说说你们，是傻啊还是怎么的？整天喝稀粥，种那点薄田，饿得皮包骨头了，究竟图了个啥？倒不如和我们一起吃香的喝辣的过好日子，这个世界还是很有趣的，哈哈哈！”

“这帮女人真是太麻烦了，还不如把她们拴到马上去，让马拉着走吧！”有个家伙倒是应了“懒人出智慧”的老话，将捆绑女人们的绳子拴在马尾巴上，就开始催促马快点走。

马背上堆满了掠夺来的财物和粮食，一看他们今晚下山走的这趟收获就不小。

“啊，我的胳膊断了，我的胳膊断了！”女人发出悲鸣声，跟着奔跑的马儿一起奔跑，摔倒在地只能被马拖着走。

“哈哈哈哈哈!”跟在后面的土匪发出狂妄的笑声，“让你刚才不老实，这下知道错了吧？放心吧，等过会儿回了营地，老子自然会好好疼惜你！你也得好生伺候哟。哈哈哈哈!”

突然，马和女人们都停了下来，其中赶马的土匪不动了，也没再说话。

“怎么停下了?”跟在后面的土匪感觉到了异样，靠近赶马土匪的同时，嗅觉灵敏的他闻到了一股血腥味。

“谁？是谁?！谁在那儿?”土匪们看到草丛中有人影闪过，手中提着的长剑似乎还飘着一层血雾。

“……啊!”这时，走在最前面的土匪开始后退。

武藏已乘机看了一圈土匪，大约有十二三人，其中也有看上去比较强悍的。土匪们拔出长刀，拿着斧头的男人跳到了旁边，同时拿着长枪的男子已经从侧面朝武藏进攻。

“哪里来的不要命的？不想……(活了吗)?”不想后面的话还没说完，就已经丧命于武藏的长刀之下。

“你们不认识我吗?”武藏站在血泊之中，“我就是保护村民，镇守于此地的神灵!”

“开玩笑!”拿着斧头的男子从没见过这种狂妄之人，抡起兵器就朝武藏冲了过来。武藏也毫不客气，开始了和土匪们的血腥战斗。

看到以一以敌众的武藏，那帮家伙都感到匪夷所思：“奶奶的！今天算是开眼了，这世界上居然还有这样不怕死的？……好嘞！大伙都别手软，今天就成全了他!”

厮杀到现在为止，武藏还没有使用自己的剑。杀了那个赶马的土匪之后，武藏便夺下他的长刀一直用到现在。对付这帮鼠辈，根本不用自己那把充满灵性的长剑出马，以免玷污了它。

而且，夺得对方的武器再以敌人的武器对付敌人，在这一过程中，他的技艺能得到意想不到的提高。

“你，你给我等着！”土匪们开始抱头鼠窜，跑在后面的是五六个受了不同程度的伤的土匪，只听他们哭爹喊娘，向来的方向逃去。

村里还有他们的同伙，定是要找同伴来一起卷土重来。武藏料定了他们不会善罢甘休，便趁这个机会休息一下，顺便砍断了捆绑女人们的绳子，让还能站起来的人搀扶着无法站起来的人。她们连谢谢都忘记了，看了看武藏，一句话也没说，只知道掩面痛哭。

“你们放心吧，”武藏先开口了，“你们的父母、孩子还有丈夫，都还在村里吧？”

“嗯。”女人们点点头。

“我必须去救他们，只有你们获救，老人和孩子不获救的话，你们也不会开心吧？”

“是。”

“你们本应该能自己保护自己，但你们不知道团结就是力量，所以才会被贼人欺负。我会帮你们的，你们也要拿起刀和贼人奋战到底。”说着，他捡起土匪丢下的武器，递到女人们的手中：“你们跟着我就行，按照我说的做，和我一起从那些土匪手里救出你们的父母、孩子和丈夫。有我这个镇守神灵在，你们不用害怕。”

说完，武藏便带着大家一起走过土桥，向村子的方向走去。

二

女人们找到自己的父母兄弟、孩子丈夫，失而复得般地抱头痛哭。指着武藏说："是他救了我们。"

村民们看到武藏，起初还在想为什么这个浪人——这个曾经被自己嘲笑过的人，怎么会在这个时候出现在村里。

武藏不容他们多想，像刚才鼓励那些女人一样鼓励大家："拿起你们能找到的任何武器，木棒也好，竹竿也好，跟我一起赶走土匪。"

但村民中却无人回应。

"来村里的土匪有多少人？"

"五十来人吧。"不知是谁回答了武藏的问题。

"村里有多少户人家？"

"七十多户。"

这个村子至今仍保留着大家族的风俗，每家大概有十个人，除去老人和小孩，加起来大概也有五百多名青壮年。但这里的人世世代代都是老实巴交的庄户人，根本不擅长武力，同时对武力也充满了恐惧——他们是为和平而生的。然而世事多变，如果他们一点迎敌之力都没有，一旦遇上像今天这样的情况，将无法改变备受残害的命运。武藏意识到，打退今夜的土匪并不是自己的最终目的。

"武士，那边有一大群土匪过来了！"一个村民急急忙忙地跑过来向武藏汇报，眼里满是对死亡杀戮的恐慌。

"没办法了，你们都躲到两边。"

土匪队伍过来了，看上去简直就像原始军队。在他的眼里，这些人既没有德川的大将之风又没有丰臣的领军之才，山野是他们的天地，村庄也只是他们填饱肚子的暂时场所。

"停！"走在最前面的人停了下来，后面的人也服从了他的命令。

大约来了二十人，提着各种不同的兵器。其中一人指着武藏说："就是他了！"

相隔十几步远，武藏大义凛然地站在道路中间挡住了众人的去路，对这群人的到来并没有感到任何的害怕。

"哦？就是这家伙？"领头的看看武藏的样子，心想这乡下土包子看上去好像也没什么特别。自己这么多人，还收拾不了他一个？笑话！当即派了两三个人出列："去，给这个不怕死的点颜色看看！"

武藏看着靠过来的人，而贼人也盯着武藏："就是你这家伙搅了老子们的好事？"

"没错！"武藏铿锵有力地做出简短回答，同时提剑向前，对准了敌人的喉咙。很快，众人就打到了一起。一边是水田，一边是河堤，地势上土匪并不占优势，反而更有利于武藏的发挥。而且，土匪虽然凶猛，武器却不统一，又缺乏训练，相比下垂松之战就简单多了，至少武藏不可能陷入死亡的边缘。

武藏瞅准时机，开始后退。面对吉冈门下弟子的时候，武藏丝毫没有想过后退，但今天不同。他不想和敌人硬碰硬，而是要运用一下他的兵法策略。

"啊，混蛋，别跑！"

"哪里跑！"

见武藏有逃跑的迹象，土匪们更是在身后紧追不舍，最终被武藏引诱到了田野的另一端。和刚才狭窄的地势相比，这里无比开阔，看上去对武藏非常不利。武藏一会儿向东，一会儿向西，最终被土匪包围起来。这时，武藏突然展开进攻，左一刀右一刀，很快就血肉飞溅，武藏身影不断腾挪。毫不夸张地说，武藏像是在砍站在原地不动的竹子。被砍的竹子们毫无还手之力，还能动弹的很快四处逃窜。

“土匪来了!”

“杀了他!”

藏在道路两旁的村民看到奔逃而来的狼狈的土匪，立刻蜂拥而上，边骂边挥动手里的木棍、竹竿等武器，摁在地上一顿暴打，直到土匪没有了呼吸。

分开的土匪，失去了原先的团队力量，加上奔逃的恐惧，对原本随意杀戮的村民也丧失了反抗的能力。而村民们看到土匪的尸体，也爆发出了从来没有过的凝聚力。

“又来一个!”

“在哪里？灭了他!”

众人蜂拥而上，却发现迎面而来的是武藏。

“不对不对，是那个浪人!”众人欢呼着，像迎接胜利归来的将军一样夹道欢迎。

武藏收好自己的剑，捡起地上土匪的武器：“土匪们的兵器，你们都收好了。从今以后你们要团结起来，将土匪永远赶出村子，守护好自己的家园!”

在武藏的鼓励下，村民中的年轻人捡起了土匪们的兵器。从土匪败落而逃的那一刻起，村民中再也没有害怕土匪的人了。就连女人、老人和孩子，也开始收拾兵器，饶有兴致地凭空比画着。

三

“去看了吗?”夜宿德愿寺的长冈左渡一夜未睡，一直在等着手下人的汇报。他虽人在寺里，却也能看到村里的火光，一直放不下心来。

两名武士连夜赶了回来，向主人汇报昨晚的情况。

“什么？土匪头子跑了？村民受害的情况如何?”长冈左渡

眼里满怀关切。

“我们赶到的时候，村民自己已经杀了大半的土匪，只有一部分跑了，村民们正在追赶呢。”

“什么?”如果是这样，左渡想必须让主人细川家好好考虑一下如何管理这些村民了。但已经太迟了，因为明天就要回江户。

“走，我们去那个村子看看。”

德愿寺的一名僧人带路，左渡和两名随从一起去了村子。

“昨晚，你们在这里看到了什么？路边的这些土匪的尸体，都是村民杀的吗?”左渡的语气中充满了怀疑。

村民们没有休息，正在收拾被烧的房子和尸体，看到左渡骑着马过来，纷纷逃回家中。

“这里发生的事情好像和我们想象的不一样，去找个村民来问问清楚。”

“那个浪人是何许人也?”听完村民的描述，左渡对那个有勇有谋还有领导力的年轻人充满了好奇。

“好像是叫宫本武藏。”

“什么？武藏?”左渡立刻想到了昨天那个少年，“有个孩子叫他师父?”

“平常都和伊织那个孩子一起在荒郊野岭开荒，模仿老百姓过日子，大家都觉得他是个怪人。”

打听完之后，左渡一行继续前行。

到了村长家门口，左渡突然注意到了门口挂着的牌子，应该是今天早上刚挂上去的，崭新的木板上用墨水写着：

村民守则

铁锹即是剑

剑即是铁锹
劳作时莫忘战乱
战乱起莫忘劳作
团结就是力量

村长出来后，左渡问："这是谁写的？"

村长跪在地上说："回大人，是武藏。"

"你们可否明白这上面说的是什么？"

"今天早上他把大家聚到一起，已经解释了其中的意思，大致是明白的。"

"师父，"左渡回头对寺里的僧人说，"我们回吧，辛苦了。我急着回去，村长，我还会来的。"说完，快马加鞭地远去了。

四月之时

一

细川三齐公，并不在江户的府邸中居住，江户府邸由其长子忠利掌管。忠利刚满二十岁，是其父亲的重点培养对象，所以才放到江户加以历练，并派遣了众位老臣辅佐。

长冈左渡一直想把在村里大战土匪的武藏推荐给少主，但总想着再去见上一面才能安心，需要进一步地了解武藏。然而一直忙于各种公务，一直没有时间再去，一等一年多就过去了。

一天，少主在训练场练习弓箭，另一位老臣岩间角兵卫向少主推荐了新人——佐佐木小次郎，并大加赞赏。

左渡心想，必须尽快向少主推荐武藏，以巩固自己的势力。第二天即放下公务，快马加鞭地去了德願寺。却并未在德願寺停留，带了引路的僧人就直奔武藏所在的荒郊野外。

“师父，这里真的是武藏开辟的田野吗?”看到眼前青青的稻田，众人难以相信这里曾经是荒郊野岭。

“正是，这些都是刚刚开垦出来的耕地。”僧人答道。

“是吗……”

太阳下山之后，青青的庄稼地上空飞舞着翩翩起舞的白鹭，河滩边缘、丘陵下，到处都种植了麻和小麦。

“这些庄稼的主人是谁?”

“就是那些农夫。”

“哦？原来如此。”

“喂，等等，你们干什么的？要去田里却又不去拜一下大人。”

“好，那我们就去拜一下吧。”

众人来到一间小屋前面，小屋边上建有一间小小的祠堂，众人对着祠堂行了礼。

劳累了一天的村民，大约有五十多人聚集在这里。在河边清洗农具，准备回家。这时，僧人站了出来问道：“你们知道这是谁吗？这是官家的长冈左渡大人。”

“哦，原来是你啊，前年春天村里闹土匪的时候，你来过，德願寺的和尚嘛，怎么今天你带着他们也来祭拜啊？”

“不是不是，只是过来看看，顺便参拜一下。我想问问你们，当时在这里开荒的浪人武藏和那个叫伊织的小孩，现在可还在这里啊？”

“武藏大人已经走了。”

“什么？走了？”

“是啊，大约半个月前，突然不见了，不知道去了哪里。”

“什么？是不是有什么事情，全身而退了？”

“不是，……那天为了庆祝这片荒地变成肥沃的田地，大家没有下地干活，在这里喝酒聊天好好庆祝了一天。第二天，武藏大人和那个伊织，突然就不见了。”

有村民出来又讲了一下详细的情况。

二

原来那次打跑了土匪，村里又恢复了往日的秩序，生活也重归平静。这里的每一个人都无法忘记武藏的恩情。所有人都尊敬地称武藏是武藏大人，连曾经笑话武藏是疯子的人都跑来帮武藏开荒。

武藏说每个人都是平等的，想来帮忙的人就过来帮忙吧，想富裕起来的人也来帮忙吧。光自己干到死也干不出什么大名堂。想为子孙留下点儿财富的人，就过来帮忙吧。

如此一来，每天都会有四五十人来帮忙，农闲时甚至能来几百人，大家齐心协力，一起开拓新土地。

去年秋天，大家建造起来的工程成功地阻挡了洪水，冬天也可以种地了。春天的时候撒下种子，浇上水，到了初夏各种青苗都长势喜人，麻也好麦子也好都长了一尺多高了。

土匪没来，村里的人也更有劲劳作了。年轻人的父母、配偶，都对武藏充满了仰慕之情，刚摘的青菜、家里做的饼子只要有好东西都往他们小屋里送。

“明年耕地会再增加一倍，后年增加三倍！”大家对战胜土匪，维持村子秩序满怀信心的同时，对开荒种地也信心十足。

为了表示感谢，村民们休息了一天，带着酒壶到小屋来喝酒。拉着武藏和伊织一起喝酒唱歌，敲鼓吹笛来庆祝庄稼长势好。这时，武藏却说：“这不是我的功劳，而是你们大家的功劳。我只是把大家的力量激发出来而已。像我这样四处流浪、居无定所的人，能靠着大家一起做点事情，倍感荣幸。无论何时，你们一定要坚守自己的信念，团结一致共同奋斗。”说完，交给了大家一尊观音像。第二天，大家就发现武藏不见了。

“天不亮就带着伊织不辞而别了，不知又去哪里游历了呢？连带着他们的行李也都不见了……”村民们像失去了自己的父亲一样，心情无比悲伤。这时，大家又想起了武藏大人的鼓励：“以后，不要让青苗枯萎，不要让农田荒芜。”于是，村民们就在小屋旁边建造了祠堂，供奉这尊观音像。每当大家早上开始劳作和晚上收工的时候，都会过来跟武藏大人打声招呼。

“来晚了来晚了……”左渡听完村民的介绍，捶胸顿足懊悔不已。

四月的夜晚，露水很重。左渡骑着马，郁闷地往回走，嘴里不停地嘀咕：“可惜啊……我的怠慢，令少主失去一个好人才，不忠啊。太晚了，太晚了……”

进入江户

一

武藏带着伊织来到了江户，在离江户不远的地方看到很多人在排队等待检查。而一河之隔，就是江户。

“江户这个地方真是神经，神经过敏！”看到这种情况，武藏立刻想到了三年前来江户的时候，并不像现在这样。武藏带着伊织排在了队伍的后面。

城市就是城市，比乡下的人口多多了，各种各样的人混杂其中。需要制度的束缚，也需要法律的约束。在文化体系繁荣的同时，隐藏在文化深层的却是庸俗的生活和充满血腥味的争斗。

这里是德川将军管辖的地方，对大阪方向严加警戒，防守越来越严密。隔着河武藏看到了江户，比三年前的江户多了很多房子，虽然只有三年，却恍如隔世。

“你是武士？”衙役问武藏的同时，开始搜索他的全身，从胸前一直到后背、后腰。

“你来江户做什么？”旁边的衙役以非常严厉的目光看着他，生怕放进一个为非作歹的奸细。

“没什么目的，只是随便走走的修行者而已。”武藏怕被怀疑，立刻光明正大地回答说。

“没目的？”对方似笑非笑地说，“修行不就是你的目的？”

武藏不知道该说什么，只能回以微笑。

“出生地?”

“美作吉野的乡下。”

“主人是?”

“没有主人。”

“你的路费是谁给的?”

“所到之处就利用自己的小技巧做点儿雕刻、画画儿挣点小钱，晚上就住在寺庙里，靠着大家的力量才走到今天。没有人帮忙的时候，就睡在石头上，吃草根树皮。”

“从哪里来?”

“在陆奥待了半年，又在下总的荒郊野岭过了两年老百姓的日子，一直在种地。”

“你带着的这个小孩呢?”

“在荒郊野岭捡到的孤儿，叫伊织，十四岁。”

“在江户有地方住吗?没有住所，没有认识的人，是不能进城的。”衙役问来问去没完没了，后面还有很多人在等着。

“有。”武藏毫不犹豫地回答。

“是谁?”

“柳生家的旦马守仪宗矩。”

“哦?柳生家的什么人?”显然衙役并不知道这个人。

武藏感到非常奇怪，自己觉得说柳生家非常合适。柳生石周齐，自己虽然没见过，但通过泽庵也算是认识。这次来江户，就想找担任秀忠将军老师的旦马守仪宗矩见上一面，比试一下。正因为这个名字经常出现在自己的脑海中，所以当衙役问的时候就顺口说出来了。

“哦，是和柳生家有关系的人吧?真是失礼了。因为有可疑的武士出现，所以凡是入城的浪人都要严加盘查，上面的命令如此，我们也只能遵守，请入城吧!”另一个衙役立刻改变了态度，放武藏和伊织进城了。

“师父，为什么只对武士严加盘查?”

“为防止敌方的势力进入。”

“但，他们可以乔装打扮啊，这些衙役也太笨了!”

“呵呵，你说得不错。伊织，我们等船的工夫可以欣赏一下富士山。你看，这里能看到富士山。”

“啊，真是富士山，在我们那山旮旯里，可是怎么都看不到的啊。”顺着武藏手指的方向望去，伊织兴奋地喊道。

“今天的富士山与众不同。”

“为什么?”

“富士山，每天都有不同的面貌。”

“不是都一样吗?

“时间、天气、观看的场所，春天和秋天看的话都会不同，而且观山者的心情不同也会有不同的感受。”

伊织捡起河滩上的石头，在水面上打着水漂。

“师父，将军家的老师，是不是很厉害的人物?”

“嗯。”

“我长大了，也要成为像柳生将军那样的人物。”

“你的梦想就这么小吗?”

“嗯?为什么这么说?”

“看看富士山，与其一心想成为这个成为那个，倒不如像富士山那样，静静地等候。不讨好他人，而让他人敬佩自己，自然而然就能发挥自己的才能，让世人敬仰。”

“啊，渡船来了!”小孩子不喜欢落于人后，扔下武藏第一个跳上了船。

二

河道宽窄不一，河中时而能看到一些露出水面的小沙洲，而且河流湍急。落日的余晖洒在河面上，看上去河面更宽了，漂亮极了。

渡船上的人很多，武藏靠在船舷上看着河水中的鱼，偶尔也能听到船上人的谈话。

“不知道还能不能天下太平了。”

“估计是不行了……”

“肯定要有大战乱了。以前从来没像现在这样严格盘查过呢。”

“这样说来，最近大名府一直都有盗贼光顾。为防止事件扩大，大名府都封锁消息了。”

“这个必须保密啊，那些要钱不要命的家伙，应该不是普通盗贼这么简单。”

渡船，可以说是江户的一个缩影。有身上带着锯末的木材商人，有流连于上流社会的艺人，有单手扶着栏杆的工匠模样的人，有看上去像挖井的劳动者，还有和大家开玩笑的妓女，还有僧侣，以及武藏这样的浪人。

船靠了岸，众人散去。

“喂，这位武士——”有人从后面追武藏，回头一看正是船中那个工匠。

“你掉东西了，这个是从你带着的那个孩子身上掉下来的，我给你捡起来了。”他手里拿着个暗淡无光的头巾，举到武藏的面前。

武藏摇摇头：“不是我的，大概是其他人的吧。”

“是我的!”站在武藏旁边的伊织一把夺过头巾，放在了自己的口袋中。

工匠怒了：“你这小孩，真是太无礼了！怎么能就这么从人家手里夺走东西呢？还给我，重新跟我道谢我再还给你!”

工匠的愤怒表现得就像个小孩子，而伊织的做法也有些过分。但毕竟是小孩子，武藏代他向工匠道了歉。

“你是他兄长？主人？你叫什么名字?”工匠反问道。

“不是什么名人，浪人宫本武藏。”说完，武藏低头行礼。

“哦……”工匠盯着武藏，“那你可要小心了。”说完就朝江户市内走去。

武藏扭头对伊织说：“伊织，在这里不像之前住在荒郊野外的时候，周围都是老鼠、狐狸什么的。这里人很多，必须讲究礼数。”

“知道了，师父。”

“人与人只有融洽相处在一起才能生活得快乐，但人生来既具有神性又具有魔性，每个人都有这两面性。走错一步，就可能掉进地狱。所以，人才要抑制自己的魔性，注重礼仪，尊重彼此，而且要制定法规来维持秩序。你刚才的做法惹怒了遵守这种秩序的人。”

“是。”

“今后，还不知道会去哪里，但你要先学会待人的礼仪。”面对武藏的谆谆教诲，伊织不断地说着“明白了”。

伊织把刚才的头巾递给武藏，武藏突然想起来：“这不是你父亲的遗物吗?”

“是，德愿寺的住持又还给我了，连里面的钱都一起还给我了。需要的时候，师父可以用这些钱。”

“谢谢。”武藏向伊织道了谢。

“但，这是借你的哦!”说完，武藏将头巾放进了自己的怀中。

武藏边走边想，伊织还是个孩子，但从小就生活在贫瘠的土地上，一直过着穷困的日子，所以从小就具有很强的经济观念，反而自己，却轻视金钱。武藏突然意识到了自己不重视经济的缺点。

虽然一直都在关心大政策，却从来没有关心过自己的小经济。而小小的伊织却常常关心着“我的经济”。

“这个孩子拥有我不具备的才能。”武藏想，伊织性格中的聪明经过磨炼之后是值得依赖的，而这种聪明却是他和已经分开的城太郎都不具备的。

“今天晚上我们住哪里？”武藏也不知道接下来要去哪里。

而伊织，好奇地看着城市里的一切，好像要在这里找到自己的朋友一样：“师父，这里有很多马，城里一定有马市吧？”伊织兴奋地指着街上走来走去的马说道。

靠近马市，就看到空中有很多马蝇，而且人声鼎沸。大家都用方言交谈着，听不明白是什么意思的话听起来像噪声一样烦人。

有位武士正带着随从寻找稀有的名驹，但名驹也像世间少有的人才一样稀少。武士对随从说道：“回去吧，这里的马，没有一匹能献给主人。”说完，一转身正和武藏走了个对面。

“啊，这不是宫本君吗？”武士一看到武藏就吃惊地说。

武藏看着对方，同样吃惊。原来是柳生石周齐的部下木村助九郎。

“什么时候来江户的？在这里看到你真是太意外了！”助九郎看到武藏的样子，就知道他现在还在修行的路途中。

“今天刚到。刚从下总领来，大和的大先生，自上次分别之后可还健朗？”

“没什么事，但毕竟年龄大了。”马上又接着说道，“我跟但马大人提过你，什么时候你来一趟，介绍你们认识？”助九郎似有某种深意地看着武藏，微微笑着："你的好运来了，请一定要来一趟。"

好运？

这个"好运"是指什么？武藏有些不解，但助九郎已经带着随从走向了大街。

苍 蝇

一

这里是江户的后街，武藏和伊织住到了这里的一家肮脏的小旅馆里。因为住宿费便宜，与其说是适合赶马人居住的旅馆，倒不如说是马的旅馆更贴切些。

“武士先生，外面的二楼苍蝇少些，请您换一下房间吧！”店家想照顾一下外地人武藏，武藏倒觉得没必要。毕竟，这里的环境比之前荒郊野外的小屋里可好多了。但武藏和伊织没有拒绝店家的好意，搬到了二楼的房间。傍晚时分，房间里铺满了阳光。

“好好，这里很好。”虽然依然有不少苍蝇，但武藏还是自己安慰着自己。

之前在荒郊野外的小屋里，认为傍晚的夕照是为了促进庄稼苗儿的生长，给予它迎接明日朝阳的动力，也是给予人类更光明的希望。无法将布满汗水的肌肤上的苍蝇也想象成在土地上劳作的同伴，但可以说：“你也活着呢？我也活着而且正辛勤劳作呢！”同样都是自然中拥有生命的生物，只要将苍蝇当成生活中的一员即可。

“夕照太晒了，苍蝇也这么吵……”伊织一脸的不悦，“肚子好饿啊，真想吃好吃的。”

“伊织，想不想吃荞麦面？”武藏看到旅店大堂里很多人在吃荞麦面，微笑着问伊织。

“嗯。”伊织咽口唾沫，满脸欢喜地点点头。

跟店家站在西向的窗户边，边等荞麦面边眺望楼下往来的人们，同时也可以看到一块板子上写着：

灵魂研习所本阿弥派磨刀师野耕介

“师父，你看那里有个写着灵魂研习所的地方，那是什么买卖?”首先看到这块牌子的是伊织。

“本阿弥派磨刀师，而刀就是武士的灵魂。”武藏这样答道，“对啊，我的刀自从跟了我之后，还没磨过，一会儿去问问。”

这时，外面传来了一阵喧哗——与其说是喧哗倒不如说是赌博的声音，好像起了什么纠纷。武藏苦等荞麦面不来，就以手为枕躺到了床上。

“伊织，到隔壁让他们小点声。”

看看武藏躺着的样子，伊织特意穿过走廊到隔壁去了。

“叔叔们，请不要太吵了，我师父正在睡觉。”

“什么?”一群赌徒正赌红了眼，看到伊织小小的身影，齐声说道，“你说什么，小东西?”

伊织为对方的无礼而感到愤怒，抬高声音说：“因为苍蝇太吵，我们才搬到楼上来，现在你们又在这里吵吵嚷嚷的，真是太无礼了!”

“这是你说的还是你家主人说的?”

“我师父说的。”

“好好，像你这种不起眼的小东西也敢来此聒噪，待会儿，后面的熊五郎先生会去回答你们的。”

虽然不知道哪个是熊五郎，但总能看出里面有两三个穷凶极恶模样的人正在盯着伊织。

伊织看到这种人在瞪着自己，就慌慌张张地跑回去了。武藏正枕着胳膊浅睡，他的脚尖和被子的阳光处堆满了黑压压的苍蝇。伊织想他也不可能起来，就没出声，只接着静静地看楼下街上来来往往的人。但隔壁房间的喧闹声和之前没有任何变化。

甚至还增加了对伊织抗议的嘲讽，赌博者们团结起来，无礼至极。

“也不知道哪里来的野人，到江户来，还住在这种地方。说我们吵，这才是我们的个性啊，有钱住好地儿去？在这里瞎起什么哄？没钱还事儿不少，也不撒泡尿照照自己的影子！哈哈！”

“我们光在这里说不行啊，到里面抓他出来，在他脸上抹点马尿才好！”这帮人好久没干找茬的事儿了，正无聊得手痒呢，这俩傻子却非得往枪口上撞，不去收拾收拾他们也太不给面子了吧？这么想着，刚才的熊五郎还有叫什么鹰的男人起身向武藏的房间走去。

武藏和伊织的荞麦面已经送来了，两人正趴在桌上“吱溜”“吱溜”地往嘴里吸。

“师父，他们来了……”这才多大点儿事啊？伊织没想到那帮人居然还来真的了，吃惊地退到后面。

“喂，武士，你吃完了吧。绳子都绑到你胸膛上了，还这么冷静？还能吃得下去？”熊五郎用绳子从后面绑武藏，狰狞的面孔看上去很吓人。

武藏平静地笑了笑，好似听到又好似没有听到，又夹了一筷子面条，吃得非常美味。

二

“别吃了!”显然熊五郎生气了，愤怒地想阻止武藏。

“你是哪位?”武藏拿着筷子，举着荞麦面的碗，慢悠悠地说。

“靠！来到这里居然还不知道我的名号。怎么，不认识我吗？那就给我竖起耳朵好好听着!”

“恕我耳拙，请你说大点声，到底是哪里的什么人物?”

“我是关东一带赫赫有名的熊五郎，连爱哭的小孩子听了都害怕!”

“哈哈，原来是马贩子!”

“武士就是买马的人，所以你应该先过来跟我打招呼问个好!”

“什么？还问好?”

“对，但是刚才那个小东西过来说我们太吵了，不要忘了，这里是旅馆，是我们的地盘，你们要有自知之明!”

“自知之明?”

“对，要到我们玩耍的地方问候大家。大家伙可都还等着你的问候呢!”

“问候是指?”

“请我们多关照什么的，给熊五郎大人还有其他的老爷们写封问候信，如果不这么做的话，我们可要用马尿给你洗脸了!”

“有趣，你们之间的关系还真是有趣。哈哈!”

“我可不是来找你耍贫嘴的，快说，到底什么有趣?”

熊五郎额头冒汗，夕阳光照强烈，让人感到炎热。再加上他说话用力，一直一副愤怒的样子。熊五郎拔出腰间的匕首，在武藏眼前晃晃："你是说还是……？"

武藏放下面碗，拿起筷子伸向空中，好像在夹什么东西。熊五郎看得目瞪口呆，因为在筷子尖上多了数只被夹住的苍蝇。武藏静静地收回筷子，弹掉了夹住的数只苍蝇。

"伊织，这筷子脏了，帮我洗洗。"伊织拿着筷子出去了，而熊五郎也趁着这个空当迅速消失，逃到隔壁的房间去了。不一会儿就听到隔壁传来收拾东西的声音。

"伊织，没事了。"两人安心地吃完面，夕阳已经消失了，对面磨刀店房顶上已经浮现出白色的月光。

"我们去会会那个磨刀师父。"武藏带着那把跟随自己走南闯北的刀下楼去了，刚到一楼，店家就递上一封信："客官，有人给您送来一封信。"

接过信笺，只见信封上只写了一个字："助。"

"老板，送信的人呢？"武藏赶忙问道。

"刚刚已经走了。"店家坐在柜台后面答道。

武藏急忙打开信来看，原来助九郎已经跟但马大人说了自己的事情，在和自己商定见面的时间。看完后，武藏写了回信，让伊织送信去。

"伊织，你跑一趟。"

"好。"

"认识去柳生家旦马大人那里的路吗？"

"我一边问一边找，总能找得到。"

"聪明！"武藏摸摸伊织的脑袋，"快去快回，可别迷路啊！"

"是！"伊织穿着木屐"哒哒哒哒"地就要跑出去。

店家听到了他们的对话，要说柳生家这里没有人不知道，所以就耐心而详细地给伊织讲解了一番，伊织高兴地说：

"是，是，明白了，谢谢!"然后，一溜烟地就跑了出去。

武藏看着伊织小小的身影，小声地嘀咕了一声："这娃还真聪明。"再看看店对面的磨刀铺，走了进去。

刀剑讲义

一

店面很小，与其说是店铺，倒更像普通居室，看不到任何像商品一样的东西。从放在门口做手工的工作台到里面厨房模样的地方，都铺着水泥。

“有人吗?”武藏站在泥土地上，轻轻地呼唤了一声，但并没有特意往里走。很快，武藏发现靠在墙边上的一个大箱子上躺着一个男人，正在睡觉。这应该就是门口写着的厨子野耕介吧。瘦小的身板、沾着泥土的黑色头发，看上去并没有磨刀师的狡猾。从剃掉头发的地方①一直到下巴，看上去脸特别长。长长的头发从箱子上垂向地面，看上去好像睡了很长时间了。

“你好!”武藏稍微提高了声音，凑到男子跟前又叫了一声。

武藏的声音终于起到了作用，厨子野耕介好像从百年沉睡中刚刚醒来一样，抬起头，用迷迷糊糊的眼睛看着武藏：“欢迎光临……”

像是做好了睡觉时突然有客来访的心理准备一样，只见

① 剃头发：男子盛行免冠露顶，成年男子要剃掉从额头到头中央部分的头发，这种发型在平民间很常见，一直延续到明治时期断发令的颁布。

那人拢一下垂向地面的头发，坐了起来："有什么可以帮您的？"

这个男人冷静得可怕，外面板子上写着"灵魂研习所"，难道不是研习男人的灵魂，无论多钝的刀都能磨锋利的意思吗？

武藏递过自己的刀："请帮我把这个磨一下。"

"让我看看。"耕介接过刀，不慌不忙地说。说完耸着瘦峭的肩膀，一手提着刀柄，一手捏着刀尖放置在膝盖之上，低头细细端详起来。

客人刚刚进来，尚不知刀是名刀还是钝刀，但最初还是采用了郑重的礼法。然后垫着纸张拔出刀鞘，静静地将明晃晃的刀刃提到肩膀高，从刀把到刀尖细细地观察着。突然不知道从哪里拿出来个闪闪的物件，映出一片白光。

"请坐。"之后，耕介迅速收好刀鞘，看着武藏的面庞，站起来后退一步第一次说道。

"那就不客气了。"武藏没有推辞，直接坐了下来。

名义是来磨刀，但实际上武藏来这里的原因是因为外面的招牌。

本阿弥派，一定是出自京城。但之后本阿弥家的光悦却一直没有消息，而且之前曾照顾自己的光悦母亲是否可好？武藏正是为了打探他们的消息才来这里磨刀的。但耕介却不知道这个原因，所以才会仔细研究武藏的刀，看过之后又问武藏："这把刀是祖传的吧？"

"不，不，倒不是这么珍贵的东西。"武藏急忙回答。

"那是战场上使用的刀？还是平日里使用的刀？"

"倒不是战场使用。只是常常带在身上而已，没什么大名堂。"

“是吗?”耕介看着对方的脸，“那客官打算怎么磨呢?”

“怎么磨？你是指——?”

“磨到可以砍人的程度还是不能砍人也可以呢?”耕介看着武藏，似笑非笑道。

“只要比现在更锋利就好。”武藏报以微笑，眼睛显得很清透，并没有多余的欲望。

“怎么是这样?”听到武藏的话，耕介露出一副吃惊的表情。

磨刀，不就是为了让刀更加锋利，磨得更加锋利才能展现出磨刀师的高超技艺吗?

武藏一脸不解地看着耕介，只见耕介摇摇头道：“你这个刀我磨不了，还是另请高明吧!”说着就把刀还给了武藏。

不明白原委的男人拒绝给武藏磨刀，武藏并没有露出任何不高兴的表情。他没有说话，而耕介也一直冷冷淡淡的沉默不语。

“耕介君，你家里有钓鱼竿吗？能不能借我用一下？现在河边正在涨潮，很多鱼都跑到河面上来了，一定能钓很多大鱼上来！钓上来的鱼分给你做晚饭。把鱼竿借我一下吧?”突然，门口进来个看上去像邻居的男人。

“我家里没有杀生的东西，到别处去借吧!”耕介本来就一脸不高兴，来人却一点都不会看脸色办事。耕介心里烦，便毫不掩饰地吼道。

那男人一脸的震惊，心想这耕介好好的怎么跟被疯狗咬了似的？只好合上门悻悻地离开了。

看见耕介生气的样子，武藏却一点都不觉得他有什么失礼之处，反而觉得他是个可以交往的性情中人。随着接触的时间越来越长，武藏渐渐发现了这个男人的可爱之处。这种可爱不是才能和机智，而是像一件古老的陶器一样，但看上去又像是巧妙地去除了土腥味，怎么看都有一种高级茶具的感觉。这样说来，耕介的鬓角有点秃，就像被老鼠啃去一块，而肿了起来的部位则贴着药膏，身上有伤的陶器却又不免有碍观瞻，但并不妨碍这个陶器的整体感觉。

武藏并没有将心里的感受表现出来，率先开口道："店家……"

"嗯？"耕介回答得非常冷淡。

"为什么这把刀就不能磨呢？是因为即使你磨了，它也还是把钝刀吗？"

"不是，"耕介摇摇头，"你是刀的主人，应该比谁都了解它。这是一把前所未有的宝刀。但是，说实话，不要带着让刀更锋利，更有利于杀人的愿望来找我磨刀。"

"哦？为什么？"

"拿着刀来的人，大多想让刀更锋利，杀人的时候也更方便。但是，只要能杀人就行，我是不同意这种观点的。"

"那么，你怎么磨刀呢？"

"多说无益，我不跟你废话，你先到外面看看我的招牌，看懂了再来找我。"

"研磨灵魂，是吗？还有什么其他的我没看到的吗？"

"没错，正是研磨灵魂。但是那种只想用手里的刀杀人、杀人、杀更多人的武士，我耕介向来不接待。"

"嗯……可否请教，阁下师承何处？"

"招牌上不是写了吗？京都的本阿弥光悦就是我的师父。"说到自己师父的名字，耕介就充满自豪和敬重，一副充满自信的样子。

二

武藏终于了解到了自己想要了解的东西。

“光悦，实际上和我有过一面之缘，我还曾深受他母亲的照顾。”想到当时的情景，武藏就心生感激。

“难道，阁下就是经下垂松之战而闻名的宫本武藏先生？”磨刀师野耕介听到武藏的话，非常吃惊。

武藏看到他带有夸张的表情和语气，感到很不自然，同时不好意思地说道：“正是在下。”

耕介连忙后退两步让出座位：“不知道是武藏先生，刚才还像说佛法一样说了一大堆，真是惭愧！”

“不不，店家说的话，也让在下受教颇多。光悦的弟子，也有光悦的风姿啊！”

“如您所知，本派从室町将军开始，就开创了磨刀技艺，一直传承至今。师父光悦常说，日本的刀不是为了杀人、害人而磨炼的。守护世世代代，惩奸除恶才是剑道的真正含义。另外，只有研磨人性、自我反省，才能不断提升自己的灵魂，所以，磨刀师本身也应该用心来研磨自己。”

“是啊，的确如此啊。”

“所以，我的师父光悦，看到好刀，就像看到国家太平一般，看到恶刀，甚至会收了对方的刀鞘，夺了对方的性命，真是对恶人厌恶至极啊。”

“哈哈！”想到这里，武藏大笑着说道，“所以店家对我的刀也会有这种感觉喽？”

“不不，这倒不至于，您来到江户，肯定能战胜大多武士，阻止更多的杀戮，这可是谁都比不上的大义之举啊。只是，来这里的人，大多都是想让刀更锋利，能达到从头到脚劈人的程度，杀戮成风，我也开始厌恶了这种买卖，所以几天前才在外面挂了那么个招牌。可即使写着研磨灵魂，还是有很多人以杀人的目的来磨刀，真是让人讨厌至极……”

“所以，我也是这样的目的，所以你才拒绝我？”

“您又错了，实际上，刚看到您手里的刀，我就知道这上面有太多无法消去的灵魂和血腥，很抱歉，我以为您是一位以杀人为乐的普通浪人。”

借耕介的嘴好像又听到了光悦的声音，武藏鞠躬说道：“你说的我都明白了……非常感谢您的教导，这把刀跟了我很长时间，但我从来没有认真地想过刀的精神。今后，我一定铭记于心。”

耕介满脸兴奋：“我马上帮你磨刀，能研磨您这样的武士的灵魂，我真是太走运了！”

灯火初上，磨好刀的武藏正想回去的时候，耕介突然问道：“武藏先生，我问一下，您可有随身佩戴的刀？”

“没有。”

“这样的话，我这里倒有些，虽不是什么好东西，但您可以暂时用一下，请千万不要客气。”说着就走到里屋去了。

“请选一下吧。”耕介从刀箱里拿出数把大刀摆在了武藏的面前，大方地说。

武藏貌似也挑花了眼，不知该如何选择。原本他也想要把好刀，之前由于自己囊中羞涩，并没有多余的钱去购买好刀。好刀毕竟有好刀的魅力，从数把刀中取出一把，刚握住刀柄，武藏就已经感受到了刀的灵魂。拔出一看，看到的居然是散发着吉野朝代味道的魅力四射的大刀。在昏黄的灯光下看到这把刀，武藏知道自己已经放不下这把刀了。

“那么，这把刀……”武藏抬头看看耕介，他也明白，名人锻造的宝刀，必然具有恐怖的吸引力。武藏等不及耕介的回答，只想马上将这把刀变成自己的东西。

“果然眼光独到!”耕介一边收拾其他的刀，一边夸赞武藏道。

武藏正为自己的占有欲而烦恼，想让对方把刀卖给自己，但这么好的刀……恐怕价格不菲吧?

但无论如何也难以抑制自己对这把刀的喜爱之情，武藏最终还是说出了自己的想法：“耕介君，这把刀，能让给我吗?”

“尽管拿去吧!”

“多少钱?”这话一说出口，武藏还是有些忐忑。

“您看着给就行。”

“大概多少?”

“黄金二十两?”

“啊……”武藏一下子就泄了气，突然后悔了。看来是没有希望了，也没有必要再为此烦恼了，自己可没这么多钱。

“哦，这个还是还给你吧。”他马上说道，说着走到耕介的面前想要还刀。

“为什么?”耕介不明所以，“即使你不买，也可以一直用着啊，拿去用就行，不用那么客气。”

“不不不，这么名贵的刀我怎么能借呢? 只是看了一眼就特别想得到这把刀，但我也知道不一定非要得到它，如果短暂借用，以后再还回去就不太容易了!”武藏摊了摊手，无奈地说。

“您居然这么在意这个……”耕介看看刀再看看武藏，调皮地眨了眨眼睛，“好吧，既然你这么喜欢这把刀，我就把它嫁给你了。同样，你也要以身相许才是哦!”

武藏太高兴了，便没有客气，决定先收下这把刀。虽然也想着礼仪上应该一物换一物，但自己却没有任何可以报答对方的物件。

耕介说道："听师父说您会雕刻，有没有您自己雕刻的观音像什么的，给我一件即可。用观音像来换这把刀，您也就可以安心了。"

耕介的话瞬间让武藏的心里得以解脱，不禁对耕介的善解人意心存感激。

三

武藏伸手掏向包袱，却突然想起之前一直待在包袱里的观音像被留在了之前的茅屋中，现在手里并没有现成的观音像。但转念一想，如果从今晚开始马上雕刻的话，用不了几天就可以给他了。耕介也同意了武藏的建议，劝道："您与其住在对面的旅店里，倒不如搬到我楼上，那里还有个安静的空房间，能省旅费不说，您也可以专心雕刻。"

听到耕介的邀请，武藏没有过多客套，答应了从明天开始借住这里开始雕刻。

"太好了，我带您去看看房间。"见武藏点头答应，耕介欣喜万分。

武藏随着耕介上了二楼。房间并不大，窗外隐隐能够看到杏树的树梢，在黑暗的夜晚露出了嫩绿的叶子。

"那里就是我磨刀的地方。"房间的主人指着房间角落里被贝壳盖着的地方介绍说。

不知不觉间，耕介的老婆已经准备好了晚饭，热情的夫妇俩极力邀请武藏一起用餐。用过晚餐之后，这头一次见面的两个人早就没了主客之分，随意盘着双腿席地而坐，互抒心意。自然，两人的话题没有离开刀。

“刀是我们国家的神器，是武士的灵魂，但大家都只是口头上尊重刀，真正从内心敬重刀的人不多。您胸怀大志，几年间就走遍了诸国的神社和大家族，一定见过很多古代的好东西。古代的名刀流传到现在的很少，是我们的悲哀……”耕介又列举了数把名刀，之后重新坐端正，再次说道：“刀仅仅是刀，是好是坏，要看用刀的人……”说着，好像想起了什么似的突然站起来。

“对了，还是让别人磨吧，这里有一把别人暂放在这里的刀，您看，已经生锈了。”说着，耕介拿出一把特别长的大刀放在武藏面前。

啊？这不是佐佐木郎的“晒天杆”吗？武藏看到这把长刀大吃一惊，但转念一想，倒也没什么好吃惊的。毕竟这里是磨刀铺，无论放了谁的刀，都不必大惊小怪。但是，在这里看到佐佐木小次郎的刀，就不由得让武藏多想了。

“我跟刀打了多年交道，但这么好的刀的确少见，但是……”耕介指指刀，“请看，却有三四个地方生锈了，但也还能使用。”

“的确生锈了。”

“这把刀是镰仓之前的稀有名家所铸，能砍断骨头，即使生锈也不影响使用。但是现在的新刀就不行啦，如果像这样生锈的话，肯定就不能再用了。和古刀相比，新刀真是太差劲了。”

“送刀来的可是这刀的主人?”

“不是，是细川家的佣人。他们家的岩间角兵卫大人让人送来的，说是他们家客人的东西。”

两人又热切地聊了很久，武藏才起身告辞。没想到会聊这么久，天已经微微发亮了。摸黑来到二楼的房间，只看到两床被子仍然整齐地叠在床上，没有看到伊织的身影。

“怎么还没回来？难道迷路了?”武藏突然想到，对于伊织来说这里毕竟是人生地不熟的江户，他还真有可能迷路了。

“刚才跟我来的那个小毛头，你见到他回来了吗?”武藏心里有些着急，匆匆跑下楼来摇醒正在睡觉的店小二。

“他还没回来，没跟客官您一起出去吗?”显然店小二也不知情。

不见伊织的身影，武藏更是无法入睡。再次走到外面的黑暗中，站在门口等着伊织的归来。

路边的狐狸

一

“这里是木挽町吧?”伊织迟疑着，不知道该到哪里去找大名家。他坐在河边的木柴堆上，用草擦擦泥泞不堪的脚底。

“真愁人啊!”伊织脱下硬硬的木屐，天有些冷，身上汗也干了。没找到自己要去的地方，天却黑透了，现在想回去也回不去了。为师父送信，信没送到就回去，对孩子来说也是一种耻辱。

他在路上一边走一边玩，竟把正事忘了。现在路上已经没人了，不知道该去问谁。正当自己以为天亮之前都不会有收获，为此悲哀的时候，旁边却有一点灯光游走过来。天亮之前，必须完成任务返回旅店才行，他受到了内心责任感的强烈谴责。

他向旁边的灯光走去，却看到了一个打着雨伞的女人。伊织失望极了，大概是个四处无依的妓女。伊织并不知道这个女人为什么会在这个时候出现在这里，轻轻地唤了一声：“大婶?”

“你这个小家伙，跑到这里来，想逃跑吗?”女人的脸如墙壁一样苍白，回头看看伊织，竟把他当成了附近酒馆的小厮。

“啊? 不是不是，您搞错了，我，我不是本地人!”伊织有些吃惊，赶忙解释说。

女人走了过来，看到伊织的样子竟咯咯地笑了起来：“怎么，你有什么事?”

“我，是去送信的，却找不到地方，正发愁呢。大婶你可知道?”

“什么地方?”

“柳生旦马大人。”

“柳生啊，人家那可是大户人家!”不知道女人觉得哪里好笑，又坏坏地笑了起来，她从上到下地打量着伊织小小的身子，低垂下白脸问：“你去那里干什么？那种大户人家会给你开门吗？他可是将军的老师啊。你里面有什么认识的人吗?”

伊织并没有隐瞒，把事情的经过一一讲给这个女人听。最后女人给伊织讲了详细的路线，伊织顿觉欣喜，匆匆忙忙地送信去了。

好不容易过了河，又走过几个大门，终于找到了那个女人说的地方。

“谁啊?”伊织站在门外叩门，里面却传来了呵斥的声音。

“我是宫本武藏的徒弟，来送信的，让我进去吧!”伊织也鼓足了劲大声回答。

“几点了还捣乱。”门里的人听着是个小孩的声音，把门开了条缝，不高兴地说。

“这个请您收下，如果有回信，我就带回去。没有回信，我放下就走。”伊织拿出武藏的回信，递到对方眼前。

“什么？小孩，这不是给木村助九郎的信吗?”看门的人接过信，狐疑地看着伊织。

“没错，就是写给他的。”

“可是木村大人不在这里啊。”

“啊，那在哪里?”

“在日洼区。”

“那为什么所有人都告诉我他在木挽町呢?”

“别人是这么说，但这里不是官家的住所，这里只是放木料的地方。”

“那，木村大人每天都在日洼区吗?”

“没错。”

……

伊织跟看门的人详细地了解了怎么走，终于松了口气。

“现在太晚了，你在我们仓库里住一晚上，天亮再去吧。”由于路太远，看门人劝他想让他天亮再去，但他的责任感并不允许他就这么回去，又央求看门的人给他手绘了一份简单的地图，准备连夜赶去日洼送信。

可是，看门人正困得哈欠连天呢，哪有工夫给他画什么地图?

“也是，我一个小孩就算现在去，到那里也要天亮了，天黑还看不清路，不如……”走到半路上，伊织拧着眉头仔细想了一番，心里不禁又犯了嘀咕。

于是，伊织窝在仓库的一角，像小老鼠一样躺下了。他看到仓库里米堆得像小山似的，犹如穷人的孩子睡在黄金堆里一样，很快进入了梦乡。

二

伊织毕竟还是个可爱的小孩子，一合眼就睡得迷迷糊糊的。而看门人睡醒之后也忘了伊织的事情，一直在忙自己的事。

“啊，糟了!”直到第二天中午，太阳都晒屁股了伊织才迷迷糊糊地睁开了眼。这一睁眼不要紧，伊织马上想到自己的送信的任务没完成，急得一骨碌爬起来就跑出去了。

“小孩儿，现在才起来?”太阳已经很高了，昨晚看到的看门人正在小屋里吃午饭。

“啊，叔叔，去日洼的地图给我画好了吗?”

“你睡懒觉刚起来，看你那慌慌张张的样儿，肚子饿吗?”

“饿扁了，已经眼冒金星了!”

“哈哈哈，这里还有一分便当，你吃了吧。”

伊织吃便当的同时，看门人也画好了去柳生家的简单地图并标注了路上的地形。

吃完便当，伊织带着这份简单的地图匆匆上路了。满脑子都是送信的事情，丝毫没有想到昨天彻夜未归武藏该有多担心自己。按照看门人给画的地图，他穿过街市走到江户城的边缘。

到处都在修路、挖地基盖房子，大门户的府邸很显眼。河边停着很多堆着石头和木材的船，远处的石头城墙上爬满了牵牛花，旁边种着竹子。石刻的凿子和木匠的锛子声音好似也在讴歌新幕府的威严。看到的、听到的，都让伊织感觉很新奇。

堆砌石头的声音听上去也像是有趣的歌声，凿子和锛子在工匠的手中飞舞，爆发出无数的木屑石花漂浮在空中，伊织停下脚步欣赏着眼前这些新奇的事物，不知不觉中又把送信的事情抛在了脑后。

新建的石墙、新盖的房屋，处处都充满了人类智慧的创造。这样的氛围深深地震撼了少年的心灵，在内心深处和少年的内心契合得天衣无缝，伊织陷入了遥远的畅想之中。

“快让我长大吧，我也要建这么大的城楼。”他呆呆地看着在工地上走来走去的监工模样的武士出神。

不知不觉间，河水已经变成绛红色，夕阳下传来了乌鸦的叫声。

“啊，太阳都落山了。”伊织意识到自己又耽误了时间，急急地开始赶路。一直睡到中午才起来，伊织感觉一天的时间又没完成任务。当意识到这点的时候，太阳都已经落山了。伊织按照地图上的指示，终于踏上了去往日洼的山路。

三

江户的日洼山区里人烟稀少，只在谷底零零星星地分布着一些农田和房屋。伊织一口气爬上山，累得够呛，坐在石头上环顾四周的青山绿水。他不懂任何历史，也不知道过去在这里曾经发生过什么，但这里的千年古木、山间流水、山涧峡谷、曾经的武士故乡总会让人想到点什么，多多少少总会撼动人的内心。

“咚咚咚……”不知从哪里传来一阵鼓声，伊织向山下望去——青山翠绿之中居然掩映着一间神社。仔细看去，咦？这不正是上山时看到的大神宫吗？就连那踏着节拍的鼓声也是从大神宫传来的呢。

伊织在没有跟武藏学习之前就已经知道大神宫是祭祀谁的地方，所以看到江户人充满崇拜的声音大声呼唤“德川大人、德川大人”的时候，伊织感到非常奇怪。

现在，江户城正在进行大规模的改建工程，路旁的房屋修建得金碧辉煌。听到众人口中呼唤着“德川大人”，伊织单纯地怀疑道：“德川？不对吧？”但他很快就回过神来：“对啊，回去问武藏师父不就知道了吗？”

一想到武藏，伊织终于想到了自己还肩负着未完成的任务。到底哪个才是柳生家的房子呢？从这里该怎么再往前走呢？

再次拿出看门人给他画的地图，仔细研究之后："难不成是这里?"他挠挠小脑袋，认真地思考着。总感觉自己所处的位置和地图不符，看看地图，却又不知道该怎么走，看看道路，却又看不懂地图了。

"真是奇怪。"看着夕阳下的光线越来越暗淡，但周围给人的感觉倒像是越来越明亮了。薄薄的夕阳余晖下，怎么看眼前都有些不同寻常。

"啊，这个畜生!"原来，伊织发现了路边草丛中有只小狐狸。他一下子就跳起来，用随身带着的匕首迅速地刺了过去。狐狸受到了惊吓，蹦蹦跳跳地逃开了，草丛、鲜血，在薄薄的夕阳余晖下更惹眼了。

狐狸的毛发锃光瓦亮，伊织不知道是砍到了狐狸的尾巴还是腿，狐狸一边发出痛苦的吼叫声一边逃跑了。

"这只畜生!"伊织拿着刀像箭一样追了出去。狐狸逃得快，伊织追得也快。

受了伤的狐狸跑起来有些不稳，时而有些向前方倾倒，好像趴在地上不动一样。但毕竟保命要紧，虽然它行动不大利落，但每当伊织快要靠近的时候，却又爆发出神一样的力量迅速窜了出去。

在野外长大的伊织，从在母亲怀里的时候开始就听过很多狐狸幻化成人的故事。对他来说，可以爱小野猪也可以爱小兔子，但唯一憎恨的就是狐狸，而且还害怕狐狸。所以，今天看到在草丛中睡觉的狐狸，他立刻就想到了自己今天迷路可能不是偶然的，一定是这只狐狸捣乱才会这样。甚至觉得从昨天晚上开始这只狐狸就跟在了自己的身后，纠缠不休。

真是气人，不杀了它，它一定会继续害人!

带着这种想法，狐狸跑到哪儿，伊织就追到哪儿，但是狐狸的身影忽然钻到杂木丛中跳到了悬崖里。看到狡猾的狐狸竟然想到了这种办法，它也一定有本事躲在自己的后头。想到这里，伊织没有放弃追踪，拨开草丛继续寻找狐狸的身影。

草上已经生了露水，到处都找不到狐狸的踪影。想到那只狐狸已经受伤，将来一定会回来报仇，必须做好心理准备。突然，好像有什么声音传来。难道是狐狸幻化成人了？

仔细一听，是笛音。

“来了……”声音越来越近。伊织咽口唾沫，立刻警觉起来。

四

仔细一看，只见一名妙龄女子在夕阳下骑着马缓缓走来。马儿好像能听得懂笛音，随着骑马女的笛声缓缓地走着。

这一定是狐狸变的，可得当心了！伊织马上想到这点，背上的汗毛都竖了起来。

片片夕阳的晚霞漂浮在背后，马背上的女子居然能吹出这般优美的笛声？看到如此美丽的女子，估计谁都不可能认为她是人间的寻常少女。

伊织像只小青蛙一样缩小身体躲在草丛里。这时，女子骑着马正从不远的路上下来。伊织盘算着：如果这个女人一直骑在马上，走到跟前的时候，趁她不注意一下斩杀，然后剥下她的狐狸皮。

红红的太阳已经落山了，火烧云依然飘在空中，染红了地面。

“小通……”突然，不知从哪里传来声音：“小通，小通……”

真是奇了怪了。怎么听，这声音都像是人的声音。

“难道是狐狸的同伙？一定是狐狸的朋友呼唤狐狸的声音。”伊织对眼前这个骑马的女子是狐狸幻化的这一事实依然自信满满，没有丝毫怀疑。

思考的工夫，骑马的美女已经近在眼前。周边的树很少，女子骑在马上，上半身都映照在夕阳的余晖下，形象更加鲜明了。

伊织手拿匕首潜伏于草丛之中，握刀的手握得更紧了。

“她应该不知道我在这里吧？”正当伊织想着如何斩杀狐狸精时，女子停下脚步，将笛子收好，从马上下来，用手遮住阳光，向后寻找着什么。

“小通……”刚才的声音再次响起。只见南边的山谷处走来一个武士模样的男子。

看到他，骑马的女子露出了美丽的笑容：“啊，原来是兵库君啊！”

伊织注意到这个男人腿有些瘸，走路一拐一拐的，心想果然是刚才的狐狸变的！看到两人站在一起说话，伊织藏在草丛中意识到这就是最好的机会。虽然这么想，但身体却没有动。但站在马儿身边的年轻武士好像注意到了伊织，扭头往这边看了过来。

就在目光对视的一瞬间，本来信誓旦旦要斩除狐妖的伊织却吓得一下子趴到了地上。

十四年来第一次这么害怕，差点吓得他“哇”地一声大哭出来。

恋　人

一

武士并没有朝这边走过来，而是扭过头去继续和女子说话。没多会儿工夫，两人分别站在马两旁，牵着马走了。下山的路更暗了，天空已经出现了闪闪发光的星星。谷底的人家已经燃起了灯火，山间溪流的声音清脆悦耳。

过了谷川桥就是北日洼，北日洼对面就被称为南日洼。而桥北侧则是一所和尚学校，下山的路上会看到写着“曹洞宗大学林梅坛苑”的大门。而柳生家的官邸就在大学林对面的南侧。所以居住在山谷里的农夫、小商贩、大学林的学僧们被称为北众，而柳生家的门生就被称为南众。

柳生兵库是主家石舟斋的孙子，也是旦马大人的外甥，所以比较自由，二十八岁。时不时地会到旦马家里居住，所以和住在那里的小通比较熟。年龄相仿的兵库和小通很快就熟识了，但小通身上好像有很复杂的过去，再顾忌到舅舅，兵库一直都没有说出对小通的心意。

这里必须先说明一下，这小通之前才离开石舟斋没几年，怎么绕了一圈儿又回到柳生家了呢？原来自打小通离开武藏，就失去了武藏的消息，到现在已经三年了。从京都去木曾的路上，却转道来了江户。

之前那个龌龊的人，本位田又八，威胁她，束缚她，监视她，但小通始终保持着自己的贞操，保护了自己。最终，武藏、城太郎等人都来到江户的时候，她也到了江户。

要说她们在哪里，在做什么，还要回到两年之前。又八来到江户之后，首先要解决吃饭问题，找一份工作。但就算是找工作的时候，也从来没有放开过小通。不管走到哪里，都说他们是夫妻。

江户城正在开展大量的建筑工程，所以又八做过石工、小工，尝尽了建筑工地的劳累。在和又八共处的时日里，小通无时无刻不想着要尽快摆脱这个无赖的魔爪。终于机会来了——几个月之后的一天，走在街上的小通看到了抬着轿子的队伍，路边的过路人居然全都站在旁边行礼。

“那是柳生家的吧?”小通大喜，环视四周后终于确认，“没错，是将军家的人。好像是将军的老师旦马大人吧?”

小通突然想到了在大和柳生家服侍石舟斋老先生的日子，想到柳生家和自己的缘分，她的内心就想到了这次可能是个好机会。于是，就悄悄地离开了身旁的又八。

“啊，小通？小通……”又八在拥挤的人群中到处寻找着走散的小通。

而这时，在旦马大人的队伍中有一个武士正是之前在柳生庄见过的石舟斋的木村助九郎。小通扔下又八，朝着助九郎的身边走去。

自那之后，她才随着助九郎来到了日洼的柳生家，终于得救了。

当然，又八也不会就此罢休，吵吵嚷嚷地还想带小通走。

“有什么事到柳生家来要人!”对于又八的百般纠缠，助九郎早就看不过去了。终于有一天他朝又八这么怒吼道。

又八也是个欺软怕硬的怂货。听到柳生家的名号，立马乖乖的吓得不敢说话，自然也不敢再追小通了。

二

柳生家在江户的府邸中，石舟斋自然不可能亲自镇守，所以就派了身为将军师父的旦马守仪镇守江户的柳生府邸。

在江户的柳生家，经过旦马守的允许，有一男一女寄居在这里，无论谁看来，这两个年轻人都像是恋人的关系。

他就是小通和柳生兵库。

助九郎刚刚带小通来的时候，想让小通做石舟斋的侍女，可是旦马守却发话了："不必了，只安心在这里住下，有空就帮后院的人干干活就行了。"后来他的外甥兵库也来了，就和小通一起寄居在了这个大门大户之中。

"这两个年轻人……"旦马守仪情不自禁地就把两个年轻人当成了自己的孩子，以一种家长的心态对待他们。

但是，外甥兵库却和旦马守仪不同，看上去是个乐观的孩子，但内心却并不是如此，虽然他心里喜欢小通喜欢得不可自拔，却又怕小通不喜欢他。没有开口表白就不会有拒绝。所以，他喜欢小通的事情无论如何也不会告诉旦马守仪和小通的。

两人牵着马下了山，上了南面的山坡，停在柳生家门前。

"平藏，开门啊，兵库和小通回来了！"兵库叩响了大门，传来浑厚的回音。

急 信

一

但马守仪宗矩今年四十出头，虽称不上英俊潇洒但也算是聪明理性的人，是将军家重用的相当于总教头的人物。按理说混到这份儿上的宗矩应该算是相当成功了，但是他也有自己的烦恼之处。——在外人看来他可谓名满天下，是深受将军大恩的幸运儿，但事实上，他却一直经历着最为艰苦的训练，每时每刻的神经都处于紧绷状态。在他心里，甚至常常会羡慕自己的外甥，每当看到兵库，内心就会充满羡慕嫉妒恨的情绪。但即便心里这么想也白搭，因为他所处的立场和性格都不允许他拥有这样的自由之身。

"小通呢?"兵库来到但马守仪的房间汇报情况时，宗矩趁机问他。

"回来了，"兵库回答道，"去了常去的神社参拜，回来的路上骑着马到处溜达着玩，所以回来得晚了。"

"你去接她了?"

"嗯。"

宗矩沉默了一会儿之后，再次开口道："年轻女子正是长见识的时候，一直待在府里也没什么好处。助九郎也说过，找时间让她到处走走也好。"

"但是……"兵库好像有点异议，"她也没有其他地方可去，况且无依无靠的，只是自己独身一人闯荡，多可怜啊!

再说了，要是不让她待在我们府里，还能让她去哪儿？这不是把人家往绝路上逼嘛！”

“你的心地是好的，但孤男寡女的总腻在一起，传出去还是容易让人说三道四……”

“这有什么不好的了？府里的年轻男子又不是只我一个。再说了，我们又没做什么见不得人的事，凭什么让那些指手画脚的人牵着鼻子走？为什么有一个漂亮的女孩子出入大家就要说三道四的呢？”

兵库不觉得小通待在府里有什么不合适。反正他自己还没有娶妻，也用不着避嫌。况且对于小通，自己也并没动什么歪脑筋。而宗矩就不一样了，虽然他早就讨了老婆，但长期夫妻分离的他在外人眼里本来就已经很难熬了，身边又出现这样年轻的女性，旁人难免会多有猜想。宗矩虽然表面上是将军老师的风范，但也有他的烦闷和苦衷。

“我会和助九郎商量的，小通的事就交给我和助九郎来处理吧！”考虑到宗矩的内心，兵库也不敢耽误太久。

“那就尽快处理。”虽然兵库最终还是松了口，但宗矩也不忘再加上一句。

正在此时，木村助九郎进来了。

“大人。”

“什么事？”

“从领地传来了快马加鞭的急信。”只见助九郎在距离灯影不远的地方跪下来，恭敬地说。

“啊……！”展开信纸一看，宗矩稳如磐石的身体微微一颤，“果然是出事了！”思虑再三，宗矩最终决定派遣兵库代自己前去处理。

告别了宗矩和助九郎，兵库回到自己房中收拾行李，准备出门。

此时，兵库要出门的消息已经传遍整个府邸，经过人多嘴杂的渲染，每个人的心里都是沉甸甸的。

“兵库君，请带我一起走吧！”不知什么时候，小通来到了兵库的房间，哭着恳求他：“我深受柳生家的大恩，至少也让我在石舟斋大人的床前伺候几日，尽一份薄力，否则我实在是难以心安……求求您，就带我一起去吧。”

提出这样的请求，如果是宗矩的话可能会拒绝。但对于小通的性格，兵库还是比较了解的。不管怎么说，此时此刻他都无法拒绝小通的请求。再加上方才宗矩所说的话，带小通走或许是个好办法。

“可以。但是路上必须快马加鞭一刻也不能停留，无论是骑马还是坐轿，你都要紧紧地跟着我。你确定能行吗？”

“没问题！无论多快我也会跟着您的。”见兵库没有拒绝，小通非常开心，擦干眼泪就开始帮着兵库准备行李。

二

临行之前，小通还是来到了旦马守仪宗矩的房间，阐述了自己的想法，也感谢了宗矩长期以来的照顾，希望宗矩能够支持自己的决定。

“你也能去？哈哈！看到你美丽的面孔，老爷子也会感到高兴的！”小通本以为还得周旋一番，意外的是宗矩非但没有拒绝她的请求，反而拿出了银两给她，让她路上好生照顾自己。

和众人道别之后，小通和兵库一起出门了。一路上小通都尽最大努力加快脚步，不想因为自己而耽误行程。而路过野草丛生的山谷的时候，小通突然大叫一声，好像看到了什么。

“怎么啦?”兵库无意识地将手搭在了小通的背上，做出了保护小通的动作。

“前面好像有东西……”

“哪里?”

“那边，好像是个孩子坐在路边上。好像在自言自语什么，看上去不是很开心……”

“嗯?”兵库靠近来看，原来是今天傍晚和小通一起回家时看到的那个藏在草丛里的孩子。

“混蛋!”伊织看到兵库和小通，大叫一声跳了起来，一边大声喊叫一边朝着二人劈头盖脸地砍了过去。

小通大惊失色迅速退后，心想自己和这孩子素昧平生无怨无仇的，他该不会是受了什么刺激吧?

“狐狸精，狐狸精!”可不管小通怎么躲闪，伊织依然冲着她大喊个不停，握紧小匕首挥舞着自己的小胳膊，一脸凶相。

看到锋利的匕首，兵库也不由得往后退了一步。

“狐狸精，狐狸精!”伊织的声音像是老太婆一样执着。兵库不相信一个小孩子竟然有这样的血性，只呆呆地站着。

“怎么样，知道我的厉害了吧?”伊织挥舞着手里的刀砍断了路边的一棵小树，树的上半截瞬间倒在草丛之中，他也一屁股坐到了地上。

“狐狸精……”伊织上气不接下气地喘息着，肩膀上下浮动。看样子好像刚刚进行了一番血战一般，虽然有些体力不支，但眼中还是杀气腾腾。

“这孩子真是可爱，好像是被狐狸附身一样。”兵库看着坐在地上的伊织，再看看小通，露出了微笑。

“是啊，看他那双恐怖的眼睛，着实把我吓了一跳呢!”

“别说，就他刚才的样子，还真是像狐狸哩！”

“我们能帮帮他吗？”

“哈哈！虽说傻子和笨蛋没法治愈，但他这种情况却很容易。”兵库走到伊织跟前，看着他的脸，盯着他的眼睛。

“你这只畜生，居然还敢在这里！”伊织本来坐在地上一动不动，但当兵库的脸垂贴下来时却突然拿起了掉落在一旁的刀。

见这小子貌似又发起魔怔来，兵库大喝一声，揪着伊织的耳朵，突然横抱起他小小的身体开始跑。冲下坡道，走上一座桥。然后抓着伊织的双脚使劲摇晃，将伊织倒立在桥的栏杆上。

“娘——！”伊织发出了疯狂的喊声，“爹——！”

兵库依然没有放手，就这么抓着伊织的双脚，面不改色地继续使劲摇晃。

“师父，救我……”伊织喊到第三声的时候，已经带着哭腔了。

“不可以，不可以的兵库君！这么对小孩子，实在太残酷了……”小通从后面跟了过来，看到兵库的残忍方法，好像是自己受苦一样，冲上去劝阻道。

“放心吧，已经好了。”说话间兵库已经将伊织的身体拎了上来，放开了他。小脚刚一安全落到桥面，伊织便更加大声地痛哭起来，就好像这个世界上没人能听到自己的哭声一样，哭得歇斯底里。

“你，是哪里的孩子？”见这孩子貌似正常了，小通走到他的身边，轻轻地抚摸着他的肩膀。他的身体已经不像刚才那样坚硬了。

“那边。”伊织一边哭，一边指向一个方向。

“那边？是哪边？”

“江户。”

“江户的什么地方？”

“住在江户的马市附近，我是来这边送信的，却迷路了。”

“你已经走了一整天了？”

“嗯，”和小通交谈的过程中，伊织已经恢复了平静，“昨天就来了。”

“这么说，你已经迷路两天了？”小通微笑的粉脸突然凝重起来。她觉得这孩子真是可怜极了，虽然想微笑着安慰他，但实在是挤不出来了。

三

她决心帮助这个可怜的孩子，便又问道：“你要送信到哪里去？”

“柳生家。”伊织好像在等着对方问一样，迅速回答道。然后拿出了那个他视作生命一样的信件——那张早就揉得皱皱巴巴的纸，上面已经透出了文字。

“就是柳生家的那个木村助九郎，这封信就是给他的。”伊织又重新补充道。只见他手里捏着武藏的信件，却没有要给小通看的意思。

这一路走来，伊织还从来没有将手里的信给任何人看过——哪怕是给自己指路的人。难道是重视自己的使命吗？又或者是某种看不到的命运在指使着事情的方向发展？伊织倔强地站在小通的面前，做出抗拒的姿态。而善解人意的小通，似乎也没有要看信的想法。

天赐的因缘，难道就要错过了吗？

“兵库君，这孩子是来贵府找木村先生的，但是在这里迷路了，不知道该怎么去。”小通没有理会信上写什么，而是扭头看看兵库，接着又扭回头看着伊织说：“孩子，这里已经快到了。这个三岔路口，有两颗大松树的地方望去就是了。”

“而且，你好像被狐狸附身了。”小通担心他，停了一下又说。

“已经没事了，谢谢您告诉我方向。”伊织挺挺小胸脯，一脸自信地说。说完，就撒丫子跑了出去。沿着河流的方向，刚走不远又回头问道：“对了，你们说的是昨天那条路吗？”

“没错。”兵库点点头，看着伊织小小的身影不断远去。

“真是个聪明的孩子。”兵库和小通仍然站在桥上，看着伊织身影消失的地方，小声交流道。面对这么个小不点儿，小通又一次想起了城太郎。她心中的城太郎比眼前的伊织个头稍矮，但掐指一算，城太郎今年也该十七岁了。他现在会变成什么样子呢？她在心中默默地描画着城太郎长大了的模样。同时，对武藏的思念又一次浮上心头。

“喂，我们该走了。再不走，就要耽误行程了！”兵库在一旁催促道。

小通一边急匆匆地赶路，一边珍惜这路边的花草。——这些花草，可能武藏君也曾走过吧？

这些年，不管走到哪里，小通的内心总是充满了对武藏无法言传的强烈思念。

父母恩情

一

“啊呀，老妈妈还写字啊?”这里是六方者道馆弥次兵卫的家。这天，从外面回来的小工走进阿杉婆的小房子里，一看老太太正端坐在书桌前，专心地拿笔写字，心里感到甚是奇怪，便好奇地凑到桌子跟前想看个究竟。

“真没看出来，老妈妈还有这么一手呢!”

“吵什么？我正在专心书写经书，不许打扰。赶快出去吧!”阿杉婆挥挥手，示意他赶快离开。

“我可不是来打扰你的。你猜我今天见到谁了?”小工却坐在了桌子旁边的椅子上，一副要大聊特聊的架势。

“没兴趣，你赶紧走，别打扰我书写经书!”阿杉婆已经有些不耐烦了。

“那你什么时候能写完啊?”

“一笔一画，都包含了我的佛心和诚意，每一个字都要诚心下笔，三天才能写完一部经书，一夏天可以书写几十部。在我的有生之年，大概能写出一千部吧。这些都给那些对老人不孝的逆子看，让他们也知道父母的不易，也好早日悔悟!”

“什么？上千部?”

“没错，这是我的心愿。”

“你为什么要写给不孝子看呢？能跟我讲讲吗？不是我吹

牛，对于老人，我一向都不放在眼里，包括我们六方者道馆的所有人，不管是谁的事情，都能拿出来说上一说。”

“你也不孝吗？”

“当然，您应该是最清楚的，我们这里的兄弟们，包括我们老大，对老人都是一样的——那些孝子贤孙们，我们这里能有几个？”

“唉，这个世界真是可悲可叹啊……”阿杉婆虽然明白，却也不禁长叹一声，以表达自己的无奈。

“您老人家的儿子难道也像我们一样？”

“别提他了，世界上就没有像又八那么混账的儿子。我写经书，就是想劝这些忤逆不孝的孩子们改邪归正的，希望我的一片诚心能够感动上天！”

“一千部，要给一千个人看吗？”

“一千个人有了孝义，每个人就能再感化一千个人，不断扩大，成百上千，积少成多……”阿杉婆说着就放下笔，从旁边抽出一本双手递给小工，“这本给你，随时拿出来读读，那就功德无量了。”

小工一看阿杉婆恭恭敬敬的样子，也摆出一副虔诚的模样，双手接过经书，向上一拜，才将经书揣进怀中。然后才说：“言归正传吧，我今天可不是来闲逛的。这次出去，我可是碰到那个家伙了！老妈妈，你的诚心感动上天啦！”

“哪个家伙？”

“还能有谁，就是你一直苦苦寻找的宫本武藏啊！我看到他下了隅田河上的渡船！”

二

“什么？武藏？!”阿杉婆立刻睁大眼睛，跳到小工的跟前，不再管什么经书。“他在哪儿？去了哪里？现在在什么地方？”阿杉婆昏花的老眼突然深不可测起来，看样子已经是急不可耐了。

“就凭我的神通广大，还能让他跑了不成？”小工一脸的自信和得意，“知道是他之后，我一直派人跟着他。今天上午，他搬到磨刀铺去了。放心吧，有我盯着谅他也跑不了！”

“哼，我走遍千山万水，没想到他竟然就在我眼皮子底下！天意，这就是天意啊，苍天有眼啊！”阿杉婆奔到柜子边，抽出自己的宝刀，狠狠地说道，“快，给我带路！老娘今天就要去宰了那个小王八蛋！”

“刚才看您写经挺平静的，怎么一下子就性急起来了？那经书是白抄了？”阿杉婆的转变之大、态度变化之快，让小工一时半会儿还真适应不了。

“我这把老骨头之所以挺到今天，就是为了报仇！我若是就此死了，麻烦你把我送回老家！”

“不行，不做任何准备我就带您过去，老大非扒了我的皮不可。一切行动都得等他回来再说啊！”

“怎么着，活人还能被尿给憋死了不成？你这一耽搁，让武藏给跑了怎么办？”

“没事，我已经派兄弟盯着了，跑不了。”小工微扬下巴，一副志在必得的表情。

老太婆只好回屋又坐了下来，却怎么都坐不住，心急火燎地在屋子里踱了一圈又一圈。等了这么久才等来这个消息，她早就坐立不安了，恨不得马上飞奔过去报仇雪恨才算痛快！

第二天一早，小工又跑来给阿杉婆报信，啰啰唆唆地把该说的不该说的一股脑儿地全都倒了出来。据他所说，武藏身边本来还有个叫伊织的小孩，可是不知道干什么去了，到现在还没回来。那孩子是个孤儿，还有个姐姐，但不知死活。

“你啰唆什么！我只管武藏在哪里，他能在一个地方等着我去找他吗？你不带我去，我找佐佐木去！”仇人近在眼前却无法出门报仇，阿杉婆本来就窝了一肚子火，哪里还有工夫管那些个鸡零狗碎的小事儿？听到小工啰唆，一下子就怒了。

别看阿杉婆虽然年龄大了，却总要做出一副坚强的样子，不能让人瞧不起。等了一会儿没见管事的回来，便一咬牙心一横，系好鞋带，整理一下衣服，然后插上短刀就往门外冲去。

“既然你们老大不在，你们也不能给帮里惹是生非。出去报仇是我自己的决定，和你们无关。你们该干吗干吗去吧，都做好自己的分内事，小心引火上身！”阿杉婆大声嘱咐道馆中的小工们，说完就独自走了，一副大义凛然的样子。

现在帮主不在，佐佐木师父也没来，这些兄弟们可以尽情地玩了。屋里聚集着一堆人，摆着纸牌、骰子，众人在那里欢呼高歌，赌得不亦乐乎。

小工十郎的运气不怎么样，很快就输得精光，感叹自己赌运不济。突然，另一个兄弟从他怀里抽出一本书一样的东西，大家觉得奇怪，都问十郎是什么东西。

“是阿杉婆写的经书。”十郎输得精光，也没心思和大家接着赌了，“怎么样？闲着没事，我给大家念念如何？”

“你干脆唱唱得了，那些和尚念经不都是似唱非唱的吗？”既然玩，干脆就玩出个花样来。大家怂恿着，嬉笑声不断。

推脱不得，于是十郎开始唱经。众人听得入神，由人及己，纷纷联想到自己身上。毕竟这些人也都有父母，也不是从石头缝里蹦出来的。

不过他们平日里从来不想自己的父母，即便是有父母的也装作没有父母的样子。如果有人提到孝敬生养自己的父母，立刻就会有人说：“别跟个老娘们儿似的，叽叽歪歪地哪里还像是站着尿尿的？”要是碰上个别脾气火暴的，直接就骂上了：“什么爹啊娘啊的，都是狗屁！”仿佛只有这样才够潇洒，才够英雄主义。大丈夫当心怀天下，拖家带口的男人整天还得应付些家长里短的事情，还怎么能抽出身来做好汉？

可是现在，听着经书里讲的，每个人都低下了头，不由得想起了生养自己的父母。是啊，我也有爹妈啊，不知道他们还好吗？

一想到这里，大家自然也就想起了自己也曾吃过娘的奶水，也曾在爹的怀里玩耍撒欢儿。父母辛辛苦苦照顾自己的景象浮现在自己的眼前，那颗曾经被冰封的心灵又一次恢复了温暖，想到了自己曾经温暖的幼年时光。不知不觉间有人掉下了眼泪……

血色梅雨

一

小工们听完经书，依然没有人说话。无论坐着的、躺着的、站着的、伸着脖子目瞪口呆的，还是垂着脑袋默默流泪的……，好像所有人都陷入了沉思。

这时，门口站了一个人。

“哟！太阳打西边出来了？你们这是怎么个情况?”原来是师父佐佐木小次郎来了。只见他叉腰站在门口，看到这些人的反常举动，深感奇怪。

佐佐木小次郎自从来到江户，一直住在岩间角兵卫的府里。小次郎胸怀大志，不肯屈就于角兵卫府上，但府上依然为他提供了一所专门的房屋，衣食开销全部提供。小次郎每日里只管悠闲自在地在外闲逛，生活方面全有人安排妥当。

自从佐佐木小次郎在六方者道馆任教以来，威名轰动江户，小次郎的严流派剑法也威名远扬，瓦匠们的地位也随之提高了。但今天到这里一看，这帮人居然一反常态地在这里掉眼泪？便大声问道：“怎么回事?”

这一问惊醒了捂着脸趴在桌上的小工十郎，他马上擦擦眼睛站起来，有些羞涩地躲闪着。

“啊呀，是师父啊，不知道您这个时候会来……”

“你们在干什么？……哭呢?”

“没，没什么……”

屋里的其他人看看小次郎，深感不好意思，趁着有十郎在小次郎面前拖延，一个个的全都悄悄地溜走了。

“您怎么到这里来了？本位田婆婆刚才去找您了。”看着气氛不妙，十郎马上转换话题。

“找我？她找我有什么事？”

看着小次郎不解的眼神，十郎赶紧把自己在渡船上碰到武藏、又派人跟踪他、看他搬到了磨刀铺的事情详细讲述了一遍。

“本位田婆婆等不及了，又怕武藏跑了，就急匆匆地找您去了。”

“哇哦！原来武藏现在就在江户啊！”一听到武藏，小次郎就两眼放光。

“是啊，今天早上刚搬到磨刀铺的耕介家里去了。”

“真是想不到啊！”

“什么？”

“我的那把宝刀，现在就在耕介的磨刀铺中呢！”

“哦？师父的那把长刀？还真是有缘啊。”

“今天也该磨得差不多了，正好今天就想去把刀拿回来。”择日不如撞日，小次郎眯缝着眼睛，闪过一道意味深长的目光。

“但是，老大不在，我们也没做什么准备……”

“说什么呢，像武藏这样的家伙，根本不用怕他。但是，婆婆不在，我们可怎么商量呢？”

“婆婆刚走不久，我马上让人去追，应该很快就能回来。”

小次郎默许了，坐在屋里等着阿杉婆。一直到灯火初上的时候，阿杉婆才匆匆忙忙地赶回来。小次郎认为，根本不用等弥次兵卫回来，有自己在，一定能帮着阿杉婆讨回公道。

众瓦匠们也只是听说武藏很厉害，但和小次郎相比，他们也想象不出来到底哪个更厉害。

阿杉婆本来就想马上干掉武藏，自是同意马上行动。但她毕竟年龄大了，也没办法，白天找了一趟小次郎，已经非常累了，腰疼得厉害。所以，大家决定，小次郎暂缓取刀，定于明天晚上再行动。

二

第二天中午开始，阿杉婆沐浴更衣，洗脸刷牙，还染了头发。换上了她准备已久的决死服装，还不忘再在腰带里放上她写好的给儿子又八的遗书，最后偷偷地塞进去一部分她书写的经书——《父母恩情重》。更让人吃惊的是，她的钱包深处，居然还放着这样一张纸条：

> 我已经老了，但心愿未成，不知何时就会丧命于敌人之手，或者病死在路上。望仁人君子，加以怜悯，用这些金钱来料理我的后事并通知我的家人。九泉之下，不忘您的大恩大德。
>
> 作州本位田后家

一切准备完毕之后，阿杉婆端来一碗清水放在写经书的桌子上，好像对死人说话一般喃喃自语着："等我报仇回来！如若不幸死在了仇人手上，咱们就一块回老家吧！"

"收拾完了？"十郎从门缝里往里瞧了一下，另外三个人等得有些不耐烦了。

"快点，就等你了！"

其他人没什么好收拾的，早早地就在外面等阿杉婆了。阿杉婆一切准备妥当，才决然出门。走到佐佐木小次郎的旁边，像个木偶一样坐在椅子上，那个叫小六的瓦匠给大家一一斟酒，算是出征前的壮行酒。大家一饮而尽，阿杉婆向三人俯身行礼，熄灯出发。除了佐佐木小次郎之外，还有十郎和小六陪着阿杉婆一起去讨伐武藏。

四人走出大门，其他的泥瓦匠们纷纷点着火把为大家践行，祝他们凯旋而归。

漆黑的夜空没有一颗星星，阴沉的天似乎随时可能下雨。不断有狗吠声传来，四人看上去并不是一般走夜路的人，个个眼中都充满了杀气。

小六不时地回头看看，其他三人不解，问他回头看什么。

“奇怪，后面好像有人跟踪我们。”

“哈哈，可能是那些小子，刚才出来的时候，不是有一两个非得跟着来吗?”小次郎不以为然地笑着说道。

“那怎么办？这些家伙把打架当吃饭呢？觉得好玩儿?”

“不用管他们！想来就跟着吧，非得往火坑里跳，咱们好心好意地拦着也拦不住。让他们跟着说不定还能帮上忙。”四人并没有阻止尾随而来的人，在街角拐了弯。

“前面就是磨刀师耕介的店铺了。”还有一段距离的时候，小次郎就停下了脚步，低声和大家商量对策。

“师父，今天晚上是第一次来?”

“对，上次送刀的时候，是岩间角兵卫让人送来的。”

“那我们要怎么下手?”

“就像我们刚才所说，你们和大婶藏在外面等着，我一个人进去。”

“他要是从后门跑了呢?”

“武士看中的是名声，逃跑，比掉了脑袋还丢人。”

阿杉婆等不及了，她气愤地说：“我辛辛苦苦来回奔波了这么多年，为的是什么？不就是为了要他的脑袋吗?”

“这样吧，我把他引出来，然后将他放倒，留他一口气，剩下的就交给大婶你了。怎么样?”小次郎眼睛咕噜一转，想了想说。

阿杉婆听到自己可以亲手结束武藏的性命，就感到心满意足了。双手合掌对着小次郎一顿参拜，嘴里还连连说：“好的好的，真是太感谢了，您就是那救苦救难的观世音呀!”

听到阿杉婆的夸奖，小次郎非常受用，心里的优越感更强了，内心那战无不胜的信心也随之变得更坚定了。一个人抬脚向野耕介的磨刀铺走去。小次郎的内心充满了正义感，其程度是别人无法想象的。

说起他和武藏的矛盾，除了名声上的宿怨之外，别的倒也没什么。武藏的声望太高，让小次郎感到非常不快。而武藏对于小次郎，也只是感到小次郎的能力出众，对他充满了高于他人的戒备而已。

数年来，两人对对方的关注从没断过。当初两人都是年轻气盛、血气方刚，很容易产生摩擦。在京都，又经历吉冈家的问题，然后又是那个一路徬徨而来的女人朱实，还有眼前这位本位田家的阿杉婆，各种感情交织在一起，小次郎和武藏之间虽不能说仇深似海，却也一定会再次有所碰撞。对立的感情由来已久，只差那点燃导火索的一束火苗。

而且，小次郎将阿杉婆的观念凌驾于自己的观念之上，认为自己的行为是帮助弱者，自己扭曲的感情被正义化，以至于两人之间的较量发展成了心中的宿怨。

三

“睡了吗?”小次郎拍着磨刀铺的大门，大声叫门说，“开门，磨刀的!”与此同时，阿杉婆等三人已在附近埋伏好了。

店铺的门是黑色的，但里面透出些许光亮，很快开门的人就来了。

“岩间角兵卫曾送来一把刀，我是刀主。请开开门。”

主人充满疑惑地开了门，两人面对面地对峙着，空气一瞬间凝住了。

“磨完了吗?”小次郎问道，没等耕介答话便大大方方地进屋坐了下来。

“才拿来几天? 岩间角兵卫说有空的时候磨磨就行，没有时间限制。我还没看呢。”耕介的脸色很难看，态度也不太友好。

“那现在就交给我吧。”

“那不行。我也不认识你，还是让送刀过来的人来拿吧!”

“你这里是不是住着一个作州人宫本武藏?”小次郎懒得和老板纠缠下去，直奔主题。

“你是怎么知道的?”耕介一脸怀疑，模模糊糊地回答，“有倒是有这么个人。”

“很久没见了，我和他在京都就认识，麻烦帮忙叫他出来。”

“您贵姓?”

“佐佐木小次郎，你只要告诉他，他自然就知道了。”

耕介听这口气不是很友好，上下打量一番，说:“你等着，我去叫他。”

“等一下，我来得突然，他也许有所猜疑。是这么回事，听人说这里住着个人长得很像宫本武藏。所以我特意来看看，没什么别的事情，就想请他出去喝两杯。”佐佐木觉得这样一番解释，完全可以免除武藏的疑心，耕介听完也点点头上楼去了。

“万一武藏不出来，该怎么办？难道还要假借阿杉婆的名义把他叫出来不成？”小次郎还是有些不放心，想了两三个对策。正在筹谋的时候，突然，外面传来了出人意料的打斗声。不仅仅是打到身体上的声音，而是撕心裂肺的悲鸣，好像又有一条生命走向了黄泉之路。

“糟糕！之前的计策完了！”小次郎暗叫不好，“难道阿杉婆他们沉不住气，从窗户开始进攻武藏了？还是武藏发现了我们的计策，先从外面攻击他们了？”他蹭的一下站了起来，迅速跑到外面的黑暗之中。

四处看看，却没有发现任何人。往前走了十几步，听到脚跟前有微弱的声音：“师……父……”

“啊，小六？”

“救……我……”

“小六，武藏人呢？”而小六已经抬不起头了，似乎拼劲了最后一口气说道：“不……是……他！”

“那是谁？”

小次郎脑子混乱极了，不知道究竟发生了什么事，不是武藏还会有谁？但小六已经没了声音，已然去了另一个世界。往前走了几步，小次郎发现十郎就倒在离小六不远的地方，浑身是血。

“十郎，发生了什么事？你怎么样？”

唯一没有看到的就是阿杉婆的身影。

然而，小次郎已经没心思去找她了，现在最重要的是自己的警戒。四周漆黑一片，武藏不知所踪，小次郎对着奄奄一息的十郎怒吼道："武藏，武藏去哪儿了？"

"不，不是武藏……"十郎努力地摇着头，气若游丝地说。

"不是武藏？不是他还能是谁？说啊，快说！"小次郎摇晃着哭哭啼啼的十郎。而十郎却捧着被鲜血染红的经书，用尽最后的力气大哭起来："妈啊……儿子不孝啊……"然而十郎也没有说出小次郎想要的答案就西去了。

突然传来了阿杉婆的呼救声，小次郎顺着喊声寻了过去，在一个臭水沟里找到了掉进去的阿杉婆。小次郎把手脚并用的阿杉婆拉了上来，她满身满脸都是污水，一下子瘫坐在地上，反问小次郎："凶手跑哪儿去了？"

"到底凶手是谁？"打狗不成反被打，小次郎有些气急败坏。

"我也不知道，大概是跟着我们来的人……"

"用的什么兵器？你没看清楚吗？"

"我只觉得一阵风吹来，什么都没看清楚，十郎就倒下了，接着小六也被砍了一刀，然后我就掉进这该死的水坑里……我什么也没看清啊！"

"这事挺怪的，不是武藏又不知道是谁？你赶紧回去，让大家伙儿来收尸吧。"

看阿杉婆一个人走远了，佐佐木心里依然无法平静。他看了看耕介的磨刀铺，依然黑洞洞的。沿着黑暗的街道往前走，没走几步，突然一道白光带着几片树叶劈头砍了下来。小次郎轻轻一躲。

"谁？！"

一刀没中，接着又是一刀。对方什么也没说，只是连连砍了过来。一连三刀都没有砍到，第四刀的时候对方终于说话了："我是小幡门下的北条新藏！怎么，难道你还没想起来吗？"

"哈！我还当是谁呢，原来是小幡那条老狗的人啊。怎么，你们还嫌死的人不够多吗？"

"你辱我师门，杀我同门兄弟，今天我就要你好看！"

"好啊，我倒要看看你有什么本事！"北条新藏步步紧逼，小次郎一边右手抓住对方的刀把，一边往后退去。只见新藏突然纵身一跃，小次郎侧身一躲，刀直劈新藏的左肩。新藏坠落在地，无力招架，但小次郎迅速扔下了刀，因为他看到从磨刀铺跑出一条黑影，直奔这边而来。

最先跑来的人立刻向跟在后面的人喊道："耕介，耕介，这个人被小次郎砍了一刀，快扶他进去！"

耕介探头一看："啊呀，这不是北条新藏吗？快，快扶到屋里去！"

内心的修行

一

昏黄的灯光下，武藏正在专心雕刻观音像。这是耕介特意找来的一块紫檀木，武藏雕刻得非常用心。观世音是什么样子，自然谁也没有见过，只能由着雕刻者自己去想象。

母亲，是世界上最疼爱儿女、最慈爱的人。武藏想起了自己小时候，常常生病，母亲无奈地感叹："这孩子还真是难养……"武藏的脑袋上到现在还留有一条伤疤，就是那时候留下的。所以他就想象着母亲的样子来雕刻手中面容慈祥的观音，感觉手里的雕像越来越像自己的母亲了。

正在这时，店主耕介从外面进来了。

"还在努力刻着呢？刚才有个叫佐佐木小次郎的家伙来，说是想见你，你见吗？还是跟他说你已经睡了，直接拒绝掉算了。怎么样？不管是哪个答案，你总要回一句吧？"

耕介说了两三遍，但武藏依然没有任何回答。——他正在专心致志地雕刻着自己的观音像，一直沉浸在自己静谧的世界里。

突然，耕介听到"咣当"一声，是什么东西掉在了地上。一看，不是武藏。只见他依然手拿着小刀坐在桌子旁边专心地雕刻着雕像，四周布满了木屑。

武藏雕刻观音像是为了报答耕介赠剑的情谊，所以雕刻得格外用心。

那“咣当”一声传来，武藏终于抬起头来自言自语道：“是伊织回来了吗?”

这时，耕介的喊声再次响起：“快点，老婆，外面好像有人打起来了，可能有人受了重伤！赶紧准备一下，我们得去帮忙。哪里都行，快准备个安静的地方！”

没多会儿工夫，一些人便跟着耕介抬着伤者进来了。

“有洗伤口用的烧酒吗？我去家里拿……”

“我去找医生……”

都说众人拾柴火焰高，邻居们也纷纷来帮忙了。

“谢谢各位的帮忙，多亏了各位，才保住一条命啊!”众人终于忙完了，武藏看着耕介点头哈腰地跟众人道谢，不知道的还以为是主人家出了什么大事一样。

武藏放下正在雕刻的观音像，拍打一下身上的木屑，从二楼下来。看到楼下的角落里躺着一个快要咽气的伤者，耕介夫妇贴身照顾着。

“先不要起来……”看耕介无微不至的关切的表情，不知道的还以为是他的家人呢。

“这位是……?”武藏静静地坐到伤者旁边，问道。

耕介看着灯光下伤者苍白的面孔，表现出非常吃惊的样子。

“我也感到很是惊讶，本来只想救人而已，没想到救下的竟然是我最尊敬的兵法家小幡先生的门人北条新藏。幸亏救治及时，再晚一步，恐怕小次郎的第二刀就砍下来了，到时候就是神仙也没办法了。”

“小幡先生的门人?”

“是啊，北条新藏是北条安房守的儿子，为了研习兵法，拜投在小幡先生的门下。这么说来，已经很多年了。”

“原来如此。”武藏看着新藏头上裹着的白布，刚用烧酒洗过的伤口露着红色的新肉。刀口干脆利落，看得出对方的刀法不一般。微弱的灯光下，在凹陷的伤口深处已经露出了浅红色的颈动脉。

只差一点点，刀口再深一根头发的距离，伤者就没命了。用刀如此绝情，如此精妙，究竟是谁？

从伤口来看，刀的方向应该是从下向上，像燕尾划过一般。但此刀法并不是为了割断颈动脉。

……燕斩！

武藏突然想起了佐佐木小次郎擅长的刀法，想到这里，武藏脑海中立刻浮现出了刚才耕介在自己门外说的话。

“知道发生什么事了吗？”

“没有，暂时一无所知。”

“这样看来，对方并不简单。从负伤的情况来看，对方应该是佐佐木小次郎。”武藏边说边点点头，以加重自己语言的可信度。

二

武藏回到房中，以手为枕躺在了木屑之中。本该打开寝具，但他并没有心情睡觉。这已经是第二个晚上了，伊织还没有回来。就算是迷路，时间也有点太长了。送信的地方是柳生家，有熟人木村助九郎在，所以带着小孩到处逛逛，留他住几天倒也有可能……。

这样想来就不必为伊织的事情费心了，从早上开始就一直专心致志地雕刻观音像，他觉得累极了。武藏并不是雕刻方面的专家，所以也不懂得什么技巧。只是按照自己内心描绘的观音像一点点雕刻出来而已。

放下所有杂念，将内心的形象通过木雕的形式展现出来，他的真诚，在手和刀的移动中表现无疑。但是，因为始终得不到自己想要的形象，就会不断修改不断塑造，耕介给他的一块古料也就不断缩小。八寸、五寸……一直到三寸。

杜鹃鸟的声音响起第二次的时候，他已经睡了半刻钟了。突然睁开眼之后，他健康的体魄已经恢复了，短暂的睡眠洗去了所有的疲劳。

"现在可以起床了。"这么想着，武藏就立刻爬起来，到井边洗脸漱口。然后在接近黎明的灯光下再次拿起刻刀，开始塑造自己的观音像。

睡觉前和睡醒后的刀子似乎有所不同，古料的新木纹下面隐藏着上千年的文化。不管雕刻者再怎么用心，这根名贵的木料也无法恢复到一尺的高度了。但无论如何，今晚上也必须完成雕刻。

像拿刀对着敌人一般，他两眼放光，不停地挥舞着手中的小刀。弯着腰，不吃不喝，天亮了鸟儿开始歌唱时，他都没有感觉到这个家里除了他的房间之外都已经开门了。

"武藏君！"耕介打开门进来了，他第一次抬起头挺直了腰背。

"啊……还是不行啊……"第一次放下了刻刀，武藏有些不甘。

原本一尺高的木料只剩下了拇指大小，其他部分全变成了木屑。他膝盖的周围堆满了像雪花一样的木屑。

"不行吗？"耕介看了一眼，问道。

"还是不行啊……"

"这可是天平时期的古料啊。"

"全都削掉了。不管怎么削，木料的中间就是出不来菩萨的样子,”武藏叹了口气，好像放下了菩萨的烦恼一般，两手放在脑后，“不行不行啊，我得先修一会儿禅。”

说完向后一仰，准备闭目养神了。

终于去除了一切杂念，武藏闭上眼睛，脑海中一片空白。

三

过了四五天，马市已经休市，旅馆也不像之前那么热闹了。这天早上，伊织终于回到了这里。匆匆忙忙就要上二楼的房间，却被老板拦了下来。

“小孩，干什么去?”

“上二楼找我师父啊!”

“哦，原来是你啊，你这几天都没回来过?”

“我去柳生家送信，你告诉我的地址不对，人家是住在日洼的，我费了好大劲才送到，现在好不容易才赶回来，可累死我了!”

“那也不用花费三天啊，你不是让狐狸附身了吧?”老板打趣儿道。

“老板对狐狸很了解嘛!”伊织没工夫和老板瞎唠叨，就要上楼去，老板却急忙阻止。

“你师父已经不住这里了。”

“什么?”伊织不相信，飞奔上去查看，但很快又下来了。

“老板，我师父换房间了?”

“已经走了。”

“真的假的?”

“我可没骗你，你可以看看我们的账本，他早就结账了!”

“为……为什么？趁我没回来，就走了？不太可能啊!”

“还不是因为你送信送晚了。”

“但是……”伊织挠挠小脑袋，“老板，知不知道我师父去了哪里?”

“他可没说，难道是因为你这小破孩儿不管用，就不要你了?”

伊织脸色都变了，飞奔到大街上，左看看右看看，再看看天空，一副要哭的样子。老板却在门口咯咯地笑开了。

“哎哟哟，瞧瞧你那小熊样儿，这就要哭鼻子了？好了好了，刚才逗你玩儿呢，你师父啊，搬到对面磨刀铺的二楼住去了。快别哭了，找他去吧!”老板的话音刚落地，就看到伊织的小身影向对面的磨刀铺飞奔而去。

看着正在睡觉的武藏，伊织不敢出一点声音。耕介也轻手轻脚地躲在病房里照顾病人，整个家中好像笼罩着一种阴沉的氛围。伊织似乎也感觉到了，看着武藏周围满是木屑，燃尽的烛台还没有收拾，伊织不敢大声说话，只小声地试探了一句：“我回来了。”

“谁?”耳朵一动，武藏马上醒了。

“是伊织……”

武藏立刻坐了起来，看到平安无事的伊织毕恭毕敬地站在那里，一下子就放心了。

“伊织啊!”他满怀爱意地打量了一下这个小泥猴儿，其他的什么都没说。

“我回来晚了，”伊织看武藏什么也没说，接着又道歉道，“对不起……”

但武藏并没有提出其他的问题，也丝毫没有责怪他的意思。

“把窗户打开，把这里打扫一下。”说完，武藏便像往常一样，推门便出去了。

“好。”伊织赶紧跟主人借来笤帚打扫房间，但还是担心武藏会做些什么，就从窗户偷偷地往外看，却只看到武藏在井边漱口。

“耕介，他的伤势可好些了?”武藏边擦脸边走到屋内，问道。

“嗯，好多了。”是耕介的声音。

“你受累了，我替你一会儿吧!”

武藏说完之后，耕介并没有正面回答武藏，而是用商量的语气询问道：“我只想让人去告知小幡景宪的道馆，但人手不够，您觉得该怎么办?”

武藏想着，是自己亲自去还是让伊织去呢? 一边权衡着，一边就上了楼梯。房间已经被伊织打扫干净，武藏坐下来，说道：“伊织，送的信可有回信?”

伊织一直担心会被师父骂，立刻站直了从怀里拿出回信，递给武藏：“这是木村助九郎先生的回信。”

四

武藏迫不及待地展开信来，木村助九郎那熟悉的字迹展现在眼前：

> 难得您有这样的雄心壮志，在下深感钦佩。但柳生流派世代为官，祖上早有规定，无论何人都不能公开比武。但即使不便比武，您也可以找时间来拜访旦马守仪大人，柳生家必定极尽地主之谊。另外，如果您想了解柳生流派，建议您可以和柳生兵库先切磋一下。不过不巧的是，昨天兵库君已经回领地照顾石舟斋大人去了，所以非常遗憾。您到访的日子，我会再同旦马守仪大人

商量，请静候佳音。

最后，助九郎还不忘写了一句：您也可以自己多加努力，争取早日到访。

武藏笑着收起了回信，面部表情松弛了下来。

看到武藏笑了，伊织也安心多了，于是上前一步说道：“师父，柳生家别提有多气派了！在木挽町的日洼，木村助九郎先生还请我吃了很多好吃的呢！”

“伊织。”武藏皱着眉头，一脸为难的样子。

“在。”伊织看到武藏的样子，立刻又惊慌起来，赶紧后退一步。

“走错了路，第三天才回来，不是太晚了吗？为什么这么晚才回来？”

“在麻布山被狐狸附身了……”

“在荒郊野岭长大的你，为什么会被狐狸附身？”

“不知道……但是有半天和一整个晚上，都被狐狸附身了。我后来想了想，根本不知道自己去了哪里做了什么……”

“哦？真是奇怪了。”

“就是很奇怪嘛。以前一直觉得狐狸没什么厉害的，但是江户的狐狸比乡下的狐狸更能害人！”

“是吗？”看到他一脸的认真，武藏也不想再批评他了，“你是不是干什么坏事了？”

“是，我跟踪了一只狐狸，还没被它附身时，弄伤了它的脚或者尾巴，它就找我报仇来了。”伊织嘟着嘴巴，一脸的不服气。

“是吗？报仇的不是眼睛能看到的狐狸，而是眼睛看不到的自己的内心。你好好想想，在我回来之前，要想明白了，我回来可是要考你的。”

“是。师父，您这是要去哪里吗?”

“到麴町的平和天神附近溜一圈儿。”

“今天能回来吗?”

“哈哈，我也可能被狐狸附身，然后三天之后再回来也不一定啊!”武藏坏笑一下，留下伊织，自己大踏步地走进了梅雨季节的天地之中。

知 遇

一

平和天神的森林中，随处都有脆耳的蝉声。时而也会有几只不易得见踪迹的猫头鹰，拍拍翅膀留下“呜呜”地几声怪叫便忽闪而去。

“应该是这里了。”武藏停在了一所寂静没有声音的建筑前，理了理衣衫。

“有人吗?”武藏站在玄关处询问道。但声音好像掉进了无底洞一般，没有任何回音。建筑中安静得好似空无一人。

过了不久，里面传来了脚步声。终于有一个年轻人拿着刀出现在武藏的面前。

“哪位?”门前的是个素昧平生的陌生人，年轻人感到有些奇怪。

“请问这里可是小幡堪兵卫的小幡兵法道馆?” 武藏报上姓名，毕恭毕敬地行了个礼。

“正是这里没错。”年轻人看上去像是为修行兵法而游历各国的人。

“贵派的弟子北条新藏，被磨刀师耕介所救，目前正在他家里休养，耕介拜托我来给你们报个信。”武藏直接道明来意。

“北条新藏? 他报仇成功了吗?”青年非常吃惊，一时激动不已，“失礼了，我是堪兵卫景宪的儿子，小幡余五郎。让您特意来报信，真是非常感谢，还请到寒舍稍作休息吧!”

“不了,”武藏连忙摆了摆手,“我就是来报个信而已,不多叨扰了。”

“新藏的性命?”

“今天早上已经好多了。但如果您想接他回来,现在还不行,他暂时只能躺在床上休养,现在就让他在耕介家里养病吧。”

“请一定帮忙向耕介先生表示感谢!”

“会转达的。”

“我父亲现在也卧病在床,平时都是新藏代替父亲讲课。但去年秋天开始他就不知所踪,所以就关了道馆,现在这里也没什么人了。”

“你们和佐佐木小次郎有什么仇怨吗?”

“当时我不在家,具体情况也不是很清楚。只听说是佐佐木羞辱了卧病在床的父亲,和大家产生了宿怨,几次讨伐佐佐木都失败了,最后北条新藏才决定去找小次郎报仇的。”

“原来如此,”武藏若有所思,“不过我想奉劝大家一句,千万不要以为佐佐木小次郎好对付。论策略、刀法,他是无人能敌的。总之在刀法上,无论是理论还是战略,他都是数一数二的人物!”武藏夸奖了小次郎的不凡之处,善意提醒道。虽然他说的都是客观事实,但从余五郎那年轻的眼中还是闪过了一丝不快。

武藏也感觉到了他的不快,为防患于未然,再次说道:“表扬应该表扬的人,客观事实容不得一时的意气用事。识时务者为俊杰,千万不要因为小小的宿怨就招致大的灾难。北条新藏已经倒下了,自己留下了遗憾,如果再走他这条路那就是愚蠢,是愚蠢啊!”

说完,武藏迅速离开了。

余五郎靠在墙壁上，全身颤抖。

“真是遗憾，连新藏都失败了……”空洞的双眼盯着天花板，再看看空空如也的道馆，余五郎甚是难过。

自己旅行归来，新藏已经不见了，剩下的只有一封给自己的遗书。遗书中说杀了佐佐木小次郎就回来；如果杀不了他，今生今世都不再踏进武馆一步。很不幸，后者却成了事实……没有了新藏，兵法的授课自然也无法进行，而小次郎的狂言就会变成事实。

不知从什么时候开始，门前已经冷清了，只有附近的两三个弟子偶尔过来帮忙打扫。余五郎决定不能将这件事告诉父亲。

“还是以后再说吧！”面对病重的老父亲，儿子觉得不告诉他才是最好的办法。

二

“余五郎，余五郎……”病房里传来了父亲的声音。在儿子的眼里，病危的父亲这样呼唤自己的时候，一点都不像一位病人。余五郎一边应着，一边慌慌张张地向屋里跑去。

“刚才站在门外的那个武士，我从窗户里已经看到了……”堪兵卫景宪讲话的声音带着微微的颤动。

“是，是来送信儿的。”难不成父亲已经听见了？本打算隐瞒的余五郎不禁有些惊慌失措。

“哪里来的信儿？”

“是北条新藏，遇到了变故，特让人捎信来，来人叫宫本武藏。”

“什么？宫本武藏？他不是江户人吧？”

“是作州的浪人。怎么，父亲听说过他？”

“嗯，”堪兵卫景宪摸摸苍白的胡须，“为父多年来屡经战场，见过的人不计其数，但真正的武士却非常少。但是刚才走的那个武士，却很有魅力。我想见见他。去，马上去追他，把他带到这里来，我要跟他说话。”

“为什么父亲会这么想？”

“刚才那个武士，说话做事没有任何犹豫，单这一点就非常厉害。他刚一进门，停下来就已经观察了家里的一切，哪个窗户开着，哪个窗户没开，院里的路通向哪里，他都看得清清楚楚。没有任何的不自然，而是表现得非常诚恳，我远远地看着，对他的表现非常吃惊，不知是何方人物？”

“但和他谈话，对您的身体好吗？”

“多年来，我一直期待着能找到一位知己。我的兵法也一直攒着呢，我一生武学，能传给谁呢？”

“……”

“余五郎！！”

“我在呢，父亲。”

“我要说的东西很多，而你却因一己之见就和刚才的武士对立起来，岂不是太小气，太幼稚了？”

“可是……”

“我留着这口气，就是想找到那个可以传授兵法的人，让他将我毕生所学传授于世。我一直在等着这个人，花落之时必须要托付风来传播花粉，才能散播于大地……”

“不，不要散去，不要散去……”

“傻孩子，别说傻话了，快去追他吧！”堪兵卫景宪催促着，不忘提醒说，“不要失礼，一定要将我的意思传达到，将他带到这里来。”

“是。”余五郎话音未落，便急忙出门追赶武藏去了。

三

余五郎追出去之后，却没有看到武藏的身影。到平和天神一带去找，甚至连麹町的大街上都找遍了，可还是没有武藏的消息。余五郎觉得可能这就是命吧！天意如此，这也不能怪自己了，于是很快就放弃寻找武藏。

他始终无法相信父亲的话，武藏，他真的能有父亲说的那么优秀吗？看年龄，和自己差不多，说他有才华，可是一点也看不出来。父亲真是老糊涂了吧？

况且武藏临走之前还撂下了这么句话："和佐佐木小次郎为敌就是愚蠢。小次郎不是泛泛之辈，不要因为小积怨就酿成大祸。"等等，听听！这话怎么听怎么像是专门上门来夸奖小次郎的，就凭这点，我们家的祖传兵法还能传给他？老爷子还真是敌友不分！

余五郎对武藏的话不屑一顾。对他这个人，更有着隐隐的嫉妒和敌意。

"我可不是父亲说的不成熟、幼稚的人。"余五郎小声嘀咕着对父亲观点的不满。

"算了，还是回去吧。"反正那个叫武藏的也没什么大不了，余五郎决定返回。

当父母的总爱把自己的孩子当成小孩看，他们又怎能知道自己也是有想法的？余五郎突然感到很落寞，为不被父亲理解而落寞，为父亲病重而落寞。

贼心再现

一

耕介的妻子正在为病人熬粥。伊织看着厨房里忙碌的大婶，好心提醒她："大婶，梅子的颜色已经变黄了。"

"嗯，已经熟透了，蝉都开始叫了!"语气中并没有感激。

"你为什么不把梅子腌起来?"

"我们家人少，而且还要用很多盐，不划算。"

"盐不会烂掉，但梅子不腌起来的话会烂掉的。人是少，但遇到战争啦洪水什么的，就不用担心了?大婶要是忙着照顾病人的话，要不让我来帮你腌吧?"

"一个小孩子还知道考虑发洪水的时候，真不像个孩子。"妇人刮了一下伊织的小鼻子，板起脸佯装生气。

伊织已经提着个空桶跑到院子里去了，很快就爬到了梅子树上。伊织坐在树枝上，一手拍住了一只蝉。蝉在他的手心里发出了老人般的悲鸣。看着自己的掌心，伊织感到很不可思议：蝉应该没有血吧，为什么会比自己的手心还要热呢?难道蝉没有血所以就通过燃烧自己的身体来获得能量吗?伊织想到这里，感到又恐怖又可怜，便伸手放开了蝉，看着它飞向了空中。

伊织找准离自己最近的树枝，开始摇晃，但一个梅子也没有落下来。于是开始用手摘离自己比较近的，然后扔到空桶里。

“啊，混蛋!”伊织怒吼一声，拿了四五个梅子就扔了过去。随着梅子的落地，就看到两个人慌慌张张地向不同方向跑开了。

今天武藏不在，在磨刀房里磨刀的耕介从窗户露出脑袋，问道：“什么声音?”

伊织从树上下来：“叔叔，有两个人鬼鬼祟祟地蹲在墙角。我用梅子打他们，他们就慌慌张张地逃跑了，看样子可能还会再回来呢。”

“是什么样的人?”耕介用手擦擦脸，警惕了起来。

“像猫一样……反正鬼鬼祟祟的，一看就没安好心。”

“哦，可能是泥瓦匠的人。”

“他们来干什么?”

“大概是为了里面那位病人吧……”

“哦……是北条君吗?”伊织扭头看看病人所在的房间，不禁有些可怜起那个已经身负重伤的叔叔来。

经过这些时日的调养，北条新藏的伤恢复了一些，已经拆了绷带，喝完粥可以坐起来了。

“耕介，多亏你这些天的照料。”对于耕介夫妇的救命之恩和养护之情，新藏自然没齿难忘。

“没什么大不了的，只不过是举手之劳。只不过我有工作，不能天天来看你。”

“那些盯着我的泥瓦匠们，整天在这里转悠，真是给你们添麻烦了。万一哪天他们来报仇，岂不是还要给你们添乱?我现在身体恢复得差不多了，今天我就告辞了吧。”新藏干咳了几声，就要起身收拾行李。

“等等，武藏出去还没回来，怎么也要等他回来啊!”

“武藏，他也帮了我不少忙，他回来后帮我向他表示感谢。我现在这个样子倒也可以自己走回去了。”

“但是，”耕介还是不放心，“那天晚上瓦匠中十郎和小六都被你杀了，他们一定非常恨你。这不，刚刚他们还都在外面等着，偷偷地盯着我们呢。你一个人出去，简直是太危险了！”

“那天杀他们也不能怪我，他们现在反而来找我报仇，已经是他们的不对了。你不用担心，我自有办法。贵夫人在哪里，我也要向她表达谢意。”好汉做事好汉当，新藏是铁了心不愿意牵连无辜了。夫妻俩怎么劝都劝不住，只好送他出门。

刚走到店门口，正好看到满脸汗水、匆匆赶回的武藏。

“哈，北条君这是要去哪儿？……什么？回去?！看到你恢复得这么快我也感到高兴。让你一个人回去未免不便，我就送你到平和天神吧！”既然武藏这么说，北条也不好拒绝，只好麻烦武藏送他回去了。

二

武藏和北条新藏一起出了耕介的家门。

身体刚刚恢复的新藏不能走长路，路上遇到了轿子，武藏让新藏坐轿，自己一路跟着。但是，走到半路上轿子却突然停下不走了。原来，新藏压根就没想回小幡道馆去。

“我没脸回去了，还是先回我父亲那里吧。”新藏红着脸，低声说道。

武藏也大概知道了其中的情况，只好顺应他的意思，跟着相送。

谁知，武藏和轿子才刚在护城河的地方向右一拐，就看到街上有二三十个人聚在一起，一副要打群架的架势。

“站住，别跑！”

“到地方啦，赶紧下来受死吧！”

有人开始哇哇大喊。与此同时，不知从哪儿飞出来的乱石子，不容分说就便劈头盖脸地向武藏和轿子砸了过来。

抬轿子的人吓得扔下轿子躲到一边去了。

“一人做事一人当！这事和他们无关。你们不就是想报仇吗？来啊！”新藏顾不得身上的伤，从轿子里跳出来，手里握着刀，摆出准备战斗的姿势。

“你们想干什么？”武藏躲开飞来的石头，急忙站到新藏前面，向扔石头的人群喊道。

“哎哟喂？这都什么时候了你们还没搞清状况？都竖起耳朵听好了：我们是来要你们命的！”

“拿命来——！”

众人乱哄哄地你一言我一语，杀气腾腾地晃着手里的刀，但没有一个人肯第一个冲上前来。

“少废话，叫你们领头的出来说话！”武藏狠狠地说着。

“对付你们这些混蛋，还用我们老大出马？我是你们念佛太左卫门老爷，你还有什么好说的？”这时，一个身穿白大褂的年长者走出众人的队伍，开始了和武藏的对话。

“北条之所以杀了你们两个兄弟，还不是因为他们两个和佐佐木小次郎一起趁夜偷袭北条君？再说了，小幡家的门人也死了好几个呢，本来就是你们先挑的事儿，你们还没完了不成？”武藏并不想动武，如果能和平解决是最好的。

“一码归一码。反正我们兄弟死了，怎么可能袖手旁观？你自个儿说说，今儿我们可是出来了二三十口子来摆平你们俩。要是这次报不了仇，传出去了以后让我们兄弟们还怎么混？这个队伍我还带不带了？”那个自称念佛太左卫门的老头儿还真把自己当盘菜，倚老卖老地摆起了谱。

“原来如此……”武藏先肯定了他们的说法，“你们的世界就是这个样子，但是武士的世界就不同了。冤冤相报何时了？在武士的字典里，绝不允许以仇报仇、以暴制暴。武士讲究的是道义，是为了名誉而战，如果因仇恨而战只会被人嘲笑。像你们这种行为，简直就是小人之举！”

“什么？他奶奶的！你不想混了还是怎么着？竟敢说我们是小人之举？！”

“以佐佐木小次郎为首，作为武士，为了名誉而战倒可以理解，但让你们这些人在这里吵吵嚷嚷，真是滑天下之大稽！”

“武士有武士的门道，我们是泥瓦匠，要考虑的是我们泥瓦匠这个行当的脸面！”

“武士也好，泥瓦匠也好，都没有权力让这条街道染满鲜血。能裁断是非的只有衙门。你们还是到衙门去吧！”

“哟呵！你这话倒是说得轻松！要是能去衙门，我们就不必在这里跟你们两个不知好歹的浪费时间了！”

“你，一把年纪了，还在这里和年轻人一起打架，是想看着无辜的人死在这里吗？”见那老头儿一副为老不尊胡搅蛮缠的嘴脸，武藏不禁有些生气了。

“真是岂有此理！少废话，兄弟们，给我上！”念佛太左卫门高举大刀，一群人举着刀蜂拥而上。

武藏连躲都没躲，伸手一把就夺过了念佛太左卫门的大刀，将他的胳膊拧到身后：“丑话说在前头，我可不想出手伤人。不过你们哪个再敢上前一步，我就先要了这个老家伙的命！”说完，就把刀架在了老家伙的脖子上。

众人看着武藏这居高临下的架势，纷纷四下逃窜。趁着混乱，武藏背起北条新藏，迅速拐进路旁山丘蜿蜒的山路上，重叠在一起的两个人影越来越小，越来越小……

“坏了！北条跑了！”等到武藏和新藏两人身影消失了，众人才意识到对手不见了。

武藏背着新藏一路小跑，到了山后，依然催促着正在犹豫的新藏，让他快点走。

泥瓦匠们看他们跑了，又恢复了刚才的士气，大声嚷嚷着“别跑！”嘴里依然骂骂咧咧地追了过去。

……

自打这件事起，武藏便在江户出了名，——但却是恶名。

以前大街上还流传着什么，说武藏单枪匹马地战胜了吉冈派？真是糊弄人！那也只是因为吉冈派太弱了吧！这次大家伙儿可是见识到武藏的厉害了：他只不过是个只会逃跑的无耻小人，是个徒有虚名的武士而已，根本就没什么可怕的！

泥瓦匠们在江户城中到处张贴纸条：

宫本武藏先生：

您那落荒而逃的背影可真是风流倜傥潇洒无比，让我等土人大开眼界啊！感谢您为我们亲身演绎了“浪得虚名”的丰富内涵，同时也对您的大言不惭致以由衷的不屑！

一句话：有种你就回来单挑！本位田婆婆还急等着找你报仇呢，我们兄弟们自然也不会放过你！看见帖子抓紧时间过来受死，否则你就不是武士！

泥瓦匠们

最终，武藏还是没有出现，也没人为他辩护。只有张牙舞爪的纸条在风中兀自凌乱着。

奥斯卡
经典文库

[038]

Miyamoto Musashi

宫本武藏:剑与禅(下)

(日)吉川英治●著 孟瑶●译 何亮●丛书编辑

首都师范大学出版社
CAPITAL NORMAL UNIVERSITY PRESS

图书在版编目(CIP)数据

宫本武藏：剑与禅（全3册）/（日）吉川英治著；孟瑶译. —北京：首都师范大学出版社，2017.8

（奥斯卡经典文库）

ISBN 978-7-5656-3778-0

Ⅰ.①宫…　Ⅱ.①吉…　②孟…　Ⅲ.①长篇小说—日本—现代　Ⅳ.①I313.45

中国版本图书馆CIP数据核字(2017)第176756号

GONGBEN WUZANG：JIAN YU CHAN

宫本武藏：剑与禅

（日）吉川英治　著　孟瑶　译

责任编辑　林　勇

首都师范大学出版社出版发行

地　址　北京西三环北路105号

邮　编　100048

电　话　68418523(总编室)　68982468(发行部)

网　址　www.cnupn.com.cn

印　刷　三河市博文印刷有限公司

经　销　全国新华书店

版　次　2017年8月第1版

印　次　2017年8月第1次印刷

开　本　880mm×1230mm　1/32

印　张　33.5　插页　2

字　数　768千

定　价　168.00元(全三册)

天之卷(一)

悠悠之口

一

细川忠利这位诸侯家的少主，生活起居向来简单：早饭之前读书，白天处理公务，时常到江户城拜见将军，其他的时间大多用来练习武艺。而晚上，他喜欢和家臣们随便聊天，因为这样既可以了解外面发生的事情，又可以增进君臣的感情。

细川家是世袭的爵位，经过几代经营，已经形成了一道坚硬的屏障，而这个屏障是牢不可破的。就像是一座砌得非常牢固的城墙，而这座城墙不允许有丝毫动摇。即使是一块又大又好的石头，如果砌进这座石墙里也不能使石墙更加坚固高大，更糟糕的可能会使现有的石墙地基发生动摇，这样的话，这块石头非但毫无作用，还必须去除。

而佐佐木小次郎就是这块又大又好的石头。——他，可是细川家最有资格被重用的武士。年轻，武艺出众，但他的加入会使这座城墙更坚固还是会动摇城墙的地基呢?

细川忠利知道，这是一个必须慎重考虑的问题。

想到佐佐木小次郎，细川忠利同时也会想起宫本武藏。关于武藏的事情，之前曾从老臣长冈左渡那里听到过。之前，他就在夜晚的聊天中，听到了左渡讲述武藏开荒种地的事情。但事情的最后却只能化为一声叹息，因为等他们赶到时，武藏已经不知所踪了。

然而忠利并不是知难而退的人，他也没有放弃要见武藏的想法。他告诉自己：总有一天我要见到他。于是，他再三叮嘱左渡，务必要把这件事情放在心上，不断打探武藏的住所。

在忠利的心里，一直想着让岩间角兵卫推荐的佐佐木小次郎和武藏比试一番。按照左渡所说，武藏不仅武艺超群，更为难得的是，他居然还能在荒郊野岭教导村民开垦耕地，进行自治。如此看来，这个武藏一定是个智慧非凡的人物，是个不可多得的人才。

而按照岩间角兵卫所说，佐佐木小次郎是名门之后，剑法高深，熟悉兵法，虽然年纪轻轻，但已经可以称得上是高手中的高手了。而且，最近除了角兵卫之外，江户的人也都听过了小次郎的名字。可以说，小次郎已经名震江户了。据说他大胜小幡门人，就连北条新藏都险些丧命于小次郎的刀下。

相反，却很少听闻武藏这个名字。虽然数年前曾在下垂松大战吉冈一派，但很快却又负面传言四起。对武藏这个人，社会舆论可谓褒贬不一了：

“武藏是个沽名钓誉的家伙，看上去好像很厉害，最后却逃到了比叡山，这才是事情的真相！”

“武藏的那些名望都是子虚乌有的，江湖上的那些美誉只不过是以讹传讹。”

……

坊间关于武藏的传言真是众说纷纭，究竟哪个是真哪个是假，不见到他本人，忠利也不好做出判断。

现在唯一可以确定的是，宫本武藏原是美作的乡下人，父亲是当地的一个无名农民。单从家族血统来看，好像小次郎要更占优势。

二

为了了解得更详细一些，在夜谈时，忠利也常常打听大家对武藏的看法。

“你们当中，有人知道宫本武藏这个人吗？有没有听过关于他的什么消息？”

听到宫本武藏这个名字，大家貌似很是吃惊，立刻坐正身体，你看看我我看看你。

“啊……您是说宫本武藏吗？最近，这个名字传遍了大街小巷，没有人不知道这个名字呢。”其中一个年轻武士说出了自己的看法，好像所有人都知道一样。

“哦？武藏的名字传遍了大街小巷？为什么？”忠利瞪大了眼睛，难以置信。

“因为有人到处贴纸条找他呀！”见忠利提起了兴趣，这位年轻武士立刻说出原委，“我觉得这个纸条写得很有意思，所以就抄了下来。少主，有兴趣让我读给您听吗？”

“读吧！”

年轻武士读完了瓦匠们给武藏的纸条，众人大笑，忠利却一脸严肃。

“这是六方者武馆的弥次兵卫和他的手下写的，贴得到处都是。看上去毫无道理，但满街的人看得非常开心。”年轻武士还不忘添油加醋地加上了自己的解释。

忠利感到很困惑：自己心中认识的武藏并不是这个样子啊？这个纸条并不是在侮辱武藏，倒像是在暗暗嘲讽自己的愚蠢一般。

“武藏，是这样一个人吗？”忠利满脸严肃，暗自期待着有人能给出对于武藏不同的注解。

不想平日里喜欢各抒己见唱反调的众人对于这个人的看法却出奇的一致，居然异口同声地说：

“是啊，是个无聊至极的家伙！”

“他啊，说到底不过就是个胆小鬼，还不如个普通人呢。就像是一般人，受到这样的侮辱还能不现身？真不知道他是怎么想的！”

……

众人散去之后，忠利夜不能寐，躺在床上还在想着武藏的事。但忠利毕竟是忠利，他想的和众人必然不同。

“这个人有点意思。”他站在武藏的角度去思考，认为这件事情并不像众人想得这么简单，自己对武藏的兴趣也更加浓厚了。

“左渡，那件事情你有没有放在心上？就是武藏的事。”第二天早上上完早课之后，忠利找到了左渡。

“记着呢，少主。”

“如果你找到他，一定要带他来见我！”老猫枕着咸鱼睡，这种滋味真不是一般的难熬。于是忠利再次好好地嘱咐了左渡一番，迫切地期望能够早日见到武藏。

同一天下午在练武场，岩间角兵卫也一直在等着忠利，反复地向忠利推举佐佐木小次郎。

“哈，我都忘了。什么时候都行，把那个佐佐木小次郎带到这儿来。可用不可用，我得先看看再说。”忠利手握弓箭，一边微微点头，一边又陷入了另外的权衡。

月光下的偷袭

一

佐佐木小次郎住在岩间角兵卫家的一间独立的房屋中。现在，他正静静地坐在屋里欣赏着自己的宝刀。

没错，这正是角兵卫交给磨刀师野耕介磨的那把宝刀。自打经历了那晚的事件之后，小次郎就催促着角兵卫把宝刀取了回来。当然，刀并没有磨。但即便如此，这也并不影响小次郎对宝刀的欣赏。

小次郎刚要把刀收回刀鞘，就听有人来访。

“在家吗，佐佐木先生？”

原来是阿杉婆来了。后面还跟着一个六方者武馆的人，是专门来照看老太太的。

佐佐木闻声将宝刀收入刀鞘，并未起身迎接。

“哎哟，这里还真是个凉快的好地方啊，难怪你在这里窝着不出来！不过话说回来，你在这里闲着也不到处走走，不怕待腻烦了？”阿杉婆进屋就说，跟数落自己的亲孙子似的。

“我可不像你那个又八少爷，到处闲逛。”小次郎那揶揄的口气简直都习惯成自然了。对待阿杉婆当然也不例外。

听到小次郎这么说，阿杉婆难免感到落寞：哎！同样是年轻人，差距怎么就那么大呢？

“那倒是。”阿杉婆虽然不情愿，但也不得不承认这个事实，只好悻悻地说，“我也没什么好带给你的，这是我抄写的经书，送给你一本，有空的时候看看吧。”说着，阿杉婆递过一本《父母恩情重》的经书给小次郎。

而小次郎却没有伸出手来，只是一直看着阿杉婆身后的人：“喂，我写的条子有没有到处张贴?”

“都贴出去了，但武藏还是没有来。”见小次郎满脸愠色，那人话锋一转，“不过大街小巷的人全都知道：他不出现，就不是武士……所有的纸条上都是这么写的呢。”男子恭敬地说道，不再多言。

小次郎点点头，同时说道：“很好，分发到大街小巷去吧!”

“早就照这个意思去做了。我们可是花了两天时间，只要是显眼的地方可都贴上了。怎么，师父您没看到吗?”

“我就不必看了。”

“今天来的路上，还看到这些条子了，每张条子的地方都聚集着很多人，叽叽喳喳地议论不停。大家都听得清楚，已经将这种观点记到心里了，真是有趣!”阿杉婆在旁边插话道，毫不掩饰幸灾乐祸的快意心情。

“看到那个条子，武藏就相当于废了。他会成为全天下的笑柄。大婶，这样一来，你的仇恨也可以消了吧?”

“不行，那个家伙，不管别人怎么嘲笑他，他都不知道羞耻，脸皮比城墙还厚。这样就算能让我出一口气，但也还不至于能打消我的心头之恨!”

“哦?”小次郎看看阿杉婆，笑着说，“不愧是大婶啊！无论年龄几何，都不能忘却自己的志愿，厉害厉害，晚生佩服之至!”小次郎煽动着阿杉婆的仇恨，接着问道：“俗话说‘无事不登三宝殿’，您今天来也不只是想跟我聊天吧?”

阿杉婆一改刚才仇恨的表情，娓娓说明来意。

原来，不知不觉她都已经在泥瓦匠们的家里待了两年多了，也不想继续麻烦他们。这些日子她就一直寻思着想租一处房子，搬出来自己一个人住，这次来正是想和小次郎商量一下这么做是否可以。

“武藏还不知道什么时候才会出现，那个不孝的儿子又八，也一定来了江户，只是不知道在哪里。所以我想自己住。”阿杉婆咽了口唾沫，真诚地和小次郎商量着。

听了阿杉婆的想法，小次郎也没有异议，心想这样做也未偿不可。本来他就只是想暂时利用一下这些泥瓦匠们，现在目的达到了，就感觉这些人碍手碍脚的太烦了。这不，最近他都懒得去跟他们练武了。

小次郎喊来岩间角兵卫家的佣人，拿来西瓜招待了他们。并告诉阿杉婆：“如果找到了武藏，一定给我捎信，我最近有些杂事分不开身，那边我暂时就不过去了。”

二人起身告辞了。他们走后，小次郎悠闲自在地在院子里洒洒水、浇浇花什么的。小次郎一直抱着自尊自负的心情，小心翼翼地观察着周围的一切，寻找着能让自己发达的机会。

二

岩间角兵卫骑马回来，仆人看到主人的身影，马上上去牵马。

岩间角兵卫在外面听到众人夸奖佐佐木小次郎，心里非常高兴。他喜欢年轻人，将年轻有为的青年养在家中，也是武士的一种风尚。偶尔将青年才俊推荐给主家，也是大功一件。同时还能通过推荐人才来巩固自己的势力。毕竟，忘记推荐者的恩德，不顾及推荐者的被推荐的家臣，在细川这样的大家族中是不存在的。也就是说，看岩间角兵卫是不是衷心，还要看他推荐的武士是什么样子。

既然岩间角兵卫将佐佐木小次郎这样的优秀人才推荐给主家对自己也是好处多多，那么这样一石三鸟的好事情，他自然不会放过。

“佐佐木今天在家还是外出了?”角兵卫一回来就问仆人。

“今天一天都没有出门，现在正躺着乘凉呢!”

“是吗，准备酒菜，准备好后把佐佐木叫到我这里来。”

趁仆人准备酒菜期间，角兵卫洗了澡，换了衣服，穿着浴衣到了书房。

“回来了?”小次郎一手拿着蒲扇，在角兵卫出来之前就已经坐在了桌前。

“先喝上一杯，”角兵卫倒上酒，“今天有好消息要告诉你。”

“哦? 什么好消息?”

“之前曾跟你说过向主公推荐你的事，今天得到了少主的同意，最近我就带你去见他。这次机会难得，毕竟家臣中推荐能人异士的人非常多。”角兵卫觉得小次郎听到这个消息一定会非常高兴，非常期待小次郎的反应。

但小次郎只是轻轻说了句“干杯”，脸上并没有任何高兴的表情。

然而，角兵卫并没有觉得小次郎是因为不服，而是认为这是一种尊敬。

“我们先喝杯酒庆贺一下吧!”说完，又一次端起了酒杯。

“让您费心了。”小次郎开口道，语气中却听不到任何真心实意的谢意。

“哪里哪里，向主家推荐能人，对我来说也是大功一件啊!”

“深受您的照顾真是不好意思。原本我并不奢望什么俸禄，能在细川这样的大家族做事，真是三生有幸。”

“不不，现在江户城中，哪还有人不知道你佐佐木小次郎啊？”

“像我这样每天懒惰不干什么事的人，为什么会如此出名呢？很是奇怪。”小次郎自嘲似的说，“我也没什么出色的能力，世间厉害的人多了去了。”

“这是哪里的话？你就不要再妄自菲薄了！……你看，什么时候去见忠利公呢？”

“随时都可以。”

“那就明天吧！”

“好！”小次郎一副当然可以的表情。

看到小次郎宠辱不惊的镇定反应，角兵卫更觉得这年轻人是个了不起的人物。

小次郎想了一会儿，放下酒杯，正视着角兵卫的眼睛，说：“还是算了吧。角兵卫君，我还是不去细川府上了吧。”

“……啊？为什么？”角兵卫惊得都快从椅子上跳起来了，一脸困惑地看着他。

“没什么。”小次郎并没有急着说出理由，因为他非常在意主家开出的条件：是否录用，要见过面之后再做决定。

“如果细川家不录用自己，砸了自家招牌岂不是麻烦？反正不管自己去什么地方，都能拿到三百两或者五百两的俸禄……”小次郎并没有顾忌角兵卫的脸色，自顾自地打着小算盘。吃完饭，就急匆匆地返回住处。

月光映照在屋内，无须点灯。小次郎有些微醉，以手为枕躺在了榻榻米上。

“嘿嘿，嘿嘿……”不知想到了什么，小次郎突然想着想着便兀自笑了起来，自言自语道："这个角兵卫还真是个当老师的材料，一点经济意识都没有。我怎么会不关心俸禄呢？"

自己那样对角兵卫说话，他一定无法跟主公交代。但同时他也知道，无论自己怎么说角兵卫都不会生自己的气。

小次郎怎么会不在乎俸禄，只是想得到和自己能力相符的名声，出人头地。否则，为何要进行如此艰苦的修行呢？还不是为了扬名天下、荣华富贵、衣锦还乡嘛！所以他今天的一进一退，都是为了达到自己的目的。在他的眼里，岩间角兵卫等人也只是年龄比自己大而已，真要论起权谋，他们几个加起来都不是自己的对手。

"天真的家伙！"看到岩间角兵卫，小次郎只能想到这个词了。

不知不觉中，小次郎带着自己的美梦进入了梦乡。

三

竹影在月光下摇曳着婀娜的身姿。经过白日的酷热，在这凉爽的夜里小次郎睡得非常舒服，就算打雷下雨都不见得能惊醒他。

就在这时，在墙根下隐藏了很久的一位年轻武士觉得时机到了，像只猫一样悄无声息地向小次郎的房中摸索过来。这位武士浑身紧凑，身材矫健，气势凌人，行动敏捷，俯身前行都毫无声响。

他爬到屋檐下稍作停留，打量着屋内的情形。听到小次郎的鼾声轻微均匀，一时间停止的虫声又继续叫起来，世界变得更加沉静了。年轻武士一跃而起，手中的刀像闪电般直劈熟睡中的小次郎。与此同时，小次郎抓起左手边的木枕，带着呼呼的风声冲着黑影扔了过来，击中了来人的手腕。

但黑影来势凶猛，虽然被木枕击中，却并没有停下要砍下去的动作，一刀下去劈透了榻榻米上的床垫。差点丧命刀下的小次郎像水中受惊的鱼一样从榻榻米上翻起身来，抓起自己的宝刀，面向黑影背墙站着："谁？报上名来！"

"小幡景宪之子，余五郎是也！"黑影大声笑答。

"哟，想不到小幡这老家伙还有儿子？我还当他是个绝户哩！……不过居然趁人熟睡来行刺，养这么个儿子还不如不养呢。真是丢人！"

"放屁！你侮辱我那卧病在床的父亲，败坏小幡门的名声，勾结泥瓦匠们，难道你就不丢人吗？"

"住口！"小次郎向前一步，长刀在月光下折射出寒冷的光亮，刺痛了余五郎的双眼。只见小次郎像只饿狼一般，紧抓对手不放，眼里的凶光比月光还要凌厉万分！

雕

一

在推荐能人异士这件事上，角兵卫认为小次郎有些傲慢任性了。早知如此，他也不能过于迁就他，省得他蹬鼻子上脸不知好歹。那天吃完饭之后，小次郎居然完全不顾及自己的立场，让自己夹在主家和他之间如此为难，他确实很生气。

但小次郎的光辉形象已经深入角兵卫的内心，角兵卫已经非常确定小次郎是与众不同的能人，毕竟“能人多怪癖”嘛！这么转念一想，角兵卫又认为这或许是小次郎的厉害之处。如果是凡夫俗子，听到自己这么说，肯定立刻就高兴地去了。

四天之后，角兵卫完全摆脱了之前的不快情绪，又去见了小次郎。

“小次郎君，昨天忠利公还催我了，你打算什么时候去练武场见他呢？”

小次郎笑嘻嘻地看着他，并没有说话。

“做什么级别的官员，需要见过之后再确定，这也是向来的惯例，而不是对人的侮辱。”见小次郎依然固执己见，角兵卫只好再次解释道。

“但是……”小次郎依然摆出一副为难的样子。

“但说无妨。”

“万一他说不满意拒绝了我，那我小次郎岂不变成了被人放弃的人？我小次郎可不是这种让人挑来挑去的商品，这种感觉非常不好!”

“是我的说法不对了，主公可没有这个意思。”

“您对我有恩，我却让您如此为难，真是抱歉啊。”

“没什么，你好歹也去露个面，就当一次平常见面也行啊。”

“好吧。”小次郎做出一副要报恩的样子，终于点头答应了。

“那就今天?”角兵卫高兴极了，恨不得马上就去，免得夜长梦多，“午后，主公会在练武场练武，没什么事情，我们可以去拜访。”

“好。”小次郎回答得干脆利落，说完就回屋准备去了。

二

小次郎到花房取回自己寄养在那里的白马，却看到了地上躺着一具尸体。众人围在眼前正在商量埋葬事宜，不知道死者的身份，看样子是个年轻武士，身上的血已经干了，看来已经死了几天。

小次郎一看，这具尸体不正是自己四天前杀死的小幡余五郎吗?居然被这里的人捡到，还要为他安葬，真是美了他了。小次郎骑着马离开，还不忘回头吐口唾沫，一副看到了让自己恶心事物的模样。

午后，小次郎准时到达忠利的练武场，岩间角兵卫飞奔出来迎接。

来到练武场，正好忠利和众武士在场，角兵卫向忠利报告说：“武艺，最好是比试之后才能分出高下，至于世人对武藏和小次郎的说法暂时不论，还是先当面比试一下为好。”

于是，忠利向冈谷示意：“现在是个好机会，你来和小次郎比试一下看看如何?”

冈谷接下主家命令，立刻向小次郎行礼道:“在下愿与阁下一比高下，不知阁下意下如何?”

冈谷是当代有名的战将，小次郎早有耳闻，今天遇到了他，心里反而感到高兴，觉得正是自己在忠利面前一展身手的好时机。于是还礼道:“在下愿意奉陪。”心里却想:“这样正好，今天就让你们知道我的厉害。”

两人在这安静的练武场上展开了较量。很快，尚未开始的比试就已经杀气腾腾了。练武场上收拾场地的、打扫卫生的仆人也扔下了手里的活，围到这里来看两位高手的比试。

大家知道佐佐木小次郎不是等闲之辈，所以都非常关心冈谷五次郎。但看到冈谷五次郎面不改色，并没有任何慌张的神情，再想到他平日里高超的枪法，大家也就吃了一颗定心丸。

三

五次郎久经沙场，战功卓著，他的一杆枪在细川家族中无人能比。细川家族中能使枪的人不在少数，但最强的人当属冈谷五次郎。

“请稍等。”五次郎向主公和众人打过招呼，就去取兵器了。

小次郎手提宝刀，站立在练武场上，士气凛然。英俊的相貌和勇猛的眼神不由得让众人心生敬佩。很快，冈谷五次郎就提枪入场了。

两人行过礼之后，开始比试。

两人身体一合一离，只一招，就听到了枪杆断裂的声音。小次郎的刀居然只用了一招就斩断了冈谷的枪。同时，小次郎向前一脚，就听到五次郎大叫一声后腿三步，跌坐在了地上。

太出乎意料了！围观的众人都睁大了眼睛：这比试结束得也太快了吧？而且结果也太令人失望了。大家原以为这是场针尖对麦芒的较量，却没想到从一开始就犹如苍鹰和麻雀的比试一般，转眼之间就分了胜负。

角兵卫从小次郎之前的态度和说话语气中就已经感觉到了他的与众不同，但这一次的比试让他对小次郎有了新的认识。如果以前小次郎在他的心中只是一只可爱的小鸟，那么，现在小次郎已经是他心中的雄鹰了。

“我看到了，很好。”忠利的声音宣告了比试的结束。冈谷从地上站了起来，左腿却无法行走，大概是骨头碎了。小次郎心想，比武比到这个份儿上要是还无法得到忠利的赏识，那也没什么遗憾了。

青柿子

一

江户外围的建筑都差不多——虽然这里还没建成像样的街市，但也不是散落的农舍，有些地方已经连成一片，具有了城市的雏形了。

原来到处张贴的侮辱武藏的条子早就不见了。毕竟事情也已经过去将近一年，也没多少人还记得这件事了。

这里的街道还比较冷清，并不像京都处处都是酒楼饭店，肚子饿了，想找地方吃饭也得穿过大街小巷。这天，小次郎找来找去好不容易在树丛里看到一家写着“屯食”的小饭馆，想都没想便奔了过去，进门就喊：“小二，先来杯茶。”

小次郎点了饭菜，一边用筷子赶着苍蝇，一边吃着美食，另一边还要听着旁边两个食客聊天。这两个人好像在等什么人，听着听着，他们的谈话就引起了小次郎的兴趣。——从别人的闲言碎语中判断出他们的身份和来历，正是小次郎一直以来的兴趣。

“听说对方的信誉非常高?”

“没错，差不多哪个地方都有他的捐助，是木曾的大富豪。平和天神、冰川神社还有神田明神等，都收过他的捐赠，那可是个独一无二的奇人!”

“是吗？他到底叫什么名儿?”

“奈良井的大藏。”

“好像听说过……”其中一位大叔笑着说道。

突然，其中一个人站了起来，隔着窗户往外看着：“来了，滨田，是那个卖瓜的？”

另一个人慌忙放下筷子，站起来隔着窗户往外看，点点头道：“嗯，是他。”

小次郎也抬头瞅了一眼，原来是个挑着筐子卖瓜的年轻男人。

只见两个人快速跑了出去，一个拔出刀一挥，扁担的绳子断了，瓜撒了一地。那个叫滨田的上去揪住卖瓜人的脑袋大声怒吼道：“酒馆里的那个女的，你领到哪里去了？快说！别给我装糊涂，到底藏哪儿去啦？”

另一个人也把刀架到卖瓜人的鼻子前面，愤怒地叫道：“快说！”

就在这时，卖瓜的感到其中一个架刀的人像猫一样跳开了，紧接着就是“扑通”一声，有一个什么东西冲着其中一个拿刀的人扔了过来。

“啊……”滨田惨叫一声跳开了，他看到了自己意想不到的事情。

“你……你是谁？想干什么？”他满眼疑惑地问道。

“是小野门下的吗？”对方没搭理他，只是冷冷地问了这么一句。

“是又怎么样？你要干什么？”

卖瓜的仔细看过之后，才敢确定自己的想法，大叫：“啊，是、是佐佐木小次郎啊，快救我！”

已经吓得满脸苍白的滨田听到来人原来是佐佐木小次郎，立刻如芒刺在背，一刻不停地逃走了，仓皇失措。

小次郎收起刀，扶起卖瓜的：“怎吗？还不起来吗？又八……”

“唉……”

“唉什么，我们也好多年没见了，看样子你过得不错嘛，都做上买卖了！”

“让您见笑了，我也就是混口饭吃……”又八嗫嚅道。

“把绳子弄好，收拾收拾瓜，咱俩也好好叙叙旧。”小次郎帮着又八把东西收拾好，两人一起到小饭馆里坐着聊天去了。又八挑着瓜和小次郎一起走，心理又害羞又害怕，一直红脸低头地不吭声。

二

刚来江户的时候，又八还有点想出人头地的想法，但这地方有什么能让自己干呢？武藏说的求学修行什么的原本就是骗人的，自然就不用考虑了。但自己又需要一份挣钱的营生，否则自己和小通都要饿死。于是给赌场站岗放哨，给别人跑腿，有时候还去庙会、祭祀的地方卖点零食。特别是小通逃跑之后，自己那点薄弱的意志就彻底崩溃了。到红白喜事的人家干些杂活混口饭吃，实在没办法的时候就跟一些小混混一起扮演个起哄闹事的角色……总之，没有一项正经的职业。

听到又八的这些经历，小次郎并不感觉有什么不可思议的。又八是什么人？别人不知道他还能不清楚？但这次的事情他倒是很想了解一下。

“他们为什么要逼你？有什么仇怨啊？”

“事实上，是因为一个女人……”又八欲言又止。

有又八的地方，好像都会跟女人有什么瓜葛。他和女人好像是前世的宿怨一般，走到哪里都会纠葛不断。真是个窝囊废！想到这里，连小次郎都想笑出来了。

“哦？你还真是走到哪儿都少不了桃色新闻啊。这个女人又是哪个？跟他们又有什么关系？”

小次郎这么问，又八只好支支吾吾地说出了事情的经过。

原来有一天，在石场边的茶馆外又八卖瓜路过那里，想休息一下，一个女子走过来说她很讨厌那个武士，但老板却非让她和那个武士一起玩玩，她就跑了出来，想到又八那里躲躲。于是又八就带她回家了。而那个武士就是滨田。

小次郎听到又八的叙述，不耐烦地说：“就你这样的居然还有人主动往上贴？她眼瞎啊？行啦行啦，言归正传……前段时间到处都贴着讨伐武藏的条子，你看到了没有？”

“看到了。”

“上面写着阿杉婆一直在找他，你可知道了？”

“看到了。”

“那你怎么不去找你的母亲？”

“你看我混成这样，没脸见她啊……”

“是你自己的母亲，有什么不能见的？万一哪天她找到了武藏，还要跟他拼命，这种时候你不在身边怎么行？还是赶紧去找她吧，她在六方者武馆。”

“是是，我一定去。”

“得，这边人多嘴杂的，咱们还是到你家里去坐坐吧。”这才没几分钟，小次郎又提出了要去又八家里的要求。

“不行不行，我那里不能叫家……”

“没事，没什么关系。”

“可是……”又八挺为难的样子，“您改日再去吧，实在是……”

小次郎看他神神秘秘的表情，也就不勉强了，便说：“我住在岩间角兵卫家里，你抽空可以过来找我。”

“好的，改日一定去！”又八始终没有抬头正视过小次郎。

“好吧。”小次郎也懒得跟他浪费时间，两人走到街口就分开了。

三

又八住的地方是砍树、开荒新建的大杂院，在人口急剧增加的江户，原本的房屋根本不够居住的。路本来就是人走出来的，所以这种大杂院里大多都是新来江户的劳动者。

“又八回来了？”又八刚一进门，同住的人便打招呼说。

朱实提着桶打水，正在柿子树底下烧开水。——刚刚回家的又八需要洗个热水澡，冲冲一身的疲劳。

朱实看着又八筐子里的瓜剩下不少，便问：“又八，今天的瓜卖了？”

“你不是看到了？”又八指指腿上已经干了的血迹。

“卖瓜，还不如去挖地基呢，一天还能多挣几个钱。”

“那边的大爷倒是这么说的，但是那样就不能常常回家了，你一个人在家多寂寞啊！”

“都说了，我们不是那种关系……”

“管他什么关系，反正现在也很好嘛。……啊，好疼！”

“怎么了？”朱实关切地问。

“有个青柿子掉我头上了，砸得可真结实！”又八龇牙咧嘴地说。

“哈哈，让你再胡说八道。”朱实呵呵地笑了起来。

和又八一起住在大杂院的一位大爷，就在江户挖地基，曾经也劝又八去干，但又八拒绝了。他觉得那样太辛苦，还是卖瓜更轻松些。他追求的是身体的轻松，以及更为体面的工作。朱实来了之后，大家都以为他们是夫妻，但朱实从来没想过让这种平凡的男人当自己的丈夫。她看男人的眼光更高了，特别是当了妓女以后，风月场上见识的男人可谓多了去了，就更不可能甘心委身于他了。之前朱实逃到又八家里，不过是权宜之计，以又八为跳台，意图飞得更高。

又八把今天遇到滨田的事情告诉了朱实，为了让她高兴，还说出自己遇到小次郎的事情。

“什么？你遇到小次郎了？”朱实瞬间脸色煞白，“那你告诉他我在这里了？还是没告诉他？”

又八把她的手放在自己的膝盖上，轻轻地拍了拍说：“谁告诉那家伙说你在这里了？那个不怀好意的小次郎再……”话没说完，又八突然怒了，大吼一声：“谁扔的?!”

一个没有成熟的，硬邦邦的青柿子打到了又八的脸上，碎了的果肉也溅到了朱实的脸上。

月光下的草丛中，一个酷似小次郎的身影，阴沉着脸向江户城的方向走去。

静心修行

一

“师父，等等我……”伊织在后面紧紧跟着武藏，而武藏平原上秋天的草比伊织的个头还高。

“快点。”武藏一边扭头看着小雏鸟的身影一边催促道。

“明明有路，却不知道怎么走。”

“因为武藏平原的面积太大了！”

“我们要去哪里？”

“去哪里？当然去找个住得舒心的地方咯。”伊织没有说住在这里是好还是不好，只是看着广阔的田野和湛蓝的天空。

“师父到底还是不喜欢待在城里啊。”

“这倒不是，只是人多口杂，师父我脸皮再厚，看到到处贴着侮辱我的条子，我也住不下去啊！”

“所以，我们才逃到这来？”

“嗯……也可以这么说吧。”

“但是，我们完全可以惩罚那些胡说八道的人啊？”

“不行，那不是等于故意给自己树立敌人吗？”

“但是，师父，那些都是些混混，不用跟他们讲道义的！”

“不，那样的话我们会输给舆论的。教训十个人，会产生一百个敌人，教训一百个人，会产生一千个敌人，我们为什么要给自己制造敌人呢？”

“那我们就要一辈子生活在他们的谣言中吗？”

“在名声上，我是有洁癖的。不管怎么我都不想成为一个受人耻笑的人。所以才来到武藏平原，静心感受大自然，静心修行，让自己成为一个不被世人耻笑的人。”

“那我们还要像上次那样开荒种地吗？”

“不，这次不做老百姓了。要每天打坐修禅。伊织，你除了读书之外，还要练习剑法。”

两人终于走到一处长满松树的山丘上，武藏看看地形，说道：“伊织，我们就住这里。”

伊织在附近的农家借来斧头、锯等工具，两人花了几天时间搭了一间小屋。既不能说是木屋，也不能说是茅草屋。因为屋子是用树皮和茅草还有木板搭起来的，用的是在附近砍伐的圆木。

屋子建好的很长一段时间里，每天小屋中都传来伊织朗朗的读书声，即使秋天，蝉声也无法打扰伊织的读书声。

“伊织，过来。”

“是。”伊织一边答应着，一边快速移动脚步来到武藏身边。武藏对伊织实行了严格的管教，完全不同于之前的弟子城太郎。对城太郎，武藏讲究的是顺应本性自然成长，因为武藏本身就是这样成长起来的。但经过几年的经历，武藏的想法也发生了改变。人性中有很多可以通过外力得以提升的能量，如果放任不管，任其自由发展，很可能会长疯。所以，有了之前的教训，他对于伊织的教育方式就有所改变了。所谓乱世出英雄，丰臣、德康等等都是从乱世中杀出来的将军，才有了今天的成就。自己没赶上好时候，如果能早出生二十年或者十年，也能来得及在世间开创一片属于自己的天地。

武藏对伊织的教育，就是想着必须培养下一代的武士。

“师父，叫我什么事？”

“太阳就要落山了，拿起你的剑，和我一起练习武艺。”

“是。”伊织拿来两把剑，将师父的剑递过去的同时鞠躬道，“师父，请！”

二

武藏使长剑，伊织使短剑，落日的余晖中，一大一小的人影在努力地练习着。

所谓练习，当然是伊织按照武藏的招式一点点模仿。

“眼睛！”武藏大声说道。

伊织睁大了眼睛。

“我是让你看我的眼睛！”武藏纠正说。

于是伊织拼命地盯着武藏的眼睛……

一直到夜深露重、月上眉梢的时候，两人才停了下来。武藏将剑递给伊织的时候，伊织突然听到后面的树林里传来了人的声音。

“好像有人来了。”

“又是迷路的过路人，想借住一宿吗？”

“我去看看。”伊织绕到房子后面去一探究竟。

来人不是别人，正是之前和武藏分别的北条新藏。伊织将他带了过来，原来新藏在林中迷路了，牵着马到处逛游，终于找到了他们。

相互问好之后，武藏不解地问道：“我们住在这里的事情没告诉任何人，你是怎么找来的？”

“是磨刀师野耕介告诉我的。前些天，你给他的观音像刻好了，伊织给送了过去，所以……”

“原来如此，伊织说的。没什么，我本来就没到隐世闲居的年龄，只是想隐居七十五天，等外面的流言蜚语冷却之后再回去。”

“真是抱歉，因为我的事情给你添了这么多麻烦。”新藏急忙鞠躬道歉。

“不不，你的事情只是小事，真正的原因是我和小次郎之间的过节。”

“那个佐佐木小次郎，又杀害了小幡老先生的独生子，余五郎。他听说我被打成重伤，要去报仇，不想结果却丧了命……”

“真的吗？我明明已经阻止他了……”武藏想起了曾经在小幡家的玄关处见过的年轻人余五郎，深感可惜。

“我也明白他的心情。门下的人都走了，老先生又卧病在床，所以才到小次郎的家中偷袭，谁料到……唉！”新藏一副既心疼又无奈的表情。

“还是我阻止得不够啊，也许余五郎的勇气可嘉，可是……真是太可惜了！”

“余五郎死后，小幡门下后继无人，安房向柳生宗矩大人说了详情，我会成为师父的样子，继承师父的武馆。我还不够成熟，生怕有辱这位兵学名家的名声……”北条新藏的家族也是北条流派兵学的正宗，祖上三代都是著名的兵法家。

“出生于兵学世家的你，要成为小幡家的入赘弟子？”

“正是，我父亲虽修兵学，但并没有教我什么，所以也没有反对。对了，我今天来，还有一件重要事情。本来父亲要亲自来的，但突然有重要客人来访，所以才让我来接你，这位可是你的旧相识。”新藏一边说，一边偷偷地留意着武藏的脸色。

“哦？究竟是谁？我在江户好像没有很熟悉的人啊？”

“是你从小就认识的人。”

“从小?”是谁？本位田又八？或者竹山城的武士？又或者是父亲的旧友？武藏突然想到，难道是小通？但新藏并没有告诉他这位客人的名字。

“我来的时候，也不知道客人的名字。预先不知，见到之后岂不是更欢喜？一起去看看吧!”新藏劝武藏马上动身一起去探个究竟。

武藏点点头，他也很想见见这位客人。心里想着，很可能会是小通。武藏站了起来，对伊织说：“伊织，你先休息吧，我可能要明天才回来。”

新藏满脸喜色，很快两人牵着马就消失在了后面的树林中。

天之卷(二)

四贤一灯

一

武藏和新藏到达江户时天已经黑了，不知哪里传来一阵好似天籁的笛声。好像是哪里在举办祭祀，燃起的篝火将天空都映红了。

二人来到赤坂城下。这是用土墙围起来的一片府邸，左右都架着明晃晃的灯，两侧的武士低头站立，恭敬地说道：“少爷回来了，老爷正等着两位呢，请。”

武士接过两人手中的马，带了下去。

新藏将武藏带到一间休息室：“请先在这里稍事休息。”武藏坐下之后，马上注意到了房间较高的位置。从这里可以看到江户城北的河沟，丘陵的森林包围着城墙，白天从这里望去，眼界非常开阔。

不久，一位仆人引着主人来了。来人正是北条新藏的父亲——北条安房。

“你能来，我真是太高兴了！”他一见到武藏，就像见到自己的孩子一样，非常亲热。

小童拿过坐垫，两人毫不拘谨地像一般武士那样盘腿而坐。没有啰唆的客套、寒暄。

“犬子新藏承蒙您的关照，才得以保住性命，早该亲自登门向您表示感谢。这次反而劳烦您过来，实在是对不住啊，请恕我因要事在身无法登门拜谢。”安房开门见山地说。

“大人过谦了，在下真是诚惶诚恐。”武藏也没有客气，直截了当地说，“听新藏说有位客人在等我，不知是哪位？”

“别急，马上就能见到。两位都是我的老朋友，也是很熟悉你的人。今天在城里碰到他们，我提起你救新藏的事情，才知道原来其中一位是你多年的旧相识了。多年不见，很想念你。另一位也是久仰你的大名，很想见见你。”

武藏笑笑，试探着问道：“我想我猜到是谁了，宗彭泽庵！”

安房一拍膝盖：“没错，就是他。今天我在将军旁边看到了他，看来你也挺想念他吧？”

“是啊，已经分别四年多了，还是四年前见过一面……”

现在只知道了其中一位，那另一位又会是谁？安房没有急着，而是不慌不忙地站起来：“我们到后面去见他们二位吧！”说着就往外走，武藏也赶紧跟上。

二

出门之后又看到一层台阶。这里依山而建，一级级台阶越来越高，再往上就看到一片宽大的庭院，右侧是一道花木堆砌的墙，过了墙接着看到山石错落间有一方水池，水池上面建了一道走廊。安房走得很快，穿过走廊走到了对面的灯光处，这才想起后面跟着的武藏。回头一看，武藏并没有穿过走廊，而是站在了走廊的另一端没有动弹，便招手道：“过来啊！”

但武藏只是应了一声，并没有按照安房走的路过来，而是穿过庭院从另一侧的台阶上了走廊，绕到了安房的前面来。

“你怎么从那边绕过来了？”安房一脸疑问，同时往亮灯的屋内一指，武藏立刻惊奇地感叹一声。他看到屋内席上坐着的正是泽庵，坐在那里满面含笑地看着武藏。很快，泽庵站了起来迎接武藏，一边连连叫着他的名字，一边亲切地握住了他的手。

两位久别重逢的朋友，脸上都挂着重逢的喜悦，却都一时不知该从何说起。

泽庵的外表没有太大变化，依然和过去一样穿着粗布旧衣，依然没有念珠没有金缕，看上去还是一副贫苦的僧人模样。不同的是他看上去年龄更大了，仿佛岁月的痕迹已经爬上了他的脸庞。态度语调、脸部表情也和以前大大不同，不像过去那么尖利，看来随着时间的消磨，他身上的棱角也逐渐圆滑了。

而在泽庵看来，武藏这个原来的毛头小伙也和当初大不相同了，就是和四年前在京都一见的样子也大不相同，那种争强好胜的凌人气势也已经不见了，现在有的是温和稳重的风度和气节。可以看得出四年来武藏修行的进步，也看得出他个性的改变。

泽庵比武藏大十一岁，武藏今年已经二十五岁了。

“上次见面太仓促了，也没能说什么，接着就各奔东西了。因为家母过世，我不得不马不停蹄地赶往旦马。临走时还不知道，后来听说你和吉冈家的事闹得沸沸扬扬。成名固然是好事，但结下冤仇可不是什么好事啊!”泽庵一副老大哥的模样，诚心诚意地讲述着自己的看法。

“当时也怪我年轻气盛，才把事情做到那一步。这也是我一生的沉痛教训。”经过这几年的磨炼，武藏依然无法忘记当时的那一战。

“我还听说你开荒种地，斩杀盗贼，也都是积功德的事情。不像我，满身长着虱子，要是不灭了它们，我连个安生觉都睡不了……对了，你什么时候到江户的?”

“我到江户没几天，就被人给骂跑了。”

“挨骂也是好事，任何挫折都是对人最好的磨炼。玉不琢不成器嘛，人在世上多受挫折的磨炼才是好事。不然，像你这么年轻，在京都和江户就有这么高的名声，若不经过挫折磨炼，没有大家这样那样的评价，你又如何知道自己能有多大的能耐呢?”

武藏一直认为泽庵是自己的恩人、师父、知己，所以就把几年来的遭遇统统告诉了他。泽庵听完，又讲了自己云游四海的经历，最后才讲道:“这次我和城主一道又云游到江户来了。天热的时候就到北边转转，天冷的时候再回到南方。没想到在这里却被秀忠将军留下了，当时将军还在担任右大臣的时候，我们就在大德寺见过几面，已经很熟了。也不知道什么时候我才能离开这里，恢复我的自由身啊。”

听到这里，武藏心里一动。他想把自己的想法跟泽庵说一下，可话刚到嘴边，就被泽庵挡了回去。

“我在某个山门上看过这样一副对联。”泽庵笑着说，“对联上只有两句话：凡事务求其本，切莫摘叶寻枝。人生短短数十载，众生万万千，佛说普渡众生，但如此多的人又岂能普渡得过来？我泽庵是不敢有这个奢望啊!”

三

武藏正听得入神，只见一排侍女端着菜肴、酒具走了进来，安房也跟着进来了。

“啊呀，你这个老伙计啊，怎么没请另外一位客人来呢?不能老让他在一边等着啊。快快快，赶快请来，我还要给武藏介绍介绍呢。”泽庵像是想起来什么似的，一拍头突然说道。

菜肴上了四份，这里却只有三个人，另一位客人是谁，武藏心里已能猜到八九分。

经泽庵这么一催促，安房不好意思地对武藏说："本来想给你摆个局，不想这么快这个局就被你看破了，我这个布局的人实在是惭愧得很哪！"

泽庵笑笑说道："既然你布的局已经暴露了，你这个兵法家还不快坦白啊？"

"当然当然，我这就详细说明内情，还望两位见谅。像武藏这样的人物，不仅是江湖中人人称颂，犬子新藏和你这个和尚都赞不绝口，对武藏的品德和为人想必也是了然于胸了。当然老夫我也早有耳闻。不过，阁下功夫究竟到了什么程度，不能光凭别人怎么说，还要亲眼看到才能算数。巧了，有人和我的想法不谋而合。又因为武藏之前曾对他家有过类似的要求，这位朋友也想借此机会替先辈了却这份心愿，看看武藏的功夫究竟已经到了如何出神入化的程度。实不相瞒，他已经在花木墙后提剑以待了，想趁此机会比试一番，不成想竟被你识破了……"安房也觉得不好意思，说得好像故意为难武藏似的，赶忙道歉道，"但这绝无恶意，还望武藏不要见怪。我带你从走廊上走，而你却换了路线从那边绕了过来，你是怎么知道的？"

武藏只是微笑，并未解释为什么。泽庵说道："老伙计，这就是智慧过人的兵法家和机灵过人的剑法家之间的不同。"

"那么，不同是指？"

"兵法是以智慧为基础的学问，剑法是以心神为精髓的道，本质上是不同的。从道理上来讲，邀请方应该先来拜见受邀方。当违背常理而存在的时候，就要通过肉眼和肌肤去触摸和察觉风险，并巧妙地从风险中脱身而出，这才是剑的心机。”

“你说的心机是指?”

“禅机。”

“那么，泽庵你是明白何为禅机了?”

“也可以这么说吧。”

“不管怎么说，我都是惭愧极了。要是平常的人，感到杀气时有的会惊慌失措，有的会挺身而上或者扭头逃走。但是，武藏却能审时度势，看清形势巧妙地避开危机。从这一点来看，也能知道这个年轻人的不凡之处了。佩服佩服啊!”

而武藏自己觉得，这本来是自然而然的事情，经过这几年的磨炼，遇到这样的事情根本不必大惊小怪的，反而觉得安房过誉了。同时觉得为了考验自己而让旦马守难以入席，深感抱歉，便说道:“还是请旦马守赶紧入座吧，请!”说着自己让开了上席，退到次席的位置。

安房惊讶地说道:“武藏，你居然明察秋毫到这般程度，真是难得难得，居然这么快就猜到了来人是谁。”

泽庵也喊道:“在那边躲着的那个，还不快出来，人家都猜到是你了，进来吧进来吧”。

宗矩带着笑声走了进来。这是他和武藏的第一次见面，没有直接入席，而是走到武藏面前，两人相互俯身行礼。宗矩先开口道:“我就是柳生宗矩，虽没见过面，却久仰阁下大名啊。”

武藏再次行礼道:“草民宫本武藏，还请大人多多指教。”

宗矩非常亲切地对武藏说:“以前常听家父和泽庵提起您，而且也知道您是为了见家父才特意到江户来的。所以，方才的事还望见谅。我本来想替家父满足他多年的愿望而已。”

武藏连忙说道："惭愧惭愧，当时年幼，一时莽撞才冲撞了老大人，现在想想实感惭愧。宗矩大人现在已经是将军的师父，在下又怎敢冒犯。"

宗矩已经是万两黄金以上的达官显贵了，而武藏不过是草野莽夫，身份悬殊，今日能坐在一起，已经是难能可贵，有违世俗了。

四

四人喝酒聊天，没有地位之分，没有年龄之限，谈得自然、亲切。兵法家谈剑道，剑法家谈兵法，四人如相见恨晚的知心好友一般，聊得异常开心。武藏心想，这次聚会并不是对自己个人的优厚待遇，而完全是四人之间的道义来往。

宗矩提出，想在柳生、小野之外，再建立以宫本武藏为首的武术宗家，在将军幕府中树立起三足鼎立的格局。这样一来，在将军幕府中一定能形成一个新兴的局面。

对此，宗矩、泽庵、安房三人意见一致，特别是安房特别感激武藏救过自己的儿子，一心想促成此事，承诺一定极力向将军推荐武藏。

大事商定，泽庵好像突然想到了什么，放下杯子问武藏："小通近来如何？"

听到泽庵突然这么问，武藏一下子满脸通红，"自从上次分别之后，我……"

"什么？你不知道她的近况？"

"是。"

"真是可惜啊，也不知道什么时候才能有消息。"

这时，宗矩突然开口道："小通，是不是那个在柳生谷经过父亲允许住在我们家里的那位？她现在和我外甥一起在属地照顾我的父亲。”然后，他微笑地看着武藏：“怎吗？她和武藏很久以前就认识？”

“何止是认识啊！”泽庵代替武藏做出了回答。众人在笑声中，继续喝酒畅谈。

然而，武藏想到三人的极力推荐，又有些为难，既然今日大家敞开心扉聊天，索性就都说出来：“各位的好意我心领了，武藏在这里先谢过大家。但是实不相瞒，我现在连个着落都没有，犹如水上浮萍各处漂泊，怎敢妄想一步登天的美事？”

听武藏这么一说，向来处事和缓的泽庵不免有些着急：“什么叫着落？这样不就是在给你个着落嘛！看你还一副为难的样子，难道你要小通也一直这么漂泊下去吗？就算不为自己想，也要为她想想！”

说到小通，武藏就更感到为难了。直到现在为止，他始终都没能想明白对小通该如何处理。就他自身而言，自己大志未成，距离自己向往的剑道高峰还有很长的路要走，现在还不是成家的时候。现在自己只不过才刚刚起步，如果为儿女私情所累，那么自己的修行之路就会止步不前。他经常想到当时在男女瀑布时的慌乱，就算再想念她他也不愿意现在就成家，成家就意味着抛弃了自己的志向。

将军的师父，自然是一份好差事。稳定的收入、较高的名誉地位，那都是一般人可望而不可即的。但拿人钱财就要受人管束，说到底也只不过是一个当官的而已。没有什么比自由更宝贵。一想到这点，他就对当官这件事没什么兴趣了。与其当幕府的师父，还不如做小城的管事；与其教将军一人用剑，到不如去教老百姓如何求生。武藏心里是这么想的，但这话却无法当着三人的面说出来，否则这极力推荐自己的人会怎么想？

最后也只能向三人道歉道：“承蒙各位抬举，武藏不胜惶恐。其实我也没有各位想得那么优秀，不管是武艺也好处事也罢，也都还有很多进步的空间。请恕我辜负了各位的厚望，以免为各位的推荐带来隐患……”

这么多年了，谁还不了解谁啊？泽庵可不听他这一套，一心想给武藏和小通以稳定的生活：“好了，别说这些没用的，看我的吧！”安房也说：“你不要顾虑太多，我们能办到什么程度就是什么程度。你放心，有我们在，是绝对不会让你吃亏的。”

四人聊到深夜，无不畅快，只有武藏心中结着一个冰块，化开来全是难以言说的苦衷。

槐树之门

一

早晨，又八刚起床，朱实就已经不见了。他到屋外四处寻找，却仍然不见朱实的身影。——难道她真的跑了？

又八一直防着朱实逃跑，但他觉得不至于这么快吧？前两天才刚刚给她做了身新衣服，这女人总不至于翻脸比翻书还快吧？

又八慌张极了，立刻跑到隔壁家去找，可惜的是兜兜转转了老半天也没有看见朱实的影子。问街坊邻居，好不容易才问到个明白事儿的街角洗菜的大妈。

“哟，不愧是小两口儿，就是黏糊！这才多大一会儿没见啊就着急找了？”大妈呵呵地笑着，像是回忆起来自己刚谈恋爱的那会儿，“放心吧！我一大早就看到小媳妇出去了，穿得干干净净的，说是到品川走亲戚去了，太阳下山之前八成就能回来了！”

经过这些日子的朝夕相处，大家都认为又八和朱实是两口子。又八为了不失面子，只能拿出一副当家的模样，连连跟邻居们说：“是是是，瞧我这记性！她昨晚临睡前还跟我嘀咕呢，说是今天要去品川走亲戚。刚刚还真就忘了！”当然，虽然嘴上这么说，实际上他内心却是很清楚：自己和朱实在品川哪有什么亲戚啊，看来这次那小娘儿们八成是真的跑了！

又八走到大街上，不知道该到哪里去找。心里虽然难过，却没有办法。只能自言自语地安慰自己："看来我们还是缘分不够啊！算了，她想去哪儿就去吧。"

被朱实出走的事情这么一搅，又八心里真是难过极了。他今天是一点儿卖瓜的心情都没有了，只好垂头丧气地往海边走，想去散散心。这一带有很多渔民，他心存侥幸，希望朱实是来这里买几条鱼回去做早饭。可是海滩上没几个人，一眼望去根本就看不到朱实的影子。

海边的沙滩上还有活着的小鱼，但又八根本没有心情去关注它们。连自己的事情都还没处理完，正烦着呢。

"又八，干什么呢?"突然，后面有人拍了他一下。

又八本来就在想着心事，冷不丁地受了这样的刺激，不禁吓得一哆嗦。不耐烦地回头一看，居然是满脸横肉眼角有皱纹的五十多岁胖胖的当铺老板大藏。

"哦，这不是大藏老板吗？你怎么来这里了?"又八赶忙恭敬有礼地打招呼。

"哟，不错不错，记性还行！看样子病得不严重!"大藏笑眯眯地说，"早上到海边遛遛弯，锻炼锻炼身体。怎么，你这是……？怎么看起来脸色不太好?"

"没有吧……?"又八用手摸了摸自己的脸，果然有些晦涩。他没有接着说下去，而是看似无聊地抓起一把沙子撒向空中，这一撒好似散开了他的无限愁思。

每次生活遇到困难无法解决的时候，又八和朱实就会去找这位当铺老板。所以，在生活上，这个老板可是为他指点迷津的恩人。大藏老板性格很好，人也大方，对利息一向都不斤斤计较。这次看到又八为难的样子，便善解人意地说道："这么长时间了，我们也算是老朋友了。我总想找机会帮你们两口子一把，可总也没什么好的机会。又八，你现在又在哪里发财啊？”

“没什么，就在街上卖点瓜，混口饭吃。”

“哦，今天没出摊啊？”

“……嗯。”又八耷拉着脑袋，没精打采地说。

“这就对了，偶尔也要劳逸结合放松放松嘛！怎么样，今天跟我去钓鱼吧？我给你想个挣大钱的法儿，你看行不行？”当铺老板大藏一边拿出陶瓷烟管抽着烟，一边和又八商量着，“又八，我跟你说大买卖之前要问你一些话，你可要老实说。你们大杂院的人，对我这个奈良井当铺怎么看？”

“当铺？当然是赚钱的大买卖咯。但奈良井当铺从来不跟我们穷人计较，我们都觉得您对我们挺关照的。”又八边说边点头赞许，话里行间都是掏心窝子的真诚。

“那觉得我这个老板呢？”大藏目不转睛地盯着又八的脸，观察着其中蛛丝马迹的变化。

“好人，为人慈悲善良，我们都挑不出毛病来。”

“哈哈，”听到这里，大藏笑得嘴巴都咧到了后脑勺，“实话告诉你，我大藏可不是你们看到的这样——仅仅是个开当铺的！”大藏拍拍又八的肩膀，接着说：“又八，如果有能挣上千八百金子的买卖，那可不是小买卖，这辈子都很难碰到第二回，你说呢？”

“这个肯定是了！”这等天上掉馅饼的好事自然是连问都不用问，肯定难有第二遭。

“那么我现在就是要问你：如果有这样的买卖，你想不想干？”

“当然想干！”又八眼睛里闪出向往的光芒，“但我不知道该怎么干啊？”

“好！不过丑话说到前面：如果我们约定好了，就必须干到底。如果半道里后悔，可是要掉脑袋的。你要是愿意发财，就好好想想，不用急着给我答案。”大藏说着，眼睛里透出神秘的暗光。

“但您总得让我知道，到底是要让我干啥吧？”

“打井。”

“打井？”又八惊得眼珠子都快掉出来了，“光凭打井就能挣这么多？”

“别急，这只是你进程的头一件事而已，其他具体的操作在这以后你自己都会慢慢接触到的。——总之你先告诉我，你对这一千两黄金到底有没有兴趣？”

“当然感兴趣了，我一辈子也挣不到这么多钱啊！”黄金！还是一千两！光在脑子里想想就让人心潮澎湃！

“而且如果事情办成了，可不止这些钱。”大藏看透了又八想要发财的心理，慢慢地吊着他的胃口，“到时候就算几千两的俸禄也不过是小菜一碟，你会成为了不起的人物，万人敬仰啊！”

“世上真的还有这等好事？”诱饵越变越大，又八膨胀的欲望都快要爆炸了。

“当然有——现在就摆在你面前。”大藏轻轻地在又八耳畔说，“就看你敢不敢干了。”

“这有什么不敢的？”虽然是为了钱财，但又八此时的霸气宣言还是挺像那么一回事的，“我十七岁就扛枪上了战场，连命都敢豁出去，还能有什么不敢做的？”

“好，痛快！”大藏拍手叫好，“不过又八，这黄金和俸禄可不是天上掉下来的，得豁出去自己的命。只要能使上你上战场打仗的不怕死的劲头，你就一定能干成。怎么样，你可愿意放手一搏？”

在这等美事面前，朱实的事情早被又八抛到脑后了。他逝去的精气神瞬间满血复活，挺直了腰杆拍拍胸脯承诺道："老板，你说下一步要干什么吧，我豁出去了，跟着您干了！"

二

大藏瞅着又八，突然抽出一把匕首："这可是你自己说的，又八！"

"啊……"被那白晃晃的刀锋一闪，又八原本红涨的笑脸瞬时变得煞白，僵在那里。

"现在只要你死心塌地地跟着我们干，和我们一起找德川报仇雪恨，做我们同生共死的兄弟。如果你反悔了——"大藏冷冷地笑道，"就只好和我们阴阳两隔了。哈哈，哈哈哈哈！"

这大藏变脸变得也太快了点吧？又八就跟看戏似的，一时间竟有些晕头转向。

分手时，大藏只跟又八说："晚上悄悄地来找我，先拿三十两去花。"

又八呆呆地杵在原地，跟个木偶似的，面无表情地目送大藏离开，良久才回过神来。

现在，他满脑子没有别的，只有大藏和他的约定，而对大藏提出来的条件他也没有仔细想过，在金钱的诱惑下，他只有一个想法：干！更何况，现在生米已经煮成熟饭，不干也得干了！

有了钱，他就可以摆脱现在的贫困生活，再也不用像过去那样屈辱地活着了；有了钱，他就可以向那些利用他、侮辱他的人大喝一声："看，老子比你们强！"有了钱，他就再也不用愁生活名望，随时都可以吃得到山珍海味，穿得起绫罗绸缎，坐拥美女入怀，饱受世人尊敬。什么朱实啊阿甲啊的，那就是些不入流的野花杂草，白送给他提鞋他都嫌掉价呢！所以，这单买卖他必须得干！

沉浸在这虚构的美梦中，又八一路哼着小曲回到自己住的大杂院，先把卖瓜的箩筐踢翻了，然后大大咧咧地往铺盖上一躺，继续自己的黄金美梦去了。黄金、厚禄、美女、豪宅……正在他流连忘返之时，冷不丁地却出现了大藏阴邪的笑脸："掌握好时机，用火枪打死德川秀忠！"这突然而来的声音透着股子阴森诡异的寒气，和那温暖的色调相比不仅仅是大煞风景，而且简直是太可怕了！

"火枪就埋在西侧城门内一棵百年老槐树下。枪、子弹、火绳，所有装备都准备齐全了，全都用油纸包着，就埋藏在槐树根正北五步的地方。深一尺，用力一铁锹就能挖出来。"大藏想得很细致，一般不会被人发现。

火枪响起，到处都是侍卫在搜索刺客。又八边撒丫子跑，边吓得眼泪横飞：这真的、真的能逃走吗？

梦到这里，又八突然睁开了眼睛坐起身来。刚才梦中的一切历历在目，简直跟真实发生过的一样！他盯着屋顶，额头冒汗，心里却再一次打起了退堂鼓："……算了，还是赶紧拒绝吧，这种掉脑袋的事情看来我是真做不来……"但他很快就又想起了大藏沉重而有力的声音，那低沉诡谲的威胁声犹如阴魂不散的魔咒，在他耳边挥之不去地久久萦绕："……如果反悔，就只能阴阳相隔了……就是逃到天涯海角，我们也不会放过你的……"

没办法，只能硬着头皮上了。

第二天深夜，又八摸黑来当铺找大藏。大藏半句废话都没有，很是干脆地交给又八一只短火枪，一边比画一边交代说："你就这么拿着，对准德川，越近越好……"接着，他又从箱子里拿出一个小布包扔给了又八："你自己数数，一两，共三十个。你找个可靠的地方埋起来，你要知道，世界上最容易坏事的就是钱！"

看着又八一声不吭就转身要走，大藏拍了拍他的肩膀说："年轻人，你应该高兴才是。火枪一响，天下将会大变，你就等着安享富贵吧！"

确定又八走了之后，大藏往屏风后面吩咐道："出来吧，他已经走了。你照我说的去跟着他，看他把布包埋在什么地方。"

"是。"一阵脆铃声动，屏风后面缓缓走出一个红衣女子，垂着头时低眉顺眼，抬眼间却是说不出的神秘。

没错，就是朱实！

自打朱实听说又八又见到了小次郎，她就决定一定要离开又八。什么品川当然是借口，路上遇到当铺老板大藏，被大藏三说两说地就动了心，加入了大藏的队伍。因为大藏觉得，要干大事，没有女人是不行的。而聪明伶俐的朱实，正是大藏的合适人选。

朱实悄悄地跟着又八，只见又八回到大杂院拿了铁锹就穿过草地去了西久保山，找了一个自认为安全的地方把黄金埋了起来。然后就回家去谋划他那有生以来最伟大的事业去了。

很快朱实和大藏就取出了又八埋起来的黄金，打开布包一看，少了两块，大藏皱着眉头说："算了，就这样吧。做大事总要有所牺牲的。"同时，他在心里也筹谋着：大事已经布置完毕，接下来就等着看好戏了！

皂角坡

一

父母最大的悲哀莫过于儿子的不成器。阿杉婆带着自己被伤得支离破碎的心最终搬离了六方者武馆，现在已经有了自己的新居。

“有人在吗?”听声音有些熟悉。

“谁啊?”阿杉婆支起身子去开门。

原来是弥次兵卫派人给阿杉婆送蔬菜来了。

自从阿杉婆送给他们自己亲手抄写的经书后，这帮原先对老人不屑一顾的家伙们对父母甚至是所有老年人的看法都有了改变。虽然阿杉婆已经搬了出来，但泥瓦匠们还会经常过来关照她。

“菜放在哪里?”

“放在井边上吧，一会儿我来收拾。”昏黄的灯光下，阿杉婆依然奋笔疾书，抄写着那本名为《父母恩情重》的经书。为了实现抄写千部的愿望，阿杉婆不断地努力着。白天，为病人针灸赚点生活费，晚上就会在昏黄的灯光下静静地抄写经书。一个人的生活实属不易，前段时间生病了，阿杉婆一直卧床不起，全靠泥瓦匠们的照料。到了秋天身体终于恢复了，现在才能靠自己的本事活下去。

“大婶，傍晚的时候，有个年轻男人来找过你。”送菜的泥瓦匠前思后想了一番，最终还是决定把这个消息告诉阿杉婆，也算是提个醒。

“是要针灸的客人吗？”

“不像。但看样子是找你有事，所以我就告诉他你搬到这里来了，他可能再来这里找你吧。”

“有多大岁数？”

“二十七八岁的样子，圆圆脸，个儿挺高。”

“哦……还没看见他来。”阿杉婆死灰般的心底燃起一丝光亮，但仍平静地说。

两人又简单地寒暄了几句，泥瓦匠就回去了。只是泥瓦匠的脚步声消失之后，又响起了虫鸣的声音，而且还伴有蹑手蹑脚的脚步声，难道是有贼？

虽然年纪大了，但阿杉婆的耳朵还是出奇的灵敏。她放下手里的笔，紧盯着灯火。突然，她想起了早前用灯火占卜的事情。村子里的人们常说，灯火越旺就说明越有好事情要发生。也许是身在战场的丈夫、兄弟或者是儿子，就要归来了。一想到这里，阿杉婆无比兴奋：难道是又八？难道泥瓦匠说的那个年轻人真的就是我的宝贝儿子又八？那现在的声音——又会是谁？

阿杉婆再也写不下去了，端着灯就向后面走去。——那里传来的声音会是又八吗？

阿杉婆来到后屋，微弱的灯光充满了整个房间。令人失望的是，屋子里压根就没有又八的身影，只在地上多了一捆菜，上面还放着一个布包。阿杉婆颤颤巍巍地打开一看，里面竟然有两块金子，金子底下还塞了一张纸条，上书：

不孝子没脸见您

又八

“又八，真的是又八，又八……又八……!”这儿子真是腼腆，跟老娘还说什么有脸没脸的事？多孝顺的儿子啊，娘怎么会嫌弃你呢？一把热泪盈满眼眶，阿杉婆赶快一边喊着儿子的名字，一边追了出去。

就在这时，从旁边的荒草丛中钻出三个武士模样的人来。其中一个说道：“那个臭小子拐哪里去了？是不是那里?”三人正东张西望地寻找着，却突然听到有人在喊：“又八，又八……!”

“听，好像有人喊又八，又八不就是我们要找的那个臭小子吗?”

“走，顺着那个老家伙那儿瞧瞧，说不定那小子就在附近!”

三人立刻循着声音找去，和慌慌张张寻找又八的阿杉婆正好碰头。只见其中一人一把抓住阿杉婆的领子，大声问道：“——说！又八在哪儿？你和又八什么关系?”

阿杉婆才不怕他们哩，倔强的傲气上了身，她毫不客气地大声回道：“滚！你们算是什么东西？敢对我无礼!”

“我们是小野门下的人，这位是小野先生的高徒——滨田寅之助!”

“小野是什么东西？老娘没听过，识相的赶紧给老娘闪开!”

“靠！你什么眼神？居然连将军府的师父小野先生都不知道？你到底和又八什么关系？我奉劝你最好老实交代，否则没你好果子吃!”

“我是他老娘，你们是什么东西，为什么要找我儿子?”见三人来者不善，阿杉婆担心又八是不是又犯了什么事。

“哟呵，这下好了！原来是那个卖瓜的小子的老娘啊？行，就算今天逮不着那龟孙子，今儿把她老娘抓回去，我就不信那小子不乖乖听话！”

“对，抓了她！”

在这点上达成共识之后，三人一把扭过老太婆的胳膊，阿杉婆毫无反抗地被三人抬走了。

二

无聊的事情一大堆。佐佐木小次郎待在自己的屋里，苦于心中充满了怒火却无处发泄，只能躺在床上看天花板。虽然躺着，却无法美美地享受一场好好的睡眠。

“连我的宝刀都该哭了……”胸有大志却不得实现，躺在床上的小次郎翻来覆去却只能忧郁地自言自语，“配有一把宝刀的精品武士，难道要为区区五百两的俸禄就出卖自己吗？真是可笑！”说着说着，只见他突然挥刀砍去：“看刀！”

宝刀画了一个半圆，又回到了刀鞘之中，就像一只刚刚潜伏起来的生物一样。

“剑法高超啊！”这时，门外走进来一位岩间家的仆人：“先生在家里还练剑呢？”

“别说傻话了。”见有人进来，小次郎翻身坐起来，伸手抓起掉在榻榻米上的虫子，用手指弹飞了，“这个不知好歹的东西居然想飞到灯上面去，真是自取灭亡。”

“原来是虫子。”仆人凑近一看，眨眨眼说道。他这才看明白了，小次郎的手掌上抓着的那只类似飞蛾的虫子，身体却已经被劈成两半了。

“什么事？”言归正传，小次郎问道。

“六方者武馆的人送来一封信，是给您的。”仆人双手递上信封，然后退了下去。

小次郎接过一看，原来是弥次兵卫来的信。掐指一算，他已经半年多没去那边了，所以对方只能送信过来。

读着信，小次郎的脸色越来越难看。信中写着，昨天晚上阿杉婆失踪了，今天所有人在外面找了一天，终于得知阿杉婆所踪，但带走阿杉婆的人却是他们管不到的地方，所以才和小次郎商量。带走又八母亲的原来是小野门下的滨田寅之助。

小次郎看完弥次兵卫的信，抬头看着天花板，自言自语道："终于来了……"

上次交手，小次郎就已经留下了自己的名讳，本以为小野会找上门来，没想到直到现在才出来，正好可以利用这次机会，好好教训教训他。

想到这里，一弯微笑斜上嘴角。

三

小野也是秀忠将军的师父之一，住在江户的神田山，和柳生家并列，据说站在神田山上可以看到富士山。

小次郎和泥瓦匠派来的人一起去找小野的府邸，小次郎驻足凝望："这里就是传说中的皂角坡？"如果是的话，那今天为什么没有看到富士山的身影呢？

看着悬崖边上深深的山谷，树木葱葱，河流潺潺。

"师父，您等一下，我找人打听打听位置。"说完，泥瓦匠一个人走了，但很快又返回了。

"……知道了，就在我们刚才来的路上！"

"就是那些不起眼的房屋？"小次郎眼一翻，用嘲笑的口吻说道，"未免也太寒碜了吧？"

“呃……话虽然这么说，但刚才右边那些老房子确实就是小野的府邸。同样是将军家的师父，本来以为和柳生家是一样的……”

“也是，柳生的俸禄是一万一千五百两，而小野却是区区的三百两，所以才会有如此天壤之别的落差。不过话说回来，技术不同，家族传统不同，柳生的俸禄祖上的恩德也要占七分哪。——投胎也得投到好人家去哟！”

小次郎站在门口，先上下打量一番小野的府邸，然后向跟着自己的人说：“你回去跟弥次君说，晚上我会带着老太太回去。如果我没有回去，那就说明我已经把自己的命扔在这里了。”

跟着的人也没办法，只好乖乖听话，自己走了。

小野和柳生不同，是从众人中杀出的真正实践家，到现在为止还从来没有听说过有人能打败小野派的一刀流派。世人尊敬柳生，但真正强大的却是小野。

小次郎刚到江户的时候，就已经知道了这个情况，但他压根就没把小野家放在眼里。他当时就在想：总有一天老子要踢破皂角坡的大门！

——而这座大门，现在就在他的眼前了。

于是，没有丝毫犹豫，小次郎独自一人闯进了小野的府邸。

忠明发疯始末

一

小野家的人没想到小次郎居然敢一个人闯来，个个脸色铁青，不知该如何应付，只能严阵以待，听候上头的命令。滨田寅之助靠着门前的柱子，等着小次郎的到来。可是过了好一会儿也不见小次郎的身影，便有些等得不耐烦地问旁边的人："你确定他已经进大门了吗?"

"没错。背着长刀，二十五六岁，不是他还能有谁?"看那人言之凿凿的样子不像是说谎。

"那还真是神奇，一个大活人的他还能走到哪儿去?"

正在滨田寅之助犯嘀咕时，突然有人从外面跑了进来，边跑边喊："快、快！——不好啦！咱们都白等了，那家伙进大门就直奔后面住宅去了，已经和师父见面了！"

滨田大慌：这下惨了，把门都把不好，过会儿一定要被师父训斥了。更关键的是，之前抓老太太这事也瞒不住了。

但不管怎么说，小次郎杀了小野门的人就应该付出些代价。就算他见到了师父，说再多的花言巧语，再能言善辩也改变不了他杀人的事实。于是他向众人大声嚷嚷着："怕什么?走，我们大家都去，当着师父的面和他理论一番，就算他有三张嘴，也无法抹杀他杀我们兄弟的事实！"

被滨田这么一鼓动，大家都来了劲头，匆匆地向师父的房间走去。

刚出院门就看到一位慌慌张张的小姑娘和阿光跑了出来，后院好像发生了什么事一样。只听那两人一边跑，一边大声呼喊着："大家快来啊，出事了，伯父和那位客人拔刀相向，到外面去了。在院子里打起来了！"

后院住宅区和前厅还有一段距离。众人自然不敢怠慢，加快脚步向后面跑去。住宅和前厅之间有一道竹编门隔开，当众人跑过来之后才发现，门已经被锁上了。合众人之力好不容易才将门打开，进来之后看到将近四百平方米的庭院里，师父小野忠明手拿平日里训练用的大刀，怒瞪着相隔不远的佐佐木小次郎。而小次郎也不甘示弱，手举他那把有名的宝刀"晒天竿"，目光如炬。整个庭院都充满了杀气，不容他人靠近。

慌慌张张跑来的众人只能远远地守着，绷紧全身的每一根神经，静静地观看。

小次郎和小野对峙了很长时间，谁都没有动。因为两人都在等着进攻的机会，先动者反而会失去先机。良久，两人就这样像雕塑一样四目相对，一动也不动。但这种对峙也是一种能量的消耗，不多时，两人就已经汗流浃背，气喘吁吁，脸色苍白了。

"罢了！"忠明大喊一声，与此同时身体和刀都向后退了一步。

但小次郎好像一直在等着他的后退一般，迅速向上跳起，同时挥舞着手里的刀向忠明砍去。显然忠明没有想到小次郎会来这么一手，迅速躲闪，却还是被小次郎的刀砍去发髻，头发散落下来。但是，忠明也用刀一挡，削去了小次郎的袖子。

"简直是太过分了！"众人愤愤不平，拥上前来。忠明明明已经让步，小次郎居然趁机进攻，哪里有这样不知好歹的人？

但忠明面不改色，大喝一声：“退下！”

多言无益。比试的结果已然明了。小次郎只是找到了对手的空隙，趁机进攻并获得了胜利。已经没有必要再斥责他的不道义之处了。

众人向小次郎围了过来，纷纷表示要教训他一顿。小次郎纵身一跃，躲到了一棵大树的后面，只露出脑袋，眨巴着眼睛喊道：“胜负已分，你们也都看到了。”

忠明冷静地回答道：“看到了。”随即又转身对门人说道：“都退下。”然后收起刀转身回了书房。

“阿光。”忠明让阿光帮他重新把头发简单地绑了一下。绑头发的过程中，阿光看到了忠明额头和胸前的汗珠。

收拾完毕之后，忠明吩咐道：“让那位年轻的客人入座。”

“是。”

但忠明并没有急着会客，而是走到门外：“所有人到练武场集合。”

说罢，自己先过去了。

二

究竟怎么回事？众门人一头雾水。谁都没想到师父忠明居然会对着小次郎喊“罢了”。

“就凭那一声大喊，也让迄今为止天下无敌的小野派一刀流派从此名誉扫地了！”众人脸色难看，好像要流出眼泪一般，一脸不解地看着忠明。

到练武场集合的大约有二十多人，排成三列，纷纷坐好。

忠明坐在高处，环视一圈众门人，说出了第一句话：“我老了，时代也变了。”

“这次让我想到了我师父打倒善鬼时的情景，当时我们刚刚来到江户，凭借将军师父的名号，世上无敌的一刀流派和皂角坡的小野门名声大噪，所有人都因我的剑法而找了过来。”

众人你看看我我看看你，不知道师父到底要说什么。大家都被愤怒、疑惑、复杂的感情笼罩着。

忠明突然提高了声音：“这是人类的共性，年轻人向老年人挑战，后浪推前浪啊。年轻人要不断开拓新的道路，因为只有这样社会才能在不断变化中前进。但是剑法，是不允许这样的，剑法和剑道必须不断传承下去。比如，伊藤弥五郎先生，斩杀善鬼之后，将一刀流派的掌门大印交给了我，因此我才进入了一刀流派，不断寻找剑、禅、生、死之道，最终攀登上了大彻大悟的顶峰。……但是，我老了，今日遭遇如此大败，还有何颜面面对弥五郎先生……”

“师父，”根来八九郎走到忠明面前说道，“虽说败了，但败给那样的年轻人，我们不认为是师父的失败。今天的事情，败得蹊跷啊！”

“蹊跷？”忠明笑着摇摇头，“真刀真枪，有什么蹊跷？但我并不认为我是败给了这个年轻人，我是败给了这个时代啊。”忠明长吁一口气，像是自言自语。

“佐佐木还在等着我，简单说吧，今天开始我会退出武馆，同时也退出俗世。——但不是隐居，我会到山中继续寻找师父弥五郎的道义，期待能有大器晚成的一天。”

“这里我有两件事情要交代。第一，你们不得对佐佐木心怀怨恨，况且就凭你们不可能打败他，一切多余的举动都只会让小野门更加蒙羞。第二，寅之助，今天开始你将被逐出师门。希望你将来能改邪归正，好好修行。”

“啊？师父！为什么要逐我出师门？我没有做什么对不住师门的事情啊？”滨田寅之助很明显被这个晴天霹雳给镇住了。

“你完全误解了兵法之道。如果你不明白的话，今后要拍拍自己的胸口，好好想想。”忠明的口气不容置疑。

“师父，请您一定要告诉我。否则寅之助不会离开这里的！”寅之助青筋暴起，一副绝不心服的样子。

“好，那我就告诉你！”忠明显然非常生气，“卑鄙，是武士最看不起的行为。如果谁有卑鄙的行为，就必须逐出师门，这是武馆的铁律。但是你，滨田寅之助，为了自己的面子居然惹上了那个卖瓜的又八，还惹上了佐佐木小次郎，更可恶的是用又八的老母亲当人质，你说，她是不是被你关在这座府邸里了？”

“不，这只是把小次郎引来的手段而已！”寅之助跳了起来，一副抗争到底的样子。

“——这还不是卑鄙吗？如果你真想找小次郎报仇，为什么不直接到小次郎家里找他？反而要把他引到这里来？”

“这个我倒没有想到……”听忠明这么说，滨田一下子就像霜打的茄子一样蔫儿了下来。

忠明又一番教诲之后，寅之助后退十步，跟师父行了礼，又和各位师兄弟告辞，转身出门去了。

“我，也要隐世而居了！”忠明站了起来，众弟子呜咽难言，男弟子中也有人开始低声哭泣。

“振作起来！”忠明说出了他作为师父的最后忠告，“没什么好悲伤的。木有枯荣，人有来去。你们有你们的时代，一定要奋发图强。一定要谦虚做人，拿出更多的精力虚心学习，磨砺心智。”

三

忠明从武馆回到住处，先向坐在这里的小次郎道歉道："失礼了。"然后，他静静地坐在小次郎的面前，脸上没有任何动摇的神情，和平常没有什么区别。

"门人滨田寅之助刚刚已经被逐出师门，今后一定会潜心悔过，我也好好地训斥了他。寅之助抓来的人质，还请您带回去吧，或者我们派人送回去也可以。"最终还是忠明先开了口。

"可以，我带她回去即可。"小次郎说完站了起来。

"既然事情已经解决完了，何不坐下一起喝上一杯呢？"见小次郎要走，忠明吩咐道，"阿光，备酒。"

刚刚的比试也消耗了小次郎不少精力，但坐在这里等待的一段时间，也已经恢复了。但看在对方是忠明的份上，小次郎又重新坐下，打算再和他聊上几句。

小次郎心中已经看不起忠明了——虽然嘴上并没有这么说。推杯换盏间，他只说自己之前遇到过不少高手，但像小野这样的真正对手还是第一个，不愧是一刀流派的小野。这么说完，自己的优越感就更强烈了。

年轻、强大、霸气，即使喝了酒，忠明也能感觉到小次郎身上散发出的无敌特性。但是在忠明看来，这并不是真正的无敌，而是非常危险的强大和年轻。忠明心想，以他的素质，如果能加以磨炼，一定能成为风靡天下的能人。但是，就凭他现在的际遇，倒是很可能会成为善鬼那样的恐怖人物。——可惜了。如果是自己的弟子，他倒可以好好教导一番。

听到小次郎的"赞扬"，忠明没有说出自己心中的想法，只是谦虚地笑了一笑。两人无意间的谈话中，聊到了武藏。最近忠明听说由北条安房和和尚泽庵共同推荐的一个无名武士宫本武藏，或许会加入将军师父的队伍。忠明透漏出了他刚刚听到的这个消息。

“哦?”小次郎听到这个消息倍感突然，心里的不安也全都表现在了脸上。

“我该回去了。”小次郎不愿久留，直接起身告辞。忠明也吩咐了阿光亲自送老太太回去。望着小次郎离去的背影，忠明再次举起来酒杯，一醉方休。

不久，这位恬淡、质朴、真实而又与世无争的，犹如柳生石舟斋般的江湖名人就从江户消失了。

“将军跟前的红人，却落了这般下场，真是可悲可叹啊!”

“听说是败给了佐佐木小次郎，受不了就发疯了……”

各种传言流出，不少人还夸大其词，传言忠明疯了。不过，这一切对忠明来说已经不再重要。心已出世，又何必执念于红尘纷扰呢?

悲 情

一

昨天的暴风雨真是太恐怖了！连武藏都说，有生以来第一次见到这么大的暴风雨。遇到这种自然的风险，比武藏更细心的伊织早在昨天的暴风雨来临之前就已经爬上屋顶加固了，同时也搬来石头加固地基，以防止房子半夜被狂风吹跑。但是到了今天早上，房子还是被吹了个七零八落。

书被吹得到处都是，房顶上的茅草也被吹跑大半，看着散落满地的书籍残骸，伊织嘀咕道："这下好了，再也不用读书了。"不仅仅是书，就连房子也只剩下了基本骨架，让人不知该如何修复。

武藏还没有回来。伊织心想这下柴火倒是多了不少，烧得都是原先家里的床板、墙壁什么的。

"今天住哪儿呢?"正想着，却一不留神被烟呛到了眼睛，泪水流了出来。

武藏依然没有回来。地上落了很多栗子，还有一些死于风吹的小鸟。伊织早饭就吃这些火烤的栗子和小鸟了。

中午的时候，武藏终于回来了。之后不到半刻钟，带着斗笠的村民陆陆续续地赶来了。带着各种礼物来向武藏表示感谢。多亏了武藏，他们稻田的水才能那么快就排出了，多亏了武藏，他们才懂得了团结就是力量，大家没有自顾自地和灾害斗争，而是团结在一起，互帮互助，才能将损失降到最低。村民们特意带了礼物来对武藏表示感谢。

伊织终于明白武藏为什么要半夜出门了。

伊织为武藏烤了拔了毛的死掉的小鸟，但村民们说："吃的我们有的是，"说完就拿出了自己带过来的各种食物，甜的、辣的，各种各样。还有伊织喜欢的草饼。

死小鸟的肉很难吃，伊织很后悔自己只顾着为了填饱肚子就吃死肉。而舍弃自己为大家考虑，才能得到更多的食物。这次的教训伊织记在了心里。

"家也不能住了，我们一块儿帮你们建起来吧。今晚，就到我那里住吧！"一位年长的村民说道。

村民家离这里很近，昨晚湿透的衣服和被子，武藏和伊织很快就烘干了，晚上就住在了村民家里。

躺下之后，伊织翻了个身，小声地问武藏："对了师父，您有没有听到远方有欢快的乐器声，很远很远……"

"似乎能听见，似乎又听不见。"

"真是奇怪，这么大的暴风雨刚过去，怎么会有音乐声呢？"

没有听到武藏的声音，大概是睡着了。很快，伊织也进入了梦乡。

早上，伊织突然让武藏带他到神社去祭拜，说是昨天听到了神乐的声音，问过村民才知道是从附近的阿佐谷村传来的，那里有古老的阿佐谷神乐，每个月神社举行祭祀活动，那里正在练习神乐的演奏。

"师父，师父……房子建好怎么也要五六天吧，您就带我去吧……"伊织跟武藏撒娇道。

看到伊织撒娇，武藏立刻就想到了已经分开的城太郎。城太郎跟着自己的时候，也常常撒娇，甚是可爱。但伊织很少这样，有时候武藏甚至觉得伊织不像个小孩子。

伊织和城太郎的性格不同，这也是武藏教育的结果。作为师父，武藏对伊织一直严格要求，而对城太郎却放任自由。看到伊织难得的撒娇，武藏心一软，便毫不犹豫地同意了："好，我带你去。"

伊织欢呼雀跃，开心极了。天气非常好，完全看不出前天竟会是狂风暴雨。

神社的祭祀会持续三天，所以两人并不着急，一路欣赏着暴风雨过后的景色。河里的水涨了不少，附近的村民们还在忙着加固堤坝。走在河滩上，伊织突然喊道："师父，这里有好多箭头，以前一定是战场。"伊织继续找着自己感兴趣的东西，甚至还找到了生锈的大刀。

"啊……师父快看！是人的骨头！"伊织用手指着一样东西，大喊起来。

二

武藏看了一眼，吩咐说："伊织，去把白骨拿过来。"

"师父想做什么？"伊织不情愿地只用大拇指和食指捏起其中一块骨头，一副不想碰的样子。

"把他埋在人踩不到的地方去。"

"但这里可不是一块两块啊。"

"能埋多少是多少吧，就用你捡到的那把刀挖，埋在那边的花丛旁边。"

伊织开始挖坑，把捡到的箭头、刀、白骨一起埋了起来，最后武藏还立了无字碑，以供瞻仰。

"师父，这里的战争，大概是什么时候的？"

"忘了吗？你看过的书上应该有写过。"武藏没有直接回答，而是趁机考察了伊织对看过的书还记得多少。只见伊织晃着小脑袋努力地想着，不时不服气地摇摇头："等一下，等一下，马上就想起来了。"

伊织顺利地背完了武藏考察的内容。

武藏满意地点点头："嗯，不错。但是伊织，刚才你为什么不想用手拿白骨？觉得他不干净吗？"

"但是，看到白骨，师父没觉得心情不好吗？"伊织小声嘟囔道。

"这里的白骨，都是那些可歌可泣的武士，他们为了自己的理想而奋战却死在了这片土地上。都是为了国家的和平，为了守护千年来的丰收和幸福。"

"是。"

"时而爆发的战乱，也像前天的暴风雨一样，会给国家带来严重的损失。为了降低损失，活着的人出了大力气，但也不能忘记埋在地下的先烈们。"

武藏的每一句话，伊织都听得明白，最后说道："我懂了，师父，我去给刚才埋葬的白骨献上一束花。"

伊织从旁边采集了些野花，放在坟前，合掌刚想作揖参拜，却好像想到了什么，扭头问武藏："师父，这里埋的白骨如果是忠臣倒也罢了，万一是乱臣贼子，岂不是拜错了？"伊织脑筋一转便想到了这个问题，只是站在原地不动，并没有鞠躬，等着武藏的回答。

"即使是十恶不赦之徒，佛家也讲究救赎。更何况是已经成了一堆白骨的恶徒了。"

"那，忠臣和逆贼，在死了之后就是一样的了吗？"

"当然不一样，"武藏加重了自己的语气，"有辱武士名誉的恶徒，遗臭万年，绝不值得怜惜。"

“这样说的话，佛家为什么会认为恶人和忠臣都是一样的，还都得让我们拜?”

“人类的本性虽然是相同的，但被名利和欲望迷住双眼的人就会变成逆贼。然而我们不应该憎恨他们，佛家讲究立地成佛，睁开佛之眼，讲述千万经书，回头是岸，但人一旦死了，就会一切成空。”

“但是，武士就不一样了，即使死了，也不会一切成空的。”

“为什么?”

“因为名啊。恶人留恶名，好人留好名，即使变成白骨也是一样的。”

“嗯,”武藏听到他天真的解释，很是安慰，“但是，武士又会有一种悲情。不懂悲情的武士，就像没有月亮和花草的荒野一样。甚至会和前天的暴风雨一样，记住，无论什么时候都不要忘记悲情，即慈悲之心。”

说完，武藏便不再言语，只是默默地向坟中的白骨献上鲜花，合掌并鞠躬。

鼓 槌

一

到了神社所在的山下，看到如蚂蚁一般密密麻麻的身影在云雾缭绕中向山上爬。而爬上山顶以后，仰望天空却是万里无云。

晚上，武藏和伊织住在了别院观音院里，伊织匆匆忙忙地吃着红豆饭："师父，我听到鼓声了，已经开始了！"说完，扔下筷子就想跑出去看。

"昨天晚上已经看过了，我就不去了，你自己去吧。"武藏摆摆手，继续咀嚼着大自然恩赐的食物。

"但是，说好两个人去的……"伊织噘起小嘴，有些不情愿地在武藏身上蹭来蹭去。

"那也不用着急啊，今天晚上会通宵演奏的。"武藏的碗里还有红豆饭，一定是要不慌不忙地吃完再去。

伊织灵机一动，说道："今天晚上不会出星星吧？"

"是啊。"

"山上有几千人，要是下雨的话，大家就太可怜了！"

"那我们去看看？"武藏似乎动了恻隐之心。

"好啊，快走！"伊织蹦蹦跳跳地出了门，穿着木屐跑了出去。别院的门前燃着篝火，门前大街上的每户人家都燃着孔明灯，整个山上灯火通明。

伊织使劲往人群的前面挤，却始终没有看到盼望已久的歌舞表演。突然，却发现武藏不见了。之后回头去找，伊织在人群中挤来挤去，终于看到武藏站在一排木牌子的跟前仔细端详着。伊织挤了过去，叫道："师父!"但即使拽他的衣袖，武藏也没有反应，只是盯着木板看。上面写的是捐赠者的名字。

这有什么蹊跷吗？伊织狐疑地看着武藏，只见他盯着看的木板上面写着"奈良井屋大藏"几个字。

武藏想起来当初带着城太郎出远门的奈良井的大藏，看到他的名字武藏又想起了已经分别很久的人——或者说他从来都不曾忘记过。

看着伊织一天天长大，武藏总会想到当年的城太郎，现在想想分开已经三年多了，武藏在心中默默地数着城太郎的年龄。

这时，神乐殿的太鼓发出了激昂的声音，武藏突然回过头来说："哈，已经开始了。"

而伊织的心早已飞了过去，但还是问武藏道："师父，你刚才在看什么？"

"没什么，只是突然想起有事要办。……伊织，你自己到前面看去吧，我办完事就过去。"

虽然不知道武藏要干什么，但毕竟还是正处贪玩年龄的孩子，伊织还是一个人开开心心地看热闹去了。

二

武藏找到神社的人员询问奈良井的大藏什么时候来过，来时是一个人还是带了其他人来。神社人员帮忙查找了记录，但记录得并不是很详细，武藏并没有得到什么有用的信息，道过谢之后就离开了。武藏直接到神乐殿找伊织，看到伊织在很多人的身后，因为个子矮看不到前面的情况，就爬上了树，坐在树枝上看神乐的演奏。

他并不知道武藏已经到了树下，只一心看神乐殿的表演。武藏并没有打扰伊织，而是站在树下和伊织一同观看表演。

武藏想起了故乡神社的表演，人群中总会有小通白白的美丽的脸庞，有又八吃东西时鼓起的腮帮子，有权叔叔走来走去的忙碌身影，还有因为自己回家晚而慌慌张张找来的母亲……此时此刻，武藏似乎又回到了多年前的宫本村，眼前充满了对年幼时场景的幻想。只不过时过境迁，戏里戏外相关人的命运轨迹早已截然不同。

坐在舞台上吹着笛子、手拿鼓槌、描绘出一幅古雅风俗的山神乐的乐师们，穿着古怪的衣服，头上戴着金色的帽子，在庭院的灯光下，看上去好似远古神话中的人物。

“咚咚咚”太鼓的声音突然更大了，台上的神乐也换了节奏，鼓声如连珠炮一般，一左一右的两只鼓槌敲得声响均匀，犹如一泻千里的瀑布，闭上眼睛仔细聆听，根本分不出哪边轻哪边重。

武藏已经进入了忘我的境界，突然感叹道：“啊，就是这个，这个就是双刀。”

“咦？师父，原来你在这里啊！”坐在树上的伊织听到了武藏的声音，惊喜地低下头往树下找去。

武藏没有抬头，仍然盯着舞台。但眼神中不像其他人是对神乐的陶醉，而是类似恐怖的眼神，嘴里还不停地嘀咕着：“没错，是双刀，和双刀是同样的道理。拨子有两个，但声音却只有一个。”

人生来便有两只手，但用剑的时候往往都只用一只手。敌人是这样，可以说所有人都只用一只手用剑。——如果两只手都可以熟练使用剑，并且发挥同样的效率又会如何呢？

武藏在下垂松战役中已经领教过双手的战斗，当时自己一人面对吉冈派众人。战斗结束之后才注意到，自己是双手用剑，左手小刀，右手长剑。这是本能发出的威力，在无意中使用了双手，是在生死边缘本能想出的保护自己的方法。

在日常生活中，很多习惯都会由不自然变成自然，由不可思议变成理所当然。

从看到舞台上的演奏开始，武藏一直坚信："双刀是存在的，双刀也应该是自然存在的。"但是，日常生活中的所作所为，并不全是在生死的边缘。不是无意为之，而要有意为之。但是，要像无意识一样来控制这种意识。

双刀，武藏心想一定要花时间练成双刀。在他的信念和理念中，又增加了还没有形成的双刀理论。

"伊织，还在看呢？"武藏抬起头问伊织。

"嗯，在看。"伊织没有低头，看着舞台回答道。他的整个灵魂已经完全融入神乐之中。

"明天还有，今天太晚了，回去睡吧。"说完，武藏一人朝着观音院走去。

孰不知，在他的后面，一大一小两个黑影正渐渐靠了上来。只见一个牵着一条大黑狗的男人尾随其后，看武藏走进了观音院，才小声地召唤着躲在黑暗中的同伙。

魔鬼的臣子

一

狗是神社所在的山上神佛所用的动物，即“神佛的臣子”。所以山上有狗的木牌子、狗的木雕、狗的陶器，到山上来参拜的人，下山时买的纪念品也是和狗相关的物品。而且，山上还养着很多的狗。

虽然是人养的，但生活在山上的狗依然不改山犬的本色，有锋利的犬牙。这些山犬的祖先是千年前和大批从海边迁来武藏平原的高丽民族一起迁来的，和本地的犬类杂交之后形成了现有的猛犬种类。

再看跟踪武藏来到观音院的男子手中，就用麻绳牵了这样一条凶猛的狗。男子向黑暗中招手之后，就听到愤怒的黑狗们响亮的鼻音了。他们都是经过长期训练之后，闻着被训练的味道找到这里来的。

狗的主人五十岁的年纪，但看上去却有着年轻人般的精悍。这个老男人身高五尺，四肢有力，散发着这个年纪的人难得的斗志。也可以说，狗的主人和他手里牵的狗一样，还没有完全脱离山犬的本性，正处于从野兽向家畜的过渡期。是一位山野武士。

这时，从黑暗中走出一个女人，称呼牵狗的男子为“梅轩君”。因为怕狗嗅她的裙裾，所以女人和狗保持了一定的距离。

“阿甲，你看清楚了，是那家伙吗?”梅轩牵着绳子，加重了说话的语气，一边敲打着狗的脑袋一边问女人道。

“对，就是他，武藏。”阿甲魅惑的眼睛里闪过一丝狠意——对于这个用行动否定自己身为女人魅力的男子，她始终有一种不甘心的恨意。

“好不容易在山上碰到他，绝不能让他活着离开!”梅轩恶狠狠地说道。这个梅轩，是之前勾引阿甲醉酒行凶被武藏杀了的流氓的弟弟——本名辻风黄平。这时他正眨巴着眼睛想主意：“对了，藤次在家吗?”

“在，只是在外面喝多了，在家睡大觉呢。”在梅轩看来，连这慵懒的声音都透着一股子性感，难怪当年哥哥会拜倒在这个小娘儿们的石榴裙下，甚至还为此丧了命!

不过现在显然不是暧昧的时候。

“阿甲，马上叫他起来!”梅轩收回恍惚的视线，正色道。

“那你呢?”

“我稍等一下，我做的这个差事，还要再去巡逻一圈，马上就过来。”说完，梅轩带着她那条看家护院的狗巡逻去了。阿甲也赶忙往家里跑去。

阿甲在山上开了个小酒馆，晚上演奏神乐，顾客都看热闹去了，这时正好没人。阿甲跑进店铺一看，帮工的小女孩正趴在桌子上睡大觉，顿时气得她大喊一声：“还睡呢?!”

小女孩惊醒了，赶忙摇头否认：“没有……没有……”

“我没说你，掌柜的呢?”

“一回来就到里屋睡去了……”

“都什么时候了还睡？满山上就我们家店里没人，还想不想过啦?”

这时，睡眼蒙眬的藤次从里面出来，边打哈欠边嘟囔着：

“大晚上的喊什么喊啊？我可不像你，这么热闹的日子不看店也就罢了，还出去乱跑。”

阿甲向前几步，低声说道：“赶紧醒醒酒劲，拿出你的大刀，可能会有生命危险。”

“什么？”什么刀啊命啊的，藤次一时有点犯懵。

“别犹豫了，快！”阿甲不容分说推了他一把，拿起藤次平时穿的外套扔在他身边。

“发生了什么事？”

“武藏也来山上了，你不知道？”阿甲有些不痛快地说。这个糊涂虫，都这个时候了居然还慢吞吞的！

“什么？武藏？！”藤次瞪大了眼睛，不自觉地拿起墙上挂着的木剑。

“对，就是宫本武藏，就住在观音院里。”

“真的？”一听到武藏的名字，藤次蒙眬的醉眼立刻就清醒了，“这家伙可不简单，阿甲，在他下山之前，你待在店里别出去。”

“怎吗？一听到武藏来了你就吓破胆了？”阿甲嘲弄地笑着，鼻子里哼出一声冷气。

“怎么，和田岭的教训，难不成你给忘了？”

“胆小鬼！”阿甲冷笑道，“你们吉冈派让人打得四零八落，和田岭又大败而归，难道你不觉得丢人？你就不想报仇雪恨？原来吉冈家的净是些像你这种贪生怕死的胆小鬼啊，敌人还没来就恨不得吓尿了，难怪沦落到如今的境地！”

“我不是怕啊，”听阿甲这么说，藤次有些语无伦次，“那个时候，我们那么多人都没弄死他，现在就我一个人，总不能横着脑袋去送死吧？”

藤次倒有自知之明。多少次了，他都为没有参加下垂松之战而感到幸运，否则自己早就死在武藏手里了。和田岭的一幕幕，到现在他都无法忘怀。无论如何，自己也不可能是武藏的对手，这件事情他永远也不会忘记。

“当然不会让你自己去，这里还有他一个仇家。”阿甲这么说着，仍不忘婀娜地描眉画目。

二

藤次自然知道阿甲说的是梅轩。自打他们离开和田岭之后就遇到了梅轩。梅轩的杀兄仇人正是武藏，曾经梅轩暗算过武藏不成，备受侮辱，对武藏的仇恨更深了，偏偏阿甲也对武藏痛恨极了，再加上藤次是吉冈派的人，和武藏也有深仇大恨。三人一拍即合，同仇敌忾，关系也格外近了一些。于是梅轩帮他们二人在这里开了个小酒馆，帮他们在此落户。

梅轩，过去在鹿山云林院村居住的时候，是非常出名的铁匠，手下也有一伙常年跟着他的武士，曾想着等战乱再起的时候揭竿而起，占山为王。不想时运不济，命途多舛，他们那点三脚猫的功夫在如今的和平年代始终没有发挥的余地。更何况当地诸侯整顿秩序，对这些山大王式的人物大加追捕，梅轩无计可施，又抵挡不过，只好解散团伙，单身来到江户。

遗憾的是，就算在江户也没有找到好去处，几番周折才好不容易经人介绍又来到这山上当了巡逻的总头。——因为在不远的深山老林里，还隐藏着一群土匪，常常到山上来抢夺财物。为保护神佛的财物，官府也使不上劲，只好雇佣梅轩这样的武士来守护山林。以暴制暴，有时候也是一条捷径。

山上有不少金银财宝，都是各地善男信女布施来的。梅轩作为监护，确实发挥了不小的作用——就凭他这一身的功夫在比武大会上也赢得了众多武士。不管怎么说，这多少也对土匪们起到了一定的震慑作用。

梅轩并不知道什么叫时代变迁、历史演变，他不知道自己为什么会没落，只知道自己的倒霉是由于哥哥的过世，哥哥死了以后自己就没有了支持和依靠，所以无论什么时候，他对武藏的痛恨都不会消除。恰好，藤次和阿甲跟武藏也有仇，他们因为共同的敌人才走到一起，才有了深厚的感情。

真是踏破铁鞋无觅处，得来全不费工夫！让他们意想不到的是，这个时候武藏居然出现在了这座山上，出现在了他们三人的面前。

阿甲在店门口看到了武藏，却因为藤次出去喝酒不在家，所以才找来了梅轩，最后在梅轩的跟踪下，终于找到了武藏的住所。

阿甲说到梅轩的名字，藤次的胆量立刻就提了上来，说道："说得也是，有他在我还怕什么？对了，他已经知道了吗？"

"他马上就来。"

"好，既然这样——"藤次装模作样地吹了吹长剑上落着的一层灰，"这次绝对不能放过他，这里就是他的葬身之地！"

不久，梅轩牵着狗就来了，毫不客气地脱掉鞋就进屋坐了下来，狗却在屋里到处寻找吃食。梅轩先开口道："明天天不亮，武藏就会带个孩子去山顶看日出。一切都要在他们到达山顶之前搞定。"

藤次和阿甲不由得隔着窗户遥望矗立在黑暗中的山顶，眼里隐隐地透着迫切的期待。

"我们在路上动手，就在去山顶的路上，边上有片树林，我们事先埋伏在那里。除了你我两人，我手下还有护院山僧两人、来投奔我的武士两个，他们用刀，我用锤，藤次用火枪……"梅轩一一比画着，安排着明天的计划。

囚 徒

一

晨雾还没有散去，月牙弯弯地挂在高空，注视着还在沉睡的大山。潺潺的流水声打破了黎明前的宁静，急躁的猿猴匆匆地穿过溪流爬上峭壁。谷川桥上，晨雾中有几个人影在若隐若现地晃动。

“藤次，”梅轩压低了声音，“当心点，别把火绳弄湿了。”

穿着僧衣的两个山僧也参与了杀戮，剩下的就是两个野武士，他们服装混杂，但从走路姿势来看，倒像是训练有素的。人到齐之后，梅轩再次确认了作战方案，大家也都心领神会了。

众人过了桥，人影渐渐消失在浓雾之中。这些人走了之后，长时间潜伏在附近的一个影子也随着被波动的草丛，跟着消失在浓雾里。

从这里到山顶，有很多猿猴，有的玩着石头，有的揪着藤蔓荡来荡去，有到路上来的，有在桥上玩的，还有翻下桥底的，看上去这里就是猿猴的天下。

“汪！汪汪汪！”突然传来的狗叫声，使猿猴受到了惊吓，眨眼间就没了踪影。这是梅轩养的得力助手，它不顾主人交给它的看管仓库的重任，咬断绳子跟着主人来到了这里。嗅到主人的气味之后，它不断地吼叫着，拖着半截绳子在浓雾里跑来跑去，寻找着主人的身影。

狗走了之后，猿猴们又迅速钻了出来。一时间桥上、路上、崖边，到处都是玩耍嬉闹的猿猴。

不一会儿，猿猴又像乱了套一般，一哄而散，原来桥上又传来了脚步声。

“伊织，你看这里有不少你的玩伴呢!”

“在哪儿?”

“那边，那边，妈妈抱着小孩，哥哥拉着弟弟，姐姐带着妹妹，还有那边的山上……你看，还真不少呢!”武藏指着路旁的树上、对面的山上对伊织说。

伊织看到猿猴，开心极了：“真羡慕它们呀！我多么想当只猴子，有亲人陪着，还能到处玩……”

“是啊，我也很羡慕它们……不过现在咱们两个在一块，就不孤单了啊。”

武藏在前面走，伊织在后面紧紧地跟着。走过桥，再爬一小段山路，就是平坦的道路了。道路伸进了树林里，蜿蜒到黑暗的树荫深处。

二

路边都是参天大树，道路就在树的中间蜿蜒前行。走在路上，就能看到脚旁边刚刚冒出地面的新草。两边的树已经有些年头了，树皮上还长着青苔。大约是因为在圣地的缘故，这些树都是被人为修整过的，井然有序。而路旁的常青藤，一直爬到路上来，连路都被挤得更窄了。

突然，一声枪响，两人感到树林里地动山摇一般，随着枪声一起传来的还有惨绝人寰的一声大叫：“啊……”

伊织迅速趴到了旁边的草丛里，武藏也瞬间跳到一根大杉树后面，他一溜烟越过了伊织，大喊一声：“伊织，别动!”

定睛一看，在薄薄的晨雾中，有人影闪现，手里还拿着不同的武器，有刀、有枪，甚至还有抡锤。

这时，他听到伊织大喊：“师父，有刀!”

他还没顾上看伊织，就已经有一支枪刺了过来。武藏左手抓住枪杆夹在腋下，但另一支枪尖也到了眼前，武藏空着右手急忙抓枪，控制住两支枪之后，他才顾得上大声喊道：“来者何人？报上名来!”

晨雾还没散去，加上天还没有大亮，武藏并不知道他们来了多少人，目的何在。只听得耳边还有人准备偷袭自己。两个和尚的枪不能动弹，已经发挥不出任何作用。武藏双手一松，迅速拔出剑来，趁和尚踉跄后退之时，武藏一剑刺了过去，一个和尚扔了枪慌忙逃窜，正当武藏提剑准备刺另一个和尚时，武藏听到了脑后好似有东西飞了过来。

武藏急忙用剑向后一挡，只听“哐啷啷……”的铁链声缠住了自己的剑，还有一个拳头大小的铁锤也飞到了武藏的眼前。

“不好!”武藏大叫一声。

梅轩认为自己已经拿住了武藏，胜利在望，怒吼一声：“武藏，拿命来!”边吼边用右手拽紧铁链，继续猖狂地大叫：“武藏，鹿山的梅轩找你算账来了，今天就是你的死期!”说着左腿向前一步，左手的镰刀式武器向武藏扫来。

“锁链镰刀？果然是梅轩!”武藏虽然见过梅轩老婆舞过这精妙的武器，也曾在梅轩夫妇设计暗算他的夜里醉眼微醺地听梅轩讲过一些使镰的技巧，但那些毕竟都是些纸上谈兵的虚把式。现在真刀实枪地上了，他还真为这件兵器发愁。即便之前见过，也了解它的原理，但江湖上很少有人使用这种武器，这也是第一次和使用这种武器的人交手。右手长剑被铁链缠住，无法发挥效力，左手的短剑只能近处防身，这可如何是好？加上尚不知敌方一共有多少人，是否还有高手，武藏顿感腹背受敌。

没办法，只好放弃了毫无作用的长剑，顺势向后跳一步。但对方并没有放过进攻的机会，紧紧跟着武藏向前一步，右手的铁链也甩开了被扔掉的长剑，铁锤像流星一般跟着武藏而来。武藏并不敢用短剑去接铁锤，但刚躲开铁锤，镰刀又靠了过来。就这样，武藏毫无招架之力，只能步步后退，左闪右躲，还要小心应付可能出现在其他方向的偷袭。

三

背后好像有人在互相打斗？这是怎么个情况？难道还有人在帮自己？

顾不得太多，武藏只想先摆脱眼前的铁锤和镰刀的交错攻击，难道今天就要败在这个第一次交手的铁锤之下吗？

突然，身后传来一人的喊声：“你别管后面，后面有我，专心对付眼前即可！”看来后面的人真的是在帮自己，会是谁呢？后面的敌人又是谁？还有多少人？但眼前的形势并不允许他多想，因为只要有一丝走神对方就会找到破绽，而自己也可能会葬身在这个如流星般的铁锤之下或者镰刀之下。

现在，武藏可以放心身后了，但他的手上只有一把小刀，长剑已经被梅轩的铁链锁去。梅轩感到了事情的紧迫，向后大跳一步。对梅轩来说，最重要的就是敌人和自己之间的距离。镰刀和铁锤都需要铁链来发动，也就需要一定的距离，因为他的武器太长了。

而武藏，只要有一尺的距离即可，或者一尺之内的距离也可。但梅轩却不想和武藏之间的距离如此之近。

武藏看出了对方武器的使用方法，左手用镰刀，右手用铁锤，中间用一根铁链连接，两种武器用起来犹如一种武器一般，这就和双刀的道理是一样的。

“看，八重墙流派！”武藏大叫一声，似乎宣告了自己的胜利。果然，飞过来的铁锤后退了五尺有余，武藏顺势将手中的小刀扔向了敌人。

梅轩正要攻击武藏，呈向前跃进的姿势，面对着飞来的小刀，没有任何东西可以用来抵挡。梅轩来不及躲闪，小刀直插梅轩的心脏。而因为他身体的急剧改变，梅轩的铁锁也被收回，缠绕住了梅轩的身体。

“啊——！”梅轩发出了悲壮的吼声，眼看着铁锤、铁链击打到了自己的身体上。

武藏迅速拾起自己的长剑，心里虽然觉得可惜，但此时可不是怜悯对方的时候。于是武藏提起长剑，一剑下去就把梅轩砍成了两半——就像雷劈树木一般，从头脑到肋骨正好一劈两半。

“啊，厉害！”武藏的身后发出了感叹的声音，崇拜之情溢于言表，“刀劈活人，还真是第一次见！”

武藏回过头去，只见一个年轻的庄稼人站在那里看着自己。宽宽的肩膀、圆圆的脸，脸上淌着汗水，露着白色的牙齿对着武藏笑。

“呀，这不是木曾的权之助吗？好久不见！”见到这个旧识，诧异之余武藏也是满心欣喜。

“好久不见。”权之助微笑着问候道。

“真想不到能在这里见到你！”

“我也是来参加祭祀的。我的母亲没了，我来为她祷告。”权之助平静的外表下，看不出任何波澜。

“老太太?”

“嗯，去世了。现在就我孤身一人，也想像先生那样，游历四方修炼自己的武艺，准备在这里为亡母祈福，恰巧遇到了这件事。”

“唉。”现在权之助也和自己一样没有了母亲，世界上又多了一个孤单的人。想到这里，武藏不禁心生感慨。

“对了？伊织呢?”突然想到这里没爹没娘的可不只是他们俩，还有刚才一直跟在身后的伊织。

“刚才怕他受伤，托他到上面去了。”权之助倒是毫不慌张的样子，用手指指上方的树。

听见刚才救他的大叔这么说，伊织麻溜溜地从树上爬出来，一脸不解地看着二人。

正在这时，杉树林中却突然传来了狗吠声……

四

伊织从树上望去，很快找到了狗吠的地方。原来，在树林深处的一块平地上，居然有一只黑狗被拴在那里。黑狗旁边还有一块被咬下来的女人的衣服。顺着抖动的衣袖看去，只见那女人拼死地想逃开，但黑狗就是不松口，最后衣服断了，女人跌跌撞撞地向草原跑去。

和梅轩一起来的山僧，现在头上早就血流如注了，只好以枪当拐杖，正一瘸一拐地向森林外缘逃去呢。虽然他走在女人的前面，但很快女人就追上了受伤的山僧，朝着山下奔去。

“汪汪汪!”闻到风中的血腥味，黑狗发疯似的大叫不停，但已经没人理会它了。最终，狗咬断了绳子，飞快地去追刚刚逃掉的女人。说这是条疯狗还真是一点儿都不冤枉它，它可真是见谁咬谁啊！路上遇到了负伤的山僧，它不分青红皂白冲上去就张开血盆大口想要撕咬，却被气急败坏的山僧一枪击中。

黑狗瞬间就没了动静。

“师父，那个女人跑了！”伊织从树上向武藏汇报道。

“伊织，下来吧。”武藏像是没听到似的，淡然吩咐道。

“树林那边还有一个受了伤的和尚在逃跑，我们不去追吗？”眼看着远处的黑点越晃越小，伊织觉得武藏实在不可理喻。

“下来吧。”武藏没有解释，只是再次重复了一遍刚才的话。

伊织遵照武藏的指示，怏怏地从树上下来。武藏转头对权之助说：“跑掉的那个女人就算了吧。如果我没猜错的话，一定是那个叫阿甲的女人。”

权之助点点头，将昨晚睡在小酒馆时无意间听到了他们的谈话等一系列事情一五一十地全都告诉了武藏，武藏和伊织表示了深深的感谢。

“这么说，刚开始那一枪差点要了我们的命，也多亏了你啊！”想到那惊险的一瞬，武藏不禁万分感激。

“哪里，不是我，是这根棍子。”权之助回答得很幽默，“他们想偷袭你，就这些人还成不了事，但天还没亮，又有拿着枪炮的家伙，所以我才赶来帮忙，藏在那个拿枪的人后面，在他瞄准的时候，干掉了他。”

两人检查一下死尸，死于木棍的有七人，死于武藏剑下的有五人，到底还是死于木棍的人更多。

“我先把那个山僧带到庙里去问罪，作为神职人员，居然还干这种勾当，先回观音院！”

但是，还没到观音院的时候，就碰到了庙里的神官带着很多人在谷川桥上等着。于是，武藏让权之助和伊织在一旁等着，自己一人上桥上去向神官告状。然而，神官一看到武藏，就命令大家：“来人啊，把这个不法之徒给我绑了！”

武藏非常吃惊：明明自己是来告状的，现在反倒被当成了行凶者。这是什么世道啊？真是有意思！

“走！”听到神官都发话了，一个人毫不客气地上前喝道。与此同时，武藏被五花大绑地当成了犯人。

武藏怒了，但已经来不及了。来到大街上，这里已经聚集了上百人，里十层外十层地戒备着武藏。

下行的行李

一

“别哭，别哭……”权之助一边抚摸着趴在自己怀里哭泣的伊织，一边劝道：“快别哭了，男儿有泪不轻弹，你见哪个武士会跟你似的哇哇大哭的？”

“我是男人，男人，不哭……师父被抓走了，师父被抓走了……哇——！”伊织拼命地想要绷住眼泪，却反而更加控制不住，趴在权之助的怀里撕心裂肺地哭了起来，连权之助听了都替他感到心疼。

“不是被抓走了，武藏才是告状的人呢，这其中肯定是有误会。”权之助虽然这么说，但内心也充满了不安，坦白地讲，是凶是吉连他自己心里都没底。

从谷川桥过来的那群差人气势汹汹，杀气腾腾，二三十个人居然把告状的武藏说抓走就抓走了。

“真是奇怪，他们对告状的人会做什么呢？”带着自己的疑问，权之助拉着伊织的手就要走，“我们走。”

“不，”伊织摇摇头，还想哭，看着谷川桥一动不动，“不，我要和先生一起回去。”

“武藏很快就会回来的。你要不走，就把你自己扔这里了啊。”

即便权之助这么说，伊织仍然不动。这时，刚才那只受伤的黑狗满身是血晃晃悠悠地朝这边走来。

“啊，叔叔！”伊织眼疾手快率先发现了那只疯狗，大喊一声迅速地奔向权之助。

大概受到惊吓怔住了，伊织终于不哭了。权之助一边安慰伊织，一边背着他走了。

庆典已经结束，游客留下的垃圾被风刮得到处都是。权之助背着伊织回到了昨天从阿甲那里租借的小房间中。

闻到这旅馆的脂粉香气曾相识，伊织眼睛咕噜一转，伏在权之助的背上悄悄问道：“叔叔，刚才在山上看到的那个女人是不是就住这里？”

“应该是，”权之助站定之后回答道，“武藏被抓，如果不先抓住那个女人，她一定会胡说八道的。”

而逃回家的阿甲，刚一进门就开始收拾钱物，慌慌张张地准备逃跑。正要出门，却突然看到了站在门口的权之助，不禁自叹倒霉，小声嘀咕一声：“混蛋。”

权之助看着阿甲愤怒的眼神，笑着回道：“想跑吗？”

“哼，我待你不薄，你居然帮着武藏那个混蛋杀了我丈夫藤次！”

“得了，别既当婊子又立牌坊。他是自作自受，自作孽不可活。”

“你给我记着，我不会放过你的！”

这时，伏在权之助背上的伊织也开口骂道：“坏蛋！”

“哼，你居然敢说我是坏蛋？”阿甲冷冷地笑了，“如果我是坏蛋，你们就是盗窃宝藏的窃贼。哦，不，你们只是窃贼的奴隶罢了！”

“你说什么？再说一遍！”权之助一步迈进门来，逼问道。

“你不是已经听到了？”

“没有。”权之助一把抓住阿甲的手腕。这时，阿甲却突然猛不丁地拔出匕首刺向权之助。权之助手里拿着木棍，却根本用不上，情急之下一脚就将阿甲踢了出去。

“大家快来啊，偷宝藏的贼在这儿……”阿甲对着大街上一顿乱喊。

二

权之助迅速上前夺过匕首，毫不犹豫投向阿甲，匕首穿过了阿甲的肺部。血汩汩地流了出来，阿甲倒地不起。这是，那只不知潜伏在何处的黑狗突然蹿了出来，一边大叫，一边冲向了阿甲的尸体，吮吸着从阿甲伤口处流出的鲜红血液，对着云霄狂吠。

不仅是狗在狂吠，从昨天晚上到今天早上，整个山上都沸腾了。所有人都在慌慌张张地乱找，因为存放宝物的仓库被盗了。一看被盗的情况就知道不是外人所为，仓库中的古刀、镜子都没有任何异动，但储存多年的黄金雕像、货币等却全被偷走了。再看到刚才那一帮衙役，可见被盗是事实，而不是谣传。

刚才阿甲对着大街的一声喊叫，已经惊动了附近的居民。

“在这里，就在这里!”

“那些盗贼的同伙就在这里!”

女人的尖叫响彻空谷。越来越多的居民开始拿着家里的工具，朝屋里扔石头。由此可见，山上的居民的确被激怒了。

权之助和伊织终于逃了出来。逃到一处山坳处，已经甩开了后面追来的居民。他们虽然安全了，但还不知武藏的情况，内心深感不安。武藏一定是被当成盗贼才被抓起来的，而且，大概已经被关进了山上的监狱。

“叔叔，这里距离武藏平原好像还很远，但是师父现在不知道怎么样了？还在那些衙役手里吗？权之助叔叔，您能救救师父吗？”伊织透亮的眼睛里写满了焦虑。

“嗯，他现在应该被送到山上的监狱去了。肯定能救，他是被冤枉的。”权之助的回答透着骨子坚韧的义气。

“那就请您无论如何救救师父吧！”伊织双手合十，诚心请求道。

“当然，对我来说，武藏也像我的师父一样，就算你不说，我也会救他的。伊织，你还小，在这里也帮不上什么忙，你自己一个人先回武藏平原的茅草屋，可以吗？”

“可以倒是可以，但权之助叔叔呢？”

“我必须回去找武藏，还要找那些衙役们理论。如果他们不讲理的话，我就只好闯进监狱，强行救武藏出来！”权之助一边说，一边将手里的木棍插在地上，以让伊织了解自己的实力。伊织看到这种情况，什么也没说，点点头就一个人回去了。伊织是在大自然中长大的孩子，根本不用担心他会迷路，所以权之助放心地扭头朝大街走去。

三

伊织并没有觉得一个人的路途有多寂寞，只是感觉有些困了，就在路边的草丛中找了块石头躺下睡觉。秋天的阳光并不热烈，暖暖地照在身上让人感觉很舒服。伊织躺在石头上，像佛像一样一动不动。太阳快要落山的时候，好像有人从路上经过，伊织警觉地睁开了眼睛，迅速躲到了路边的草丛中。

只看到两个男人，一个坐在了路边的石头上，一个坐在路边的木头上休息，离他们不远的路上拴着一头托运行李的牛。牛身上挂着两只漆桶。一只桶上贴着“西丸御普请御用”，另一只桶上贴着“野州御漆方”。

从标签上来看，这两名武士应该是建设江户城的人，或者是管事们的手下。伊织藏在草丛里，看着两个人，听他们你一言我一语地聊着。一个是年过五十的老武士，但看上去非常健硕、强壮，另一个是十七八岁的年轻人，拿着毛巾擦着脸上的汗珠，点头笑着。

“这装在漆桶里，能顺利吗？”

“当然，就连那个大藏大人，都没注意到这个漆桶呢！”

“还真是讽刺啊，过了四五年了，大藏居然还对您这么趾高气扬的。”

“自己做的事情，跟那些普通盗贼可不一样。我是为了全天下，所以做得心安理得。”

“经常听您这么说，我也这么觉得，但是，偷盗终究还是偷盗啊。说不定什么时候就会被发现的……”

“什么啊，你这脸皮还真薄，不用觉得有什么不好意思。”

年长的武士并没有为自己的行为感到羞愧，而且还在劝告自己的同伴想开些。扶一扶漆桶，牵着牛先走了。年轻人也赶紧追了上去。

两人朝着武藏平原的方向向南走去，没过多久，两个人影和牛一起沉浸到了夕阳的余晖下。

漆桶

一

伊织一直藏在草丛里听着两人的对话，虽然感到奇怪，但并没有完全理解两人的意思。直到两人牵着牛下山之后，伊织才立刻从草丛中钻了出来，跟在两个人的身后向山下走去。

两个人也觉得奇怪，两三次向后扭头看伊织，但看到伊织的年龄和样子，大概觉得不像是能威胁到自己的样子，所以并没有在意。

很快，天就黑了，能见度非常低。去向武藏平原的路一路下坡。走在前面的两个人没有任何警戒，而跟在后面的伊织，以孩子的特有心思密切地注意着两人奇怪的行为。

“这两个人一定是小偷!”根据之前的观察，伊织能搞明白的就只有这一点。

盗贼有多恐怖，在他出生的村子里他已经亲眼看见了盗贼的袭击，盗贼过境，村里连一个鸡蛋一碗米都不会剩下。而且，盗贼会平静地杀人，这样的观念已经牢牢地刻在了他幼小的心灵上。只要看到盗贼，他就想灭掉他们。既然认为盗贼如此可怕，那么为什么小小的伊织却还要以身犯险，紧紧地跟着他们呢？理由很简单——伊织只想知道他们的行李会运到什么地方去。

“盗窃山上宝库的人，一定就是这两个人!”伊织心里一直这么认为。如果真是这样，那么师父就能沉冤得雪了。抱着这样的念头，伊织便更加充满了勇气。

终于，伊织跟着两人来到了扇町屋的一家小饭店里。

“城太,”年长的武士终于开口了。他对身边的年轻人说：“到附近填饱肚子吧，给牛喂喂草料，我也顺便抽袋烟。”在昏暗的灯光下，两人拴好了牛，走了进去。年轻人蹲在门口一边吃饭，一边不断地看着牛背上的行李。自己吃完之后，又很快出来给牛喂草料。

伊织也趁着这个时候赶紧吃了点干粮，低头扒拉饭的功夫就看见这两个人又开始走了，还一边说着话。

二

老武士叫年轻人城太，年轻人叫老武士老爹，他们的关系简直可以说是一目了然。

“难道这两个盗贼是父子?”伊织这么想着，觉得更加恐怖了。光靠自己的力量，肯定没法抓住这两个人。伊织盘算着，还是等这两人到家之后，自己马上去报官吧！这样一来师父武藏的罪名就可以解除了，也就可以从牢里放出来了。按照自己的想法，伊织紧紧地跟着两人，心里认定他们就是盗贼。

跟着两个人来到一棵老松树下，还有三个武士模样的人等在那里。只听到他们称呼年长的武士为“大藏”。只见他们搬开一颗大石头，用铁锹挖开，将桶里的金银财宝倒了进去。城太郎想，加上这次的，里面的财宝总共大概有几万两了吧。跟着奈良井的大藏从家里出来已经四年了，足迹遍布关东，神社、寺庙，这些金银财宝到底从哪里来的，他自己也不是很清楚。

大藏引诱本位田又八去偷袭秀忠将军，现在又趁着山上祭祀把山上的宝库给端了，埋在松树底下的财宝都是几年来攒下的。人真是太可怕了，表面上一套，内心里又一套，本位田又八为了钱，听信了大藏的花言巧语，居然去冒生命危险。又八，现在可能还在江户吧，一定还在等着和大藏约好的日子去偷袭秀忠，却不知道自己的死期就要到了。

更让人吃惊的是，深受武藏喜爱的少年城太郎现在已经是十八岁的青年了，现在却称大藏老爹。如果武藏和小通知道了城太郎的变化，还不知道要如何感叹呢。

五人商量之后，考虑到不返回江户应该更安全，于是决定藏身木曾。但城里的当铺中还有些必须烧掉的资料，而且还有朱实，所以必须有一个人先回去一趟。最后，决定由城太郎去完成这最后的任务。安排完之后，四个人消失在了黑暗中，只留下城太郎一人返回了江户。

伊织不知道该跟着哪边，看着到处都是黑咕隆咚的，只是想知道那两个漆桶里到底装了什么。

师兄弟

秋高气爽，太阳好像把人的皮肤晒透了一般。一般来说，盗贼们不会出现在光天化日之下，但城太郎不同，居然敢大摇大摆地走在太阳底下，没有丝毫顾忌。他像一个志向高远的青年一样，走在武藏平原的太阳光下。

但这一路上城太郎却老觉得不踏实，总感觉后面有人跟着自己似的，便也本能地提高了警惕。偷偷地向后看过去才发现，原来有一个奇怪的少年，从早上就一直跟在自己身后。难道迷路了？但看上去也不像，是有什么事？停下来等他的时候，他又躲了起来，装出一副没有跟着自己的样子。

城太郎趁伊织没注意，躲到了旁边的草丛里。待伊织走近之后，才出其不意地钻了出来。

“喂……小孩！”

“啊！”伊织正在为跟丢的人而云里雾里四处张望，闻声大叫一声，迅速逃了。

“哎……小孩，你上哪儿去？别跑啊！”至于吓成这样吗？怎么跟耗子见了猫似的？城太郎也是一头雾水，不知道发生了什么事，快步上前挡在伊织面前问道，“你一直跟着我，是不是有什么事啊？”

“没，没，我只是回家而已。”伊织一边跑一边摇头。

城太郎上前一把抓住正要逃跑的伊织：“你到底说不说？”

关键时候保命要紧。伊织可不理他这一套，甩开城太郎的手，风一样地跑了起来。

“喂，等等……”城太郎搞不清楚发生了什么事，只能追了过去。

“有贼啊，有贼啊，就是那个偷了山上宝库的贼，大家快来抓贼啊！”伊织跟个受了惊的兔子似的撒丫子就跑，一边跑一边大声喊着，“快快快，追我的那个人就是偷宝库的贼，快抓他！”

但周围的村民没有什么反应，只是呆呆地看着他们，伊织像一个指挥着没有战斗力的士兵的将军一样，无能为力。

“你到底想干什么？你究竟是什么人？为什么一直跟着我？”很快城太郎就追上了伊织，没好气地问。

“你听清楚了，我是宫本武藏的弟子，三泽伊织就是我的大名。”虽然伊织打不过他，但伊织可不想在语气上落后，“你一个盗贼，听到我师父的名字，还不赶快放了我。真是不知好歹！”

“什么？”城太郎非常吃惊，甚至怀疑自己听错了，“你说什么？你再说一遍？！”

城太郎的反应出乎伊织的意料，伊织以为自己的名号镇住了对方，更有信心地说道：“你听好了，我是宫本武藏的弟子三泽伊织。怎么，怕了吧？没想到吧？”

“太不可思议了！”城太郎感觉太巧了，连看伊织的眼神都变得亲切起来，“真的？师父他还好吗？身体健康吗？现在，现在他在哪儿？”

“什么？”这次轮到伊织摸不着头脑了，一边向后退一边说，“师父？你搞笑呢吧？武藏师父怎么可能有你这样的盗贼徒弟！”

“盗贼谁都不喜欢。不过我城太郎可不像盗贼那么混蛋！”

“什么？城太郎？”

“对，如果你是武藏师父的徒弟，就应该听说过我。我像你这么小的时候，就已经在武藏师父跟前好几年了。”

“你，你说谎!”伊织瞪大了眼睛，绝不容许师父的名声坏在这个自称城太郎的盗贼手中。

“是真的。”为表示对师弟的热情，城太郎上前几步，突然亲切地抱住伊织的肩膀。

伊织无法相信，只见城太郎收起匕首，还高高兴兴地自称师兄。伊织乘机一脚踹在了城太郎的肚子上，撒腿就逃。

“啊，等等!”城太郎一手扶着树梢，一下子扑了过去，两个人却抱成一团儿摔在了旁边的石头上，都失去了意识。

另一边，村民们已经帮武藏盖好了房子，所有的木料都换成了新的，比之前宽敞了很多。但武藏还没有回来，这里依然点着灯火。

昏黄的灯火在泽庵脸上一明一暗地舞动着，他一个人住在这里等着武藏和伊织归来。

叛逆者

一

时而有些过路的人到武藏的小屋里借宿，这天居然来了个瞎和尚。和尚见和尚总是分外亲切，聊着聊着说到那边有两个小伙子打架打晕了，瞎和尚自己也没带药，想喂他们喝点水又看不见，只能过来求助泽庵了。

泽庵听完也没犹豫，带着水就去了。到地方才发现这里已经围了不少村民，在人群中城太郎已经醒了，坐在地上打量着众人，像是一个迷路的孩子一样。

泽庵走近一看，非常吃惊。虽然现在的城太郎个子长高了，脸和样子也都有了变化，但他还是一眼就看出了是城太郎。泽庵想，城太郎也应该一眼就能认出自己吧！

“这不是城太郎吗？”泽庵先开口了。

“啊，是我。”城太郎看看泽庵的样子，再看看旁边的小孩。

“果然是城太郎啊。不知不觉你也变成大人了，成了优秀的年轻人了。”看到城太郎的成长，泽庵很是吃惊。

给伊织喝了些水，伊织才恢复了意识。睁开眼看看周围，突然哇的一声哭了出来。

“疼吗？哪里疼？”泽庵赶紧问道。

但伊织摇摇头，边哭边说：“哪里都不疼，师父没了，师父被抓走了，我害怕。”

看他突然哭起来，说得又不清不楚，泽庵一时不知该怎么办。这时，城太郎压低声音说："泽庵师父，我有事想告诉你，找个没人的地方吧。"

听到城太郎这么说，伊织终于停止了哭声，用怀疑的眼光看着城太郎："泽庵大叔，你别听他的，他和小偷是一伙儿的。别听他胡说八道!"一边说一边用手指着城太郎。

"你们两个别吵架了，你们原本就是师兄弟啊。都跟我过来!"

两人跟着泽庵回到了武藏的茅草屋中。城太郎和泽庵小声地说着话，像个犯了错的女人一样，一边流泪一边诉说着自己的经历和忏悔。

"和师父分开已经四年了，四年来都是奈良井的大藏照顾我，深受他的恩惠，就算为他付出自己的生命也不觉得可惜。之前，我也一直参加大藏的行动，但从来没想过要当小偷啊。我是武藏师父的徒弟，虽然不在他身边，但师父的精神我一刻也不曾忘记过啊！大藏偷了山上的宝库，如果因为这个让师父坐牢，我绝不允许！明天，我就去自首，让他们把师父给放了。"

泽庵静静地听城太郎说完，抬起头看着他的眼睛说："这么说，盗宝库的事的确是你和大藏干的?"

"是，"城太郎的语气中充满了后悔和羞愧，"不过为了师父，我一定去自首。"

"别说傻话了。你还小，还没有形成自己的观点，你也只是按照大藏的吩咐做事。什么为了世人，为了别人了，都是嘴上说得好听。听上去冠冕堂皇的很伟大，但事实上不也是给周围人带来了不幸吗?"泽庵循循善诱道。

"但我从来没有考虑过我自己的事情，都是为了全天下啊!”听泽庵这么一说，城太郎突然觉得有些委屈。

“好了，别傻了，有什么好哭的，有什么好后悔的，天不早了，睡觉吧!”说完，泽庵便和伊织回房了，只有城太郎一人若有所思地站在那里。

二

泽庵睡着了，伊织也睡着了，但城太郎却睡不着。整夜都在想着关在监狱中的武藏，内心充满了歉意，懊恼不已。仰面躺着，泪水已经流到了耳朵后面。小通现在怎么样了?如果她在的话，也一定会责备自己的。虽然跟泽庵说了一些，但自己跟大藏发誓说保密的事情依然没有告诉任何人。想到这里，城太郎认为不如趁现在就离开这里。

想到这里，城太郎猛地抽身走出了茅草屋。仰头看看星空，如果再不快点走的话，天马上就要亮了。

“喂，等等!”刚走出没几步，城太郎就听到后面有人叫自己。泽庵站在那里，走到城太郎跟前，拍拍他的肩膀含笑问，“怎吗?你还是想去自首?”

城太郎默默地点点头。

“你就这么迫不及待地去找死吗?”

“找死?”

“没错。你以为自己承认之后，武藏就能被放了?世上可没有这么天真的事情。到时候不光是你，就连武藏也会被继续关在里头严刑拷打，你这难道不是去找死吗?如果你想为你师父洗去冤屈，就必须先让你自己清白。你是愿意到衙门被人严刑拷打还是选择先把事实真相告诉我泽庵呢?——我是佛门弟子，告诉我也就是告诉了佛祖。”

“泽庵师父，我……我说，我都说，虽然发誓不能把这件事告诉任何人，但我可以告诉佛祖啊！”说完，城太郎拉着泽庵的袖子就往树林里走去。

城太郎一口气把烂在肚子里的话全都吐了出来，说完后终于感受到了雨后初霁拨云见日般的轻盈和畅快。中间泽庵没有任何发言，等城太郎说完，他才不紧不慢地开口说：“就这些？”

“对，就这些。”

泽庵没有说话，静静地沉默了一刻钟。树林的上方露出了黎明的光线。

大量的乌鸦在头顶叫嚷，四周已经泛白。泽庵坐在一棵树底下，城太郎靠在另一颗树上好似在等着泽庵的答复。

“你还真是夹在了一群‘伟人’中间啊，居然想撼动整个天下，真是一群魔鬼！但好在他们现在还没做什么。”说到这里，泽庵从怀中拿出两根金条，站起来递给城太郎：“一刻也不要停，你必须马上离开这里。为了你自己，也为了你师父，不要问为什么，到尽可能远的地方去，一定要远。但是要避开从甲州路到木曾路之间，因为那里都把守严格。”

“那师父怎么办？他是因为我才会被关起来的，我怎么能不管不问地就这样丢下他去别的地方呢？”听泽庵这么说，城太郎的良心大大的过不去了。

“放心，还有我呢。过个两三年，你再回来找武藏，再跟他道歉就是，到时候我也会帮你的。”

“但是……”

“别浪费时间了，趁天还没大亮，赶快赶路吧！”泽庵的口气很坚决，不容一丝质疑。

“那好吧。泽庵大叔，我还有个问题想问您，打倒德川家的人为什么就是叛逆者？而掠夺了丰臣家政权的人为什么就不是叛逆者呢?”

“不知道……”泽庵眼神犀利，没有回答城太郎的问题，大概谁也无法回答吧。泽庵也不知道为什么，但所有忤逆德川家的人都被称为叛逆者，所以无形中他也在心中形成了这个印象。

石榴之伤

一

伊织跟着泽庵来到了赤坂城的新藏府上，见到新藏的宝马栗毛顿时感到非常喜欢，便一直和栗毛玩耍。只是才热乎了没多大会儿，听到新藏大喝一声，伊织以为新藏在斥责自己，忙回头看去，却见新藏正在和一个老太婆拉拉扯扯，新藏非常生气。

“我说了，我父亲不在家，他已经四五天没回家了，你到底想怎么样?”

老太婆一听这话，“噌”地一下火就上来了，大声斥道：“你们这不是骗人吗？不想见人就明说，拐弯抹角的找什么借口？不愿意看这世界了，还活在这人世上干什么?”

那老太婆火气十足，怒冲冲地说：“这么说你是这府上的少爷了？我已经来好几趟了，每次来你们都说他不在，这分明是在骗人。今天我非见到他不可!”也不管人家说什么，老太婆说着就使劲往里挤。

“你这老太太，我父亲确实不在，就算他在家，不愿会客，你也不能这样硬闯啊!”新藏对这胡搅蛮缠的老太婆也没了脾气。

“不愿会客？真是笑话！世上还有我不能去的地方？将军府都能去，你们一个小小的府邸，我还进不去了?”老太太一副难以阻挡的样子。

新藏只好拉住她说："父亲他人是真的不在，就算进去你也找不到人。你找他到底什么事？跟我说说，回头我一定告诉他还不行吗？"

老太婆一听，气呼呼地坐在台阶上，开口说道："少爷，你要是真能把我的话转达给你父亲，我也不会这么闹腾。"

"当然会转达，你说吧！"

"是关于宫本武藏的。"

"他怎么了？"一听武藏大名，新藏不禁竖起了耳朵。

"他十七岁的时候，拐了我的儿子去战场，后来却做了逃兵。在老家，也没干过什么好事，村里没人说他好。他害我儿子害了一辈子，我从老家跑遍全国去追他，就是为了报仇。这些先不说，就他诱拐我儿媳妇小通的事情就能说明他不是个好东西，朋友之妻不可欺啊，他却拐走了自己好朋友的老婆……你说说，这都是些什么事儿！"一边说着，阿杉婆便一边抹眼泪。

"等等，老太太，你说这些跟我们有什么关系？"就为了这点家长里短的事就得劳烦父亲？新藏暗地里觉得这理由实在牵强可笑。

"有什么关系？这可是天下的大事！你且说说，你父亲是不是推荐他当将军师父了？"

"这……你是怎么知道的？"

"我怎么知道的这不重要。重要的是像武藏这样的人，给将军提鞋都不配，怎么能给他当师父？将军的师父就是天下人的师父，像这样的人，说起来都叫人恶心……你把我说的话，一定要转达给你父亲，一定要劝他别办糊涂事啊。千万不能被武藏的花言巧语给骗了啊！"

新藏当然相信武藏的人品，听到老太太这么败坏武藏，心里非常不高兴。想给她点颜色瞧瞧，又怕她跟个狗皮膏药似的贴着不放，只好尽快打发她走。

“你说的我都知道了，之后会转达给我父亲的，你可以走了。”

“那就拜托您了少爷，这可是天下的大事啊，一定要记着!”说完，阿杉婆终于心满意足地拄着拐杖离开了。

二

没几天，安房和泽庵一起回来了。伊织急忙跑过去抱住泽庵说：“怎么样怎么样，你好几天没回来，师父到底怎么样了?”

泽庵笑道：“小家伙，别急，他很快就会回来的!”接着向新藏说：“明天你到他们那个茅草屋看看，如果武藏回来了，就把他接过来。这些天在监牢里生活，也该好好养养。”

交代完，泽庵也回到客房休息。这些天，所有事都交织在一起，可把他给累坏了。武藏的事、大藏造反的事，都要一一解决。

武藏的事情，因为泽庵和安房出面，又有权之助作证，误会解决，武藏也自然就被放了出来。

而大藏造反的案子，已经惊动了多地的官府，要搜索证据、抓人、寻找赃物，甚至还要调动军队。奈良井的贼窝——江户城中大藏那个当铺中已经空无一人，只找到几件不值钱的物件还有商家不该有的武器，以及大藏和同伙往来的信件，最后也只抓到了一个刚入伙的女人朱实，她却什么也不知道。

原来大藏原名沟口信浓，自从关原大战之后便藏匿在了奈良井，改名大藏，在各地行窃，企图东山再起。

很快，企图偷袭将军的又八也被抓了，衙役们不费吹灰之力就从又八嘴里知道了谋反的事情，但找遍了槐树底下也没有发现他说的证据。

最终又八和朱实都被判了杖刑，对于这些小人物，官府并没有要他们的命，而泽庵也因为同情又八的遭遇，帮他剃去青丝，皈依佛门了。

荣耀门楣

一

一夜间落叶堆积。看门人打扫完了院落，打开大门，焚烧落叶，正在用餐时，北条新藏晨读完毕，也结束了同家臣们的击剑练习，去井边擦拭身上的汗水，又去马厩里看马匹的情况。

“栗毛昨晚没回来吗?”

“马倒还好，只是那小子到底去哪儿了?”

“你是说伊织吗?”

“就算孩子爱在外边疯，也不能夜不归宿吧!”

“不用担心。那小子就像长在野外的。肯定想去野外看看。”

这时，看门的老人走来禀报。

“老爷。您有客人来访。”

“哦，客人?”

新藏走出去，同玄关前的五六名青年打招呼。

青年们也向新藏问候。

“身体好些了吗?”

“听说您受伤了。”

“什么。没有那么严重。大家这么早有何贵干?”

“恩，这个……”五六个人互相看了看。

这些青年都是官宦人家的子弟。并且这些人都是小幡勘兵卫军学所的学生，而新藏是那里的师父，因此他们之间也有师徒关系。

“去那边吧。”

新藏指着院子一角燃烧的落叶。几个人围着那堆火。

“天冷的时候，这里还会痛。”新藏指着颈上的伤口。

“听说是佐佐木小次郎那小子干的？”

“确实。”

新藏眼睛被烟熏了，转过脸去，沉默不语。

“今天就是谈谈佐佐木小次郎的事……昨天才知道，亡师勘兵卫的公子余五郎也是小次郎害的。”

“这只是猜测的吧，你们有什么证据吗？”

“余五郎的尸体是在芝伊皿子寺的后山发现的。我们讨论以后认为，在伊皿子后山上，住着细川家的重臣角兵卫，而旁边住的就是佐佐木小次郎。”

“这么说，余五郎一个人去找的小次郎？”

“嗯。应该是复仇失败后被杀。尸体被抛下山崖的前一天下午，花房的老爷子发现了这件事，然后找到了尸体。各位，小次郎抛尸这件事已经没有什么疑问了。”

“……”

谈话结束了，几个年轻人的眼眸里充满了悲愤，在燃烧的落叶中越来越旺。

二

“那么……”新藏抬起被火烤得发烫的脸，“你们是要商量什么事？”

一个青年说：“恩师家未来的事。还有我们对付小次郎的决心。”

“那其他人的意思呢?”新藏不动声色地问道。

“说让我们决定。”那青年补充道。

“……”新藏陷入了沉思。

“您可能也有所耳闻,”见新藏面露难色,青年们又说,“佐佐木小次郎受命于细川忠利,已经动身去番地了。就是因为他恩师才愤慨而死,其子也死于复仇,同门也惨遭蹂躏……新藏大人,这样下去,小幡门生们怎么办?!”

新藏依然沉默,但是面对同门们的愤恨,还是说道:“拜小次郎所赐,那个刀伤现在还会隐隐作痛。可是我只是别人的手下败将,各位有什么打算呢?”

“我们想去细川家抗议。”

“什么?”

“我们会详细说明,然后让他们交出小次郎。”

“然后怎么办?”这些人也就只能使出这些招数了,新藏叹了口凉气。

“然后压着他到恩师墓前,敬献他的头颅!”青年们一个个义愤填膺的样子,仿佛小次郎已经乖乖在他们面前就范。

“这样固然很好,但是细川家绝对不会同意。我们早就想找他复仇。而细川家就是因为佐佐木小次郎擅长武艺才将他收归麾下。如果各位要他们交出人,只会让小次郎更有价值。越是这样的勇士,就越不会交出来。”

“难道这样就没办法了吗?那我们只好使出撒手锏了!”

“你们还有什么招?”

“岩间角兵卫和小次郎一行是昨日出发的。如果追的话可以赶上。您打头阵,这里有六个人,然后再……”

“在路上报仇吗?”新藏苦笑一下,为师父收的这群无勇无谋的弟子感到悲哀。

“对。新藏大人，请动身吧!”殷殷的目光透着无限的期待。

“不行!”

“什么?”冷不丁地被这样泼了一头冷水，众青年很是吃惊。

“为什么不行？您身上可担负着恩师家门再兴的重任啊!”

“谁也不想长他人志气灭自己威风，但是人贵有自知之明，不管你们愿不愿意承认——和他比起来，只论剑术的话，我绝对不是他的对手。就算带了同门一起去，就算十多人一起上也只能自取其辱。”

“你这是什么鬼借口!”

“怕死就直说，搞得跟多么为我们着想似的，师父收他当大弟子真算是瞎了眼了!”听新藏这么说，有几个沉不住气的已经开始骂骂咧咧的了。

不久，屋里只留下落叶的灰尘和沉默不语呆坐的新藏。

伊织在门前下了马，牵着马哒哒地走入府邸。

三

“新藏叔叔在这里吗?”伊织把马牵到马厩，听见熙攘的屋里突然没了动静，有些担忧地问。说着，他就来到了火堆旁。

“你们吵架了吗，叔叔?”看着新藏暗淡的表情，伊织小心翼翼地问。

“嗯？你听谁说的?”

“刚才我回来的时候看到那些年轻武士气呼呼地走了。”

“哈哈，这件事啊……”新藏收起了笑容，“昨晚在哪里住下的?”

“叔叔，武藏大人回来了。”

“是啊。泽庵先生说的。大概是从秩父回来了吧。”

“泽庵先生呢?”

“在里面。”说着向里看去。

“伊织，听说了吗?你师父要飞黄腾达了。”

“什么情况?”听新藏这么一说，伊织来了精神，“有什么好消息就快点告诉我吧。”

“嗯……他成了将军家的师父，就要成为被人人尊敬的剑宗了。”

“啊，真的?太好了!你能不能借我一匹马，我想报告给师父!”

“不用这么着急。今天就会由阁老宣布武藏先生的委任状。然后即日去拜谒将军。——所以，阁老中的使者到了以后，我就去迎接。”

“那么师父会过来吗?”

“那还用说?肯定会的。”新藏和伊织说了一阵，心中的忧郁减轻了许多。但是还是担心那几个愤怒离去的朋友。

一会儿阁老的使者来到，命令明天带着武藏出发。新藏接到命令，骑着骏马便快马加鞭向武藏的茅草屋出发了。

“欢迎欢迎!”武藏正和权之助聊天。

四

从狱中解放出来的武藏，即将拥有将军家老师的荣光。

但是武藏心中想到的却是泽庵这样的朋友、安房这样的知己和新藏这样的友人，对待自己这样的一介旅人，还给予温暖与恩惠。

第二天，北条父子为他准备了衣服、扇子和怀纸。并为他准备了丰盛而隆重的早餐，像要举行成人仪式一样。

武藏想起自己在狱中思考的事。

自己在开垦法典之原的两年间，同农民一起耕田，本来下定决心要将自己的兵法和治国理论付诸实践，但是想到江户的情况和天下的动荡，并没有理想的用武之处。

丰臣和德川还会发动战争吧，这都是早晚的事了。也正因为天下不稳，所以无论思想还是人心都处于混沌和动荡的时期。可能明天就会天下大乱呢，这种事情没人能够预知。

自己应该如何选择？是关东还是上方？或者是都不选择，而是隐于市等待？

不管怎么说，他现在已经是将军家的老师，如果满足于此，也就明白自己的使命了吧。

迎着朝阳，武藏身着正装，跨着华丽的马鞍，一步步走向显达之门，但是心里却没有满足。

到了传奏屋敷之门。

铺着细砂的门前有一个拴马的地方。武藏下了马，马上有一个拴马的人跑过来。

“小人就是承蒙阁老召唤而来的宫本武藏。”

“请在此稍待片刻。”

武藏来到一个宽敞的屋子里。等了半天也没有来人。时间一长，他不禁开始哈欠连连了。

五

终于，一名大臣出现了，满面红光，气度不凡。

“武藏大人来了？让您久等了！”

说这话的是川越城的城主酒井忠胜。不过这只是江户城中一个小吏之事，因此有一名侍者在侧，也就不拘于排场了。

“听您的召见。”武藏不知是否是个下马威，但是对于长者还是恭恭敬敬，伏在地上。

“小人是作州罪人，新免氏一族，宫本无二齐的儿子武藏。承蒙将军错爱，前来到此。”

“本来是泽庵和尚和安房大人推荐的，官职的仪式……昨天，将军圣意突变，就推迟了。这个我也难解圣意，不过您跟这次的仪式是没有缘分了。”

忠胜又说道：

“毁誉褒贬，也请壮士不要被俗世牵绊。人事尽在眼前，又怎能说是幸或不幸呢。”

“是。”武藏纹丝未动，心里却长舒一口气。忠胜的话让武藏的感激之情油然而生：“小人完全明白。十分感谢。”

他很自然地说着，没有任何讽刺和不妥。

这人有点意思！忠胜凝视着他，眼里闪过一丝不解和敬重。

“另外，听说你意趣风雅。那些俗人的中伤不必放在心上。超越这些毁誉褒贬，才不会损害自己的志趣和内心。”

武藏在咀嚼这番话的深意时，忠胜已悄然离开了。

他反复思索着忠胜的那些毁誉褒贬以及俗人中伤的话。——虽然没有必要回答，但是要显示自己的忠心！

“自己的面子没有关系，但是不能给举荐人抹黑。”

武藏看到墙角的纯白屏风。叫来小厮，说上一些上好的墨、朱红和少量青色颜料。

六

人小的时候就会画画，就像唱歌一样，长大了自然也就会了。

武藏小的时候经常画画。寂寞的他很喜欢画画。

但是十三四岁到二十多岁这几年，他几乎忘了画画。之后，去往各处修行时，在住宿的寺院或显贵人家经常会看到一些画卷和壁画，因此又提起了画画的兴致。

在本阿弥光悦的家中见到梁楷的栗鼠落栗图时，他被画中那种朴素的王者气质和浓墨淡彩所吸引。

当然，对这些画的喜爱程度也不同。梁楷笔触豪放，苍劲有力，北海友松是有气节的武士，他的画也足以让自己学习。

另外，武藏也喜欢隐士松花堂昭乘的清新淡雅的即兴画作。听说他也是泽庵的朋友，因此更加喜爱他的画作。

人有些隐藏的东西会体现在画作中。但是武藏变成了不能绘画的人。虽然绘画技巧高超，但是却不能流露真性情。

因为厌恶，所以停止。——但是有兴趣的时候，又试着绘画。

有时候会模仿梁楷，有时学习友松，有时仿照松花堂。但是武藏却没有向人展示过画作。

“……好！”武藏终于又要开始画画了。就像比赛结束后舒了一口气，武藏静静地收拾完毕，退出了房间。

武藏跨过了豪华壮丽的大门，又转头看了一眼。

——是进入显达之门，还是退出显达之门？

屋里只剩下武藏原野之图。只有一轮旭日，显示了武藏的丹心，红日之后是墨色的秋野。

酒井忠胜坐在前面，默然拱着手臂，叹道：“老虎逃出荒野了……”

天　音

一

武藏回到了北条家，然后又回到了武藏平原的茅草屋中。

权之助跟武藏打着招呼，飞奔出来迎接。

看着衣着正式的武藏，想着他一定已经登上江户城，并且参加了就任仪式。

“恭喜！明天就要上任了吧？”武藏能够壮志得酬，权之助也由衷地感到高兴。

“没有进行仪式。”武藏坐下来，平静地笑了笑，“今天突然就取消了。”

“啊？怎么会？这是为什么呀？”将军家怎么翻脸比翻书还快？听见这样的答复，权之助也感到很不舒服，“不管怎么说都得有个理由吧？理由是什么呢？唉，现在再追问这个也没多大意思了。反正感谢天意吧！”

“你觉得我的荣光就在江户城门上吗？”听声音就知道权之助一定很失落，武藏接着说，“其实，我也有自己的野心，只是这种野心不是名誉和地位。恕我冒昧直言，我希望用我的刀来实现自己的政治理想。剑道的真髓和政治的精髓是一致的。我就是因为相信这一点，才去为幕府做事的。”

“好的政治就是高超的剑道和精神合一。”权之助喃喃自语。

“没错。只是理论终究只是纸上谈兵，实际上却常常并非如此。学者研究的真理，并不一定是世俗中的真理。”说到这里，武藏心中充满了愤怒：“在这个国家，世事变化。剑道变成了无用的技能吗？不过细想一下，政治不能只靠武力，而应文武兼用。所以，我们自身要文武双修。”

这么说着，武藏自嘲似的笑了：“对了，权之助。没有砚了。借我砚台一用吧。”

二

“权之助。辛苦你帮我跑一趟。”

“是牛入的北条家吗？”

“对，具体事情已经写在书信里了。顺便替我向泽庵和安房问好。”武藏像是想到什么似的，又接着补充道：“还有伊织放在我这儿的东西，我想还给他。”

说完，武藏将书信和东西一起给了权之助。那是伊织给武藏保存的，父亲的遗物——一个旧包袱。

“师父，可你为什么把东西还给伊织呢？”听武藏这么一说，权之助有些不解。

“我想暂时离开大家，隐于山间。”武藏坦言望天，语气里透着不容置喙的淡然。

“不管是山林还是城镇，弟子都要跟师父一起！”

“这两三年，你暂且照顾伊织吧。”武藏没有理会权之助的建议，像是心意已定。

“师父要隐遁吗？”

“怎么会？我还有大志没有实现！”

“那么，我趁着天亮马上出发吧！”权之助听着师父的教诲，把两件物品放好。

“本来今天应该直接去安房大人府邸的，但是这次仪式取消，大概是将军家对我存有疑虑。因此我不能太接近推荐我的安房大人，就直接回到草庵了。这些都已经在书信中表明了。”

“明白。我会在今天晚上回来。”夕阳西沉，权之助立即骑上马赶路，到了赤城时，已经是后半夜。

——怎么还没回来?

就在北条家担心时，权之助已经回去，而书信也被泽庵拆开。

三

在权之助去传递消息之前，人们都通过各种渠道了解到了武藏就任仪式被取消的事情。

这些渠道就是阁老中的人泄露出来的。在说到武藏终止录用的原因时，也将武藏的出身和品行做出各种材料呈现给了将军家。

最不合格的一点就是武藏的仇人。

但是错在武藏无疑。传言常年寻找武藏复仇的人是个年过六旬的老妪，人们不禁同情这个老人，反对武藏。所以不难想象，这些盲目的义愤填膺的抗议声终于在武藏即将受到重用时起到了一边倒的反作用。

——这其实就是流言。

但是，更让人难以理解的是，居然有人还真相信那个婆婆的谎言。真相是小酒馆和井边闲谈的人不知道的，那些当事者——还是当政者们，在这半天，变得哑口无言。

权之助作为武藏派去的人，带了书面信函去面见北条新藏和安房守。

详细信息权之助会传达。

最近有些有趣的想法，再加上多年老毛病，对于旅行的兴致些。现赋诗一首，也变得不似从前贻笑大方。

乾坤大地视为庭院之时
是身处尘俗人世之时

见两位阅信完毕，权之助又说道："武藏大人回来了，但是从阁老的态度来看，可能受到了将军家的怀疑，所以故意没有来此告知，而是回到草庵。这也是师父要我带来的口信。"

听到这些，北条新藏和安房守都觉得惋惜。

"为何这样顾虑。这样我们的心里也不好受。泽庵大人，即使请也不会来吧。那现在就骑马去武藏原野拜访吧！"

"对了，请等下。请伊织回来一趟，师父给他的东西在这。请麻烦叫他一声。"权之助一边说着，一边拿出了古旧的皮革包袱。

四

"找我什么事啊？"伊织很快到了，眼睛已经看向了自己的包袱。

"这是师父让我还给你的——你父亲的遗物，师父让你好好珍藏。"把话带到之后，权之助还说了武藏要去修行，以后伊织要跟自己一起生活的事情。

伊织有些不服，但是碍于泽庵和安房，也就没有多说。

泽庵听说那个包袱是伊织父亲的遗物，试着探究他们的出身，发现他们的祖先是最上家旧臣，代代都称为三泽伊织。

后来由于主家没落，战乱中一族分离，然后漂泊到各地，父亲三右卫门一代来到下总当了一名农夫。

“但是，我并不清楚，虽然我有姐姐，但那时父亲并不细说，母亲又早逝，所以不太清楚。”回忆起家族旧事，伊织知道得也并不多。

泽庵取下了包袱，一件一件地清点着陈旧的文书和福袋，当清点到其中一件时不禁惊奇地瞪大了眼睛！

“伊织。你的姐姐，好像写在这个文书上。”他目不转睛地看着手中刚刚展开的一张纸和伊织的脸，然后在几个人面前展开文书读了起来：

> 我们夫妇俩流浪已久，生活艰难。在七宝寺里遗弃了一女，希望这个孩子可以健康成长。
>
> 希望我们不负盛名，不为祖先抹黑。

“你能见到你的姐姐了，我们年轻时就认识。武藏也认识。伊织，你也去吧！”

说完，泽庵就飘然离席了。

但是，那夜匆忙赶去茅草屋的人却并没有见到武藏，只是在黎明之时，看到了一朵白云渐渐淡出在蔚蓝的天际。

元明卷

报春鸟

一

柳生城的柳生谷里，黄莺非常有名。

在这里即使梅花花香扑鼻之时，也很少听到黄莺啼叫。山野小路上的雪融化之际，黄莺却突然急剧繁殖，现在已漫山遍野。

每天都有前来拜访的人们，期望能有幸得见石舟斋真容。

“不管是谁的推荐，我们祖师爷年纪大了，没法见客。”士兵们十年如一日地说着辞谢的话。

“道业没有贵贱之分，也没有名人和初学者的差别。”每次都是这样碰一鼻子灰，有的武士心里甚是愤愤不平，也只得无奈地回去了。——很显然，他们并不知道石舟斋去年就已经去世了。而石舟斋在江户的长子旦马守仪宗矩早在四月份时就请了假回乡悄悄办起了丧事。

“小通姐。”庭院里站着一个男孩，现在正东张西望地找人。

“小通姐。你在哪儿呢?”

话音刚落，一间屋子的门被拉开，屋里的焚香一下子散了出来。可能没有过百日祭，也可能长时间没有晒到阳光，她梨花似的脸庞爬满了愁容。

“在佛堂呢，什么事?”

“兵库大人找你过去一下。”

于是小通放下了手里的活，径直去了兵库的房间。

“小通来了啊。能代我去见见客人吗？”

“哪位？”

“刚才木村助九郎去了，我对那些长篇大论没什么好说的。”

“那么是宝藏院的大师吗？”

二

奈良的宝藏院和柳生家，本来离得就近，在枪法和刀法上也有很深的缘分。

已故的石舟斋和宝藏院的初代胤荣在生前就关系亲密。

石舟斋壮年时期，让他悟道的恩人就是上泉伊势守，把这个伊势守介绍过来的人便是胤荣。

现在胤荣也已去世，二代胤舜继承了住持一职，将宝藏院流枪法发扬光大。

“兵库大人怎么没来，不知是否通报过？”

现在书院里坐着的正是宝藏院二代胤舜，接待他的是柳生家四弟子——木村助九郎。

由于有故人的这一层关系，他经常来访，就是为了和兵库谈论兵法。石舟斋在生前特别疼爱他，将新阴和三卷的奥旨和一卷绘目录全部传授给他。而胤舜一直想跟故人之孙——柳生兵库一试高下。

因此兵库在他来访时谎称受了风寒或者有其他事情。

今天胤舜也没有回去的意思，好像等着兵库出现。

木村助九郎注意到这一点。

“已经通传了，如果好些了会过来的……”

“又是风寒，兵库大人平时身体很弱吗？”

“平时大人体质很好，只是大人久在江户，不习惯山里的寒冷罢了。”

“虽说身体健壮，但是兵库大人被加藤清正大人赏识，厚禄聘请，有个很有趣的条件呢！”

“愿闻其详。”

“小僧也是从先师胤荣那里听说的。因为石舟斋大人的孙子是急性子，所以可以原谅他的三次死罪，不知是否真有这么一回事？”

三

“宝藏院的大师来了？兵库大人正在忙着写江户城的文件，请见谅。”这时，小通端着盘子走了过来，顺便奉上刚刚准备好的点心。

“那太不巧了。我找大人有重要的事。”直到现在兵库还没露面，胤舜便这样说道。

“是什么事情呢？不知能否让小人代为传达？”木村助九郎在旁说道。

原来，从柳生家往东走一里是梅树很多的浅滩，伊贺上野城的领地和柳生家的领地正好分开，那里有山川相隔，并不是正式的分界。但是，伊贺上野城以前是其他人的领地，家康将其没收后，给了藤堂高虎，藤堂家去年进入领地后进行了整改，治水，布新政。在两个领地交界处，擅自建了一些小屋，采伐梅林，侵害了柳生家的领地。

“藤堂家认为柳生家在服丧期间，是个好机会，于是擅自建起一些栅栏。你们是不是太好心了，现在不站出来反对的话，以后一定会后悔的！”

听完这番话，助九郎微微一笑，说：“十分感谢，我们会尽快采取措施的。”并再次表达了自己的感谢。

客人走了以后，助九郎马上向兵库汇报，兵库听了一笑，道：“不用管，叔父回来以后自然会处理。”

但这毕竟不是小事，有时候一尺之地也会出现问题。这件事可小可大，就看怎么处理了。但不管怎么说都必须跟大家商量一下，毕竟对方又是藤堂家，所以要谨慎对待。

“叔叔！”新阴堂的武馆上，助九郎一出来，站在外面的小孩就朝他喊道。

喊人的是一个叫作丑之助的十三四岁山里的孩子。

“丑之助，又来武馆看了。今天没有山里的土产吗？”听见丑之助叫他，木村助九郎停下了脚步。

四

他拿来的薯蓣比附近的好吃。助九郎跟丑之助轻松地聊着天。

“我每次走过月濑时，听到黄莺动听的叫声，就想着抓到它。”

“你是从荒木村过来的。经过月濑了吗？”

“嗯，除此之外也没有别的路了。”

“那么那里有很多武士出入吗？”

“没有那么多。”

“他们都在干什么呢？”

“建了小屋，住下了，休息。”

“有没有建栅栏呢？”

“没有的事，他们只是砍树建小屋，架木桥，当木柴用。”

“哦？”没想到从这孩子嘴里说出的话和宝藏院的话有些不同。“那些武士是藤堂家的人吗，为什么在那里聚集，你们有什么传言吗?”木村下定决心想要把事情问个明白。

“那些人是被奈良追赶的囚犯。他们没有办法才住到了山中。”

助九郎明白了。德川家的大久保长安在奈良执政，关原之战以后，没有官职而成为游民的武士们便流浪各地。

“叔叔，小通姐姐在哪儿? 我想送她黄莺。”

“在里面吧。丑之助，不能在城里乱跑。你倒不似百姓的孩子，那么喜欢武艺，虽然特别允许你在场外观看。……明白吗?”

话还没说完，只见丑之助迫不及待地飞向小通了。

“小通姐姐!”丑之助跑了过去。这是经常给他点心，对他说话也温柔的人。这个山里的少年感觉到人世间神秘的美。

“我捕来黄莺了，小通姐姐。喏，这个给你!”

小通虽然很开心，但是仍然皱着眉头没有伸手。

“它叫得很好听的。小通姐姐，你总不讨厌养个小鸟吧?”本来兴高采烈的热心被小通冷淡的态度泼了一瓢冷水，丑之助微微有些失望。

五

“倒是不讨厌。但是本来可以自由自在的却要被关在笼子里，黄莺真的很可怜。如果不在笼子里，会有更广阔的天地，叫得会更动听呢。”

“算了，那就放了吧……”丑之助虽然觉得自己的好意没被接受，但还是接受了小通的观点，“如果我把它放了的话，姐姐会更高兴吧?”

见小通微笑颔首，丑之助立即将笼子破开。只见里面的黄莺瞬间冲了出来，然后飞向了更远的天空。

“黄莺也叫报春鸟呢!”

“谁教给你的?”

“这点事我还是知道的。”

“对不起……”

“小通姐姐肯定有什么好的消息。”

“那么也给我报个春吧。真希望可以有。”

小通走了出去，丑之助也跟了上去。

“小通姐姐，你要去哪儿呢？这已经是城里的山上了。”

“天天在房里，想去看看梅花。”

“那就去月濑吧。城里的梅花没有意思。”

“但是太远了。”

“我有背柴的牛。就在下面。”

他们走到了城门。那里有当值的士兵，看到小通都微笑点头。对于丑之助也是再熟悉不过了。

坐在牛背上的小通也跟大家打着招呼。他们渐渐走到了柳生城的山脚下。

“悄悄地出来了，我们能在天黑前赶回去!”

说着话的时候，城下盐铺里交换盐和猪肉的囚犯从后面追了上来。

奔 牛

一

沿着月濑的溪流是一条小路。越往前走，路越是难行。冬日过去，落雪融化了，过往的行人很少，更是少有人来这里寻梅。

“丑之助，你从村里来，一直都走这条路吗?”

“是。”

“从荒木村到柳生家比去上野要远啊!”

“可是上野没有柳生家那样学习剑法的地方……”

“你喜欢剑法。是想当武士吗?”

“是。”说着，丑之助赶着牛走到溪边。

从后面走来的囚犯，从桥上走了过去。在过桥的时候，还回头看了小通几眼，然后又消失在山中。

“那是谁?”

“是从奈良过来的囚犯，住在山里。”

小通心里充满了疑惑。现在遍地都是梅花。但是山里寒冷的空气沁入肌肤，使得小通归心似箭。

“小通姐姐，我到时候拜托木村大人，能雇我在城里清扫或者打水吗?”

这是丑之助的愿望。他的祖先姓菊村，代代都被称作右卫门。自己也成了武士，就又改名右卫门。自己虽然姓菊村，但是没有有名的祖先，自己也想以剑法振兴家业，所以取了自己家乡的名字荒村。他一个劲儿地说着自己的理想抱负。

小通听着少年的梦想，想到了曾经一直跟在自己身边寸步不离的城太郎。

——这么多年不见，现在他大概得有十九、二十了吧？

她又想到了自己日复一日不断增长的年纪。

——月濑的梅花还在初春，自己的春天却已过去。女人过了二十五……

“回去吧，丑之助。原路回去。”小通淡淡地说。

丑之助仿佛没有尽兴，依然牵着牛往前走。

二

这时，只见刚才的那个囚犯和其他两个同伙走到他们近前，横在小通坐着的牛旁边，挡住他们的去路。

“叔叔，有什么事吗？”

虽然丑之助在说话，但是三个人看都没看他一眼，只是用下流的眼神看着小通。

“哎哟哟，真是个小美人坯子！”其中一个人阴阳怪气地说道，色眯眯的眼睛泛着凶光。

“我觉得在哪儿见过这个女人。大概是在京都吧？”

“是在街上见过啊。还是在吉冈先生的武馆呢。反正肯定见过！”

他们有一搭无一搭地闲聊着，同时猥琐地看着小通。

“山里的叔叔。没有事就请回吧。天都黑了。”见那三人对小通不敬，丑之助很是生气。

“哟！这不是荒木村的小子吗？长本事了？”这时候才有人看了丑之助一眼，不屑地说，“怎么，这就是你现在的差使吗？还当起护花使者来了，挺有能耐的嘛！”

“闭嘴！跟你没关系。快滚！”另外一个人也帮腔道。

“你不说我也会走，闪开！”被人这样侮辱，丑之助显然已经生气了，一句废话都不愿跟他们多说，牵着牛就往岔路上走。

谁知，那三人既然来了就没打算轻易放过他们。只见两个贼人抓住牵牛的绳子跟丑之助拔河似的反方向使劲拽着。

“给我！”他们开始毫不客气地抢牛。

“你小子简直不知道害怕是什么！”其他两个人也淫笑着威胁丑之助。

小通怕得发抖，坐在牛上死活没有下来。这时，在丑之助的眉宇间忽地闪过一丝情绪：看来不能简单了事了。

说时迟那时快，丑之助飞起一脚向其中一人踢出去的瞬间，同时抡起石头打中了斜前方人的胸口。

“啊——！”只听一声惨叫响彻山谷。

三

小通觉得丑之助近乎疯狂。虽然他的动作很快，但是毕竟对付的是比自己更高大的三个成人，这种情况下他还能不占下风？

但出乎小通的意料，可能是因为丑之助懂些剑法，也可能是年少轻狂，这次他倒是打得很好。只见他突然向后挥刀，强烈地撞击到了站在后面的人。

小通惊恐地尖叫，那些人愤怒的声音更是让牛惊惧不已。

鲜血从倒下的人身体里喷溅出来。丑之助趁机用力拍了牛尾，牛大吼一声，猛地向前奔去。

其余两个人骂骂咧咧地追着丑之助。

“喂！那小子在后面！”听见同伴的喊声，两人终于明白了过来。急忙去追小通坐着的牛。

看来这牛见了血也吓疯了，这时它走的路显然和原路并不一样，挣命似的闭着牛眼撒腿就跑。伸手不见五指的黑夜里，原本静谧的小路一下子变得慌乱起来，突如其来的疾风惊醒了路边熟睡的小草，只见一头活兽沿着山路狂奔不止。

“等等，等等！”被这疾驰的冷风所惊惧，有路人开始担心牛背上那人的安危了。

奔牛瞬间逃到了柳生家的附近，其实是离奈良比较近的街道。小通捂上了眼睛。如果牛背上背着的是捆子木柴，哪经得起这般折腾，这时候早就该被甩落下来了吧。

“谁啊？”

“牛在狂奔！”

“快救救那个女孩吧！”

人们的声音从她耳朵旁流过。都渐渐消失在了身后。

小通觉得恐惧，不知道奔牛到底去什么地方。

到了一个路口，终于看见有个背着箱子的下人来到了牛的前面。

“危险！”

不知谁喊了一声，这个人径直往前走。牛鼻子马上就顶到他了。

“哎哟哟，被牛角顶到了！真是可怜！”大家都满是同情，也责怪他的鲁莽。

但是这只是大家的错觉，他并没有被牛角顶上，而是双手猛地打到了牛面上。

牛突然受到撞击，停了下来。他用脚踩住了牵牛的绳子。牛呼哧呼哧地喘着粗气。

“快下来吧……”这人道。

本来惊惧的人们迅速跑过来，都很好奇地看着这个用一己之力止住奔牛的人。

“这是谁家的下人吧?”

“嗯。不像是武家的人，也不像是买卖人。”

“真是大力士哟!”

大家小声地窃窃私语，一脸疑惑。

小通从牛背上下来，好像还没缓过神来。

“这么老实的牛怎么会发狂呢?”

“是因为牛屁股受伤了。”背箱子的人把牛拴到了道旁的树上，向大家解释说。

“咦? 这不是胤舜家的随从嘛! ——就是给宝藏院住持大师拿鞋的下人!”有个武士激动地指认道。他人好像是急忙赶过来的，正喘着粗气。

——是柳生家的木村助九郎。

四

“你来得正好。”宝藏院拿鞋的人说着从胸前取下箱子。

本来他就是去柳生家送信的，一看有柳生家的人在，就将信给了助九郎。

“给我吗?”助九郎好奇信里究竟写了些啥，当场便读了起来：

> 昨天说起的月濑的武士，他们不是藤堂家的，而是从其他地方流浪过来的。希望能更正错误，取消昨天说的话。望见谅。

“辛苦了。帮我转达一下，我也调查过了，确实是误会，请放心。”虽然之前信息有误，但也是宝藏院的一番关怀，柳生家自当同样感激。

来人双手合掌，就要鞠躬告别。

“等等!”正要分别的时候，助九郎像是想到了什么似的突然叫住了他，然后郑重其事地问道，“你是什么时候开始在宝藏院做事的?”

“最近。”

“敢问小师父法号?”

“寅藏。”

“啊，难道你是将军家师父小野治右卫门先生的高徒——滨田寅之助吗?”一听对方自称寅藏，助九郎不禁展开了联想，“初次见面，早就听说过您了。”

“啊……您是不是认错人了?”滨田寅之助涨红了脸，似乎很不愿被人知道底细似的:“我现在在宝藏院当下人，希望您不要声张。”

“没有，我没有想打听您的事，只是碰巧遇到而已。”

“我师父舍弃了武馆隐居于山水之间。其原因我并不清楚，我自己也去了宝藏院修行，当作落脚之处。”

“自从小野先生败给了佐佐木小次郎以后，佐佐木就到处吹嘘。你是不是要为师父雪耻啊?”

“早晚都会。”说到这里寅藏面色凝重，似是心里确实承受了未完成的使命。

因为太羞愧，寅藏不宜久留，说着说着就匆匆离去了。

五

“还没回来吗?”柳生兵库亲自到城中门那里打听小通的消息。

自打小通骑着丑之助的牛出去之后，过了很长时间还没回城。江户那边过来一封急信，兵库在府邸愣是没寻着小通的影儿，这才引起了骚乱。

“月濑方向也派人去找了吗？”

“放心吧，已经派去七八个人找了。”身边的家臣们纷纷宽心道。

“助九郎呢？”

“他也去找了，说是从般若野到奈良一直去找，直到找到小通姑娘再回来。”

“唉，也不知他那边进展到什么情况了。”兵库微微蹙眉，莫名地感到有些落寞。

情不知所起，一往而深。

不知从什么时候开始，不知不觉间，他竟对小通有了种别样的好感。这种纯纯的爱意化满心田，却又无法言说。——他当然知道，美人早已心有所属，而她芳心暗许的武藏，虽然未曾谋面，但也可以想象得到肯定是个响当当的人物。对于那个能让小通魂牵梦萦的男子，自己真是好生羡慕啊！

即便如此，兵库却并没起横刀夺爱的心思。一直以来，他都严格恪守武士应有的操守道义，连恋爱也不能例外。

况且，接触的时日越久，他便越能够感觉到小通外柔内刚的个性。被她那矢志不渝的爱情所感动，他其实早已暗下决心：有朝一日，一定要把小通毫发无损地交到武藏手中。如此，也算是完成祖父石舟斋临终前的遗志，告慰老爷子的在天之灵了。

只是没想到，离别的日子会来得那么突然。

刚才那封江户的来信。便出自泽庵之手。大致内容如下：

承蒙北条大人及旦马大人抬爱，武藏已被举荐成为将军府的兵法老师，将择日举行受聘仪式。

考虑到这个情况，到时武藏孤身赴任，身边也不能没人照顾。如果小通在那边没什么事，还是尽快过来这边的好，具体细节见面再议。

读到这里，兵库可以想象得到小通得知消息后的兴奋反应。爱她，就要尊重她的选择。虽然心中有些淡淡的失落，但大爱无疆。

“看来是时候了！”兵库目光坚定地投向远方，直到牛背上熟悉的倩影越来越清晰地出现在近前，兵库才招手呼唤道：“小通，快来，告诉你一个好消息！”

纯净的微笑绽放在嘴角，宛如一朵新生的雪莲。

尘　埃

一

话说回来，小通离开柳生已经有二十多天了。离去的人渐渐会被淡忘，而春意却日渐转浓。

“今天行人真多啊！”

“估计因为今天是奈良难得一见的晴天。”

“都是去游山观景的吧？”

“也许是吧。”

柳生兵库和木村助九郎在交谈着。兵库戴着草帽，助九郎用一个类似僧人头巾的东西围住自己的脸。比之前更加避人耳目。

所谓游山观景，是指他们自己，还是在说路上的行人呢？其实都说得过去，只是二人脸上闪过一丝苦笑。

随从是荒木村的丑之助。近来丑之助很受兵库看重，经常被带到城内。今天，他背上背着食物的包裹，腰里别着兵库可以更换的草鞋，一副身材瘦小的男仆打扮，紧紧跟随在二人后面。

主仆三人也好，来往行人也好，就像商量好了似的，都来到了城中的广阔的原野。原野一旁有兴福寺的寺院，有森林围绕，高塔耸立。

而且能够望见高畠城那边的寺庙和神宫。即使是白天，奈良的商家也只是在前方的低地中若隐若现。

“吃好了吧?”

“还没有，饭后休息会儿吧。”

“哦，和尚也要吃饭啊。”

兵库这话让助九郎开心地笑出来。

大概有四五百人聚集在春日野[①]上，但因为田野很广阔，一眼望去都是三三两两的人群。

大家好像活跃在春日野上的小鹿一般，或是站着，或是坐着，或是悠闲地散起步来。

但是，这里不是春日野，是原来的平安三条的内侍原。内侍原的话，今天一定会有什么演出活动的。

虽说演出，但除了大城市，其他地方很少有搭戏棚表演的。有时候很难得有魔术师啦，木偶戏演员啦，弓箭赌博的人过来演出，也都是露天表演。

可今天的活动并不只是那样的演出，是更加正式和认真的表演。

——宝藏院的枪术师们今天聚集于此，举行一年一度的公开比赛。据说根据这个比赛来决定宝藏院的排位顺序，所以许多的法师和武士都聚集于此，公开展开激烈的争战。

但是今天的氛围却是异常的安静。

原野一端的三四个地方都挂着帷幕，帷幕旁边的法师们撩起僧衣，吃着槲树叶卷着的米饭，喝着汤。那情景这可谓“悠闲啊!”

“助九郎。”

“哎!”

“我们也到那边去坐坐，吃点饭吧，离开始好像还有段时

① 春日野。位于日本奈良市春日山山麓一带。

间呢。”

“嗯，稍等。”

助九郎在环视四周寻找合适的地方。

“兵库大人，来这边坐吧!”这时，丑之助朝兵库喊道。一边说着，一边把不知从哪里找来的草席迅速地铺在了找好的地方。

好机灵的侍从!

虽然兵库很佩服丑之助在各方面表现出来的机敏，但是这一点也让兵库对他以后的发展有些担心。

二

主仆三人坐在草席上，剥开竹叶，露出糙米做的饭团，里面还放了咸梅和豆酱。

“好吃!”兵库就像品尝晴空一般，享受着这露天便当。

“丑之助——”助九郎叫道。

“是。”

“给兵库大人盛一碗水去吧。”

“嗯。去哪里盛？是到那边法师们休息的地方去盛吗?”

“对，盛过来。但是，不要对宝藏院众僧说柳生家的人来了。”兵库也注意到了周围，“打声招呼什么的话太麻烦了。”

“是。”丑之助从草席一端站了起来。

“诶？草席不见了？草席不见了!”那头从方才开始，就有两位旅客环视周围的草地。丢席的人四处寻找着，从兵库他们待的地方十间①的范围内，无论是武士、女人，还是平民都没有铺着旅客丢失的草席。

---

① 间，日本长度单位，一间约合 1.818 米。

“伊织，算了吧。”

其中一个已经找腻了的人说。是一个提着四尺二寸长的橡树木手杖，圆脸，结实健壮的男子。

不必说，这是那位叫伊织的人的同伴——权之助。

“算了吧，别找了。”权之助又说道。可伊织还是不死心的样子。

“好了好了，不就是一张草席嘛！”

“即使是一张草席，可偷偷拿走的人也太可恶了！”

“……”

权之助若无其事地坐在草地上，拿出箭筒，把白天的支出情况记录到账本上。

他在和伊织旅行后，对伊织很是敬佩，之后一直这样细致地记账。伊织有时候就像个孩子，对生活过分在意。不浪费东西，一丝不苟，即使对着一碗米饭，也要对每天的天气表达敬意。

因此，对于人，也有着绝不允许有任何错误的洁癖。这洁癖是在离开武藏大人后与人相处中渐渐出现的。虽说是一张草席，但伊织憎恶那些不顾给别人添麻烦，而擅自就拿走的人。

“啊，是他们吧。”伊织这时也发现了。

此时兵库主仆三人正若无其事地坐在权之助旅行携带的草席上吃着便当呢！

“喂！喂！”伊织走过去，但是在离他们十步远处站住了。本来他正想着指责的话，却撞上了站起来正要去盛水的丑之助。

“有什么事吗？”看这小孩像是一脸不痛快，丑之助问道。

三

伊织过年就十四了，丑之助算上今年十三了。但是丑之助看上去却反而显得更为年长。

“什么叫‘有什么事’？”偷了东西还装无辜，天底下真还没见过这么不要脸的人！

“怎么，我这样说有错吗？是你先叫我的，所以我问你有什么事啊。”伊织指责丑之助的不礼貌，可丑之助却压根不吃他这套。在丑之助看来，眼前这个像是外地来的瘦小的旅人也太把自己当一回事了。

“偷偷拿走别人的东西，可是小偷哦！”奶奶的，看来不把话说到明面上这小子是不会认账了！

“小偷？你这家伙，居然说我是小偷！”丑之助也不甘示弱，打小到大他还没受过这种屈辱哩！

“对啊，你偷偷拿走了我同伴放在那边的草席不是吗？还想抵赖？！”

“哦……”这下丑之助算是明白眼前的小矮个儿是怎么回事了，他眼珠子都不带眨地说，“那个草席啊……呃，那个草席是被人丢到那边的，所以我拿过来了。……再说了，不就是一张草席嘛，至于不分青红皂白就过来数落人一顿吗？”

“对于旅客而言，即使是一张草席，却也是雨天可以避雨，夜晚可以当作被褥的必需品，是很重要的东西。快点还给我们！”

“还倒是可以还。”说到这里，丑之助故意停顿了一下：“不过你刚才的话惹我生气了，所以我现在又不打算还给你了。……要不然你就收回说我是小偷的话，给我道个歉，我心情好了这事还有商量。”

“切，岂有此理！拿回我自己的东西也需要道歉？天底下还从来没见过这么不讲理的事！你还是趁早还给我，要不然的话我可要动手来取了！”伊织简直被这满嘴歪理的臭小子气炸了，做人怎么能这么不知廉耻呢？

“那就试试看吧！我可是荒木村的丑之助，你就等着认输吧。”丑之助也是个吃软不吃硬的主儿，听伊织这么一说便也跟他杠上了。

“好狂妄的家伙！”伊织也不认输，耸起肩膀说道。

“这样看来，就连我也是习武之人的弟子了。”

“一会儿到对面来，在众人面前说了大话，一会儿离开人群，不会不敢来对抗了吧？”

“你说什么呢，我绝对不会忘记说过的话的！”

“一定会来吗？”

“到底去哪里？”

“兴福寺塔下，不能带帮手来。”

“当然。”

“我一举起手，你就过来，怎么样？”

两人争论了几句就分开了，丑之助接着盛水去了。

当他提着一壶水回来的时候，原野正中央尘土弥漫，法师们的比赛开始了。大家围成了一个大圈，人挨人地观看着。

丑之助提着水壶走过人群后面，和权之助一起观看比赛的伊织回头看到了丑之助。

“别忘了到后面来！”丑之助用眼神示意。

“当然去了，还记着呢！”伊织也用眼神回应。

比赛一开始，内侍原宁静的春天完全变了样子，弥漫的黄色的尘土中，众人发出了武士列队行进的声音。

是赢是输？

胜者喜败者悲。

比赛就是这样。

不，这个时代就是这样。

少年的心理也反映了这一点。他们就是在这样的时代中成长的。这并不是一张草席的问题。

伊织也好，丑之助也好，因为都有自己的成人同伴，暂时只好观看比赛。

四

在场地中央的是竖着长枪站立的法师。

不断有人出来和法师对枪，但是大家或是被砍跑，或是被打倒在地，几乎没有人能成功。

“快出来和我比试一下吧！”

法师在催促后面的人上来比试，但鼓足勇气站出来却并不那么容易。

这时候，不出去比试才是明智之举。不论是东边的帷幕，还是西边的休息处，都在紧张地凝视着事态的进展。场上只有法师在大展身手。

“如果没有人出来比试的话，小僧我就先退下了。今天的比赛，十轮院的南光坊是第一，无可争辩。”

法师就像在宣扬什么似的，向四周的人挑战。

十轮院的南光坊从鼻祖胤荣那里开始继承宝藏院传统，不知不觉自成一派，以十轮院长枪闻名，与现在的二代掌门人胤舜对立。

不知是害怕，还是为了逃避争斗，胤舜以生病为理由，没有现身。南光坊好像肆意蹂躏宝藏院的众弟子，把竖直的长枪横了过来。

“那么，我先退下了，我已经没有对手了。哈哈哈哈哈！”那和尚以为比赛要在自己的胜利中结束了，不禁狂喜起来。

“等一下。”突然，一个僧人手持长枪跳了出来。看来这比试又有新的看点了。

“是胤舜的弟子陀云。”

“哦。”

“要来比试一下？”

“是的。”

两人的脚下顿时尘土飞扬。跳起的瞬间，枪与枪也仿若有生命一般彼此仇视着。

这就决出胜负了？煞那间欢呼声又沸腾起来。

大家屏住呼吸静静观看着。只听“铿”的一声巨响，本以为是枪打到了枪柄，谁知是叫作陀云的法师的头部遭到了南光坊的长枪的重击。

这之后，南光坊愈发骄傲，耸起肩膀摆起了架子。

“如果还有勇猛的武士，就站出来和我一决高下。或者三四个人一起过来挑战，我也乐于接受！”

这时，休息处的帷幕一角有一个僧人放下身上的箱子，站到宝藏院众僧的面前问道：“只有贵院的本门弟子才能参加比试吗？”

宝藏院众僧一齐答道：“不是。”南光坊说：“正如在东大寺前方和猿泽池畔所立的布告牌内容一样，只要是志同道合的习武之人，无论是谁，即使对于比赛没做准备，也可以参加宝藏院的露天比赛。在当众出丑，最后只落得被打残废，沮丧退下。这种做法真是愚蠢。”

僧人对在座的法师们鞠了一躬，平静地说：“那么，我且试试做其中一个愚蠢之人，借给我一柄木剑吧。”

五

“嗨，助九郎，越来越有趣了。”兵库一边观看比赛，一边回头说。

“嗯，那个僧人上场了。”

“那么，胜负可见了！”

“南光坊更厉害吗？”

“南光坊确实很擅长比试，不过现在让他俩比试的话，就不见得了。”

“哦？是这样吗？”助九郎不太明白。

虽然兵库很了解南光坊的实力，但他今天为什么就说南光坊不是那个山野僧人的对手呢？

虽然有些疑惑，但助九郎还是专心地看了下去。

这时，那个山野僧人手持木剑向南光坊走去，做出了“请！”的架势开始挑战。

助九郎看到这种气势也开始明白了兵库方才为什么会这么说。

大峰山的人？圣护院派吗？从没有见过这个人。这个人大概四十岁，身体如铁，与其说是在修行中锻炼出来的，不如说是从战场中磨炼出来的。是在看透生死的基础上磨砺出来的肉体。

“请多关照。”他说话平静，眼神柔和，把生死置之度外。

“你是外地人吗？”南光坊重新打量了下新的对手，说道。

“对，是突然决定参加这个比赛的，承让了。”僧人解释道，说完便要继续迎战。

“等一下。”南光坊把枪立起来，突然意识到这样好像不行。凭他的本领也许能赢，但是却隐约感到这人不可战胜。

现在的山野僧人有很多都隐瞒自己的出身，韬光养晦。还是回避比较好。

“比赛有规矩，不能和外地人比试。”南光坊开始给自己找台阶下了。

“可我刚才已经打听过比赛的规定了。”僧人平静又坚定地解释自己的出场并无不妥。

“别人是别人，我是我。我并不是胡乱用枪来战胜别人。枪术能锻炼自身。我并不是喜欢和别人比试。”南光坊坚持道。

“啊？是这样吗？哈哈。”僧人苦笑。

这话虽然难以信服，但山野僧人不愿在人前争辩，说了句：“那就再也不要比了。”归还了木剑，径直离开了。

南光坊也退场了。法师们和观众们低声私语，认为他的借口是懦弱的表现。南光坊也不在意，带着两三名弟子，像凯旋的勇士一般回去了。

“怎么样，助九郎？”

“您明察秋毫。”

“这是必然的。”兵库说道，“那个山野僧人可能就是九度山那里的。戴上头巾，穿上白衣，换上铠甲的话，一定就成了某个著名的古代战将。”

众人也是各怀心思，渐渐散去。比赛告一段落。

正要打道回府，却见助九郎环视四周，嘴里小声嘟哝道：“诶？去哪里了？”

“怎么了，助九郎？”兵库问道。

“丑之助不见了。”

童心地描图

一

约定。属于两个人的约定。

在同伴专心观看比赛的时候，丑之助用眼神示意“过来！”伊织也没有告诉权之助就从人群中走了出来。

同时，丑之助也精妙地避免兵库和助九郎的察觉，跑到兴福寺塔下。

“喂！”

“哎！”

高高的五层塔下，两个小武士互相瞪着眼。

“即使赔上性命，也不要悔恨啊！”伊织说道。

“废话少说，我又不是三岁小孩，还能不知轻重了？”丑之助拿起了木棒说道。——他今天没有带着刀。

“行，这可是你说的！”今儿真是老天开眼，伊织可是带着刀出门的。他大喝一声的同时拔出刀就朝丑之助砍过去了。

“你这家伙！”好汉不吃眼前亏，丑之助迅速躲开。

伊织以为他害怕了，士气大增，龇牙咧嘴地朝他猛追了过去。

这时，丑之助却突然从伊织上方跳过去，一脚踢到了伊织的脸。

“啊”！受到这种冲击，伊织立马跌倒在地。他一只手捂住耳朵便又迅速地爬了起来，挥舞起大刀更拼命地向丑之助扑杀过去。

丑之助自然也不示弱，蛮横地抵抗着。

这时候伊织把武藏大人的教导、日常里从权之助那里学到的东西全忘记了。只想着这边打过去不行，就从那边打过去。

眼睛！眼睛！眼睛！在这节骨眼上，师父往日教导的东西早被他抛到了九霄云外，只见伊织闭着眼睛，盲目地砍向对手。

对方的莽撞却使得丑之助有了可乘之机。只见他轻而易举地就避开了伊织的大刀，再次拿起木棒把伊织打倒在地。

“哎哟哟……”挨了这当头一棒，伊织跟个黑熊瞎子似的“扑通”一声倒在地上，疼得没有再站起来。趴在地上的时候，手上还握着那把刀。

“我赢了！”丑之助高调地宣布着自己是获胜者的这个事实。正在一旁得意，却突然遭到一股可怕力量的袭击，于是跑到山门口。

“喂！”不知是谁在他背后喊了一声，就连周围的树丛也仿佛在怒吼。随着又一声叫喊，一根四尺长的手杖破风而来，猛地戳到了丑之助的腰部。

“谁啊?！疼死我了！”丑之助倒在一旁。

说话的工夫只见有个年轻人赶了过来。

“有种你等着！”丑之助这时也忘记了腰痛，飞快地跳了起来。可走了没几步，在前面就碰上了从门口过来的一个人。

“是丑之助吧?”来人的声音焦急而关切。

“啊?”救兵来得还真是时候！

“怎么回事?”看到蹭得跟泥蛋儿似的慌张跑来的丑之助，来人吃了一惊。

原来是木村助九郎。丑之助慌忙地躲在助九郎的后面。当然，追赶过来的权之助和助九郎立即四目对视，摆出来对峙的架势。

二

眼神和眼神的对峙分外凌厉。

两人之间的斗争一触即发。

助九郎一手握刀，权之助手持木杖。

但是，相安无事。看了下面的对话，就能明白真相。可以说，庆幸的是两个人都具备体察对方品格的敏锐的直观能力。

“旅客，虽然不太了解，可是为什么要欺负一个这样的孩子呢？”

“我正想问你呢。你也不看看那边那个倒下的我的同伴。我是为了他才大打出手的，这也情有可原。”

“怎么，那个少年是你的同伴？”

“是的。”权之助说道，又回问道：“这么说那个少年是你的仆人？”

“不算仆人。他是受到我的主人关照的人，叫作丑之助。丑之助，你为什么要殴打这个旅客的同伴？”听来人这么一解释，再回头看着从刚才就一直沉默站在一旁的丑之助，助九郎差不多已经能知道理亏的一方是谁了。

“快坦白告诉我！”助九郎责问道。

丑之助没开口，别着脸杵在那里，一副死猪不怕开水烫的架势。

这时，倒在塔下的伊织抬起头喊道：“是比试，我们在比试武功！”同时，伊织忍住疼痛的身体站起身走过来，继续说道："没什么事，只不过是比赛而已。我输了，那个人没有错，是我太弱了。"

"哦，那就是遵循约定的普通的比武?"助九郎对于伊织毫不畏缩认输的态度赞叹不已，一面微笑着看向一边的丑之助。

"我也不好，我不知道那是他们的草席，就自作主张地拿走了。"连伊织都这么有男子汉的气度，丑之助也开始有些难为情了，红着脸解释起事情的缘由。

说话的工夫，伊织已经恢复气力。这真是孩子气的事情经过，让人哭笑不得。要是刚才权之助和助九郎赶过来的时候不分青红皂白地互不相让，针锋相对，恐怕现在已经血染遍地了。

"对不起。"

"哪里哪里，是我对你无礼了。"

"主人还在那边等我，就此告别了。"

"再见。"

助九郎扶着丑之助，权之助带着伊织，大家笑着走出山门，在兴福寺的门前告别，分别走向了左右不同的方向。

"喂，"才走了没几步，权之助突然又折了回来，"我问一下，怎么去柳生庄呢？沿着这条路一直往前吗?"

"哦？你们要去柳生哪里?"助九郎回过头，探寻地问道。

"要去拜访柳生城。"

"什么，柳生城?"助九郎停住脚步，返回到权之助的身边。

三

如此一来，大家就都明晓各自的身份了。

不一会儿，在另外一个地方一直等待助九郎和丑之助的柳生兵库也来到这里，听到这件事，不由得叹息："哎呀，多么可惜啊！"

然后关心地打量着从江户远道而来的权之助和伊织。"要是至少再早二十天来的话……"反复念叨着，不甚惋惜。

助九郎也"可惜啊可惜啊"地重复不停。

现在真可谓不知所处何地，不知该去何方。

什么也不必说，梦想权之助带着伊织来到这里，就是为了寻找据说住在柳生城的小通。

权之助不是为了自己的事，是因为之前在北条安房守的宅邸，同坐的泽庵意外地谈到她是伊织的姐姐这件事，才下决心过来找。

可是——

还是错过了。

据说小通大约在二十天前，去江户找武藏去了。没办法，权之助也打听到江户那边的消息，武藏大人在自己离开前也离开江户了，连朋友和身边的人都不知道他去哪里了。

"真让人困惑啊。"兵库叹道。

曾有一次，一直追她追到去宇治的路上，也没有把她叫回来。

"悲哀，真不幸。"

我们的依恋寄托于爱情里，总觉得让人忧虑。

但是，有一个人是感到悲哀的，就是站在一旁听着谈话的垂头丧气的伊织。

生来就不知道的姐姐，即将见面，从此再也不会感到孤单。这个不曾谋面的血亲被人告知就活在大和市的柳生城。

听到这话时，伊织感觉好像在漂浮的大海上发现了大陆，有生以来的思慕、对亲人的思念一下喷涌而出，难以抑制。

本来心怀期待，可结果……

怎么早不走晚不走，偏偏自己快要来的时候却走了呢?

虽然一脸要哭的样子，伊织却没有哭出来。

哭也要到没有人的地方大声去哭。权之助一直被兵库询问着江户的事情。伊织望着周围的花草，渐渐离开了大人的周围。

“你要去哪里?”丑之助从后面追了过来，一副同情的表情，拍着伊织的肩膀，“你哭了?”

伊织大力地摇头，眼泪却掉了下来。

“哭什么啊，没有必要哭的。”

“这里有薯蓣藤蔓，你知道挖薯蓣的技巧吗?”

“不知道，我的家乡没有薯蓣。”

“我们一起来比赛挖薯蓣吧!”

听了丑之助的话，伊织也发现了藤蔓，于是蹲下来，把眼泪悄悄埋进土壤。

四

叔父宗矩的近况，武藏的事情呀，还有江户街道城镇的变化呀，小野治右卫门的失踪呀，各种问题，讲都讲不完。

在大和的山村，有时有从江户来的人，他们的每一句话都是新鲜的社会知识。

时间在不知不觉地逝去，两人却浑然不觉。直到肚子饿得“咕噜咕噜”直叫的时候，兵库和助九郎才发现天黑了。

“总之，到城里，暂时歇一会儿吧!”

虽说助九郎完全是一片好意，但是权之助却只能深表歉意。

“这里没有小通，而且……”

他想继续赶路。

虽说前行，更是修行，但是，现在还随身带着在木曾的故乡去世的母亲的头发和牌位，常常会触景生情。今日，有幸来到大和的村庄，虽说顺便，但又不恰当，他想去纪州的高野山或者是河内的女人高野的金刚寺，将牌位放在那，并把母亲的头发放在佛堂里。

“这里还是很让人留恋的。”

他并没有硬要停下来，在说告别的时候，忽然注意到，身旁的丑之助不见了。

“啊！”权之助重新看了看，也在找着伊织。

“哦，在这儿……”见孩子们都还在，两个大人才长舒一口气，“两人蹲在地上都挖着什么的样子呢。”

助九郎一看，确实是，伊织和丑之助在不远处，专心致志地挖土。

大人们微笑着，静静地站在身后。

两个人都没有注意到，刚才在挖蔓藤的根，为了不让容易折断的薯蓣受损，好好地保护薯蓣的周围，一只手深入地下，互相挖着深深的洞。

“啊！”这时，丑之助率先注意到后面有人，回头看了看，伊织也笑着回头了。

他们意识到大人们在看着他们竞争，二人更加干劲十足了。

“拔出来了！”丑之助兴奋地喊道，边说边从地里抛出了长长的薯蓣。

伊织用上全身的力气，默默地挖着土。

“还没好吗？走吧。”权之助看着他们没完没了的样子，终于下决心打断了。

话音未落，只见伊织像老人似的直起腰站了起来："不行，不行，这个薯蓣要到晚上才能挖出来呢！"他依旧不死心，拍了拍衣服上的土。

丑之助看了一眼："啊，都挖出来这么多土了，怎么还挖不出来呀？干脆让我来挖吧！"

刚要伸手，却听伊织大叫："不行，不行，会断的！"伊织一边拒绝着，一边将周边的土埋入了好不容易挖了七八分的洞里。

"啊……"丑之助将自己挖出来的薯蓣自豪地放在肩上。但是，这个薯蓣根本就没有前部，在断的地方有白色的液体。

"丑之助，输了呀，在对打时你赢了，但在挖薯蓣这，你输了呀！"

兵库使劲地按着他的头，像压着长得过旺的麦子，使劲地按着他的脖子。

大　日

一

吉野的樱花也落了吧。路边的蓟也盛开了。走着走着，出了点汗，又闻到了干牛粪的气味。奈良呀，这些变迁地，让人缅怀，让人无法厌倦。

伊织回头看，拽了拽权之助的袖子，小心脏忽上忽下地乱跳。

“又跟来了，昨晚的僧人。”他轻声地说着，一脸担忧。

“不要看，不要看，装作不知道一样。”权之助故意不理他，依旧直着向前走。

“但是，很奇怪啊。”伊织还是忍不住偷瞄着那僧人，心神不宁地说。

“啊？为什么？”

“昨天，我们和柳生兵库先生在兴福寺前告别，之后，他一会儿走在前边，一会儿走在后边……”

“这不是很好嘛，人们都是随心所欲地走呀。”管天管地，还管得着人家拉屎放屁吗？权之助倒是没觉得有什么不妥。

“就算像你说的那样，明明我们住在不同的旅馆就行了呀，为什么他们偏偏和我们都住在同一个旅馆呀？”伊织越来越觉得事情有些不对劲。

“即使被跟踪，我们身上也没有钱，不用担心被偷。”

“但是，我们至少有命呀，也不是空无一物呀。”

“是是是，我已经做好防备了，你也要准备好。”

“我也是的。”

越说不要看，就越忍不住想回头。伊织的左手一直放在野差刀的护手上。

权之助的心情也不好，他觉得似曾见过那个僧人。他是昨天在宝藏院的比赛上想同南光坊比试而被拒绝的那个人。再怎么想，也不记得有什么交集。

“啊，他什么时候消失了。”突然，伊织回头了，喜出望外地跳了起来。紧接着权之助也回头看了看。

“大概是厌烦了吧，哎呀哎呀，太好了。”

这晚，住在葛木村的民家吧，明天，起早去南河内的天野乡。

两人沿着清流的门前町的一排低矮的房屋边走边看。

“从木曾的奈良井嫁到一等家酿酒的姓杜的安，你们知道住哪吗?”

两人依靠着仅有的一点线索，边走边寻找着。

安是他在故乡时认识的。安嫁到了天野山金刚寺的附近，如果找到了安，可以请求她把亡母的牌位和遗发供养放在金刚寺。

如果没有找到安，就去高野吧。高野是富贵人家的供养的地方，非常有名，名门富户们都把亡灵供养在这。他是旅人，没有钱，心里没底。如果不行的话，就放在高野山吧。

正这么想着——

“啊，你说的是安吗？她应该在杜家房子的大杂院里呀。”他意外地知道了这个信息。

是门前町的老板娘告诉他的。老板娘亲切地说，“进入这个门，在右侧的第四家是杜氏藤六的家，他就是安的丈夫。”

二

每一个寺院大概都有“荤酒不许入山门”这个规定，但是，天野山金刚寺却在僧人住的地方酿酒。当然，并没有拿到市面上销售。

这个寺院的酒得到过丰臣秀吉的称赞，在诸侯中有很大的名气。秀吉死后，此酒虽不如以前出名了，但是还保有每年酿酒后赠送给各位施主的惯例。

“……因此，像我这样的十多个酿酒人被雇佣到天野山。”这晚，安的丈夫杜氏藤六说了以上的话，解开了客人权之助的疑惑。

听了权之助的恳求，藤六倒是很爽快。

“这好办，你有孝心的话，明天恳求方丈就可以了。”他说道。

第二天，从一间房子走出来时，已经看不见藤六了，过了晌午后，藤六回来了，说：“你要是要恳求方丈的话，就快点告诉他。跟着我来吧。”

权之助跟在藤六的后面，伊织小步地跟在权之助的后面。四周是葱翠的山峰，还未凋谢的野樱泛着白色，七堂寺院在天野山溪流环绕的山谷里，从通向山门的土桥往下看，山峰上的樱花片片地落入河中，然后流走了。

伊织动了动衣领，权之助也精神紧张。不由得被山峦的气息和僧人房舍的庄严所震撼。

“你嘛，想供奉母亲。”突然有一个僧人从正殿走来，以轻松的语气说着。

这个僧人个高，有点胖，脚也大。因为是僧正，本以为是穿着金线锦缎的袈裟，手拿拂尘，非常威严的一个人呢，谁知僧正戴着破斗笠，拄着拐杖，即使让他站在杂乱的城镇，也不觉得害羞。

但是，“就是这个人来恳求您的。”藤六深深地对着堂下跪拜，代权之助回答道。果然这个人是僧正。

权之助也打了招呼，和藤六一样想要跪拜时，僧正的大脚穿上了台阶下的藁草鞋。

“那么，请到大日如来这吧！”说完，他拿着佛珠，向前走去。

在僧舍的不远处，矗立着，金堂和多宝塔，四周围绕着五佛堂、药师堂、食堂等堂塔。

随后，一个弟子僧人从后面追来。

“要打开吗？”他问道。看到僧正点头，他拿出了一把大钥匙，打开了金堂的大门。

“请坐。”僧人向他们说道。于是权之助和伊织两个人坐在了金丝锦缎上。抬头向上一看，在离佛座一丈的地方，金色大日如来在房顶上微微笑着。

三

众人坐定以后，僧正从正殿走出，重新穿上了一件袈裟。然后，只见他半坐在佛座上，朗朗地读着经文。

虽然看起来只不过是个穿着蒿草鞋的寒酸山僧，但让人意想不到的是，当他坐到佛座上后，他的身影立刻透出一股强大的力量——这股力量如同运庆的凿子一样强大。

权之助把手放在胸前，想象着亡母的样子。

这时，一朵白云流动在眼边。——而且，这时看到了盐尻岭的山脉，高野上的草。——武藏在微风中，拔剑站立着。自己拿着手杖，站在他面前。

在田野的一棵杉树下，母亲像地藏一样，拘谨地坐着。

母亲的眼中透着关心。在剑和杖之间，即将迸发出光芒。

这是担心儿子，饱含爱意的眼神。这时，从母亲的建议中他得知了“导母的手杖”这一方法。

“……母亲，您现在的眼神和当年一样，担心着我的前途。但是，不要担心，很幸运现在武藏接受了我的请求，教诲了我。也许我过一段时间才能成家，但是，即使是乱世，我也会奉行儿子、世间的准则。”

他一边这样祈愿，一直小声呼吸着，身前高大的大日如来变成了母亲的样子，连微笑都变成了母亲的微笑，暖人心窝。

当权之助放下手掌时，突然发现僧正已经不在了。僧正念完经了。旁边的伊织呆望着大日如来，竟然丢了魂似的忘记站起来。

“伊织!”权之助叫醒他，“怎么看得那么入迷呢?”

被这么猛地一晃，伊织才从痴想中苏醒过来，留恋地说：“因为，大日如来长得像我的姐姐啊。”

听到这番话，权之助不禁大笑起来。

“哈哈哈！你所说的你姐姐小通，你还从来都没见过呢，怎么就知道大日如来长得像你姐姐？而且，大日如来的样子就是大日如来，这世间没有如此慈悲长相的人了吧？这是运庆这种名匠依靠自己的修行，偶尔在斧头上出现的奇迹，绝不会在俗世中发生。”

“但是，但是……”听权之助这么一说，伊织可不爱听了，小脑袋摇得跟拨浪鼓似的争辩道，“我曾经有一次去江户的柳生家，半夜迷路时，见到了一位叫小通的人——如果当时知道她是我姐姐，会更好好地看的，不会像现在想不起来。说起来，刚才僧正读完经合掌时，大日如来变成了姐姐的样子，真的是跟我看到的姐姐的脸一模一样!”

“嗯……”伊织自己认定的事就随他去吧，况且现在不管权之助再怎么否定也都没了意义。而且，他也不想离开金堂外廊。

山谷天黑得早，在山岭的阴面，太阳已经下山，多宝塔的房顶的水雾像用七宝珠镶嵌了一样，在夕阳下闪闪发光。

“啊，为逝去的母亲补办的佛事，但今天我要以生存之躯度过善意的每天。……血腥的社会简直令人难以相信……”

在薄雾的笼罩下，二人依旧坐在金堂的外廊，舍不得离开尘世中这片难得的净土。

四

当意识到有沙沙的扫树叶的声音时，权之助“啊”地看向悬崖的右侧，在山崖半山腰有室町风格的观月亭和庙宇，狭窄的石子路泛着苔藓，穿过这一带，连到幽深葱翠的山上。

循声望去，却见一位文雅的像尼姑似的妇人，还有一位中年男子挺直腰站着。这个男子看起来不像武士也不像町人，却自有一种高雅的气质，有点肥胖，五十岁左右，穿着质朴的棉和服，没有袖子的和服外套，小樱花花纹的皮革短袜，新的蒿草鞋，在腋下有一个鲨鱼柄，拿着竹扫帚。

“哦，稍微变得干净点了。”老尼姑头上戴着白色软丝巾，手里也拿着扫帚，环顾了扫过的山道和悬崖的所有地方。

这里一般没有人走，也没有人清扫。冬天被压断的树枝、枯萎的树叶、鸟儿的遗骸等像农家的土肥一样，堆积在那腐烂着，仿佛看不到春天。

“母亲，你太累了，太阳下山了，之后我做吧，您歇着吧。”肥胖的那位说着。

“我总在家里工作，一点也不累。倒是你，又胖，平时又不做这些事，手变粗糙了吧。”老尼看起来像那位五十岁左右的男人的母亲，笑着对儿子说。

“是的，如您说的，拿了一天的扫帚，手上出了水泡。”

“哦哦哦，这是很好的礼物呀！”

“但是，托您的福，今天一天的心情是无法形容的清爽，我们母子的一点劳动也是符合天地之心的吧。”

“今晚先在正房里睡一晚吧，剩下的明天再干，差不多该回去了。”

“天渐渐黑下来了，注意脚下安全……”

一边说着，儿子一边携着母亲的手，顺着观月亭的小路来到了权之助和伊织休息的金堂的旁边。

本以为没有人，黄昏下金堂的走廊突然见到人影，老尼姑和她儿子都吃了一惊。

“谁呀?”虽然面前的两人站着一动不动，但老尼姑的眼角马上就盛满了温柔的笑意，“你们是来斋戒祈祷的吧？今天一天真是个好日子。”

来人看起来像旅行的人，短暂地打了打招呼。

“是的，是过来供养母亲的，傍晚太寂静了，感觉很空虚。”权之助也客气地说。

“这真是太有孝心了。”老尼姑一边说着，一边看向伊织。

“这是个好孩子，是你弟弟吗?”老尼姑一边抚摸着伊织的头，一边看向了自己的儿子，“光悦，在山上吃的麦子点心，你的袖兜里不是还剩着点吗，给这个孩子吧。”

古今逍遥

一

被叫作光悦的老尼姑的儿子，从袖兜里拿出了用纸包裹的点心，让伊织拿着。

“喏，只剩下这些了，十分抱歉，请尝尝吧。”说着，便慈祥地把点心放在伊织手上。

“叔叔，我可以拿吗？”伊织不知道怎么办，歪头问向权之助。

“吃吧。”权之助点头示意，同时代伊织向这对老母子表达了谢意。

“听你们的话，你们不像是兄弟呀，像关东的，你们要到哪旅行呀？”听他们口音不像是本地人，老尼姑又多问了一句。

“我们走在没有尽头的路上，是没有尽头的旅行。如您所看到的，我们两个不是亲戚，是剑道上不同年龄的兄弟、弟子的关系。”

“你们在学习剑术呀？”听他们这么回答，老尼姑微微感到有些意外。

“是的。”

“……剑术可不是一个人的修行，不知你们的师父是哪位呀？”

“是宫本武藏。”

“嗯，武藏吗？”一听武藏的名字，老尼姑脸上绽开了一朵恬静的莲花。

“怎么，你认识我们师父？”

“哦……”老尼姑忘记回答，只是睁着眼，像是沉浸在回忆中，不像是不认识武藏。

与此同时，老尼姑的儿子也像听到了熟人的名字一样走过来问道：“不知武藏先生现在在哪呢？之后怎么样了……”等等，问了许多，权之助告诉了他们自己知道的一切信息，老尼姑的儿子和老尼姑频频互相看着，点着头。

“——这么说，你们是……”权之助和伊织听得云里雾里，不知道师父和这两人究竟还有什么渊源。一询问才知道，原来对方男子是京都的本阿弥的十字路口住着的光悦，身边的那位老尼姑就是光悦的母亲妙秀。

“武藏先生在六七年前，和我们关系很好，日常总是闲聊。”光悦用两三句话概括、讲述着回忆。那日与清十郎一战之后，武藏恰巧路过光悦母子居住的田园别院，深深地为这恬淡自然的朴实生活所吸引，应光悦之邀在那逗留了一阵子。现在想来，那“采菊东篱下，悠然见南山”的日子应该是他们共同的愿望和追求吧。

光悦的名字，权之助早由刀上而知。而且，和武藏交往的过程中，在草庵的炉子旁也从武藏那里听过。这真是在出乎意料的场所，遇见意外的人。——权之助也很吃惊。

吃惊之余，权之助也在疑惑：在京都名门的令堂妙秀尼姑和本阿弥光悦这对母子为什么来到这连山里的人都不会到访的寺院呢？而且，持着扫帚，清扫着山上的落叶，这些活可是连寺院的杂物工都不愿干的，他们怎就甘之如饴，并清扫到这么晚呢？

在无意识中，他有了这些疑惑。

不知何时，朦胧的月亮在多宝塔的水雾旁升起。这是路过的人们都会喜爱的夜晚，权之助不想离去。

“你们二位好像终日都在打扫着山道和悬崖道，这里有和你们有关系的某位的墓碑吗，还是想游山呢?”权之助试着询问道。

二

“不是，不是的。”光悦摇头说，“在这庄严的圣地，一时冲动等太浪费了。”

虽说权之助什么都不懂，但是这缘由实在令人敬畏。光悦努力解释自己并不是无聊散步消食，才拿着扫帚清扫的。

“你来金刚寺参拜，关于这座山的历史，你从山僧那什么都没听到吗?”

“是这样。”权之助如实说。像这种愚蠢的事，他并没有考虑到武士自己的耻辱就回答道。

“那么，这等愚蠢的事，我代山僧将自己一知半解的知识现学现卖告诉你吧。”光悦环顾了四周，接着说：“这是很好的布置，朦胧的月亮升起后，站在这里，几乎可以看到整个寺院。寺院的坟墓、御影堂、观月亭，以及那方的求问持堂、护摩堂、大师堂、食堂、丹生高野神社、宝塔、楼门等。”

一边指着，一边介绍，几人共同沉浸在沉寂的土地、朦胧的月色里，耐心地听着解说。

“——请看，那棵松树，那个石头。虽说是一树一草，但某个方面和这个国家的人民一样，持有不屈的品格和传统优雅的姿态，而且并没有跟探访的人们抱怨着什么。”光悦化身为草树的精灵，试着讲述着草树想要诉说的内容。

“从元弘、建武年间到正平年间的长时期的乱世，此山，有时成为帷幕的秘密议事场所，有时成为守护楠正成忠诚之地，成为京六波罗的贼军大举进攻的目标。足利氏未能暴力掠夺，而战乱时代结束后，这里成了人们缅怀过去，诚惶诚恐的地方，后村上天皇自从男山逃出后，在战乱中到处漂泊，最后把金刚寺作为行宫，常年和山僧一样，忍受着不自由在此游玩。

而且，这之前，因为光严、光明、崇光这三位天皇外出旅行来到此山，守护武士、公卿等，也来到这。为防备贼军的来袭准备好兵马的粮草自不必说，还要日夜供奉早晚的御膳。当时的情景从禅惠法印上记载的东西就可以了解到。让人不得不感叹的是，房舍都被拆除了，伤亡也无法计数。而且，主上把寺院的食堂当作官厅，寒冷的日子没有火，炎热的日子没有休息。政务一如既往地进行着。”

光悦说到此处，突然倒吸了一口冷气：“这附近，那个食堂也叫作摩尼院，这里都是遗迹。还有天皇的坟墓，光严院法皇的部分骨头祭奠在这，因此这里被人们传为灵地。足利时代，此墙倒塌，被枯叶埋了，附近都荒凉了。因此，今天早晨突然和母亲商量来天皇的坟墓附近打扫。——当然，如果你一定要认为这是游玩的话，我也就无话可说了。”

他微笑着说着。

三

权之助不由得觉得自己被恐惧包围，注意倾听了起来。不，比起他，伊织更为严肃和专注地聆听着。——他的目光从没离开过光悦一丝一毫。

“话说在从北条氏到足利氏之间的持续不断的乱世里，那块石头，连同这附近的草木全都为了唯一的皇统而战斗过。

石头成了护国的城塞，树木成了烹煮天皇膳食的薪柴，杂草成了士兵们的被褥。”

光悦似乎也找到了真心诚意的听客，似乎要把自己的忧郁一并吐净——愤愤不平地望向四周的夜空与寂土万象。他继续幽幽地说道：“也许是当时为了与贼军作战而潜伏在这以草根喂食的某位侍卫，或是在兵中里手持降魔剑的某位僧兵吧。……之所以这么说是因为我们母子从院内的墓碑清扫到山道时，发现在灌木丛中的一块石头上，刻着这么一首不知是谁写下的诗：

因为长久的战争已经无法感觉到春天的气息了
但是希望民众们的心中还存在着对歌的喜爱之心

当时看到这首诗时，我深受感动。在这几十年的春秋里，竟然能写出这样闲雅的歌词来，难道是因为强烈护国的信念吗？那个说出就算是转世轮回也要保卫这个国家的豪语的大楠公，我觉得他的意念已渗入了每一个兵卫。——也就是因着那般优雅、广阔的心念，这座堂塔迄今为止都不曾倒塌于皇土之上。真的是难得之事啊！”

听到这里，权之助轻轻地吁了一口气，说道：“是啊，我还是第一次听说这座山竟然是这么尊贵的战址。请原谅我刚刚草率无理的讯问。”

“不不，那已经是过去的事情了……”光悦挥挥手，“说句实话，我正想找人谈谈心来发散心中的郁闷呢，也正好你们来当我的听客呀。”

“那如果光悦先生不嫌弃，在下还有一个愚问，先生是否已在此地多日了呢？”

“算算时日，已有七日左右。”

“是为了拜佛巡礼吗?”

“不，是因为家母喜爱在此地旅行，还有我每次来到此寺，都可看到些奈良、镰仓时代以后的画作、佛像、漆器等名家作品……”

影子印在月色朦胧的地上。不知何时，光悦与妙秀尼姑二人、权之助与伊织二人各自分为两组，从金堂向着食堂方向走去。

“但是我已决定明天起程离开。如果你们遇到了武藏阁下，请帮忙转告：如果有空，便到京城本阿弥的街道来做客。”

“好的。那么，晚安。”

“好，晚安……”

以月光照不到的寺庙山门的阴影为界，光悦和妙秀尼姑向坊舍走去。权之助与伊织则走出了山门。

在土墙以外，溪流沿着自然形成的渠道弯弯向下流淌着。在他们正要踏上土桥之时，一个白色的物体从阴影中突然向权之助的后背袭来——伊织连惊吓的时间都没有，失足跌落了土桥。

四

只听“哗啦——!”一声响，伊织在飞溅的水声中站起身来。

水流虽然快，但水却不深。

这是怎么回事?

事情发生在一瞬间，伊织连自己是怎么掉下来的都不知道。但是仰头望向土桥之后，伊织看到把自己撞飞的肇事者正屏住了气息，进入了战斗状态。

再看看另一方，袭击了权之助的白色物体。伊织掉下来的那一瞬间——他看到的白色，正是那人的白衣。

“啊，原来是那个修行者?!”伊织总算等到了这个时刻。因为不知为何，从前天开始一直有一个修行者在跟踪他们。

修行者用的是棍棒。而权之助也爱用棍棒。

修行者突然进行了攻击，但是权之助为了不让其得逞，瞬间改变了身体的位置，从而使修行者站在了土桥路口上，而权之助则背对着山门。

“来者何人?!”权之助呵道，“找错人了吧!?”

声音响亮，并带着告诫。

谁知这修行者压根就不予理会，摆明着态度是找他们的麻烦。只见这个修行者背上背着笈，一身的装扮看似不算轻捷，但是两只脚却稳当当地踩着大地。

“到底是谁？如此卑鄙！快报上名来。到底是为了什么来扰我梦想权之助!”这个可不是一般的敌人呢——权之助想到这里，激出全身气场，把棍子撂倒身后说道。

修行者就像没听见似的，只是目光炯炯地看着他，似要将他葬送火海。踏着金刚草鞋的脚趾就像蜈蚣一样，一伸一缩地踏在地上。

“难道你就是他?”这是权之助在攻击修行者之时发出的声音。——他那偏圆的五体，迎着斗气，扑向了朝这里发起进攻的修行者。

咔嚓！随着这一声响，修行者的棍棒被权之助打成了两截，抛向了夜空。但说时迟那时快，只见修行者眨眼工夫便拿着只剩下半截的棍子迅速地砸向权之助的脸部，权之助躲过攻击，拔出腰间的戒刀，飞燕似的袭向修行者。

就在这时，只听修行者“啊——！”地叫了一声，而站在溪流浅处的伊织也叫了一声“可恶！”与此同时，修行者向着土桥的另一方连连后退了五六步。

伊织掷出的石子击中了修行者的面部。如果准的话可以打到左眼。总而言之，对于修行者来说，因为被这个意外袭击造成了致命伤，想必是十分挫败。就着被打乱的姿势，顺着土墙和溪流的流向，奔着山下的居民区逃跑了。

“站住！”跳上岸的伊织呵斥道。他手里握着石子，还想追打，但是被权之助制止了。

“走着瞧！”伊织有些不服气，不甘心，说着将石子丢向了早已找不到人影的雾里。

五

回到酿酒人藤六家后没过多久，两人便更衣就寝了。但是现在两个人却怎么也睡不着。山峰间的暴风呼呼地吹着，风绕过房梁，但是随着夜深也不觉得那么刺耳了。

在半睡半醒之间，权之助在脑袋里回忆着光悦刚刚的故事，想象着过去建武和正平年间，又想到了现在的时代。

从应仁之乱到室町幕府的倒塌，从信长的统一之梦到秀吉的出现，时势不断地变化——直至现在秀吉已亡的时代，关东、大阪这两个势力，为了争决下一任的霸权，明天又不知会酝酿出怎样的风云？——话说回来，今昔相比之下到底会有多大的差异呢？

权之助在床上辗转反侧，久久不能入眠。

在国家的根基被北条和足利贼子所动摇的那个最令人厌恶的时代里，相反地，也出现了像楠氏一族，或像诸国尊王武族那样，真正的日本武士——但是现在——现在的武门——或者武士道呢?

现在这样下去好吗?

民心，或者说天下的大权，匆匆忙忙地从信长转手到秀吉，又从秀吉转手到家康。看着这样不稳的政局，曾几何时高高在上的天皇早已被视而不见。民心的归属似乎已经偏离了所在的方位。

不管是武士道、町人道，还是百姓道——这些几乎都是为了武家的霸权而存在。他们早已把作为臣子辅佐天皇的职责忘得一干二净了。

权之助想到这里，不禁心生感慨。

虽说社会变得繁华，百姓的生活变得富饶起来了，但是国家的根本却从建武、正平年间一直没有什么好的起色。大楠公所拥护的武士道——他的理想，还是非常遥远的。

想着想着，被子里的身子渐渐暖和了起来，河内的山峰和金刚寺的草木，半夜嚎叫的毛兽在梦里似乎都有了心智。

对于伊织来说——

“那个修行僧人到底是谁呢?”这个疑问让他无法停下思考，似乎刚刚的白影还不能从脑袋里消失。

突然间，明天的路程似乎被再三地提醒了似的——

太可怕了!

伊织默默地说了之后，在山峰间的暴风雨中用被子盖住了脑袋。

正因如此，今夜在梦中不仅没梦到大日殿下，也没看见姐姐询问的身影——不仅睡得舒爽而且早晨还起得早。

安和藤六二人因为知道权之助和伊织出发得早，天明之前便开始为他们准备早餐与便当，直至起程之时——

“边吃边走吧。”说着，便在伊织手里塞了一包烧过的酒饼。

“谢谢你们的照顾，那么有缘再见了！”

出门之后，便看见山峰之间挂着流动的七彩朝云，正顺着天河流去的方向，淡淡地飘起了蒸汽似的云彩。

趁着早上的雾还没完全散去，一位身着轻便的商人从自己的家里飞奔了出来，来到了权之助和伊织的后面。“哟，真早啊两位！”精神饱满地用爽朗的声音说了一句最适合早晨的寒暄。

绳 子

一

因为不认识这个男人，权之助只回了一个恰到好处的寒暄，而伊织因为昨天的事，沉默着继续走路。

“两位客人昨天可是住在了藤六家呀？在下也长年承蒙他们的照顾呢。他们夫妇俩真的是大好人啊！”

——等等，这个商人还真不见外，渐渐地便把自己当作了自己人，态度也随之变得亲昵——或者说是过分亲昵起来。

权之助和伊织也只能有一句没一句地听着。

“承蒙木村助九郎阁下的关照，我有的时候才能到柳生城那里送货。”商人自顾自地说着，但是之后的话却引起了权之助二人的注意：“如果要寻找允许女子参拜的金刚寺的话，请一定要去纪州高野山。现在的季节，山道上的积雪也已经融化，因为雪崩而无法行走的道路也已被修复，现在是登山的最佳季节啊！今天慢慢地翻过天见、纪伊见这几个山岭，然后今晚可以宿在桥本或者学文路，这样的安排十分合理……”

由于商人所说的话实在太符合他们想要的情报，权之助不禁觉得有点可疑。

“你到底是卖什么的？”

“在下是绦绳的小贩。这些行李里呢——”说着，商人仰头向权之助示意了背上小包袱。

“这里面装着绦子的样本，在各个国家跑路接订单呢。”

“哦哦，原来是卖绦带的啊！”

“依着藤六家的关系，也承蒙了不少前往金刚寺拜佛的施主们的关照呢。昨天其实还想像以前一样宿在藤六家来着——结果他们说今天已经有两个客人了，要我找其他附近的人家住宿，在下就找了一样也是酿酒人家的地方住下了……不不不，我可不是在怪你们，只是藤六家的酒好，在下其实是瞅着这个去的……哈哈哈哈！”

听到这里，权之助也不觉得有什么可疑之处了，更觉得利用这个男人对附近的地理、风俗的精通，取得一些情报比较好。于是一路下来，权之助边走边打听，两人也成了互相说话的伴儿了。

不知不觉中，三人已渐渐地走到了天见高原。就在从阿伊见的山岭可以正面一眼望见高野大峰的时候，只听“喂——！”的一声，有人从后面叫住了他们。权之助们回过头一看，只见一个衣着与自己身边的这个男人相似的商人向这边跑了过来……

“杉藏，你这个家伙！”商人一路跑到跟前，哈哈地直喘气，“——说好了今天早上一起走的，我都在天野村等了好久，你怎么自己一个人啥都不说跑了呢?!

“啊啊，大清早的我当是谁在大喊大叫呢，原来是源助你啊！……呀，对不住对不住。因为碰到了昨天宿在藤六家的客人，所以忘了今早叫你的事儿了……哈哈哈！”说着，杉藏挠着脑袋，一副不好意思的表情说，“因为和这边的老爷聊得太高兴了。”

源助似乎和杉藏一样，也是绦带商人。两个男人边走边不厌其烦地聊起了之前的销售情况、丝线的价格行情等。

“啊，好危险啊！”源助惊叹道。原来两人正聊得起劲，突然，在太古的大地震留下的断痕上，两条被随意放在了那里的圆木闯入了他们的视线。

二

“怎么了?”不知何时，权之助站到了两个人的后边。

“施主，等一下，这里的圆木桥坏了。”旅行商人杉藏和源助异口同声地说。

“怎么，是山崖断裂吗?”

“倒是还没到这个程度，雪化了后石头坠落下来就成了这个样子。往来的人们，先不要动，休息一会儿吧!”

两个人赶紧弯腰来到了断层的悬崖边，架着两个朽木桥的桥墩，弄碎石头，筑着土，特别用心。

权之助心想：旅行的困苦，越是经常旅行的人越感受得到。越习惯了旅行，大多数情况下越不会照顾到其他旅行者的困苦。

“叔叔们，再带点石头来吧!”伊织也不甘示弱，立刻抱着附近的石头过来了，也加入到他们两人行善的队伍中。

断层的山谷很深，弯身俯视，竟有两丈多深。因为是高原，没有流水，下面全是岩石和灌木。

“好了。”这时，旅行商人源助在朽木桥的一端试着登了登，对权之助说，“您先请。”还未说完话，一边出乎意料地发抖，一边保持平衡，快速地过桥了。

“快，您请!”剩下的杉藏催促着，接着权之助过桥，伊织也跟在他的身后过桥了。

可是，几人数着在朽木桥上的步数，当走了三五步时，正好置身于断层的山谷的正上方!

“嗯?”

“啊！”

伊织和权之助突然大叫，互相抱着，站着发抖。不顾一切向前过桥的源助，像之前准备好似的，从对面的草丛里取出了一把长矛，本以为他要拿着它，但对着泰然自若走来的权之助的方向，突然把一个枪尖摆在他面前。

——还有强盗吗？

心里一震，回头看到后面的杉藏也不知何时从哪拿出了同样的长矛，在伊织和权之助的背后威胁着他们。

“糟了！”防火防盗防熟人，说的就是这个道理。现在就连权之助也紧咬着嘴唇，十分后悔，早知他们会来这一出，之前就不该听信那些故作自来熟的鬼话！他在刹那的困惑、不知道怎么办时，头发都竖起来了。

前面有长矛，后面也有长矛。

断层的天空中，只有两个朽木支撑着害怕而颤动的身躯。

“叔叔！叔叔！”伊织不断大叫着，抓住了权之助的腰。权之助一边保护着伊织，一边瞬间闭眼，把自己的生命交给了天意。

“鼠贼们，你们计划好了呀！”权之助大笑着说。

正在这时，不知从哪里传来了希望的喊声。

“安静！”一个粗声叫喊着。——显然这声音的主人并不是在两边拿着长矛的源助和杉藏。

“啊……”权之助突然仰头，从对面的悬崖看见了左眼肿着的带青色的痣的修行者。这个痣让二人马上想起，在某个傍晚，在金刚寺的溪流旁，伊织愤愤丢过去的小石块。

三

“不要惊慌。”不知为什么，伊织心里像是感觉有人在背后撑腰了似的，那种温和的态度简直好像换了个人。

“该死!”权之助一边表达出自己的憎恨，一边向桥的左右张望着。

“昨晚是那个僧人的诡计吧？卑鄙无耻的坏蛋。真是看错了他，可惜白白浪费了一条性命。”他和伊织两侧的持枪者从方才开始就不说话，聚精会神地瞄准枪尖，不靠近危险的朽木桥一步。

另一端崖上的修行僧人冷冷地望着一动不动地置身于朽木桥上的权之助。权之助不由怒发冲冠，大喊道：“你们是盗贼吗?”

“认为我们是觊觎你们的盘缠的盗贼的同伙吗？如果你是那么短浅的目光，根本没有资格来敌区做奸细!”修行僧人大喊着，一副要替天行道的架势。

“什么，奸细?”

“关东人!”僧人大喊道，“赶快把木棒丢到山谷吧！两手放到后边，老老实实地捆绑好绳子，走到我们的住所这儿来。”

“啊……”权之助突然像失去大半斗志一般，叹了口气。

“等一下啊，刚才的一句话说中了。我们犯什么错误了。我确实是关东人，但并不是什么奸细。我是以梦想流派的杖法为道义，在各国修行的梦想权之助!”

“废话少说，那种借口我听得多了去了！你们一定是奸细吧。”

“不!”

“到这关头，我听都不想听。”

“士可杀不可辱，无论如何我都不会承认这罪名!”

“哟呵，嘴巴倒是还挺硬!”僧人狰狞地一笑，命令道，

“把他捆上，该问的都问个遍！”

“我不想做无益的杀戮，你们凭什么说我是奸细？说出理由！”

“有人说你得到关东人同伙给你的通知，带着江户城将军北条安房的密令，和一个奇怪的男子和一个少年一起，潜伏在上方附近。而且我们调查发现你是和柳生兵库以及他的家臣暗中商定后过来的。”

“完全是谬论！”

“由不得你辩解，快说，你们到了目的地后要做什么？”

“你说什么目的地？我们连目的地都不知道！”听对方这么叫嚣着，权之助觉得又好气又好笑。

“去了就知道了。”

“可我并没有打算去哪里啊？”

“刺死他。”桥的两头站着商人杉藏和一个叫作源助的人。枪尖在阳光下泛着光芒，慢慢靠近过来。

“什么？”权之助刚察觉，赶紧推开伊织，可是伊织不小心从两根木柱上摔下来。

“啊——！”的一声，伊织坠落到两丈多深的断层底部。

“哇——！”权之助狂喊一声，发挥全身能量，高高举起手杖，朝一边猛扑过去。

四

要展现枪的作用的话，只需要一秒时间和寸土距离。

准备好了吗？

一瞬间，伸出长枪。

“呀！”只是大喊了一声，杉藏就冲上空中。和向自己撞过来的权之助摞在一起摔倒在崖边。摔倒的瞬间，权之助左手上还握着木杖。杉藏想要跳起来，权之助一拳打在他的脸中央，对方的脸一下子凹陷下去了。

“哇!”血不知道从哪里冒出来，剥开齿龈呈现的面部，实际上就像是凹陷进去了。权之助踩住那张脸，纵身一跳，站在了高原的平地上。

“来啊!”只见他头发竖起，手持木杖准备下一场战斗。可就在以为自己已经打破死者的命运的时候，其实等待他的是真正的死亡。

那边的草丛里两三条像绦虫一样的细绳掠过草丛飞了过来。一条细绳头上系着刀的护手，另一条绳子上绑着带刀鞘的腰刀，是用于代替秤砣，来势汹汹，缠住了权之助的脚和头。

“啊!”权之助就像想要逃脱蜘蛛网的昆虫一样，全身用力挣扎。这时，只见聚集过来的五六人将他挣扎的样子遮挡起来，然后缚住他的手和脚，完事之后那些人才又走开了。

“真是厉害啊!”就在他们擦汗的时候，权之助已经被捆得像球一样了，完全任人宰割。

——将权之助两手和躯干重重包裹的绳子是远近闻名的非常结实的棉线编织绳，也叫作九度山细绳，真田细绳。商贩为了扩大销路，到各地去广泛经营。

草丛中突然出现的使权之助落入陷阱的六七人，除了一个山野僧人装扮的男人以外，其他都是卖绳子的行商商人。

“没有马吗？马呢?”僧人马上注意到这点。

“把他押解到九度山是很麻烦的。把他绑在马背上，盖上草席什么的怎么样?”有人这样提议道。

“好办法!”

“先去前面的天见村再详议吧。”

大伙都同意，不断向前轰着权之助，人群加速朝着那边涌去。

但是，后面——

每逢从地底下刮起冷风，就从高空传来人的声音。自不必说，是那坠落断层谷的伊织的呐喊。

无可老师

一

在冈崎的鱼市，有一个港口，港口前面立着一块木板，乍一看像是落魄武士讨生活用的。只见上面写着：

学童启蒙武馆
教授读写无可

——原来是一家私塾。木板上面的字，应该是教书先生自己写的，很是难看。就凭这招牌，过路人中斜瞄一眼嗤鼻苦笑一声的有识之士应该不少吧。可是，教书的无可先生却毫不感到羞耻地说："谁要问起来，我就说学无止境，在学术的领域我还是个孩童。"

小巷的尽头是一片竹林。在竹林那边是一个练马场。天气好的时候，三河武士的精英、本多家族的家臣们在那儿操练兵马一直到日落，使得周围持续尘土飞扬，不见天日。

因此，为了阻挡灰尘，无可先生总是在那边向阳的房檐下面挂上帘子，使得屋子更加狭窄，更加昏暗。然而这样，就更加彰显出孤单一个人的落寞。

像人刚从午睡中醒来慵倦懒散一样，井边水桶的打水声中夹杂着"乓、乓"的砍竹子的低沉声音。只见竹林中一根竹子摇摇晃晃倒地。过了一会儿，无可先生从竹林之中走了出来。只见他头戴灰色头巾，身穿灰色无花单衣，腰插短刀。看这一身简朴的衣服谁也想不到他还不到三十岁。

他把砍的那节竹子拿到井边洗了下，拿到了写有“内庭”匾额的里屋。屋里并没有壁龛，只是在墙壁的一角放了一块木板，墙壁上悬挂着不知道是谁画的祖师的画像——将竹子放在那儿当作壁龛的木板上也就成了插花的底座了。

“嗯，还不错。”无可先生随手放进夹杂着杂草的天剑花，自己看了看笑道。之后，他便坐到桌旁，开始练字。桌上放着褚遂良的楷书字帖和名家的拓本。

住在这里已经一年有余了，练习写字成为他每天的必修课。现在，他写的字明显比看板上大有长进了。

“先生，在吗？”

“在呢。”他急忙放下笔，向门口的方向看去，“是隔壁大婶吗？今天还是很热吧，快点进来坐。”

“不，不，我就不进屋了……那什么，我也没别的事，就是刚才听见好像是这边传来很大的响声，发生什么事了吗？”来人好奇地问道。

“哈哈哈，那是我在乱折腾呢！”原来是这么一回事，无可先生哈哈大笑起来。

“教授孩子们的先生，要做恶作剧的话是会让人困惑的呀……”

“呵呵，这个实在是……”

“你到底在捯饬什么呢？那么大动静？”

“我啊……在砍竹子呢！”

“那就好，我还在想你发生什么事了。听我丈夫说最近这周围常有一些浪人在晃悠，好像是在打听你的事，我也跟着心惊胆战的。”

“没事的，我的脑袋连三文钱都不值。”

“你倒是想得开！……你确定之前没得罪过什么人？指不定被人怨恨了自己还稀里糊涂的不知道呢！总之还是小心点为好。……我也就罢了，周围的姑娘们可是会哭的哟。”

二

房东是经营笔铺的。丈夫和妻子都待人很友善，特别是老板娘，常常教一个人生活的无可先生做饭，有时还帮衬着他缝洗衣服。

那些都好，但是动辄就说“有一位很不错的姑娘，怎么样，看看吧？”等让无可先生为难的事。更过分的是明明无可先生并不愿意接受这相亲，可她还自作主张地对人家姑娘说无可先生有意相见，然后连招呼都不打就带那女孩过来了。

“到底是为什么不结婚呢？难不成……会不会是因为讨厌女人？”闲来无事，八卦的老板娘经常这样穷追不舍地问。

当然，这也不能全怪人家老板娘，无可先生自身也有过错。

“我是播州的浪人，一直孤身一人在京都、江户求学。来到贵地之后想在这儿办一所私塾稳定下来。”当初租房子的时候，无可先生正襟危坐着这样解释道。

偶尔在外面碰见无可先生，他总爱跟笔铺老板夫妇半开玩笑地说去见姑娘，想娶媳妇，言下之意有拜托介绍的意思。老板夫妇心想：这无可先生也老大不小的了，再说他相貌堂堂，性格也不错，又忠厚老实，生活安定之后是该考虑娶媳妇的问题了。

除此之外，庆典、舞蹈大会、盂兰盆节等这样大的节日自不必说，连葬礼、慰问病人这样平日里大家也要热热闹闹集会的陋巷生活，无可先生一个人显得格外孤单。无可先生就这样隐于市井陋巷，端坐在小桌旁，潜心学习。

其实，这样的世道，不光一位无可先生，周围住的什么人大家谁也不知。这也是社会形势所迫。

——一位名为“幽梦”的光头先生，到不久前为止，还是大阪柳马场的陋巷里教授书法的先生，经德川的手下调查身份，竟然是元土佐守城长曾我部的宫内少辅盛亲。顿时引起轩然大波，然后便被传说某天夜里忽然不见踪影。

——名古屋的辻市，专门为人占卜的男人，看着可疑，德川家族用手段一调查竟然是关原残党毛利胜永原来的家臣永翁。

——九度山的幸村，漂泊的豪士后藤基次，这些被德川家族打败的大将大多隐于市井，韬光养晦，过着平凡的生活。

当然，并不是只有这样的大人物隐身在市井中，一些地位低下的武士则表现更甚。他们游手好闲，浑浑噩噩混于世间。真正的身份和无赖身份浑然一体，即使相邻居住也分辨不出来，这就是陋巷的神秘之处。

最近，且不说是谁说出去的，零星有人说他压根儿就不叫无可，原名叫武藏。

“那位年轻人，原名叫宫本武藏。肯定因为什么缘由在私塾教书。其实他就是那个在一乘寺下垂松，一人单挑战胜京都四条吉冈一派的剑道名人宫本武藏。”

“不会吧?!”

“原来是这样啊!”

一些人背后议论着，更有人惊奇地张大了嘴巴。

最近这几天夜里，附近的竹林里、巷口常有人偷偷摸摸窥视无可先生。邻家老板娘常说那是想要夺人性命的眼神，要无可先生留心注意。

三

这样的危险无处不在。无可先生一开始就知道，自然也就没在意。今天像往常一样，他刚被邻家老板娘提醒过，到了晚上，他只打了声招呼就出去了。

“邻家大叔大婶，我出去一会儿，麻烦帮忙照看一下呀。”

笔铺老板夫妇开着门正在家里吃饭，见无可从门前经过，一身灰色无花纹单衣，头戴蓑笠，腰插大小两把刀，也没穿裙裤，仍是平时的素装。若是再披上袈裟和挂络，活脱脱地就是个普化僧了。

“大晚上的，无可先生不好好在家待着，到底是要去哪儿啊？上午教完了孩子们，下午就睡觉，到了晚上却像个蝙蝠一样出去，还真和正常人不一样呢。”目送着无可先生离去的背影，笔铺老板娘咂舌嘟囔道。

“唉，你就别操心啦！单身年轻人嘛，也是没办法的呀。连人家的夜生活都管着的话，可就没完没了。”老板倒是挺想得开，摆手笑道。

一出巷口就感到一袭凉风拂面。夜晚的冈崎，白日的暑气尽散，海风轻拂，吹得路灯摇摇晃晃。街上人流涌动，可以听见竖笛音和笼养的虫鸣，盲人的弹唱，卖西瓜、寿司的吆喝，穿着浴衣夜晚出来游玩的人成群结队地闲逛。和江户那样的新开发地不同，这里有的是能够让人静心舒适生活的小镇风情。

“哎呀呀，先生怎么走了呢？”

“哟，这不是无可先生吗？”

“快看快看，他正埋头走呢！”

镇上的姑娘们悄悄地交换着眼神窃窃私语，中间也不乏有向无可先生含羞行礼的。无可先生的去处是哪儿也成了一时的话题。——这一带，从很早以前就是有名的烟花酒巷，特别是这里的妓女，可是闻名于沿海一带。

万花丛中过，只见咱们的无可先生未作丝毫停留，而是笔直奔向城西。出了城，听到潺潺水声，用袖子轻拂脸上的汗珠，眼前是一座长约五百米的桥。借由星光可以看到第一根柱子上写着“矢作桥”。

像是约好了一样，一个瘦和尚早已等在那里。看见有人过来，略微提高了声音问道：“是武藏吗？”

“嗯，是我。你是又八吗？”走近后，两人相视一笑。

——没错，另外一人正是本位田又八。又八还是当年在江户奉行所前被鞭笞百鞭后放逐的样子。而无可确实是武藏的化名。

矢作桥上，星空下，昔日的误会、仇怨都冰消雪释了，两人像儿时那样肩并肩漫步桥上亲密地闲聊着。

“泽庵师父现在在哪里？”武藏问。

“没有消息，应该还在修行途中吧。”又八回答说。

“……呀，这么长时间？”

四

两人就这么一边有一搭没一搭地闲聊着，一边慢慢地向对岸松岭上的古刹走去。古刹因八帖山而得名，人称“八帖寺”。

“怎么样，寺庙的修行很艰苦吧？”武藏一边登着台阶一边问。

“很辛苦，有几次想要逃出去。心想要是不受这样的苦就枉为人的话还不如上吊死了算了。”又八耷拉着光头，诚恳地说着心里话。

“你现在还不是得到禅师认可的入门弟子，入门之后那才是真正的修行。”

“是啊，也多亏了这样，一坚持不下想要逃避的时候，就想这样对不起泽庵师父的恩情，就自己鞭笞自己。”

“只是这样就能看得出修行的效果。”

“到痛苦难耐的时候我总会想起你。心想武藏你能做到的事，我也一定能做到。”

“对，我做到的事情，你不可能做不到。”

“我是已经死过一次的人了，承蒙泽庵师父所救留下这条贱命。想起在江户奉行所前受鞭刑时的痛苦，现在的苦也就不算什么了，早晚坚持修行已是我佛慈悲了。”

“克服痛苦之后才能得到更多的快乐。苦和乐在漫漫人生长路中就像潮和汐，早晚交替。如果想要心机安闲偷懒，那么那样的人生毫无乐趣可言。”

“这个多少有点领会了。”

“就拿打哈欠来说吧，潜心修行的人疲倦时打的哈欠和懒惰无赖人打的哈欠是完全不同的。茫茫人海，有生之年没有体会真正意义上的因疲倦辛苦而打哈欠，就像虫子一样死去的大有人在。”

“在寺里的时候，听周围的人讲各种传闻，那就是唯一的乐趣。”

“真想快点见到泽庵禅师啊。那样你也有着落了，我也想探讨一下我今后的出路。”

“嗯，已经一年没有他的消息了，到底什么时候他才能回来呀?”

“别说一年、两年还是三年，或者说是像云彩一样四处飘泊居无定所，这样的事情在佛家并不稀奇。既然来到这里，就静下心在这儿等泽庵师父吧，不管是四年还是五年。”

“时间挺长的，不如你也搬到冈崎吧。”

“在陋巷，社会的最底层，体验嘈杂的生活也是一种修行。不能空空地等着禅师回来。”

两人说着话跨过了寺门。说是寺门，却没有任何金碧辉煌的装饰，只是一个茅草门，正殿也很破旧。

又八将武藏领到厨房旁边的一座小僧舍里面。他还没正式入门，只是到禅师回来为止在那儿暂住而已。

武藏不时地来拜访，两人彻夜促膝长谈。

无为之壳

一

这话要从一年前说起。

去年，在将军府突然感到仕途无望，在武士转奏的府邸的双面屏风上只画了一幅武藏原野之图，留下另一面就那样离开江户的武藏，是怎样一步步走到现在的呢？

时而出现在这里，时而又突然销声匿迹，像山间的云彩一样，飘忽不定。

他好像是有一定的目的性，又好像是漫无目的。

他自己就只是心无旁骛地一条路走到底。在旁观者看来，好像是无拘无束地走自己的路，随意地走走停停。

穿过武藏原野西郊，逆相模川而上，越过厚木驿站，大山、丹泽山等山脉迎面扑来。只见他的身影消失于大山深处。

大约半个月后，他才从山上下来，用蓬头垢面形容他一点儿也不为过。看他那身打扮，好像是为了解决什么问题才跑到山里沉思去了，到了冬天又被风雪驱赶出了深山。

这段时间，他的身形并没有发生太大的改变，只是那张脸比进山之前更显迷茫。

百思不得其解的问题一个接一个地折磨着他的心，剑道和心灵上都没有得到净化升华。有时候，自己叹息这样抛弃自我是不行的，心想：不如过过普通人的安逸舒适的生活。

这时，他的脑海中总是会立马出现小通的身影。

要是有心和小通过安逸的生活应该马上就可以。要想再找个一二百石的职位也不是什么问题。

可是，他又反思自己，扪心自问“要是这样的话，自己真就知足了吗”的时候，才发现自己并不甘心这样结束一生。清醒之余他大骂自己是犹豫不决的懦夫，而这心灵的鞭笞就像攀登途中想要退缩的进退两难，反而使自己更加痛苦。

他有时候觉得自己贪婪庸俗，修行中有魔障。有时候又觉得自己如清风明月般高洁，孤芳自赏。

神形一体，这种心境上阴晴不定的妄想，反映在剑道上面，使得剑道并没有达到自己预期的水准。他深知这条路的长远和自己修行的不足，一步步激烈地和迷惑与苦闷战斗。

可能是年轻的血液在作祟，进入山中，越是修行越是迷恋人世间的情，越是疯狂地想念家乡想念小通。不管怎样折磨自己的身体，即使吞食草木，瀑布冲顶，也没法断了对小通的想念。

于是，只两个月就下山了。在藤泽的游行寺停留数日后，绕到了镰仓。而在这个寺庙，他却意外地见到了比自己更为痛苦的男人——又八。

二

相对于武藏，又八又是另一种苦闷。他决心不再像以前那样慵懒潦倒地混日子，出了江户之后，听说镰仓寺庙多，他便来到镰仓。

“学海无涯，现在开始磨炼自己还来得及，如果一直认为自己不行，看不起自己的话，那么也就人生无望，到此为止了。”武藏鼓励又八鞭策自己，重新领悟人生寻求正路。

“话是这么说，不过有时候却还是感觉自己像是陷入虚无，对什么都提不起兴趣。怀疑自己是不是撞到墙壁一样，无法前进。像这种无为之病两三年就会犯上一次。每到那个时候就会这样鼓励陷入无望苦闷中的自己，破无为之壳而出，重新展翅高飞，勇往直前。过个两三年，又会犯这样的无为之病。唉……”武藏说出了心里话。

“可是，这次的无为之病特别厉害。自己是怎么也突破不了。在虚无与解脱的边界痛苦地徘徊。这时候想起了那位大人。只有那位大人才可以解救陷入绝境的自己。这次也正是为了打听那位大人的消息才下山来到镰仓。”

这里所说的“那位大人”是他在年少鲁莽的时候，为寻求正确的人生之路，频繁地拜访京都妙心寺的时候，受教的启蒙禅师——愚堂和尚，人称东实和尚。

“要是有这样的高僧，一定要介绍给我，我要拜在他门下受教。”又八听到后说。

刚开始武藏也怀疑又八是不是真心向佛修行。听了又八一路走来的悲惨遭遇，认为又八是真心想要入禅门修行，也就帮着打听镰仓的其他寺庙。

因为听说愚堂和尚数年前离开妙心寺，从关东向陆奥国方向游走修行，至今行踪飘忽不定。有时受后水尾天皇邀请，到清水殿教授佛经；有时独自一人在山间小路走到天黑，风餐露宿的。

从西南的寺庙听说愚堂和尚在冈崎，武藏和又八来到冈崎，果然不在。但是听说去年回陆奥的时候，顺路来过。

两人决心要一直等到愚堂和尚回来。武藏在镇上租了房子，又八借住在寺庙厨房后面的小屋里，这样一直过了大半年。

三

“屋里的蚊子真多呀！”

“武藏，到外面去吧，外边虽说也有蚊子，但是稍微……”被蚊子咬得难受，又八不禁有些心烦意乱了。

“好啊，哪儿都可以。”武藏先行出去了。每次这样来访，哪怕能稍微纠正一下又八心态的不足之处，自己心里也能过意得去。

“那就去正殿前面吧！”

夜深了，大门紧闭，其他人都睡了，只有两人默契的身影坐在殿前闲聊着。

“此时此景，让我想到了当年的七宝寺……”

又八一边嘟囔着，一边登上台阶，在台阶边缘坐了下来。可能真的是离开家太久了，两人每次见面，从果实、草木的话题上都能立马联想到故乡。

“是啊。”提起故乡两人都沉默不语了。想起的是小通，还有又八的母亲的事情，还有一些痛苦的回忆。这些都可能会破坏现在的感情，两人都避之不谈。但是今晚，又八好像有更多想说的话。

“七宝山比这里的还高吧。像这里有矢引川一样，七宝山麓下有吉野川蜿蜒流过。可惜的是这里没有千年杉树。”

又八转过身子，鼓足勇气看着武藏说：“小武，我一直有话想对你说，但是又有些难于启齿。……但是我今天无论如何也要说。……如果有说错的地方，你就多担待点儿。”

“对我说吗？什么事？”

“是关于小通的……”

“嗯？”

“你把小通……”又八的眼眶突然溢满了泪水，结结巴巴地说。

武藏的脸色也随之一变，暗叫“不好”。这么长时间以来，两人相互都避而不谈的话题，现在被又八突然间提起，不清楚他到底想干什么。

“我们俩今天交心说了一夜心里话，我有时候想起来就觉得对不起小通，她今后要怎么办才好啊?”

“……”

“过去那些年我让小通受苦了，甚至曾经有时像魔鬼一样缠着她、迫害她，现在想来连我自己都不能原谅自己。回想一下当年，自从关原之战之后小通就离开我这枝头了。现在的小通已经是绽放在别的枝头上的花朵了……”

“……”

“武藏，拜托你娶了小通吧。只有你才能给小通幸福。如果是以前的我肯定说不出这样的话，为了赎罪我决定皈依佛门。我和小通已经断绝关系了，可还是放心不下。拜托了武藏，找到小通，实现她的愿望吧!”说到动情处，又八显露出大彻大悟的表情。

四

那天深夜，月光下依稀能够看到武藏一个人拱着手低头默默地穿过八帖寺门走下山的身影。

刚才在正殿前，又八说的话、他的表情和声音一直萦绕在他的脑海，久久挥之不去。

“拜托了，请和小通……”

他心想对自己说出这样一番话的又八肯定苦恼了很长时间。武藏不可否认自己比又八更加迷惘苦闷。

面对从从前的嫉妒仇恨的怒火中艰难地解脱出来，重获新生说出这样一番话的又八，武藏说不出拒绝的话。

“我没有打算娶小通。以前，她是你的未婚妻。你诚心忏悔，展现你的真心，重新与小通和好吧。”这样的话更是说不出口。

武藏始终缄口不言，不管说什么都是对自己撒谎，自己的心里一直在犹豫不决。

如果小通的事情不解决，即使入了佛门，开始别的修行也是白费力气。所以又八今天晚上是下定决心要求武藏娶小通的。

“你既然推荐我去修行，就是把我当作朋友看。你娶了小通，拯救了小通就等同于拯救了我。”又八用两人小时候亲密聊天的语气，边哭边说。

武藏看着又八的神情一边心想：“四五岁的时候也没想到又八是这么纯情的人。”一边又为自己的迷惘和自私丑陋感到羞愧。

分别的时候，又八扯住武藏的袖子像是再无机会见面诉说一样哀求武藏答应。听见武藏说“让我考虑一下”后，又要求马上答复。

“请你让我再考虑一下再说吧。”说着武藏出了寺门。

“胆小鬼！”武藏一边骂着自己，一边审视自己，心想这样更加不能从无为的黑暗中解脱了。

五

无为之苦只有深陷无为黑暗中的人才能够明白。安乐舒适是每个人的愿望，但是安乐和净心的境界是不一样的。

无为之病就像是在血泊中挣扎，头晕目眩、目光呆滞，是无法用肉体感觉出来的。就像头撞在墙壁上，进退两难，被困在封闭的空间，永无止境。开始自我怀疑，自我轻视，自我哭泣。武藏常因此而愤怒，多次反省自己都无济于事。

从武藏原野开始，抛弃伊织，离开权之助和所有江户的朋友，像风一样离去，那时候自己就可以感觉到无为之病的前期症状。当时并没有勇往直前，从中解脱的打算。

这样过了半年，等到觉察到的时候本来应该破裂的无为的外壳仍然牢牢地困住自己，开始丧失所有的信念。拖着像夏日空蝉壳一样的身影，在黑夜的风中飘飘然行走。脑中回想着小通的事情和又八的话。这对于现在的武藏来说是百思不得其解的问题。

穿过矢引川，天破晓微亮。河风吹得草笠呼呼作响。在这呼呼强风中，只听见“嗖”的一声，感觉有人影掠过。等到武藏迅速赶过去的时候，人影已经不见了。

只听见“轰”的一声枪响，眼前矢引川火光骤然一闪溅起一团水花。

武藏迅速翻身跃入桥下，像蝙蝠一样将身子紧贴在桥下横梁上。

这时，他突然想起邻家笔铺夫妇的话。但是武藏想不出来在冈崎有和自己敌对的人。他屏住呼吸，紧贴在横梁上想一看究竟。

过了好大一会儿，有两三个男人像被风吹着滚动的松球一样，从八帖岭一路跑过来了。然后像预料的一样在武藏原来站立的地方来回寻找。

“没有啊？”

“怎么找不着呢？”

“再往桥中间找找。”

估计他们肯定是以为这一枪已经把人击毙了，所以也没带导火绳，只带了枪就跑过来了。

枪上面的黄铜环闪闪发亮，那是战场上使用的高级火枪。三人都用黑巾蒙住脸，只露出眼睛。

圆

一

到京都去，到京都去！马上就要到了！

体贴的愚堂，是不是也在来京都的路上了呢？在花园妙心寺还有总本山……

但是到了京都的话寻禅师之旅就很随意了。下雨无法从房舍出来的时候看了一下，武藏在给又八针灸治疗。

又一次来到了美农，在那里的大仙寺里待了七天。在彦根的寺庙里也待了几天。

禅师在简陋的房舍住下了，又到附近的房舍去了。若是寺庙的话就在山门处，武藏在哪里都可以睡。然后就一心一意地等着禅师传授只言片语。不，不是等，而是让禅师传授才去的。

在湖边寺庙的门口睡的那夜，武藏感受到了秋天的气息：秋天已经来了啊！回首自己就像是在乞讨一样的日子，蓬松增长的头发一直到禅师打开心扉之前都不准备梳理，也不洗澡，不剃须，任凭风吹雨打。

就像吹落了的星星，还有秋天的声音。铺开一张筵席，就此休息。突然武藏心想：我是多么傻啊！武藏对自己执拗的心情冷冷地嘲笑。

——我究竟是想知道什么呢？对禅师有什么期待呢？不这样执着地追求的人就活不下去吗？

忽然觉得自己有点可怜，连带着对长在傻傻的自己身上的痱子也觉得怜悯。

禅师说了：对所追求的自己，要果断断绝。不存在对哪个人，强烈要求不存在的东西是不可以的。哪怕就是跟着来了，像路边的狗一样禅师连看都不看一眼的话也没有恨的理由。

………

武藏抬头看到了月亮。山口的上空不知什么时候起已经是秋天的月亮了。

还有蚊子。他的皮肤甚至感觉不到蚊子的叮咬。但是被叮咬后出血了，变成了许多芝麻大小的肿块。

不知道是什么原因，有一件事情他一直都搞不明白。他隐隐地意识到，只要能把那件事情弄明白了，那么其他所有的疑问就都能迎刃而解了。

——可他就是不明白！

如果自己的道路也这样结束了的话还不如死了好。想找到活下去的意义但却找不着。想睡也睡不着。

算了，就这样吧。

那不明白的究竟是什么，剑的功夫吗？当然不只是这个。还是说处世之道？那也不只如此。难道是普遍存在的问题吗？貌似也不全是。——要是仅仅是因为恋爱问题的话，一个大男人也不至于瘦成这个样子。

决定所有的大问题。但是从整个天地这个角度来看，只不过是沧海一粟的小事而已。

武藏把筵席裹在身上，在石头上睡着了。又八是怎样睡着的呢？他不以苦为苦，为了磨炼自己而磨砺自己，这样想起来武藏不禁感到羡慕。

恍惚中好像看到了什么，过了半晌武藏站起身来，紧盯着山门口的柱子。

二

山门的柱子上挂着很长的字联，武藏目不转睛地盯着看，终于借着月光才看清了：

汝等请务其本
百丈大功落白云
白云遗训虎丘叹
先规如兹
切勿摘叶好寻枝

这是开山大灯的遗诫里的句子。

“切勿摘叶好寻枝”，这句话不禁让武藏感同身受，忍不住反复多读了几遍。

是啊，有多少人只在枝枝叶叶的细节上关注太多而徒增烦恼啊！虽然明知这个道理，但自己却也未能脱俗。现在反思一下，他一下子觉得豁然开朗一身轻松。

自己为什么不能练成剑道？为什么眼光要关注其他的事情？为什么始终不能洞彻？那是什么事情？这又是什么事情？

正是因为三心二意左顾右盼分散了太多的精力，才会导致不能一条道路走到头。然而，尽管这样想，但是如果一条路走到尽头的话必然会左顾右盼的吧？为取叶寻枝这种愚笨的焦躁而纠结，要如何才能突破困境呢？要深入内核打破吗？

自笑十年行脚事

瘦藤破笠扣禅扉
本来佛法无多子
吃饭喝茶又穿衣

——这是愚堂和尚自嘲之作。武藏现在想起了这首诗，自己也正好是这个年龄了。刚开始在妙心寺慕愚堂之名而来，愚堂突然问道："你有什么能耐来找我？"

就这样，他差点没被大声斥责赶出来。之后，愚堂真正从心底里接受了他，并允许他进入室内。有一次，甚至还向他展示了前面的诗。

尽管一直说修行修行，但还是不行啊！

这说的不就是我吗？

"自笑十年行脚事"。——原来在十年前愚堂就已经告诉过我了啊！但是从那十年后，如果看到依然在迷惑的自己，一定觉得无可救药，恐怕一点兴致都没有了。

就这样，武藏傻傻地站着，也不睡觉，在山门附近转悠。突然，他无意中看到了在这深夜从寺庙那边向这走的人。走出山门之后，他又不经意地看了一下，原来是带着又八的愚堂。

走得真是快啊！

是在本山这边有什么急事才去京都的吗？回绝了寺里来送行的人，武藏径直追向了濑田的大桥那边，追寻着那皎洁的明月的身影。

世之潮路

一

那是第二年的事了。细说来，那还是庆长十七年四月刚过去的时候。

那天，从泉州的境港通往赤间关的船只也载满了旅客与货物。

在沿岸船批发商小林太郎左卫门的店中休息的武藏，终于接到发船的通知，于是迫不及待地从长凳上起身，向来送行的人们打过招呼之后走出店铺。

“保重！”

送行的人们也说着离别的话语，团团围着武藏，向来船的河岸行去。

送行的人群中能够看到本阿弥光悦的脸庞。

灰屋绍由因病没能来，由儿子绍益代其参加。

绍益偕其新婚娇妻而来，其妻子的美丽容颜，足以使众人为之侧目。

“嗯，那不是吉野吗？”

“柳疃的那个吉野？”

“没错，就是那个扇子铺的吉野太夫！”

人群中有人认出了吉野，用衣袖遮嘴小声碎语。

“这是我的妻子……”绍益向武藏介绍道，但没有提及其是以前的吉野太夫。

武藏对绍益妻子也没有什么印象。如果是扇子铺的吉野太太的话，即使在雪夜焚烧牡丹，她的琵琶也会让人侧耳倾听。但是，武藏所知晓的那个人是初代吉野，而绍益的妻子却是二代吉野。

花谢花开又一年。——故乡的岁月流逝得越发快了。

那天夜里的雪，那朵牡丹燃烧的火焰，现在也如梦境一般。那个时期的初代吉野的身影，现在在何处？已身为人妻，还是仍孤单一人？这些，都如同隐去的谜一样，不为人知晓。

“时间过得真快呀。想想从初次见面到现在，已经过了七八年的光景。”光悦也一边朝船的方向行进，一边不自觉地咕嘟着。

“没错，是八年。”武藏也越发耐不住岁月的回忆。

——今天的出船，总感觉像是人生的一大转折。

那天，在来送别的人中，除以上两位故交之外，还有一直站在妙心寺的愚堂门下的本位田又八，以及两三名京都三条车街的武士。另外，还有作为乌丸光广卿的名代同来的公家武士一行人，也加入了送行的队伍之中。

另外，武藏在京都逗留期间认识的人们以及无论他怎么拒绝，却因仰慕他的人品以及剑术而称他为师的人们，也有二三十人之多。

武藏连想与之交谈的人谈话的时间都没有就独自登上了船。

目的地是丰前的小仓。

他的使命是去赴经细川家的长冈佐渡调解后，与佐佐木小次郎在多年之前定下的比武之约。

这件事的具体敲定，离不开潘老长冈佐渡的奔走以及书信交涉。在得知武藏从去年秋天开始在京都的本阿弥光悦的大杂院居住之后，耗时半年之久，才终于促成了此事。

二

与严流佐佐木小次郎一见是在所难免的，武藏一直这么想。

这一天终于来了！

但是，很明显谁都没有料想到，武藏背负着这么高的人气去赴约。

今天的启程也是如此。这般夸张的送行也在意料之外。

之所以不能拒绝的理由，也因为是世间人们的好意了。

武藏觉得很害怕。对于能理解他的人的好意，他正襟危坐，但是对于众望的浅浮化，乘上人气的波浪，他实在感到害怕。

他突然意识到，原来自己也是凡夫俗子，也会骄傲自大。

这次的比试也是如此。谁会等待这么紧张的日子到来呢？这么想想，感觉小次郎和自己都不是。倒不如说是周围的人。使两个人互相对峙，进行比武，使世人的兴趣和期待增大。

“好像要比武了哟？”某人说道。

“嗯，我也听说了，确实是有这么一回事。”一人也点头附和道。

“真假？什么时间？”虽然一切都还是处于不确认的状态，但是周遭的看客们却已经开始关注日期了。

像这样成为世人评论的对象，武藏私下里感到非常的懊悔。这样虽然能使自己的名声更加显赫，但他现在不奢求这个。尤其在受到愚堂和尚的启蒙之后，他更加感觉到道业生涯的遥远。

说起世间的恩惠，可以说活着本身已经算是世间的恩惠了。就像今日，自己此番出行穿着的黑色窄袖衣服，是由光悦的母亲一针一线缝制的；手中拿的斗笠、草鞋以及其他物品，无一不是世间人们饱含深情制作的。——这些，都已经让武藏感到知足和愧不敢当了。

更不用说，他现在就是个碌碌无为，不耕耘织作，靠百姓耕作的稻谷生存的人——这更是依靠世间的恩惠来生存的啊！

“拿什么来报答呢?”有进就得有出，天地万物总该在一定的能量守恒之中。当怀有此种心情的时候，武藏总是对世间抱有敬畏之心，因为他同时也深知厌恶之情是绝对不能有的。但是，他却又时常觉着这份好意简直是多余的。过大估计自己的身价时，他就会变得对世间毫不畏惧。

临别告语。

沿途祈福。

挥袖告别。

点头许愿。

送行者与被送行者之间，上演着看不见的一幕幕。

“一切珍重！”

“珍重。”

船，解开了梦想的缆绳。武藏起身上船，众人留在岸上，在互相告别之际，晴空中扬起了巨大的帆。

“坏了！”

——不知是谁晚来了一步。

船出发后，只见一位旅客在匆忙中赶到，却只能眼睁睁地看着远去的船只越变越小，越变越小……

三

明明看到了刚出航的船，但只因为晚到了一小会儿便没能赶上。这个后来的年轻人不断地跺着脚，急得要命。

“唉，晚了一步。早知如此，即便不睡觉也一定要赶上的。”他那看着远去的船的目光中，不单单有没能乘上船的懊恼，更多的是切切实实的悔恨。

“难道是权之助阁下？”即使船已起航，但仍驻足在此的人群中的光悦认出了这个身影，一边靠近一边招呼道。

“额……您是？”梦想权之助将手中握着的手杖放到胳膊上，疑惑地问道。

“哈哈，真是贵人多忘事啊。以前在河内的金刚寺中见过您……”

“啊，原来是本阿弥光悦阁下啊！我才想起来，失敬失敬！”

“看到您没事，实在是太高兴了。实际上，我之前隐约听说您性命堪忧……”

“嗯？听谁说的？”

“武藏阁下……”

“哦。原来是出自师父之口啊……哎呀，他怎么会跟你那么说呢？”

“您被九度山众人所抓，好像是因为什么被怀疑，可能被杀害的消息从小仓那边传来。——细川家的御家老长冈佐渡先生写信告知的。”

“即便如此，师父为什么会知道呢？”

“在昨天之前，武藏阁下还居住在眼前门内的大杂院中。该住所被小仓得知，从小仓多次传来书信，同来的伊织阁下现在在长冈家中。”

“啊？……那么伊织平安无事吗？”权之助此时此刻刚刚得知这一消息，脸色极其愕然。

“光顾着说了，请到这边来。”被光悦邀请，权之助便跟他来到附近的茶馆坐下，试着交谈了一下之后，却并没有意外之处。

月叟传心——九度山的幸村，当时第一眼看见权之助时，就立刻认出了权之助。

“……不好意思，是部下的过失，还请谅解。”权之助即刻与幸村和解，不打不相识，两人也成了知己。

那之后，幸村派手下寻找坠落至纪伊山断裂缝中的伊织的踪影，伊织却一直没有音讯，至今也生死未卜。

因为在断层山谷之间未发现尸骨残骸，虽然确信还活着，但仅凭此，实在是没脸面见师父。

那之后，权之助在近畿一代四处打听寻找。偶尔，在街头巷尾，会听到诸如近期武藏将和细川家的严流比武，武藏现在居住在京都附近之类的传言，但是因为没有脸面见师父，权之助听到这些传言之后，更加焦急地寻找伊织的下落。

昨日，在九度山听说武藏终于要出发去小仓了。

终于下定决定，打算不揣冒犯地前来相见，起早贪黑赶路而来，却因没有确认好大船出航的时间，晚到一步，他真是遗憾至极。

四

“非也非也，没有必要如此悔恨。”光悦安慰道，“虽然距离下次出船还有几日之遥，但是如果走陆路追赶的话，在小仓与武藏阁下会面，再拜访长冈家，与伊织阁下见面的话……”

“既然如此，那我打算即刻沿陆路出发，在到达小仓之前，赶上师父，在师父身边照顾。”听罢，权之助倾诉衷情道，

“而且，这次的比武恐怕对师父来说，也关系到师父生涯的荣辱盛衰。虽然武藏阁下平常专注于修行但也不能保证肯定能胜严流——毕竟胜败不可测啊。不一定勤于修行的人肯定会胜，骄兵肯定会败。——胜负是一种运气，也是兵家常事。”

“看武藏阁下沉着冷静的样子，应该是有足够的信心。所以不用担心。”

“虽然这样想，但是据传闻，木严流佐佐着实是世间罕见的奇才。尤其是进入细川家之后，早晚的修行也异于常人。”

“骄傲的天才与资质平凡却孜孜不倦磨炼的人的胜败的比赛。”

“我认为武藏阁下并不是资质平凡。”

“但也绝对不是天赋的才智。武藏阁下正是知道自己平凡的资质，所以才会不间断地磨炼。承受着别人看不到的痛苦。哪天，这些累积的磨炼突然爆发出来的时候，人们便会认为是天赋的才能。”

“……哎呀，谢谢夸奖。”权之助感觉像是在说自己似的，心情也大为放松。

“光悦阁下。您还不回去吗?”这时，一位身穿袈裟的年轻男人向茶屋这边望来。

“是又八小师父吗?”光悦从长凳上站起身来，向着来人的方向看去。

“因为同伴在等着，所以就此告别了。”一边起身一边向权之助告别道。

这时，权之助也一同起身。

“总之，先到大坂。”

“是的。如果能赶上的话，即使乘夜船，也希望能够从淀川回去。”

“那么，我们就一起去淀川吧！”权之助貌似打算直接走陆路去丰前的小仓。

带年轻妻子前来的灰屋之子，细川藩的留守居，以及其他人，分别组成一组，沿着相同的道路，有的已经先走了，还有后来的。

“如果武藏阁下能够获胜便好了，但是，佐佐木小次郎也不是吃干饭的，据说也很有些真功夫……”又八不时地碎语道。毕竟他深知小次郎的可怕之处，也曾吃过他的亏。

夕阳西下，三人已经走在了大坂的人群中。但是不知从什么时候起，等大家注意到的时候，又八已经不知去向了。

五

“他会去哪里了呢？”光悦和权之助沿路返回，在黄昏中寻找着又八的踪影。

只见又八在桥旁站着，心不在焉地像是在想着什么似的。

“在看什么？”二人觉着奇怪，就顺着又八望的方向看去。

两人都盯着他看了半天了，可又八还是一动不动地注视着河原那边忙于刷锅、洗菜、淘米的附近大杂院女房的吵闹的人群。

“哎呀，这是怎么回事？”二人从远处观察得知此事不寻常，便没有打扰他，在远处等待。

“啊，是朱实。一定是朱实没错！”又八独自在那儿站着，像有感而发，从唇间发出声音。

他在河原的女房中，找出了朱实的身影。

觉得是偶然，但也强烈地感觉是命运使然。

虽然时间很短，他也在江户表芝的大杂院中当过工。当时，并不觉得是前世结下的因缘，但随着时光流逝，犹如身披黑衣似的，诸如戏言的事情也不再认为是戏言了，心中涌起一番悔罪之意。

——但是，此时朱实的身影，却是发生了极大的变化。

在通行的桥上，能够一眼就认出那发生变化的身影，恐怕也只有自己了。并非偶然，生命与生命的交集，是不会发生改变的。

发生变化的朱实，已经没有了一年之前的气色和形态。用脏兮兮的纽带背着刚刚两岁的婴儿。

朱实的孩子！

又八着实吃了一惊。

朱实的脸庞也清瘦得吓人。而且，头发也满是灰尘，衣着破旧，手中提着沉重的篮子，在能说会道的大杂院女房的喋喋叫卖中，弯腰屈膝地卖着东西。

篮子中装着卖剩下的海草、文蛤以及鲍鱼等。因襁褓中的婴儿经常哭泣，她将孩子放到篮下，哄逗着，待其不哭了，才再向女房们贩卖。

“……啊。那个婴儿是?”

又八双手紧紧地按住自己的脸颊。在心里计算着时间。要是两岁的话……啊，是江户时的事。

如此的话——

在数寄屋桥的荒地中，奉行所众的割竹下，铺上草席，共同进行敲打时……

——在她的体内，应该已经怀有现在的小孩了。

在傍晚稀薄的夕阳映射下，又八的面庞在河原的河水中摇曳，在他的面庞上仿佛挂满了泪水。

他已经忘却了身后匆匆往来的人流。他终于看到，朱实将篮中没有卖完的物品挂在胳膊上，蹒跚地向河原的尽头走去，他才像想起了什么似的。

“喂——!”又八举起手来，赶了上去。

见又八发疯似的跑了，光悦和权之助这才一边追过去一边向又八喊：“又八阁下！发生什么事了？”

六

又八猛地一转头，这才意识到让同伴为自己担心了。

“啊，实在对不起。实际上……”实际上已出口，但是想把这件事说清楚，并非三言两语能够完成的。特别是他此时此刻百感交集，心中的感触也是一时半会儿说不清道不明的。

又八的心中悲喜交加，但喉咙如堵塞了一般，无法将内心情感悉数表达。

“因为某些原因，我现在突然想要还俗。本来，作为和尚还没有得道，虽然说是还俗，其实也还是跟以前一样没有改变。”

“什么？要还俗？”

又八认为很合乎逻辑的事情，可是对于平静的听众来说，却是相当的不符合逻辑。

“这又是为什么呢？总感觉你样子怪怪的，我还以为以后就要安心待在寺里了呢。”

“哎……具体的情节一时半会儿也跟你们说不清楚。呃……简单说吧，也不怕你们笑话，就是在那边遇到了以前一起生活过的女人。”

“什么？见到了以前一起生活过的女人？”两人惊呆了。

“是的。而且那个女人现在背着孩子。——算算时间的话，那个孩子肯定是我的。”又八一脸认真的表情。

“真的吗？”

“真的背着孩子，在河原那边卖东西呢。喏，你们看！”

“……不是不是，冷静一下，你得好好想想。虽然我们不知道是你什么时候交往过的女人，但是，那真的是你的孩子吗？”

“我不想去怀疑。不知从什么时候起，我也已经为人父了。……是真的不知道，对不起……又八心里突然涌起一股自责。我不能再让眼前这个女人以那种凄惨的样子去卖东西了。而且，我必须对我的孩子尽到当父亲的责任。”

光悦与权之助面面相觑，感觉到些许不安，说道：“听你那么一说，也就是说不是没有根据的事情了？”

又八解开袈裟，与念珠一起交到光悦的手中：“实在是太对不住了，请将此交还给妙心寺的愚堂师父。然后，请务必将实情告诉他，说又八要在大坂做父亲，在这儿工作。”

“你确定真的要这样做吗？因为这种事，要把这个还回去吗？”

“和尚，什么时候想回来随时欢迎啊！”

“好的。”

“然而，在寺中的修行容易，在人世间的修行却是难事。厌恶肮脏、丑陋的事情，到寺中静心的人，即使住在满是谎言、丑陋、迷惑、纷争以及丑恶中，仍然能够保持自我的修行，这才是真正意义上的修行。”

“嗯，确实是这样。”

“已经一年多了，虽然一直在旁边，但是还没有获赐法名。至今为止，一直是又八，又八。——以后要是有不明白的事情的话，一定会再去和尚阁下之处拜访的。请一定这样转达。”

说完之后，又八向河原跑去，在夕阳下搜寻着朱实的身影。

待宵舟

一

傍晚的红色云彩如飘动的红旗一片一片地飘散开去。风平浪静的海底，如同能看见章鱼一般，水也好，天空也罢，在这夕阳下清澈透底。

在那饰磨河川的河口，从中午起，小船便连接在一起，直至黄昏时分，才出现一艘冒着炊烟的小船。

“挺冷的吧。风渐渐变得冷起来了。”

阿杉婆一边向火中添加柴火，一边向着船的方向说道。

在那边草帘的影子中，连船头的妻子都看不清楚的纤弱的病人，面色憔悴，藏在寝具中睡着。

“……不对。”病人微微地摇着头。然后，微微起身，向在那边熬粥的阿杉婆作伏拜状，说：“阿杉婆，您不是有些感冒了吗？——以后再不要为我的事情担心了……”

“说什么呢?”阿杉婆转回头来，“你才是，不要老在意这些事情。……总算等到船只就要靠岸了，赶快把粥喝了，积攒力量，等待着就是了。”

“谢谢了。”病人眼中突然溢满了泪水，在草帘的影子中眺望着海面。

已经能够看到捉章鱼的船、货船，以及其他几只船的影子了，但是他在等待的从堺港前往丰前的便船，却只能依稀看到扬帆的影子。

阿杉婆架上锅，注视着火口。粥终于煮好了。

渐渐地，云彩暗了下去。

“哎呀，太晚了。即使再晚也应该在傍晚之前到的啊。”

明明是风平浪静的海面——阿杉婆也时不时地望向海面小声嘀咕到。

不用说。

这个傍晚，应该到达该地的便船说的就是昨日从堺港出发的太郎左卫门船，在小仓下船的宫本武藏便乘坐在此船上。——这件事已经传遍了山阳的大街小巷。

听到传言后，姬路藩的青木丹左卫门的儿子城太郎，便立刻遣使者告知了赞干的本位田家。

得到该消息的阿杉婆便立刻前往村中的七宝寺，告诉了在那养病的小通。

去年的秋末时节，一个暴风雨的夜里，阿杉婆救出为了救她而掉入佐用山的洞穴中的小通后，看着这奄奄一息的曾经的冤家，阿杉婆也突然豁然开朗了。

“多么好的姑娘啊，不管我之前是怎么想要杀她，怎么想要拿她泄恨，她居然还会冒着生命危险来救我！……明明是自己的儿子没出息，明明是我的错……小通，你可千万不要死！”多年的怨念在一瞬间烟消云散，阿杉婆实在为自己曾经的行径后悔不已。因为在此之前小通曾不断遭受阿杉婆的殴打，后来虽然恢复了意识，但是身体状况却一直没有好转。

“请原谅我。在你消气之前，阿婆无论做什么都愿意……”那之后阿杉婆每次看到她之后，都会留下忏悔的泪水。

小通却说：“阿婆，不要再这样了。”

这样的话反而更加剧了她的痛苦，她的身体本来就柔弱，这绝对不是阿杉婆的错。

事实上，小通确实有过得病的经历。几年前，在京都的乌丸光广居住时，也曾经几个月卧病在床，那时与此时的状态差不多。

傍晚时分，开始发低烧，伴随着轻微咳嗽。身体的消瘦，使她本来就美丽的容颜更增添了几分姿色，不禁使与其对话的人多了几分怜悯。

二

但是——

现在她的眼中却总是充满了欢喜与希望。

所谓的欢喜是：阿杉婆能够明白自己的心意，同时，武藏阁下以及其他所有人，能够意识到自己的错误，犹如重生的慈祥的阿杉婆那样。

看到这样的情景，然后所谓的希望是：

最近什么事情也未发生，她只记得与等待的人相见的日子。

“我至今为止的罪恶造成了你今天的不幸，即使我再怎么向武藏阁下请罪，他也不会将你交给我照顾了。”阿杉婆从那以后也一直这样说着，她终于亲口承认小通的夫婿非武藏莫属。

武藏的姐姐阿吟，在阿杉婆还没有承认之前，为了约小通出来便会说谎，称现在在佐用村的附近之类的，事实上，武藏出逃后，便没有了音讯。

后来，回到七宝寺，说起以前的熟人时，果然还是与阿杉婆的感情最深。阿杉婆每天早晚都会来七宝寺看望。

“吃药了吗？”

“吃饭了吗?”

“今天感觉好点了没有?”

阿杉婆精心照顾着小通。

那时候阿杉婆常常想:“如果,那时你在洞穴中没有醒来的话,我也真就不想活了。”

因为之前被阿杉婆花言巧语地骗过多次,小通一开始也认为阿杉婆的忏悔可能哪天会突然改变也说不定,但是随着时间的流逝,阿杉婆的真情却越来越浓厚。

小通时常会想:“真的没有想到阿杉婆会是如此善良的人。”

小通真的没有想到以前的阿杉婆和现在的阿杉婆会是同一个人。本位田家的亲戚、村里的人也不得其解。

“究竟是为什么会变成现在这个样子呢?”见到的人、说过话的人、身边的人——全部都觉得现在的阿杉婆与以前的她完全是判若两人。和气地迎人,和气地被迎,被尊称为是一位好阿杉婆的这种幸福感,是年过六旬之后才初次体会到的。

“婆婆,你现在的面容较以前也好看多了。”一些人看见阿杉婆现在容光焕发的慈爱模样,不禁惊讶地感叹道。

“也许吧……”阿杉婆悄悄地拿出镜子,欣赏起了自己的面容。

阿杉婆深刻地意识到了岁月留下的痕迹。想想刚离开故乡那会儿,头发还有一半以上是黑的,现在已经全变白了。

心也老了。

面容也是。

三

“武藏阁下好像乘坐从堺港出发的朔日的太郎左卫门船,

前往小仓了。”当武藏经过此地时立刻前来告知的姬路的城太郎，如此问道，“你打算怎么办?”

“去。”连问都没有必要问，小通立刻回答道。

虽然傍晚的时候总会发低烧，必须得盖好被子睡觉，但是并不是不能行走的病。

“这样的话，立刻从七宝寺出发。”一路上阿杉婆像照顾自己的孩子似的照顾她，在青木丹左卫门的宅地中休息了一夜。

“从丰前出发的便船，肯定会在饰磨停靠。会在此地装卸货物，必定在此住一夜。藩里的人也会来迎接，你们尽量避人耳目，在川口的小船上比较妥当。——我们父子肯定会给你们创造见面的机会。”青木丹左卫门如此说道。

“太感谢了!”

那天中午时分，到达饰磨海面，坐上川口的船，小通休息后，从小通奶娘的家中搬来一些物品，进入太郎左卫门船中，等待着。

这时，在小通奶娘家的附近也有二十余个等待武藏通过的人。他们提着灯笼在此等待，准备了夜宴，恭祝武藏旅途顺利，壮志得酬。

青木丹左卫门和青木城太郎也在人群中。

姬路的池田家和武藏是故交，在武藏年轻时的记忆中便有深厚的情谊。

“当然，我们都以他为荣。”

出迎的池田家的藩士们都这么认为。

但是，不能让小通与这些人见面，以免招致误会。武藏也会觉着不方便。出于这种考虑，特地将小通和阿杉婆安置在川口的小船中。

——到底是怎么回事?

天已经黑了，但还是不见船的影子。

“晚到了吧?”不知道谁这样问道。

“不应该啊!”得知武藏的船也在此停驻，而快马加鞭赶来的京都藩邸的藩士回答道。

“在船出发之前，已经跟堺港的小林确认过时间了。”

“如此风平浪静，不应该晚到啊。”

“正是因为没有风，所以靠帆行走的船才受到影响了吧?”

有的人站累了，就坐到地上。启明星不知什么时候已经升上了饰磨的天空。

“啊。来了!”

“来了吗? 在哪里?”

“好像是那个船影!”

“哦。原来如此……”

人们都慌乱地站起来，朝着船来的方向，向岸边走去。

“小通，阿杉婆，船来了。武藏阁下乘坐的船来了!”城太郎悄悄地脱离人群，跑到川口，朝着下面苫篷船的方向大声喊道。

四

今夜暂停此地的堺港的太郎左卫门船——武藏乘坐的便船。船来了的消息传来。

“来了吗?”小通乘坐的船摇晃起来。

“在哪里?”阿杉婆也站了起来。

小通也不顾自己虚弱的身子想要站起来。

“危险!”阿杉婆慌忙抱着小通支撑着她想要站起来的身体，然后同时探出头去。

“是那个吗?”她因为激动而屏住呼吸，凝视着。

“在那儿！在那儿！”城太郎站在岸边，兴奋地用手指着。

“城太阁下……”阿杉婆紧紧抱着身体虚弱的小通，“对不起，赶紧拿桨来，把船开到武藏阁下的便船那边去。想早点儿让小通和武藏阁下见面。让他们说会话。”

“不，阿杉婆，不能这么着急。现在藩里的各位，正在那边的岸边站着等待，应该先派船去将武藏阁下接过来。”

“这样的话，就没有时间和小通见面了。——到时候被家里的人围住，被当作客人来对待，哪怕是一眼也好，我想早点儿让他们相见。”

“那该如何是好啊？”

“所以当时在染屋的家中等着就好了，就因为你害怕被藩中的众人看见，让我们藏在这种小船中，反而不知道该如何是好了。”

“不是这样的。世间的人大都爱说闲话，出现在如此重要的场合的话肯定会遭人议论，我父亲青木丹佐卫门出于此等考虑，才采取了此计。……所以，我去同父亲商量，过后，一定瞅着空隙引武藏阁下来这边相见。请先在此等候片刻。”

“那么请一定带武藏阁下来此。”

“出迎的小船接到武藏阁下的话，首先请到染屋家，肯定会与家里人一起休息的。……待休息之后，就引武藏阁下来此。”

“好的，我们等着。一定要来啊！”

“好的。……小通也请在我们来之前休息一下。”说罢，城太郎便急匆匆地向刚才的岸边行去。

阿杉婆轻轻地将小通扶到草帘阴影下的床上：“睡会儿吧。”

躺在枕头上的小通稍微噎了一下。现在开始剧烈地咳嗽，可能是潮水的味道太强烈了吧。

“又开始咳嗽了吗?”

阿杉婆轻轻地抚摸着她单薄的后背，想要抚平她的病痛似的。

“阿杉婆，已经没事了。谢谢。不要再费神了，休息一下吧。”停止咳嗽后，小通开始整理自己纷乱的头发，希冀着能够以最好的姿容去见阔别多年的心上人。

五

时间过去了很久，但是等待的人还是没有来。

阿杉婆将小通留在船上，上了岸。在那等待着武藏阁下的到来。

小通想着武藏就要来了，不觉心跳加速，按捺不住兴奋之情。

小船的船头吊着篝火铁笼。夜晚的江口被篝火照得通亮，小通的心中也燃烧起来。

她现在已经忘记了病痛。将手伸出小船，沾湿梳子梳理头发。然后，在手掌倒入些许香粉，化起了淡妆。

“见面了，说什么好呢?”

小通开始困扰与武藏见面之后的事情。

为什么呢?

可能问了之后他会生气吧。

现在在去往与佐佐木小次郎比武的途中，以他的气性、信念来看，恐怕即使与自己见面，也不会高兴的吧。

虽然认为武藏不会输给小次郎，但是也不能说肯定能赢他。不对不对，无论谁赢，世人都会这样评论，武藏是强者，小次郎很优秀，不分胜负。

如果没有今天这次机会，万一从今以后再也不会见面的话——虽然只是假设，但是见不到面的那份悔恨肯定即使经过一百年也不会消失的。

在天愿作比翼鸟，在地愿为连理枝。

想着就要与那个人见面了，比起心里的难受，小通更担心武藏怎么想自己，见面之后应该说什么，也还没有想好。

在岸上站立着等待武藏的阿杉婆，也想着今夜见到武藏之后，一定要消除多年的积怨和误解，解开心结。然后，作为证明，无论他怎么说，都要将小通的一生托付给他。即使跪地请求也要这么做，如果不这样做的话实在对不起小通——

一边一个人在心中发着誓，一边张望着。

“是阿杉婆吗?”

赶来的城太郎的身影，一边靠近一边喊道。

六

“已经等不及了，城太阁下。——那么，武藏殿下这就来了吗?”

“阿杉婆，太遗憾了。”

“啊？什么遗憾。”

“请听我说。事情是这样的。”

“事情经过一会儿再说。到底武藏阁下会不会来啊?”

“不来了。”

“什么？不来了?”

阿杉婆茫然不知所措地说道，与小通一起从中午一直等到现在的紧绷的心一下子瓦解了，不能相见的失望心情涌现出来。

——然后，城太郎难以启齿地开始说明事情的缘由。

原来因为这次的船的情况，没有从饰磨下船的客人，不多的货物也由在海面等待的船取走了，所以武藏阁下乘坐的便船匆匆赶往下一个目的地室津了。

城太郎将实情告知阿杉婆。

“家里的人已经离去了。但是，阿杉婆，这边怎么办?”

他也失望透底，力气全无地说道。

“这样的话，太郎左卫门船已经离开这里前往室津去了?”

“是的。……那个，阿杉婆你没看见吗? 现在那边开往西边的船便是太郎佐卫门船。……武藏阁下可能就站在船尾那边。”

“哦……那个船影就是吗。”

“真是太遗憾了。”

“城太阁下，这就是您的不是了。为什么您会在出迎的驳船上面呢?”

“现在说什么都晚了。”

“罢了。只能眼睁睁地看着远去的船影，说着惋惜的话了。小通……无论说什么她也听不进去了。城太阁下，我实在说不出口。……还是由你来告诉她吧。……但是还是等她平静下来再告诉她吧，要不我怕她的病情加重。”

——小通在船内已经全部听到了。

鹰和女人

一

以前，庆长五年的战乱之前，毛利壳岐守胜信的居城的小仓中，在那之后不断增建，整顿城的威容。

严流佐佐木小次郎，几乎隔天登城，教授忠利公等。——严流派剑法，在他来到丰前之后，不到几年的时间，便已在藩里上下盛行，风靡九州一带，从四国中远道而来，仰慕其剑风，来城下游学一年两年，拜他为师的人越来越多。

他不但肩负着众望，而且也得到主君的信任。

“听说武藏近期便要到了。”

下人不经意说到。

“啊，武藏吗?”

严流的语气突然变得冷冰冰的，如狭隘小人说别人坏话似的。

“那也是近期因为要小聪明而为世人所知晓，还自称二刀流什么的。在京都大坂一带使用兵器的男人中，还没有能与之抗衡的。”

并非诽谤，也并非赞扬。

二

时光又回到周游武者拜访严流住处时……

“虽然没有与他见过面，但是武藏阁下的大名已经传遍了大江南北。可以说是当今的名人了——说名人有点过的话，那也可以称之为达人了。可以称赞的地方实在太多了。”

他毫不忌讳地说道。

“是吗？哈哈哈！”

严流的小次郎隐藏着脸上的不愉快，冷笑道：

“那是因为世人皆是瞎子。称他名人也好，达人也罢。但是，那只能说明世上的兵法质量低下，剑风颓靡，只是徒有虚名而已。呵呵，被称为兵法的达人这个还可以接受，称为剑的达人，到死我也不会同意的。世人都太天真了。”

“听说武藏与佐佐木阁下好像有多年的积怨？”

那人转移话题说道。

“近期，奉君命，我与他之间将有一场比武。”

现在已经是四月初。

樱花已经开满八重，散落一地点缀着平庭的泉石的阴影，杜鹃花也映红一片。

“在家吗？”

来人拜访道，有仆人把他引进屋来。

“是岩间阁下吗？”

佐佐木严流站立庭院中。

鹰落在拳头上。

受过训练的鹰伸出嘴，乖乖地吃着手掌中的饵料。

三

按照主君的命令，决定与武藏进行比武不久，因为主公的体谅，也因为岩间角兵卫的周旋，相当长的一段时间，不再需要隔日登城教授了。

于是，佐佐木开始静心休养，每天在府宅中享受这番娴静。

“严流阁下，今天在宫殿中，终于决定了比武的地点。于是便赶紧前来告知。”

角兵卫站立着说。仆人将他向书房的方向引去。

“请!”

铺上席子，让座。角兵卫点头示谢。

“一开始因为定闻长滨还是定紫川众人讨论了许久。太狭窄的地方肯定不行，到时候会有很多人来观看……”

“原来如此。”

严流继续给鹰喂着食。

世人的喧嚣，以及议论，他已经不再关心似的。

当作自己的事似的特地前来告知的角兵卫稍微有些尴尬。

“不要站着说话了，过来坐吧……”

作为客人的他开始招呼上了。

“稍等一下。”严流说道，“先让我喂完手中的饵料。”

“这是主公御赐的鹰?”

“去年秋天狩猎时，射到的鹰，已经驯服，挺可爱的吧。”

说完佐佐木扔掉手中的饵料，卷起朱房的纽带。

“晨之助，把它放入鹰屋中。”

他转过头对身后的年轻门人说道，将鹰从自己拳头上移到了他的拳头上。

晨之助带着鹰离去了。

“失礼了。”严流说道。

坐下之后，一妙龄女子楚楚动人地端着茶走过来，她仰视了一下客人：“请喝茶。”

角兵卫摇着头：“呀，是小光吗？总是这么光鲜动人啊。”

小光脸蛋通红：“请您不要开玩笑。”然后像逃一般离开了客人的视线，藏到了隔扇之后。

“驯服的话鹰也会变得可爱，但本性终归是猛兽。比起鹰来，我还是喜欢让小光在身边。想问问您是什么意思。”

“去岩间阁下住宅时，到时候会带小光偷偷去的。”

“我不需要偷偷摸摸的。实际上小光以前跟我商量过。”

“这个女人！至今也未跟我提起过。”

严流怒目瞪着白色的隔扇。

四

“别生气，不用勉强。”岩间角兵卫这样安抚着，见严流目光温和后说道，“作为女人有这样的担忧也无可厚非。这并不是怀疑，但一直这样下去到底会变成怎样，为今后的生活考虑，这是谁都能理解的啊。”

“那么，你从小光那里听到了所有的事情了吗？——一些不体面的事情。”

“什么事？”

严流感到些许耻辱地打断角兵卫：“男女之间常有的事情。在这么一个大家庭里住着，门人用人都很多……”

“但是，作为间使，应该只在府宅中，不会出现在人前的吧？”

“话是这么说，事到如今也不能抛弃她。”

“确实是这样。”

“你只身前往治郎右卫门忠明的道场比试，使其意识到小野派一刀流的衰退的事件——突然就变得亲近起来。”

“没错，虽然难为情，但是对恩人不说实话更觉得痛苦。我也在想着什么时候将这件事告诉您来着。正如您说的，与小野忠明阁下比试完之后，回去时已经是夜里，那个女人——当时还在叔父治郎右卫门忠明的旁边服侍的小光——提着灯，一直将我送至街上。”

“原来是这么回事。”

“只是在路上说的几句戏言没想到却当了真，那之后，治郎右卫门忠明出逃后，小光来到我的住处。”

“好了，不要再说下去了。事情的大概我已经知道了。哈哈哈！”

角兵卫倍感羡慕地摇了摇手。

但是在那之后不久，从江户搬到小仓之前，竟不知道他已经将小光收入自己的门内，角兵卫为自己的疏忽大意感到吃惊的同时，不禁佩服起严流小次郎的才气、手段以及缜密的心思。

“好了，这件事就交给我吧。无论如何，现在在此突然举行结婚仪式也不合时宜。等比武之后再说吧。”

角兵卫说完，突然想起这次来此的主要目的。

对于角兵卫来说，对手武藏对严流来说根本就构不成任何威胁。倒不如说这次的比武只是专门为提高严流地位和名声的试炼而已。

“这次比武定于在赤间关与门司关之间的小岛——穴门岛上举行。别名又称船岛。”

“啊？在船岛？”

“是的。在武藏来之前，不如我们先去探测一下地形，这样可以多添一分胜算在手。”

五

在比武之前，去了解一下比武场地确实有利。

比武当天，整理好鞋袜，看看附近是否有木桩，根据太阳的方向，使敌人站在什么方位怎么迎攻等，多少对胜负有一定的影响，在作战时心理上也可以有所准备。

岩间角兵卫向严流提议明日租一条钓船，去船岛看一下。严流说道："兵法上讲兵贵神速。我方有所准备，敌方打乱我方准备时，反而容易使我方混乱。不如随机应变，发挥自己所长即可。"

角兵卫点头同意，不再提议。

严流吩咐小光准备酒菜。二人喝至深夜。

日子一天天过去，严流终日沉默不语。随着比武的临近，前来拜访的人也多了起来。虽然不用隔日登城，但是却要不断地接待客人，实在是没有达到静养的目的。

虽说如此，他也没有闭门谢客。总感觉这样会让人认为自己怯弱。

"晨之助，把鹰拿出来。"

将天弓放到拳头上，他打算一大早便要外出。

现在正好是气候较好的四月上旬，带着鹰到山中散步，光散步本身已是一种很好的享受了。

琥珀色的眼眸，没有丝毫犹豫，冲向空中捕捉猎物的鹰的身姿……

鹰用爪子抓住猎物，羽毛不断地从空中落下。严流不敢喘息，仿佛自己就是鹰一般。

"嗯，就是这个。"

他以鹰为师，突然领悟到了什么。这一整天，他脸上洋溢着满满的自信。

傍晚回到家，看到小光的眼睛已经哭肿。虽然用妆进行了掩饰，但还是刺痛了严流的心。怀着断定自己不会输给武藏的那份自信，看了一眼小光的面容，说道："不如跟我分了怎么样?”

忽然想起了自己死后的情形。然后莫名其妙地想起了平常没有想起过的死去母亲的事情。

“已经没剩下几天了。”这样想着。每天夜里，他的眼中时而浮现琥珀色的鹰的眼神，时而浮现小光忧愁的眼神，这期间也不断闪现母亲的容颜。

十三日前

一

赤间关也是如此。门司关，小仓城下当然也是如此。这几日，旅客走得少，留得多，旅店爆满。

即将到来的十三日早晨上刻，在丰前长门之海门，船岛上，将举行该地藩士严流佐佐木小次郎与作州牢人宫本武藏正名的比武大赛。

“十三日的话，不就是后天了吗?”

“好像特地远道而来观看的人不少啊。要不我们也留下看一下吧。”

“笨蛋，那么大点的海上的船岛的比赛，怎么看?”

“不是，登上风师山的话可以看到船岛的几棵松树。而且即使看不到，也可以看丰前、长门两岸的各种景观不是?”

现在街头巷尾已经到处是关于十三日的传言。

到早晨下刻为止，在海上的观赏船被全令禁止出海，虽然船上旅客非常失望，但即使这样，即便只观赏一下当天的景观也就知足了。

十一日的中午时分。

在门司关至小仓的城下口的饭馆前，有一个正在给婴儿喂奶的，走前走后的女人。

这女人正是又八去追赶的朱实。

“喂，孩子睡了吗，在哭么——喂，朱实!”

从饭馆中走出，这样喊着的正是又八。

已经还俗的又八，蓄起了头发，用头巾扎着头发。从那以后，与朱实结为夫妻，在大坂靠卖糖为生。今天也终于来到了小仓。

“来，我来抱，你赶紧吃饭去。不是没有奶吗？赶紧去多吃点，多吃点。”

抱着孩子，又八在饭馆外，走来走去地唱着哄孩子的歌谣。

这时，经过的农村武士看到又八后，“哎呀”了一声，返了回来。

二

盯着返回来的武士半天，又八也没有想起此人是谁，在什么地方见过。

“我是几年前，在京都九条的松原见过面的一云宫源八。现在这副到处游走的样子，也难怪您会不记得了。”农村武士如此说道。

即便如此，又八还是没有想起来。

一云宫源八接着说道：“那时，您以小次郎阁下的名字行骗，不知道的人还真的被您给骗到了呢。”

“啊，是那时候的事！”

终于记起来了，又八大声说道。

“是的，我是那时候的六部。”

“您好，您好！”

因为行礼的缘故，好不容易睡着的婴儿又哭了起来。

“不要哭了，不要哭了，哦，哦。”

一云宫源八好像急着赶路似的：“现在住在该城下的佐佐

木阁下的住所在哪儿您知道吗？”

“不知道啊。我也是刚到这里。”

“那么，您也是来观看他与武藏比武的？”

“不是。……并不是。”

这时，从旅馆出来的朋友对源八说道：“严流阁下的住所在紫川的旁边，与我们主人的住所在一条路上。去的话，我们可以带你去。”

“呀，实在感激不尽。那么，又八先生，在此别过了。”

源八便跟着那人去了。

这时吃完饭出来的朱实跑了过来。

“我来背，把孩子快点放到我背上来。”

“不给他喂奶了？”

“想必他是困了，放到背上应该很快就能睡着。”

“是吗？来来。”

又八把孩子放到她背上，背上了卖糖的腰包。

往来的旅人不禁真心羡慕，关系多么融洽的卖糖夫妻啊！偶尔在路边看到这种景观，也确实让人心情大好。

“多好的孩子啊。几岁了？……看，他在笑呢！”

从后面赶上来的阿杉婆看着朱实背上的孩子说道。

三

“看你们的样子也像是旅客啊。你们知道佐佐木小次郎的住所吗？”

阿杉婆问道。

又八将刚刚听那人说的小次郎的住所告诉了阿杉婆——紫川的旁边。

阿杉婆轻声说道：“不胜感激。”

然后催促着男佣，径直离去了。

今天小次郎和鹰都待在住所内。从昨夜开始，庭院内挤满了客人。主人也好，鹰也好，都出不去了。

大门内，里门内，到处都挤满了远道而来的客人。

有从京都大坂来的，还有从大明来的，再远甚至有从越前的净教寺的村中来的客人。

“如果是后天，也就剩下明天一天了。”

可能是因为在小次郎家中的缘故，无论认不认识武藏的，现在都变得对武藏充满敌意。

在武藏这十年勇往直前的生活中，出现了许多连武藏也不知道的敌人。虽然不是全部，其中的一部分人，不知道出于什么原因，都站到了武藏对立面的小次郎的那边。

“从上州有客人到。”

年轻侍从带着一名客人从门口进入。

“我是一云宫源八。”

小次郎向从没有见过的客人打着招呼，非常谨慎。

“从上州来的?”

众人都望向源八。

源八将从上州白云山上求的神牌交给门人，并嘱咐他挂在神棚上。

“祝一切顺利……”

众人为源八奇特的盛情所感动。

“十三日是个晴天吧。”

说罢，源八望向天空。十一日已经夜幕降临，夕阳红透了天空。

四

“先生呢？先生在吗？”

“有什么事吗？”侍从问道。

“是的，我是从岩国来的，找小次郎有事。”

老者不断搜寻着小次郎的身影。

“不在客厅里。”

那边正在打扫的小光告诉她，“在鹰屋里。”

五

放着满屋的客人不管，严流独自一人在鹰屋中，与停在木头上的鹰四目相对。

给鹰喂食，取下脱落的羽毛，将鹰放到拳头上，抚摸着鹰。

“先生。”

“谁？”

“我是守卫。外面有一位从岩国来的老阿杉婆，说要见您。她说您见了就知道是谁了。”

“老阿杉婆？……谁呢？我母亲已经不在人世了。难道是母亲的妹妹？”

“应该怎么处理呢？”

“不太想见啊。……现在这种时候谁也不想见。……但是算了，还是见一面吧，把她引到我的房间。”

严流向房间走去。但是，以今天这样的心境，和这样的人见面，总感觉提不起兴趣来。

岩国的老阿杉婆已经坐好了。

“哎呀，这是……”

严流站起来，低下头。自母亲去世之后，严流基本上是由这位老阿杉婆抚养长大的。

六

“小次郎阁下，听说这次你将迎来人生至关重要的比武。即使在岩国也能听到这类传言。实在是坐不住了，就赶来看看。——你现在出息了啊。”

想想当年背着传家之刀离开故乡时的少年时的严流，再看看现在已颇具大家风貌的他，实在是今非昔比，老阿杉婆不由得感叹道。

严流低下头：“十年了，也没有前去探望，请原谅我的不孝之罪。在世人看来我可能是出人头地了，但是我的志向绝不仅限于此，我不会因为现在这点小成就就满足的。因此，即使回到故乡也……”

“不要在意，在岩国能够得到你的消息我已经很满足了。”

“在岩国对我有什么评论吗?”

“这次的比武，要是输给武藏，将是岩国的耻辱，佐佐木一族将名誉扫地之类的。因此，吉川藩众客人、片山伯守久安阁下等，带领门下众人，好像已经到小仓来了。”

“哦? 来看比武?”

“是的。对了光顾着说了，给你带的礼物，请收下。”

“谢谢。您一路上辛苦了。就直接在这间屋子里休息吧。”

严流说罢，便留下老阿杉婆，去了别的房间。

“这是男山八幡的神符。请比武当天将其放入怀中。”

这些声援者们都认为他不会输给武藏，十之八九都坚信他肯定会赢，都希望能与他建立良好的友谊。

“如果是牢人又会怎么样呢?”

严流忽然觉得很寂寞。能让自己信任的人并不是别人，只能是自己。

“必须要赢。”

他这么想着。虽然知道这么想会对比武造成心理负担，但还是忍不住在心底呐喊：“一定要赢！一定要赢！”

夜幕降临。

客人们在客厅中喝着酒吃着饭。

“武藏今天好像到了。”

“听说在门司关下的船，在城下现身了。”

“如果那样，一般是在长冈佐渡的府宅中落脚吧。谁一会儿去佐渡的府宅中探探去。”

诸如此类的话语，像今夜要有什么重大事件发生似的，小题大做地，悄悄地传递着。

日出时分

一

逃跑了吗?

肯定是逃跑了。

天亮了，对于尚未露面的武藏，众说纷纭。

长冈佐渡一夜未眠。

难道?

“——在主君面前。”

现在他想到的只有切腹。

推举武藏的正是自己。如果今天武藏不露面，那么自己只能选择自裁了。入神想着切腹的事的佐渡，迎来了一个晴朗的早晨。

“……是自己无能吗?”

佐渡一边万念俱灰般地低语着，一边带着伊织从庭院中走来。

“我回来了。”

从昨天夜里便开始在武藏住处寻找的缝殿介，满脸倦容地从横门出来。

“怎么样?”

“不知道。城下的旅馆全找过了，也没有发现任何踪迹。”

“寺院那些地方也问过了吗?”

“府中的寺院、町道场等武者可能会待的地方，安积先生、内海先生等人已经分头去找了，到现在还没有消息。”

“还没回来啊。”

佐渡眉间的愁容越来越浓。

透过庭院中的树木看得到湛蓝的大海。海上的浪花猛烈地撞向他的胸前。

佐渡在梅林间默默不语地不停走动。

“不知道啊。”

“哪也找不到啊。”

“早知如此，昨天夜里分别时，向他确认一下他的去处多好啊！”

井户龟右卫门丞、安积八弥太、木南加贺四郎等人，夜里四处打听寻找的人终于聚到了一起。

据木南加贺四郎说，今早经过佐佐木小次郎门前时，看到昨晚有二三百的朋友门人聚集在那儿，大门敞开着，门口挂着龙胆图案的帷帐，正面放置着金屏风，天亮时，他的门人们代佐佐木到城下的三所神社参拜，祈求胜利——一番鼎盛的景象。

与之相比，我们这边……

没能说出口。大家倦容满面地互相看着。

“就这样吧。……现在再找下去也赶不及了。大家一起回去吧。像这样越慌乱越让人笑话。”

佐渡勉强使众人退去了。

但是木南加贺四郎和安积八弥太却说：“不行，必须得找到。即使今天找不到，以后也一定得把他找出来，斩杀。”

这样激动着离去了。

佐渡进入清扫完毕的房间，在香炉中插上香。虽然这是极其寻常的事情，但是，“……那就做好心理准备吧。”

缝殿介捶着胸膛说道。

仍然站在庭院中望着海面的伊织突然对他说："缝殿介先生，下关的回船家小林太郎左卫门的家中问过了吗？"

二

在成人的常识中往往存在着界限，而年轻人的想法却是没有界限的。

听到伊织的话，"是呀。……是啊！"

佐渡和缝殿介都好像发现目标了似的。

或许？

佐渡眉宇微展。

"缝，我们太疏忽了。要表现得不慌不忙，但是要快速。立刻去那边迎接武藏。"

"是，遵命。伊织阁下，多亏了您啊。"

"我也一起去。"

"阁下，伊织阁下说要同去。"

"嗯，去吧。等一下，我给武藏阁下写封信。"

佐渡写完信，然后亲口嘱咐：

在早晨上刻比武之前，严流会使用藩公的船到达船岛。现在时间尚足。请武藏阁下务必到我宅中稍做准备，船的话请一定使用我的船带您到比武场所。

听完佐渡叮嘱的缝殿介和伊织，带着佐渡的书信乘坐藩中的快船出发了。不一会儿便到达下关。

二人对下关的回船家小林太郎左卫门的店非常熟悉，询问了一下店里的人。

"虽然不知道是不是，但前几天住店的客人中，确实好像有一位年轻的武者。"

店里的人说道。

“啊，果然在此。”

缝殿介和伊织不禁高兴起来。

见到店主太郎左卫门后问道：“武藏阁下是否住在贵店？”

“是的，在此。”

“终于安心了。昨夜以来，不知道家里的人担了多少心了。请速速安排我们见面。”

太郎左卫门走入内室，但立刻又返了回来。

“武藏阁下尚在屋内休息……”

“什么？”

二人不由得吃了一惊。

“请叫他起来。现在不是睡觉的时候。他总是早上起这么晚吗？”

“不是，可能是因为昨晚畅谈到太晚的缘故。”

让店里的人引缝殿介和伊织到客房，太郎左卫门便去叫武藏起床。

不一会儿，武藏便出现在二人等待的客房中。充分睡觉之后的武藏的眼睛如婴儿般清澈透亮。

武藏微笑着说：“哦呀，这么早。是有什么事吗？”

一边说着一边坐下。

对于武藏的招呼，缝殿介如力气被抽光了一般，但是立刻将长冈佐渡的书信呈上，说道：“这儿，这儿。”

武藏低头拆开信封。伊织紧紧注视着武藏的一举一动。

“……非常感谢佐渡先生的周到安排。”

武藏边卷着读完的书信，边瞥了一眼伊织的脸。伊织慌忙低下头。因为眼中已满是泪水。

三

武藏写完回信，对二人说道：

“详细情况我已在信中写明，请转告佐渡先生，一切就有劳了。”

“然后，我坐自己的船去船岛，请不用担心。”

无奈，二人便拿着书信告辞了。一直到离开之前，伊织一句话都没有说。武藏一句话也没有对他说。但是，师徒之情在无言之中，却胜过语言所能表达的。

等得不耐烦的长冈佐渡见到两人回来之后，拿着书信，紧皱的眉头立刻舒展开了。

信中这样写道：

我因为私事，得以承蒙您厚爱，派遣船只载我去船岛，实在是不胜感激。

但是此次我与小次郎比武，实属敌对关系。而且小次郎乘坐主君的船，如若我乘坐您的船的话，必定令您与主君站在对立面上。这样是万万不可以的。

因此，请允许我使用自己的船，待以后再登门赔罪。

完

四月十三日

宫本武藏

读完之后，佐渡默然地又重新读了一遍。

多么谦逊的美德啊，高雅地为人着想，而且还考虑周到地写了回信。太令人感动了。

看到武藏的回信，佐渡为昨晚自己的焦躁感到很失态。

面对如此谦逊的人，为自己那即使只有一丁点儿的怀疑之心感到羞耻。

“缝殿介。”

“在。”

“带着武藏阁下的书信，立刻去给内海孙兵卫丞以及其他众人看。”

“遵命。”

缝殿介退下之后，拉门后面的人询问道：“主人，如果事情已经结束的话，是不是应该将今天出席人员的任务安排一下呢?”

佐渡平静了一下：“知道了。但是现在时间还早。”

“虽然时间还早，但是岩间角兵卫阁下已经将船准备完毕，现在已经发船了。”

“这个人啊。总是这么着急。伊织，你过来一下。”

“是。什么事?”

“你是个男人。”

“是，是。”

“你有不管发生什么事都不哭的自信吗?”

“我不会哭的。”

“这样的话，你就作为我的侍从一起去船岛吧。但是有可能出现武藏阁下战死的情况啊。……你确认要去吗? ……能保证不哭吗?”

“我去。……肯定不会哭的。”

缝殿介已经走出门去。这时，有一个衣衫褴褛的女人将他喊住。

四

“请等一下。……长冈阁下的家人。”

女子背着小孩。

缝殿介甚是着急。用怀疑的目光看着这个女人。

“什么事?”

“虽然比较失礼，但是我想问一下，关于今天船岛的比武，从昨天开始就有人传言说武藏阁下逃跑了……这是不是真的啊?”

“混账话!”

昨晚一直以来的积愤，一倾而发。

“我刚才见过武藏阁下了。而且还取得了他的回信。”

“是吗? 您见过武藏阁下? 他现在在哪里?”

“你是……? 找他有什么事?”

“我与武藏先生是熟人。”

“哦。……我现在急着出去，这是武藏阁下的回信，你看一下吧。不用担心，没事的。”

缝殿介给她读信时，有个男人站在了缝殿介身后偷偷地看着信，眼眶全湿。

缝殿介突然意识到，猛地回身，男子赶忙行礼，擦干眼泪。

“你是谁?”

“我是和这女人一起的。”

“什么啊，是丈夫吗?”

“非常感谢。让我们看到了武藏先生这令人怀念的文字，总感觉就如同见到他本人似的。……是吧，老婆?”

“可不是，这就放心了。哪怕再远，我们也想看一下武藏阁下比武的地方。即使隔着海，我们的心也会祝福他。”

“这样的话，你们登上那边沿海的山丘，可以远远地看看岛的影子。——不对不对，今天是个大晴天，应该能够隐隐约约看到船岛的岸边附近的地方。”

“在您百忙之中打扰您，实在不好意思。那么，您赶紧忙去吧。”

带着孩子的夫妻向着城下松山的方向赶去。

缝殿介也急着赶路，但却又将他们叫住。

“喂，你们叫什么名字啊？方便的话请告诉我。”

“我与武藏阁下是同乡，都是作州的，我叫又八。”

“我叫朱实。”

缝殿介点了一下头，便赶紧上路了。

稍微目送了一下，二人才想起没有询问对方的姓名，便急匆匆地向城下行去。终于气喘吁吁地登上了小仓和门司关之间的松山。

可以从正面看到船岛。

二人将携带的草席铺下，面向大海，并排坐下。

啪……啪……悬崖下的海浪声，松树的叶子落在这一家三口身上。

那个人？这个人

一

“缝殿介，快点过来。主人长冈佐渡准备向船岛出发了。”

“啊，严流的……？”

缝殿介停下脚步，不由自主地来到树荫下。

在那边岸上，聚集了比清晨更多的藩主，为了今天的比武的举行、检查，以及以防万一的警戒等做准备，已经分成几组，分别向船岛的方向出发了。

“现在就……”

在岸边还停靠着一艘崭新的小船在等待着。

缝殿介一看便知，这是藩公特地为严流准备的。

那艘船虽然没有什么特别的标志，但是看见在船边聚集着上百名严流的亲信便知道了。

“啊，过来了。”

“看见了。”

人们站在船的两侧，向相同的方向望去。

缝殿介也从松树的树影中望去。

佐佐木严流将坐骑栓好，在御兵缝行的休息场所中稍事休息了片刻。

严流将爱马嘱托给仆人，便带着徒弟晨之助一人向这边船的方向走来。

随着严流的靠近，人们顿时变得严肃起来，自觉列好队，为他开道。

人们朝着今天严流的装扮看出了神，仿佛自己也成了威严的武者似的。

海浪声混杂着风声，缝殿介所在的地方虽然听不到人们嘈杂的声音以及严流的话语，但严流却非常平静地微笑着，一点儿也看不出有即将奔赴生死之地的样子。

严流上了船。

徒弟晨之助也跟着上了船。

另外有两名船手，一名坐在船首，一名握着橹。

还有一名随从，是站在晨之助拳头上的鹰——天弓。小船离岸后，可能是被众人的欢送声吓到了似的，天弓突然挥动起它的翅膀。

二

在岸边送行的人迟迟不肯离去。

回应着人们的深情，严流也在船上向岸边频频回顾。

摇橹的人并不是急匆匆地行舟，而是慢慢地大角度地切着浪行驶。

“对了，时间紧迫。府宅中的老爷应该也尽早……”

缝殿介回过神来，急匆匆地返回去了。

这时，突然发现，在距离他五六棵松树的树荫下，站着一位独自哭泣的女子，远远望着消失在海面上的小船——不对，是严流的身影——默默地哭泣着。

那是严流在小仓落脚之后，一直在他身边侍奉的小光。

缝殿介转移视线。为了不使她受到惊吓，悄悄地离开了。

岸上送行的人现在也三五人地聚成一堆。不断称赞着严流的沉着冷静，期待着严流得胜归来。

“晨之助。”

“在。”

“把天弓带过来。”

严流伸出左拳。

晨之助将自己拳上的鹰移到严流手上后，稍微退后了几步。

船现在在船岛与小仓之间行驶。海峡水流很急。天空也好海水也罢，都是清澈见底的好天气，可浪头却异常的高。

每次船舷溅起水滴时，鹰都会羽毛倒立，做出一番非常凄冷的姿态。今早，这只已被驯服的鹰，也有了些许战意。

“回城里去。”

严流解下鹰腿上的绳索，将鹰放向空中。

鹰翱翔于天空，冲向逃跑的海鸥，落下了白色的羽毛。因为主人没有再叫它，于是它在城堡的天空中，掠过海面，消失了踪影。

严流没有望向鹰飞去的方向。放飞鹰之后，严流立刻将身上携带的神坛的护身符、书信以及从岩国的老阿杉婆那儿得到的精心缝制的梵字的荷包——所有不属于自己的物品——统统扔到了海里。

“一身清爽了。”严流小声说道。

在现在这种决定性的时刻，那个人、这个人、各种回忆、感情、牵绊，均将成为心中的负担。

众多人祈求自己能够胜利的好意也将成为重荷。他认为即使是神坛的护身符也是一种阻碍。

人——光溜溜的自己。

海风无言地吹向他的脸庞。他看到了渐渐靠近的船岛上的松树以及各种树木的郁郁葱葱。

三

另一方面，对岸的赤间关的武藏也做着同样的准备。

清晨。

作为长冈家的使者的缝殿介和伊织二人带着武藏的回信离开后，他所寄居的回船店的主人——小林太郎左卫门出现在商店门前。

“佐助，佐助在吗?”

“早上好。”看到主人到来的店长打招呼道，“您叫佐助吗?佐助现在在那边有事。”

说罢，对其他人说道：“赶紧把佐助找来。主人找他。赶紧的。”

“有谁来店中拜访过武藏阁下吗?”

“是的，早上有人来过。”

“是长冈阁下的人吧?”

“是的。”

“还有其他人吗?”

“哎……”店长托着脸说道，“昨晚关门之后，有一个浑身脏兮兮的目光锐利的男旅客，拄着拐杖，慢腾腾地进来想见武藏阁下。得知武藏阁下下船之后住在这里——我们就告诉他武藏阁下现在还没有回来?”

“最后那个客人怎么样了?”

“好像回去了。那时候门外面好像还有两三个人，还有女人站在外面。”

这时，栈桥的方向传来了对话声。

“我是佐助。主人，您有什么吩咐？”

“你是佐助？不是别的事，想交给你一件重要的事。可以吧？”

“是的。我已经做好准备了。这实在是我至上的荣耀，今天天还没亮我便起来了，洒水净身等着了。”

“那么，船也准备好了吗？”

“也说不上准备，只是从所有驳船中挑选出最快最干净的，已经撒上盐，连船板也清洗干净了。武藏阁下准备就绪的话随时都可以出发。”

四

太郎左卫门又询问道：“那么，把船拴在哪儿了？”

“像平常一样拴在岸边了。”

太郎左卫门想了想，说道：“那边人太多了。武藏阁下希望找个不会被别人看到的地方。哪里好？把船开到其他地方去吧。”

“明白。那么开到什么地方？”

“开到平家松的那个岸边吧。那里来往行人少，不容易被人看见。”

这样吩咐着，太郎左卫门开始变得不平静起来。

店铺也与往常不同，异常清闲。子时过后，海门往来的船只已经禁行，而且，与对岸的门司关和小仓一样，长门领一带的众人也非常关心今天船岛的比武。

到处都是往来看热闹的人。

太郎左卫门出去感受了一下那种往来的氛围，便回到住所。

他的房间和武藏睡过的房间都已经被完全清扫干净了。

“您回来了。”

“嗯。是小鹤啊。”

“您去哪儿了？刚才到处找您也没有找到。”

“去店里了。”

拿着小鹤沏的茶，太郎左卫门静静地看着。

小鹤也默不作声地看着海。

太郎左卫门非常疼爱的这个女儿，刚刚从泉州堺港的分店回来，正好跟武藏乘坐同一条船回到了父亲的身边。因为小鹤曾经照顾过伊织，所以武藏对伊织的情况之所以很了解，可能是在船上从小鹤这里听说的也说不定。

五

也有可能是这样。

武藏之所以到小林太郎左卫门的住处落脚也有可能是由于这种缘分，出于对照顾伊织的谢礼，下船后，顺路到太郎左卫门家，与太郎左卫门亲近起来。

武藏在此逗留期间，由于父亲的吩咐，小鹤一直在他的身边照顾。

昨天晚上，武藏与父亲畅谈到深夜期间，小鹤在别的房间里缝着什么。——那是要给武藏比武当天穿的晒布和束带。

“女儿是不是对武藏有什么淡淡的寄托呢？——如果是这样的话，早晨小鹤的心情……”

太郎左卫门突然这样想到。

不对，可能是想多了。

给父亲太郎左卫门沏完茶后，父亲默然地望着海的方向，她也一直默默地想着什么，凝视着碧绿的海面。然后，泪水流下她的脸庞。

“小鹤……”

“哎。”

“武藏阁下现在在哪儿呢，吃过早饭了吗？”

“已经吃过了。然后就进了房间。”

“是不是应该开始准备了？”

“还没有……”

“那他现在在做什么吗？”

“好像在作画。”

“作画？”

“是的。”

“……是吗。都是我的无心之语。说什么时候给我画幅画，哪怕只有简单一笔也好，给我日后留个念想。”

“还有给今天送他去船岛的佐助也画一幅。”

“佐助？”

太郎左卫门嘟囔着，突然变得不冷静起来。

“时间已经来不及了。”

“武藏阁下好像已经忘记了今日的比武似的，表情非常平静。”

“现在不是作画的时候了。……小鹤，你去说一下，请武藏阁下不要作画了。”

“但是，我……”

“没法说吗……”

太郎左卫门马上觉察出了小鹤的心情。毕竟父女血脉相连啊。她的悲伤痛苦都那样毫无遮掩地传入太郎左卫门的血液中。

但是左卫门仍旧若无其事地，甚至有些斥责地说着："笨蛋，哭什么呢!"

然后自己朝武藏的房间走去。

六

这里，大门紧闭。

桌上放置着笔、砚台、笔洗等，武藏静静地坐着。

已经画完的一张画上，是柳树和鹭。

但是，在面前放置的纸张上却还一笔都没有画。

将白纸移到跟前，武藏似乎正在考虑应该画什么。

在白纸上，能够看到无限的天地。每落一笔都是无中生有，可以呼风唤雨。而且每一笔都倾注着下笔者的心境。心中有邪气的话便是邪；心中有堕气的话便是堕；心中有匠气的话那是肯定藏不住的。

即使人的肉体消失画也不会消失。在纸上倾诉的人的形像更是不会随着呼吸而消失的。

武藏也突然想起了这一点。

但是这种想法也只会造成画心的妨碍。自己能否变得像白纸那般无我。握笔的手，不为我，也不为他人，忠实于自己的心，在白色的天地间行走。

这种姿势，寂静异常。

如果没有这嘈杂的吵闹声的话，仿佛今日的比武也如同旁人之事一般。

"如果……"

没有任何声音，不知何时，他身后的门帘稍微打开了。

是主人太郎左卫门。窥探里面情况的他，由于这过于寂静的身姿，招呼也打得小心翼翼。

“……武藏阁下。如果……看您正专心致志的样子，实在不忍心打扰。”

武藏回过神来：“哦，是老板啊。……请进来，不要在那儿站着了。”

“不用了，时间已经所剩无几，您应该赶紧着手准备出发了。”

“好的，知道了。”

“衣服、手巾等物品已经准备就绪放在隔壁房间，随时都可以使用。”

“非常感谢。”

“……所以，为我们作的画请不要再画了。……待从船岛回来之后再作也不晚。”

“请不要在意。实在是因为今天神清气爽，有想作画的心情。”

“但是时间已经……”

“这个我心里有数。”

“……那么，需要准备的时候，请喊我。我在那边等候。”

“有劳了。”

“不客气。”

感觉自己反而打扰到武藏阁下的太郎左卫门退了出来。

“啊，老板！”

武藏突然叫住他，问道，“现在这个季节，潮涨潮落都是什么时候呢？今天早晨是落潮还是涨潮呢？”

七

因为潮涨潮落与太郎左卫门店铺的营业额息息相关，所以太郎左卫门非常清楚。

“现在这个季节，早晨的卯时到辰时之间是落潮。现在潮应该慢慢地开始上涨了。”

他回答道。

武藏点头道：“是这样啊。”

他嘟囔着，又转向白纸，沉默了起来。

太郎左卫门关上门，退回到刚才的房间。

回到刚才的房间，想要冷静下来，坐了一会儿之后，到时间了，到时间了，想着想着，便又坐不住了。

又站了起来，走出房间。海面的潮水现在像奔跑的激流似的涌动着。

“父亲。”

“小鹤么。……在做什么呢？”

“马上就要出发了，我将武藏阁下的草鞋放到庭院门口了。”

“还不着急。”

“怎么回事？”

“还在作画呢。……这样行吗，那样的悠闲。”

“但是，父亲不是去阻止了吗？”

“去是去了。但是进去那个房间之后，总感觉阻止的话有点过意不去。”

此时，不知何处传来喊声：“太郎左卫门阁下，太郎左卫门阁下！”

声音是从门外传来的。

在庭院下方的干潟，有一艘细川藩家的快船正在靠近。声音来自于船上站着的侍者。

“哦，是缝殿介阁下。”

缝殿介没有下船。觉着能够看到左卫门非常的幸运，仰头问道："武藏阁下已经出发了吗？"

"还没有呢。"

缝殿介便又说道："那么，请让武藏阁下尽量快点准备。对手佐佐木严流阁下已经乘坐藩公的船出发了，主人长冈佐渡阁下现在也已经离开小仓了。"

"知道了。"

"请务必费心。"

说完之后，缝殿介便急匆匆离去了。

但是，太郎左卫门和小鹤只能眼睁睁地看着那静无一音的房间，就那样等着，觉得时间是那么漫长。

但是，不管怎么等，武藏房间的门也没有打开。一点声音也没有。

第二艘快船又靠近了，一名藩士赶了过来。这次的使者不是长冈家的人，是从船岛来的藩士。

八

听到开门的声音，武藏睁开了眼睛。是小鹤的声音。

"已经来过两艘船来催促了。"她这样告诉武藏。

"这样啊。"

武藏只是笑着点点头，一声不语地走了出去。能够听到水房的水声。武藏洗了洗脸，抚了抚头发。

期间，小鹤却被武藏房间桌上的画给拦住了去向。刚才还一笔未画的白纸上，现在已满是墨水。乍一看还以为满是云彩样的东西，仔细看的话，才发现是一幅泼墨山水画。

画还未干。

"小鹤，"在隔壁房间的武藏说道，"那幅画请给老板。另一幅过后请交给今日送我去船岛的佐助。”

“谢谢。”

“受到你们如此的照顾，虽然谈不上谢礼，请留作纪念。”

“今天夜里，也请如昨晚那样与父亲秉灯夜谈。”

小鹤说道。

隔壁房间传来衣服的声音。武藏貌似在换衣服。拉门的声音停止之后，武藏的声音已经在那边的房间中响起，好像在那边与父亲太郎左卫门说着什么。

小鹤来到方才武藏做准备的房间。他脱下的衣服已经亲自整整齐齐地叠起，放在了装衣服的箱子中。

难以言说的寂寞在小鹤的心中泛滥。小鹤将脸埋在还残留着武藏体温的衣服上。

“小鹤，小鹤。”

父亲的声音响起。

小鹤用手抹去眼睑和脸颊的泪水。

“小鹤，在干什么呢。要出发了啊。快点。”

“来了。”

小鹤跑了出去。

武藏已经穿好草鞋，到庭院门口那边去了。他尽量在人少的地方。

店里以及里面的四五个人与太郎左卫门一起将武藏送到门口。小鹤什么也没说，只是低着头，与大家一起。

“在此别过了。”

武藏最后说道。

武藏低着头，大家也都没有抬头。武藏走到栅栏外，轻轻地关上栅栏，又一次说道：“那么，请保重……”

当人们抬起头时，武藏已经转向那边，向风中走去。

转过头来——回顾一下——以太郎左卫门为首的众人，在庭院中望着远去的身影。最终武藏也没有转身。

“武士就是这样啊，总感觉那么淡泊。”

不知是谁嘟囔道。

小鹤立刻便消失在人群中。太郎左卫门也回到里面去了。

从太郎左卫门的住所中朝海边大约走一町的距离，有一棵巨大的松树——在这一带被称为平家松的松树。

很早便将小船停在此处的佐助已在此等候良久。

这时，不知谁喊道：“啊！……先生。”

“是武藏阁下。”

九

另一方面。

踏着门槛出来的武藏，今天早晨什么也没有想。

太多的想法都已经随着漆黑的墨汁一扫到白纸上，汇聚到水墨画中去了。

然后，到船岛。

把一切都交给浪渡海的心情，与以往的旅程总感觉没有什么区别。今日渡往船岛，是否还能够回到此岸呢？今日的每一步是否都接近死亡？还是只是走在人生漫长的道路上？只是在想这些。

想想以前百余人的强敌，今日仅仅一人的小次郎便被称为强敌。确实比起那乌合般的百人，佐佐木小次郎更令人畏惧。对武藏来说，今日无疑是他一生中的一大难关。

但是，现在。

看到等待自己的佐助的小船，急匆匆地跑过来，叫着自己先生，喊着自己武藏阁下的二人，他平静的心里，有那么一瞬间，动摇了。

“哦，……这不是权之助吗。阿杉婆也是……您怎么在这里?”

他不敢相信似的看着眼前风尘仆仆的权之助和阿杉婆，像被海上的沙子埋住似的伏地坐着。

“因为知道今日的比武对您来说相当重要……”

接着权之助的话语，阿杉婆也说道：“来送送您。……然后想来跟您谢罪。”

“阿杉婆，您跟我有什么好谢罪的?

“请原谅我。……武藏阁下。这么长时间以来，我真的知道错了。”

“怎么回事?”

武藏充满疑问地看着她。

“阿杉婆，您这到底是在以什么心情跟我说这些话啊。”

“什么也不说。”

阿杉婆在胸前双手合十，将此时此刻自己的心意表现给他看。

“已经是过去的事情了。一一说的话，即使我怎么忏悔也不能表达我的悔改之心。就让它随水流逝吧。武藏阁下，请无论如何原谅我。那些全是……迷途时的我的过错。”

一直看着阿杉婆这般模样的武藏，突然屈膝，握着阿杉婆的手跪下，一时没有抬头。——眼泪随时都能流下来似的。

阿杉婆的手也颤抖着，他的手也微微颤抖着。

“今天对武藏来说是多么好的日子啊。闻此之后，即使死也没有什么遗憾的了。说实话，听到真话后非常喜悦——我相信阿杉婆说的话。今日的比武，我可以以更加舒畅的心情去面对了。”

“那么你肯原谅我了?”

“什么呀，这么说的话，武藏才是，很早之前，就想到阿杉婆跟前请罪了。”

“……真高兴啊。我现在终于一身轻松了。那么，武藏阁下，请一定也救赎一下这个可怜的人。”

阿杉婆说着，引着武藏望向那边。

在那边松树下，有个从刚才便一直在此等候的如含羞的鸭拓草一般的瘦弱的女子的身姿。

十

不用说，那是小通。小通终于来到了这里。

她手中拿着伞，

拄着手杖，抱病在身。

“……啊，小通……”

他一动不动地站在她面前。权之助和阿杉婆特意没有跟过来。而且藏起了踪迹，想给他们两人制造独处的环境。

“是小通吧?”

武藏用尽浑身力气说道。

“身体好像不太好的样子……没事吧?”

终于说出来了。没有前后的语言，就如从漫长的诗中抽出的一句似的。

“嗯。”

小通哽咽了，在武藏面前，低着头。——但是在这不知是生离还是死别的关键时刻，告诫自己要微笑着面对的。

“只是暂时的感冒吗？还是已经很长时间了？哪里不舒服？……还有现在在何处落脚?”

“已经回到七宝寺了。……从去年秋年开始。”

“什么？已经回到故乡了?”

“嗯……”

第一次深深地注视着她的眼眸。

像深蓝的湖水一般湿润的双眼。

“故乡……对于孤儿的我来说，没有人们所谓的故乡。有的只是心灵的故乡。”

“但是，阿杉婆现在也对你很照顾很慈爱的样子。看到这我比什么都高兴。静心养病，你也一定要幸福啊。”

“现在已经很幸福了”

“是么。这样我就放心了。……小通。”

屈膝。

因为能够感觉到阿杉婆和权之助的目光，她蜷缩着不动，反而更加往后蜷缩了，武藏却忘却了有人在看着他们。

“瘦了啊。”

将手放到她背上，靠近她热乎乎的脸蛋。

“原谅我，请原谅我。无情的人不一定真的无情……”

“嗯，我都知道。”

“真的知道吗?”

“但是请让我说一句。……作为妻子让我说一句。”

“说了反而无味了……”

“但是……但是……”

小通不知从何时开始全身抽泣起来。突然，用尽全身力气紧紧握住武藏的手。

“即使死了，小通。即使死了……”

武藏默默地用力点了点头，用力慢慢地一个手指一个手指地松开她的手指，像要逃离似的突然站了起来。

“武士的妻子不会对上阵的丈夫恋恋不舍。可能是最后一次了，丈夫出船之后更加不能如此啊。”

十一

旁边有人。

但是两人之间那短暂的交流空间没有被打扰。

“那么……”

武藏收回放在她背上的手。小通也停止抽泣。

不对，是强颜欢笑，慢慢地忍住了泪水。

“那么……”

同样的话语。

武藏站了起来。

她也摇摇晃晃地站起来。倚着旁边的树。

“保重。”

说完，武藏便大步向岸边走去。

小通最后的话语面对他的后背终于没能说出口。因为武藏转身背对着她的那一刻，说好了不哭的泪水却不停地流了下来，连武藏的身影都模糊了。

站在岸边，风很大。

“佐助。”

武藏朝着那边的小船喊道。

刚才就知道武藏过来了，但是故意在小船中装作不知道的样子。

“哦。……武藏阁下。已经准备好了吗？”

“是的。稍微将船向这边靠一下。”

“这就来。”

佐助解开缆绳，拿起竹竿，用竹竿顶向停靠石。

武藏起身跳向船头时。

“啊，危险，小通。”

松树下，声音响起。

是城太郎。

跟她一起，从姬路而来的青木城太郎。

城太郎为来看师父武藏一面——从方才的状况看，错过了出场的机会，在树荫下，还是不要出来打扰他们的好——好想一直站在那。

但是现在，武藏离地准备上船时，不知在想什么的小通猛地朝海边跑过去，城太郎不由得担心起来。

“危险！”

不由自主地一边追上去一边喊道。

因为他一人的臆测，呼喊危险的原因，权之助、阿杉婆，所有人都误解了小通的意思。

“啊……要去哪儿？”

“真是急性子。”

说着周围的人急匆匆地跑过去，三人将她抱住。

“不是的，不是的。”

小通静静地摇着头。

虽然还气喘吁吁的，但绝对不会做那么欠缺考虑的事——笑着使抱着她的人安心。

“打算……你打算做什么？”

“请让我坐下。”

声音也很平静。

众人将手松开。于是小通便坐在了距离波浪不远的沙滩上，径直地望向武藏的船头的方向。

“不要担心我，请出发吧。”

她双手伏地坐着，阿杉婆也坐下来。

权之助、城太郎也在那里并排着坐下。

城太郎最终也没能与师父说上一句话。

渔歌水心

一

现在正是潮涨最厉害的时候。

海峡间的行船，如激流般疾驰。

风在身后驰骋。

“这风吹得，划得挺费力吧?”眺望着船岛的方向，武藏在船中央的位置盘膝坐下，问道。

“小菜一碟儿！这个风势，加上这个潮势，不会花费太长时间的。”佐助故作轻松，一不留神灌了一肚子风。

“这样啊……可我怎么老觉得迟到了很长时间了呢?”武藏说话声音很轻，像是自言自语。

“嗯……”佐助咽了口唾沫，别过头去躲着呜呜的风说，“辰时时无论如何也赶不到了。”

“是啊。可话说回来，咱们什么时候才能到达船岛来着?”

“巳时。不对，巳时之后吧。”

“哦，那正好能赶上。”武藏眉心舒展开来。

此时此刻，不仅仅是武藏，岸上的严流也仰望着天空，观察着这对作战至关重要的天气。他们仰望的天空，均是深蓝色的。长门山的白云如旗一般飘走后，便连云的影子都没有了。

门司关的町屋、风师山的山间，都能够清晰地看到。众人登上那边附近的山峰，如蚁般漆黑一片。

“佐助!”

“在。”

“这个能给我吗?”

“什么?”

“船底下的桨的断裂处。”

“啊?不会吧?那种破烂东西,您要它做什么用?”没想到武藏会看上那块破桨,佐助惊得眼珠子都快掉出来了。

“这东西正合手呢,好使。”

“再好使还能有剑好使?”佐助极力想要制止武藏这不切实际的荒谬想法,武藏却拿起桨微笑着说:“木头也好,钢铁也罢,只要顺天合道就都好用。”说完,单手握着破桨仔细观察了起来。

放平之后,武藏发现这根破桨因为曾经浸入了很多水,所以感觉木质很重。再加上桨被刀刃割过,从割处慢慢地裂开了,所以便不能使用,闲置了起来。

武藏略一思量,将桨放在腿上,拔出小刀用心地削了起来。看他那聚精会神的样子,仿佛要把灵魂都雕刻进去。

佐助一边呼哧呼哧地划桨,一边不由自主地好几次向赤间关的岸边——平家松附近——望回去,可奇怪的是武藏居然连头都不抬,气定神闲地坐在那里只顾着削那块破木头。

怎么个情况?佐助都有点替他着急了。一般来说即将上战场的人哪能跟这般没事人似的?更何况对手可是名噪一时的小次郎,一会儿可得拼老命的。武藏师父现在未免也太稳当了吧?

“佐助,”过了一会儿,削完桨之后,武藏试了试手感,觉得趁手了,便扫掉身上的木屑抬头问道,“有什么可以穿的东西吗?蓑衣也可以。”

“怎么，您冷了？”

“不是，从船舷上有水滴溅落。我想披在背上挡挡。”

“在您面前的舻板下放着一件棉衣，您看到了吗？”

“看到了，那我先借穿一下了。”说完，取出佐助的棉衣，披在背上。

船岛一片朦胧。

武藏取出怀纸，制作起纸捻子。搓了不知有几十支的样子。然后两支两支地连到一起，测探长度，附到衣带上。

搓纸捻衣带，听说有非常难的口授。但是在佐助看来，实在是非常的简单，而且制作之快，缠到衣带上的技巧也非常完美。

武藏为了使衣带不被潮水打湿，再次整了整披着的棉衣。

“那个是船岛吗？”武藏指着渐渐出现在视野中的岛的影子问道。

二

“啊，那个不是，那是母岛的彦岛。船岛还得再走一段时间才能看见。彦岛的东北方向五六町的距离外，像洲似的分布开来的便是。”

“是吗。在这附近能够看见好几个岛，我还以为船岛就是其中的一个呢。”

“哈哈，难怪你会这么想。六连、蓝岛、白岛……这附近的岛多了去了，船岛在这些岛里面只是一个非常小的岛。伊崎、彦岛之间，便是经常说的音渡海峡。”

“哦，这么说来，那西边的就是丰前大里的峡湾吗？”

“没错。”

“这么一说我倒是想起来了。书上写过，这附近的峡湾以及岛屿，是以前，九郎判官阁下与平的知盛卿等战斗过的遗迹。”

都快火烧眉毛了，这时候还聊这样的话题到底是好还是坏呢？这一去是生是死是凶是吉都还不一定呢，他怎么还有闲心谈这些个历史地理的八竿子打不着的事情？又不是游山玩水！随着自己摇动的桨推动着船的行进，佐助从方才便开始性情高涨起来，心里按捺不住地悸动。

不是自己比武，不是自己比武……佐助多次这么暗示自己，可压根儿一点儿用都没有。一想到今日的比武可是关系到谁生谁死的战斗，而现在自己用船载的这个人，回去的时候能否载着他回去还不知道呢。即使能够载着，也可能只是一具尸体。他一身鸡皮疙瘩都起来了。

佐助不能理解，武藏那淡然的身姿，怎就能坐得住呢？

空中飘荡着一片片的白云，水中行舟上的人，现在在他看来都是一个样。

但是，佐助感到奇怪的是，武藏在船到达目的地之前竟然什么都没有想。

他以前不知无聊为何物地生活着，可是今日，在这船上，却稍稍感觉到了些许无聊。

削了桨，搓了纸捻子——什么都没有想。

突然。

船舷卷起了湛蓝的海水的纹路，露出的眼中，海水深不见底。

水是活物。宛如拥有无穷的生命一般。但是，却没有固定的形态。因为被囚禁在一定的形体当中，所以人没法拥有无穷的生命。——真正的生命的有无，是从失去其形体开始的。

眼前的生死，在他看来就如同泡沫一般。——但是，这种超乎常人的想法突然出现在他脑中，不禁浑身汗毛竖了起来。

这并不是被寒冷的海水打过的感觉。

即使心中已经超脱生死，但肉体仍能预感到。肌肉紧绷。心灵与肉体不能合一。

比起心灵，如果筋肉和毛孔能够忘却生死的话，武藏的脑中便只剩下水和云彩了。如果一个人能够摆脱生死的局限，那他大抵就能像这行云流水一般行流不息，生命永续了吧。武藏这么想着，嘴角浮起了一抹若隐若无的豁然之笑……这样的他，又怎是佐助能够理解的呢?

三

“看见了!”

“哦——终于到了。”

那里不是船岛。是彦岛的敕使等待的海岸。

三四十名武士在渔村的海边站立着，从刚才开始便一直眺望着海上。

这些人都是严流佐佐木的门人，其中一半以上是细川家的家人。

在小仓城下，立起布告牌之后，越过当天船停止的地方，便可以到达岛上。

“万一师父严流先生被打败的话，也不能让武藏活着离开岛。”

如此私下结盟的一伙人，无视藩中的布告，两天之前便已经来到船岛，为今天做准备。

但是，今天早晨。

长冈佐渡、岩间角兵卫等的奉行以及警备的藩士们登上船岛之后，立刻便发现了他们，严厉地责备了他们的鲁莽，将他们赶到船岛旁边的岛——彦岛等待。

那日的禁令中，虽然对他们采取了如此的处置，但是藩士中的百分之八十以上都是希望同藩的严流获胜的，所以在替师父考虑之余，也对采取如此行动的门人抱以了同情之情。

但是，从另一种意义上讲，将他们赶出船岛之后，立刻转移到旁边的彦岛上，也可以认为是不予理睬吧。

然后。

比武结束之后——

万一严流被打败，武藏离开船岛之后，为了替师父报仇雪恨，即使他们采取什么行动——也是与他们毫无关联的。

——这也是进行处置的官人们的虚伪的心理。

转移到彦岛上的严流的门人也吃透了这点。他们在那召集渔村的小船，有十二三艘船聚集到了敕使等待的岸边。

然后，在山顶安置传令人员，随时报告比武情况。万一的情况发生时，便立刻调船阻断武藏的去路，将他逼到陆地上杀死，根据情况，也可以弄翻他的船，让其葬身海底——如此合谋着。

“是武藏吗?”

“没错，是武藏!”

他们互相叫喊着，或者登上高处，或者用手遮挡太阳望向因太阳照射而反光的海面。

“船只通行从早晨开始便已经禁止了，肯定是武藏的船没错。”

“他一个人来的?”

“好像是一个人。”

“瞧，都什么时候了，他还披着什么东西坐在那发呆呢!”

“是不是穿着什么护具?”

“什么东西，真让人担心啊……”

“已经上山了吗? 警戒人员——”

“已经去了。不用担心。”

“那么，我们到船里去吧。”

不管什么时候，只要切断绳索，划桨发船便可以了。这样想着，三四十名人员便蜂拥着藏到船中去了。

——船中藏着长枪，随时待命。

另一方面，“武藏来了”的消息，不仅在彦岛，同一时刻，也传到了船岛。在这里，波浪的声音、松树的声音、杂木的声音相互交错，从早晨起，整个岛上便像没有人气似的。

船岛即使靠近了看，也是极其狭窄的。

北边没有太高的丘陵，松树很多。从北向南，由平地变为浅滩直嵌入海面。

奉行以下，足轻以上的人员，隔一段距离，倚树而立，将岛团团围住，尽量不出声音。

严流是有藩籍的人，这是武藏所不能比的，因此为了不使对方有心理压力，尽量控制阵容。

但是，现在已经超过约定的时间一刻多钟了。

第二次去催促的船只也已经派出去了。在本应该肃静的气氛中，不免出现了些许的焦躁与反感之情。

“看见武藏阁下了!”

站在海岸上观望的藩士一边大声喊叫着，一边向远处长凳的方向跑去。

四

“来了吗?”

听到有人喊叫，岩间角兵卫不由自主地说道，从长凳上站了起来。

他作为今天的主事人，与长冈佐渡一起，被派遣到此，并不是今日武藏比武的对手。

但是脱口而出的话却是自然的流露。

他手下的侍从和属下也是同样的心情。

“啊，是那艘小船！”他们一边惊呼着就一起站了起来。

角兵卫作为公平的藩员，立刻注意到了这种气氛。

“淡定！”他对周围的人训斥道。说罢，向严流所在的地方看去。

严流没有在那边。只是，在四五棵山桃树之间，绣有龙胆花纹的帷幕闪烁着。

早就来到岛上的严流因为对手迟迟没有来，刚才喝了桶中的水，在帷帐的阴凉下休息，可现在却不见了踪影。

一群警备的士兵、他的属下以及他的随从伊织在身边照顾。

现在，武藏阁下来了！一个人从海岸跑来，穿过警备人员靠了过来，伊织的脸色顿时变得煞白。直视着佐渡一动不动的笠形盔，就如看着自己的衣袖一般。

佐渡突然转过身来，“伊织——”低声叫道。

“哎？”

伊织看向佐渡笠形盔的里面。

没有办法控制从脚底蔓延至全身的颤抖。

“伊织！”佐渡再一次盯着伊织的眼睛训斥道。

“好好看着啊。这样发呆很容易错过的。武藏阁下性命攸关一战，肯定有值得你学习的地方。”

伊织点点头。

然后就按佐渡吩咐的那样，眼如火炬般注视着海岸的方向。

“啊，那里！”

伊织也看到了海岸那边慢慢靠近的小船。时刻正好比规定的时间迟到了一刻钟。已经是巳时下刻了。

岛上鸦雀无声。

这时，不知谁从距离放置长凳不远的山丘上走了下来。是严流佐佐木。看样子是等得不耐烦的严流独自登上微高的小山，坐了一会儿。

严流向身边的官员行了行礼，便静静地，踏着草向海岸边行去。

五

太阳接近中天。

随着小船靠近船岛的海岸，可能由于海水入江的缘故，波浪变得绵细起来，浅滩的底部清澈透底。

“去哪边？”

佐助一边松开桨，一边环视着海岸问道。

海岸上不见人的影子。

武藏脱下披着的棉衣。

“径直向前。”武藏说道。

船一直向前，但是佐助划桨的手却怎么也不大幅度划动。寂静的岛上没有人的影子，只有白头翁在高声鸣叫。

“佐助。”

“在。”

“这附近很浅啊。”

“是平浅滩。”

“不要勉强往里划了。让岩石弄破船底就不好了。潮水也渐渐地要退去了。”

佐助忘记了回答，凝视着岛上的草原。

看得见松树。

严流在那儿。

武藏也看到了。

一边望向那边，武藏一边取出夹在衣袋中的用柿漆染的手巾，将被海水吹乱的头发缠了起来。

将小刀携在身前，打算把大刀放在船上。担心被飞溅的水滴打湿，给大刀盖上草席，放到船底去了。

右手握着在船上削的桨作为木剑。然后便站了起来。

“已经好了。”

对佐助说道。

但是，距离海岸的沙地还有二十多间的距离。

听到此话的佐助奋力地划着桨。

船迅猛地向前行驶，突然搁浅在浅滩中。船底“嗵”响了一下。

高高掀起左右衣摆的武藏，轻轻地跳入海水中。

海水没过小腿附近，没有溅起水花。

噗!

噗!

噗……

武藏以相当快的速度向地面跑去。

他的木剑也随着他切着海水。

五步。

然后十步。

佐助丢掉桨，失神地望着武藏的背影。全身被寒气笼罩，忘记了应该做什么。

突然，他像窒息了一般。从那边松树下，严流的身影向这边跑了过来。硕大的宝刀的刀鞘在太阳底下反射着银狐尾巴般的光芒。

唦，唦，唦。

武藏还在海水中走着。

快点儿!

武藏还没有踏上海岸，严流已经跑进水边来。

坏了！这么想着，佐助已经看不下去了，将身体伏在船底。

六

“是武藏吗?”严流招呼道，他越线站在水边阻拦着。犹如独占大地，一步也不退让似的。

武藏停在海中，微微笑着说：“是小次郎吧？别来无恙啊。”

桨的木剑头被浪冲洗着，凛冽的目光投向小次郎，直射人心。

全部都交给水，托给风，仿佛只有这一把木剑才是属于自己的。

严流的眼中发射出如长虹贯日般的杀气，射向对手。

眼睛是心灵的窗户。二人脑中自然的形态，原原本本地从严流的双眸中，从武藏的双眸中表现了出来。

“武藏!”话里行间杀气腾腾。

“……”

“武藏!”又说了一遍。

二人脚下潮水骚动。严流对于对手的无视，忍不住想要大声发泄。

胆怯了吗？还是计谋？无论怎么都太卑鄙了——约定的时间早就已经过去了。严流没有违背约定，早早地便到此等候了。

“……”

“今天的比武已经迟了好多年，把我晾在这里这么长时间，你是害怕了吗？一乘寺下松那时也是，三十三间堂那时也是，经常故意比约定的时间晚到，趁敌人不备时进攻。这本来就是你的惯用伎俩。但是，今日我严流是不会中你的招的。放马过来受死吧，武藏！逃避也没用，老老实实地迎接你的临终时刻吧！”

说罢，严流拔出宝刀“晒天竿”，将刀鞘顺手扔进浪间。

武藏犹如没有听到他的话似的，一直等他说完——然后，待打到海岸返回的波浪的声音落下——不禁对对手的肺腑之言感到非常的诧异。

“小次郎。输了！”面对杀气腾腾的敌人，武藏突然咧嘴一笑。

“什么?!”

“今日的比武胜负已经分晓。是你输了。”

“住口。凭什么这么说?!”

“如果会赢的话，为什么将刀鞘扔掉。鞘，将你的天命带走了。你那仗武欺人、无故杀生、作威作福的时代已经到头了。”

“一派胡言！”

“太可惜了。小次郎，散了吧。快点散了吧！”

“放马过来，乖乖受死吧！”

“哦。”说着，武藏脚下水声响起。

严流也一脚踩向浅滩，举起晒天竿指向武藏。

但是，武藏在海面划出一道斜纹，哝、哝、哝地赶着潮，向严流左手边的岸上跑去。

七

严流见状，追着武藏跑去。

随着武藏踏上海岸的沙地，严流大喝一声大刀如飞鱼一般挥向敌人的身体。

从海水中拔出的脚很重。武藏还没有达到可以战斗的状态，便感觉到“晒天竿”朝着自己砍了过来。他的身体还是保持着刚刚跑上来的姿势，稍微向前弓着身体。

“哈哈！哪里逃！”严流大喝一声，在他看来，这一刀武藏是怎么都躲不过去了。

但是，一记闷棍带着海风扑面而来，自以为万无一失稳操胜券的一刀居然落了空。严流平生第一次判断失误了！定睛一看，只见用船桨削成的木剑，犹如从右胳膊藏到后背似的，横在身前。

“嗨——！”武藏大喊着向严流扑去。

顶天斩下去的严流的大刀，却在武藏身前约九尺的地方被挡了回来。

武藏的身体看起来如磐石一般，严流简直难以置信！刚要抽到回刃，却见武藏已经双脚离水，稳稳地上了岸。那磐石一般的肉身在风中巍然挺立，透着一股肃穆坚毅之气。

这一下过后，双方原先所处的位置也发生了变化。

武藏还是在他所在的地方，站立在距离海中两三步的岸边，以海为背，正对着严流。

严流也挺立在稍高的海岸地，正对着武藏，面对着大海和迎面反射而来的日光，高高将长剑抡起。

这样二人的生命完全沐浴在战斗中。

武藏比先前更加万念俱空。

严流也无思无虑。

战场如真空一般，所有的精神全都聚集在双眼指尖。

除了万籁俱寂的天、地、人，起伏的波涛是这天地间唯有的响动。

此时此刻，肯定有无数的人屏住呼吸关注着这真空中的两个生命。生死存亡之际，又有多少人在暗中祈祷，心怀希望？

对于严流来说，有珍惜他，相信他的人——有太多的牵挂和祈祷。

当然，对于武藏来说也是如此。

岛上的伊织和佐渡。

赤间关岸边的小通、阿杉婆，还有权之助。

还有小仓的松丘上的又八和朱实。

但是，在这个时候，那些祈祷、眼泪起不到任何作用。而且也没有侥幸，没有神灵的帮助。有的只是公平无私的碧海蓝天，和自己的格局和技艺。

突然，“这家伙。”——严流如此想着。

满身的毛孔，对着敌人，如针一般，让人毛骨悚然。

八

筋骨、血肉、指甲、毛发——这所有生命的附属之物，甚至连眼眶的睫毛也全都战栗了起来。己守彼攻，静默中却饱含杀机。此情此景，若想心如止水鉴常明，就好比祈求暴风雨中池塘里的月影不受其纷扰紊乱一样，根本不可能实现。

一瞬间？抑或是已经过了一万年？时间仿佛静止了似的，似乎已过去很久，但实际上却非常短暂。

在海浪来回起伏了五六次之后，终于一声巨响划破了久违的沉寂。

严流开始出招了！

几乎与此同时，武藏体内也爆发出一声巨响！

寂静的真空突然被这两声叠加在一起的巨响所爆裂，仿佛在漆黑无垠的暴风雨夜拍打海岸的波涛，就在两人的精神和由体内喷涌而出的声息合二为一之际，只见传世名器“晒天竿”犹如划过天际的彩虹般越来越长，刀尖从高处滑落，贯穿太阳的笑脸后直逼武藏。

啊，左肩危险！

武藏见势急忙蹲下身子顺势左脚后退一步，紧接着后背上方旋起一阵疾风，只见与此同时武藏挥剑直抵严流胸口，与严流飞流直下横逼他眉心的“晒天竿”展开正面对决。

就在两团烈火即将触撞的一瞬间，烈焰的小宇宙却擦肩而过。严流眼看着这一刀劈空了，可木桨冲胸失去了反砍的余地，只好以守为攻先躲过这一桨，但躲避之余还是踉跄后退了几步。

在这转瞬即逝之后，两人的呼吸却变得比波澜起伏的海浪还要澎湃。

就在严流站稳脚跟之际，武藏已飞身跳离水边大约十步，在海边侧身而立，犀利的眼神沿着举在眼前的船桨直逼紧奔而来的敌人，手中的木剑直指前方。

彼处，严流正高擎着永无败绩的晒天竿，屏住呼吸等待着再一次的胜利。

高手相争分外眼红。就在不久前短兵相接的一瞬间，两人的间隔却出人意料地拉远开来。此时此刻两人已各据一方拭目以待地对峙着，即便长剑蠢蠢欲动却也无法攻击到对方。

然而仔细看来，尽管在刚才的攻击时严流未能伤及武藏半根汗毛，此刻却也占据了高处的地利。

而此刻武藏背海而距，久久不移动位置也有他自己的考虑。根据经验，正午强烈的阳光会反射在水面上，而严流此刻却处于面对海面的相当不利的位置。如果他一直站在那里不动和武藏对峙的话，受强光反射的影响，他的眼睛一定会比武藏更容易疲惫，精神上的松懈就是武藏绝佳的可乘之机。

“好！”严流心里暗自叫绝，他潜意识地自以为占领了陆地也就赢得了必胜的先机。只见他脚底下已经开始悄悄移动了！

既要眼观六路寻找敌人的破绽，与此同时又要维持自己坚挺的身躯，所以他决定采取这种渐进式的小步伐，变化于无形，杀人于不意。

暗箭难防。越是不意的细微变化越是暗藏杀机。意识到严流的策略，武藏也慢步移动向前。只见他高举着船桨木剑直逼严流，仿佛下一秒就要刺穿他的眼睛。

终于可以短兵相接了！

突然，严流决定先发制人，只见晒天竿像一道闪电窜向武藏腰际，出乎意料的是武藏竟鱼跃而起迎面而上。

“啊……”见武藏动作如此轻松利落，严流心中骤然一紧，不自觉地停下了脚步，眼前却突然不见了武藏的踪影。

“来了！”没等严流反应过来，只见对面的船桨木剑不知何时已飞向空中，武藏的六尺长躯也随之缩成四尺。不知何时，武藏早已双脚离地，腾入高空。

“咿呀！”见势不好，严流连忙将头顶的长刀划向空中。大刀从武藏脚底飞过，削去一抹黑色的鞋底。

“看招!”二战告捷，严流乘胜追击挥刀旋转直上，如一条旋转冲天的蟠龙直追武藏人头。只听“扑哧”一声欢快的响动，刀尖从武藏额头穿挑而过。武藏头系的红色头巾遇刀瞬间分成两半，在蔚蓝的天空中画了个优美的圆弧，随后坠入水中。

“哈哈哈!”一刀削下武藏的脑袋，这种喜悦真是无以言表！严流见状，眼中冒出雀跃的喜光。眼瞅着那抹鲜艳的红色从自己的刀尖飞向空中，心中的狂喜溢于言表。

说时迟那时快，就在狂笑声爆发而出的那一瞬间，只见木桨横空劈下，如同击卵的巨石般干脆利落。

笑声戛然而止。与此同时，只见严流的头颅出人意料地被木剑击中了。

原来，他竟把那红色头巾看成了武藏的头颅!

高手过招干净利落。武藏和严流都是一等一的高手，刚才的对决更是电石火光般异常迅猛。等观战的众人反应过来，顺着沙粒飞迸而出的轨迹看去，只见严流的身体如坠落的陨石般飞扑进沙滩和草地交接的边际。虽然口里仍然“咕嘟咕嘟”地吐着鲜血，但严流的脸上仍挂着自认为已杀掉武藏的胜利之笑。恐怕即便到死，他都认定那抹坠落海中的红色就是对手武藏的首级。

“啊——啊!”

“严流师父……”

严流的倒地在人群中引发了一阵骚动。这场对决的精彩程度使得观战的人们几乎忘我，所有酣畅淋漓在这一刻全都喷涌而出了。

岩间角兵卫率先起身，只见身边的几个人一个一个的脸色惨白，也跟着站了起来。角兵卫远远地向长岗佐渡的方向看过去，却见就连他身边的伊织，甚至那边的其他人全都神色自若。于是他连忙收紧面孔强作镇定，并作势安抚身边的人们不要骚动。

即便如此，那些原先就相信严流会获胜的人们却始终无法掩饰脸上的失望和悲伤。

虽然血淋淋的事实就在眼前摆着，但那些人仍然不敢相信刚刚发生的那一幕是真的。严流，真就那么死了？天下无敌的严流，就真的败死在出师无名的一介草民——宫本武藏的船桨之下？

他们咽着口水，脑子里一片空白。

过了好一阵子，人们仍然不发一言，岛上依然寂静无声。

只有无心的松风和随风摇曳的野草，似是在感叹人世间的变幻无常。

九

一朵白云随风飘过，映入武藏的瞳孔。

武藏看了一眼，这才猛地回过神来。

——我还活着！踏上黄泉路的不是自己，而是佐佐木小次郎！

就在十步开外的沙滩上，小次郎俯身而卧。从他横卧在下的侧脸看来，他走得并不痛苦，甚至还带着从前那“打败天下无敌手”的骄傲表情。从他倒下的姿势看得出来，在生命的最后一瞬间，他紧握长刀的手上仍带着一份执着。正是因着这份全身迎战的执着力量，相信即便肉身已死，他也是死而无憾。

留意到旁边那被砍断而落的红色头巾，武藏的后背一阵发凉。一种高手之间的惺惺相惜油然而生。

“今生今世，我是否还能遇到如此实力相当的对手？”想到此，武藏对小次郎平生一种尊敬，对刚才和他的交手也充满了感激和庆幸。

虽然小次郎与自己是多年以来不共戴天的敌人，但不管怎么说，此生能与如此高手对决，真是上天对自己的恩泽。其他暂且不论，但从他临死前握剑的态度就可得见，作为当代不可多得的武士，小次郎无疑是其中最勇猛无敌的佼佼者。从这点来看，小次郎的确在自己之上。也正因此，自己才会以他为榜样苦心修炼。而自己能有今天的成就，很大程度上也要归功于他的鞭策作用吧。他，也是激励自己向上的“良师”啊！而如今自己竟做梦般地打败了这个在自己之上的高手，难道不也是一种幸运和恩泽吗？

至今武藏都没搞明白，自己是如何战胜这个天下无敌的高手的呢？是技巧使然险中取胜？还是上天保佑？好像都不是，但他却又想不出其他合理的解释。

仔细想来，在这世间哪里有什么天佑和侥幸啊。若说两位高手之间有哪里不一样，可能可以用这点来解释：小次郎崇尚用剑的技巧和力量，而武藏却潜心参研剑魂。正如光悦所言，严流对武藏的败绩，可以说是不可一世的天才败给勤奋刻苦的凡人的典型。即便功夫再高，若是缺了武德，顶多也就是个善斗之人，而不会是创派之祖。

大体来说，两人最大的差别就在这里吧。

武藏默默地向前走了十几步，屈膝跪在小次郎身边。即便是敌人，但一条生命的陨落也让武藏心情沉重。感觉到这刚刚逝去生命的温热，武藏试探性地用左手探寻小次郎的鼻息。

“啊……”手指似乎触及到一丝微弱的气息，惊喜之余，武藏立刻松了眉头：“也许还能救得活！”

自言细语间，小次郎身上的那缕生命之光似乎又渐渐恢复了一些活力。这位难得的对手不会因此而失去生命，武藏呢喃道，心中充满了欣慰之情。

“别了，小次郎!”武藏对着小次郎，也对着休息场的方向双手伏地一拜，随后提着滴血的木剑快步跑向北岸，跳上在那等待多时的小舟。

一切应有的因缘都已了结，轻舟已过万重山了。

小舟从何而来，又向哪儿去?

不管怎样，是是非非纷纷扰扰终将化作历史的青烟，何去何从已不再重要。

原本在彦岛戒备森严的严流门人，最终也未能拦下武藏为师父报仇，只是眼睁睁地怅望着那叶迅速远去的孤舟渐渐消失在遥远的天际。

大势已去，无谓的挣扎已无力回天。

人生在世，大概谁也不能躲得开他人的爱憎。

宫本武藏，一个洁身自好刻苦上进的武士，虽然在这旷世之战中得到了应得的评价——他不愧是武林之中屹立不倒的一代宗师，更是时代狂流中永不磨灭的精神丰碑。但即便如此，他要走的路还很长，很长。

多年过后，感情的洪流依然会不断扩散，生生不息。在武藏有生之年，仍然未能避免被对他心怀不满的人恶意的诋毁。

“想当年武藏那小子可是仓皇而逃，连给严流补上一刀都顾不得了，光顾着狼狈鼠窜了。他可真是个胆小鬼啊!”

世事无常，风波不断。

滚滚洪流大浪淘沙。就像在人世间的波涛中，常常会夹杂着些随波逐流的鱼虾宵小乘浪乱跳。它们叫嚣着，非议着。

只是，这百尺之下心的广袤和深远，又岂是它们所能触及之处？